同风起

●林 晟 著

黑龙江科学技术出版社
HEILONGJIANG SCIENCE AND TECHNOLOGY PRESS

图书在版编目（ＣＩＰ）数据

同风起 / 林晟著. -- 哈尔滨 ：黑龙江科学技术出
版社, 2024.7
ISBN 978-7-5719-2422-5

Ⅰ. ①同… Ⅱ. ①林… Ⅲ. ①长篇小说 – 中国 – 当代
Ⅳ. ①I247.5

中国国家版本馆 CIP 数据核字(2024)第 109036 号

同风起
TONG FENG QI
林晟　著

责任编辑	张东君　王　研	
封面设计	博鑫设计	
出　版	黑龙江科学技术出版社	
	地址：哈尔滨市南岗区公安街 70-2 号　邮编：150007	
	电话：（0451）53642106　传真：（0451）53642143	
	网址：www.lkcbs.cn	
发　行	全国新华书店	
印　刷	三河市金兆印刷装订有限公司	
开　本	787 mm×1092 mm　　1/16	
印　张	33.25	
字　数	450 千字	
版　次	2024 年 7 月第 1 版	
印　次	2024 年 7 月第 1 次印刷	
书　号	ISBN 978-7-5719-2422-5	
定　价	98.00 元	

目录
CONTENTS

引　子

天还没有见亮,许婕就已经睡不着了,人躺在床上,大脑却高速运转起来。

自己读的是普通大学本科,马上就快毕业了。在"普本"毕业生遍地都是的今天,一无背景,二无家境,所学专业又不抢手的自己,进入职场后怎样才能超越竞争对手,做到后来居上,进而实现财务自由的目标呢?

职业规划像美梦一样做了无数次,如何让梦想变为现实的问题也一直百思不得其解。在这个竞争激烈的时代,为什么大家都在拼搏,也很努力,可许多人并不成功? 可那些同样低学历、无背景的草根族是如何成功的呢? 他们的成功秘诀究竟是什么? 苦思冥想了不知多久,突然,脑海中浮现出郭教授的一句话:

"哲学是世界观和方法论的学问,能让你找到'过河的桥与船',顺利到达成功的彼岸。"

这句话在脑海中反复响起并不断强化。

这是真的吗? 哲学真有这么神奇的作用吗?

随即,一些现实问题,又浮现在脑海中:

"为什么同时进入职场或在职场打拼多年,甚至受过同样的教育,掌握相同的专业知识的人,命运却大不相同?"

"为什么无论在职场还是在生活中许多人都感到活得很累,而有些人却很轻松?"

"为什么面对同样的问题,有的人束手无策,而有的人一出手就能轻而易举地解决了?"

"怎样才能化腐朽为神奇,把不可能变为可能?"

"怎样才能让自己轻松加愉快地取得事业成功?"

…………

哲学能解决这些问题吗?

很久以来,这些问题一直在脑海中挥之不去。这也是自己一直想要突破的屏障,找到深层原因进而破解的难题。

躺在床上继续思索着破解之法。几年来拼了老命学习,似乎已经窥到了这个秘密。可还是差一点点,就一点点,就能摸到那把打开成功之门的钥匙。可这一点点,忽远忽近,似隔万里之遥。

实在躺不住了,许婕睁开眼,一骨碌爬起来,走到窗前拉开窗帘,一幅让人心灵震撼的景象映入眼帘。

朝阳从遥远的天际缓缓升起,万丈霞光穿透了云层,透过窗子照射进房间,照进了许婕灵魂的深处。望着漫天的金辉,笼罩在心头的那片雾霭似乎在一点点地消散。像很多身处迷宫、陷入迷惘的人一样,思考许久找不到答案的问题,此刻豁然通达起来。许婕眼前闪过了近段时间连续去听哲学教授讲座的画面。那个哲学教授有些嘶哑却穿透力极强的声音又在脑海中轰然响起:"亚里士多德曾经说过,'哲学看似是离实际生活最远的学科'。翻译过来,在大多数人心中,哲学就是深奥、虚无缥缈的代名词,直白说就是最无用的学科。先哲在当时指出的现象,在实用主义风行的当下更加凸显。因为,被残酷生存法则折磨得精疲力竭的芸芸众生更加现实地对哲学嗤之以鼻了。"

说到这里，这个华宇大学其貌不扬的中年男教授自嘲地继续道："大家数数今晚来听哲学讲座的人数，就知道在当下，哲学是多么不受待见了。"

说着，这个教授抱拳给每个听众都行上一礼："感谢你们几位来给我捧场，本人这厢有礼了！"

许婕和其他人下意识地扫视了课堂一圈，现场听众寥寥的场面，连坐在下面的人都感到有些尴尬。

"但哲学真的离现实很远吗？哲学真的无用吗？"看到大家都在思索，教授朗声道："有用，无用，我说了不算，实践说了算。实践是检验真理的唯一标准。下面，我给大家介绍的内容，如果你真的参悟透了，就会在你的心灵上打开一扇窗，你一定会看到一个不一样的世界。你会成为一个十分优秀的人。你将远超你的同事或竞争对手。"

看了一眼大家疑惑的表情，教授侃侃而谈："下面我给大家讲一个眼下非常现实的现象：在数亿国人整天捧着手机，不断地刷刷刷，乐此不疲；或买买买，'断手'重生；或被1元购、3分钱红包等营销策略整得深更半夜放下身段、扯掉脸皮，把亲朋好友都搞得鸡犬不宁的时候，殊不知，正是一些具有超强哲学思维的人抓住了市场需求和消费者心理需求的'主要矛盾'，从中看到了巨大的商机，从而实现了许多实用主义者梦寐以求而又无法实现的'合理合法地将别人口袋中的钱，装进自己的口袋'的小目标或大手笔。"

"将别人的钱，合理合法、成功地装进自己的口袋的是什么人？"教授继续提问道。

见迟迟无人回答，许婕有些弱弱地道："是企业家。"

"很好！"教授赞道。

"那么，在群雄逐鹿、竞争对手如云的商场，成功的企业家为什么能捕捉到商机，而其他人就做不到？"

"那是因为他们有丰富的商业知识和敏锐的商业眼光。"一个同学答道。

"不错。成功的企业家确实有丰富的商业知识,可世上有无数懂得商业知识的人,为什么就没有敏锐的商业眼光?"看着全场没有人回答,教授自问自答道,"因为他们不具有哲学的思辨能力,不懂得发现'矛盾',并抓住'主要矛盾'。而成功的企业家却总是能在诸多矛盾中抓住'主要矛盾'或'矛盾的主要方面',从而规避行业的痛点,发现市场的潜在热点,尤其是在消费者心理需求的痒点上发力,刺激消费者的购买欲,使其欲罢不能。"

"这里我们几次提到了'矛盾''主要矛盾''矛盾的主要方面'这几个概念。其实这是平时我们每个人都常说的。那么,'矛盾''主要矛盾'是什么学科的知识?"

"是哲学。"许婕答道。

"非常好。"教授毫不吝啬地赞扬,接着又道,"那么我们现在还能说哲学离现实很远,哲学无用吗? 当然仅靠这些就让大家都相信哲学的作用还远远不够。"

看到大家半信半疑的目光,教授又抛出了一个哲学命题:"大家都知道成功离不开努力,可努力就一定能成功吗?"

人们又开始了思索,这个问题看似很简单,可让人百思不得其解的是:成功肯定要靠努力奋斗,可如果说努力奋斗就能成功,那么这个世界上就几乎没有不成功之人了。

教授看到没人回答这个问题,说道:

"许多人一直以来都坚信:只要努力奋斗,比别人多付出几倍的辛苦就能获得成功。这也是我们从小到大一直以来接受的教育。可是到后来许多人却'悲催'地发现自己的努力奋斗竟是徒然的,'劳其筋骨,饿其体肤,空乏其身'。不仅没能成功实现蜕变,反而跌跌撞撞地倒在化蛹成蝶的路上。更为可惜的是,一些智商并不低、很有潜质的人,也被无情的现实折断欲展翅高飞的翅膀,成为跌落、泯灭在尘埃里的雄鹰、凤凰。"教授毫不讳言,直面现实。这让许婕和现场一众人的心被深深地刺痛了。

"他们已经很努力了,可还是不成功。这是什么原因造成的呢?"教授发出了灵魂拷问。

是呀,这是为什么呢? 现场一片寂静,在座的人都陷入了沉思之中。

教授喝了口水,并没有直接给出答案,而是说道:"如果大家感到刚才说的太宏观、抽象的话,我们再来看一种具体的现象。现实中,为什么有的人遇到问题不会解决,或解决起来难如登天? 而同样的问题有的人解决起来却轻而易举。有的人出身、背景、学历等所拥有的资源都远超对手,可一手好牌却打得稀烂,甚至使自己的人生陷入至暗;而有的人却总能在困境中找到'过河的桥与船',自己的事业、人生就像'开挂'一样,在职场博弈中实现后发先至、后来者居上,迎来自己的高光时刻?"

这一连串的为什么使在场的人无不被轰得外焦里嫩、体无完肤。即使来听课的人完全自信是同龄人中的佼佼者,也没有一个人能够正确作答。

教授还是没有给出答案,而是继续抛出看似简单明了,可细思又复杂无比、实难解答的问题。

"当然,千百个人会说出 N 多种原因,相信这些原因都是真实的,但绝大多数人看到的都只是表象真实,而不是本质真实。那么,怎样理解表象真实和本质真实呢?"

"我们再说一个认知领域的现象:'眼见为实'。这种对事物的认知意识,从刚刚走出懵懂的少儿到莘莘学子,到而立、不惑的中青年,乃至耄耋老人,跨越了年龄、种族、文化、性别、阶层,反正几乎所有人千百年来都认为这句话是千真万确、不容置疑的真理。对吧?"

"对。"

看到学员们都在点头,教授继续道:"这种认知意识可以说是深入骨髓的。

如果有人对此不认同,要么是精神有问题,要么是标新立异,要么是对犯错的狡辩。于是,便有了无论你怎么解释都得不到朋友原谅、憋闷到要死的委屈,更演绎了多少夫妻反目、阳关道与独木桥的悲剧,乃至'六月飞雪'的冤假错案,无数当事者感叹世道不公的无奈与悲凉。"

教授说到这里停顿了一下,看到一些人产生了共鸣和共情,继续道:"这里涉及'表象真实'与'本质真实'。如果这样说有些专业、很学术的样子,不好理解,那么'笑里藏刀'这句话如果你明白了内涵,两者的关系也就不难理解了。你见到的'笑'确实是真的,这就是表象真实,而背后或心里藏着的'刀',才是本质真实。"

"老师,这个我们懂了。可导致成功与失败、优秀与平庸、富贵与贫穷的本质真实是什么呢?"有学员着急地问道。

"问得好。我先给大家讲一个真实的故事。有一个大企业的员工,在走廊上发现地上有一滴油。请问,如果是你,你会怎么办?"

看到大家在沉思,教授给出几种答案:

① 通知保洁员。

② 自己拿拖布清理掉。

③ 视而不见,绕过去。

见没有人回答,教授又让大家思索了一会儿,然后道:"我们来看看那个员工是如何做的。他①②③都没选,而是站在那里思考,地上为什么会有一滴油? 放眼四下搜寻了一番,发现是棚顶上输油管的一个螺帽处漏出的。那么,下一步怎么办? 最简单的办法是通知后勤拧紧这个螺帽。看看他是怎么做的。他找来了扳手,不是拧紧,而是拧下了螺帽。检查后发现这个螺帽的垫圈坏了。如果是你,还会怎么办? 一般情况下,通知后勤换一个螺帽垫圈,对吧? 再看看这个员工是怎么做的。他没有立即去通知后勤,而是在想,那么多的螺帽垫圈,其他的有没有坏? 于是,他又拧下来几个螺帽。发现其他螺帽垫圈都没坏。他就在想,为什么这个螺帽垫圈会坏?再次观察,他发现,坏了的螺帽垫圈与其他螺帽垫圈不是一个牌子,也就是说不是一个生产厂家生产的产品。最后,他将这个情况告诉了后勤部主管。后勤部决定今后不再采购这家的产品。这件事情后,后勤部主管就向领导建议,将他调到了后勤部提拔做了副主管。再后来,因为工作出色,他竟然做到了集团公司副总裁,成为事业成功人士。大家说,他与其他人的差别在哪里?他为什么会成功?"

所有人都进入了深思状态。

教授悠闲地喝了一口水,然后道:"很显然,这里边蕴藏了一个秘密。

"我来告诉大家这个秘密。那就是他掌握了人类最宝贵的财富,也就是成功秘诀——哲学思想,拥有哲学思维和哲学思辨能力。他从发现问题到解决问题的这种思维模式,就是哲学中的——逻辑思维。逻辑思维是重要的哲学思维模式。而其他人恰恰是哲学思想贫穷,哲学思维缺位,哲学思辨能力缺失。这就是一些人物质上贫穷的本质真实。"

"哲学思想贫穷才是本质真实。"轰的一声,如天雷炸响,许婕豁然开朗,犹如一股清风吹开了心中的那扇窗。

窗外的世界很精彩。

许婕的人生从此"开挂"般逆袭成功。更为重要的是,她的成功可以复制!

1

D项目受阻

"什么？赵梦迪竟然让许婕那个外卖小妹做行政助理?"

"不会吧？我们集团可是松江市排名前十的大型企业呀。行政助理虽然不是什么重要岗位，那也是要千挑万选的。"

博睿集团新任代理董事长赵梦迪聘任了一个行政助理。这对松江市排名前十的大型上市公司来说，本是一桩无足轻重、小得不能再小的事，可却在公司内引起了不小的骚动。

这是因为博睿集团前任董事长李垚失踪，总裁张强因病不能坚持正常工作，公司长时间群龙无首、陷入混乱。各种阴谋、阳谋纷纷上演，可谓是乱云飞渡。焦急万分的博睿人终于等到李垚的妻子赵梦迪接任代理董事长，公司上下都对她充满了希冀，因而她的一举一动都备受关注。

此刻，公司舆论哗然。有心人暗中推波助澜下，"助理"事件不断发酵，竟然上升到了公司政治层面。

"公司正处于转型的关键时期，需要有一位具有远见卓识，能慧眼识人、驾驭全局的强有力的当家人。可从聘用行政助理这件小事上看，赵梦迪这样的眼界、格局很难带领集团重新崛起。"

"外有恒琦集团的市场打压,内有对董事长职位虎视眈眈的大股东的咄咄逼人,赵梦迪根本撑不住的。我看博睿集团完了!"许多人虽然嘴上不说,可心里都在为博睿集团的命运担忧。

也有一些支持赵梦迪的人为她站台:"也不能这么说。听说她曾经是集团的副总裁兼财务总监,外号'铁娘子',李垚董事长很多重要决策事前都要听听她的意见。"

"是的。当时集团发展遇到了瓶颈,她和李垚董事长强力推动家族企业改革,推行现代企业制度。为使占着重要职位的七姑八姨让出位置,以便聘请职业经理人团队,她毅然带头辞去了公司所有行政职务,聘用了张强等一批精英人才,博睿集团才有了今天的规模。"一位公司资历老的高管说道。

公司董事们对赵梦迪聘任一个外卖小妹做行政助理还是大摇其头,对赵梦迪能否带领集团成功转型忧心忡忡。不过揣着其他心思的大股东肖克和执行总裁王淼等人却乐见赵梦迪无脑、无能。因为这样的赵梦迪是驾驭不了博睿集团的,架空她易如反掌。因此他们接到会议通知,走向会议室时皆是迈着六亲不认的步伐,对赵梦迪即将主持董事会并研究重新启动 D 项目,表现出一脸的轻蔑和不屑。

今天,是赵梦迪作为代理董事长第一次主持董事会。她知道,自己要重启 D 项目不会顺利。因为自己在国外寻找李垚期间,肖克联手王淼说服了一半以上的董事,乘机停止了 D 项目。

赵梦迪决定不在停止 D 项目的原因上纠缠,而是从企业发展战略和企业家社会责任的大义上对董事们动之以情,晓之以理,希望能扭转 D 项目的不利局面。

赵梦迪扫视了会场一圈,从容说道:"各位董事,今天我们要研究的是重新启动 D 项目的事。大家都知道,AI,也就是人工智能技术发展到今天,已经可以应用到许多领域。我们公司开发的 D 项目分为一期工业机器人和二期仿真护理机器人。两款产品都采用最前沿的人工智能技术，是未来一个时代的高端产品，具有巨大的市场需求，也是我们博睿集团成功转型的关键。生产企业转型必须抢占高新技术的制高点。高新技术要与时代需求同频共振，为人类服务。这既是企业转型的需要，也是企业和企业家的社会责任。"

说到这里，赵梦迪看到肖克仰躺在椅子上闭目养神，王淼等人都在看手机，根本没有听自己在讲什么，强压怒火继续说道："大家也都知道，当下，国内工业企业都在进行数字化转型，对工业机器人需求很大。可是工业机器人关键部件的核心技术都掌握在国外企业手中。人家在卡我们的脖子，我们国内的很多企业苦不堪言。再有，中国和世界许多国家已经或正在步入老龄化社会。许多老年人因为子女工作忙，无暇也无力陪伴、照顾，致使其孤独、寂寞，幸福感不强。失能老人就更悲惨了。保姆、护工的费用高不说，更有着与老人之间难以调和的矛盾。由于自然规律及不可抗拒的生理因素，一些老人性格发生了很大变化，大多与保姆处不好。一些被保姆、护工虐待的老人，尤其是失能老人心中悲凉，感到无助，晚年活得很憋屈，甚至失去了应有的尊严。据网络媒体报道，一位大学教授、高级知识分子因女儿在异地工作，无法得到女儿的照护，将女儿为其请的二十多个保姆逐个赶走。老人独居期间，突然离世，直到一周后，邻居闻到异味报警才被发现。进入室内的人都惊呆了。年轻时风度翩翩、干净要强的老人粪便满身、臭气熏天，状况惨不忍睹。一位大学教授就这样毫无尊严地走了。"

说到这里，赵梦迪想到自己和李垚的父母还有爷爷，虽然物质上不缺什么，可他们都感觉不到幸福，心中戚戚，有些哽咽，现场一片寂静。许多家中有老人的董事都产生了共情。

停顿了一下，赵梦迪继续说道："当下，这些问题不仅仅是老年人之困，更是如同扎在许多子女的心中之鲠，也成为整个社会的痛点。如何让老年人增强幸福感,活得更有质量? 高科技的 D 项目就可以很好地解决这一难题。"

赵梦迪说得十分激昂,声情并茂,可王淼和肖克的表态却使形势急转直下。

王淼撇了撇嘴说道:"赵董,从长远看 D 项目确实不错。但这些年你没有参与企业管理,不太了解当下博睿集团的具体情况。眼下我们企业的资金链就快要断了,D 项目是远水解不了近渴,博睿集团已经是岌岌可危了。"

王淼发现在场的董事们脸上都涌上了焦虑的神色,其中一位董事马上道:"王总,张总有病不能坚持正常工作,你是博睿老资历的执行副总裁,企业经营就靠你了,你说说应该怎么办。"

王淼沉吟了片刻,故作无奈地道:"现在只有我上次引进的 DJV 项目能救博睿。因为 DJV 项目虽然是传统产品,可具有高额的利润,既能让博睿集团起死回生,更可保证各位董事的利益不受损。张总也是这个意思。"巨大的利益诱惑,加之又拉出在博睿人心中具有很高威望的总裁张强,王淼笃定董事们会支持 DJV 项目。

果然大部分董事的脸上都写满了心动的表情,但最终都将目光投向了肖克。李垚不在,肖克的资历和股份都使其在集团拥有很高的话语权。董事们对肖克的信任远超赵梦迪。

见状,半阖着眼帘、仰躺在高靠背椅子上的肖克睁开了眼睛,坐直了身体,然后不慌不忙地端起茶杯喝了一口茶,从容地盖上杯盖,看了一眼与会的董事们,毫不掩饰其倨傲、轻慢的神情,继而居高临下、语重心长地说道:"梦迪啊,当初我和李垚老弟共同创建博睿公司,走到今天不容易,决不能让博睿陷入危险境地,更不能倒下去。我们的决策关系到在座各位董事的切身利益和公司近万名员工的生存,不能太理想化了。我认为王淼副总裁引进的 DJV 项目是目前博睿新上项目的首选,D 项目先缓一缓吧,等以后有条件了再考虑。"

肖克的话几乎是一锤定音,董事们纷纷点头。肖克站在既为董事也为全体员工着想的角度,似乎一下子就站在了企业"道德"的制高点,谁反对,谁就是不考虑董事和员工的利益。几位原来支持 D 项目的董事也都没有表态,因为王淼和肖克的话也很有道理。

赵梦迪虽然早就料到了这次董事会可能不顺利,但是万万没想到董事们都被王淼和肖克带入了他们的节奏,更没想到一向与李垚称兄道弟、几乎踩着李垚脚印亦步亦趋的肖克,在李垚失踪后,居然陡然变脸,肆无忌惮地破坏 D 项目。她心中怒火升腾,准备用控股股东的身份强行通过 D 项目。

见到赵梦迪怒色上涌、一脸决然,王淼猜到她可能要强行通过 D 项目,决定再补一刀,继续在道德上绑架赵梦迪,让她不敢强行通过 D 项目。于是他马上阴阳怪气地说道:"当然了赵董,现在你是控股股东、代理董事长,企业你说了算。但是企业领导人做任何决策一定要考虑其他股东和员工的利益。"

这一招够狠,一下子就将赵梦迪逼到了绝地。

副总裁张平看到王淼这样嚣张,很是气愤,有些冲动地说道:"王总,你这样说很不妥。赵董事长坚持上 D 项目,也是为了博睿集团的未来发展,怎么能说不考虑董事和员工的利益?再说这是李垚董事长定下来的。倒是你,现在极力反对 D 项目,卖力推动三铝公司的 DJV 项目,是不是你与三铝公司背后有什么见不得光的东西?"

一向眼高于顶、不把所有集团副总放在眼里的王淼突然暴起,正要发飙,肖克摆了摆手说道:"王总,冷静。清者自清。"

王淼怒哼一声坐了下来。

"张平,我们研究工作,不要带着情绪,更不能有人身攻击。我认为王淼说得对。虽然赵董和李董控股,是公司最大的股东,但企业也有我们一份,我们的利益必须得到保障。"肖克仍然站在道义的制高点上说道。

"是呀,是呀!"董事们纷纷附和。

除了少数几个董事不出声,舆论几乎已经一边倒了。眼看着 D 项目就要被否决、搁置，代之以 DJV 项目，赵梦迪心急如焚。

赵梦迪扫视了会场一圈，在座的支持自己的董事没有一个人能与职场经验丰富，表达力、号召力极强的王淼抗衡。更有老谋深算、自诩公司创始人的肖克摇旗坐镇，形势对自己十分不利。如果行使大股东控股权，是可以强行重新启动 D 项目的。可是，这样一来，董事会就会分裂，职业经理人团队也会离心离德，博睿集团必然分崩离析，这显然不是赵梦迪想要的结果。

一时间赵梦迪陷入进退两难之中。这个曾经的"铁娘子"眼睛有些湿润了，感到对不起李垚，没有守住李垚定下来的 D 项目。

怎么办？到底该怎么办？

肖克、王淼料定赵梦迪不敢强行通过 D 项目，看到赵梦迪愤怒、纠结的表情，知道已经拿住了赵梦迪的七寸，对视了一眼，毫无顾忌地露出了胜利者的笑容。

坐在后排工作人员位置上的行政助理许婕看出了其中的端倪。

王淼和肖克就是欺负赵梦迪刚刚接手公司，对 D 项目和 DJV 项目都没有深入的了解，而自己对 D 项目有很深入的研究，恰好又在网络上看到过 DJV 项目，知道其是怎么回事。

许婕心里着急，可深知自己一个新来的小小的行政助理，在董事会上哪有说话的资格。

一时间，赵梦迪面沉如水，没有说话。与会的所有人都在等着赵梦迪最后的表态。会场一时陷入让人窒息的静默之中。

2 以子之矛，攻子之盾

许婕看出赵梦迪的尴尬和焦急，一股热血在心中涌动，义愤填膺。

赵董事长对自己有知遇之恩，此刻必须挺身而出了。

许婕长出了一口气，深呼吸，让自己先冷静下来，用一句诗词"大将生来胆气豪，腰横秋水雁翎刀"来给自己壮一下胆。此刻，许婕有一种上战场的感觉，她勇敢地站起来，快步走到赵梦迪身旁说道："董事长，我想说几句话。"

赵梦迪突然间没反应过来，竟鬼使神差机械地点点头："你说吧。"

一时间，全场所有人的目光都凝聚在许婕的身上。许多人的眼中都带着浓浓的疑惑。

"这是谁呀？怎么胆敢在董事会上要求发言？"

许婕今天穿的是一套典型的职业装。上身穿着一款黑色的西装，内里是一件白色的衬衣，下身穿着一条垂到膝盖的黑色裙子、肉色的丝袜，充满了制服美感。还没见过哪一个女孩能将这样一套中规中矩还带点保守的职业装穿出这种美感，尤其是其美得不可方物的颜值，不仅让现场的男人为之着迷，就连女人都为之眼前一亮。

"她就是赵梦迪刚聘的那个小行政助理。"有人小声说道。

"什么？我们董事会什么时候成为菜市场了？谁都可以在这里插话！"有人不满道。

许婕屏蔽了所有的议论声，毫无惧色地说道："各位董事，刚才王总提到的DJV项目，我之前在别的企业工作时正好对这个项目有所了解。DJV项目确实是一个具有高额利润的项目……"说到这里许婕顿了一下。王淼等人本来是一副看笑话、一个个嘴角向下撇的表情，突然间眼睛一亮。赵梦迪聘的行政助理竟然支持DJV项目，真的很有意思。他们竟然意外地没有打断她。

张平急忙阻止道："许婕，你不要胡乱讲话！你不要说了。"

赵梦迪的眉头也皱了起来，这个许婕在做什么？但看到许婕投过来的目光，带着一丝狡黠，继而又十分坚定地向自己微微点了一下头。赵梦迪从许婕的眼神和肢体语言中似乎读懂了什么，摆了一下手，说道："让许婕说下去。"

许婕在一开始就想好了策略，因为自己人微言轻，必须先扬后抑，先肯定DJV项目的优点，王淼和董事们才能让自己说下去，而后面只要将DJV项目的危害说明白，让董事们自己彻底否定DJV项目，才有可能扭转乾坤，凸显出D项目的优势。

许婕紧接着画风一转："但是，各位董事想一下，DJV项目效益这么好，利润这么高，对方为什么要将企业整体搬迁到我们市来，还要与我们公司合作呢？请问王总，对方看好我们公司什么了呢？"

王淼用傲慢的语气说道："对方看好我们公司的实力，也看好我们市的投资发展环境。"

"那我再请问王总，当下国家这么重视环保，对一个污染十分严重的项目，立项、环评能通过吗？"

许婕的话如平地惊雷在人们心中炸响。

"什么，这是个重污染项目？"

"对呀,重污染项目基本不可能通过环评啊!"一些董事如梦方醒,议论声又起。

赵梦迪紧揪着的心放了下来,马上说道:"许婕,你接着说。"

得到董事长的鼓励,许婕正气凛然地说道:"王总口口声声说要为股东着想,要保障股东的利益,可各位知不知道,这家企业为什么要整体搬迁到我市?是因为这个项目污染严重,被当地勒令停止生产,清理出来的。王总为什么不将这些重要情况向董事会介绍呢?王总不会是要利用各位董事的信息不对称来误导董事会吧?"

"你这个小姑娘,人不大,牙尖嘴利,满嘴胡说八道!这是我好不容易招商来的一个企业,让你说成了什么?你有什么根据在这儿不负责任地满嘴胡言?我看你就是在这儿捣乱!"王森听到这里真是急了,大声吼了起来。本来占据绝对优势的态势让这个小姑娘这么一说,形势急速逆转。

许婕表情淡定自若:"王总先别急嘛,请大家看一下这条'新闻'。我刚刚在网上查了一下,说的就是要与我们合作的企业。这家企业受到当地政府的环保重罚,并被勒令关停,这是官网上的消息,请各位董事看看吧。现在的信息渠道多畅通啊,瞒不住的。"许婕将手机上的视频投射到了会议室的屏幕上。

"怎么会这样?王森你什么意思?今天必须给我们说清楚。"现场有的董事已经怒目圆睁了,有的站了起来,大有一言不合大打出手之势。

"大家安静,请许婕继续说。"赵梦迪压下了纷乱的局面。

许婕目光如炬:"如果DJV项目通不过立项、环评,这个项目根本不可能成功。即使侥幸蒙混过关投入生产,后边会严重污染环境,被查处后更糟糕。不仅前期投入都打了水漂,紧接着是关停、巨额罚款,严重的话,还要有人进监狱。董事大股东的利益怎么保障?还有,耽误了企业转型升级的最佳时机,员工是不是都要失业、下岗?他们的利益还怎么保障?"

"是呀!我们怎么没想到。"

"都是这个王淼在误导我们。"

看到自己的话对董事们产生了巨大的心理冲击,收到了预期效果,许婕的嘴角向上扬了扬,马上又不露痕迹地恢复了自然。

许婕就是要以子之矛,攻子之盾,用事实击破肖克和王淼的所谓"政治正确"。以 DJV 项目为突破口,将他们从道义的制高点上拉下来,揭露其伪君子的真面目。

此刻,突然一个声音十分愤怒地响起。

"哎,等等,你给我闭嘴。你谁啊?这是董事会,我们研究的事都是大事,你一个小小的行政助理在这儿插嘴,你懂不懂规矩!"王淼有些歇斯底里了。

许婕双眸似星辰般闪烁着智慧的光芒,对王淼等人噬人的眼神毫不畏惧,眨了眨眼,气死人不偿命似的说道:"王总,你吼这么大声干什么?你难道没有学过《黔之驴》吗?你今天几次在董事会上大吼,是在掩饰心虚还是在展示力量呢?如果靠吼能让真理屈服、世界臣服,那么,驴早已统治了世界。"

全场震惊!这个小姑娘的性格还真是泼辣,言语还真是够犀利。许多人想笑却不敢笑,有的都快憋出内伤了。

一向高高在上的王淼平时哪遇到过这种情况,竟然气得一句话也说不出来,只能用愤怒、仇恨的眼神看着许婕。如果眼神能杀人,许婕已经死了一百次了。

此刻赵梦迪突然灵机一动,十分严肃地说道:"各位,我来给大家介绍一下,这位许婕小姐是我聘请的特别助理,也是企业改革尤其是 D 项目的顾问。"

"特别助理?还顾问?"全场人面面相觑。什么时候任命的特别助理?本企业从来没有过特别助理这个职位啊。

赵梦迪灵机一动,直接就给许婕提职了。她不理睬人们的议论,接着道:"许助理,你接着说。"

许婕再次扫视了会场一圈,暗道:在精英云集的博睿集团,自己的出身、资历是短板,必须再出一招,那就是自黑。不然他们很快就会对自己来个人肉搜索大起底,进而攻击自己资历这个短板,把节奏带偏,不利于后面推进 D 项目。

许婕落落大方地说道:"我自我介绍一下。我叫许婕,华宇大学工商管理专业本科毕业。大家都知道,华宇大学就是一所普通的大学。我没有读博士,也无硕士研究生学历,但我自学了工商管理硕士研究生课程。我曾经在恒琦集团工作了一段时间。我还送过外卖。"许婕还真是语不惊人死不休,这是要把人们往死里震惊啊!

什么?普通大学毕业,本科学历,还送过外卖,这是什么人啊?赵梦迪怎么能聘任她为"特别助理",还让这么个人在董事会上发言?在座的职业经理人,哪个不是硕士、博士高学历?王淼还是海归博士。听完这个小助理的自述,董事们还是在心里嘀咕起来。

"这不是笑话吗?"有人肆无忌惮地嘲讽起来,"我们公司转型改做外卖吧!"

"哈哈哈……笑死我了。哈哈哈……"有的人笑得前仰后合。

赵梦迪见到一些人这样放肆,心中异常恼怒。但也明白,这是因为自己在他们心中还没有树立起应有的威望,一些人对自己根本不服气。如果是李垚主持董事会,绝没有人敢这样。她在桌子底下狠狠掐了自己一下,提醒自己:忍!忍!忍!小不忍则乱大谋!因此坐在那里一动不动,冷眼看着一些人的表演。

许婕后面的一席话如同一石激起千层浪,在董事和经理层中引起了轩然大波,就是赵梦迪一方的人也感到不解。张平心中生气又惋惜地暗道:"你笨啊你,本来说得好好的,也将王淼一伙镇住了,眼看着胜利在望,你却来个画蛇添足自我介绍,这下完了,前功尽弃了!"

"看起来许婕当时是一时冲动上前慷慨陈词,而这会儿是因为底气不足露怯了。"有人说道。

许婕看了赵梦迪一眼，看到赵梦迪镇定自若，心中稍安。

赵梦迪因为许婕前面的表现，对其刮目相看，坚信许婕这样的自我介绍，绝不是自卑或没有信心，而是必有让众人大吃一惊的后招。

赵梦迪在等许婕的后招。

3 撕掉精英的面具

果然没有让人失望。

当现场逐渐静下来的时候，许婕更加尖刻地说道："笑够了吗？很好笑吗？那么谁来回答一个问题，一群博士、硕士却被一个受到国家环保产业政策限制、让人家清理出来的企业给骗成这样，还千恩万谢，认为捡到便宜了。很不幸被一个低学历、很普通的人发现了！这怎么解释？是高学历的人没有能力？还是没尽心、不负责？还是这里面有其他的猫腻？再问个问题，博睿集团，一个曾经光芒四射、具有很高品牌知名度的企业，怎么被搞成了现在这个样子？这是证明高学历就一定有能力吗？"

许婕的话毫不留情，如一发发穿甲弹击碎了一些自认为高人一等、优越感十足的所谓精英的马甲。有的人更认为好像自己的面具被撕掉了一般，脸红心跳，低下了头。

董事中创始人级别的几位元老和赵梦迪都是一阵心痛，嘴里发苦。曾几何时，一度勇立潮头、创造了业界神话的博睿集团，竟跟不上时代的节奏，到了生死存亡关头。

此刻全场再也没有了嘲笑，鸦雀无声。

这就是许婕，一下子就能找到问题的关键，将众人的焦点带入自己的节奏。

许婕还不罢休："学历当然重要，不然人们还千辛万苦考大学、读研究生干什么？学历代表着知识、水平，但学历不是万能的。我们在座的好几位老董事都是企业的创始人，他们也没有很高的学历，是吧？可是，他们打下了一片江山，创下了自己的一份家业。这是简单的高学历就能说明问题的吗？"许婕这几句话，一下子就引起在场没有学历或没有高学历董事的共鸣，将其拉入了自己的阵线，他们不再轻视、贬低、嘲笑许婕了。

许婕的第一步成功了，但她还要一鼓作气，直达目的。

这时一位董事脸上带着希冀的神色说道："许助理，你接着说。"

许婕目光直视王淼，咄咄逼人地说道："王总不是从 M 国回来的吗？M 国一位著名职业经理人 R. 比克·莱瑟说过：'实施某个项目，既要假设你个人会收到预期带来的好处，还要假设是用你自己的钱来实施这个项目。如果你不愿意花自己的钱来实施这个项目，那你也不应该花企业、股东的钱来实施这个项目。如果你遵循了这个准则，那么就会很少做出糟糕的决策。'请问王总，你是用自己的钱做 DJV 这个项目吗？"

王淼："……"

现场的许多人面面相觑，一脸的不可思议，能说出这么专业知识的人，真的是一个低学历的人吗？

王淼一伙的 DJV 项目被彻底击溃，但这还不够，接下来要力推 D 项目。因为人微言轻，所以即使自己说出大天，董事们对 D 项目还是会半信半疑。所以，还要再抛出一枚炸弹，更重磅的炸弹——借助钟馗镇鬼。许婕的重磅炸弹就是拉上那个企业界的大神级人物冯峰来给 D 项目助威。

许婕一双智慧的眸子闪过一丝狡黠："对不起，各位，我刚才的自我介绍还没说完。我虽然毕业于普通大学,但我自学了工商管理硕士研究生课程,我还是冯峰老师的学生。大家可能都知道人称投资界大神的冯峰吧!"

"什么?冯峰是你老师?"许多人瞪大了眼睛,一副吃惊的表情。因为冯峰在当下可是传奇般的人物,他是一位在投资界被称为大师级的企业家。他投资的三百多个项目,无一败绩。有好几个独角兽企业都是他扶持发展起来的。更有一个神奇的现象,就是他竟然将与他共进午餐作为商品进行拍卖。不可思议的是,一些遇到发展瓶颈的企业管理者争先恐后地想要得到一次与他共进午餐的机会。更不可思议的是,凡是和他吃过一顿饭的管理者,其企业都能获得神助般的发展。

"哈哈,吹牛谁不会啊,我还说巴菲特是我老师呢,你们信吗?"王淼终于找到机会,讥讽道。

赵梦迪的眼神黯淡下来,此刻她也认为这是许婕为了镇住反对阵营的人而用的策略。不过这个玩笑可开大了,虽然暂时穿不了帮,可没人会信。这一招有点得不偿失,大家会认为许婕是一个吹牛说大话的人,后面对 D 项目的信任度也就会大打折扣。

就在赵梦迪担心,许多人还在讽刺、嘲笑、怀疑时,许婕给冯峰拨通了视频通话:"老冯呀,我是许婕。我有个很重要的事情,想向您请教咨询一下呀!"

"小丫头,你还欠我一顿饭呢,什么时候还啊?"

"别光想着吃,你得做点贡献啊!"

"什么事?说吧,给你一分钟。"从视频中人们看出冯峰竟然和许婕真的不是一般的熟。

"真的?这是真的!"看到许婕将冯峰的视频投影到会场的屏幕上,人们一瞬间惊呆了。许多大企业领导人见到都要敬三分的投资界大佬竟然被许婕喊"老冯"?有些人开始有点怀疑人生了。

顿时,现场寂静得落针可闻。虽然在座的都没有和这位大神级企业家直接见过面,可是在电视、网络、杂志封面上经常能看到他。

"就是上次我和您说过的 D 项目。博睿集团已经启动了这个项目。"许婕直奔主题。

"那是好事呀!"

"可是有人反对呀!"

"那么好的项目有人反对,那是他脑子进水了。这事不用你管,赵梦迪会把他踢出去。哦,正好有个事通知你一下,周末,拍到午餐会的是北方集团董事长姜小云,你也一起参加吧。哦,不对,小鬼头,你不会是在会议现场吧?"

许婕有些小得意地道:"老冯,您真厉害! 我正在会议现场。不过效果应该不错,不用我多说什么了,因为你一句话顶我一万句。谢谢了,拜拜! 关了啊!"

"你个小丫头片子。"视频里只能听到这么一句,许婕就关掉了视频。

真是一波三折,这剧情就像过山车似的,转变得也太快了。许多人都摸了摸心脏,看看心跳得有多快。

赵梦迪阵营的人这下子兴高采烈,扬眉吐气了。

赵梦迪再也按捺不住心中的激动,不由得想到:这个世界就像是个加了扩音器的大回音壁,发出去的声音都会反馈回来一个结果。如果发出去的是噪声,反馈回的是加倍的噪声;发出去是美妙动听的声音,反馈回的就是更加悦耳的乐音。

自己遇险,许婕相救,本想答谢她,给她钱却被拒绝了,虽然看起来她很缺钱的样子。在住院期间,许婕去给自己送饭,看到许婕一个小姑娘送外卖不容易,就决定聘请她做自己的行政助理。怎么也没想到,这个许婕会送给自己这么一份大礼。D 项目如果成功,会让博睿从此一飞冲天。

"捡到宝了! 李垚,D 项目有救了! 博睿有救了!"赵梦迪十分激动。

许婕骄傲地说道:"大家都听到了。冯峰老师也赞同 D 项目。我知道有的人自视甚高,可你能高过冯峰吗?"

许婕这时还不忘贬损一下王淼等人,谁让你们欺负人来着。

许婕边说边直视着反对 D 项目、跳得最欢的几人,当看到王淼、肖克等人脸上一副便秘的表情,心里一阵恶寒。这是什么表情?她强忍住笑,急忙端起茶杯掩饰过去。

怎么会这样?信誓旦旦答应与三铝公司合作,本来已经是板上钉钉的事,就这样被一个小姑娘给搅黄了?王淼心中抓狂。

赵梦迪阵营的人脸上都露出了解气的笑容,心中的阴霾一扫而光。而刚才反对 D 项目的人则一脸尴尬,无地自容。

张平心中惊诧的同时也在感叹,对身边一位赵梦迪阵营的董事说道:"这就是名人效应!本来岌岌可危的 D 项目,冯峰一句话,就结束了董事会的争论。"

"是这个小助理厉害,简直是逆天了!"那位董事由衷地赞叹道。

许婕继续侃侃而谈:"各位董事和老总都在关心企业的生存问题,这种敬业精神确实让人感动。但是,我认为仅仅把目光放在生存上是不够的,我们更应该聚焦在企业发展上。只有发展才是最好的生存!"

许婕已经成功地拨动了人们的心弦。为了让董事们对 D 项目了解得更深一些,从而更加信服、认可 D 项目是博睿转型升级的首选,许婕展开了话题:"当下,几乎所有传统产业、行业都处于一个大变革时期,技术的更新、商业模式的创新比翻书还要快。如果我们再不进行技术创新、产品创新,我们就会被时代抛弃……"

"这怎么和李垚董事长说的话惊人的相似啊!"许多董事在心里暗惊。

许婕正要说到具体问题,却被一位董事打断:"那应该怎么办呢?"

许婕喝了一口水,接着说道:"当下,随着技术的进步、人们认知水平的提高,需求市场也发生了巨大的变化,无论是企业用户还是消费者,对产品的品质都有了新的更高的要求。博睿集团目前的问题是没有跟上市场的节奏，而是一直在传统产品同质化竞争的红海中血拼。各位管理企业这么多年，相信都很有感触。传统产品同质化竞争十分激烈，一些企业以低质低价进行市场争夺，导致许多消费者转而去高价购买国外的产品。因此，国家早就提出要进行供给侧结构性改革。我们企业要在看到这些问题的同时，也要看到我们企业的商机。我相信各位董事和老总也是这样看的。"

见到人们纷纷点头认同自己的观点，许婕底气更足了，声音也不自觉地提高了几度："刚才赵董事长站在企业发展战略的高度、企业家社会责任的角度，以胸怀天下的大胸襟、大格局，提出全力发展 D 项目，具有很强的前瞻性和独到的战略眼光，就是要让企业从同质化竞争的'红海'中跳出来，独辟蹊径，寻找'蓝海'，而 D 项目就是我们进入'蓝海'的最佳选择，是当下企业发展壮大的最好机会。"

这时一位董事道："项目有很多，为什么一定要选 D 项目呢？"

4 格局决定结局

　　许婕知道这也是所有董事都关心、关注的问题，于是说道："这位董事问得好。第一，大家都知道中国是制造业大国。要想加强制造业主导地位，就必须加速工业生产的自动化、智能化。智能工业机器人，不仅可以大大提高劳动生产率、降低成本，还可以完成人类难以驾驭的精度，使企业开展更高端的制造业务。但我们国产机器人仍然面临减速器、传感器等关键部件核心技术卡脖子的问题，而未来智能工业机器人是万亿级市场。对博睿来说，就是要从传统低端产品中跳出来，换个赛道，才能实现超越，才能分到这块大蛋糕。第二，大数据显示，人口老龄化已经是全世界的问题。仅中国目前60岁老人就已经超过1.6亿，失能、半失能老人已经以千万计。那全世界有多少老年人呢？可想而知，这是一个世界性难题，也是不可想象的巨大市场。因为这些老人面对的是非常严峻的现实，一对年轻夫妇要面对4个老人，甚至加上爷爷奶奶辈更多的老人需要照顾的局面。而他们还要工作，还有自己的孩子要照顾，哪有时间陪伴、照料老人？尤其是在多个老人同时生病时，他们怎么可能顾得过来？而我们D项目的二期产品，人工智能仿真护理机器人就恰好可以有效解决这一世界性难题。"

怕问题太专业，董事们听不懂，许婕又通俗地介绍道："刚才，赵董事长已经简要介绍了 D 产品。工业机器人大家都懂，我重点介绍一下高智能仿真护理机器人。请大家注意这里的关键词——高智能，仿真。就是其智慧与真人几乎无差别，在某些方面比普通人还要高出许多。D 产品不再是简单、冰冷的机器，而是有体温、有体感、能交流、会做许多工作，与真人几乎无差别的生活伙伴。它们具有超一流的家政保姆能力，会烧几百道世界各国的美味佳肴，让普通老人的饭菜每顿都不重复，享受总统、富豪般的餐饮服务待遇；具有高超的护士、护工的功能，有丰富实用的医疗知识，定期伺候老人服药；当老人身体出现危险状况时，可以主动拨打 120 请求救护，并同时通过远程通信功能即时通知其家人；它们帮助失能老人处理大小便、翻身、擦洗身体；还有一类十分重要、必要的功能，就是可以为老人提供陪练、陪聊、棋牌娱乐服务，哄老人开心；老人不开心了可以拿它们当出气筒，它们却可以百分百做到骂不还口、打不还手。因为给它们输入的程序中，只有微笑、大笑、装可怜、讨人喜欢，等等。还有，D 项目可以根据每个客户对其性别、颜值的要求进行私人订制。比如，老人年轻时初恋情人的容貌、声音。大家想想看，这些基本功能是不是既可以解决老年人生活中的各种难题，还可以让老年人身心愉悦，从而很好地解决老年人生活质量不高、幸福感不强的难题？所以说这款产品是老年人的福音。各位董事再想想看，消费者对 D 产品的需求是不是迫切的、需求量巨大的，也就是说这个市场是非常巨大的？我们抢占了这个市场当然就可以获得较好的利润回报。同时赵董事长要做的 D 项目，不仅可以造福中国的老人，还可以惠及全世界的老人，让中国创造、中国制造为全人类做出中国的贡献！"

许婕一口气说了这么多，竟然没有一个人打断她，即使是反对 D 项目的人也完全沉浸在许婕所描绘的美好明天之中。

许婕一番专业性极强又通俗易懂的精辟剖析、论述，对当下传统产业如何转型升级,如何利用前沿高新技术进行产品创新,对决定企业生死存亡的战略、策略条分缕析,在与会的人们头脑中刮起了一阵风暴。

除了震撼、吃惊,还是震撼、吃惊!无论是支持者还是反对者,都在打量着许婕,对许婕展现出的能力难以置信。

许婕彻底将人们的视线、注意力成功转移到 D 项目上来了。

赵梦迪欣喜若狂,看着许婕,她更加坚定了做好 D 项目的决心。

"你说得倒是轻巧,可这对我们公司来说就是天方夜谭。技术研发力量在哪儿?我们资金链已经陷入困境,D 项目庞大的资金又在哪儿?"王淼借此发难,但也说出了一个现实。

这时赵梦迪接过王淼的话头,果断地说道:"这个我来负责!"

许婕本想说到这里就打住,今天说得已经够多了。可见王淼他们想的不是怎么解决这些问题,反而还在以此设置阻力,继续刁难。于是许婕决定继续痛打落水狗。

许婕看向了赵梦迪,问道:"董事长,我可以再说几句吗?"

赵梦迪毫不犹豫地道:"你接着说。"

许婕更加语出惊人:"王总刚才说的技术力量和资金确实是问题,是做企业尤其是新项目永远都要面对的问题,但我认为这不是问题的关键,因为这些都是可以解决的。关键的是要解决观念、视野、格局上的问题。"

王淼仍然一脸不屑,讥讽道:"呵呵,你说得很高大尚啊,可是太虚了!"

许婕反驳道:"虚吗?那么请问王总,为什么同处于一个时代,有的企业发展得快,有的企业发展得慢?"

"呵呵,影响企业发展的因素太多了。不同的企业有不同的原因。"王淼撇着嘴回答道。

听到王淼的回答,许婕也呵呵了一声:"没错,影响企业发展的因素确实有很多,也确实有人会强调这些因素,用这些因素来掩饰自己的无能。"

王淼怒道:"你……"

许婕无视王淼的愤怒侃侃而谈:"世界文学名著《安娜·卡列尼娜》开篇有一句名言:'幸福的家庭是相似的,不幸的家庭各有各的不幸。'套用过来很适合一些企业、一些人,那就是:成功的企业是相似的,失败的企业各有各的理由。"

现场一些职业经理人低下了头,王淼也不再作声。

张平则给许婕竖起了大拇指。

"大家可能都在思考,企业成功和失败的深层原因到底是什么?"

"是什么?"一位董事下意识地问道。

"我认为深层原因是视野上的差距!胸怀上的差距!格局上的差距!有的人终其一生也站不到一定的高度,因为他们只在看得见的范围内施展身手。虽然在一定的时间点上也可以取得一定的成绩,但,注定走不远。因为看得见的是视线,看不见的是视野。他们不知道视线之外是什么,也就永远难以实现更远大的目标。再因为量得出的是胸围,量不出的是胸怀。有的人只有胸围,却没有胸怀。这些人只关注自身的问题,却不能胸怀天下,企业的发展战略不可能有高度。又因为视野、胸怀决定格局,而格局决定结局。小格局的人只能有小的成就,大格局的人会不断超越自我超越他人,创造一个又一个辉煌。"

许婕关于视野、胸怀、格局的论述和阐释,有高度、有深度、有宽度,大气磅礴,气势宏大,在许多人心里掀起了惊涛骇浪。

会场内不同立场的人感受各不相同。赵梦迪反复念叨:"真的捡到宝了!"

许多人再次感到难以置信:"这怎么可能?她怎么会有这么宽的知识面?""这是一个小小的助理吗?这是一个只有普通大学本科学历的菜鸟吗?"在座的精英都在职场打拼多年,有的在行业内还很有名气,头上有许多光环,可是,却被许婕这么个小姑娘暴击得体无完肤。

临结束,许婕还不忘为赵梦迪提升威望,气人地说道:"请问各位,赵董事长坚持做 D 项目,是不是比一些人在视野、胸怀、格局上高出许多呢?我们博睿集团有赵梦迪董事长带领,一定能创造出属于博睿的辉煌。博睿人会和各方共同努力,让工业企业、让亿万个老人和子女相信,明天一定很美好。"

啪啪啪!张平等人带头鼓起了掌。而后,热烈的掌声响彻会议室。

王淼紧紧盯着许婕,双眸中闪烁着毒蛇般噬人的光芒,思谋着怎么整治这个"小妖女"。

这个智商如妖的女孩会不会成为自己上位的绊脚石?肖克紧紧盯着许婕,决定马上安排人对她进行调查。

这个女孩知识面宽得不像话,怎么会是外卖小妹?为了博睿集团的安全,张平也决定暗中对她进行全面的了解。

随着两方人马或明或暗地对许婕的大起底,许婕的神秘面纱被一层层揭开。

5 内因与外因的关系

跟随许婕的人生轨迹回到四年前。

松江市是一座充满激情、活力四射的现代化城市。机场上空起降的飞机一架接着一架,铁路上一列列火车飞驰着,公路上汽车川流不息。繁忙的空、地立体交通网连贯南北、纵横西东。市区内人流熙熙攘攘,街道两旁高大崭新的建筑鳞次栉比,构成了这座城市繁荣的脉动。

早高峰时段,在拥挤的车流、人流中,一个梳着马尾、穿着学生服、背着双肩包的女孩骑着单车,飞快地穿行在自行车道上,不断地超越一辆又一辆自行车。女孩驶出繁华的街道,进入城郊,直奔 106 中学。她放下自行车,一路小跑来到教室,十分歉意地对班主任说道:"钱老师,对不起,我送妈妈去医院,迟到了。"

"许婕同学,请回到座位上,我们接着上课。"班主任老师和同学们都知道许婕的妈妈身体不好,行动不便,许婕经常要送她去医院,有时为了护理妈妈还缺课,靠自学使自己的学习成绩处于中游。可以说,她在班级学习成绩并不是很出色,没有人太在意她。许婕蹑手蹑脚地走到自己的座位上坐下,拿出了课本,开始全神贯注地听讲。

钱老师说道:"同学们,你们就快高中毕业了,面临着新的人生起点,或考上大学,开始新的更高阶段的学习深造,或进入社会开启职场模式。无论哪种情况,今天我们复习的内容都很重要。重要的事情说三遍,今天复习的内容对每个同学都很重要! 不仅仅是为了高考,对你今后的人生是否成功,也有很重要的作用。"

钱老师的眼光扫视过全班每一个同学,确认大家的注意力成功地被自己吸引,就接着说道:"今天我们复习的内容是内因和外因的辩证关系原理。"

钱老师提问道:"这个内容我们学过,王旭同学你来说说。"

"内因和外因同等重要。"王旭回答道。

这就完了? 钱老师还在等着王旭的下文,可王旭却坐下了。

钱老师不动声色地道:"张建同学,你来说说。"

"内因是主要的,外因是次要的。"说完,张建也坐下了。

钱老师无奈地摇了摇头,叹了口气:"王旭和张建同学,敢于回答问题,值得肯定。但是如果在高考中出现了这样的答案,你们就要丢分了。我在这里不是危言耸听,高考中丢分还有再学再考的机会,可是在人生中丢分有时就是一辈子的事了。希望对这个问题还没有真正弄懂的同学下面注意听了。"

钱老师再次扫视了一遍全场,一些同学低下了头,显然不敢回答这个问题。

老师鼓励说:"大家大胆回答,错了也不要紧,我们就是要通过这种方式让大家从根本上学懂这个知识。"

钱老师指着一位在班级学习成绩比较好的女同学让其来回答。这位女同学站了起来,犹豫了一下,转身看了一眼一个叫王龙的男同学。王龙给了她一个威胁的眼神。该女生于是坚决地道:"老师,这道题我不会。"老师一愣,但没有说什么,随之又提问了另一个学习比较好的男同学。

这个男同学也是犹豫了一下，看了一眼王龙，同样看到王龙威胁的眼神。男同学露出了害怕的表情，吞吞吐吐地回答道："老师，我，我也不会。"

老师露出了惊诧的表情。这段时间是怎么了？一些平时学习好的同学，对一些稍有难度甚至很简单的题目都不会回答，有时好像故意答错。究竟是怎么回事？但课堂上没有时间深究原因。

这时，许婕举手了。

钱老师看向了许婕，眼中露出了希冀的光芒："好，下面请许婕同学来回答这个问题。"

许婕站了起来，无视王龙威胁的眼神，侃侃而谈："内因和外因的辩证关系是唯物辩证法的重要原理。内因，即事物的内部矛盾；外因，即事物的外部矛盾或事物之间的联系。事物的发展是内因、外因共同起作用的结果。内因是事物发展的根据，是第一位的，它决定着事物发展的方向；外因是事物发展的外部条件，是第二位的，它对事物的发展起着重要的作用。外因必须通过内因起作用，二者不可或缺。回答完毕。"

钱老师眉开眼笑："好！许婕同学的回答很标准。那么为了加深理解，你能不能举个例子呢？"

"好的。比如鸡蛋孵化小鸡。鸡蛋就是内因，它决定着孵化出的是小鸡仔，而不是别的。如果是一块石头，是无论如何也孵化不出小鸡仔的。而适宜的温度和适合的外部条件则是外因，也决定着能不能孵化出鸡仔。所以说内因是事物发展的依据，是第一位的。但是只有鸡蛋，没有适宜的温度和外部条件，也是孵化不出鸡仔的。所以外因也不能缺少。"许婕教科书式的回答让钱老师眼里露出赞许的神色。

"许婕，别整那些没用的，什么鸡呀、蛋呀，这与我们今后的工作有什么关系？"王龙见瞪了许婕无数眼，许婕均不理睬，只好直接给许婕出难题捣乱。

许婕张口就来："太有关系了。比如我们的理想或梦想就是我们未来事业、生活的内因,而我们学习获得的知识和自身的努力就是外因。如果我们没有任何理想和梦想,仅有知识就会没有努力的方向。但仅有理想或梦想,没有知识和努力,那就是空想和白日做梦。"

钱老师带着欣赏的目光说道:"许婕同学举的例子与我们的实际联系得很恰当,相信大家对内因和外因辩证关系的原理会有更深的理解和运用。让我们给许婕同学掌声鼓励。"

教室里响起了热烈的掌声。

当老师做完总结后,后排座位上一个叫赵晓燕的女同学脸色十分难看。这道题自己也会,回答的肯定不比许婕差。本来想等着别的同学回答不完整,自己再举手,来个漂亮、完美的回答,让同学们刮目相看,可是却让许婕给抢先了。许婕的回答已经很完美了,正是自己想说的答案。这下自己又没机会了,风头都让许婕抢去了,气死人了!

下课了,赵晓燕独自坐在那里懊恼、生气。

王龙不断地拿眼睛瞄着赵晓燕,看到赵晓燕沮丧的脸色,十分心疼。他来到赵晓燕面前说道:"赵晓燕,你等着,放学后我去教训教训那个许婕,以后不准她抢你风头。"

赵晓燕厌烦地道:"王龙,我的事不要你管。你离我远点,我会凭自己的实力碾压她。"

由于今天是周末,没有晚自习。放学后,许婕和双胞胎弟弟许强向自行车停车场走去。这时,王龙和几个男女同学在停车场边上拦住了许婕和许强。许婕和许强想绕过去,可是被王龙等人再次给拦住了。

许婕疑惑地道:"王龙,你有事?"

王龙气势汹汹地道:"也没什么事,就是想要告诉你,以后在班级回答问题不要总抢风头,做人要低调点,懂不?"

"你在说什么?我抢了谁的风头?老师提问,我正常回答,有问题吗?"许婕反问道。

王龙阴阴地道:"有问题,问题大了! 你让有的人很不高兴。"

许婕一脸释然:"哦,我明白了,怪不得这段时间有的同学对很简单的问题都回答说'不会',原来都是你在搞鬼。"

"你还不傻。今后你也要像他们那样,老师提问要说不会,考试也要故意答错几道题,听懂了吗?"王龙以一副命令的口吻说道。

许婕突然发火:"让开! 真是莫名其妙。"

"许婕,我是文明人,不打女生,但他们几个要教训教训你,我可管不了。"王龙指着另外几个同学威胁道。

许强怒不可遏,冲到前面,将许婕挡在身后吼道:"你们不要欺人太甚! 我会告诉老师的! 就是打架我也不怕你们。"

王龙轻蔑地说道:"呦呵,许强,你还敢上来逞强。我不打许婕,不代表不能教训你。我一只手就可以打倒你。"

望着身高一米八五十分魁梧的王龙和不足一米七、瘦弱的许强,在场的几个同学都笑了起来。这差距! 真交手,许强就是被虐的份儿。

许强心中害怕,但是不能不站在许婕的前面,因为自己是男生。许强强作镇定地说道:"王龙,这里是学校,我不怕你,光天化日之下你还真敢打我?"

王龙突然反应过来:"呵呵,你还别说,你提醒了我。走,我们到校门外去等他们。"

许强着急道:"姐,我们怎么办?"

许婕没有理睬许强,对王龙说道:"王龙,你真的要打?"

王龙不容置疑地道:"除非你按我说的做!"

许婕毫无惧色:"别怪我没提醒你,你输了,你会没面子;你赢了,我们受伤了,你会没里子,因为你不仅要赔付医药费,还会负刑事责任。所以,无论输赢,你都是输了。"

王龙一时竟不知道如何回答，呆愣在那里，反应了好一会儿才说道："许婕，你的智商应该到170以上了吧？这都能整出一套理论。不过，我既不会打输，也不会让你们受伤，轻伤都构不成，我懂法。所以，你唬不住我，但我会让你们天天做噩梦。"

王龙一伙很快来到了校门外，等着许婕和许强。

6 真理与废话的差别

"姐，我们从后门那条道跑吧。"许强紧张得腿都有点哆嗦了。

"许强，躲过了今天躲不过明天。今天我就要和他们了结这件事，也算是挽救几个劣迹青年吧！"许婕云淡风轻地说道。

"他们好几个人呢！"许强十分着急。

"看你那熊样，你忘了我和村里的李伯学过武术吗？让你学，你不好好学。"

许强心中忐忑，但不得不跟着许婕来到校门口。

放下自行车，许强硬着头皮挡到了许婕前面。

正当王龙撸胳膊挽袖子要对许强动手时，许婕一把将许强拽到身后，走上前去对王龙怒斥道："王龙，这都什么年代了，你还搞校园霸凌。我不知道你们为什么这么做，可这有意思吗？有时间，你们为什么不用功去学习，就是考不上大学也应该多学点知识。要靠自己的努力和实力实现自身的价值，而不是只知道消费父辈好不容易积攒下来的钱财和资源。钱财和资源总有用完的一天。那时，你们怎么办？"

王龙一脸的不屑:"你少给我说教。我爸没上大学,可他几个上过大学的中学同学现在都在给他打工。你别给我整那些没用的,你就说按不按我说的做吧。"

许婕霸气地道:"王龙,你的人生观和价值观都有很大问题。我知道现在和你说什么都没用。我许婕从不惹事,也从不怕事。你被人利用当枪使而不自知,利用你的人也真是没品,自己没实力,还虚荣心那么强,整这些歪门邪道。风头、风光不是抢来的,想要别人认可,要靠实力。"

王龙怒气冲冲:"闭嘴!我不许你污蔑她。你知道她是谁吗?她爸……"

许婕也火了:"王龙,她是谁和我无关,她爸是谁我更没兴趣知道。我只知道你在自作多情。就你?不学无术、一无是处,想给人家提鞋人家都看不上你。"

王龙被许婕一下子说中了,怒火升腾,大吼道:"闭嘴!你不是说实力吗,那我就用实力教训教训你!"

许婕傲然地道:"好!王龙,现在我就教教你什么叫实力为王。我要和你单挑。如果你认为打不过我,你们几个一起上也行。"

王龙感觉受到了侮辱,愤怒地像一头猛虎一样对着许婕冲了过来,抢起拳头就向许婕的头部砸来。王龙的几个同伴都大吃一惊!这一拳下去许婕就完了,大家都得吃官司。胆小的女同学连忙大喊:"王龙,快停手,不能真打啊!"但王龙怒火攻心,哪里停得住。

看到身高只有一米六二的许婕站在那里一动不动,好像吓傻了,王龙的拳头只差5厘米就打在许婕的头上了,人们都惊骇得张大了嘴巴,有的女生发出了尖叫。

然而,不可思议的一幕发生了。本该被一拳打倒的许婕好好地站在那里,王龙却一个"狗啃泥"实实在在地摔在了地上,半天起不来。

怎么回事?发生了什么?

只有一个同学恍惚间看到许婕快速侧闪，抓住王龙的手臂顺势一拉，脚下一勾，反手又在王龙的后背推了一掌。这一切都在电光石火间发生，人们就看到王龙狼狈不堪地趴在了地上。

　　王龙爬了起来，有些发蒙。他甩了甩头，继而恼羞成怒，又冲向了许婕。王龙一米八五的大块头，对许婕来说，就像一辆坦克一般猛撞过来。许婕又一次不可思议地闪开了王龙的直拳和冲撞，仍然是脚下一勾，上半身探到了王龙的身后，顺着王龙的冲撞之势再加上一掌。王龙重心不稳，又一次狼狈地趴在了地上。全场的人惊呆了。如果说第一次是偶然巧合，那么第二次呢？

　　王龙却被愤怒冲昏了头脑，感到从未有过的耻辱。他脱掉了外衣扔在地上，不计后果地准备再次冲向许婕。

　　许婕却大声喊道："停！不打了。王龙，我们算平手吧。"

　　王龙却感到这是许婕在羞辱他，更加愤怒地说道："不行！今天一定要真正分个输赢。原来我把你当女生，有些地方我不能打，着了你的道。现在开始，我不把你当女生，我要全力打到你妈都认不出你为止。"

　　"看来王龙是真的怒了，再无任何顾忌。要采用不管不顾、不要命的打法。许婕原来是用巧劲，靠身体的柔软度强，借势打倒了王龙。这下许婕危险了。"有人议论道。

　　一个女同学有些害怕了，说道："我们快去制止王龙吧，不然会出大事的！"

　　许婕却十分淡定地说道："王龙，你真要继续打下去吗？"

　　王龙有些得意地道："害怕了？那你就按我前面说的去做，我可以饶了你。"

　　许婕摇头道："王龙，那是不可能的。你要打，我奉陪，但是我有个条件。"

　　"什么条件？"王龙不耐烦地道。

　　"下面，我们进行一场公平比试。如果我输了，以后我在课堂上一言不发。但是，你要输了，今后不准再欺负任何同学。"

"好！君子一言。"

"驷马难追！"

许婕也将外套脱了，交给许强。

这回，王龙吸取了前两次的教训，先出手，总吃许婕的亏，于是说道："许婕，你是女生，我也不欺负你，你先出招吧。"

许婕看着比自己高出20多厘米、身材魁梧的王龙，迅速选择了自己的打法，决定正面击败王龙，让他心服口服。她大喊一声："王龙，准备好了吗？接招！"

许婕一个助跑高高跃起，飞起一脚端向了王龙。其身姿如龙翔九天，似猛虎扑食。本来对许婕不屑一顾的王龙，突然感到许婕的一脚竟然有不可阻挡之势，自己后退根本来不及，急忙用双手去抵挡，没想到许婕竟然是连环脚，第二脚更有力，将王龙端了一个趔趄。许婕落地后再次跃起，又是连环脚，王龙再次被逼退。这让王龙十分憋屈，也让在场的人对许婕的功夫刮目相看。这可是正面相对啊，没有任何投机取巧的成分。但是，许婕的这种打法十分耗费体力，连续两次跃起、踢腿，人们认为不可持续，等到许婕力竭，王龙反击，许婕还是必败无疑。然而让人们想不到的是，许婕就只用这一种腿法，连连飞脚，竟然一直将王龙压着打，逼得他不断地后退。当许婕第六次跃起时，连环脚接连端中了王龙，王龙仰面朝天摔倒在地。许婕为了让王龙彻底服气，没有继续痛打落水狗，而是气定神闲地说道："王龙，站起来，接着打。"

王龙站了起来，羞得脸比猴屁股还红，思考了一下，这回决定还是主动进攻。王龙虽然没有系统学过武术，但是身大力猛，就不信打不过一个小姑娘。王龙前两次单拳都没有打到许婕，反被许婕所制，这次，他抡圆了双拳向许婕打去。许婕向后退了一大步，躲过了王龙的拳峰，仍是跃起，飞脚端向王龙。不过这次许婕的力度似乎更大，王龙一下子就被端倒在地。许婕决定结束这场闹剧，快速冲上前，连续端向王龙。王龙几次想要站起来，都被许婕一脚端倒。最后，王龙仰面躺倒在地上再也无力还手。许婕一只手按住王龙的胸口，一只拳头举起，做出要打王龙的脸的姿势，说道："王龙，你服不服？不服，我这一拳下去，真的会让你妈都认不出来你。"

王龙从心底产生了恐惧，彻底服气了，知道自己确实不是许婕的对手，于是说道："许婕，我输了。"

许婕松开了手，十分霸气地冲着其他几名同学说道："你们，还有谁不服气的？可以上来比试一下！"

几个同学胆战心惊、唯唯诺诺，没有一个敢说话的，看着许婕都露出了害怕的表情。

许婕从许强手中接过外套，转过身对王龙说道："王龙，看到你还是个君子，平时帮助生活困难的同学也很仗义，不管你愿不愿意听，我还是要说几句。"本已转身要走的王龙，停了下来。听到许婕说自己是君子，还很仗义，心中忽然有些感动。因为许婕在班级从不惹事，但要是谁把她惹急了，她是有名的小辣椒，说话尖酸刻薄，从不留情面。今天她把自己打败了，本该继续羞辱自己，却说自己是君子，这让王龙着实感到意外，所以站下来想认真地听一听许婕说什么。

许婕道："王龙，我知道你的家境比我们许多同学都好。可你想过没有，你爸妈辛辛苦苦创下的企业、家业，等他们干不动了、退休了，你还像现在一样，不学无术，你有能力让企业持续下去吗？现在，每天都有新企业诞生，也有老企业倒闭。你不想让你家的企业倒闭吧？时代已经不同了，你的学习无用论是荒谬的。尤其是当下新技术、新知识呈现裂变式发展，如果你没有新知识，就跟不上时代的节奏。还有，如果你是一个废物，你追求的姑娘怎么能看得上你？你所谓的幸福就会离你远去，好好想想吧！"

许婕一口气说了一堆大道理。如果是在她没有打败王龙之前，王龙是不屑于听的。

这个世界上存在一个怪现象，当你强大到足以压倒对方时，同样的话在你嘴里说出来就成了真理。否则，真理也成了废话，没有人会听进去。

许婕的视线扫过王龙的几个跟班，继续说道："还有你们几个，我也给你们一个忠告：'学习很苦，但不学习，未来会更苦；学习很累，但不学习，未来会更累！'这不是我说的，是那些成功人士说的。你们好自为之吧！"

这时，许强拍马屁道："姐，你真厉害！"许婕讽刺道："你还好意思说呢，今天你一个男生看着你姐被欺负，你可是真勇敢！吼声确实很大，靠吼你能击败对手吗？做人要有实力，实力才是硬道理。"

在场的几个同学都被刚才的情形震惊得无以复加。本来认为王龙教训一下许婕是十分轻松的事，可怎么也没想到，竟然出现了大逆转，变成了许婕完虐王龙。

看着呆愣在那里的王龙，有的人张开嘴想要安慰王龙，可又不知道说什么好，气氛十分尴尬。

王龙站在那里一动不动，今天的事对王龙的震撼太大了！他的头脑中如刮起了一阵风暴，一时间，情绪变化极大，由憋屈、愤怒到震撼，他的表情十分丰富，而心中也是思绪万千。许婕，看起来是一个弱女子，竟然还会武术？会武术也就罢了，可还这么厉害。自己无论身高、体魄都要远远强于她，可是竟然被她完全打败。这就是许婕说的"实力"吗？不仅如此，许婕后面那些话，如同灵魂拷问，让王龙猛然警醒，自己家的企业，真的会像许婕说的那样，要败在自己的手里吗？想到此，王龙浑身冒出了冷汗。今天他虽然被许婕打败了，但真的要感谢许婕的当头棒喝，让浑浑噩噩的自己突然清醒过来。

王龙突然笑了！

几个同学都十分诧异，王龙不会是被许婕打傻了吧？

王龙看着几个同学说道："各位同学，今天我要感谢许婕，不是她打败了我，而是她打醒了我。我们这几年真是浪费了大好时光。许婕说得对，我们现在这个样子混下去,将来会一事无成。不,是没有将来。从今天起,我要全力冲刺高考。即使今年的成绩不理想,但我明年会继续努力。你们怎么做,自己决定吧!"

不久,高三五班的班主任钱老师和所有任课教师像发现了新大陆一样,发现了一个现象:以王龙为首的一直让老师们头痛的几个刺头学生,竟然在课堂上出奇地遵守纪律,成了乖宝宝。王龙还认真地向老师请教不懂的问题。

王龙回到家,吃完饭,将自己关进房间,破天荒地拿出一堆学习资料"啃"了起来,这让一直无奈的父母吃惊不已。

王母指着王龙的房间对王父说:"老王,你说大龙怎么突然就转性了?"

王父喜笑颜开:"这小子肯定是受到什么刺激了!但这是好事,不要打扰他。"

7 梦碎高考前

手机这个东西真是把双刃剑。

许强这段时间迷上了手机游戏。

今天是星期日，许婕做完饭，端上饭桌，发现许强还在玩手机，不禁大怒："许强，说你几次了，你怎么还在玩手机？你知道什么叫玩物丧志吗？"

许强辩解道："姐，我就玩一会儿，怎么了！"

"还怎么了！爸爸在外面打工，累死累活赚钱，给妈妈治病，供我俩上学，你不好好学习，迷恋游戏，你对得起爸爸吗？"

许婕越说越气，放下筷子冲着许强怒喊："别吃了！跟我走！"

许婕拽着许强的耳朵就向外走。"疼、疼，姐。你放开，我跟你走。"许强大声喊道。许婕放开许强的耳朵，但拽着胳膊不放。

"姐，你带我去哪儿呀？"

"到了你就知道了。"

许婕掏出手机拨打了一个电话："李叔，我是许婕，你和我爸今天在哪个小区干活呢？"

"我们就在你家对面那个小区三号楼二单元运水泥呢。让你爸接电话吗?"

"谢谢李叔,我知道了,不用接电话了。"

不一会儿,许婕拽着许强来到了这个小区。这是一个早年建的小区,都是八层楼,没有电梯。因此,谁家装修就靠人工往楼上背水泥或沙袋。

许婕和许强进入幽暗的楼道,顺着楼梯向上走,到了第三层就看到一个人在吃力地背着一袋水泥向楼上爬着楼梯。这个人的腿先是弯曲,再挺直,然后弯曲,再挺直。当到了第六层,这个人的腿弯曲、颤抖一会儿才能挺直,一步、一步,缓慢地向上走着。由于楼道很窄,要超越这个背水泥的人,就要碰到水泥袋子,会蹭一身水泥。因此,许婕和许强就在后面一直跟着。许强对来到这里感到莫名其妙,但是走了两层后,许强发现,这个背水泥的人的背影和转弯时的侧影有些像爸爸。又走了一层,终于到了顶层,光线强了,许强这回看清了,这个背水泥的人真的是爸爸!

吃惊、震撼、愧疚,许强的心里如打碎了五味瓶,他知道许婕带他来干什么了。许强快步抢到前面,伸出手想要接过水泥袋。这时许父转过头来,看到是他们,也是吃了一惊:"你们怎么在这儿?"

许婕眼里浸满了泪水。许强眼圈也有些发红。

许父将水泥袋放进了房间,返回楼道看着两个孩子说:"你们这是干什么?这活虽然脏点、累点,但是赚得多。你们俩快回去学习。"

许婕的声音有些颤抖:"爸,还有多少?我们帮你搬吧!"

"这不是你们现在要干的活,你们的任务是好好学习,给我考上个名牌大学。你们今天可以帮我搬运水泥,还能一直帮我搬吗?马上回去!"许父严厉起来。

高考的时间越来越近了。每个学生都在进行最后的冲刺。多年寒窗苦读,就快到检验的时候了,而高考也是决定自己命运的时刻。许婕和许强没有松懈,而是进一步强化学习,每天多学两个小时。

某建筑工地。

许父和工友在吃午饭,闲聊。工友李叔问:"老许,你家孩子今年是不是高考啊?"

"是的。我闺女和儿子一起考大学。"

"老许是真有本事,生了个双胞胎,还是一儿一女。学习都挺好。"

许父面带自豪地说道:"还行。他们学习成绩虽然不算拔尖,但考一个普通大学还是有把握的。"

工友李叔是一脸的羡慕,想到自己不争气的儿子,脸垮了下来。

今天是周末,放学后,许婕和许强回到家中。父亲还没有回来,身患重病的母亲躺在床上。

许婕十分贴心地道:"妈,今天是你的生日。你想吃什么?我给你做。我爸说他也早点回来,陪你过生日,还要给你买蛋糕。"

许母急道:"快告诉他,可别浪费那个钱。那都是他挣的血汗钱。你煮点鸡蛋面吧,吃完饭和小强抓紧时间学习。"

许强嬉皮笑脸地道:"姐,我最愿意吃你做的鸡蛋面了!"

"少贫。我问你,你想好了报考哪所学校了吗?"

"姐,我想好了,我要报考清北大学。并且我还想好了,等我们大学毕业,挣钱了,第一年过春节的晚餐,一定要做一顿大餐,要有鱼、有肉,还要有海鲜。"

"瞧你那点出息,就知道吃。毕业后我要赚钱买一套大房子,让爸妈住进去。"许婕憧憬道。

许婕边说边看了一下墙上的挂钟说:"咱爸说今天早点回家吃晚饭,怎么还没回来? 小强,你给爸打个电话。"

丁零零,这时许婕的手机突然响了起来。许婕拿起来按下接听键。

一个急促的声音传来："你是老许的闺女吗?"

"我是许婕。"

"我是你李叔,你爸受伤了,很危险。我们正在去市人民医院的路上,你马上和家人到医院!"

这时,一股不祥的预感让许婕的心紧紧地揪了起来。许婕马上关掉煤气,放下已经调好的鸡蛋,焦急地说道:"小强,不吃饭了,我们马上去医院。"

许强也听到了,给母亲拿了一包饼干放在床头。二人和母亲撒了个谎,打车到了医院。在医院门口,正好几个工友从一辆车里下来,背着一个人向医院里跑。许婕走近前,看到正是爸爸,忙道:"李叔,我爸爸怎么了?"

"你爸爸在工地为了救一个工友受了重伤,恐怕……"

"快去推一辆车!"一个工友喊道。另一个工友快速推来一辆车。

"爸!爸!你醒醒,你醒醒!"许婕和许强大声喊道。

这时许父睁开了眼睛,吃力地想要抓住许婕的手。许婕将手放到父亲的手上,许父紧紧握住了许婕的手。

许父看着许婕吃力地说道:"小婕,爸爸不行了,你是姐姐,今后要照顾好这个家。你,你能做到吗?"

"爸,你没事的,你一定没事的!"许婕哭着说道。

"答应我,答应……"许父话没说完,就无力地松开了握着许婕的手,但是眼睛瞪得大大的,带着眷恋、不舍,不放心地离开了这个世界。

"爸!爸!"许婕和许强撕心裂肺地哭喊着。

"小姑娘,你爸爸在等着你答应呢,你要是不答应,他会不瞑目的。"李叔劝说道。

许婕哭着握住了爸爸的手:"爸,我会的!我会照顾好家的,我还要给妈妈治好病。"

李叔用手慢慢合上了许父的眼睛。

爸爸从此再也不会睁开眼睛了！这一刻，许婕如五雷轰顶，爸爸没了，这个家的天塌了！

料理完父亲的后事，许婕在房间中呆坐了一整天，不吃不喝，如同石头。一个严峻的问题摆在了面前，父亲去世，家中唯一的经济支柱倒下了，全家没有了任何经济来源。母亲治病需要钱，自己和弟弟马上就要高考了，同时上大学，生活费怎么办？

"你是姐姐，今后要照顾好这个家，答应我，答应我……"爸爸临终前的托付，又出现在眼前，历历在目。从不轻易流泪的许婕，心如刀绞，好疼；泪如雨下，好悲，自己的命怎么这么苦啊？考入一流大学，读硕士、攻博士的梦彻底被残酷的现实无情地碾碎了。

许婕无声地哭了一天，直到眼泪哭干了。想到自己向爸爸的承诺，许婕毅然做出了一个决定，给在小区凳子上傻坐的许强打了个电话："小强，回来，到妈妈的房间，有事和你说。"

许婕坐在妈妈的床头："妈妈，我爸不在了，我和小强只有一人能去上大学。我决定了，我明天就去找工作，小强去考大学。"

"不，姐，你比我学习好，你去考大学，我去工作。"

"小强，我是姐姐，我有责任担起这个家。"

"姐，我是男人，我更有义务担起家的责任。"

许强转头看着母亲道："妈，我姐比我学习好，你说谁更应该去考大学？"

"呜呜！"许母看着两个孩子，心如刀绞，号啕大哭，"小婕、小强，都是妈妈拖累了你们啊。"手心手背都是肉，许母难以做出割舍。

"小强，也别难为咱妈了，咱俩看命运吧。"

"怎么看命运？"

"咱们抓阄。我写两个纸条，谁抓到带'考'字的，谁就去参加高考，没抓到'考'字的去工作。"

许婕背过身去写了两个字条,揉成团。在手上倒了几下说道:"小强,你先抓。"许强随意抓了一个。

许婕拿起另一个纸条并没有打开,而是让小强先打开。

许强打开字条,看到上面写的是"考"字。一瞬间,小强的心情很复杂。自己很想去上大学,可是,自己去上大学,姐姐就不能去了。小强呆呆地看着许婕道:"姐,这不行,还是你……"

许婕的心在哭泣,却强颜欢笑,霸气地说道:"你什么你,这是命运的安排。你明天就开始回学校复习,必须努力,给我考上一个一流大学。"说完,许婕就紧紧地攥着自己的纸条,来到了小区楼下花坛边的长凳上坐下,慢慢打开,看了一眼自己手中也写着"考"字的纸条,眼泪如决堤般喷涌而下。原来这是许婕为了将上大学的机会让给弟弟,在两个纸条上都写了"考"字。她故意让小强先抓,先打开看,自己的却不打开。默默哭泣了很久,许婕泪眼婆娑地仰望着天空,心里在呐喊:"老天,为什么对我这么不公!"许久,她再次恋恋不舍地看了一眼手中的纸条,随后将纸条丢进了垃圾桶。笼罩在许婕心头的是悲伤、彷徨,前路迷茫。

"你是姐姐,你要照顾好这个家。"爸爸的嘱托,不断地在耳边回响。

许婕擦干了眼泪,望着茫茫的天空,呆呆地出神。怎么办?我该怎么办?许婕不断地问自己。这时的许婕感到是那样孤独无助。

8 麻辣西施

傍晚,许婕独自坐在床上,一边流泪一边陷入了沉思:"怎么办?我该怎么办?"心里又不断地反复出现这个声音。

咣咣咣!突然响起了敲门声。许婕一愣,这么晚了,会是谁?

许婕打开门,愣了一下,随后激动地道:"钱老师!您怎么来了?"

"怎么,不欢迎我来吗?"

"欢迎,欢迎。"

"那也不请我进屋坐坐吗?"

许婕慌乱地说:"钱老师快请进,快请进。"

"怎么,几天不见,智商、情商都降低了?"钱老师想要刺激一下许婕,激起她不服输的精神。

许婕羞赧地笑了,然后眼圈又红了。

钱老师带着水果先去许母房间看望了许母,然后回到许婕的房间看着许婕说道:"你家的情况我都知道了,真是难为你了,你打算今后怎么办?"

许婕沉默了半响,无助地说道:"老师,我现在必须先去打工,养活这个家。"

钱老师打开包,从中拿出一个大信封放在桌子上:"你家突然发生了这么大的变故,我也没什么能帮你的,这是一万块钱,你先拿着用。"

许婕急忙道:"不用,老师,不用。"

"这不是给的,是借给你的,将来你读完大学上班了,想着还我。"

许婕站了起来,给钱老师鞠了一躬,哽咽道:"我代表我全家人谢谢您了。"

"许婕,你坐下,老师有几句话要对你说,希望对你能有所帮助。"

许婕泪眼蒙眬:"钱老师,您说。"

"希望你能从悲伤、迷惘中尽快走出来。下一步自己人生的路该怎么走?有两条路:要么放弃学业,找个企业打工养家糊口,到了年龄嫁人生子,碌碌无为地过一生;要么,不甘沉沦,继续读书,靠知识改写自己的人生。"

"老师,我选择后者,可我该怎么做呢?"

"未来的社会,没有知识将寸步难行。我建议你报考本市距离你家最近的华宇大学。虽然是一所普通院校,师资、学科等教育资源没有名牌大学强,但你可以通过加倍的努力,自学研究生课程,扩大你的知识面,同样不亚于从名牌大学获得的知识。我还可以请我的大学同学、硕士生导师指导你。"

许婕的眼睛一亮,似乎看到了一条新的通天大路,但转瞬脸上又浮现了为难之色。

钱老师明白许婕在担忧什么,进而道:"你和弟弟可以申请助学贷款解决学费问题。在大学期间你和你弟弟都可以勤工俭学,赚取生活费。至于你母亲的医药费,以后我再帮你想办法。"

许婕的眼泪在眼圈里打转,站了起来,再次给钱老师深深地鞠了一躬:"谢谢钱老师!"

钱老师鼓励道:"许婕,你一直是一个坚强的女孩,有远大的理想和百折不挠、勇往直前的精神。目前,虽然遇到了困难,但只要信念不滑坡,就没有过不去的坎！我送你一句李白的诗：'大鹏一日同风起，扶摇直上九万里。'在这个奋进的时代，相信你一定会找到自己的成功之路。"

钱老师的一席话犹如一束阳光，驱散了许婕心中的阴霾。许婕长出了一口气，心中的悲伤、苦闷减轻了不少。

送钱老师出门时，却看到王龙和一位中年男士站在门口正要敲门，钱老师和许婕都是一愣。这时，王龙说道："钱老师好！许婕，这是我爸，听说了你家的情况，我们来看看你。"

许婕怎么也没想到，王龙的父亲竟然说为了感谢许婕让王龙开窍，踏踏实实地开始学习，愿意资助许婕和许强上大学。许婕婉言谢绝了。见状，王父拿出一张银行卡，告诉许婕卡里有30万，是借给许婕的，还钱期限10年，无息。

见许婕还在犹豫，钱老师伸手接过银行卡，交给了许婕道："许婕，你先拿着吧。这个社会还是好人多。"说完，又对王龙和王父说道："谢谢你们在许婕最困难的时候，无私地伸出援手！"

高考结束，许婕以高出录取分数线100分的成绩被华宇大学录取了。虽然与一流大学失之交臂，但许婕对爸爸曾经说的一句话深信不疑，"师傅领进门，修行在个人"，只要努力、方法对头，读普通大学也照样能学有所成。

华宇大学图书馆，灯光明亮。许婕在如饥似渴地学习并认真做着笔记。

家中，墙上的电子表指向了午夜12点。许婕伸了个懒腰，收拾书本、资料，满意地自语道："今天的学习任务超额完成了，收工，睡觉。"

华宇大学校园的清晨，鸟语花香。

许婕坐在长凳上看外语。看了一下手机时间，该跑步了。许婕边跑步边背诵大段大段的外语文章。

一晃两个月过去了。许婕，就像华宇大学校园内那片宁静的莲花湖融进一滴水一样无声无响。

直到有一天，许婕的一个侠义之举让她在平静的校园里掀起了一朵浪花，使其一时间成为"名人"。

一天夜里,许婕从华宇大学图书馆学习结束,骑着自行车回家。进入城郊,路灯很远才有一个,光线比较暗。路上几乎没有了行人。许婕突然发现前面停着一辆面包车,车旁一个中年妇女正在和三个男人撕扯,并拼命大喊:"救命! 救命!"

许婕赶到近前停下来,观察情况。这时一个中年大汉转过身威胁道:"小姑娘,这里没你什么事,赶紧滚蛋!"

这时女人更加恐惧、焦急地大喊:"救命!"

许婕看清楚了,这是抢劫! 她转身骑着自行车就走。

"算你识相。"中年大汉根本没把许婕当回事。

许婕快速骑行到前面 30 多米远的地方迅速拿出手机,拨打了 110 报警。

这时,有两个歹徒已经将中年妇女拽到车门口,马上就要推上车了。

收起电话,许婕掉头骑上自行车并疯狂加速,对准那个正在放风的大汉撞去。大汉猝不及防,一下子被许婕的自行车撞出去 5 米多远,摔在地上爬不起来。许婕从车子上一个后空翻,落地时虽然有点踉跄,但是马上向另外两个歹徒冲去。许婕冲到近前一跃而起,利用冲力一个侧踹将其中的一名歹徒踹出 3 米之外。另一名歹徒见状,松开那名中年妇女,持刀凶狠地向许婕刺来,说时迟那时快,许婕一个快速闪身,躲过匕首,再次跃起,一个漂亮的空中转身,一脚踢向了这名歹徒,将这名歹徒踢了个狗啃泥。

中年妇女看呆了,也吓傻了,呆呆地站在那里。

三名歹徒并没有失去战斗力,纷纷从地上爬起来,一个从车上抽出一根铁棍,两个手持匕首,前后围住了许婕,并凶神恶煞般向许婕逼过来。

许婕好像吓傻了似的,一动不动。眼见铁棍就要砸到许婕,中年妇女见状"啊!"的一声尖叫起来。许婕毫不慌张,待铁棍快近身时,以不可思议的速度向后倒去。歹徒来不及变招,一棍扫在了同伙身上,同伙痛叫一声,应声而倒。

许婕闪转腾挪,借力打力,竟然使歹徒将自己人误伤,气得歹徒哇哇大叫。

这时警笛声大作,歹徒仓皇而逃。

许婕追上一个歹徒,飞起一脚踢向其后腿弯部。歹徒扑倒趴在地,想要站起来,许婕在歹徒后腿弯处不断地踢,歹徒刚站起来就再次扑倒。

警察赶到,看明白了现场情况,不仅莞尔道:"这个小姑娘很厉害,也很聪明啊!"

见警察到了,许婕遗憾地道:"警察同志,共有三个歹徒抢劫这位女士,遗憾,我只抓住一个。"

中年妇女走到许婕面前说:"小妹妹,谢谢你救了我。"

一个警察给歹徒戴上手铐把他带到车上;另一个警察走到许婕面前说道:"小姑娘,你真的很厉害!麻烦你跟我们回去做一个笔录。"

许婕急忙道:"警察同志,我还有事,笔录能不能就在这里进行?"

"不行,你必须和我们到警局去。"一个女警察不容置疑地道。

"我的时间真的很紧。去你们警局完事我再回家,我今天的学习计划就完不成了。"

这时,那个中年妇女已经将事情的来龙去脉快速向带队警察说清楚了。

带队警察来到许婕面前说道:"小姑娘,谢谢你见义勇为,你可以在这里做笔录。"

许婕做完笔录,正要转身离去,这时跟随警察在附近出任务的一名女记者走上前来说道:"小妹妹,我是记者,可以采访你一下吗?"

"不好意思,我没有时间,也没什么说的。"

"你只告诉我,你是做什么的就行。"

"我真的有事,你一会儿看笔录吧。"

"就一句,你是怎么学习的武术?"

"村里李大伯教我的。"

说完,许婕转身离去。

华宇大学食堂,午餐时间。

工商管理学院大一的学生金岩、徐忠、韩柏三人来到窗口前排队。

这三个人身高竟然都是一米八零左右,站在一起十分显眼。他们自称"一字并肩王"。

"金岩,我们学校出大新闻了。昨晚一个武功高强的女侠勇救被三个歹徒劫持的妇女,打跑了两个,还抓住一个。这个武功高手竟然是咱们学院的女生,叫许婕。"徐忠举着手机兴奋地说道。

"徐忠,这你也信。现在很多媒体,尤其是网络自媒体的报道都是标题党,那是为了吸引眼球。"韩柏一脸的不屑。

徐忠立马反驳:"就你能抬杠,什么也不信。许婕赤手空拳打三个带着凶器的歹徒,你给我来一个试试。"

"许婕,你好厉害啊,给你点赞!"这时金岩听到一个女生在喊另一个女生,随即转身看了一眼。只是一眼,他就深深地被这个叫许婕的女生吸引住了。简直是太惊艳了!一张鹅蛋脸,皓齿朱唇,一双大眼睛像雨后的天空般深邃纯净,好看的睫毛没有任何人工修饰的痕迹,说天生丽质绝不为过。这让正处于青春期的金岩心跳加快。

一眼,就是这一眼让金岩彻底沦陷了,他定定地愣在那里,目不转睛地看着许婕。韩柏捅了捅徐忠,示意他看金岩,并伸手在金岩的面前晃了晃,说道:"金岩,再看眼睛就掉进去了。"

徐忠怂恿道:"金岩,我看你俩有夫妻相,赶紧去追。"

"这么漂亮的女生恐怕早就名花有主了,不过你也有机会,因为你不仅长得帅,还是情种。"韩柏调侃道。

"韩柏,你们这样议论女孩子好吗?"听到这个声音,韩柏脸上一喜:"丁雪梅,我们说她长得好看,哦,不对,你也好看。"

丁雪梅给了韩柏一个白眼道:"韩柏,有本事你去和她加个微信,如果你能加上,我请你们几个吃大餐。"说完看了一眼仍然没回过神来的金岩,爱慕之情一闪而过,可见到金岩对自己无视,心中酸溜溜的。

都说色壮尿人胆。为了证明自己有魅力,韩柏整理了一下衣服,快步来到许婕面前,十分自信地道:"美女,加个微信呗?"

本来与同学有说有笑的许婕,立刻面带寒霜,看了韩柏一眼,毫不客气地道:"哪儿凉快哪待着去,不要影响我们午餐的食欲。"

韩柏不死心,仍然死皮赖脸:"你不要拒人于千里之外,就加一个微信,没有别的。"

许婕厌恶地皱起眉头,脸上一副被癞蛤蟆趴在脚面上的神情:"见过不要脸的,没见过你这么不要脸的。走开,否则后果自负。"

韩柏脸色尴尬,讪讪地败下阵来。

看到这一幕,徐忠一脸幸灾乐祸。

金岩见状,走上前,采取迂回战术:"许婕,你很了不起,等有时间我想和你探讨一下武术方面的问题。"

许婕看了一眼金岩,脸色仍然冰冷,不假辞色:"等你自认为能打过我,再来约我。"

金岩也和韩柏一样讪讪地败下阵来。

"呵呵,金岩,看来你也不是人家的菜啊!"韩柏终于心里平衡了。

"太泼辣了,虽然长得像个淑女,可实际像个刺猬。"丁雪梅见这么多男生都对许婕一脸的爱慕状,心中有些嫉妒羡慕恨。

"长得赛西施,你看她排队的窗口是卖麻辣烫的,今后就管她叫'麻辣西施'吧!"另一个叫卢珊珊的女生突然像发现新大陆一般十分兴奋地大声说道。

端着餐盘还没有离开的金岩怒斥道:"卢珊珊,请你放尊重点! 随便给别人起外号,是凸显你有文化还是你素质低下?"

卢珊珊见金岩突然发怒，一脸惶恐："不是的，金岩，我没有别的意思。"

"呵呵，还真是个护花使者，不过你护错花了。卢珊珊可是对你一往情深。你这个样子，让珊珊情何以堪。"丁雪梅心中不忿，竟然反驳了金岩一句，可是马上心中就后悔得不行。

"雪梅，你不要瞎说。"卢珊珊一脸羞涩，但是深情地看了一眼金岩。

许婕看了一眼为自己出头的金岩，心道：这个叫金岩的倒是一个谦谦君子，而且还挺帅，可这和自己没有任何关系。现在的自己要把全部的精力都放在学习上，而且要比别人多付出几倍的努力才行，时间对自己来说就是奢侈品。谈恋爱？自己现在还没有资格。

当许婕与金岩四目相对时，许婕快速扭过头去。金岩却是突然心跳漏了半拍，希望许婕能再回眸，哪怕是多看自己一眼，可许婕却目不斜视地端着餐盘走开了。

金岩心中不服，但还是装作"哥也不是随便的人"的样子，迈着六亲不认的步伐离开了。

看到金岩吃瘪，几个同学终于还是忍不住哈哈大笑起来。听到笑声的金岩加快了脚步，逃也似的离开了。

徐忠看着丁雪梅和卢珊珊一脸爱慕地望着金岩的背影，迟迟收不回目光，一副花痴样，心知金岩对丁雪梅和卢珊珊无感，感叹道："问世间情为何物，直教人神魂颠倒。"

不过韩柏与徐忠见金岩对丁雪梅和卢珊珊根本不感冒，心中窃喜。两人心中都升起一种别样的感觉。

9 再露锋芒

晚上学生宿舍内,金岩躺在床上望着天花板默不作声。

徐忠看了看四周,感到宿舍太静了就打趣道:"金岩,还在想那个许婕呢?"

韩柏接着道:"金岩,你是班长,学习成绩又那么好,考研、读博,你的前面是溜光大道,你不应该沉溺于美色。"

金岩叹气道:"我的家庭条件不允许我读研了。"

"徐忠,你还考研吗?"韩柏问道。

"我倒是想考,可我家条件也不行。"

"那我们三个可真是难兄难弟了。"韩柏自嘲道。

"你们是不是都对那个许婕有意思?"金岩突然问道。

"金岩,我倒是想有意思,可人家连你都没看在眼里,我有自知之明。"徐忠马上说道。

"金岩,她不是我的菜,我也就是逗逗她。我看你也别浪费精力了,没戏!"

"不试试怎么知道!"金岩还是不死心。

唉!唉!韩柏和徐忠都是长长地叹了口气,连连摇头。

一夜的工夫,金岩还真想出了一个办法,那就是学习武术——与许婕有共同的爱好,并使自己的武术赶上或超越许婕。

不得不说金岩的办事能力还是超强的,他很快就和校方借了一个200平方米的室内场地,组建了武术俱乐部。

晚7点左右。金岩站在队前宣布:"今天,我们武术俱乐部就正式成立了,我们的目的是强身健体。如有小成,可以见义勇为,但不可以恃强凌弱。大家同意我的意见就在公约上签字,不同意的,道不同不相为谋,就请离开俱乐部。"

徐忠率先表态:"我同意。"并在公约上签了字。

几个同学也都签了字。这时韩柏也走了进来:"我来了,算我一个。"

"你不是说不来吗?"徐忠问道。

"铁三角缺了我,还是铁三角吗?"韩柏一副仗义的样子。

金岩有些感动地冲着韩柏抱了抱拳:"我们正义俱乐部,今天就正式组建了。我们的口号是:强身健体! 秉持正义!"

"强身健体! 秉持正义!"大家齐喊道。

时光荏苒,许婕已经度过了三年多的大学生活。三年多的时间,她不仅完成了工商管理专业本科的全部课程,还自修完成了同专业的硕士研究生课程。

华宇大学教师办公室,钱老师的大学同学郭教授在给许婕答疑解惑。

许婕带着释然和感恩的表情:"谢谢郭教授! 我明白了。"

"以后有不明白的地方你就来找我。"郭教授热情地说道。

"这个学生是你的研究生吗? 很聪明啊,一点就透。"看着离开的许婕,对面桌的胡教授赞赏道。

"不是我带的研究生。她是我大学同学介绍来的,现在读大三。"

"才大三? 那她刚才问的怎么都是工商管理硕士研究生的知识啊?"

"这个孩子出身寒门,说来也真有毅力,竟然只用了三年多的时间就自学完了工商管理本科和同专业硕士研究生课程。"郭教授感慨地说道。

胡教授一脸吃惊:"那这个学生很聪明也非常用功啊!"

"不仅如此,她还自学了多门外语,竟然门门精通!"郭教授继续语出惊人。

"三年自学完了本科和硕士研究生的课程,还掌握了多门外语,她是怎么做到的?"胡教授惊讶道。

"这个学生的情况说明了一个很重要的问题:仅有聪明和刻苦努力还不够,必须加上一个重要因素,那就是掌握科学的学习方法,在提高悟性上下功夫。这个许婕,悟性很高。深谙'学而不思则罔,思而不学则殆'的学习之道。在学习中她悟出了一套自己的学习方法,可以做到事半功倍。而且理论联系实际,不是死读书、读死书。"郭教授由衷地赞叹道。

两位教授都对许婕赞许有加。

入夜,武术俱乐部内,学员们在教练的指导下训练蹲马步、弓步。

"这么长时间就让我们练这个马步、弓步,这有什么用啊?"丁雪梅在抱怨。

"就是,这能打败歹徒吗?"卢珊珊附和道。

"你们连最基本的动作都做不好,还想用于实战? 要想学成功夫,就必须从基本功练起。"教练斥责道。

几个男生却做得有模有样,马步、弓步都扎得很实。

散场时,丁雪梅悄悄对韩柏说:"韩柏,明天训练时加点料怎么样?"

韩柏看着丁雪梅:"什么意思?"

丁雪梅对韩柏耳语了一番。韩柏疑惑道:"她能来吗?"

"我一定能让她来。"

第二天晚餐后,许婕从食堂大门匆匆走了出来。这时丁雪梅和卢珊珊突然上前拦住了许婕。

丁雪梅微笑道:"许婕,我们想请你帮个忙,到我们武术俱乐部去帮忙指导一下。"

许婕一笑:"不好意思,我想你们是搞错了,以前媒体上说的不是真的,我根本就不会什么武术。"

"许婕,我们很想学点武术防身,你就帮帮我们吧。"卢珊珊恳求道。

"我真的没有时间,你们可以去请教练。"许婕不为所动。

"许婕,知道你在抓紧时间学习,我们请了教练,但是大家天天练基础姿势,都没耐心了。今天只想请你到场和我们的教练对练一下,让我们大家找到实战体验感,提振一下信心。以后绝不会再麻烦你。"丁雪梅说完就和卢珊珊上前,一边一个拉着许婕的胳膊:"就一会儿,就一会儿。绝不耽误你太多的时间。"

许婕无奈地跟着她们来到了武术俱乐部。

许婕几人进入俱乐部,训练正在进行。

丁雪梅快步跑到教练身边对男教练小声说:"教练,和我们一起来的那个女生叫许婕,想看看你够不够资格当教练,要和你对练一下。"

教练扭头看了看许婕说道:"没兴趣。"

丁雪梅继续激将:"她可不是一般人。她就是前一段时间媒体炒得很火的一个人打败三个歹徒的女侠。"

教练有些意外:"是她?"

"你可别小看她,她说要把你打趴下。"丁雪梅继续拱火。

教练的脸一下子就黑了:"狂妄!那就试试吧。"

丁雪梅又跑回许婕面前点火说:"许婕,教练对你一个人打败三个歹徒不信,说要让你原形毕露。你要小心了。"

许婕看到丁雪梅在和教练说话时,教练的脸色在不断变化,猜想这个丁雪梅肯定在挑事,转身就想一走了之。

"许婕是吧,听说你一个人打败了三个歹徒。我们对练几招吧,就当让这帮笨蛋看看实战状况。"教练面色很冷地道。

许婕只好放下双肩包，走到场中央，抱一下拳，就直挺挺地站在那里。

教练很绅士地对许婕说："你先出招吧。"

许婕也不客气，上前一个虚招。教练看出许婕是虚招，也不再客气，以一个直拳向许婕肩膀击来。许婕看到对方这一招避开了自己胸部，对教练的君子做法有些好感，立即改变一招制敌的打算，想给教练留些面子，于是快速躲开了。两人你来我往很快就十多招过去了。

教练越打越心惊，看出许婕几次都有机会击败自己，是故意相让，正准备认输，这时许婕突然跳出战圈，抱拳道："不打了，我输了，教练您继续教学吧。"说完拿上双肩包就走。

教练虽然有些尴尬，但很快就释然了，对学员们说："看够了吗？我不是这个女学生的对手。你们只要好好练，也能达到她的水平。哪天打败我，你们就算出徒了，继续练！"

夜晚许婕家，墙上贴满了外语单词，有英语、德语、法语，还有阿拉伯语。

许婕自语道：有人研究过，人的记忆规律表明，一个单词想要永久记住，至少要有间隔地重复见过这个单词17次以上。许婕为此给自己创造了语境，那就是在家每天抬头看到的都是外语单词。

许婕看完了最后一组单词，一拍桌子："搞定！是时候正式检验一下自己的学习成果了。先从英语的托福、雅思开始吧。"

许婕也没想到，一不小心，又出名了。

"听说了吗，那个许婕又出爆炸性新闻了！"排队等餐时，徐忠看着手机惊诧地叫道。

"又怎么了？你这一惊一乍的。不会是又见义勇为，勇斗歹徒了吧？"韩柏道。

"不看新闻就是孤陋寡闻。许婕英语托福考试满分。"徐忠举着手机说道。

韩柏一副根本不信的表情："开玩笑。那怎么可能？"

徐忠撇了撇嘴："韩柏，你整天不服这个，不服那个。你上手机上翻翻，看看新闻。"

韩柏打开手机，看到本地头条新闻的醒目标题"华宇大学女学生托福考试获得满分的惊人成绩"。

见韩柏一脸难以置信的表情，徐忠趁机挖苦道："怎么样？你托福能考多少分？"

"一次考试说明不了什么？只能说她英语不错而已。"韩柏仍然嘴硬地道。

金岩对此却深信不疑："看吧，这个许婕还会给我们惊喜的！"

"金岩，那你麻烦了，武术还没学怎么样呢，也不知道什么时候才能打得过许婕。现在外语又被她遥遥领先了，这下你可咋办？"徐忠替金岩担心。

夜晚，校园树林空地上，金岩在练拳，拳拳都力度十足、虎虎生风。

学生宿舍内，徐忠躺在床上说道："韩柏，金岩为了追求许婕，也真是铆上劲了，都这么晚了还在小树林练拳呢？"

"爱情还真是有魔力，金岩这是着魔了。"

华宇大学校园的甬路上，金岩几人走在去吃午饭的路上。

徐忠看着手机突然惊呼："天啊！这个许婕又创造了一个传奇！"

韩柏踢了徐忠一脚："你能不能稳当点！又怎么了？"

"许婕英语雅思考试又是满分！"徐忠满脸不可思议的表情。

金岩和韩柏都打开手机看到一条新闻"华宇大学女学生再显身手"。

"如果说一次考试获得满分是偶然，那么两次呢？这下没有人再怀疑她是撞大运了吧！"金岩看着韩柏说道。

韩柏刚想说什么，又突然闭上了嘴。

10

十方世界
五声之变

"郭教授,又来麻烦您了。我已经学完了工商管理本科和硕士研究生的全部课程,可我还是感觉不够。"许婕又来到郭教授办公室。

郭教授赞赏地点点头:"许婕,首先祝贺你完成了硕士学业。但你说得对,确实是不够,因为课本上都是基础知识和理论。如何把这些理论知识与实际相结合,用于指导实践,才是我们学习的根本目的。"

"那,郭老师,我下一步应该怎么做呢?"

"送你一首诗:百丈竿头不动人,虽然得入未为真。百尺竿头须进步,十方世界是全身。"郭教授既是在对许婕进行忠告、指导,也是在考验许婕的知识面。

如果说"百尺竿头,更进一步",许婕和大家一样当然知道这个成语。可是在学习时许婕是泛泛学习的,只理解了其字面意思,对其内涵理解得并不深刻,今天听到郭教授把成语典故原文说了出来,突然对这个成语有了新的领悟。知识的海洋就像恒河沙数,自己所学尚未窥到十方世界之一隅。许婕对自己下一步的学习和实践心中了然的同时,也惊叹郭教授国学底蕴深厚。

为了让许婕拓宽知识面，激起这个小姑娘更广泛的学习兴趣，郭教授故意刺激道："许婕，知道这个典故的出处吗？"

"出自宋·释道原《景德传灯录》卷十。"许婕很自然地答道。

郭教授惊诧地张大了嘴巴。看来她知道的还真是不少！

继而，郭教授又深入引导道："许婕，下一步你很快就要进入职场。如果入职一个企业，你会遇到企业内部很多同事之间、外部企业之间的竞争。大家都学习过工商管理知识，你学过的，人家也学了。那你如何才能在高手如云的职场、竞争激烈的商场中胜出呢？"

许婕心中一动，这正是自己想要追求而尚未窥破真谛的问题，于是马上求教："我有这个雄心，也有一定的基础知识，但想要在职场群雄逐鹿中胜出一筹却不得要领，还请郭教授能教我。"

"再送你一段话，如能真正领悟，你会受用无穷：

'凡战者，以正合，以奇胜。故善出奇者，无穷如天地，不竭如江海。终而复始，日月是也。死儿更生，四时是也。声不过五，五声之变，不可胜听也；色不过五，五色之变，不可胜观也；味不过五，五味之变，不可胜尝也；战势不过奇正，奇正之变，不可胜穷也。奇正相生，如循环之无端，孰能穷之哉！……'你能明白这段话的意思吗？"郭教授接着道。

许婕越听越激动，犹如突然顿悟般兴奋不已，磕磕巴巴地道："郭教授，这是《孙子兵法·势篇》。我只是学了，但我不知道原来在企业竞争上，在职场中，《孙子兵法》还可以这么用！"

这都知道？郭教授再次被惊骇到了。这个许婕知识面到底有多宽？但还是要考察一下许婕是否真的懂得这段话的意思。于是道："那你说说，这段话是什么意思？"

许婕有些忐忑地道："郭教授，我说说对这段话的理解，如果不对，请您指正。"

"怎么理解的,就怎么说。"郭教授鼓励道。

"这段话的意思是:但凡作战,都是以正兵作正面交战,而用奇兵去出奇制胜。善于运用奇兵的人,其战法的变化就像天地运行一样无穷无尽,像江海一样永不枯竭,像日月运行一样终而复始,与四季更迭一样去而复返。宫、商、角、徵、羽不过五音,然而五音的组合变化,永远也听不完;红、黄、蓝、白、黑不过五色,但五种色调的组合变化,永远也看不完;酸、甜、苦、辣、咸不过五味,而五种味道的组合变化,永远也尝不完。战争中军事实力的运用不过'奇''正'两种,而'奇''正'的组合变化,永远无穷无尽。奇正相生、相互转化,就好比圆环旋绕,无始无终,谁能穷尽呢?"

郭教授听到许婕的答案频频点头:"许婕,你理解得很正确。如果用于职场竞争、商战,要想胜出,就是要'以正合,以奇胜'。职场内,人与人之间的竞争,因为大家都学过了工商管理,就像人们都知道'五音''五色''五味'一样,关键在于掌握并运用好'五音之变''五色之变''五味之变',并做到'以奇胜',才能战胜对手,超越对手,让竞争者闻之色变!"

此刻,许婕如醍醐灌顶般大彻大悟,思想境界又得到了升华。

郭教授像看怪物一样看着许婕喃喃道:"还有什么是这个小女孩不会的?"于是直接指导道:"那么,下一步你先用所学的知识,大量研究企业成功和失败的案例。从中发现问题的原因、经验和教训,借鉴《孙子兵法》,找到解决对策。"说着打开电脑,敲出案例页面说道,"这是我这些年收集的典型案例,你可以拿去参考。"

许婕如获至宝,急忙道:"谢谢郭教授!"

夜已深,许婕在研究企业案例。

连续多天许婕都在伏案阅读。一个个企业案例在脑海中得到分析、梳理。许婕发现了一个令人惊骇的现象,决定向郭教授去请教。

下课后,许婕再次来到郭教授办公室:"郭教授,我还得向您请教。"

"许婕,你说吧,今天有半个小时。"

许婕也不废话:"郭教授,我这段时间研究企业案例,突然发现一个惊人的现象。中小企业好像存在一个魔咒,太可怕了!"

"哦,什么魔咒?"郭教授感兴趣起来。

许婕十分严肃地说道:"目前,我国中小企业所创造的 GDP 占比 60% 以上,并且创造了 50% 的税收,解决了 80% 的就业。可有一个令人惊惧的问题,就像魔咒一样,许多中小企业的平均寿命似乎不超过 3.5 年。"

郭教授暗暗称奇:"不错! 是这样。那你有什么想法?"

"我想破解这一魔咒。"许婕跃跃欲试。

"有雄心壮志,我支持你。那你就尝试去找到秘诀吧。希望你能成功!"

清晨,一抹嫣红出现在东方。华宇大学校园内,正在跑步的许婕见到迎面跑来一个男生。男生跑到许婕跟前转过身,和许婕一起并肩跑起来,并主动搭话:"许婕,你好!"

许婕见是金岩,脸上闪过一丝惊讶,但继而又面无表情:"你好!"

"许婕,你太厉害了! 托福和雅思竟然都考了满分,让我们这些人情何以堪。"

"同学,你这搭讪的套路也太没新意了,再见! 再也不见!"说完,许婕加快了速度,跑到前面去了。

金岩也加快了速度,追上了许婕:"许婕,我没有别的意思,我只是想向你请教一下学习外语的秘诀,请你教教我。"

"少玩游戏,别泡妞,比别人多用几倍的努力,你也能考满分。"许婕加速又跑到前面去了。

金岩不死心,再次追上了许婕说道:"许婕,加个微信呗。"

"可以啊,等你外语考了满分来找我。"说完,许婕一溜烟跑远了。

金岩慢了下来,像一只泄了气的皮球,沮丧地摇摇头。

这时,许婕突然又返了回来说道:"问你一个问题。"

金岩欣喜若狂:"你说,什么问题?"

"许多中小企业为什么逃不出平均3.5年寿命的魔咒?"许婕突然甩出一个十分震撼的经济学问题,说完等着金岩回答。

啥?不应该是想通了回来答应和我加微信的吗?这怎么整出这么尖端的问题。最要命的是这个问题一下子还真不好回答。

看到金岩张口结舌。许婕嗤笑道:"就这?还敢说学工商管理的!"许婕加快速度向前跑去,再不回头。

金岩呆立在晨风中,像受到了刺激一样。她的外语已经那么好,还整出这么高端的经济学问题,而自己竟然没有回答上来!一向恃才傲物的金岩被打击得有些怀疑人生了,站在晨风中凌乱。

第二天清晨,还是华宇大学的校园。许婕仍然在跑步。不一会儿,后面追上来一个男生,超越了许婕。许婕用余光看到是韩柏,就主动道:"韩柏,和你探讨一个问题。"

韩柏看到是许婕主动和自己说话,受宠若惊地道:"美女,你是在和我说话吗?"

"这附近还有别人吗?"许婕像看傻子一样看了一眼韩柏。

"哦,哦。什么问题?"韩柏有点窘迫。

许婕不理睬韩柏的难堪:"为什么我国许多中小企业的平均寿命不足3.5年?"

"这非常简单啊,经营不善呗!"

"深层原因呢?"

"选项不准或者不会经营管理。"

"那怎么解决呢?"

"提高经营管理能力。"

"全是没有错误的废话！再见。"许婕一脸失望地跑远了。

韩柏一脸迷惘："这怎么就成废话了？"

一天晚饭后，许婕再次来到郭教授办公室，满脸汗水来不及擦："郭教授，不好意思，我迟到了。"

"我也刚到。你伟大的梦想研究得怎么样了？"

"您给我的那些企业案例，我全都研究了。此前，我在这几年学习期间，也模拟做了一些企业策划方案。但看了您给我的典型案例，我才知道原来做的方案还很不成熟。从 300 多个成功和失败的案例中，我发现了其中的规律。我相信一定能找到破解之法。"许婕谦虚又不失自信。

郭教授安慰道："你现在还是纸上谈兵，缺少实践经验。等你进入职场接触企业经营管理实际后，就会有更深刻的体会了。"

"郭教授，我虽然缺少实践经验，但经验也分直接经验和间接经验。有直接经验当然是好的。可是那些中小企业在创业之初大多没有直接经验。因此，借鉴间接经验也可以卓有成效。"许婕有些不服气。

郭教授笑道："好呀。你给我举个利用间接经验纸上谈兵的成功例子。"

许婕侃侃而谈："我认为纸上是可以谈兵的。在军队，作战前参谋部门拿出的战役和战术方案就是纸上谈兵。我认为纸上谈兵做得最好的是诸葛亮做的策划书。"

郭教授更加有兴趣了："诸葛亮做的策划书？说说看。"

"秀才不出门，便知天下事。当年诸葛亮未出山之时，靠'纸上谈兵'，著《隆中对》纵论天下大势，帮助刘备三分天下有其一，就相当于现在的企业策划书。我为什么不可以模拟实战，制作针对不同情况的企业发展策划书，帮助企业突破制约发展瓶颈的魔咒呢？"许婕信心十足地道。

哦，还真有点天下大势舍我其谁的气势。郭教授更加欣赏这个许婕了："那就把你的《隆中对》给我看看。"

连续看了许婕的几份策划案中针对中小企业发展存在的不可持续问题，提出的解决思路，郭教授皱了皱眉头："你已经深谙了'学而不思则罔，思而不学则殆'的学习真谛，读万卷书，没有思考、悟出其中的真谛，只是个书虫；行万里路，不学习，在古代，就是个邮差。你确实做出了自己的思考，这很好。虽然你的这些策划案都有一定的见解，可还没有真正发现问题的根本所在。所以，你现在还破解不了'魔咒'。"

"郭教授，您说得对。在对这些企业案例进行分析时，我感到每个企业的情况千差万别，所涉及的问题错综复杂，可以说千头万绪，解决了一个问题，还有诸多个问题，真是剪不断、理还乱。到底应该怎么做，我还没有想明白。请老师您再给指点指点。"

"你不是要破解中小企业寿命短的魔咒吗？从今天开始，我们探讨与企业命运息息相关的具体问题，用于完善你的《隆中对》。"

"郭教授，那太好了？我就知道您一定有真经。"

"少拍马屁，说具体的。今天的问题有两个：

"一、为什么许多中小企业的产品质量不错，价格也不贵，可就是卖得不好？

"二、有一个企业产品不错，可却因为拖欠工人工资、水电费、材料费等问题，被迫停产。如果你是新任企业负责人，筹集了一笔资金，要开工复产。有几个选项：A 还欠账；B 组织生产；C 销售。这笔资金只够其中一项使用，你的优先顺序是什么？你回去分别写两份企业策划案，我们再探讨。什么时间能完成？"

"三天。"许婕干脆地答道。

郭教授皱了皱眉头："三天？时间服从质量，要研究透。"

深夜，许婕家的灯光还在亮着。

许婕对照郭教授留下的作业，找出自己原来做过的类似案例，进行分析完善,梳理出主要脉络。对第一个问题的主要原因有了答案,慢慢对第二个问题也有了自己的答案。

入夜,郭教授和许婕坐在各自的电脑前。

许婕:"郭教授,你留的两个作业,我都做完了。"

郭教授:"好。你用最简洁的语言说出关键部分就行。"

"第一个问题产生的主要原因是营销不到位。具体说是没有真正重视营销。说起营销似乎每个企业都说自己重视了,但实际上无论在人力、物力、财力的投入上都差得很远。"许婕简要地说明。

郭教授:"为什么这么说?"

许婕:"有比较才有鉴别。有这样一个真实案例:有一个县的小药厂,生产的是非处方药。因产品积压,造成资金紧张,已经停产。这个企业后来被一个人收购,一举盘活,由每年销售额不足 800 万,没用多久就实现了销售额 20 多个亿。"

郭教授给了一个赞的表情并问道:"哦? 他们是怎么做到的呢?"

许婕:"不知道他们是否知道《孙子兵法》。但他们把《孙子兵法》运用得炉火纯青。他们采用的策略暗合'凡治众如治寡,分数是也;斗众如斗寡,形名是也;三军之众,可使必受敌而无败者,奇正是也'。产品还是那个产品,企业还是那个企业,只不过是他们采用了不同于其他企业都在采用的方式,而是进行了颠覆性改革,就是结构重组。将原来 70% 以上的人搞生产、20% 的人搞管理、不足 10% 的人搞销售,调整为 70 % 以上的人搞销售,连财务科长都去做销售了。在资金投入上,更是拿出预算的 50% 用于销售。当然还有一系列组合营销策略。"

"你这是一个成功的例子,这个企业我知道。这个案例足以说明为什么有许多很不错的产品卖不出去的重要原因。第二个问题呢?"郭教授这次给了两个赞。

"第二个问题,我的答案是先进行销售。"

郭教授:"为什么?"

许婕:"这个问题和第一个问题是一个道理。企业产品质量不错,价格也适中,可产品积压,效益不好,资金困难,都是因为销售不好造成的。如果有了一笔资金,先用于还欠账,很显然就不能复工复产。如果用于组织生产,销售问题没有解决好,产品仍然会积压,成为库存。企业还会和原来一样,陷入困境。所以,必须先解决销售问题。"

"可是,这笔资金用于销售了,那就没有资金组织生产了呀?"

"只要打开了销路,有了订单,就一定能找到资金。"许婕肯定地回答道。

"思路正确。我们今天再探讨一个问题:初创企业的产品和老企业的积压产品怎样才能快速提高知名度,打开销路,成为畅销品?给你两天时间拿出解决方案。"郭教授又给许婕留了一个作业。

入夜,许婕坐在电脑前沉思,不一会儿在电脑上打出:如何让初创企业和积压产品快速提高知名度,成为畅销品?

许婕在电脑上打出了几种方案,又都删掉了。

苦思冥想了很久,许婕还是给郭教授发了一个信息:郭教授,不知是否打扰您。您这次留的作业,我想了几个方案都不理想,我没有思路了,能否给我一个提示呀?

信息发完后,许婕就在那儿一直盯着电脑看。

突然,丁零一声,电脑有反应了。

郭教授发过来一条消息:策略很多。你尝试一下借势营销。

许婕思考了许久,还是没有找到很好的营销策略,只好给郭教授又发了一条消息:我黔驴技穷了,明天可以见您吗?

郭教授回了一条:明晚办公室见。

第二天,许婕如约来到郭教授的办公室,郭教授待许婕坐下就直接问道:

"你有什么问题？说吧。"

"郭教授，我对借势营销还是没有找到更好的方法。"

"借势营销可以有多种方法。我给你讲一个案例：在国外，当年有一个企业初创时在一个修配厂租了个角落，生产用于短跑的跑鞋。由于企业和产品没有一点知名度，产品根本无人问津，打广告也没有钱，眼看就要坚持不下去了。后来在高人的指点下，老板采用一招，只是一招，就让产品一下子名声大噪。你能想到他们采用的营销是什么吗？"

许婕摇头。

"他采用的营销策略是：将跑鞋赠送给当年最有可能获得世界冠军的一名运动员试穿，并告诉该运动员，只要穿上这个跑鞋，就能提高速度。运动员尝试之后，果然提高了速度，如获至宝，在奥运会上一举获得了多项世界冠军，而且有几项还打破了世界纪录。媒体在分析这位创造奇迹的运动员时，除了其自身的实力外，还发现运动员穿的鞋有些特别。结果，一家媒体大力介绍这款运动鞋，多家媒体纷纷跟进。创业者没花一分钱广告费，这款跑鞋一下子就名扬世界，订单纷至沓来。这款产品后来成为世界知名产品，国人也有很多喜欢的。你知道是什么产品了吧。"

许婕听得如饥似渴，郭教授讲完之后，许婕还在那儿沉思。

"许婕！许婕！"郭教授连喊了几声，许婕才如梦方醒地说道："郭教授，您太厉害了。我没听够。那积压产品营销，怎么借势呢？"

"这个问题，我们明天探讨。"

翌日，郭教授办公室。

郭教授直人主题："我们今天探讨积压产品如何借势营销问题。借势营销策略太多了，我再讲一个案例吧。国外有一个生产男士护肤品的企业，产品积压严重，企业陷入困境。老板想了很多办法都不奏效。一天，老板对员工说，谁能将库存的产品卖出去，奖励销售额的10%。许多员工想了很多办法，找朋友,求亲属,卖出去一点点,杯水车薪,收效甚微。这时一个叫彼得的员工找到老板说自己有办法能将这款产品全部卖出去,但老板要按他说的做。老板半信半疑,但还是将任务交给了彼得。你能想到彼得是怎么做的吗?"

半晌,许婕回道:"我想不到。"

郭教授:"彼得将男士护肤品寄给了总统。你猜总统会理睬他吗?"

"一般不会理睬。"许婕肯定地道。

"二般也不会理睬。总统很显然不会理睬他。可是过了一周,彼得就给总统的公开信箱发了个邮件问道:'总统先生,我寄给您的护肤品您用了吗?感觉怎么样?'你说总统会回答吗?"

"肯定不会回答。"

"是的。过了两天,彼得又给总统信箱发了同样的邮件。你想会怎么样?"

许婕想了想:"可能还是不会回答。"

"正确。总统仍然没有回答。那怎么办?"

许婕回答不上来。

"彼得接着发同样的邮件,锲而不舍地发,直到工作人员不耐烦了,试了一下这款产品。哦,别说,还真的不错。出于礼貌,也想要快点打发走这个不断发信息的人,就给彼得回了一条信息:'先生您好,贵公司的产品真是一款不错的产品,祝您生意兴隆!'彼得拿给老板看'总统的回信',老板吃惊地说:'总统真给回信了? 可这有什么用?'彼得说:'用处太大了。'许婕,你说彼得接下来要做什么?"

许婕恍然大悟道:"借势做广告宣传。"

"对。彼得接下来这样写了广告词:'某某护肤品,总统用了都说好!'结果会怎么样? 当然是这款产品一下子就火了。库存一扫而光,马上又组织了加急生产。"

"这是借名人、领导人的势。"许婕十分兴奋,转而欲言又止。

郭教授笑了笑:"明白你想说什么。你认为在中国这样的营销策略不能用吧?"

许婕嘿嘿一笑:"是的。国情不同,有的策略不能用。"

郭教授继续点拨:"借势营销的策略不只是借国家领导人的势。你可以举一反三去思考怎么用。还有,我们现在探讨的只是营销策略,是企业经营管理的冰山一角。企业经营管理知识博大精深,你要在宏观战略和微观策略上同时发力,探寻企业成功发展之道。当然,还要深入研究当下最前卫的短视频和直播带货等营销模式。"

"我明白了。谢谢郭老师。"许婕由衷地道。

"许婕,我要到国外去做访问学者,不能和你共同探讨问题了。对你后面的学习,我给你个建议:你对工商管理知识的学习很有心得。这很好,但还不够。为什么很多人也学了工商管理知识,可是在实践中遇到问题和困难却仍然束手无策呢?"

"郭老师,这也是一直困惑我的难题。我在做企划方案时也感到十分吃力,一会儿明白,一会儿又糊涂了。"许婕深有感触。

"那是因为你和许多人一样,虽然学到了一些方法、技巧,但那都是'术',或'小道'。而那些'术',在'彼时、彼事'管用,在'此时、此事'就不好使。因为你没有从根本上悟透大'道',你就做不到'天人合一'、'知行合一'、战无不胜。"

许婕直觉感到,郭教授下面要告诉自己的将是石破天惊的职场成功秘诀。因此,十分期待、兴奋。

看着许婕期待的眼神,郭教授笑了笑接着道:"其实也不是什么秘诀。就是建议你还应该在系统学习哲学、国学知识上发力。你在前面做得比较好的那些策划案,知道为什么做得好吗?"

"这……"许婕还真没往自己聪明方面去想,因为比自己聪明的人多了去了。

"那是因为,你在那些成功和失败的案例中,发现了'规律',而你提出的解决对策,又运用了'矛盾论',在错综复杂的表象中看清了本质。在诸多矛盾中,一下子就发现了'主要矛盾'在同一对矛盾中,又抓住了'矛盾的主要方面',难题就迎刃而解了。因此,你的对策有效并做到了事半功倍。"

"规律、矛盾、主要矛盾、矛盾的主要方面"这些在中学时学过,一知半解,似懂非懂的哲学知识,经过郭教授的点拨,一下子让许婕的智慧之门大开。许婕的眼中冒出了许多小星星。

"仅有专业知识远远不够,必须系统学习哲学知识并悟透其精髓。将来你的领导力、创新力、执行力都会得到'质'的提升,一定会使你与众不同。"

"哲学有这么大的作用?"许婕半信半疑地问道。

"因为哲学是关于世界观和方法论的大学问,能让你在困境中找到'过河的桥与船',顺利到达成功的彼岸,做到'人所不能'。"

郭教授把自己的所学、所感、所悟毫无保留地倾囊相授。

许婕看着郭教授,千言万语涌上心头,可感到任何话语都无以表达对郭教授这位恩师的心意。这个世界上能称为"导师"的人并不多,郭教授就是自己的人生导师。许婕哽咽了,一句话也说不出来,只是站起来给郭教授深深地鞠了一躬,强忍着泪水,离开了郭教授的办公室。走到外面的许婕再也控制不住,泪流满面。

办公室里的郭教授眼睛也湿润了。

11 破解成功密码

随后的日子里,许婕徜徉在哲学、国学知识的海洋中,如饥似渴地汲取着包罗万象又大道至简的哲学知识。

许婕越学越觉得自己以前的视野如一叶障目,如井底之蛙,还自以为是胸怀宇宙。可怜、可笑。

时间如白驹过隙,几个月很快就过去了。许婕对西方现代哲学,当代马克思主义哲学等经典著作领悟很深。尤其是对古老的东方哲学《道德经》等的深入学习领悟,让许婕吃惊、兴奋得不得了。

这部 2500 多年前,中国古代先贤老子所著的《道德经》,不愧为人生宝典、"万经之王"。悟透了《道德经》真的可以受用一生。

"道可道,非常道,名可名,非常名""动善时""天下大事,必作于细;天下难事,必作于易""治大国若烹小鲜""道法自然"等思想让许婕茅塞顿开。

《纽约时报》曾评出世界上最著名的十大思想家、哲学家,老子排名第一。

西方著名哲学家、思想家尼采说过,《道德经》像一个永不枯竭的井泉,满载宝藏,放下汲桶,唾手可得。

鲁迅说,不读《老子》,就不知中国文化,不知宇宙真谛。

许婕又继续深入学习了中国的国学经典,如王阳明的"心学"、《孙子兵法》等,颇有心得。进一步梳理所学后,许婕惊讶地发现,将哲学、国学思想的精髓与所学的专业知识深度融合、融会贯通,竟然可以发生不可思议的化学反应,那就是提高创新力、领导力、执行力之"道"。掌握了这一奥秘,就像打通了任督二脉一般,神功大成。在一些人看来难如登天的"化腐朽为神奇,变不可能为可能",就会如小菜一碟。正所谓"兵之所加,如以碬投卵"。

让许婕尤其欣喜的是领悟了那个让无数人感到神秘、神奇的东方哲学中的"道",其实就是规律。悟出了"道",就是掌握了规律,就可以做到:"道生一,一生二,二生三,三生万物。"

许婕根据"悟"出的"道",模拟实战,制作了多个行业的企业发展策划书,对中小企业平均寿命不足 3.5 年的魔咒进行了研究和破解。

在案例研究中,许婕似乎看到了无数人满怀着激情和梦想全身心地投入到创业中去。可是很多中小企业就像一只小舟,很快就被商海大潮无情地吞噬了,创业梦被击得粉碎。一些人精疲力竭,伤痕累累;一些人重整旗鼓再出发,可是仍然跳不出企业短命的魔咒。

创业梦难圆。于是一些人找到"大师",选择良辰吉日开业等,还是无济于事。看到一些人、一些企业成功了,只能望洋兴叹,哀叹自己的时运不济。

许婕在研究中发现,中小企业完全可以打破短命的魔咒。中小企业完全能够做到以小博大,后发先至,后来居上,并且做到可持续发展。关键是要真正掌握企业经营管理之"道"。发现并掌握了"道",就可以使企业进入持续发展的轨道,进而不断地做大做强,一发而不可收。

在振奋、激动之后,许婕陷入了深思。

企业经营发展之道,大学工商管理专业几乎都在讲。社会上各种培训班收了很高的学费,许多中小企业主听得如醉如痴、热血沸腾。道理似乎大家都明白,可为什么企业遇到了具体问题还是解决不了？这里边的深层问题在哪儿？

许婕想到了一句话:"知其然,不知其所以然。"

许婕深知古人说的"学而不思则罔,思而不学则殆",诚不我欺。

许婕走路在思考,吃饭在思考:这个一直没有发现的诀窍在哪里？

思考,思考,还是思考。这就是许婕近一个阶段的状态。有一天晚饭后,许婕看了几个成功案例后又陷入了思考:蓦然一丝灵感在心中一闪而过。许婕竭力想要抓住,可这灵感却像一盏油灯般忽明忽暗,不可捉摸。

许婕在心中告诉自己:不急不急,一定能找到这里边的奥秘、规律。我一定能行！

直到有一天,许婕看到一个很有意思的思维案例,是要求用一笔将一个框子中均匀分布的九个点连起来。

许婕看着这个案例思考了好久也没有想出解决办法,只好看了答案。看到这个答案,许婕的眼睛突然一亮。一直以来百思不得其解、难以找到规律的问题,一下子豁然开朗了。这个问题为什么很多人解决不了？因为绝大部分人都会把思路、视线放在框子内,如此,这个问题永远也解决不了。

解决办法竟然是在框子外面找到两个关联点,问题就迎刃而解了。

许婕高兴得跳了起来。为什么遇到问题,许多人解决不了,而有的人却可以轻轻松松搞定。那是因为前者的思维一直在框子内,而后者却跳出了框子。问题的关键在于思维方式。

许婕惊讶地发现,是"小巷思维"禁锢了人们的思路,束缚了人们的手脚。我们要想把别人眼中的不可能变为可能,化腐朽为神奇,那就要在遇到问题时,打破"小巷思维"的桎梏,运用发散型思维、创新型思维来解决问题。

突然一缕灵光闪过,许婕认识到,这一秘诀具有规律性,似乎包含但不限于企业经营管理。这一秘诀适用于所有人、所有事,尤其是对于刚步入社会、进入职场的年轻人,也包括在职场打拼多年、一直不得要领的人,只要悟透并掌握这一秘诀,在职场就可以具有超强的创新力、领导力、执行力。

大学终于毕业了。四年的大学生活,在不同的人心里感受是不同的。在一些人心里 1460 天是很漫长的,有的人度日如年;有的人抱着 60 分万岁的心态,好歹混了个毕业证,对家长有了个交代,可是许婕却感到时间不够用。

四年的寒窗苦读,许婕付出了比别人多出几倍的努力,还有心血、汗水和眼泪。付出必有回报! 许婕已经化蛹成蝶,脱胎换骨,更重要的是破解了无数职场人梦寐以求的打开职场成功之门的"密钥"! 智慧之门洞开。从此开启了自己的"开挂"人生。

12

初试身手

大学毕业后的许婕开始了践行梦想之旅。

一个 40 岁左右的中年妇女在路边摆摊卖饺子，现场包，现场煮。一些人在简易的桌子上津津有味地吃着饺子。

许婕坐在一张小桌子旁等餐。这时，走来一位 40 岁左右很有气质的男士，问许婕道："您好，我可以坐在这儿吗？"

"你坐吧。"许婕看了男士一眼，用耳机继续听着外语。

当许婕和男士刚刚吃完饺子时，城管人员来了。中年妇女来不及逃走，被抓了个正着。

一位城管员大声质问中年妇女道："你这个人，怎么就不听劝告，这里不能摆摊，你不知道吗？"

中年妇女央求道："我失业了，没有办法，只会包点饺子，我刚刚卖了几碗，能不能不罚我？"

另一位城管员很讲道理："大姐，你失业了，要做点小买卖，维持生活，我们理解，但你看，这里是露天的环境，很不卫生，还影响市容。今天可以不罚你，但明天不要再来了。"

中年妇女急忙道："好的,好的。谢谢！谢谢！"

第二天,中年妇女又来卖饺子了。

巧的是许婕到时,发现昨天那位男士又坐在那里等饺子。许婕来到桌旁问道："您好,我可以坐这里吗？"

男士很绅士地帮助许婕推过来一只塑料凳,示意许婕可以坐。

许婕看男士品尝着饺子,一脸回忆、幸福的表情,突然产生了一个灵感。她等到中年妇女忙得差不多了,就问道："大姐,想不想当老板啊？"

"小妹妹,没吃饱再来一碗,不要拿我寻开心了。我连这个路边摊都难维持,还当什么老板。"中年妇女以为许婕在和她开玩笑。

许婕一本正经道："那就更要做老板了,就不用摆路边摊成天被撵了。"

这时来客人了,中年妇女马上去忙着给客人煮饺子,没再搭理许婕。

男士看了看许婕,若有所思,每一个饺子都吃得很慢,似乎在等着后面发生点什么。

中年妇女终于忙完了,收拾摊子准备撤了,见许婕和男士已经吃完,坐在那里还不走,就催促道："美女和帅哥,不好意思,我要收摊了,一会儿城管又来了。"

许婕说道："大姐,我不和你开玩笑,你先坐下,我们聊聊。"

"聊什么？"中年妇女见许婕不像开玩笑,就坐了下来。

"大姐,我告诉你一个办法,你真的可以做老板。"许婕说道。

"什么办法？"中年妇女一脸不信的神色。

"首先,你包的饺子非常好吃。馅大皮薄,做馅的肉是真正的好肉,吃起来放心,一定会受到消费者欢迎。"

"大姐,你包的饺子确实好吃。让我找到了家的味道,就是小时候妈妈包的饺子的味道。所以应该受欢迎。"男士突然插嘴对许婕的建议给予肯定并补充。

中年妇女深有同感："我做饺子就是和我妈妈学的。我从小到大就愿意吃妈妈包的饺子。"

许婕接着道："你可以办一个手工饺子工厂。就按你现在这种口味调馅，肯定能好卖。"

"你说得简单。即使我包的饺子再好吃，可卖给谁啊？要是批量生产销售，那是要有渠道的。一点知名度都没有，就连超市都进不去。办工厂，就是天方夜谭。"许婕和男士都是眼睛一亮，不自觉地对视了一眼。看来这位中年妇女还是一个有文化的人。

"这个没问题。我可以让你的产品大卖。"许婕道。

"真的吗？"中年妇女有些心动。自己失业后一直梦想着做老板，可想着、想着，就泄气了，梦想变成了幻想。此刻中年妇女眼中露出了期盼的神色："我该怎么做？"

男士似乎也很感兴趣，注视着许婕。

许婕道："你这么做。你给市长写一封信，说明你的情况，再说一下你想创办一个饺子工厂，做手工饺子，先期会安排30名人员就业，创造本地品牌饺子。"

中年妇女疑惑地问道："你认识市长？"

许婕摇摇头："不认识。"

中年妇女有些不高兴："那不是瞎扯嘛！市长那么忙，怎么会管我的事。"

男士却是眼睛一亮说道："我看这个办法可行。大姐，这样吧，我出资，咱们合作。你看行不行？"

中年妇女犹犹豫豫地道："那赔了呢？我可赔不起。"

"赔了算我的。"男士仗义地说道。

中年妇女："那赚了呢？"

"赚了,咱们按净利润的六、四分成怎么样?我六你四。"男士一副理所当然地道。

中年妇女想也没想就道:"你说的是真的?那行。"

"当然是真的。咱们可以签协议。"男士说道。

"慢着。这位先生,你出资帮助大姐把生意做起来,是好心也是好事,但分成比例你是不是太高了点。"许婕阻止道。

男士笑眯眯地看着许婕道:"小美女,我可是全资,风险是我全担啊!如果你也要入股,可以从我的分成比例中出一部分。"

也是呀,这个小妹妹可是说能帮助把产品卖出去,当然要有利可图了。中年妇女看着两人在为分成争执,也不好说什么。

许婕听到男士说从他的蛋糕中切下一块给自己,感到这个人还算靠谱,于是说道:"那先生打算分给我多少呢?"

男士想了想道:"如果你的营销策略管用,算是你的技术股,给你一成的股份,你看怎样?"

"不怎么样。如果没有我的营销策略,你们的产品再好,卖不出去等于零。"许婕老道地说道。

男士笑了:"也对。那你说,给你多少为好?"

"先生,你搞错了吧,你的口气好像在施舍。什么叫给我多少,我根本没说让你加入吧?"

啥意思?男士和中年妇女一下子都瞪大了眼睛。

这个小女孩挺霸气呀!男士的结论。

这有点过了吧?没有资金什么也干不成啊!中年妇女看着许婕有些着急。

"不好意思!是我表述的方式有问题。但我要提醒美女,没有我的资金,你有再好的创意,就是金点子也实现不了吧。"男士心中有些好笑,但还是要继续逗一逗这个小女生。

中年妇女感到男士说得对,马上说道:"是呀,这位先生说得对,巧妇难为无米之炊,没有资金什么都是浮云呀!"

许婕没有理睬中年妇女,而是看着男士道:"看样子先生是商场中人,而且是成功人士。那你应该很清楚,当一个产品在订单供不应求的情况下,融资还是问题吗?还怕没有人投资吗?"

男士……

妇女恍然大悟,长长出了一口气。

这时,男士马上放下了身段:"那么,小美女和大姐,我想要加盟你们的梦工厂,希望能给个机会。"

中年妇女露出了吃惊的表情,看着许婕,没有说话。

许婕笑了:"这还差不多。看在你很有诚意的分儿上,你可以加入。但在商言商,是不是可以重新商议一下利润分成比例了?"

"那你说怎么确定分成比例。"男士把主导权完全交给了许婕。

"我先做一下自我介绍吧。我叫许婕,华宇大学工商管理专业毕业。正在尝试实现梦想的路上。"

"我叫李翠敏。下岗工人。"

"我叫孟宇,在恒琦集团工作。"

"请将自己的身份证拿出来,大家互相认证一下。"许婕说完,先将自己的身份证亮了出来。孟宇和李翠敏都将身份证摆在了桌子上。许婕让李翠敏拿手机拍下来。然后道:

"鉴于孟宇先生是全资,利润当然可以拿大头,但要逐渐递减。前三年,先生可以分成50%,李翠敏大姐30%。但利润都不能抽走,而是继续投入企业,扩大再生产。第四年开始,孟宇先生的利润分成每年递减5%,大姐也不拿走,作为企业原始积累,直到先生的利润分成为40%,不再递减。届时,大姐的分成比例上调到40%。最初和最后剩余利润的20%作为企业的积累资金,用于扩大再生产。这样,企业就不是一锤子买卖,而是可以持续发展。"许婕竟然一步到位,把企业若干年后的情况都考虑进去了。

许婕把利润分配计算得很精、很长远,可里面竟没有她自己的!

男士收起了玩笑和轻视,意味深长地看着许婕,露出了惊讶并难以置信的表情。这个小姑娘是什么人?怎么像是一个职场高人!企业管理精通,精于算计,却又不为自己。

中年妇女开始听得云里雾里,直到听到最后自己的分成比例可以达到40%,心跳得有些厉害,可是她也发现这里好像没有许婕那份,于是说道:"许婕妹妹,你是不是算错了?怎么没有你那份啊?"

许婕笑道:"我还有别的事情要做,就不掺和你们的分成了。"

真的?

中年妇女和男士同时露出了不解的表情。

"我没开玩笑。"许婕严肃地说道。

三人就近找了个酒店大厅,在许婕的见证下,李翠敏和孟宇当场签订了一个协议。

第二天,早晨上班时间,李翠敏按照许婕说的办法等候在市长家门口,看到市长出来,急忙迎上去说道:"市长,我不是上访的。我是一个失业人员,我想要创业,也不要资金。我有一个创业想法,写在这上面,很短,请您帮我看看可不可行。绝不给您添麻烦,就耽误您几分钟。"

市长看了看手表,上班还来得及,就接过来看了起来。李翠敏看到市长看完,马上将饺子递上去说:"您尝尝,这是我做的饺子,看好不好吃。"

市长接过饺子,礼貌性地吃了一个,吧嗒吧嗒嘴:"嗯?我再吃一个可以吧?"

"这一饭盒都送您了,您慢慢吃。如果不好吃您就扔掉。"李翠敏心中有些激动起来,看起来有门。

市长慢吃细品。

李翠敏紧张地望着市长。

市长盖上饭盒,说道:"剩下的我拿回办公室,让我的同事们也品尝一下。"说着拿出手机打开微信,说道"我没带现金,用微信付给你饺子钱吧。"

李翠敏看到市长没说什么却要付钱,认为市长对自己做的饺子不满意,满脸失望地说道:"市长,这点饺子哪能要钱。不好意思,耽误您时间了。"说着就要走。

市长一愣,突然反应过来她是误解了,笑道:"你先别急着走。钱你得先收下,然后我和你说说你想创办企业的事。"

李翠敏犹豫了一下,收了钱,用期盼的眼神望着市长。

市长很认真地道:"你包的饺子确实很好吃,让我想起了小时候妈妈包的饺子的味道。你创办饺子工厂的这个想法很好。你还有什么困难? 你的资金从哪里来?"

李翠敏急忙道:"有一个老板要给我投资,和我合作。"

"那就更好了。我看这个项目是可行的,我支持你,给我留一个电话吧,我会让有关部门人员联系你的,给你开通绿色通道,会让你以最快的速度把饺子工厂建立起来。"市长毫不犹豫地表示了支持。

李翠敏连连道谢。

"不要谢我,我应该谢谢你呀! 你这是在给本地解决就业、创造地方品牌啊,祝你的梦想早日实现。"市长真诚地祝福道。

第二天,本地报纸、电视台、网络媒体铺天盖地进行了报道:

"市长称赞失业女工手工饺子好吃!"

"市长要求有关部门支持失业女工将手工饺子做成品牌,立足本市,走向全国。"

半个月后。

媒体再次报道：

"我市手工饺子'妈妈的味道'已经上市。"

"手工饺子，'妈妈的味道'好吃不贵。"

就这样，失业女工没有花一分钱广告费，就使"妈妈的味道"品牌饺子在本市家喻户晓。订单纷纷像雪片一样飞来。"妈妈的味道"牌饺子迅速进入了本市各大超市、仓买，占领了本地市场并远销省外。

孟宇和李翠敏商量，给许婕一定的股份或一次性咨询费。然而两人却尴尬地发现当时没有留下许婕的联系方式。

孟宇和李翠敏约定分头找许婕，可茫茫人海，到哪里去找。

其实许婕一直在关注饺子工厂的进展情况。看到自己的营销创意取得了预期效果，许婕长长地出了口气，一颗悬着的心总算落了地。许婕感到这只是一个小尝试，还远远不够。她又开始了新的尝试。

13 打破魔咒

打破魔咒

许婕在寻找一个小平台,尝试打破中小微企业短命的魔咒。

福生餐厅,一个土得掉渣的名字。虽然名字叫福生,可是并没有给老板带来多少福气。一年多了,生意不温不火、半死不活,每个月盘点下来老板的收入还没有服务员的薪酬多。老板的激情从创业时的无比高涨已经跌落到了谷底,心力交瘁。如果下个月还是这样,就只好关门了。

这条街上像福生餐厅这样的小餐馆有 7 家。近年来这些小餐馆的老板走马灯似的换,你方唱罢我登场。然而,无论怎么换老板,每一家的生意都和福生餐厅差不多,有的还不如福生餐厅,一直处于亏损状态。

许婕连续在这条街的 7 家小餐馆品尝、考察,感觉福生餐厅的饭菜口味还真不错,食材品质也不错,接着又对周边的环境进行了一番考察。

这条街的周边有不少中资、合资的大企业总部,白领阶层居多,顾客消费群体足够大。按理说像福生餐厅这样的快餐,生意应该不错,仅一个中午的堂食和外卖就可以让老板翻身农奴把歌唱,进入中产阶级偏上的行列。可是,偏偏事与愿违,生意冷清得门可罗雀。

许婕经过认真的分析,明白了福生餐厅生意不火的原因。福生餐厅的问题和那些案例分析中遇到的问题是一样的:产品本身并不错,问题的关键就在于——营销不到位。这些小餐馆基本上没有什么营销策略,完全是"守株待兔"式经营。生意好不好,全靠撞大运。企业根本没有掌握营销的主动权。

找到问题的症结就好办了。许婕模拟策划的餐馆营销案例有很多,结合这个餐馆的实际情况重新做一下调整,简直就是信手拈来,毫不费力。

许婕决定到这家餐馆打工,以这个小餐馆作为自己打破"魔咒"的第一场战斗。

走进福生餐厅,许婕直接对老板说道:"老板,我要到你这个餐馆打工,可以吗?"

老板一脸愁容地看了许婕一眼:"本店现在不用人了,我很快就要把餐馆兑出去了。"

"老板,这么好的餐馆为什么要兑出去呀?"

"我准备去外地发展了。"

许婕笑了:"老板,你这是典型的广告词呀!"

老板苦笑了一下没有搭茬,转身去拿抹布擦拭桌子。

一旁叫小玉的服务员见状大声喊道:"二舅,你刚才都已经擦了好几遍了,再擦也不会擦来客人,你还是坐下等着吧!"

老板叹了口气,无奈、沮丧地坐在了凳子上。

许婕坐到老板对面问道:"老板,你不干餐馆了,准备做啥呀?"

"现在做啥都不好做,我也不知道还能做啥了。"老板脸上写满了迷茫。

许婕继续搭话:"老板,其实你选这一行选对了,民以食为天,谁也不能不吃饭。我猜你现在的经营有问题,不赢利,所以你要兑出去,对吧?"

"姑娘,实话跟你说,还真是这么回事。我们店的食材都是上好的,厨师的手艺也不错,味道也不错,可就是没有客人,再开下去,我会亏得更多。"

"老板，让我到你店里打工吧，我肯定让你的生意好起来。"

老板眼睛突然一亮，不过看了看许婕，暗道："这个姑娘虽然长得漂亮，对顾客有一定的吸引力，但这不是生意做好的根本之道。"紧接着亮起的眼睛又黯淡下去。

老板摇了摇头说道："姑娘，不是我不想用你，实在是这个店开不下去了，你再到别家看看吧。"

"我说你这个人怎么这么没脸没皮呀！我舅都说不用人了，你还赖在这里，快走吧。"小玉的话十分难听。

"小玉，不可瞎说。"老板训斥了小玉一句，转身对许婕道歉，"对不起啊，姑娘，她不懂事，你别往心里去。"

许婕一脸淡定地说道："夏虫不可语冰。"

小玉没有听懂这句话是什么意思，但感到肯定不是好话，就吼道："你说什么？"

许婕没有搭理她，对老板说道："老板，请你听我说几句，听完，如果你还决定不用我，我马上就走。"

老板无所谓地道："你说吧。"

"老板，你的餐馆周边有很多写字楼，那么多的白领都可以是我们的顾客，可为什么不来你家吃饭或不买你家的外卖呢？"

"我也搞不懂，明明我家的饭菜质量无论是材质、口味还是卫生都很好，可就是没有顾客。"

"那是因为你的营销没有到位，或者是你根本就没有什么有效的营销。那些潜在的顾客根本就不知道你的餐馆有多好，你白白错过了发财的大好机会，可惜啊！我能帮你把生意做火，让你发财，你自己却没有信心，我只好去帮助别的餐馆发财了，比如故乡餐厅。"

人都有一种很奇怪的心理，当你主动说要帮助他发财时，他会十分怀疑，可当你说要帮助别人发财而且是自己家的邻居时,他就会产生微妙的心理变化。

"你真的能让餐馆火起来?"老板的心还真有点活了。

"二舅,你还真信她啊?她说能让餐馆火起来,我还说能将餐馆打造成连锁餐饮呢!"

老板狠狠瞪了小玉一眼。许婕干脆无视。

为了让老板相信自己,许婕打开笔记本电脑,选出一些营销案例让老板看看。当老板看到这么多个案例时就已经很吃惊了,问道:"这都是你做的?"

"是的,这只是其中的一小部分。你的餐馆营销策划书其实我已经做完了,但是其中的营销策略对其他餐馆也管用。我只要改动一点,别人就可以发财了。"

"那要怎么做?如果是较大的投资,我已经没有能力了。"这个老板既心动又着急,还真怕许婕帮助别的餐馆做起来。可是由于自己已经无力再进行更大的投资,所以很无奈地说道。

"不用有什么大的投资,四两拨千斤,你懂吧?只用很少的钱,就可以让你的店起死回生,快速火起来。"

老板对这个店很有感情,不仅投入了自己的全部积蓄,更是寄托着自己创业的梦想,就这样半途而废了,他实在是不甘心,反正不用什么大的投资,就信这个小姑娘一次。人生能有几回搏!

"如果你能帮我把这个餐馆做好,我聘任你为经理。如果一个月内见效,我可以给你每个月5000元的底薪。年底纯利润达到30万,我给你30%的提成。"老板一咬牙,做出了今生可能最正确的一次决定。

"成交。"许婕很痛快地说道。

许婕用了一个晚上又将营销策划案进行了修改,第二天与老板进行了沟通,老板同意了许婕的方案。

许婕紧锣密鼓地开始了"小餐馆崛起行动"。

许婕打的是一套组合拳。

首先,对餐馆店面进行了简单大方的装饰:给每个餐桌铺上一块新台布,用仿大理石花纹的地板革重新铺了地面。墙壁挂上了几幅喷涂的高仿油画,一下子就大大提高了餐馆的品位。餐馆的面貌焕然一新,在环境上就明显高出其他餐馆一筹。

然后,也是最重要的就是引流获客。她设计了一个店庆一周年的活动,在店门前支起了彩虹门,进行造势宣传。许婕知道这些还远远不够,因为很多餐馆、酒店都用了这几招,也不太管用。关键是如何让潜在顾客知道并走进福生餐厅,需要最大限度地提高顾客信息知晓率。

许婕打出了第三招:用手机拍摄了一个小视频,制作得十分大气、精美。让老板、小玉和厨师都注册了抖音、快手账号,发到本市平台上。并请亲戚、朋友到店吃饭,也让他们拍了几道主打餐品,以顾客的名义发到抖音、快手平台,进行信息推送。

许婕知道这还远远不够,要想胜过竞争对手,就要采用《孙子兵法》——"以正合,以奇胜"。

许婕接着打出第四招:店庆周年免费就餐大酬宾活动。这是营销策略的核心、关键。以免费为噱头,大张旗鼓地进行宣传推广活动。任何时候,"免费"都是最有吸引力的营销策略。

这个计划遭到了老板和小玉的极力反对。许婕只好说出如果一个月不见效,损失算自己的。在老板的默许下,小玉逼着许婕签订以月薪5000元做抵押金,才勉强同意了。

第五招是加入线上几大团购、外卖平台。

一系列的组合营销策略,到底会不会起作用呢?小玉嗤之以鼻,老板紧张地观望,许婕心中也是忐忑不安。

第一天仍然没有多少顾客。第二天多了一些,可仍然不够。小玉开始喋喋不休,老板的脸色十分难看。

许婕知道线上推广要有一个过程,目光短浅的人不会坚持太长时间就会收摊。于是,许婕自费印了一些小传单,只写了一行字:尊驾移步300米,可免费享用午餐。

小玉见状讽刺道:"还以为你有什么高招呢。发传单,早就过时了。谁看啊!我是不去。"

没办法,许婕与老板一起在早晨上班高峰时,到附近那些写字楼发放传单。

意想不到的效果出现了。当天中午,到福生餐厅就餐的人竟然排起了长队,这让老板大吃一惊,喜出望外。

许多顾客吃了福生餐厅的面条或盖饭,都赞不绝口:"真的很好吃!怎么以前不知道这家餐馆啊!"。

其实,许多产品都是如此,不是产品本身不好,而是营销不到位。

店庆3天,天天顾客爆满。许婕建议店庆免费酬宾延长两天,并告诉老板:"这是体验营销,延长两天效果会更好。他们会将我们店的口碑宣传出去,让他们更多的同事前来就餐。"

5天后,一些顾客已经形成了习惯,仍然到福生餐厅来就餐。即使没有免费酬宾,客流也络绎不绝。连续多天客流越来越多,这可乐坏了老板。当老板还沉浸在客流突然暴增的喜悦中的时候,许婕深知这种情况不会持久,又开始了下一个营销策略。

"无论是线上还是线下,每天有两位幸运顾客。按就餐或订餐号抽签对号,幸运者免当次餐费。"

这一招极大地引起了顾客的兴趣。外卖、团购订餐数量突然多了起来。

这还不够,许婕又采用了当下最时尚的网络平台、微视频宣传推广策略,所不同的是：让顾客成为餐馆的推销员。就是每个到店就餐的顾客都可以拍餐厅视频，凡是群发给 200 人以上，并有截图，就可以免费赠送一次六人份店内就餐。这样，餐厅的信息就以几何级数递增的速度宣传出去了，很快就提高了知名度。

结果就是每天中午就餐的顾客多起来了，排起的长队一直到门外。外卖接单更是接到手软，只好又聘请了三个厨师。

又过了几天，许婕告诉老板，再采取一个增加利润的营销策略——饮料第二杯半价。

老板说"那不会亏本吗？"

"如果信我，就按我说的做。"老板已经被许婕的商业头脑彻底折服，对许婕的话言听计从，马上按照许婕说的做了。

很快，又一个惊喜出现了：饮料比原来销售的量大了，利润竟然真的比原来高了。

老板惊呆了！原来企业经营中还有这么多的奥妙，自己以前是什么都不懂，怪不得自己的餐馆经营不好，原来是因为盲目经营，撞大运啊！

一个月下来，餐馆的利润噌噌上涨。老板一改以往每天苦大仇深的嘴脸，笑得合不拢嘴，对许婕简直佩服得五体投地。

许婕也很兴奋。成功了！自己的实践真的成功了！事实证明自己悟出的规律，悟出的"道"是可行的。自己的艰苦努力有了初步回报。然而，好日子没过多久，老板却纠结起来，后悔为什么当初自己一张嘴就答应给许婕 30% 的利润。看她这个样子，当时给她 20% 也能干。眼看要从利润中分出 30%，那可是真金白银啊，老板有点肉疼。现在这些营销手段自己学会了，也可以不用她了。看来需要和她重新谈分成了，可她不同意，怎么办？她离开是最好的，以后自己就不用和她分成了。可怎么样才能让她自己提出离职呢？老板苦思冥想也没想出辙来。

风
同
起

今天是给母亲去医院开药的日子。许婕请了个假，刚出门就被两个神秘人连拉带拽地"请"走了。

14

好运眷顾善良的人

神秘人将许婕请到了"故乡餐厅",满脸凶相地看着许婕:"许小姐请坐。"
另一个男青年则站在门口堵着门,明显是不让许婕离开的意思。

"你带我来这里干什么?"看到许婕毫不惊慌,男人有些意外。一般的小姑
娘,这时都会惊慌失措,可这个许婕却是神情自若,像个老江湖。

"这家餐馆是我开的,我找你来是想和你谈一谈合作的事。"

"合作,什么合作?"

"从明天开始,你来我的餐馆工作,我可以给你在福生餐厅2倍的报酬。"

"谢谢你的好意,但我和福生餐厅的协议还没有到期,所以我现在不能到
你的餐馆工作。"许婕婉拒了。

"福生餐厅协议的违约金我来出。"男人不死心。

"不好意思,这不是金钱问题,这是诚信问题。这个问题不要再谈了。"许
婕一口回绝。

老板看到许婕竟然敢不答应,嘿嘿冷笑道:"小姑娘,我看你还是到我的餐
馆工作为好,不然的话,这一带的安全可不太好。"老板一看软的不行,就来硬

的,心里想:一个小姑娘,一吓唬就害怕了。可怎么也没想到一脚踢到铁板上了。许婕毫无惧色地道:"你在威胁我?本姑娘还真就不吃这一套。我本来还想帮帮你,但现在一切免谈了。"许婕说完站起来就走,根本就不在乎他的威胁。这时男青年横移了一步,挡住了许婕的去路。许婕停了下来,转回身看着老板道:"对了,忘了告诉你,刚才的对话我录了音。从今天开始,我的人身安全由你负责了。因为我一会儿就到派出所去备案,你对我进行威胁,我的人身安全出一点问题,都和你有关系。你最好祈祷我走路别绊着,喝水别呛着。"

得,没威胁成许婕,反而被许婕威胁了。这下找了个小祖宗,要对许婕的安全负责,这真是自讨苦吃啊。老板心中一阵发苦,摆了摆手,示意男青年给许婕让路。

夏天的天气说变就变,刚刚还是晴天,转眼就是瓢泼大雨。一个穿着很朴素的老人站在福生餐厅门口,浑身都淋透了。许多服务员视而不见,还有的露出嫌弃的表情。许婕看见老人站在那里很冷的样子,就说道:"爷爷,您进来坐吧。您冷不冷啊?您稍等,我给您倒一杯热水去。"

老人道:"小姑娘,我不坐了,会把你家的椅子弄湿的。"

"没关系,湿了再擦呗!"说着,许婕上前将老人扶到了一个桌子前坐下。马上端来了一杯热水,"爷爷,喝杯热水暖和暖和吧,别着凉了。"

雨仍然在下着。老人坐了一会儿,抬头看看餐馆墙上的电子钟,快到中午了。看到许婕走过来,就说道:"姑娘,我饿了,可是我没带钱,也忘了带手机,能帮我点一碗面条吗?我明天会来还你钱。"

"爷爷,没问题。这是菜单,有面条和盖饭,您喜欢吃哪种,告诉我就行。"许婕很自然道。

两个服务员看到这一情景,议论道:"怎么样,我就说不能管闲事儿,许婕就是爱心泛滥,这下赖上了吧。"

老人看了半天,很想吃一种热面,可却是单子上最贵的那种。犹豫了一下说道:"姑娘,我想吃这种面,可是……"许婕明白老人很想吃这种面,可这种面却是所有面条中最贵的,又没带钱有些不好意思。她不由得想到了自己的爸爸,拼命地干活,为了给母亲治病,给自己和弟弟上学攒钱,自己总是舍不得吃点好吃的,吃盒饭都是挑最便宜的。现在自己能挣钱了,可爸爸却再也不能享受人间的幸福生活了。老人看到许婕有些迟疑,误以为许婕不愿意,是自己太得寸进尺,让许婕不高兴了,马上说道:"姑娘,不好意思,是我……"许婕一惊,由于自己走神,让老人家误解了,马上抢过老人的话头:"对不起,我刚刚想到了我爸爸,走神了。没关系的,爷爷,您想吃哪种就吃哪种,我请您。"

老人也不啰唆:"好吧,那就这种吧,谢谢你了,孩子!"老人有些感动,对许婕的称呼也由姑娘变成了孩子。这是一种认可,一种难得的、在当下十分珍贵的人与人之间的认可。在别人看来可能一碗38元钱的面条根本算不了什么,可却让一位亿万富豪感动。如果要是知道老人的身份,别说是一碗面条,就是整个餐馆,不,是N多个餐馆都能买下来,那么可能就会有无数的人主动帮着老人买这碗面了。而许婕根本不知道老人是什么人,却毫不犹豫地帮助他、关心他。许婕辛苦打工,供弟弟上大学,给母亲治病,也不宽裕,迄今未穿过一件超过100元钱的衣服,可是帮老人点了一碗30多元的面条,却一点都不犹豫。许婕根本就没想让老人来还钱。

雨停了。餐馆到了就餐高峰期,顾客络绎不绝,不一会儿就排起了长长的队伍,一直排到了餐馆外。为了维持良好的秩序,餐馆采用取号候餐方式,这让老人有些惊讶。自己以前经常从这附近经过,看到这里的餐馆生意都不好。可现在这个普通的小餐馆,生意为什么这么好? 为了给后来的顾客让地方,老人快速吃完了面前的一大碗面条。

嗯,别说,还真是好吃,味道很独特。老人对餐饮是很讲究的,吃遍了国内国外、大江南北的面条,感觉还是头一次吃到这么好吃的面条。要不是因为没带钱,甚至还想吃一碗。

老人站起来里外看了看,很好奇,拦住一个服务员问道:"小姐,你们店的生意为什么这么好?"服务员指着正在忙碌着的许婕说道:"喏,都是因为她。"老人看了看,似乎明白了,走到许婕面前说:"孩子,谢谢你了,能将你的手机号和名字写给我吗?"

"爷爷,不用了。吃饱了吗? 想吃这口,欢迎下次再来。"

老人笑道:"怕我麻烦你吗? 放心,我不会的。"

许婕笑了笑,将自己的手机号和名字写给了老人。

几天了,老人都没有出现,许婕也将这件事忘了。有个服务员却帮许婕记着:"许婕,那天白吃一碗面条的老头没来给你还钱吧?"

"一碗面条,就当是给自己的爷爷吃了呗。谁都有困难的时候。"许婕根本没当回事。

正说着,那天那位老爷爷走进了餐馆,来到许婕面前:"姑娘,那天谢谢你啊,我来给你还钱来了。"说着就将许婕垫付的面钱递给了许婕。那个服务员的脸一下子就红了。

"爷爷,不用了,这么远您还特意跑一趟。"

"不远,我也是顺道锻炼。"说完老人向门口走去? 突然脚下一个趔趄,紧接着坐在了地上。见状,许婕快步跑了过去,搀扶起老人并关心地问道:"爷爷,摔着哪儿了? 磕着了没有?"

老人看了一眼离自己最近,却站在那里无动于衷的服务员,又看了看许婕,脸上浮现出一丝赞赏、满意之色:"我没事。人老了,这腿脚不利落了。"说完,老人健步向门外走去。

走到门外,老人想了一下,又回头道:"姑娘,你跟我到门外来,我想和你说个事。"

刚才那个十分尴尬的服务员脸上瞬间涌现一副果然如此的表情,对另一个服务员道:"怎么样? 许婕这回恐怕被讹上了。"

"不会吧? 难道好人这么难做吗?"另一个服务员一脸担忧之色。

许婕跟着老人来到门外道:"什么事? 爷爷,您说。"

"我看你的事业平台是不是有点小,想不想换一个大点的平台啊?"

"爷爷,您哪天想吃这口,就再来吧。"许婕并不接老人的话茬。许婕根本就没想到这个老人曾经是本市企业界的风云人物。

"哦? 是我唐突了。"老人自嘲地一笑,有些尴尬地离开了。

几天后,许婕正在餐厅里摆餐具,手机铃声响起。许婕接听:"您好,这里是福生餐厅,有什么可以帮到您的?"对方听到这样接听电话的方式,似乎一愣,以为打错电话了,因为这很显然是外语的思维方式,但他很快就反应过来了:"你好,请问是许婕小姐吗?"

"我是,您是哪位?"

"我是恒琦集团总裁,孟宇。有人推荐你到恒琦工作。请你明天上午到恒琦大厦 2601 找我。"

"喂,喂,你说你是……"

嘟嘟,对方已经挂了电话。"这是谁在和我恶作剧啊! 还恒琦集团,还总裁孟宇,那可是全国知名、本市排名前 10 的大企业。总裁孟宇是非常有名的企业家。孟宇亲自给我打电话,开什么玩笑?"许婕自言自语道。

第二天上午,许婕在餐馆继续着摆餐台的工作,早已忘了昨天的"恶作剧"。手机铃声又响起来,许婕接听,客气地问道:"您好,这里是福生餐厅,有什么可以帮到您的?"

"喂,许婕,你到哪儿了? 我已经等你 10 分钟了,我一会儿还有个会,第一天就迟到可不太好。"

许婕怒道:"你还有完没完了! 不要和我开这种玩笑了,你怎么不说你是总统? 对不起,我很忙。"说完就挂了电话。

"喂,喂……"什么情况?被训了?这个小姑娘还真有个性啊。也是啊,是我有点唐突了。孟宇尴尬地一笑,好在没人听到。

许婕以为是哪位顾客和她开玩笑,训斥完了对方就忙着工作去了。

中午,一辆豪车停在餐馆门口。一个西装革履、很帅气的男人从车上下来,走向餐馆。正好是就餐高峰时段,就餐的人排起了长龙,一直排到了门外。男人进入餐厅看到座无虚席,有些吃惊。一个小餐馆,生意竟然这么好?看到服务员都很忙,他犹豫了一下,走到门外,排进了队伍。

孟宇大约一个月没有到小餐馆吃饭了,闻到面条的香味,食指大动。来到桌前,孟宇看了一下表,排了 8 分钟。这是孟宇的一个习惯。一是时间观念强,二是要看看这家餐馆候餐时间有多长。他点了一碗面条,巧的是竟然和那天那位老人点的一样,又要了两个小拌菜。别说还真的很好吃啊!看着很干净的餐馆,孟宇吃得津津有味。

吃了一会儿,突然感到有什么不对劲?是什么不对?这个餐厅人这么多,为什么这么肃静?

孟宇抬头看到了对面墙上的标语"您是绅士、淑女。禁止大声喧哗!"难怪这里这么肃静。孟宇眼睛一亮,以前也到过小餐馆吃饭,一直感慨,为什么中餐馆的环境和西餐厅比,就差得很多呢?中餐馆往往一片嘈杂,坐在一桌上说话都听不清,就只好比别人更大声说话,这就造成了更多的噪声。而西餐厅却静谧、幽雅,似乎每个人都是绅士和淑女。最不可思议的是同一批人到了西餐厅,也不再大声喧哗。这是什么道理?孟宇是一个任何时候都会勤于思考的人。今天,在这个小餐馆,似乎找到了答案:人改变环境,环境改变人。

孟宇吃完了碗中的面条,连汤都喝干净了。看了看,候餐的队伍仍然很长。不能再等了,下午还有会。他观察了几个服务员半天,突然眼睛一亮,这也太巧了吧?许婕竟然是在饺子摊遇到的那个小姑娘。

孟宇直接走到许婕面前说道:"许婕,你在这儿工作呀?"

"是你？你还真是愿意吃小吃呀！不是又要投资小餐馆吧？"许婕也有些意外。

"许大小姐，我这次可是奉命来请你的。想到了你不是一般人，没想到你的身份竟然这么神秘，难怪看不上饺子工厂的小股份。"孟宇对许婕的身份有隐隐的猜测。

许婕疑惑道："奉命？请我？先生，你这个玩笑一点都不好笑。对不起，我很忙！"说完转身就要走。这下轮到孟宇开始疑惑起来。这个小姑娘真的很有个性啊！她有很丰富的企业运营的知识，可为什么在这个小餐馆打工？她和老董事长王明启到底是什么关系？不会是老董事长的私生女吧？不然退休以后的老董事长从没安排过一个人进公司，怎么会……从来不八卦的孟宇此刻竟然脑补了一下老董事长的逸事，一连串儿的疑问在心中升起。看到许婕有些着急去工作，孟宇急忙掏出自己的名片递给许婕："许婕，正式认识一下，我真是恒琦集团的孟宇，欢迎你到恒琦工作。"

许婕惊诧地问道："你搞错了吧，我没申请去恒琦集团工作啊？"

孟宇更加迷糊了："怎么，你不知道？"这是什么情况？老董事长也没细说，就是让把这个餐厅叫许婕的服务员招进集团工作。

许婕仍然一脸疑惑："我不知道，这是怎么回事？"

看来这个许婕真的不知道。孟宇马上说道："哦，是这样的，我们公司的老董事长王明启先生亲自推荐你的。"

老董事长？王明启？

"我不认识你们公司的老董事长啊！是不是搞错了？"许婕迟疑。

"错不了。你还是明天 9 点整到公司找我吧。"孟宇觉得这个许婕要么是很有个性，想自己历练一下；要么是和老董事长产生了嫌隙，在任性耍脾气。不管怎么说，都要完成老董事长交代的任务。

此刻，许婕内心十分激动。说实话，许婕很想进恒琦集团这样的大公司工作,因为他们的平台足够大,自己可以施展抱负。可是自己只有普通大学的学历,进恒琦集团简直就是天方夜谭。过了很久,许婕仍然像做梦一样,机械地取餐、送餐。

15

市场部的勤杂工

　　恒琦集团办公大厦大厅，一个女孩环视着大厦的恢宏气势，感受到这里强大的气场，嘴角眉梢微微上扬，这里就是自己今后的舞台吗？正是早晨的上班时间，大厅里的人熙熙攘攘、摩肩接踵。女孩来到前台对着一名女接待员说道："您好！我要找孟宇。"

　　女接待员惊喜地喊道："许婕？"

　　许婕一愣，也认出了对方："卢珊珊？你在这儿上班啊？"

　　"是呀，我毕业后就到恒琦集团来上班了。许婕，你怎么来了？"卢珊珊高兴地道。

　　"我来找孟宇。"

　　卢珊珊和旁边另一名女接待员都吃惊地瞪大了眼睛，看着许婕。

　　许婕不解地问道："怎么了？有什么问题吗？"

　　"许婕，你确定你是找恒琦集团孟宇吗？"卢珊珊再次问道。

　　"是呀，就是孟宇，他不是总裁吗？"许婕也愣了一下，莫不是被这个孟宇给要了？

卢珊珊平静下来,恢复了正常说道:"许婕,见总裁是要预约的,你预约了吗?"

"是他约我今天9点到他办公室的。"

卢珊珊和另一名女接待员对视一眼,再次露出了惊诧的表情。

卢珊珊很快就镇定下来道:"那是你自己和他联系一下,还是我给总裁行政助理打电话?"

许婕掏出手机调出孟宇的电话,直接就拨给了他。

卢珊珊和另一名女接待员再次瞪大了眼睛,难以置信地看着许婕。

"您好,孟总。我是许婕,我到了。"

电话里传来一个浑厚的男中音:"你在什么位置?"

"我在大厅前台。"

"好的,你把电话给公司前台。"孟宇说道。

卢珊珊恭敬地站直了身体接听电话:"您好! 我是公司前台,卢珊珊。"

"我是孟宇。你安排许婕进来吧。"

"好的,孟总。我马上让她上去。"

卢珊珊从前台走出来,拿着胸牌,刷了门禁热情地告诉许婕:"孟总在2601。"

"谢谢珊珊! 回头见。"

"回头见!"卢珊珊还没有从惊诧中回过神来,机械地点头。

许婕来到2601,看了一眼门上的牌子——总裁办公室。没错,就是这个房间。许婕敲敲门。

"请进。"里面传来一个浑厚的男中音。这个声音很有磁性,也很威严。

许婕感觉这个声音很好听,犹豫了一下,收回了手。里面是那个面带坏笑的孟宇吗? 推开门,许婕长出了一口气。还好,确实是同一个人,要是被耍了,那可就尴尬了。

"还真的是你！我来了。"

"如假包换，请坐吧。我可以问问你的强项是什么吗？"孟宇开门见山，没有一句废话。

"强项？我学的专业是工商管理，我的强项是企业策划、市场营销。还有我会四门外语，能达到流利口语交流，可以用外语写企划案，这算不算？"许婕此刻还真有点底气不足。

"哦？你是哪所大学毕业的？"孟宇眼里闪出了精明。现在求职的人很多，可真正的人才难求啊！会四门外语，企业策划、市场营销还是强项，如果没有夸大，那这个许婕确实是不可多得的人才。

许婕弱弱地说道："我是华宇大学毕业的。"

"华宇大学？"孟宇的眼里露出了一丝微不可察的遗憾和失望，但马上就掩饰过去了，可这些都被许婕发现了。没什么，这很正常。现在的大企业用人都很重视毕业院校，名牌大学的学生就业会容易得多，但许婕有自信。很少有大学本科毕业生甚至硕士生能像自己一样做了几百个企业策划案，直接悟出了企业经营管理之"道"。

是亮点就要马上展示出来。深谙营销之道的许婕知道如何营销自己，马上就打开随身带的笔记本电脑，找到营销策划案例，放在桌子上让孟宇看："孟总，这是我做的一些企划案，请您看看。"

孟宇出于礼貌，本想象征性地看一眼，就算完事。可他看到了"福生餐厅营销策划书"，突然想到了昨天自己去吃饭的那个十分火爆的餐馆，好像就叫福生餐厅。

似乎知道孟宇要问什么，许婕又打开了一个企划书，让孟宇看。如果说没有之前福生餐厅的生意火爆，孟宇是不屑看一个普通大学毕业的新人做的企划书的。不过当孟宇看到许婕打开的第二份企划书时，他的眼睛亮了。这是一份很有创意的企划书。往后翻了翻，孟宇又是大吃一惊，后面竟然有用四种外文书写的企划书的文本。孟宇抬头问道:"这都是你自己做的吗?"

"是的。请多指教。"

"我可以再看几份吗?"孟宇很有风度地征求许婕的意见。

"您看,您随便看,孟总。"许婕终于对孟宇用上了尊称。

连续看了几份企划书,包括外文版,孟宇的心里是越来越震撼了。老董事长是怎么发现这个人才的呀! 这回恒琦捡到宝了。

孟宇满眼都是欣赏之色,看着许婕:"许婕,欢迎你加入恒琦集团。"

孟宇马上给人力资源部总监李思蓉打了个电话,告诉她把许婕安排在市场部。

人力资源部(HR)为许婕办理入职手续的是一个 30 岁左右的女孩,看了一眼穿着很普通的许婕,问道:"姓名?"

"我叫许婕。"

"年龄?"

"23 岁。"

"学历、专业和毕业院校?"

"华宇大学工商管理专业本科毕业,自学了同学科硕士研究生课程。"

HR 愣了片刻,说道:"我没听错吧? 你是说华宇大学本科毕业,研究生课程是自学的?"

"是的。"许婕淡定地道。

"请你稍等。"HR 转身来到人力资源总监李思蓉的办公室。

"李总监,那个刚来的许婕,真的是到我们恒琦集团市场部吗?"

"我不是已经跟你说了吗?"

"她的学历是本科,还是华宇大学毕业的,研究生是自学的,没有硕士学历、学位,入职表怎么填写啊?"

"该怎么填就怎么填。"李思蓉道。

HR回到办公区看着电脑上许婕的入职表摇了摇头,但同时很自豪地告诉许婕:"恒琦集团是松江市前十强企业,在全国都有很高的知名度。"接着又换了一副疑惑并带有一丝鄙视的神情,说道:"许多人挤破头想要进入恒琦集团,但都被最低是985、211大学毕业的高门槛挡在了门外。我们近年来招收的都是硕士、博士研究生,还从未招收过普通大学本科毕业的人,你是第一个。"许婕不知怎么接这个话茬,只好一个劲地说:"谢谢,谢谢!"

"市场部在23楼,我给他们打过电话,你直接去报到吧。"HR说完,坐在那儿猜测,这究竟是怎么回事?

许婕来到23楼,看着市场部办公区的大门,知道里面云集着名牌大学毕业的高才生。这些人都是公司精英中的精英。想到自己一个普通大学本科学历的草根要与这么一群精英为伍,许婕不由得苦笑,但许婕并不胆怯。许婕对自己有信心,这底气来自于自己比硕士研究生一点也不差的、丰富扎实的知识和一千多个日日夜夜的拼命努力。许婕坚信自己掌握的知识和技能完全可以胜任这份工作。

整理一下思绪,许婕淡定地推开了市场部的大门,走到靠近门口座位旁的一个员工前自我介绍道:"您好,我是许婕,来报到,请问找哪位领导?"这时一个30多岁的男员工正好走过来,看到许婕,惊得张大了嘴巴。面前这位姑娘不仅颜值极高,其独特的气质更是与市场部所有女同事截然不同。不等别人说话,他马上快步上前自我介绍道:"你好,我是市场部项目一部经理童龙苟。"说着热情地握住了许婕的手,半天不松开,直到许婕用力抽出自己的手,他才有些尴尬地说道:"许婕,是吧? 我领你去见总监。"

旁边的一个女同事撇了撇嘴,小声说道:"切,见到美女就忘形,好像几辈子没见过美女似的。"

童龙苟将热情发挥到了极致:"你可能不知道,咱们市场部总监叫钱浩。钱总可是一个强人,就是在集团他也是有很强话语权的。"

敲门进入钱浩办公室,许婕看到对面办公桌后一个戴眼镜的40岁左右的男人在看一份文件。

"钱总监,这是新来的许婕,来报到。"童龙苟继续将热情进行到底。

钱浩没有抬头,也没有说话。已经习惯了钱浩做派的童龙苟悄悄给许婕使了个少安毋躁的眼神,示意许婕别介意。

许婕波澜不惊地站在那里并不介意。大公司的部门总监既然是强人,有点架子也是正常的。

钱浩终于合上了文件夹,很有气派地往老板椅子上一靠,抬起头来。蓦然,大吃一惊,他有点不相信自己的眼睛了。面前站着的这个女孩,清纯、靓丽,虽然穿着朴素,可那种天生丽质和充满自信的神态使其看起来具有十分独特的气质和魅力。惊愕了片刻,钱浩感到了自己的失态,马上用威严来掩盖不妥:"那个,你叫什么名字?"

"总监,我叫许婕。"

"你学什么专业的?"

"我学工商管理的。"

"你本科和研究生是哪个大学毕业的?"

"我是华宇大学本科毕业的,研究生课程是自学的。"

"什么,我没听明白。你的意思是你没有硕士研究生学历? 当然也就没有硕士学位了吧。"

"是的。"许婕坦然答道。

一瞬间没有反应过来,钱浩有点蒙,都不知道说什么好了。"这是什么情况? 是人力资源部门脑袋坏掉了,还是在和我们市场部开玩笑? 这样的学历能进恒琦集团,还是市场部?"拿起电话就要给人力资源部总监李思蓉打个电话。可是,钱浩突然想到这绝不应该是人力资源部门的失误造成的。那么意味着什么? 要么是董事长家族重要的皇亲国戚,要么就是某合作公司大老板的无聊子女,来历练一下。其实就是怕放在社会学坏,在自家的公司又没人能管得了她,就找一个大公司,让她感受一下什么是职场,玩几天玩够了,就走了。不过无论是哪种关系都不是自己能得罪得起的。想到这里,钱浩马上换上了一副笑脸:"哦,许婕,是吧?欢迎你到我们市场部工作,不过最近工作不是很多,你可以随便看看书啊,玩玩手机什么的都行。"

这下轮到许婕蒙了:这是什么情况?看看书,玩玩手机?这都行?恒琦集团市场部工作不忙,怎么可能!哦,明白了,是认为我毕业于普通大学本科,在市场部干不了什么。

许婕极力表现得淡定:"总监,那就给我分配点力所能及的工作吧。"

钱浩想了想道:"你就去项目一部吧,由童经理给你安排工作。"

童龙苟心花怒放,有这么个青春靓丽的大美女在自己跟前,是多么幸福的一件事情啊!"好的,好的,许婕跟我走吧。"童龙苟火急火燎地招呼许婕就往外走,生怕钱浩变卦似的。

看着许婕的背影,钱浩哼了一声:"好像捡到宝似的。恐怕是个刺猬吧?希望别扎到你。"

回到市场部大办公区,童龙苟将许婕介绍给大家:"这是新来的许婕,今后就是我们的同事,大家欢迎。"办公室里象征性地响起了稀稀拉拉的掌声。

"许婕,你就先负责给大家打打咖啡吧,先熟悉熟悉情况。"

"这什么情况啊?市场部的待遇真是提高了啊。"

"配勤杂工的待遇啊!"

"唉,咱们整天累死累活,怎么就没这个命啊。勤杂,简单劳动,多轻松。"

在大家不解、嘲讽的目光和议论中,许婕大大方方地给每个同事都接了一杯咖啡送到桌前。不过大部分人对她还是很客气的,见到咖啡后,都客客气气地说一声:"谢谢。"

　　对新人来历的探究历来是八卦者的喜好。有人问童龙苟："老童,这许婕什么背景,什么学历啊?"市场部几乎所有人都竖起了耳朵,这也是许多人都想知道的。

16

带刺的玫瑰

童龙苟故意吊着大家的胃口："也没什么，大家工作吧。"

一个叫孔丽的女员工："死老苟，装，你是不是皮紧了！"

"背景，好像没什么背景。学历嘛，华宇大学本科。"童龙苟语出惊人。

"什么？这也行？"

"我们市场部什么时候门槛降到这么低了？"

"我们公司养闲人，那也不能放在市场部！"

人们议论的声音不大，可还是被刚刚端着咖啡走进来的许婕听了个清清楚楚、明明白白。

许婕当作什么也没有听见，仍然神色自若地端着咖啡，挨个给市场部的同事们送。

人们开始用异样的眼光看许婕。

市场部员工苗姐小声地说道："我说，大家这样对人家不好吧。"

"这也难怪大家。当下，就业岗位竞争十分激烈，尤其是像恒琦集团这样的大企业，普通大学本科毕业生很难进入。这个人不仅进了恒琦集团，还是市场部。菜鸟也就罢了,还是一个只有普通大学本科学历的菜鸟。你不感觉太不可思议了吗?"一个员工仍然毫无顾忌地谈论着。

"那还用说嘛,不就是长得漂亮嘛。这年头靠脸吃饭的人还少吗?"孔丽一脸鄙视。

"孔大美女,这个许婕还真是个美人坏子。这下你市场部第一美女的头衔可就要被夺走喽!"有人调侃道。

孔丽的脸一下子就拉了下来,怒道:"什么意思? 你是说我没有她长得好看呗? 色狼!"

孔丽狠狠地剜了许婕一眼,眼中闪过一丝妒忌之色,一缕阴霾浮在脸上。

不过此后,很多人对许婕连正眼都不愿意看一下了。

许婕被人们鄙视了,不,是无视了。一些人指使许婕,都是一副颐指气使、毫无顾忌的态度。

一天早上刚一上班,孔丽看到许婕在那儿拿着抹布擦桌子,就喊道:"许婕,你去给我沏一杯咖啡。"

许婕马上答应道:"好的,孔姐。"

许婕把沏好的咖啡端到了孔丽的办公桌上,说道:"孔姐,您的咖啡,有点热,凉一下再喝,注意别烫着。"

孔丽在看手机,没有吱声。

不一会儿,办公大厅突然响起了一声尖叫:"啊,烫死我了!"

人们都被吓了一跳,齐刷刷把目光看向了孔丽的方向。

"许婕,你怎么搞的,你要烫死我呀。沏个咖啡这点事都做不好,你还能干什么!"孔丽大声呵斥许婕。

许婕马上来到孔丽身边说道:"孔姐,对不起,你没事吧?"

孔丽怒瞪着许婕道:"这么烫,你说我有没有事? 你为什么不告诉我一声。"许婕并没有分辩,而是一个劲地道歉:"对不起,对不起。"

孔丽却不依不饶训斥道:"许婕,你要明白,在恒琦,干什么都要有真本事。你不要以为靠一张脸就能混下去的。"

　　"那个许什么,哦,是许婕。你要尽快熟悉勤杂的业务。要珍惜这份不知怎么得到的工作。能进恒琦集团,还是市场部,不管你是什么门路,但如果我们大家都对你不满意,你一样要走人。因为我们部门每年都要有一次考核,实行末位淘汰制。"一个女员工看似关心地道。

　　"小妹妹。你为什么就不好好读书呢?考个名牌大学,再加上努力工作,自己的命运不就改变了吗。你看人家孔丽,名校硕士毕业的高才生,毕业后又很勤奋,现在是我们市场部最有潜力的新星啊。说一千道一万,就一句话,要靠真本事吃饭。"另一个员工语重心长地谆谆教导着许婕。

　　看到这一幕,市场部苗姐实在看不过去了,站了起来大声指责道:"你们在干什么?这么欺负一个新来的同事,有意思吗? 人,为什么不能对别人宽容一些呢?非得踩人一脚,对自己有什么好处吗?真是的。"

　　强忍住在眼眶中打转的眼泪,许婕转身走了出去。

　　翌日,早上上班时间,人们陆续进入办公室。孔丽看到许婕放下了包,马上说道:"许婕,你记住,我们每个人喝咖啡的口味不同,你不要搞错了! 这几天你沏的咖啡就有不少都不对大家的口味。大家看你新来的,没有说你。今天可不能再错了。当然,你可能原来没喝过高端咖啡,是不是只喝过速溶咖啡。哦,不对,看你这样恐怕没喝过咖啡吧?但你要马上熟悉,熟练掌握咖啡的知识。公司的咖啡不能总因为你的错误,浪费了。各位师兄、师姐,大家都把自己的口味告诉许婕。"

　　"好的。各位师兄、师姐请说,我记下。"

　　许婕想要拿笔记一下,可人们已经纷纷嚷嚷开了:

　　"我喝的是卡布奇诺。"

　　"我喝的是拿铁。"

"我喝的是美式。"

"我喝的是……"

人们都被孔丽带入了节奏,七嘴八舌,有的语速很快,有的语音很轻,一下子十几个人几乎同时说完了。

这,谁能记得住?

有人在憋着笑。其实大部分人都没恶意,跟着起哄,恶作剧而已。也有一部分人是对许婕通过关系进入恒琦市场部心里反感,想要给她出点难题,让她知道,在市场部不是那么容易混的。

然而让人惊奇的是许婕在那样乱的状况下,可以说是故意刁难下,竟然记住了每个人的口味,一点不差的将每个人的咖啡送到了面前。一些人啧啧称奇,议论道:"还别说,这个许婕还真是好记性啊!"

更让人刮目相看的是,第二天,许婕没再问任何人的需求,又是丝毫不差地将咖啡端到每个人的办公桌上。

人们又开始议论:"这个许婕真是不简单呀!"

"是呀,这可不是记性好的问题。这个许婕绝对具有高智商。"

"她的悟性还真不是一般的强。看她的家境很显然没有条件经常喝咖啡,可是,才两三天,就把这么多种咖啡弄明白了。"

孔丽一直在注意许婕,很想看到许婕出丑的窘境。没想到,这个许婕记性这么好,不仅没出丑,还得到了人们的赞扬。不行,不能让她抢了风头。

于是,孔丽马上大声呵斥道:"许婕,你怎么这么不长记性,你给我沏的是什么咖啡?这还怎么喝?是你记性不好还是故意的?"

许婕一惊,看了一下孔丽的咖啡,没有错啊,于是说道:"孔姐,我记得你告诉我就是这个口味的咖啡呀。对不起,可能是我记错了,我再给你重沏一杯吧。"

孔丽得理不饶人:"你什么意思?错了就是错了,好像很委屈似的。错了不可怕,可怕的是不承认错误,还狡辩,那就是人品问题了。像你这样学历低、没能力、人品又差的人,我真不知道你是怎么混进恒琦市场部的。好自为之吧!"说完后又自言自语地说道,"也不知道是傍得上谁了。"

许婕站在那里满脸涨得通红,不知为什么,自己一来就莫名其妙被这个孔丽针对了。都说退一步海阔天空,可现在看,退一步并不是海阔天空,而是对方蹬鼻子上脸。这个孔丽不断地找事、挑刺、刁难,尤其是涉及自己的人品问题,是原则问题,必须说清楚。

于是,许婕决定反击。她想起了一句话"打得一拳开,免得百拳来"。许婕义正词严地说道:"孔丽,不知道你为什么刁难我。是,我家境贫寒,我学历低,但是你不能侮辱我的人格。你家境富裕就可以高人一等了?那是你父辈打拼出来的,是你的能力吗?你有好看的学历,就可以有优越感吗?请问你有多少真才实学,你入职几年了?在事业上你有什么大的建树?你为公司做了多少贡献?要说品行,我自认为比你强多了。我秉承与人为善的原则,从不刁难别人,尤其是新人。我进入恒琦集团,没靠任何人,是你们公司请我来的。"

"呵呵,笑死人了。就你,还公司请你来的。我知道牛是怎么死的了!"孔丽讥笑道。

扑哧!有人憋不住笑了起来。这个孔丽说话也太狠了点吧。

许婕不为所动,继续说道:"就以现在为例,让大家看看谁的品行有问题。我问你,你愿意喝什么口味的咖啡?现在当着大家的面,你再说一遍。看看我给你沏的咖啡对不对。当然你可以继续说谎,可大家的眼睛是雪亮的。"

"你,你……"孔丽一时竟哑口无言。

接下来,许婕更是霸气地说道:"本来我年龄小,给各位师兄、师姐服务,沏点咖啡也是应该的,但有人却故意刁难我。从今天开始,喝咖啡自己去沏。我是来工作的,不是来沏咖啡做勤杂工的。"

人们突然发现,这个新来的还真是个小辣椒啊!

后来的某一天，有人习惯性地喊道："许婕，给我沏一杯咖啡。"

许婕抬头看了看，说道："师兄，不好意思，我在忙着。"

这个员工一愣，这才想起昨天许婕已经说了不再沏咖啡了，不免有些尴尬起来。

此后，许婕再也没有给谁沏过咖啡。直到有一天市场部再起波澜。

17

大放异彩

　　临近中午,有一个员工完成了工作任务,感到百无聊赖,就在微信上给市场部资深女同事——公认的市场部业务大姐大吴迪发了个信息:"吴姐,市场部的氛围太沉闷了。前几天孔丽和许婕掐架,虽然孔丽不对,有点欺负人,但逼出了许婕的火气。许婕的反击很漂亮,也证明了许婕不是一般的小姑娘。这种掐架给我们带来了乐趣。现在,我们一天天就是文案、文案,无聊死了。你给大家活跃一下气氛呗。"

　　吴迪回复道:"你把乐趣建立在别人的痛苦之上,还真是个变态! 不过人无压力轻飘飘,钢无压力不成刀。我感到许婕应该是一块好钢,可以在业务上给她点压力。如果她智商足够,能变成动力,我们平时再帮帮她,有个两三年,也不是不能进入角色。"

　　"你准备怎么做?"

　　"看我的。"

　　接着,吴迪大声说道:"许婕,你能帮我查一个资料吗? 内容是……"

　　苗姐一听,这是个专业性很强的资料。知道这是吴迪在故意刁难许婕,想让她出丑。正义感爆棚的苗姐愤怒地阻止道:"吴迪,不要欺负这个年轻的小姑娘,出来讨生活都不容易。你们还没完了是不是!"

正在看资料的许婕没有反应过来,愣了一下。这几天一直没人理睬自己,这怎么突然让自己上手业务了?

许婕似乎还没有从"冷宫"中醒来。办公室里一片静谧。

不过转瞬,人们就开始小声议论起来:

"你猜,许婕敢接这个任务吗?"

"这个内容对市场部大多数人来说难度系数都很高,需要专业性极强的业务知识和能力,没有硕士研究生的知识基础,可能连一些专业术语都看不懂。许婕不可能接。"

"这还用猜吗,她怎么可能会接受这样的任务,肯定会找理由拒绝。"孔丽故意提高声音道。

就在大家都认为许婕会很尴尬地说自己不懂,做不了的时候,许婕却突然说道:"好的,吴姐,什么时候要?"

吴迪一愣,继而有些惊喜。本来她还在想,许婕如果不接,那她就是个扶不起来的阿斗,对她也就放弃了。如果她接了,自己会暗地里帮她,好让她能在市场部不再被歧视。没想到她还真敢接,态度立马转忧为喜:"三天吧。如果时间不够,还可以再延长一点。"吴迪心地还是善良的,但根本就没指望许婕能完成这个任务。

"吴姐,没问题。三天内交给你。"许婕痛快地答道。

什么? 这下差点让市场部全体都惊掉下巴。每个人脸上都露出诧异之色。

"许婕竟然真敢接了这个任务。真是初生牛犊不怕虎啊!"

"不,是无知者无畏。"孔丽立即补枪。

市场部的人都在关注着这件事的结果。如果耽误了吴迪的事,不知到时面对吴迪的怒火,许婕会是怎样的情形?

苗姐无奈地摇了摇头。

然而,仅仅一个工作日后,让人意想不到的事就发生了。

许婕走到吴迪面前淡定地说道:"吴姐,你让我查的资料,已发到你邮箱了,你看看行不行。"

吴迪吃了一惊:"许婕,这个资料的工作量就是职场成手最快也要三天才能完成,你一天就完成了?"

孔丽不屑地撇撇嘴说道:"真能搞笑。她懂什么呀? 还一天就交稿了,可能啥也不是。"

"看看吴霸王一会儿怎么让许婕哭鼻子吧!"有的员工担心道。

人们也都在关注着吴迪的后续反应。

当吴迪看完许婕交给自己的资料后,心中掀起了惊涛骇浪。吴迪越看越吃惊,脸上的表情变化万千,很是丰富。

许婕并没有简单地提供一份资料素材,而是似乎猜到了自己要干什么用,因而附上了她的"建议"。而这"建议"比自己想到的还要高出一筹。自认为业务上是一把好手,在市场部年轻员工中自己说第二,没人敢说第一。可是这个许婕的视野、思路、格局,有的地方比自己想得都宽、站位都高。其大胆设想创新的建议让常人所不敢想,又是那样合乎逻辑,可操作性不是一般的强,不由得让吴迪惊诧不已。

接下来的事情让市场部的一些人把捡回来的下巴再次惊掉一次。吴迪这人一向十分高傲,对看不上的人从来不假辞色,这次竟然当众对许婕大加赞赏:"许婕,你太棒了! 再接再厉,我看好你! 小天才,你这个朋友我交定了!"

这是什么情况? 人们开始有些莫名其妙。后来,有心人看到吴迪与许婕勾肩搭背,好得不得了,并不断地让许婕帮忙"查阅资料,帮做文案"。吴迪的业绩也不断受到领导表扬,终于有人想明白了,一定是这个许婕发挥了作用。

于是许多聪明人都纷纷请许婕帮忙查阅各种资料，做各种方案。许婕成了项目一部的便宜助理，每天忙得不可开交。再后来，人们干脆直接给许婕下达任务。

"许婕，查一份资料，这是题目。"

"许婕，把这个方案做出来，明早上班给我。"

说来也有些不可思议，这些看似杂乱无章的工作，许多都必须具备很精深的业务知识，专业性很强，业务领域也很宽，可是在许婕手里都是很快就完成了。更让人惊讶的是，许婕查阅的资料或做的方案都远远超出了任务给出者的预期值，尤其是对他们的目的似乎了如指掌，因而还附上了相关同类信息、同业竞争情况、建议等。更让人惊奇的是，许婕提供的这些信息都具有很高的参考价值。有的连任务交代者本身都没有想到。一些人开始暗暗高兴，这个便宜助理还真是有用啊！

事情传到了市场项目二部和三部。

项目二部贾玉珍和三部李玉润在小声聊天："听说项目一部刚来的那个叫许婕的新人，把全组人的脸都打了？就连吴迪那个小霸王都服了她了。"

"真的假的？一个新人有这么厉害？"李玉润怀疑道。

"应该是真的。听说一部的人都把许婕当作便宜助理了。还听说无论业务跨度有多宽，她都能应对有余。"贾玉珍肯定地道。

"那我们也可以去试试这个便宜助理，正好我有一个方案改了三稿领导都不满意。"李玉润嘻嘻笑道。

"我也有一个需要完善的方案，那就请这个许婕帮帮忙。"

项目一部办公区。

贾玉珍抢先来到许婕面前："许婕你好！我是项目二部的贾玉珍。我有个方案遇到点困难，想请你帮个忙，可以吗？"

"贾师姐，你客气了，发给我吧，我看看能不能做得了。"许婕谦虚地说道。

"好的,我发给你。你一定行的。"贾玉珍鼓励道。

许婕看了看发过来的邮件,回复道:"师姐,我努力做,大约需要三天时间。"

三天? 贾玉珍大喜。

贾玉珍走后不久,李玉润来到项目一部。

"许婕你好。我是三部的李玉润,我有两个方案要做,都比较急,我忙不过来,你帮我做一个吧。"

"李师姐,将内容、要求发给我吧。我试试,就是不知道我能不能做好。"

"你行的。我的这个方案领导要得急,最好早点交给我。"李玉润说道。

"好的,我和二部的贾师姐商量一下,她先和我说的。她要同意,我就先做你的。"

许婕在邮件上写道:"贾师姐,三部的李师姐也有个方案,比较急,我先将她的做完后,马上就做你的,你看行吗?"

贾玉珍:"不行,我的也急,再说总得有个先来后到吧!"

许婕无奈地道:"那好吧。"

三天后,许婕将方案发给了贾玉珍并写道:"贾师姐,方案做完了,你看看行不行? 不行我再修改。"

贾玉珍认真地看着许婕做的方案,突然激动地拍案叫绝:"这个许婕真有两下子。这个方案比我想的要好得多。马上回复:"很好,真的谢谢你! 改天我请你吃饭。

李玉润正好来找贾玉珍,看到贾玉珍十分高兴,问道:"什么事这么高兴? 有帅哥要请你吃饭啊?"

"不是帅哥请我,是我要请许婕。她帮我做的方案又快又好,这下我后半个月的任务都完成了。"

李玉润的脸沉了下来,没有说话,急匆匆赶到项目一部办公区,气势汹汹地问道："许婕，我让你做的那个方案做完了吗？""不好意思，李师姐，我刚刚将贾师姐方案做完，我马上就做你的。"

李玉润不依不饶地道："你这个小姑娘，人不大，势利眼啊，看人下菜碟呀！"

许婕急忙道："李师姐，我不是……"

"算了，我不和你计较了，两天内必须给我做完！"李玉润颐指气使地道。

吴迪听到这里怒不可遏，几步就来到许婕办公桌前怒斥道："我说李大小姐，真威风啊！不过你来错地方了。这里不是你要威风的地方。自己的活自己干。许婕不是全市场部的便宜助理。你这个活别说两天，就是二十天也不行，你请回吧。要不然咱们去问问总监？"

李玉润可是知道吴迪的厉害，讪讪地"哼！"了一声悻悻离去。

苗姐好心地对许婕说道："许婕，你要学会拒绝。他们自己的活不干或干不好，都让你干，这不是欺负人吗？"

"没事的，苗姐，我正好多学点业务。"许婕却不以为然。

苗姐摇摇头："唉，这孩子。"

第二天，市场部办公区。

早上刚一上班，人们打开电脑就看到一封邮件，是吴迪发给所有人的："即日起，本人自愿成为许婕的助理，凡是请许婕帮忙做的工作，必须经本助理同意后方可进行。"

苗姐对许婕说："这个吴迪还真是挺仗义的。"

许婕感动地道："是呀，苗姐，凡是我帮她做的文案，她都把我的名字也署上了。"

吴迪来到许婕桌前："你们俩在说我什么坏话呢？"

"在表扬你吴大侠呢！"苗姐笑道。

吴迪感慨地道："许婕，因为你，苗姐可是好久没给我好脸色了。"

许婕感激地说道:"谢谢你啦,吴姐。也谢谢你,苗姐。"

"不用谢,你是我们一部的一分子,不容许有人欺负你。"吴迪仗义地道。

然而吴迪挡得住别人,却当不了童龙苟这样的经理。

临下班时,童龙苟拿着一个方案大纲交给许婕并交代道:"许婕,这个方案很重要,明早总监就要,你辛苦一下,今晚把它做完。这是一次很好的锻炼机会,也是你展现价值、能力的时候。"

说完,童龙苟就和市场部的一群同事去潇洒了。

在一个大酒店包房里,童龙苟频频举杯,为一个同事过生日。

"祝你生日快乐!"

"生日快乐!"

办公室内,许婕看着大纲,在进行整体梳理、构思。许婕一边吃着面包,一边在思考着。

加班的苗姐把手头的工作忙完准备下班了,看到许婕在那儿沉思,担心许婕毕竟刚来不久,做这个方案可能会有困难。童龙苟临下班给许婕交代任务,这位大姐听得清清楚楚,很气愤。这个童龙苟也真是的,身为领导怎么和那些没素质的人一样欺负人啊,而且这段时间很多人使唤人不花钱,心安理得地给许婕安排活。随着许婕能力的展现,人们更加放心地把自己的工作都交给了许婕。许婕可倒好,谁给的任务都接,从不叫苦,也不生气。这让一些人更加肆无忌惮。

走到许婕跟前,这位好心的大姐说:"许婕啊,又得加班了啊。这个童龙苟也真是的,自己去潇洒,让你做方案。真不知道怎么想的。"

"没关系的,苗姐,我多做点没什么。"

"许婕,有问题吗,如果有问题和我说,我帮你做完吧。总监要的方案,一般都是给总裁或董事长看的,还真不能耽误了。这个童龙苟还真是没长心。"

"苗姐,我想问问,如果这个方案是总裁或董事长要的,一般情况下是他们亲自拟订的提纲吗?"许婕问出了心中的疑虑。

"那倒不一定。大老板一般只是出个题目,大纲一般情况下是总监或项目经理拟订的。"

"哦,那就好办了。我原来还想着有些不好办,如果按照这个大纲给出的思路,这个方案的质量不会很高,因为原方案的立意和每个部分的内容都缺乏新意。我准备给它动动手术,提高一个档次。"

"许婕,我一直想问一下,你为什么要这么拼啊?"

许婕十分真诚地说道:"我感恩恒琦集团给我这个普通大学本科生一个机会,让我有一个较大的平台运用自己所学的知识,体现自己的价值。"

"努力做就好,但要注意自己的身体。"

这段时间许婕在市场部看尽了人们歧视的眼神,听尽了各种讽刺的话语。听到苗姐这样暖心的话,许婕的心里一热,感受到了温暖,许婕眼中涌出了泪花,扑向苗姐的怀抱,动情地说道:"谢谢苗姐。我好想有一个你这样的姐姐。"

苗姐眼中也有泪光闪现:"我也希望有你这样的妹妹,聪明伶俐,勤奋敬业,从不抱怨。"说着拍了拍许婕的后背,接着说道,"好了好了,该干活了。"

许婕破涕为笑:"谢谢苗姐。你先回吧,我要开工了。我会把这个方案做到最好,让老板认可我的价值。"

夜已深了,市场部办公区静悄悄的,墙上的电子时钟显示已是凌晨 2 点。许婕伸了个懒腰,接着又噼里啪啦快速敲打键盘。

她的身影在夜深人静的大办公区显得有些孤独。

凌晨 4 点。许婕终于敲完了最后一个字,又校对了一遍。看到这个经过自己下了十二分功夫的方案,许婕高兴地想,这回又向得到领导认可的目标迈近了一步。将方案文稿发到童龙苟的邮箱后,她拽了几把椅子,躺在上面呼呼大睡。

上班的人陆续进入自己的办公卡位。许婕睡眼惺忪地坐在办公桌前犯困。童龙苟走过来敲敲桌子。许婕一个激灵清醒过来,马上站了起来:"童经理早!"

"许婕,昨天交给你的方案做完了吗?"

"经理,完工了,我已发你邮箱了。"

"你再打出一份纸质的给我。"童龙苟说完转身要走。

许婕迟疑了一下,还是急忙说:"童经理,那个方案,我,我没有完全按你给我的大纲写,我改了一下,不知行不行?"

童龙苟一惊,停住了脚步:"你说什么?"

许婕看到童龙苟脸色不善,小声地说道:"经理,我认为原来的立意有些低,我就给改了改。"

童龙苟这下真急了:"你改了?谁让你擅自改的?乱弹琴!你知道这个大纲是谁给出的吗?"

许婕茫然地看着童龙苟没说话。

童龙苟气急败坏:"那是钱浩总监亲自给出的提纲,你还能比总监高明啊!不要以为帮助同事整理一下资料,得到了客气的鼓励和夸奖,就以为自己很了不起了,尾巴就翘到天上去了,谁的东西你都敢乱动。"

许婕一改往日的谦恭,倔强地说:"经理,你先交给总监看看再说吧。如果不行,我再重做。"

童龙苟气哼哼地说:"等一会儿看你怎么死。"

市场部副总监刘文听到童龙苟在训斥许婕,这位性情温和的副总监大发脾气,对着童龙苟和全体员工怒斥道:"童龙苟!你的脸是不是落在下水道了?这么重要的工作,你不亲自做,交给一个新员工做。新员工做也就罢了,你好歹也给些指导。没有指导就罢了,你还如此训斥一个新员工!你要让新员工看到这就是我们市场部的文化吗?"

刘文扫视了全场一眼继续道:"还有你们。两个多月了,我什么都看到了。

有的人实在不像话！欺负新人不打草稿吗？扪心自问，你们来到市场部的时候，老员工有这样欺负你们吗？到了市场部我们就是一个团队的兄弟姊妹，你们这样做，问过自己的良心了吗？"

刘文副总监的怒斥，使一些人都低下了头。苗姐和吴迪对看了一眼，都比出一个点赞的手势。可是，随即眼神又黯淡了下去。因为大家都知道市场部是总监钱浩说了算，这个刘文副总监虽然业务能力很强，可是钱浩根本不理他。因此这些员工表面上哼哈答应，可是转身就会我行我素了。

钱浩很认真地看完了这个方案，大吃一惊："行啊，小苟，几天没注意，水平有很大提高啊！这个方案不错，一定能得到董事长的肯定和表扬，再接再厉！"

"那得看看是在谁的领导下啊！强将手下无弱兵嘛！在钱大总监的领导下，我能不提高吗？"童龙苟立即施展马屁神功，有功劳先抬举领导，这是他多年来的心得。

这个马屁拍得高明，说者有心，听者得意。可是许婕的工作成绩一点也没体现出来，就这样被别人将功劳领去了。

让童龙苟等人没想到的是，许婕做的这个方案竟然得到了董事长和总裁的一致认可，并在董事会上高票通过。为此，公司以董事长和总裁共同的名义给市场部发了 30 万元奖金。

这个方案引起这么大的动静，童龙苟先是很兴奋，接下来，就冒出了一身的冷汗。自己开始并没重视这个方案，以为就是一个普通的文案，就交给了许婕，应付一下了事。没想到会是董事长和总裁都很关注的案子。

钱浩也十分高兴，这简直就是一场及时雨。自己主持市场部工作后，一直没有大的建树，集团领导层和其他部门的总监已经有非议了，市场部太需要一次高调亮相了。而这次方案得到董事会的高度赞扬，罕见的以董事长和总裁共同的名义给市场部发了奖金。虽然奖金不多，但重要的是高层对自己的认可。这下，那些瞧不起自己的总监们应该没话说了。

钱浩决定在市场部召开一个大会,大张旗鼓地表彰市场部做这个方案的功臣。

"今天什么会呀?突然通知要全员都参加。"

"谁知道。钱总的风格不就是这样随性、洒脱吗。"

"好呀,你敢说钱总随心所欲?"

"你俩找死呢!"

市场部的员工三三两两地走向会议室。

当正在调侃的几人说笑着迈进会议室时,突然发现有什么不对,议论声戛然而止,其中一人差点被噎回去的半句话呛着。

原来是钱浩破天荒第一次在开会前就进入会场了。他总是在人都到齐了,才在最后一刻踱着方步,在童龙苟的引领下找到自己的座位,坐下后,先看看茶杯中有没有水,然后不管有的没的,先严厉批评一通。由于资历浅、能力一般,怕大家不服管,他总是以批评开道,有时一件小事,也毫不留情面地点名训斥一些员工。市场部每个人都胆战心惊,生怕不知什么时候,鞭子就落在了自己的头上。因而,一些人已经产生了心理阴影——就怕钱浩开会。

一通炮火之后才威严地宣布开会,全程不苟言笑,这已经成为钱浩领导风格的标配。今天钱浩竟然在会议室里与先到的员工谈笑风生,市场部员工罕见地看见了钱浩的笑容。人们纷纷在心里暗暗嘀咕:

"这是有什么大喜事?"

童龙苟报告人都到齐了。

钱浩也不废话:"和大家通报一个好消息。前几天我们市场部的一个方案得到了董事会的充分肯定,董事会满票通过了我们的方案。为此我们还得到了王晓琦董事长和孟宇总裁联名签署的30万元奖金。"

啪啪啪!童龙苟带头鼓起了掌。

钱浩摆了摆手继续道:"奖金不重要,重要的是集团董事会,还有董事长对我们工作的肯定,这是我们市场部的荣誉。为了鼓励先进,我决定对起草这个方案的童龙苟提出表扬,并给予 20 万元的奖励。其余 10 万元奖金,留作以后奖励市场部做出突出贡献的员工。"

"什么? 这个方案不是许婕做的吗?"知道内情的苗姐惊诧莫名,看了一眼坐在对面的许婕。发现许婕一脸不解的表情和眼中腾起的雾气。怒火在心中升腾,苗姐就要站起来说明情况。许婕急忙咳嗽了一声,示意苗姐不要说出实情。

对此表示疑惑的还有吴迪,就凭童龙苟那两下子,能做出这么好的方案? 不可能! 不对! 不会是许婕做的吧?

吴迪扭头看了一眼眸子中充满雾气的许婕,什么都明白了,心中也是怒火万丈,但想了想,还是稳住了自己的情绪。

啪啪! 会场上响起了热烈的掌声。

会后,市场部的人很兴奋,因为接到通知,晚上市场部要搞一个庆功宴会,全员参加,由童龙苟做东。许婕看到大家都很兴奋的样子,就问苗姐:"苗姐,怎么看到大家都很兴奋,还有什么好事吗?"苗姐诧异地看了一眼许婕说道:"不会吧,你没接到通知吗? 今天晚上市场部要搞一个庆功宴。祝贺市场部得到集团嘉奖。"

听到苗姐的话,许婕心中酸涩。自己的劳动成果被别人拿去领功,连庆功宴都不让自己参加,怎么会这样! 但又一想,可能还没来得及通知自己吧。

一直等到晚上下班,看到一个个女同事换上了漂亮的服装,花枝招展,男同事也都打着招呼,开着玩笑,陆续离开了办公室。许婕看见童龙苟还没有走,还是心中存着一丝希望,一会儿,童经理走时肯定会喊自己一起走的。苗姐走到许婕面前:"还没人通知你吗? 我等你。如果不让你去,我也不参加了。剽窃别人的成果还搞庆功宴,还能再无耻点吗!"

"苗姐,你先去吧,我再等会儿。"

苗姐走时回头看了一眼许婕,唉,这都什么事啊!这个小姑娘太委屈了。

这时,童龙苟向许婕走了过来。许婕其实一直在关注着童龙苟。看到童龙苟向自己走来,许婕的心不争气地跳得有些快起来,看来童经理不会落下自己的。

"许婕呀,正好你没走,有一个比较急的活,今晚就得干完,你辛苦一下吧,我把任务要求发你邮箱了。"说完,童龙苟从包里掏出准备好的1000元钱递给许婕,"许婕呀,这段时间你也很辛苦,这是给你的奖金。"

不让我去参加庆功宴,为什么?我不争功,哪怕有一点点对我的认可,自己心里也有个安慰呀。许婕没有伸手接钱。看到许婕在那儿发呆,童龙苟就将钱放在许婕的办公桌子上,说道:"许婕,今天这个活很重要,可不能耽误了啊!"

看着童龙苟离去的背影,许婕做小声骂了一句,总算暗暗出了口气。没办法,人在屋檐下,不得不低头。得到公司高层认可的机会有的是,凭自己的能力,总会有出头之日。许婕拿出一包方便面泡上,打开电脑,使劲甩了甩头,甩走不满情绪,做了个深呼吸,开始了工作。

尽管童龙苟将许婕的功劳占为己有,可得到重奖的那个方案是许婕做的消息还是不胫而走。在吴迪和苗姐等人的大力宣传下,许婕的才华在整个市场部乃至集团总部的几个部门都传扬开来。

许婕超群的表现让人们对许婕的身份有些怀疑起来。

"这个许婕能力强得出奇,却出身于一所普通大学,还是本科学历,你们信吗?"

"打死我也不信!"

"许婕一身朴素的行头超不过200元钱,可却难掩她大气、端庄、清纯而又神圣不可亵渎的气质。"

"我感到她挺能装!"孔丽却抓住时机贬损道。

"气质是装不出来的。"有人直接反驳了孔丽。

"是呀,'腹有诗书气自华'。气质是一个人的知识、修养、内涵的外在表现。许婕谦虚而不谦卑,恭敬而不恭维,淡定、自信、成熟的气质与她的年龄、学历、能力真的不太相符。"有人接着评论道。

"你们……"孔丽生气,但又无话可说。

"许婕这样专业素质过硬、知识面广、执行力超强的人怎么会是低学历的人?"

"许婕以这么低调的姿态出现,这是在扮猪吃老虎吗?"

童龙苟跑来问钱浩。钱浩想了想也感到有些不解,拿起电话想打给人力资源总监探探口风,可马上又放下了:"算了,人力资源那些人死了三百年嘴都撬不开,随她去吧。"

一时间,许婕在市场部大放异彩、风头无两。

18

不是我的错

与许婕不同，丁雪梅是个幸运儿，一入职恒琦集团就做了总裁行政助理。

看见跟在行政办主任曲琦后面从总裁办公室出来的丁雪梅，很多年轻女员工脸上都露出一副羡慕的表情。丁雪梅昂首挺胸，迈着模特步，款款走过办公区，高傲得像一只孔雀。

来到了曲琦主任的办公室，丁雪梅的心情却一下子低落起来。

曲琦是一位40左右的女士，一身职业装看起来十分干练，可不知为什么满脸不高兴："丁雪梅，你的工作是总裁行政助理，这是《岗位职责手册》。你最好抓紧时间认真阅读，切记要全面、熟练掌握。你今天就要开始工作。能不能胜任这个岗位，具体的就要看你的悟性了。"

丁雪梅认为曲琦已经唠叨完了，转身正要离开，可刺耳的声音再度响起："我告诉你，这个岗位可是有很多人在竞争。别怪我没提醒你，你只有2个月的试用期。"

丁雪梅毫无反应，站在那里快速翻了一下《岗位职责手册》，这是什么呀，这么简单，还说得郑重其事。

"主任,《岗位职责手册》我看完了,我可以去工作了吗?"

曲琦满脸不满:"你确定都记住、弄明白了吗?不要小看这个手册。还有,你是学工商管理的吧,这个专业的毕业生现在一抓一大把,不要在大学学了点书本知识就认为自己什么都行,小事不愿做,大事做不了,眼高手低。现在高分低能的很多,希望你不是这样的人。"厌烦的表情在丁雪梅脸上毫不掩饰地浮现:这位主任是大姨妈来了吧?刚见面就一副苦大仇深的样子,唠叨起没完。心里立即就将其升级为外婆级人物。

丁雪梅转身逃也似的离开了这位"外婆",在走廊好巧不巧地遇到了熟人。

"许婕?"

"丁雪梅?"

两人异口同声地大声叫道。

"你怎么在这儿?"

"你怎么在这儿?"

哈哈哈!哈哈哈!两人都为再次同时说出相同的话而大笑起来。

"我在这儿工作。"

"我在这儿工作。"

这次几乎0.1秒都不差!

丁雪梅几乎笑弯了腰。

这是量子纠缠出现了吗?许婕极力控制住了笑意,不由得想到:这个世界还真是奇妙。茫茫宇宙,浩瀚无垠,可在微观世界却经常出现奇怪的现象:千挑万选的服装,参加活动时竟然撞衫了;好不容易想到的"奇思妙想",竟然和别人想的一模一样;毫无关联的两个人在万里之外竟然做着相似的事情。

还是许婕最先恢复了常态:"你先说。"

"我刚入职,现在是集团总裁行政助理,小助理一枚。"丁雪梅看似谦虚,语气中不乏骄傲。

"我在集团市场部工作,实习生一枚。"许婕模仿着丁雪梅的口吻说道。

"哦。虽然你才华不错,可咱们学历低,在恒琦这样的大企业不太好干,腰杆硬点。如果有人欺负你,姐们给你撑腰!"丁雪梅仗义地说道。

"谢谢!那今后可就要靠丁姐多关照了。"许婕由衷地说道。

丁雪梅接到的第一份具体工作是一个会议通知,简单得不能再简单的工作。

"小丁,你做一个会议通知,明天上午9点,在集团公司小会议室开一个研讨会,这是会议内容和参会人员名单。"孟宇总裁亲自交代了工作。

"好的,总裁。"丁雪梅随口答道。

刚好走到总裁办公室门口的曲琦听到了总裁安排的任务,马上说道:"小丁,这个会很重要,通知一定要到位啊!"

还真是婆婆妈妈,不就是一个会议通知吗?小学生都能干的最简单的劳动,堂堂一个大学高才生,用得着这么唠叨吗?丁雪梅轻描淡写地答道:"知道了,主任!"

丁雪梅马上找出了内部电话簿,按照参会人员名单挨个儿进行了电话通知:

"您好,是赵总监吧,我是总裁办公室,总裁说明天上午9点请您到公司三楼会议室开会。"

"您好,我是……"搞定。只有两位说自己外出不在本地不能参加。不到15分钟就搞定了。如果总裁行政助理就干这些活,这工作也太没有挑战性了。

第二天会议如期开始。开会前,丁雪梅坐在那里玩手机。

总裁孟宇看了一眼会议室墙上的挂钟,离开会时间还有5分钟,扫了一眼会场,发现人不齐,就问道:"小丁,参会的各部门负责人看看还缺谁?"

哦?是在叫我吗?恍惚中的丁雪梅还在发蒙。

"总裁问你人有没有到齐。"被孟宇总裁点名列席这次研讨会的许婕捅了丁雪梅一下并小声提示道。

丁雪梅马上站了起来数了一下。记得通知参会的人应该是 15 人。怎么除了有两位外出的还缺两位？

"总裁，还缺两位。"

"马上打电话催一下。"

"好的，总裁。"

丁雪梅立即给这两位打了电话。随后，他们前后脚进了会议室。来晚就来晚吧，最可恨的是这两位到会议室后竟然都说了一句让丁雪梅吐血三升的话，而且他们的话竟然惊人的相似："不好意思，才接到电话。"

这什么人啊！怎么这样啊？

忍着气，丁雪梅对总裁说："总裁，人齐了。"

"小丁，怎么回事，我给你的名单参加会议的是多少人？"孟宇的脸黑了下来。

"15 人。"

"那现在是几人？"

"13 人，有 2 位请假了。"

"请假了？和谁请的？"

丁雪梅有些发蒙地道："总裁，这……"

这时坐在前面的曲琦和她身旁的人说道："不知总裁为什么就看中了这个自认为聪明的笨蛋呢？就是因为和前任行政助理长得很像吗？不可理解。"

"算了，我们现在开始开会。"看到总裁不再纠缠这个问题，丁雪梅好歹暂时放下了一颗悬着的心。

不过这个尴尬情况被许婕看到，让丁雪梅的心中感到异常别扭。

孟宇带有磁性的男中音响起："今天请大家来召开一个诸葛亮会，就公司K 产品如何做好营销，请各部门都来谈谈看法。销售部把你们的方案向大家介绍一下吧。"

看到会议进入正常程序，曲琦怒火中烧，将丁雪梅叫到了门外："小丁，你怎么连会议通知这么简单的事都做不好？"

"主任，我怎么了？今天的会议不怨我呀！韩总和王总我昨天就通知了呀！他们这么大的领导迟到，怎么还撒谎呀？"

"你，你不知道你自己的问题吗？"曲琦有些气结。

"主任，我有什么问题呀？我刚来，你怎么就一直针对我呀？"丁雪梅委屈地说道。

"你……"曲琦真是无语了。不过生气归生气，还真得教教这个不走心的女孩子，不然她会给自己惹更多的祸。

整理了一下情绪，曲琦耐心地道："丁雪梅，你认真听好了，我告诉你正确的会议通知怎么做。会议通知有书面通知和口头通知，你用的哪种？"

"口头通知。"丁雪梅已经开始知道自己有纰漏了。

"应该怎么做才最稳妥？"曲琦引导道。

"最好是书面和口头通知同时都发，他们就不能玩赖了。"

"正确。那么遇到说不能参加会议的呢？"曲琦继续问道。

"他们说请假了，我能怎么办？我就是负责通知？"

"哦。这个问题我一会儿一起和你说。"

"那么会议通知后呢？"

"会议通知后？"丁雪梅瞪着大眼睛不理解地看着曲琦。

"你是不是认为，发完会议通知，就完事了？"

"难道不是吗？"丁雪梅理直气壮地反问道。

"当然不是。那只能说你连任务的一半都没完成。"曲琦摇头叹气。

丁雪梅再次瞪大了一双无辜的大眼睛，表示不理解。

曲琦压下了火气，再次整理了一下自己的情绪：

"优秀的员工,重要会议通知会这样做:

"1.书面通知和口头通知同时下发。

"2.会议通知后,迅速向下达指令的领导或有权做出决定的领导反馈信息。不能参会的人员有几个,都是什么情况,请领导定夺。

"3.会前再通知一遍。比如是上午开会,早上给每个参加会议的人员再发微信,温馨提示。如:领导,今天的会议早9点在三楼会议室准时开始。今天有雨,天气有点凉,请备好雨具,注意保暖。这样的提示既让与会人员感到温馨,又提醒别忘了会议时间地点。

"4.会议开始前马上主动清点人数,不要等领导问才做。发现没到会的人员,马上去提醒。

"一般提前5分钟,要向会议的主持人主动报告应到会人数,实到会人数,未到会人员名单。

"未到会人员,如果是领导给假了,他就会决定开会;如果主持人也不知道原因,要马上再次催促有关人员,告知其会议马上开始了。

"对照这几条,你看看你自己能打多少分?"

丁雪梅不由得有些汗颜:"主任,我真的没想到,一个会议通知还有这么多说道。"

曲琦因势利导:"明白就好。想要做大事者,要从小事做起。小事都做不好的人,很难说能做好大事。"

"又来了!"丁雪梅刚刚还有点愧疚的神色转瞬就变成了厌烦。

见状,曲琦哀叹:"唉,我太难了!"

19 触碰职场雷区

销售部副总监薛华向与会的人员介绍了营销方案,并用 PPT 做了演示。

"销售部介绍了 K 产品的营销方案,请其他部门就销售部的方案提出修改意见、建议,或是有不同的思路、意见都可以提。"孟宇皱着眉头说道。

全场出现了静默。与会的大都是职场老油条,知道这是孟总对销售部的营销方案不满意,这才拿出来让几个部门共同讨论,希望可以从不同角度碰撞出新的营销创意,使 K 产品营销获得更大成功。

人们心里清楚得很,这就是一个费力不讨好的事,说多了,就会得罪销售部门的同事。大家同在一个槽子里拱食吃,"本是同根生,相煎何太急"。再说,这原本就不是自己部门的事,销售业绩好坏都是销售部门的事。多一事不如少一事,还是少说为佳。

见半天没人发言,孟宇只好点将。先是技术部的总监提出了几条不痛不痒的意见。许婕感到这几条意见没什么营养,果然看到孟宇的眉头越皱越紧。

"市场部说说吧。"孟宇再次点将。

钱浩也做了发言:"销售部的方案下了很大功夫,符合 K 产品的特点。

我在刚才技术部的意见上,再补充一点:要在技术性能上再突出一下特点,体现技术性能上的差异化。"技术部和市场部的发言可以说中规中矩,钱浩说的突出技术性能上与同类产品的差异也可以说是差异化营销的一种策略。

许婕看到孟宇脸上的笑容彻底消失了,脸色变得十分难看。许婕明白如果只是做些小修小补,很显然不必开这个会了。

听了几个部门的总监不痛不痒、毫无新意的发言,孟宇的心里一阵发紧。恒琦集团什么时候患上了这种明哲保身、事不关己、高高挂起的公司病了。这种公司病会像病毒一样传染的,其结果是失去了"头脑风暴"的效果,许多方案缺乏创新、创意,最后死掉的是公司团队的活力,是公司的竞争力。前几天市场部的那个方案让自己看到了公司的希望,可是今天的讨论怎么一点新意都没有。之后的几个总监级别的人发言也是空泛、干瘪,毫无价值可言。孟宇脸上的不悦之色愈加明显。

"钱浩,前几天市场部的那个方案是谁做的? 来了没有?"孟宇突然想到了一个人,但又不肯定,于是问道。

钱浩一惊,孟宇怎么问起了这个? 马上说道:"孟总裁,他今天没来。"

市场部副总监刘文今天也来参加了这个会议,一直没有发言。他对公司现下的风气、文化氛围都很失望,做方案的许婕明明就坐在这里,钱浩睁着眼睛说瞎话。可是,高层领导又根本不了解情况。他们平时只听各部门总监的汇报,根本听不到其他的声音。像今天这样参加孟宇总裁亲自主持的会很少,刘文忍不住想告诉总裁,那个方案就是许婕做的。正在犹豫要不要说时,孟宇看了一眼在后排静静地坐着的许婕,心头一动。这个新人进入公司后,就没了动静。现在怎样了? 既然这些总监说的没有新意,是不是应该听听这些新生代的意见,想到这里,孟宇说道:"今天是诸葛亮会,不仅是总监,大家都可以发言。"

没有人发言。即使是职场菜鸟也懂得,总监们都说完了,谁还能说什么。尤其是本部门总监也说完了更不能说什么了。说得没有营养,让大家耻笑,不仅丢人,还会让本部门总监失了面子。说得好,超过总监? 那更糟,除非脑袋让门夹了。谁都知道这是职场大忌,所以没有人发言。

孟宇也知道今天自己有些失误了,要是知道这些总监都在耍滑头,就让新人先说了。也难怪这些总监耍滑头,自从王晓琦任董事长后,大权独揽、小权不放,公司的重要人事任免更是她一人说了算,根本不征求总裁的意见。孟宇虽然业务能力很强,可他并不能决定公司这些中层管理者的命运。这些总监看明白了这一点,当然只对能决定自己命运的人负责。所以,不是董事长主持的会议基本都是打哈哈。总裁孟宇基本上是被边缘化了。

见还是没人发言,孟宇指着许婕说道:"许婕,营销策划可是你的强项啊,你说说吧。"

许婕虽然刚刚进入大公司工作,但也知道总监都说完了,自己不应该再说什么了。可被总裁点将,许婕面前就出现了两条路:要么不说,得罪总裁,自己失去一次展示才能的机会;要么往好里说,得罪总监。可县官不如现管,许婕深知得罪总监自己可能会很悲催。但现在又真的是展现自己才能的一次好机会,许婕此刻十分纠结。

许婕的大脑在高速运转。刚刚讨论的营销方案,许婕听完后,感到太老套了,营销理念太落后了。整个方案体现的都是销售,而不是营销。现代营销不再是简单意义上的销售。如果刚才讨论的方案获得通过,肯定不会有理想的效果,甚至会给这款产品带来灭顶之灾。

可要是自己发言,得罪的可就不止一个人了。

就在许婕患得患失难以下决心的时候,孟宇的声音再次响起:"说说吧,许婕。这个产品销售的好坏对公司非常重要。"

孟宇的再次点名,使许婕被逼得无路可退,只好站了起来。

"这谁啊？还真不怕犯职场大忌啊！"

"一看就是一个新来的菜鸟。"

"这么一个小姑娘，能说出什么呀？真是初生牛犊不怕虎！"

看到许婕站起来，钱浩心里一惊。这个许婕可千万不要乱说话啊，销售部的总监周通可是王晓琦董事长的心头爱将，你找死不能拽着我。不过突然像是想到了什么，又是猛然一惊！孟宇怎么和许婕这么熟？今天点名让她参加会议，又让她发言。人力资源这帮家伙，不是说她没有任何背景吗？不过凭着孟宇的原则性，不应该将一个学历这么低的人安排进恒琦市场部呀，这到底是怎么回事？

就在钱浩在那儿猜东猜西的时候，许婕已经开始侃侃而谈："孟总，各位领导，我是市场部的一个新兵。在座的都是我的前辈和老师，按理说我没有资格说话，可是孟总让我说说，那我就说几句，不对的地方请批评指正。"

这时，会场一片寂静。许多人感到不可思议，都像看傻子一样看着许婕。

许婕顿了顿，接着说道："刚才这个营销方案总体上是好的，但是如果再改进、完善一下，我相信会更好。"在座的都是人精，纷纷点头。这个菜鸟的几句话说得还挺得体，没有直接否定，那也是职场大忌。孟宇也是频频点头。这个许婕人很年轻，经验却挺老到，不错。

"下面我提几点建议：首先，营销方案要充分体现现代营销的理念。营销方案的立足点和出发点，要建立在给顾客带来利益或增值服务上，而不是单纯的产品销售。其次，要采用《孙子兵法》'以正合，以奇胜'的战术。在营销策略上，要打组合拳。一是新产品要采用注意力营销策略。在商品信息爆炸、各种营销推广宣传满天飞的市场环境下，恰恰存在着信息不对称。新产品的信息要么淹没在各种商品推广信息的海洋中；要么不能最大限度地让消费者知晓。因此，'注意力经济'已经成为成功营销的标配。不能成功吸引消费者的注意力，营销就等于没有做到位。二是借势营销的策略。K产品是新产品，消费者对其缺乏信任。采用借势营销的策略，可以更好地提高顾客的信任度。三是攻心为上。'要想击中顾客的胃，首先要打动顾客的心。'只有心动，才能行动。四是……

"具体策略是……"

会议室里突然一片寂静，落针可闻。可下一秒，犹如一碗热油倒在了冰块上，会议室里的气场突然产生了强烈的波动。

许婕的一席话显然说到点子上了，这也正是销售部这个营销策划案问题的症结所在。在场有许多职场高手，也有一些人看出了问题所在，但没有一个人直接说出来，都是避重就轻地谈点无关痛痒的话，反而是让一个职场新人说了出来。令人有些尴尬的是集团总裁坐在现场。

销售部总监周通的脸色变得十分难看。这份营销策划案自己认为已经很不错了，在场的各位总监都没说什么，可却被市场部一个菜鸟在总裁和一众同事面前挑毛病，当众打脸。更要命的是，她还说得头头是道。周通感到自己和销售部的脸都丢尽了。强忍住怒火，周通狠狠地盯了一眼钱浩。这个小丫头片子哪有这么深的道行？一定是钱浩。哼，走着瞧！今天你指使部下让我出丑，看今后我怎么对待你们市场部！

孟宇的眼睛却亮了。许婕所说，正是营销策划案中所缺的。

人们看到孟宇的脸上今天第一次浮现出发自内心的笑容。

这段时间，孟宇问过老董事长，许婕是怎么回事，老董事长说没什么特殊关系，只是看许婕是一个德才兼备的年轻人，应该给她一个更大的平台。现在看这个许婕还真是一个人才啊！也不知道老董事长是怎么发现的。算了，还是处理眼前的事吧。孟宇知道许婕的发言会让销售部心里不舒服，但就是要用新人、新的理念来刺激一下这些习惯于按老套路进行营销策划的销售人员，使企业焕发出新的生机和活力。

然而久居高位的孟宇却犯了一个对许婕来说是致命的错误，那就是他忽视了职场严酷的现实。让孟宇根本想不到的是,自己今天点名让许婕发言的举动日后竟使许婕陷入万劫不复的深渊。

孟宇满意地点点头,面带微笑:"不错,许婕的建议很有见地,既有新的营销理念,也有具体的营销策略。销售部按许婕说的,回去再将方案修改一下。今天的会就到这儿,散会。许婕你留一下。"

"在市场部工作得怎么样啊?"孟宇因为这段时间没有关注许婕,脸上浮现一丝歉疚之色。

"谢谢孟总关心。我还在学习阶段,帮助同事打打下手。"

"好好干,恒琦这个平台完全可以施展你的抱负!"

孟宇本来是想将许婕放在销售部,但是销售部总监周通是王晓琦当宝一样从别的公司挖来的。经过一段时间的考验,可以看出,这个人志大才疏、心胸狭窄。将许婕放在销售部,虽然能发挥其才能,但那样的环境会对一个刚入职的小姑娘产生负面影响。然而,让孟宇万万没有想到的是,市场部的钱浩会做出更加令人发指的事情。

在会议室的走廊上,销售部总监周通一脸怒意地责问钱浩:"行啊,钱总,让你的部下当面捅刀子,真有你的。山不转水转,咱们走着瞧!"周通的火大了。

钱浩急忙道:"周总,你千万别误会,真不是我让她这么做的……"

哼!没等钱浩说完,周通哼了一声,扬长而去。

钱浩的心里异常恼怒,这个许婕太不上道了,在这么多人面前显摆自己,简直是自不量力。你是想急着上位吗?没门!

回到办公室,钱浩认真思考了起来:这个许婕真的是一个菜鸟吗?从她今天的发言看,对业务是门清啊。前几天童龙苟拿给自己那个方案,看来也是出自许婕的手笔了。这是什么情况?是孟宇还是王晓琦开始在市场部布局?准备接替市场部总监?如果这个许婕表现一般,或一直低调,自己还真没注意。

许婕表现得越优秀,对自己的威胁就越大。钱浩越想越心惊,暗下决心,绝不能让她成长起来!要将一切对自己构成威胁的因素都消灭在萌芽之中。

很快,许婕在新产品营销座谈会上的表现就传开了。市场部的许多同事都开始对许婕刮目相看。一些人暗道:这个许婕得到孟宇总裁的赏识,很快就能发展起来,没准会在市场部做上副总监的职位,那可就成了自己的顶头上司了,现在必须趁早和她搞好关系。

童龙苟来到钱浩办公室阴阳怪气地说道:"老大,听说许婕给市场部露脸了?还真是个人才呀!"市场部还有一个副总监职位一直空着,这是童龙苟志在必得的,说什么也不能让许婕这个突然杀出的黑马给截和了。

"哼,人才?人才只有成长起来才是人才,中途夭折的,什么都不是。当初刘文副总监在市场部曾经排在我的前面,现在不是老实低头吗?业务能力强有什么用,董事长不赏识你,没用的。"钱浩恶狠狠地道。

童龙苟心中一乐,马上道:"是呀,这个黄毛丫头不懂职场规则,早晚会撞得头破血流。"

就在人们都认为许婕会得到重用,开始踏上职场上升之星光大道时,让人意想不到的事发生了。

翌日,早上刚上班,童龙苟就来到许婕面前说道:"许婕,钱总给你一个任务。让你从今天起,整理市场部档案,这项工作要在一个月内完成。你如果不能在一个月内完成这项工作,就让你走人!还说恒琦不养闲人,尤其是夸夸其谈,干不了实事的人。"

由于童龙苟的声音很大,市场部大办公区的人几乎都听见了,不由得面面相觑。这是什么情况?许婕不是应该被重用吗,怎么被安排整理档案这样没有任何技术含量的工作?

许婕也是一愣,但马上就反应过来了,这是钱浩对自己在营销座谈会上发言的惩罚来了。

面对钱浩的刁难，许婕愤怒不已，浑身都在颤抖。看到许婕这个样子，孔丽觉得有必要再加一把火，好让许婕的情绪彻底失控、爆发，于是说道："简直欺人太甚。若忍无可忍，何须再忍！"

吴迪很怕许婕爆发，局面不可收拾，吃大亏，马上劝道："许婕，忍！"

本已到了暴走边缘的许婕听了孔丽的一番"仗义执言"，以及吴迪的劝诫，突然一个激灵清醒过来。如果自己现在不忍，与钱浩公开发生冲突，不是正中一些人下怀吗？于是，许婕暗暗告诫自己："我忍！我忍！我忍！"

许婕点点头，突然嫣然一笑，说道："感谢童经理，你告诉钱总，这是钱总对我的信任，也是对我的考验，对提高我做具体工作的能力很有帮助。请钱总放心，我一定按他的指示，如期保质保量地完成任务。"

听到许婕说出这样的话，现场的人都有些不可思议。苗姐对吴迪说道："这许婕不是被气傻了吧？这都能忍，还能笑出来？"

孔丽鄙夷地道："平时像个母老虎，其实是只纸老虎！"

吴迪却公开竖起拇指对苗姐说道："这个许婕很了不起，能屈能伸，将来一定是一个能干大事的人。"

许婕被安排去整理市场部多年的档案。整理档案也就罢了，沉积多年的档案，让许婕一个人在一个月之内必须整理完毕。一时间人们感觉有点跟不上这过山车式的大逆转了。

苗姐小声问吴迪："吴迪，这到底是什么情况啊？"

"听说是座谈会上许婕提出的建议把销售部的方案给否了。谁都知道销售部总监周通可是王晓琦的大红人啊。钱浩怎么敢去得罪他，只能拿许婕出气了。"

"不是说许婕得到了孟宇总裁的表扬吗？"

"谁是大老板不知道吗。唉，许婕这个小妹，业务能力很强，可是行走职场还是太嫩了！"

"是呀,烧错香得罪神,说错话得罪人啊!那可怎么办呀!"

"咱俩去和刘文副总监说说吧,不过我感到也没什么作用。"吴迪无奈地道。

副总监刘文听完后,十分愤怒,带着满腔义愤,猛地推开了钱浩办公室的门,一声不吭地看着钱浩。

"刘文,你懂不懂最起码的礼貌?进别人的房间要敲门的。"钱浩板着脸道。

刘文质问道:"收起你那套没用的!我问你,为什么让许婕去整理档案?"

"刘副总监,安排谁做什么工作,我还得向你请示吗?再说了,这项工作不得有人做吗?她不做你做啊?"钱浩故意将副总监的"副"字咬得很重。

"那也不能让她一个月就做完吧?多大的工作量你是知道的,这不是欺负人吗?"刘文怒斥道。

钱浩阴阳怪气地道:"这怎么就欺负人了?她不是能吗,那就能者多劳嘛。"

刘文怒火中烧:"钱浩,许婕这么个好苗子,招你惹你了,不就是在营销会上说点真话吗,也不是故意抢你的风头,那是孟总点的将啊!你这么做很可能让一个好苗子夭折的。她才多大啊!怎么能承受这样的不公平对待?即使她暂时能忍,可是对她今后的三观也会产生很大的负面影响。"

钱浩也气呼呼地道:"谁让她不懂规矩,我这也是教教她怎么做人。"

"人不能太龌龊。再会弄权,你也阻止不了太阳从东边升起。莫欺少年穷,今天的菜鸟,说不定日后就是一只雄鹰。人在做,天在看!好自为之。"哐当,刘文摔上了钱浩的门,气哼哼地走了。

吴迪和苗姐立即跟到刘文的办公室。"怎么样?钱浩怎么说?"吴迪问道。

"笑!恒琦集团如果都是钱浩这样的人当道,恒琦就危险了。"刘文没有正面回答问题。吴迪和苗姐却都听明白了,都摇头叹息,离开了刘文的办公室。

20 许婕被开除

许婕在夜以继日、认认真真地做着档案整理工作,她发现简单的归档立卷好做,但那样做就太没意义了。要将各类数据进行整理、分析、归类,从中找到今后营销的策略才能充分实现这项工作的价值。许婕给自己的工作量又加了码。本来正常情况下,领导交给的任务是"1",自己不仅要做好"1",而且要努力争取做到"大于1"或更多,超出领导的期望值。这就使许婕完成工作任务的时间更加紧张了。

早上刚上班,人们看到丁雪梅来市场部就进了总监钱浩的办公室。不一会儿,钱浩领着丁雪梅来到办公区对大家宣布:"从今天起,总裁行政助理丁雪梅到我们市场部挂职锻炼。大家欢迎!"现场响起了热烈的掌声。总裁身边的人下来锻炼,迟早还要回到总裁身边,而且下一步可能就被提拔了,要趁早搞好关系。几乎每个人都以笑脸相迎。

互相介绍后,丁雪梅就走到许婕跟前说道:"许婕,现在我们在一起工作了,请多多关照!"

"丁雪梅,你真行! 这么快就被派下来锻炼了,祝你早日高升!"许婕真诚地祝福道。

丁雪梅的脸色显得很不自然，认为这是许婕在嘲讽她。其实大家都不知道丁雪梅是因为实在不适合做总裁行政助理的工作，而被下放到市场部。许婕这样说让她很不舒服。

"许婕，你是不是时间很宽裕啊？还不去工作，要聊天，下班后再聊。"这时童龙苟对许婕大声吼道。

"哦，好的。雪梅，你先忙吧，我们回头再聊。"

这是什么情况？许婕在市场部这么不受待见吗？了解了情况后，丁雪梅迅速与许婕进行了切割，连续几天看到许婕都只是点点头，形同陌路。

许婕以超人的毅力完成了大家都认为不可能完成的档案整理任务，体力、心神严重透支，心力交瘁。昨晚正好是提前一天完成最后的收尾工作，为了赶工，她竟然连续48小时一眼未合。早上上班将成果交给童龙苟后，她身心疲惫，实在是睁不开眼睛了，趴在办公桌上睡着了。

"这个办公区的卫生怎么这么差？办公用品摆放也这么乱，这还像一个前十强企业吗？统统站起来，先将自己桌子上的物品摆放整齐，再把环境卫生给我打扫干净。以后再让我看到这么脏乱差，每人扣你们一个月奖金。"

这个妖婆怎么来了？所有人都很紧张。作为恒琦集团的董事长，王晓琦很少到大办公区，可每次她出现，准没好事。人们腹诽着，都站了起来，开始整理自己的物品，有的拿抹布擦拭着工作台边沿的灰尘。

说来也巧，这时王晓琦走到了许婕跟前，见这个员工竟然在肆无忌惮地呼呼大睡，愣了愣神，暗忖：自己这么大声，她还敢旁若无人地在工作时间睡大觉，谁给她的胆子！不由得大怒，气得脸都变形了，面部肌肉在颤抖，敲着桌子喊道："这个员工，你给我站起来！"

许婕实在是太困了，嗯了一声，依然酣睡。

"钱浩，你的这个员工被开除了！让她马上在我眼前消失。"王晓琦忍无可忍几乎是在咆哮着说道。

轰！市场部许多人都被轰晕了,吃惊、震撼,感到不公平。

市场部的人几乎都知道许婕在夜以继日地拼命工作,完成了三个人在两个月也完不成的工作任务。她实在是太累了。这时吴迪马上走上前说道:"董事长,请息怒。许婕这段时间太累了,她出色地完成了工作任务。不能开除她呀。""董事长,不能开除她呀!"许多同事都在为许婕鸣不平。

"呵呵,你们市场部这是要反天啊! 我开除一个上班睡觉的员工,你们竟然都为她说情。她是什么人啊? 怎么进恒琦的?"王晓琦心中怒火更盛,冷笑着问道。

"董事长,都是我管理得不好。您看能不能再给她一次机会。她是孟宇总裁……"钱浩看似在为许婕求情,可实际是在进一步火上浇油。

"今天谁说也不行,原则就是原则,谁违反了公司的制度都要严肃处理。这个员工必须马上开除!"说完,她就进了钱浩的办公室。

苗姐看到这种情况,急得直跺脚,但毫无办法。这时看到副总监刘文从外面进来了,焦急地道:"刘总,大事不好了。"

"怎么了? 跟我来,慢慢说。"苗姐随着刘文进了办公室。

苗姐急忙道:"刘总,许婕这下子惨了。刚才王晓琦董事长来市场部,看到许婕在上班时间睡觉,不问青红皂白,就决定开除她。"

刘文也是一惊:"什么? 开除?"

"刘总,你都不知道,这一个月许婕是怎么过来的。这一个月,她每天工作接近 20 个小时,基本都是在办公室吃住的。她就是这样拼着命把看似不可能完成的任务完成了。这是要给予表扬和嘉奖的,可是却被开除了。"

"那当时没人和王晓琦董事长说明情况吗?"刘文问道。

"刘总,吴迪说了,可我们人微言轻啊。最了解情况的钱浩太阴险了,他看似为许婕说情,可不是说明许婕连续加班一个月,而是在暗示许婕有背景,等于火上浇油,更是激怒了王晓琦。"

"钱浩这是借刀杀人啊。"刘文皱紧了眉头。

苗姐气愤地说道:"钱浩这人怎么能这样!"

"许婕的潜力太大了,钱浩怕威胁到他的地位。在涉及自身利益面前,灵魂扭曲的人没有什么做不出来的。看吧,恒琦不仅失去了一个人才,还可能为今后树立了一个强大的对手。"刘文很有远见地道。

这时吴迪也来到了刘文的办公室,深有感触地说道:"今天真是彻底颠覆了我以前一直坚信的'眼见为实'的认知观。以前有人说眼见不一定为实,我还不信。这回我是真信了。"

苗姐也很有同感地说:"是呀,如果不是今天的事,我决不会相信'眼见不一定为实'这种说法。我认为那是犯错的人的一种狡辩。今天一看,很多所谓的事实,可能不是那么简单的。"

刘文意味深长地说道:"有时视觉上的真实,并不一定是本质上的真实。所以,在现实中会产生许多误会、误解,冤枉好人,造成'冤假错案'。"

吴迪、苗姐几乎异口同声地道:"那怎么办?"

刘文摇了摇头,说道:"你们认为我现在去为许婕解释会有作用吗?"吴迪、苗姐一起点了点头,又马上摇了摇头,说道:"没用!"

许婕完成了工作任务一下子放松了,这一觉睡得很死。直到苗姐将她叫醒,告知她,董事长刚才来了,见你睡觉,已经让钱浩开除你了。你去找董事长或总裁说明一下情况吧。

轰!如五雷轰顶,许婕一下子蒙了。自己进入恒琦集团可以说非常幸运,十分珍惜、感恩恒琦给了自己一个可以大展身手、施展抱负的机会。所以,一直忍辱负重,面对歧视、嘲讽、欺辱,都能忍。这次明显是钱浩在搞事,刁难自己。就因为自己在会上的发言让他失了面子,就想用不可能完成的任务让自己知难而退,离职走人。可是自己用实际行动打翻了他的如意算盘。万万没想到,董事长竟然到市场部来视察,还正巧看见自己在睡觉,就不问青红皂白,开除了自己。这让许婕难以接受。不行,我一定要找董事长申辩,说明情况。

苗姐告诉她,董事长正在钱浩的办公室谈事。

许婕快步走向钱浩的办公室,举起手想要敲门,想了想又放下了。领导正在谈事情,打扰不礼貌。可是,一会儿董事长走了,就更难见到了。许婕鼓起勇气,敲响了钱浩办公室的门。

"进来!"钱浩说道。

许婕见王晓琦董事长坐在那里,眼睛看着别处,一副很不耐烦的样子,于是马上说道:"董事长,我是许婕,不礼貌了,打扰一分钟,我要说明一下情况。"

王晓琦皱了皱眉头,看了钱浩一眼。

钱浩见是许婕,生怕许婕把自己为难她的事告诉董事长,就急忙打断并训斥道:"许婕,没看见领导正在谈事吗?你先出去,你的事一会儿再说。"

许婕却坚持道:"董事长,我就需要一分钟。"

王晓琦威严地看着许婕道:"你是谁呀?为什么要直接找我?"

"我就是你刚刚要开除的员工,许婕。"

王晓琦突然来了兴趣:"哦,一个上班时间睡大觉的人还敢来找我?给你一分钟,你说吧。"

"董事长,我接到一个工作量很大的任务,不分昼夜连续工作了一个月,太累了。今早完成任务,实在困得不行,就睡着了。钱浩总监知道是怎么回事。您不了解情况,这样开除我,我认为不公平。"

王晓琦根本没听进去许婕说的什么,可"太累了,不公平"却听到了。王晓琦的怒火蹭地一下蹿了起来:"你说我开除一个工作怕累、上班时间睡大觉的人不公平?你跟我讲公平?我问你,什么工作不累?别人在勤奋工作,你却在工作时间睡大觉,你觉得这对别人公平吗?你有靠山就可以随便无视公司制度、纪律吗?"

许婕急忙道："董事长，不是这样的！你听我解释。"

王晓琦的声音陡然拔高了八度："我没有时间听你解释，对你这样工作怕苦怕累、随意在上班时间睡觉的人，只好请你另谋高就了，恒琦养不起你这样的人。"

正常情况下，不了解情况的人听到王晓琦的话，会认为很有道理。王晓琦认为自己亲眼所见的事实，还会错吗？可有些事情，大前提错了，后面就会和真相越来越远，甚至错得离谱。

许婕还想解释："董事长……"

"好了，看你还年轻，开除你对你以后求职有影响，就算你主动离职，去办手续去吧。"王晓琦宽宏大度地说道。

王晓琦对自己给这个年轻姑娘网开一面而一阵自豪："钱浩，记住，做领导的要胸襟大度！制度无情，人要有情。"

钱浩心中欣喜，连忙吹捧道："是的，董事长大人有大量，人性化管理值得我学习。"

许婕此刻欲哭无泪，大脑停止了运转，傻愣在那里不知所措：怎么会这样？

许婕恍惚中走出了钱浩的办公室，回到工位，开始收拾自己的物品。入职时间短，也没有多少东西，然后抱着一个纸箱，走出了恒琦大厦。吴迪、苗姐等一些市场部的同事，送到门口，依依惜别。

"许婕，别灰心，你还会回来的。"

"许婕，大企业多的是，凭你的能力到哪儿都能干得不错。"

许婕眼含泪水："谢谢，谢谢大家。"

钱浩站在窗口看着许婕形单影只的背影慢慢离去，露出了胜利者的笑容。这个潜在的威胁，终于离开了。可是，钱浩脸上的笑容却突然消失了。他想到了一个问题，如果这个许婕到其他大企业应聘成功，以她的能力，可能很快就崛起于职场。那时，她很可能反过来报复自己。不行，仅仅离开恒琦还不够，要让她在本市所有的大企业都应聘不成，要从根本上扼杀她到大企业求职之路。钱浩坐在电脑前以恒琦 HR 的名义写了一封邮件，内容是，许婕因为上班睡觉，破坏工作纪律，被董事长亲自开除，并附上许婕的照片发给了本市上百家相对较大的企业人力资源部门。

许婕万万没有想到，阴谋竟然像幽灵般地跟着她，使她的求职之路充满了坎坷。

许婕回到家中放下包，倒头便睡，直睡得天昏地暗，足足睡了两天，把这些天缺的觉都补回来了。许婕又满血复活了，头没梳，脸没洗，打开电脑开始查找本市较大的企业招聘信息，共梳理出比较合适的企业 21 家。许婕又上网查了一下这些企业的位置，根据地图画了一条路线，这样可以少走冤枉路。给自己打扮了一番后，许婕开始了新的求职之路。

"您好，我叫许婕，这是我的求职信。"到了第一家企业，许婕递上了自己的自我介绍资料。当许婕说出自己的名字时，这个 HR 一愣，这个名字怎么有点熟？突然想到昨天在邮箱中看到的恒琦集团 HR 发的一封邮件，说的就是这个许婕，是被董事长亲自开除的。这个员工得恶劣到什么程度，才会被董事长亲自开除啊？为了慎重起见，这个 HR 特意看了看许婕的工作经历一栏，果然有在恒琦工作的经历。这就对上号了。他马上换上了厌恶的表情说道："不好意思，我们公司现在不需要人了。"

因为做人力资源管理的人都知道，凡是被企业开除的员工，大都是因为严重违反公司制度、纪律，或是出现重大失误、事故，给公司造成重大损失的人。这样的人，要么是对公司的制度缺乏敬畏心，要么是工作不认真负责，给公司造成了重大损失。无论哪种情况，这样的人都不能用。所以，他想都不想，就拒绝了。

许婕有些莫名其妙。刚开始，这个 HR 还是满面笑容，接过自己的求职信只看了一眼，就阴云密布，毫不客气地拒绝了自己。反思一下，自己的着装、言谈举止,也没什么不妥的啊?

许婕带着疑惑,走出了这家写字楼,仍然信心满满。然而,接下来的状况,就让许婕欲哭无泪了。按照所画路线,许婕又连续去了5家公司,有的接过求职信翻了翻,看到名字叫许婕,在恒琦工作过,就退回了求职信;有的还打开电脑,对照电脑上的照片和许婕对比一下,似乎在审查通缉令上的逃犯一样。不管是哪种怪异的行为,但有一点非常相似,就是:"不好意思,我们的职位已经招满了。"更有甚者,HR刚说完,其他求职者来了,递上了求职信,HR的态度却180度大转变,非常热情地接待着。

连续几天下来,都是一个结果。直到许婕跑完了所选的全部企业。最后一家公司的HR看了许婕的求职信一眼,摇了摇头说道:"姑娘,你得罪了什么人了吧?我看你在短期内到大公司求职很难了,不如去小公司看看。"说着,将许婕的求职信递还给了许婕。

"谢谢您了!"许婕给这个HR鞠了一躬。

许婕明白了,这一定是钱浩干的。他堵死了自己到大企业工作的路。怎么办?许婕抬头看着天空,泪水溢满了眼眶。

嘎吱——一个急刹车,一个送外卖的小哥差点就撞上了许婕。"有你这么走路的么吗?不看路,却看着天!"外卖小哥气急败坏地说道。

看着外卖小哥,许婕突然笑了。天无绝人之路,不管怎样,生活还要继续:"对不起啊,小哥,我问你一下,你在哪家公司啊?哦,我也想送外卖,能帮我介绍一下吗?"

"你,你送外卖?你别逗了,我还要给顾客送餐呢,让开。"外卖小哥看到许婕的气质,怎么也不能和外卖小妹连在一起。

"小哥,真的,我失业了,为了生活,我想先送一段外卖,你就帮我介绍一下吧。"

认真看了一眼许婕,外卖小哥从口袋里掏出一张名片递给了许婕:"喏,这是我们公司的地址,你去吧,现在还用人。"

"谢谢,谢谢。"许婕连忙道谢。

看着自己穿上一身外卖服,许婕不由得苦笑:人生还真是要不断面临新的抉择。

面临新的抉择的不仅仅是许婕。同样有无数的人或企业,或主动或被动地在进行着新的抉择。

21 博睿集团的抉择

博睿集团公司会议室里,气氛压抑得让人有些喘不过气来。断崖式下滑的销售业绩,十分难看的财务报表,飞速蒸发的市值,像是压在与会人员心头的大山。

销售总监把头深深地埋在桌子上不敢抬头。

一向坚强的美女财务总监看着眼前的财务报表,眼中浸满了泪水。

市场规划部、技术研发部负责人脸上充满了愧疚、尴尬。

董事会成员都是一副忧心忡忡的神色。

每个人都躲避着董事长李垚的目光。因为李垚对销售部门应对市场变化缺乏有效对策,市场规划、技术研发部门用了几个月时间拿出的几个转型方案都很不满意。在博睿集团大家都知道,李垚雷霆一怒,博睿集团就要抖三抖。

此刻,李垚悚然一惊,深知,当下撑不住的不仅仅是企业的资金链,还有在座的企业四梁八柱的精神状态。

深谙企业管理心理学的李垚幡然醒悟,人在超负荷压力,尤其是威权高压下,会出现智商闭锁。当务之急不是继续施压,而是给大家减压。

李垚原本锋利的目光变得柔和起来，但仍不失威严："这是怎么了，一个个就像霜打的茄子似的。都给我打起精神来！看着我。"

看到人们都抬起头看过来，李垚深沉地道："当下，博睿集团传统业务板块出现了严峻的问题，这不是你们的责任，主要责任在我。是我对新技术核裂变式的发展速度、新商业模式的迭代更新对传统产业的冲击和影响反应迟了半拍。不过现在我们亡羊补牢，为时不晚。"

听到这里，在场的人紧绷的神经稍微松弛了一些。

见状，李垚继续道："我们在企业工作这么多年，都知道一个道理——商场不相信眼泪，也不怜悯悲伤。在座的都是职场精英，也是我们博睿的中坚力量，我坚信在博睿人面前，就没有过不去的火焰山。"

李垚主动承担了责任，又不动声色、巧妙地肯定了这些管理人的能力和职场地位，让一些总监放下了心里的一块石头。至于大山，有李垚这个高个子顶着，加上众志成城，还真的有可能越过去。

"是呀，这个问题我也有责任。新技术的发展，颠覆了人们许多传统的生产、生活方式。我们公司的传统产品已经不能满足消费者日益提高的对产品品质的要求和新的功能需求，可以说是落后于时代的节奏了。我们曾经引以为傲的产品，已经成为了昨日的辉煌。"博睿集团董事大股东肖克打破了沉默，主动承担责任。

总裁张强刚要开口说话，李垚马上掌控现场，转移话题："今天不是检讨会，昨天已经成为过去。我们要把精力放在明天。所以，我们必须加快转型升级的速度。市场规划部已经再次拿出一个方案。国会龙，你们先说说吧。"

市场部总监国会龙介绍了方案后，许多人都在摇头，很显然这个方案仍然不理想。

会场一时陷入了沉默。

李垚面带微笑："市场规划部的方案，仍然是抛砖引玉。今天我们解放思想,集思广益。大家都说说吧,我们的新项目、新产品的方向到底是什么? 每个人都可以发表意见。"

"董事长,我说几句吧。"见沉默了半晌也没人发言,王淼(集团执行副总裁,海归,主管销售、财务和市场规划工作)首先打破了沉默。

李垚点点头:"好,王总是研究市场的专家,你说说吧。"

王淼试探地道:"董事长,既然在原来的领域市场空间越来越小,我们就应该解放思想。我看现在时兴'跨界打劫',你看那些跨界发展的都很成功,我们应该往跨界方面去发力。"

"你有具体的方案或想法吗?"

王淼摇了摇头:"具体的,还没有。"

"那不是白说吗!"副总裁张平说道。

"跨界发展也不是那么容易的。没有人才和技术支撑,尤其是巨额资金的支持和充分的准备,一脚跨进去,就可能粉身碎骨、万劫不复。"负责生产管理的集团副总裁李坤接着说道。

"刘总,你是技术专家,你说说吧。"李垚再次点将。

刘东辉,博睿集团负责技术的副总裁,对当下的新技术颇有研究,思维比较超前。听到董事长点将站了起来,很直率地说:"董事长,国家正在进行供给侧改革,淘汰落后产能。我认为我们转型升级,决不能再上那些跟不上时代步伐、不受消费者欢迎的产品,而是要加大技术研发投入力度,抢占新技术的制高点,充分利用新技术开发出在未来一个时代都不落后的高品质的产品。"

李垚眼里露出了期待的神色:"这是一个很好的思路,有没有具体想法?"

"比如,AI,也就是人工智能。我们可以从这个方面去考虑进行新产品开发。"

李垚眼睛一亮:"这是个研究方向。市场部、技术研发部,你们要按照刘总的思路深入研究具体的方案。"

紧接着,李垚看向了集团总裁张强说道:"张总,你认为东辉的思路怎么样?或是你还有什么更好的思路?你也说说吧。"

张强(集团总裁,高级职业经理人)是一个很有职业素养的人,深得李垚信任,在集团内和业界都很有影响力,但对企业转型一直没有找到发力点。

"董事长,我就直言不讳,有什么说什么。我认为我们集团现在的形势很严峻。请董事长和各位董事要有清醒的认识。我们目前的状况是,现有产品市场上卖不动,发给渠道商的货款又收不回来。我们的资金链已经存在断裂的危险。当务之急是要研究如何渡过眼下的难关。投资长线的项目不符合我们企业的实际。应该优先选择短线产品,先渡过难关,再图后续发展。"张强考虑的是如何渡过眼前的困难,这无疑也是很有道理的。

张强的观点引起了很多董事的认同。人们的意见开始出现明显分歧。李垚虽然赞同刘东辉的思路,可是没有具体项目。

讨论进行了几个小时,已经超过下班时间了,仍然没有定论。见今天再讨论下去也不会有什么结果了,李垚只好宣布散会。

车辆穿行在下班高峰期的车流中,李垚的心情很沉重。博睿集团是自己和妻子赵梦迪带领一班人经过艰苦的努力打拼出来的,已经成为松江市前十强企业,然而现在却陷入了十分危险的困境。

李垚从不畏惧困难。从创业之初,企业就经常面临各种困难,但都闯过来了。可是在当下,企业如何成功转型突围,在新项目、新产品的选项上,却面临着艰难的抉择。因为这关系到企业的生死存亡。李垚感到头很痛,使劲按着太阳穴。

"董事长,回家还是去医院?嫂子说护理爷爷的护工不干了,我今天又给找了一个,也不知道行不行。"司机问道。

"去医院吧。"李垚感到头痛得更厉害了。

李垚和妻子赵梦迪都是家中的独生子女。双方父母竟然在同一时间病了三个，都住进了医院。更要命的是，李垚 90 多岁的爷爷，也住进了同一家医院。李垚和赵梦迪根本照顾不过来，于是雇了护工。可老人和护工总是闹矛盾，搞得赵梦迪焦头烂额。李垚忙于企业转型，只有在下班后抽时间去医院看看老人。

"你去南极买水去了？拿个水这么长时间，你要渴死我呀！"医院，李垚爷爷的病房内，老人家正在训斥护工。

护工皱着眉头解释道："老人家，我这不是去开水房打水去了吗，这才几分钟啊！"

"我不喝了，拿走！"老人大声吼道。

护工强忍着怒气："你真不喝啊？一会儿不要再跟我说喝水。"

李垚在病房门口将这一切都听得真真切切。老小孩，老小孩，真是让人不省心呀！叹了口气，李垚推门进了病房："爷爷，今天好点了吗？感觉怎样啊？"老人耳朵有点背，和他说话需要很大声才行。

"小垚，你来了正好，你把这个人给我辞了。他不给我水喝。"

护工急忙道："先生，不是这样的……"

李垚摆了摆手："不好意思，让你受累了。刚才我都听到了，不怨你，老人家有时候不讲理，你别和他较真。"

"小垚，你到底是哪伙的？你现在，立即，马上把他辞了。"

好说歹说哄好了爷爷，护工却提出不干了。李垚私底下答应给护工加钱，才安抚好护工。李垚又到自己的爸爸、妈妈和赵梦迪爸爸的病房看了一遍，感到头都大了一圈。

公司、家里的事情让李垚精疲力竭。

汽车缓缓停在一幢别墅前。

李垚打开家门，突然闻到一股特别的饭香。很久没有食欲了，此刻他却突然食指大动，喊道："老婆，今天的米饭怎么这么香啊？"

赵梦迪(李垚的妻子,博睿集团的共同创始人)是一位40岁左右的成熟美女,此时穿着一套米色的家居服,虽然素颜,却仍然显示出精明干练的气质。她走过来接过李垚的公文包,放在门口的柜上,说道:"鼻子还挺尖的啊! 今天的米是产自于黑土地上的大米。"

也许是米饭的香味冲淡了李垚心中的忧郁情绪。多日来,备受企业转型折磨的李垚,心好像打开了一条缝,透进了一丝阳光。不想将工作上的不快带到家里来给妻女添堵,也为了转移注意力,李垚突发奇想,于是问女儿:"小娟,你说米饭为什么有香味呢?"

小娟瞪着一双大眼睛想了想,狡黠地道:"你这个问题太尖端了,那你说为什么?"

"这个我还真回答不了。"

"我妈妈就知道。"

"你们回答不上来,就让我回答。你当你妈妈是万能的啊?"

"在我心中,你比我爸爸还厉害,你就是无所不知,无所不能!"

"既然我在你心中有这么高的威望,我也不能让你失望。就让你们长长知识。你俩去把饭菜端上来。"

父女俩乖乖地去厨房将已经做好的饭菜端出来摆在桌子上。

"妈妈,该你了,米饭为什么有香味?"

"没文化真可怕。你们坐直了,听好了。"赵梦迪看到这爷俩都像小学生似的挺直了身板,笑了笑道,"稻米中产生香味的化学物质有100多种,包括酯、醇、脂肪酸、醛、酮等。而'古吗啉'是产生香味的关键性物质。品质好的大米,自然香味更浓。这种香味在人和大米之间构成了直接而永恒的联系,是家的味道,也是爱的味道,不仅带给人们味蕾的感官享受,甚至能激发人们对幸福美好的追求。"

"老妈,你真厉害! 我太崇拜你了!"小娟拍手道。

李垚看到妻女围坐在餐桌旁其乐融融,暗暗感慨:这段时间陪她们的时间太少了!

"爸爸、妈妈,我们一家三口好久都没有这样在一起吃饭了。"

李垚宠溺地摸了摸女儿的头:"对不起了,小娟,爸爸太忙了,以后会经常回家吃饭的。"

"爸爸说话要算数。"

"好,算数。"

李垚努力装得轻松,可吃饭时还是一直在走神,明显是把问题写在了脸上。

"爸爸好像有心事,说出来我和妈妈帮你分析分析。"

李垚难得笑了,逗着女儿说道:"呵呵,我们家的小娟长大了,都能帮爸爸分析问题了。那你说,爸爸想开发一个新产品,生产什么好呢?"

李娟跑回自己的房间,到书桌上拿起自己画的一张图画,看了看,又拿起笔加了一行字:智能机器人,跑回餐桌前递给李垚。

李垚疑惑地:"小娟,这是什么呀?"

"爸爸,你不说要开发新产品吗? 这是我画的机器人,就生产智能机器人好了。今天我和妈妈到医院去了,看到好多的病人,有的没有人护理。老爷爷、老奶奶太可怜了。妈妈说要是有智能机器人做护工就好了。"

轰! 咔! 小娟的话好像一声霹雳、一道闪电,突然划过李垚的脑海,也让赵梦迪的心颤了一下。

李垚和赵梦迪几乎同时抬头看向了对方,都看到了对方眼中闪烁的惊喜的光芒。他们一起放停下了筷子。

"梦迪,你怎么看?"

"我看是一个好项目。今天我从医院回来的路上就在想,现在人工智能技术已经有了惊人的发展,移动互联网技术发展更像是坐上了火箭。如何利用这些新技术造福人类,既是这个社会的需求,也应该是我们博睿未来的发展方向。"

李垚急切地道:"接着说。"

赵梦迪沉重地道:"当下,中国老龄人口越来越多的问题已成为困扰许多家庭和老年人的社会问题。"

李垚抢过话头:"不仅中国,世界上许多国家也是如此。许多国家人口老龄化已经来临。"

赵梦迪点点头:"是的。这么多的老人,保姆和人力护工资源已经远远不够了。还有一个问题,就是老人和保姆、护工之间的矛盾不好调和,许多老人的幸福感不强。咱们家不就是例子吗? 如果我们能生产出高智能仿真机器人做保姆、护工,就可以很好解决这一难题。当然,这一款产品成功了,我们的企业也就可以获得新生了。"

李垚离开饭桌,激动地在客厅内走来走去。赵梦迪也跟着来到了客厅。

李垚兴奋地抓住赵梦迪的手:"梦迪,我们的项目有具体方向了。高智能机器人的功能不仅仅是做保姆、护工,完全可以具有更多功能。我们可以开发两个系列的产品:一是工业机器人,作为第一期产品,可以尽快投入生产。二是仿真护理型机器人,作为二期产品。这个可能要有一段路要走,但可以同时开始研发。"

赵梦迪也很兴奋:"那你怎么奖励我们娘俩啊?"

李垚深情地拥抱赵梦迪,在她的额头上给了她一个深情的吻:"来,这就是给你的奖励。"

这一幕被小娟看到了,跑到爸爸怀里,撒娇地道:"爸爸,我也要奖励。"

李垚在小娟的额头来了一个深深的吻。

李垚拉着赵梦迪坐在沙发上。小娟看了看,用两只手扒拉开爸爸和妈妈坐在了中间,但不舒服,又使劲往两边挤了挤,直到屁股坐实了沙发,这才满意地说道："你俩接着说,我不影响你们。"

赵梦迪笑骂道："你这个小坏蛋,净捣乱。看到我和你爸坐得近,你嫉妒啊?"

小娟理直气壮地道："爸爸是你老公,也是我亲爱的爸爸呀。"

李垚和赵梦迪同时大笑起来。

李垚又拽着赵梦迪回到餐桌旁,十分激动地说道："梦迪,这个项目是你的创意,你给新项目取个名字吧。"

赵梦迪憧憬道："新项目代表着明天、未来,要做就做到最好,做同类产品的第一,取个谐音就叫 D 项目吧。"

"D 项目? 好! 就叫 D 项目。"

松江市友谊宫大酒店 3 号包房。王淼正和三铝公司的董事长姜洪及几位高管推杯换盏。

"姜董事长、各位老总,听朋友介绍,贵公司在寻求合作伙伴,我们博睿集团希望能和贵公司合作。"王淼一脸谦恭地说道。

姜洪的脸皮笑肉不笑地颤动了一下,没有搭话。这时三铝公司一位李姓副总抢先道："王总,恕我直言,你们博睿集团现在是遇到困难了吧?"

王淼睿智地答道："现在所有传统行业都在转型升级,并不是只有我们一家。"

"我们公司的产品也是传统产业,就不存在转型的问题,因为我们生产的 DJV 系列产品利润率非常高。"李副总冷傲地道。

"那是,那是。听朋友说,你们公司的实力很强。不过你们的产品利润率那么高,那你们公司为什么还要寻求合作呀?"王淼也不是吃亏的主,在有求于人的洽谈中保持谦恭,但又不能完全失了气势,成为摇尾乞怜的狗。

"我们公司要对外扩张啊。王总,这可是难得的好机会呀。因为听你的朋友介绍说,你们公司信誉很好,而且是松江市前十强企业,我们才考虑与你们公司合作。"

王淼露出一副感激的表情:"那我代表博睿集团感谢贵公司了。我先干了!各位随意。"

三铝公司董事长姜洪举起酒杯,说道:"王总,我敬你一杯!你是一个有眼光的企业家。DJV项目绝对是一个好项目,这个项目的效益好到让你们不敢想象。如果我们两家合作,你们公司不仅会渡过眼下的难关,未来的回报率也会非常高。"

"姜董事长,贵公司与我公司合作的条件是什么?"王淼直奔主题。

姜洪也不废话:"技术、设备、厂房都由我方出,你们公司只负责征地、立项审批和流动资金。"

"还有这么好的事?"王淼的大脑在快速旋转。

"我们公司占多少股份?"王淼接着问道。

姜洪仍然是一副救世主的面孔:"我们公司占51%,你们占49%、怎么样,我们够诚意吧?"

"这么优惠的条件,这里面应该隐藏着什么我还不知道的东西,但肯定是有求于我。原来我是通过朋友招商,有求于人,现在主客换位了,不能简单地答应。"王淼想到这里哈哈一笑说道:"姜董,来喝酒,喝酒。今天我们看看谁的战斗力强。"王淼顾左右而言他,却不接棒。

三铝公司的几位高管本来看到王淼很上道,认为姜洪董事长说完这个条件,王淼会马上千恩万谢,表示回去向公司主要负责人汇报,努力争取合作成功。可是画风不对呀,这个王淼是什么意思?不由得都是一愣。

"这个王淼在整套路!看来是个老江湖了。"姜洪的嘴角微不可察地向下撇了撇,接着说道:"王总,我知道你在博睿集团有很大的话语权,李垚董事长和张强总裁都听你的。这个合作对双方都有利。当然,如果老弟促成这次合

172

作,也欢迎老弟加盟,你个人可占 0.5% 的股份,你的出资额我们公司先给你垫上。"

王淼的心跳不由得快了半拍:"0.5% 的股份。按着这个行业的利润率,那对自己来说将是一个天文数字。"悄悄做了一个深呼吸,平静了一下心绪。王淼很笃定地道:"好吧,我想我们的合作应该没问题。"

姜洪举起杯:"来,让我们预祝双方合作成功!"

张强办公室。

王淼介绍完项目情况,见张强迟迟没有表态,不免有些着急:"张总,这个项目我可是动用了所有的人脉才好不容易招到的。这么优惠的条件,过了这个村,可就没有这个店了,你还犹豫啥呀?"

张强颇有深意地看了王淼一眼:"这个项目对方之所以给我们这么优惠的条件,就是因为现在环保要求越来越严格了,DJV 项目属于重污染项目,立项审批会很难通过。一旦通不过,你想过后果没有?"

王淼坚持道:"博睿集团在市里是骨干支柱企业,新上项目市里会给予支持的。张总,从公司目前的情况看,没有什么项目会比这个项目更好的了。"

面对着企业目前的艰难现状,张强的心动了。如果这个项目合作成了,公司就能渡过眼下的难关了。"好吧,让他们把相关资料传过来,咱俩一起向李垚董事长汇报。"张强说道。

李垚带领有关部门对 D 项目亲自做了一番初步市场调研和论证,认为切实可行,越发坚定了上这个项目的决心。

博睿集团会议室,董事会继续召开。

李垚开门见山:"今天,我来宣布一个新项目。这个项目名字叫 D 项目。就是利用 AI 技术生产工业机器人和高智能护理机器人。从今天开始,D 项目正式启动。公司专门组建一个项目部,负责技术研发、市场调研、资金筹措,包括后面的厂房基本建设、设备采购、员工培训等工作。由于张强总裁要去国外治病,这项工作由王淼副总裁牵头,任项目指挥,刘东辉副总裁任副指挥,负责技术研发,相关副总和部门都要全力以赴,集中人力、物力、财力做好 D 项目。"

和前几天完全不同,人们从李垚的脸上又看到了坚强、自信、充满干劲的神情。

"大家还有什么意见吗?"李垚看了全场一眼,感到气氛有些不对。

听完李垚的宣布,王淼的心一下子就沉到了谷底。完了!完了!昨天自己可是答应了三铝集团 DJV 项目。昨晚回家和老婆信誓旦旦地说,换大房子、换豪车、送女儿出国的目标马上就要实现了,可随着李垚董事长宣布启动 D 项目,自己的一切就都成了泡影。王淼焦急地看向了总裁张强,现在只有张强有可能扭转乾坤了。

张强沉思了片刻,还是说道:"董事长,我说说吧。"

李垚愣了一下,张强任职以后可是一直和自己保持一致的。今天似乎⋯⋯

"你说吧。"李垚对张强还是给予了足够的尊重。

张强直言不讳地道:"D 项目确实是个好项目。可是,当下我们企业的现状,上这个项目恐怕会有很大问题。一是技术研发能否达到国际先进水平,研发时间要多久?恐怕不是短时间能完成的。二是,集团财务状况非常严峻,资金链已经面临断裂的危险。像 D 产品这样长线项目当下融资会很难。一旦融资不到位,博睿集团就会陷入险境。王淼这几天和外省一个企业联系,他们愿意和我们合作一个项目。"

"什么项目?"李垚问道。

"是 DJV 项目。这是个利润率很高的项目,也是一个短期就能见效的项目。重要的是对方负责资金大头,我们的压力不大,可以帮助我们博睿渡过眼下的难关。"

李垚摇头道:"这个项目我知道一些,恐怕环保有问题。我们企业既要考虑经济利益,也要有社会责任感,重污染的项目我们不做,先集中精力做好 D 项目。"

"可是,董事长……"张强确实忧心忡忡,试图说服李垚。

"好了,先这样吧,请大家执行吧。"李垚果断地打断了张强的话头,没有让其继续说下去。

张强摇了摇头。由于李垚的威信和强势,D 项目顺利通过了。

回到张强的办公室,王淼大发牢骚:"张总,D 项目投资大、周期长、技术研发要求高,我们公司上这个项目,死定了。"

张强苦笑道:"那你有什么办法,我们是打工的,该说的都说了,我们尽力了。"

王淼面色阴沉地道:"我有办法让 D 项目做不下去。"

张强急道:"王淼,道不同可以不相为谋,但千万不要胡来!"

22 李垚失踪

恒琦集团市场部副总监钱浩早上刚到办公室，打开电脑就接到一封邮件："博睿集团决定启动 D 项目。如果这个项目成功，这对你们恒琦集团将形成碾压之势。D 项目是……"

钱浩看到这封邮件，震惊之余也很激动，知道自己的机会来了。这可是在恒琦集团董事长王晓琦面前表现的机会。

恒琦集团是松江市前十强企业，但一直排名在博睿集团之后，董事长王晓琦为此暗暗下决心要超过博睿。可是这几年主营业务却不升反降，反而与博睿的差距越来越大了。这让王晓琦的心里打了一个大大的结。超越博睿已经成为王晓琦的执念、心魔。钱浩马上将这个信息用微信发给了在国外考察的王晓琦。

看到信息的王晓琦立即放下所有事情，打道回府。

自从三年前，回国接任恒琦集团董事长，她以干练、霸道的性格和雷厉风行的做事风格，迅速成为松江市知名度很高的青年女企业家。她做事的风格是只要想到的事决不过夜，无论白天还是深夜，都要落实给下属。更要命的是，她经常在深夜脑洞大开，立即召开会议，把一些下属折腾得生无可恋。

一下飞机她就给行政办主任曲琦打了个电话："曲琦，现在是 19 点 10 分，你马上通知几位主要董事和总裁团队，市场部、技术部总监、副总监，20 点 10 分到公司会议室开会，不得请假，不得迟到！"

"好的，董事长。不知道您回来，也没去机场接您……"

"好了，不要啰唆了，马上通知吧。"

曲琦嘀咕道："这个小妖婆，整天没黑没白折腾人。唉！没办法，跟着她干活，24 小时都必须开机。"对此有一些人抱怨。可王晓琦说："现在，很多地方都提倡'5 + 2，白 + 黑'，我们为自己打工，怎么还有意见？有意见的可以走人！"

就是这么霸道！可是却很少真有走人的。因为业界都知道，恒琦集团的薪酬待遇比大多数企业都高，许多求职者以能进入恒琦集团工作为荣。

会议室墙上的挂钟指向 20 点 05 分。应到会的人全部到齐，没有一个迟到的。王晓琦扫视了会场一圈，露出了满意的表情。这让曲琦一直悬着的一颗心才落地。

王晓琦满意地道："很好！没有迟到的。企业的团队就应该像一支军队，无论何时都要召之能来，来之能战，战之能胜！人到齐了，我们开会。市场部、技术部都到了吧？企业转型你们研究得怎么样了？"

技术部总监李伟忐忑地说道："董事长，我们技术部全体人员经过 5 个多月的努力，梳理了几个方案，但还需要进一步论证。"

"我不想听过程，只要结果！没有营养的空话就不要说了。市场部总监呢？"王晓琦的脸色阴了下来。

李伟擦了擦脸上的冷汗，长长出了一口气。

"董事长，我来了。"市场部总监钱浩站起来说道。

王晓琦依然沉着脸："钱浩，你这段时间干得不错。你向大家说说你们市场部前一个阶段准备的企业转型方案吧。"

"好的,董事长。我们市场部前一个阶段做了一个详细的市场调查和可行性论证,目前 D 项目应该是我们企业转型、创新产品的首选。D 项目是……"

其实钱浩是将博睿集团 D 项目的方案改头换面后端了出来。钱浩也很厉害,短短的时间内,就真的吃透了 D 项目。钱浩竟然脱稿侃侃而谈,显得一副很成熟的样子。钱浩介绍的方案让全场人都惊诧不已。市场部什么时候神不知鬼不觉地做了这么大一个方案? 而且完全踩上了时代的节奏。这个钱浩真行啊! 人们频频点头。王晓琦的脸上也难得露出了满意之色:"很好! 但是,这个项目我们能做,别的企业也能做,那你说说怎样才能加快 D 项目的速度? 抢先占领市场?"

钱浩一副胸有成竹的样子说道:"这个问题我考虑过了。为了抢先占领市场,我建议购买国外先进的核心技术,这样就能节省下来技术研发的时间,加快我们投产的速度,将那些自己搞研发的企业远远地甩在后面。"

王晓琦点点头道:"商场如战场,谁抢先占领市场,谁就会赢得商机。"说完,转头看看孟宇道:"你是总裁,也是专家,你说呢?"

孟宇稍微犹豫了一下道:"董事长、各位董事,我也同意将 D 项目作为我们企业转型的首选项目,但是,我们应首先立足于自己进行核心技术研发,使其成为我们的核心竞争力。购买国外的核心技术,近期看确实能抢先一步,加快产品项目的速度。但是,我们会一直受制于人,哪天他们不与我们合作了,或坐地起价、断供,我们会陷入一个很尴尬的境地,甚至关系到企业的生死存亡。"

王晓琦不为所动:"孟总说得有道理,但是大家可能不知道,我们的最大竞争对手博睿集团也在做 D 项目。我们决不可以落后于博睿集团。采用国外企业的核心技术,是我们当下最有可能抢在博睿集团前面将产品上市的有效途径。大家开始全力以赴吧! D 项目由我总牵头,抽调一些人员组成项目部,项目部就设在市场部,由钱浩任项目指挥。各单位、各部门都要全力支持!散会吧。钱浩,你先留一下,到我办公室。"

钱浩跟着王晓琦进了办公室。

王晓琦看着钱浩一脸严肃地说道:"钱浩,机会给你了。你也明白现在大家对你任市场部总监不服气,你要用业绩说话。现在开始你要全力以赴抓好D项目,一定要抢在博睿前面占领市场。"

钱浩难掩激动之色:"谢谢董事长信任,我一定不辜负董事长厚望。"顿了顿,十分坚决地道,"我一定不会让博睿抢在我们前面。"王晓琦颇有深意地看了一眼钱浩,没有说什么,拿起一份文件看了起来。钱浩很知趣地倒退着到了门口才转身离去。抬头看了一眼钱浩的背影,王晓琦开心地笑了,心里很享受这种感觉。

李垚家,别墅内,赵梦迪边为李垚整理着外套,边问道:"老公,这次出国几个人去啊?"

李垚说道:"三个人,副总裁张平,还有一个财务部总监。我们传统产业和D项目资金这块压力很大,我们要多方寻求资金合作。这次我们去见几个财团。"

赵梦迪轻轻拥抱了一下李垚:"注意安全,早去早回。"

让赵梦迪万万没有想到的是李垚这一去,竟然成了"永别"。

出国之后的前几天,每天晚上,李垚都给赵梦迪报个平安。可是,昨天却没有动静。今天一上午,也没有音讯。给李垚打手机,得到的是关机的提示。给张平打电话,也不接。好像有一种心灵感应似的,赵梦迪心里一阵阵发紧,心口像压着一块大石头一样,胸痛、心悸。赵梦迪一直盯着电话,坐下,站起,坐下,又站起。这位曾经泰山崩于前而面不改色的铁娘子,此刻却是心神不宁,心揪得越来越紧。丁零零!突然手机铃声大作。赵梦迪飞快地拿起手机接听电话,手机里传来了张平带着哭腔的声音:"嫂子,我是张平,出事了!董事长失踪了!"

赵梦迪做了一个深呼吸,让自己镇定下来:"怎么回事?你慢慢说。"

"嫂子,昨天董事长和对方合作公司董事长乘坐直升机去考察一个项目,飞机坐不下,我们没去,但昨晚没回来,听说飞机失事了。海岸警卫队在近海海域发现一架失事直升机残骸,找到了驾驶员和对方董事长的尸体,可董事长没找到。呜呜!"张平一个大男人,在电话里哭了起来。

听到这个消息赵梦迪如五雷轰顶,一阵天旋地转。她扶着沙发扶手,慢慢坐到沙发上。没事,不会有事。没找到人就可能没事,赵梦迪在不断地安慰自己,稳定了一下情绪说道:"张平,立即给我定最近航班的机票,我马上过去。"

赵梦迪接着又给自己的父亲打了个电话:"爸,我有点急事要去国外,几天后才能回,你这几天去接小娟吧。"

赵梦迪没有将事情告诉父亲,因为现在还不知道真相如何,让老人操心没有必要。

欧洲某国海岸边,赵梦迪正在与当地警方交涉,请求继续帮助寻找李垚。

警察:"女士,我们已经尽力了。你的丈夫失踪了,请节哀。"

赵梦迪:"求求你们,再帮助搜救一下吧!"

警察:"好吧。后面的时间,我们会动员民间搜救公司,继续进行搜救,但你需要支付一定的费用。"

赵梦迪:"好!谢谢!谢谢!"

长时间搜索无果,赵梦迪让张平在一个月后就返回国内了。

国内。李垚的失踪在博睿集团引起了极大的"政治地震"。

前两个月还没有发生什么大事。可是两个月后还是没有李垚的消息,赵梦迪也不回来主持公司工作,公司就出现了严重的状况。按公司章程,赵梦迪是第二大股东,加上李垚的股份,属于控股股东。在董事长缺位时,应该自动成为代理董事长。可是,赵梦迪在国外迟迟不归,公司群龙无首,一时陷入混乱。不巧的是,总裁张强去国外治病也不在公司。这就使公司的严峻形势雪上加霜。

正在公司上下都为企业的未来担忧的时候,副总裁王淼却一反常态,十分活跃。自从公司决定启动 D 项目后,王淼的态度就十分消极,每天无精打采的,可现在是几乎每天晚上都出去会客喝酒,在公司不断地游走于各董事大股东之间,并和几位经理人频繁碰头。

王淼第一个要搞定的是董事大股东肖克。这个人在公司的地位举足轻重。

大股东肖克的办公室。

王淼苦口婆心:"肖董,您的资历能力在公司里都是最强的,我们都想请您领导我们,可您的股份不够啊。现在最好是让副董事长李聪任代理董事长,他就是个草包,公司的主意还得您来拿,其实就是您说了算。而且,待时机成熟时,我一定助您出任董事长。"

肖克眼中的不甘一闪而过:"好,我明白了。为了企业负责,我同意你的意见。"

"那我们一起去和李聪说。"

李聪的办公室。王淼开门见山直接道:"李董事长。公司现在可是岌岌可危啊! 您看怎么办?"

"王总啊,这段时间辛苦你了。呵呵。"

李聪虽然名字有个聪字,其实并不是很聪明,可在职场时间长了,经验还是有的。深知非常时期不能得罪这个王淼,眼下公司还要靠着他支撑运行。因此也在打着哈哈。

王淼却不给李聪打太极的机会:"辛苦倒是没什么关系,关键是公司这么下去要关门了。"

李聪一惊:"怎么会这么严重?"

王淼进一步施压:"李总,公司资金链已经快断了,只是张强压着没敢对外声张。生产资金已经快没有了,员工工资也快发不出了,货款又收不回来。现在李垚和赵梦迪都不在,您可要关心一下企业的情况了。"

肖克进一步火上浇油:"李老哥,公司的实际情况比王总说的还要严重。再不采取措施,公司真的就要关门了!"

李聪愁道:"这李垚失踪,赵梦迪怎么也不回来!这可怎么办?"

肖克继续拱火道:"李董事长,您认为他们在这种情况下还能回来吗?再晚一些时候,即使回来,公司已经垮了,他们也无力回天了。"

李聪疑惑地道:"你是说,他们故意不回来了?"

肖克断言道:"不排除这种可能。"

"那可怎么办?我们几大股东的资产都在这个公司呀,那可是我们全部的身家啊!"李聪十分紧张,而且有些六神无主,继而焦急地说道,"肖董,你看眼下应该怎么办?"

肖克欲言又止:"不好办啊!除非……"

李聪迫不及待:"除非什么?肖董你快说。"

肖克道:"除非有人能站出来,做代理董事长,带着博睿渡过眼前的难关。"

"谁来做代理董事长呀?"李聪傻傻地问。

肖克故作无奈地道:"按目前的情况看,你和我都可以。你要不出山,就我来,但我需要你的支持。"

这下李聪听明白了,心中惊怒不已,这个肖克野心还真不小呀。李家人打下的江山你想坐就坐吗?想什么呢!可李垚和赵梦迪都不在,自己该怎么办?一时间,李聪感到"压力山大"。

与此同时,张平的手机接到一条神秘的匿名信息,只有一句话:"有人正在酝酿针对博睿集团的阴谋。"这个"人"是什么人？"阴谋"又是什么？是来自外部还是内部？这些都不得而知。张平试图与发信息的人联系，可是对方的手机是虚拟的号码，无法回拨。

张平给刘东辉看了这条信息，二人都很吃惊，不停地给赵梦迪打电话、发微信，可赵梦迪电话不接、微信不回，二人心急如焚。

23

山雨欲来

王淼、肖克与李聪谈话时故意营造了一种博睿集团已经十分危险的气氛。王淼和肖克要的就是这种效果。果然,李聪稳不住了,着急地说道:"肖董、王总,你们只要有办法能挽救公司,公司就一定不会亏待你们。"

王淼见时机已到,说道:"李董,只有一个办法,由您临时出任代理董事长。"王淼一语惊得李聪差点从椅子上掉下来。

"我,代理董事长?不行不行。赵梦迪很快就会回来的,没有他们两口子,就没有这个公司,我不能做对不起他们俩的事。"不过此时的李聪嘴上说着不行,却怦然心动。自己做梦都想做一回真正的老板,可眼下企业这么难,自己的能力还真做不到"力挽狂澜"。

王淼继续施压道:"如果您不出山,那就请肖董任代理董事长吧。"

"那不行!"李聪不假思索立即反对。

"唉,那就没有什么办法了,这个企业就只好歇业、关停、申请破产了。"王淼摇头叹息。

"破产?绝不可以。可即使我当了临时代理董事长又有什么用?"李聪为难地道。

王淼继续劝道："李董事长，您现在出山，不仅不是对不住李垚和赵梦迪，恰恰您是在为公司负责，是在为他们俩负责。"

"可，我能做什么啊？"

看来这个李聪还很有自知之明。肖克在心里狠狠鄙视了一番后道："只要你出任代理董事长，我们就能帮你挽狂澜于不倒，扶大厦于将倾。王淼招商的那个DJV项目就能救活博睿。"

李聪心中暗喜，表面上却咬了咬牙道："那就全靠你们了，可是那几个大股东能同意吗？"

肖克霸气地道："剩下的交给我吧。"

肖克快马加鞭地去游说其他董事。虽然有一些人认为不合适，可是在目前的形势下，也不得不如此。

王淼安排行政助理："告诉几位副总和部门总监到我办公室开会，张平和刘东辉就不通知了。"

王淼的办公室内。

王淼："各位，目前博睿公司已经到了生死存亡的紧要关头。由于李垚董事长失踪，赵梦迪也没回来，董事会群龙无首，这样下去博睿就完了，大家说我们该怎么办？"

市场部总监："王总，我们就是打工的，董事会的事，我们能做什么呀？"

王淼一脸正气凛然："我们不能看着博睿就这样倒下去，必须找到解决办法，帮助博睿渡过眼下的难关。"

"你有什么办法？"副总裁李坤看出王淼已有对策，问道。

王淼道："董事中必须有大股东站出来，临时担任代理董事长，不然重大事项无法做出决策，我们职业经理人不能越俎代庖。"

李坤："那谁合适呢？"

王淼:"按照董事大股东的股份构成,李垚、赵梦迪之后就是李聪了。而且他还是李垚的叔叔。我和肖董已说服李聪副董事长出任代理董事长了,我们下面要做的是说服其他董事大股东同意停止 D 项目,重新启动 DJV 项目。"

李坤点头赞同:"这样也好。虽然那老家伙没什么能力,但他好驾驭。"

"王总,你说让那老家伙当代理董事长,还停掉 D 项目,将来赵梦迪回来对我们会不会报复啊?"市场部总监担心道。

"不用怕。我们这也是对公司负责,只有如此公司才能渡过眼下的难关。要追究,就让她追究我好了。"王淼很有担当地道。

"王总,我可没有你那么高尚。这个企业都已经这样了,不如干脆走人算了,就算你救活了这个企业,又能怎样?"市场部总监试图劝王淼趁机跳槽。

王淼继续把高尚进行到底:"话不可以这么说,在企业最危难的时刻,作为职业经理人,怎么可以一走了之。在当下,我们就是要团结一心,全力救活这个企业。"

"王总,你高尚。可是我们拼死拼活,公司能给我们什么啊?"市场部总监不无怨言地说道。

"这下说到点子上了。只要能把公司救活,公司不会亏待大家的。下一步,我要让公司拿出 10% 的期权股份奖励给大家。不只是高管,而是全体管理层人人都有份。"王淼一语惊到了全场。

"这可能吗?"一些人张大了嘴巴。

"王总,高!你这招太高了。这下,公司的整个管理层都会感谢王总,都听我们的了。这叫战术手段。学着点吧,关总监。不过董事会能同意吗?"李坤道。

王淼眼中闪过一丝轻蔑:"董事会那几位?哼哼,不同意也得同意!"

事情在朝着王淼设计的方向顺利发展。董事会一致表决通过李聪为代理董事长。很快,王淼和肖克就建议李聪主持董事会宣布停止 D 项目,启动 DJV

项目。王淼借此机会还在董事会上提出了另一个建议:为了在非常时期激励管理层,要对管理层全员进行期权股份奖励。董事会对此进行了激烈的争论。王淼以董事会不批准,管理层可能全部辞职为威胁,最后董事会妥协,批准了。这样一来,一下子就让王淼在管理层中的威信如日中天。

看到董事会的决定,张平焦急地对刘东辉说:"刘总,如果赵梦迪再不回来,博睿真就完了。"

刘东辉叹口气道:"不完,也会改姓了。李聪这个老糊涂,根本不是肖克、王淼他们的对手。"

"是呀,肖克、王淼他们下一步就会彻底控制董事会,进而成为博睿的实际控制人。不行,我明天就去欧洲,把赵梦迪请回来。"张平坚决地道。

欧洲,夜晚,某酒店房间内。

赵梦迪在哭泣:"李垚,你在哪儿啊? 我们的企业,我们经过千辛万苦创出的事业,就要付之东流了,你快回来呀!"

第二天,张平在酒店将公司这一阶段发生的事情原原本本地告诉了赵梦迪:"嫂子,董事长的事请你节哀。但如果你还不赶紧回去控制局面,再晚几天,就是回去也来不及了。"

飞机飞到了高空。赵梦迪透过飞机舷窗望着窗外的伤心之地,悲痛万分,泪水止不住地顺着脸颊流了下来。邻座的一位中年男士见状,很绅士地用英语问道:"女士,有什么需要帮忙的吗?"

"谢谢! 没事。"赵梦迪泪眼蒙眬地看了一眼男士,语气冰冷。男士摇了摇头,眼中一丝阴险的神色一闪而过,拿起一本杂志翻看起来。

王晓琦的办公室内。

王晓琦看着钱浩问道:"钱浩,听说博睿集团已经被大股东肖克和副总裁王淼控制了,他们停止了 D 项目?"

钱浩神情十分恭谨:"是的,董事长。但是,赵梦迪回来了,这几天她不断地找人谈话,对董事会停止了 D 项目大发雷霆,拍了桌子,要召开董事会立即恢复 D 项目。"

"不能掉以轻心,赵梦迪的能力是很强的。你要加快我们的 D 项目的速度了。"王晓琦皱着眉头道。

钱浩眼中闪过一丝阴狠:"请董事长放心。我一定不会让他们成功的。"

王晓琦一皱眉头:"你想什么呢?不要胡来。做好自己的事。我们凭真本事竞争。"

"好的,董事长。我有分寸。"钱浩离开王晓琦的办公室,心中腹诽道:"哼,说得好像圣女似的。你心里想的还不是要一心打败博睿集团吗?真是一个胸大无脑的女人。商业竞争就是要不择手段,成王败寇。"

博睿集团王淼的办公室内。

王淼大发雷霆:"李聪这个草包,赵梦迪一回来,他就成了缩头乌龟。"

李坤提醒道:"赵梦迪是第二大股东。李垚董事长失踪,他们两个的股份加在一起,具有绝对控股权。她担任代理董事长是合规的。"

王淼阴狠地道:"绝不能让赵梦迪破坏我们 DJV 项目的计划!我们要加快 DJV 项目的速度,让 DJV 项目生米煮成熟饭,赵梦迪就彻底没辙了。"

李坤忧虑道:"董事会大股东肖克也很赞同 DJV 项目,就看他能不能说服赵梦迪了。"

王淼换上了一副悲天悯人的表情:"如果赵梦迪反对 DJV 项目,坚持上 D 项目,博睿真的没救了。我们不能眼看着这么一个大企业毁在一个女人手里。"

肖克来到了李聪的办公室,对李聪说道:"李董事长,博睿的生死存亡就看你了,DJV 项目是目前唯一能救博睿的项目。我们必须坚持继续实施 DJV 项目,不然我们的企业就完了。"

各方势力,多方人马,围绕着 D 项目进行着紧锣密鼓的博弈。而这一切又都指着一个人，就是刚刚回国的赵梦迪。

当下的博睿集团，可以说是山雨欲来，内外危机叠加。摆在赵梦迪面前的是一道复杂难解的方程式。

还没有从丈夫失踪的巨大悲痛中走出来的赵梦迪，不得不担起拯救 D 项目、重振博睿集团的千钧重担。

已经远离职场多年的"铁娘子"能挑起这副重担吗？博睿的一班老臣们既期盼着，又担心着。因为无论是外部竞争者恒琦集团的王晓琦，还是公司内部的肖克、王淼等人无一不是极为强势的高手中的高手。

24

赵梦迪遇险

雨后的天空湛蓝如洗。玉泉山在晨阳的映照下,风景如画。山中一栋别墅内,博睿集团代理董事长赵梦迪在等待司机来接她去公司参加董事会。这是她回归后第一次主持召开的董事会,议题非常重要,事关 D 项目的去留。D 项目的去留背后更深层次的是董事会权力格局的重新洗牌。D 项目是赵梦迪和丈夫的梦想,也是赵梦迪心中的痛!

这段时间以来,赵梦迪一直在想一件事情。就是三个月前,李垚在国外考察离奇失踪,是偶然?还是另有隐情?

集团内,肖克、王淼一伙人为什么要坚决否决 D 项目?王淼作为职业经理人明知 DJV 项目环保方面存在极大问题,为什么还积极地、不遗余力地推动这个项目?为了笼络人心,慷公司之慨,送给全部管理层期权股份,是为了公司留人,激励那么简单吗?肖克,原来积极支持 D 项目,现在为什么一反常态,坚决反对 D 项目?这一切的背后有什么是自己不知道的?

与此同时,多年的竞争对手,恒琦集团也在做 D 项目。而且得到消息,恒琦集团是在听说博睿集团做这个项目之后才开始组建项目部的。而且采用的方案竟然和博睿集团完全一样。他们是从哪里得到博睿D项目的信息？更令人忧心的是，按照王晓琦这几年一贯的做法，她决不会让博睿集团产品先上市，而是会采取各种手段狙击博睿集团新产品问世。李垚在的时候新上的几个产品就吃了恒琦的大亏。

赵梦迪正在思考着这些问题的时候，突然接到了一个奇怪的电话："赵女士，你最好不要参加今天的董事会，否则会有意想不到的事情发生。"

"喂，你是谁？"嘟嘟……电话已经挂断了。

赵梦迪虽然几年没有参与企业管理，可绝不是花瓶，更不是容易被吓到的小绵羊。

此刻，别墅里铁娘子回归。她的嘴角习惯性地撇了撇。哼，想吓唬我！门儿都没有！

滴，滴——楼下响起了汽车喇叭声。

下楼，没见到李垚原来的司机小王，是一个不认识的司机开着李垚原来的车来接她了。

赵梦迪问道："小王呢？"

"董事长好！小王今早突然拉肚子，公司让我来接您。"

汽车沿着盘山道行驶着。下山的坡路比较长，司机一直带着刹车向下行驶。前面一个急转弯，司机再狠踩了一下刹车。突然，司机心里一紧！再踩一脚，没反应？司机的脸瞬间就白了："董事长，抓紧了！"从司机紧张的声音，赵梦迪也马上反应过来，刹车出问题了！

"别慌，把好方向！"赵梦迪沉着指挥道。

坡陡路弯，汽车如脱缰的野马，似离弦的利剑飞驰而下。一个又一个弯道，汽车一会儿左轮离地、一会儿右轮翘起，跳着死亡之舞，飞驰着。

万幸！是早晨上班时间，山下没有对向来车。赵梦迪头脑中刚刚蹦出这一念头，就见对向一个姑娘骑着电动车，后座上驮着外卖箱驶来。司机吓坏了,下意识地骂了一句,然后拼命按着喇叭并大喊着:"快躲开!快躲开!"

其实,车窗关得严严实实的,喊叫多大声也听不见。看到对向的汽车野蛮地开过来,许婕也很生气地骂了一句,急忙将车停在了路边。汽车从身边飞过时,刮起的风险些将许婕刮倒。看了一眼飞过去的汽车,许婕骑上车继续向山上驶去。刚走出不远,她感到有什么不对。再有急事,车也没有这个开法。出问题了,不好,要出事!许婕掉头向山下驶去。

拐过一个弯,许婕看到汽车翻倒在山路边上,幸好被两棵大树挡住了,差一点点就掉到坡下,车毁人亡。许婕马上跳下电动车,只有一个念头,快救人!车门已经变形,许婕怎么使劲也拽不开,干脆直接用脚踹,终于车门被打开了。她先将后排的女士拽了出来,放在地上,又将司机拽了出来,拖到远一点的地方,因为她看到车在漏油,很容易起火爆炸,再回来拽赵梦迪时,她已经醒过来并坐了起来。许婕挽着她站起来,但是站不住,只好背着她向远一点的地方走去。这时恰好从山上驶过来一辆车,许婕拦住了这辆车。车上是一位年轻女士,看到地上的两人满脸是血,吓了一跳,问道:"这怎么了?"

许婕急道:"车祸,请帮忙送他们去医院,好吗?"

女士毫不犹豫:"上车吧。"

许婕伸伸手:"帮我抬上去吧。"

两人先将赵梦迪架上了车,又将司机抬上了车。

许婕感谢道:"美女姐姐,谢谢你了,我们到人民医院吧,那里最近。"

"没关系,救人要紧。"女士非常爽快。

不幸中之万幸,这么严重的车祸赵梦迪只有一侧胳膊骨折和腿骨受伤,但没有生命危险,住进了普通病房。司机伤得很重,进了医院 ICU 抢救观察。

看到女士单位的人来了,许婕就说道:"人就交给你们了,我还有事,先走了。"

"请等一等!"行政办主任马奎喊道。

"怎么,还有事?你不会是认为是我搞的车祸吧?"许婕问道。

"不是不是,我是想说谢谢你,小姑娘。我是博睿集团行政办主任,马奎。"

"谢就不用了,谁看到都会救的。"

"你叫什么名字,在哪工作?"

"坏了,我的车和外卖!"许婕这才想起自己的事情,撒腿就跑。

扔下马奎在那儿发愣:"这个小姑娘有点愣!"

25

糟糕，忘了
送外卖了

光顾着救人，忘了送外卖了。这在许婕短暂送外卖的历史上是从来没有过的事情。

许婕在出租车里急忙打电话给叫外卖的人："喂，您好，是冯先生吧？我是送外卖的……"

"我说你这送外卖的是怎么回事？有你这么送外卖的吗？人都快被饿死了，你上月亮还是火星上去取外卖了？我要投诉你！"

许婕本来很紧张，也很抱歉，可是对方一句"月亮上取外卖"，差点让许婕笑出声来。这是一个有幽默感的人，虽然很严厉可是应该好沟通。许婕决定来个"死皮赖脸法"。送外卖经常会遇到各种情况，许婕总结出十余种方法来应对。

"先生，不，大叔、爷爷，太抱歉了！"

"你等等，我，我有那么老吗？不行，你气死我了，我要投诉你。"

"先生，大哥，对不起，对不起，我真的遇到一档子大事，我遇到车祸了。"

"什么？那你有没有事？"

看来这是一个好人，善良的人。

"大哥，我没事，是别人遇到了车祸，那个惨啊，就在我眼前，你说我能见死不救吗，如果是你……"

"你打住，你在咒我？"

"对不起，我是说你要遇到，你也会救，不是吗？"

"那你也要抽空打个电话呀，我有糖尿病，不吃饭血糖低了是很危险的。遇到车祸的人怎样了？"

"一个脱离危险了，一个还在 ICU 观察。"

许婕在想，这还真是一个好人，自己的外卖这么长时间没送到还关心别人呢。想到这里许婕越发不好意思起来："大哥，我听您的声音怎么也是人到中年了吧，能住在玉泉山别墅区，一定是位成功人士，工作肯定很累呀，现在不是有中老年奶粉吗？先喝一点吧，别血糖低了。"

"少给我打岔儿，你把我的外卖弄哪儿去了，我现在还没吃饭呢！"

"大哥，外卖呢，已经凉了不好吃了，看在你是一个好人的分儿上，我决定补偿你。"

"补偿，怎么补偿？"

"我呢，准备亲自下厨给你做两道菜，保证你爱吃。"

"那好哇，我等着，什么菜，什么时候到？"

"地三鲜和芹菜粉，怎么样？中午吧。当天事当天了。否则，我还得一直欠着您。"

"好吧，那我的早餐就改成午餐了。"

中午 11 点 30 分，许婕准时将"外卖"做好，喊道："先生，开饭喽！"

这位冯先生先是夹起菜看了看、闻了闻，又放到嘴里小心嚼了嚼，继而狼吞虎咽起来："嗯，嗯，好吃！从来没吃到这么好吃的外卖。"许婕开始时紧张地看着冯先生，不知道饭菜对不对他的口味。当看到那位毫不顾及形象，像饿了几天似的大口吃起来，就放心了。

哇，这么多书啊！看到一面墙都是书柜，许婕就在书柜前浏览起来。说来也巧，许婕所站的位置正好是外文书籍。她看了看，抽出了一本书——《小逻辑》德文版。许婕扭头仔细看了一眼仍然大快朵颐的人，暗忖：这个人住着别墅，可能是个土豪。他虽然穿着普通休闲装，可却有一种大山般深沉、厚重、深不可测的气质，又不像个土豪。看来这些书不是摆设。此时的许婕并不知道，她面前的这位就是投资界大名鼎鼎的冯峰。

许婕翻开《小逻辑》看了起来。黑格尔的《小逻辑》十分深奥，可通篇闪耀着辩证法的深邃光辉。许婕十分喜欢这本书。当冯峰吃得差不多的时候，突然感到怎么这么静？他抬头看到徐婕看的书，大吃一惊。什么？我看到了什么？一个送外卖的在看黑格尔的《小逻辑》？而且是德文版的？怎么可能？冯峰在心里一连问了几个问题，张大的嘴巴，完全可以放下一个鸡蛋。

"小姑娘，看样子你的外语不错啊？"

许婕头也不抬地道："还行吧。"

"你还真不谦虚。"冯峰笑道。

"我实事求是。"

"你会几门外语啊？"

"四门。"

"呵，还真不少，能到什么程度？"

"日常交流、阅读、写文案都没问题。"

冯峰有些不信："我们不吹牛行吗？"

许婕撇撇嘴："切，跟你吹牛有什么用。别看你书柜中摆着这么多书，你真正读的有几本？现在许多人都不看书了，在书架上摆一些书，附庸风雅，装有学问。不过，你比一些人还强一点，有些人干脆连书都不摆了。"

冯峰一愣："嘿，这小姑娘还真敢说。"这么多年了，每个见到自己的大企业老板都是毕恭毕敬，诚惶诚恐，满脸笑容向自己请教。为了能和自己吃一顿饭，不仅要进行申请、竞拍，还得等上很长时间，还没有一个人敢用这种语气和自己说话的。不过许婕的表现却让冯峰感到挺有意思，突然童心大盛，想要逗逗许婕。

要是许婕知道在她面前的是商界的传奇人物，完全靠自己的奋斗取得成功，并通过"拍卖餐叙会"的传奇方式帮助了不少陷入困境的企业，在国内、国际上都是泰斗级人物的话，她怎么也不敢在他面前这么大胆放肆了。

不过许婕说的也是实话。现在爱读书的人确实太少了。全国上下，男女老少，一片低头族。每个人每天花在手机上的时间不知几许。可真正看有价值、有意义，能提升国民整体文化素养、道德修养的书的人又有多少？冯峰还真有些赞同许婕的说法。

看到这个勇敢的小姑娘，冯峰一方面想逗逗她，一方面很欣赏她，看她口气这么大，是真有料，还是一个愣头青？想考校一下她，就说："小姑娘，口气不小，你就用德语读一段你手中的《小逻辑》吧。"

听到冯峰这么说，许婕感到眼前的这个男人有些不简单。但也不能上他的当，就狡黠地说道："好，我用德语读一段，你说出中文的意思。然后你再用法语读一段，我说出中文的意思。"许婕顺手给这位大叔挖了个坑，不信你还会法语。

冯峰今天的心情十分好，可能是很久没有看到这么纯真又好学的年轻人了，也来了兴趣，就说道："好！但这么读书没什么意思，我们来点赌注吧。"

"那我得看看赌什么？不可以赌钱。"

"那是当然，赌博是犯法的。我们就用自己所会的外语来读同一段《小逻辑》，谁会的语种多，就算谁赢。敢不敢，小姑娘？"

"我刚才已经说了我会四门外语，他还敢和我赌，是真的比我会的多，还是在诈我？"不怕，就不信这么个中年大叔比我会的还多！许婕在暗暗想着。

许婕毫无惧色地道:"说说赌注吧。"

冯峰狡黠地道:"如果我赢了,你要亲自给我做一个月的外卖。"

许婕暗道"想得美",可却说道:"那我要赢了呢?"

冯峰道:"你可以在一年内,求我一件事。"

许婕一愣,寻思道:口气不小,看起来好像真有点本事似的。于是也露出狡黠之色道:"什么事都行?"

冯峰道:"只要不违法的。"

许婕一咬牙:"那就赌了。来,击掌,愿赌服输。"

如果此刻有人看到这一幕,不知道会不会惊掉下巴。这一大一小就像两只斗法的狐狸。

冯峰此刻还真有点不好意思了。这怎么好像一个大叔在诱骗一个邻家小女孩似的。得了,至少一个月内有口福了。

两个人分别用各自会的外语读起了《小逻辑》。

让许婕大吃一惊的是,面前的这位大叔竟然真的会多种外语。让冯峰吃惊的是,这个小姑娘还真是很厉害,英语、法语、德语、阿拉伯语都很流畅,发音也很标准。不过这个小姑娘有这么好的外语水平,怎么在送外卖?先不管这个了,先享一个月的口福再说。

老谋深算的冯峰狡猾地笑了:"小姑娘,我还会两种外语,你听着。"冯峰又用俄语和日语读完了《小逻辑》,露出了一副阴谋得逞的笑容:"你输了。"

这让许婕不得不服气:"你赢了,愿赌服输。我给你做一个月的饭,但你要付钱,我靠送外卖生存。"

冯峰赢了。冯峰的外语水平确实很高。不过聪明的许婕并不懊丧,她看到冯峰家的屋子里,除了书还是书。企业管理、市场营销,金融、经济类的书居多,其中几本书上有冯峰的名字。许婕用手机悄悄查了一下这个冯峰,大吃一惊。他不会真是那个投资界的大神吧?于是问道:"先生,可以问问您叫什么名字吗?"

"哦,我叫冯峰。"

"还真的是冯峰!"许婕内心狂喜,"做一个月的外卖不亏,可以乘此机会向他学习好多东西。让他帮忙看看自己做的那些企业策划案是否可行。"许婕在暗暗想着今天的赌局,赚大了! 而且是花多少钱都买不来的。

今天的"外卖",冯峰吃得很惬意,比那些山珍海味好吃多了,妻女都在国外,今天似乎感受到了家的味道。这个外卖小妹性格有点像自己的女儿,真是好久没有这么开心了! 转而想到这么一个有才华的小姑娘,在送外卖,肯定是遇到什么问题了,然而,交浅言深,说多了不合适。每个人都有自己不愿让别人知道的秘密,怎么才能不露痕迹地帮到她呢? 冯峰也在暗暗地想着,一时间有些冷场。还是冯峰首先打破沉默说道:"许婕,你说今天早上上班时间在小区到山下的路上遇到车祸救了人?"

提到这茬,许婕仍然心有余悸:"是呀。当时真挺危险的,也不知司机怎么开的车,好像刹车失灵了似的。"

"你知道他们是做什么的吗?"

"好像是博睿集团的,我帮助挂号时记得那个女的叫赵梦迪。后来博睿集团的人到医院将遇险者接过去继续抢救和治疗,我才想起你叫的外卖,不好意思啊!"

赵梦迪? 博睿集团董事长李垚的夫人,也是个女强人。现在应该是代理董事长了吧。在博睿集团这么敏感的时刻,她的车怎么会出事故? 冯峰的神情有些沉重。对李垚和赵梦迪夫妇,冯峰是很有好感的。这是一对很有社会责任感的青年企业家。看来,博睿集团是山雨欲来啊! 各方博弈将会更加复杂化和残酷了。

冯峰接着问道:"那个叫赵梦迪的没有什么危险吧?"

"我离开时,她没进 ICU,住进的是普通病房,听医生说只有轻微骨折,没有太大危险。"

"我建议你去看望一下这个赵梦迪女士。对了，最好带上自己做的外卖。"

许婕瞪着一双好看的大眼睛疑惑地看着冯峰。

"你这是什么眼神看我，我可没有权利给你安排事情，不过赵梦迪这个人值得你学习，就算不带功利目的，至少对你救过的人再去看望、慰问一下，也是人之常情吧。"

许婕想了一下："我看她挺可怜的，但又很坚强。骨折了肯定很疼，可是一滴眼泪都没掉，还在那儿担心什么工作、训人呢。好的，我去，我明天就去。"

站在窗前望着许婕骑着电动车远去的背影，冯峰自言自语道："但愿这能帮到你，从此交好运。会的，就从你救人，又不图回报，有一颗善良的心，你就会有好报。"

26

行政助理

　　住院处病房内，赵梦迪一个人躺在床上默默流泪，孤独无助。疼，钻心似的疼。麻药过劲了，骨头断裂外疼痛难忍。这个外表看起来强势的女人，此刻心在滴血。李垚失踪，有人要阻止 D 项目。赵梦迪明白，这绝不仅仅是简单的项目之争，是他们要借机夺取整个公司控的制权。自己和李垚十几年的心血眼看着就要付之东流了吗？

　　不！绝不！我不会让他们的阴谋得逞！

　　然而，赵梦迪心里明白，肖克和王淼他们趁自己不在公司，胁迫董事会给管理层期权股份这一招，太狠了！现在自己在公司团队中的号召力绝对没有肖克、王淼高。管理层，乃至大部分董事都支持肖克、王淼。

　　眼看着自己的企业即将被别人巧取豪夺，赵梦迪心痛如绞。她翻开 D 项目的项目书看了几页。这么好的项目，董事们为什么要否决呢？她随后心烦意乱地将项目书扔在身旁，散落了一床。

　　许婕来到病房门口轻轻地推开一道缝，探头看了一下，确认是赵梦迪，就敲了敲门。

赵梦迪双眼瞪着房顶,没有应答。许婕直接走到床头柜前,将餐盒拿出,打开,一股香味飘出。

许婕柔声道:"赵董事长,请吃饭吧。"

"我没订饭,请拿走。"赵梦迪头也没抬,很不耐烦地说道。

"赵董,是我,许婕。我自己给您做的,您尝尝,看合不合胃口。"

"是你?"赵梦迪侧过身,看到是救了自己的那个小姑娘。

"赵董,知道你没胃口,但一定要吃点有营养的食物,骨头才能长得更快。我给你炖的骨头汤,大补,吃点吧。"

赵梦迪已经三顿没吃了,她吃不下。但许婕是自己的救命恩人,她亲自做的饭菜,不吃几口,没礼貌。她想要自己去拿,可只有一只手能动,而且是左手,很不方便。

许婕见状马上道:"赵董,你别动,我给你拿。"

赵梦迪大口吃饭,大口喝汤,像是和饭菜有仇一样,看得许婕目瞪口呆。这是怎么了? 就算是我做的饭菜好吃,可也没这么个吃法啊!

见赵梦迪吃饭不用操心了,许婕看到散落一床的纸张,就帮助拾起归拢好。其间,她无意中看到 D 项目字样,眼睛一亮,就顺口说道:"赵董,你们公司要做 D 项目啊,这可是个好项目。"

赵梦迪听到许婕在说话,但她思绪很乱,根本没听清许婕在说什么,也就顺口"嗯"了一声。许婕看赵梦迪心不在焉,也就不再说什么了。

回头看到光光的餐盒,许婕惊呆了! 正常情况下,两个人也吃不下这么多饭菜,赵梦迪竟然吃光了! 带着惊讶的神色,许婕收拾餐具,拿到洗手间洗完,准备回到病房跟赵梦迪打个招呼,再去接单送外卖了。这两天已经耽误接单了,这样下去自己要喝西北风了。

这时,赵梦迪说道:"许婕,跟你商量个事,过来帮我吧,我聘你为我的行政助理。"

许婕愣了一下,第一反应竟然不是回答赵梦迪,而是很佩服那个冯峰,看来那个冯大叔还真是要帮她呀!

看到赵梦迪在等着自己回答,许婕想了一下说道:"谢谢赵董。不过,我现在是送外卖的小妹,你们博睿集团可是大公司,我做你的行政助理合适吗?"

赵梦迪态度坚决:"没什么不合适的,英雄不问出处。过来帮我吧,我需要你。"

"好的,谢谢。不过我要去外卖的公司处理一下工作。您看我什么时间到公司报到?"许婕的淡定让赵梦迪有些吃惊。博睿集团可是一些名牌大学的毕业生挤破头要进的公司,能在这里工作机会难得,可这个小姑娘竟然波澜不惊?算了,反正也是要帮她。可能是无知者无畏吧。

赵梦迪也很平淡地说道:"你今天就算到职了,不过你别误会,行政助理不仅仅是让你做饭。"

"我明白。我在恒琦集团工作过。"

许婕的一句话让赵梦迪再次吃了一惊。怪不得,看许婕的气质、素质也不像一个送外卖的小妹那么简单。

许婕在等着赵梦迪可能会连续问出几个为什么。可赵梦迪却是用:"哦?哦。"来回答。

这是什么意思?

这两个'哦',头一个是升调,带有疑问。第二个'哦',是降调,意思是我知道了。就没有了下文。

许婕试探地问道:"赵董就不问问我为什么离开恒琦吗?"

"每个人都有自己的过去。我只要你答应来帮我就行了。不管是什么原因,都已经是过去时了。人不要活在过去,要活在当下。"

许婕还是有些不放心:"如果我说,我是被恒琦开除的,你还用我吗?"

这的确是个严肃的问题。一般情况下,员工被企业开除,大多是员工有过错,但看许婕的素质和善良的心地,本性应该不坏。这个问题涉及一个人的隐私、自尊,必须小心处理。

"我说过了,昨天已经过去。我相信你,这就够了。明天必须来报到。"

许婕松了一口气:"谢谢赵董信任。等您有兴趣听时,我会将个人的一切向您汇报。我明天一定会来报到。"

这个机会一定要抓住。这是改变命运让自己逆袭的重大机遇。

一个星期后,许婕被聘为赵梦迪的行政助理。这件事在许多小公司算不上什么,可在博睿集团,却引起了多方高度关注,乃至轩然大波……

"许婕,你告诉张平副总,通知董事们,明天上午9点召开董事会。"

许婕瞪大了眼睛:"董事长,您的身体……"

"我行。你快去通知吧。"

第二天,董事会在暗流涌动、双方剑拔弩张的气氛中召开了。这就出现了开篇那种情况。

27

清除鞋中的
那粒沙子

　　博睿集团董事会经过商讨,决定重新启动 D 项目。消息很快就传到了恒琦集团。恒琦集团董事长王晓琦马上召集了 D 项目核心骨干力量开会,听取情况汇报。

　　王晓琦没有一句废话,开门见山地说:"项目部汇报一下我们的 D 项目进展情况。"

　　D 项目常务副总指挥钱浩汇报道:"董事长,D 项目虽然是博睿集团先启动的,但由于他们董事长失踪,公司内部对这个项目意见又不一致,代理董事长李聪就是挂名,公司大权都在董事肖克和副总裁王淼手中,他们已经停止了这个项目。而这段时间在紧锣密鼓的推进下,我们的 D 项目进度已经远远超越了博睿。"

　　王晓琦盯着钱浩道:"听说赵梦迪回来后夺回了代理董事长的职位,强势重新启动了 D 项目。这个情况你知道吗?"

　　钱浩很自信地说:"放心吧,董事长。他们即使重新启动了 D 项目,也超不过我们。因为他们和我们走的不是一个路子。技术上他们是自己研发,什么时候研发成功还遥遥无期。而我们和 R 国合作，购买他们的核心技术，在这一块我们就已经遥遥领先了。还有，我们融资已经落实，厂房建设征地已经完成。而这些，博睿集团还都八字没一撇呢！再有，他们的董事肖克和副总裁王淼十分强势，赵梦迪又不懂业务，根本就驾驭不了这两个人。他们内部的掣肘、摩擦，会抵消他们前进的合力，他们的速度根本就快不起来。"

王晓琦威严地道："我们不要管别人家的事，重要的是做好自己的事，要再加快进度，有困难和我说。"

"没有困难！在您的领导下，我保证把博睿甩出几条街，让他们拍马都赶不上，望尘莫及。"

"这钱浩拍马的功夫不是一般的强啊！"有人在心中讥讽。

"也别不服。业务能力如何不说，在职务晋升的路上这钱浩就像突然杀出的一匹黑马，很有希望坐上集团副总的宝座。"

一些总监，包括集团副总，都在心里对这个钱浩狠狠地鄙视了一番。

博睿集团董事长赵梦迪按下桌子上的按钮，叫来了许婕，说道："你去将王淼副总裁请到我办公室来。"

"好的，董事长。"许婕答应道。

过了很长一段时间王淼才姗姗来到赵梦迪办公室，很随意地道："赵董，你找我？"

赵梦迪急忙站了起来，热情地道："是的，王总，快请坐。找你来，是要和你谈谈 D 项目推进的事。"

王淼面无表情地看着赵梦迪，没有说话。

"王总，我想说的是 D 项目事关我们企业的未来，也可以说决定着博睿的生死存亡。请你带领项目团队加快推进速度。商场如战场，谁能抢占先机，谁就赢得主动权，最后赢得胜利。请一定要高度重视！我代表博睿集团董事会和全体员工，拜托了！"说到这里，赵梦迪站了起来，给王淼鞠了一躬。

此刻,王淼的心颤抖了一下,有些感动,也有些惭愧。自己做了许多对不住博睿的事,更是在 D 项目上和赵梦迪唱反调。赵梦迪是一个强势的女人,按常规她完全可以换掉自己,或收回自己手中的大权。可她没有那么做,还请自己担任事实上的总指挥,这个女人的心胸真的是很大度的。此刻,王淼心中的激情被点燃了,诚恳地道:"董事长,我会尽力的,不过咱们的研发人员力量不够,经费也不足啊。"

　　"技术问题,我们可以和国内顶级的科研机构合作共同研发。国内的科研机构在 AI 这方面可是不落后的。我们在技术创新上要舍得投入,关于资金的问题我来想办法。"

　　王淼走后,赵梦迪又让许婕找来了财务总监胡颖,详细了解公司的财务状况。

　　财务总监胡颖心情沉重:"董事长,公司财务情况现在很严峻,资金链有断裂的危险,还有货款拖欠很严重,导致我们资金严重周转不灵。"

　　赵梦迪很严肃地道:"你尽最大可能给 D 项目调度一下资金,再想办法进行融资。将我现在住的别墅拿去银行抵押贷款,或卖掉。最好是卖掉,抵押贷款拿不到多少钱。一定要保证 D 项目的研发资金。"

　　财务总监胡颖也是个女人,听到赵梦迪要卖房子,眼圈发红,用颤抖的哭腔说道:"董事长,您真太不容易了。卖了房子您上哪儿去住啊?要不要这么拼啊!"

　　赵梦迪强颜笑道:"必须拼!这是我们企业家的责任。再说了,等我有了钱,再买回来。"

　　胡颖一咬牙:"我把我的房子也抵押贷款吧。我也是博睿的一分子。"

　　让赵梦迪出乎意料的是,她和财务总监的行动感动了一些董事,他们纷纷慷慨解囊,筹集了一笔资金,暂时缓解了 D 项目研发资金的问题。

　　赵梦迪心胸宽阔,没有撤换王淼,让王淼继续负责 D 项目工作,就是希望职业经理人团队不要分裂。这个王淼还是有能力的。赵梦迪给王淼鞠的那一躬，让王淼的心在一刹那被打动，也下决心想要重新做一番事业。正当王淼准备施展身手大干一番的时候，他接到一个电话，让刚刚还要配合赵梦迪大干一番的心又偏离了轨道。这也使王淼陷入万劫不复之境。

"喂，王总吗？我是三铝公司的姜宏啊！"

王淼心中一惊，稳了稳心神："呵呵，姜董事长啊，您好您好，有什么指示？"

"王总，我可不敢指示呀。听说张强去国外看病去了，现在你是大权独揽啊。你看 DJV 项目是不是加快推进啊？"姜宏知道博睿集团已经停止了 DJV 项目，但是却故意装糊涂，就是要把前期的投入全部要回来，并让博睿集团赔偿损失。

王淼心里明白，博睿已经和三铝公司签了意向合作协议，虽然不是正式合同，但是双方口头同意先做前期，这就产生了费用。现在不合作了，这个姜洪肯定是要钱，可现在博睿公司根本没有能力给付这笔资金。想到这里，王淼打着哈哈道："呵呵，姜董啊，这个忙我现在帮不上啊！你也知道赵梦迪回来了，担任了代理董事长，我现在说不上话了。"

"王总，当初可都是你和我们谈的合作啊。我们公司可是待你不薄的。如果我们直接找赵梦迪说说咱们达成的协议，恐怕王总脸上会不好看吧！我给你两天时间，把你们公司该承担的前期费用打到我们公司账户，违约损失可以不要了。不然我就去找赵梦迪说道说道。"姜宏语带威胁，谈合作时称兄道弟的态度早已消失不见。

刷的一下，王淼的汗下来了。如果让赵梦迪知道自己和三铝公司私底下达成的见不得光的协议，自己的职业生涯就完了。虽然已经将三铝公司给女儿出国留学的费用退还给了他们，但毕竟有这些污点，赵梦迪不会再信任重用自己，可能还会再查别的问题，想到这里，王淼马上说道："姜董，你也不用威胁我,是朋友做事不能那么不讲究。你们公司的钱我会尽力给你们。"

姜宏吃定了王淼,不容分说:"别说那些没用的。钱,两天不到账,我就去找赵梦迪直接要。"

赵梦迪感冒发烧,连续两天不退热,住进了医院。这天,王淼来到财务部要求支付一笔款项。开始,财务总监不给签字,可是王淼就站在财务总监办公室让她签字,并谎称赵梦迪也同意了。财务总监本想去医院或等赵梦迪出院请示后再签字,但是王淼催得太急,她没办法签了字。王淼要拿着签字单直接去财务,财务总监没有同意:"王总,这不合规矩。我会让财务办理的。"好不容易支走了王淼。转身马上告诉财务,先不要拨付,需要董事长签字后才可拨付。然后,急忙给赵梦迪打了一个电话。赵梦迪听到这个情况后震怒,叮嘱胡颖:"绝不可以付款。"说完后还十分生气,"这个王淼真是不知悔改,不可救药。"

许婕劝慰道:"董事长别生气了,注意身体。再说了,生气是拿别人的错误惩罚自己。"

赵梦迪问许婕:"许婕,你说当目的地确定以后,在前进的途中,最痛苦的是什么?"

许婕想了想道:"是路况险恶,路不好走。"

赵梦迪摇了摇头:"人生和事业的旅途中虽然有时路并不平坦,但是沿路却有美丽的风景。"

许婕又道:"那是路太遥远。"

赵梦迪道:"目的地一旦确定,距离就不是问题。"

许婕有些迷糊了:"那是什么?"

赵梦迪很有感触地说道:"是鞋中的那粒沙子。"

许婕一下子张大了嘴巴,一想还真是,也一下子就明白了赵梦迪的意思了。

此刻的赵梦迪下决心要清除"鞋中的那粒沙子"。

赵梦迪回到公司,召开了董事会,开始了强势出手:"今天的董事会,就一个议题,就是要对造成 D 项目进度滞后,险些夭折,给公司转型造成了重大影响的人进行问责。"

会议室温度陡然下降。赵梦迪整个人冷若冰霜、气势凛然。在场之人无不悚然变色,一些人心里开始打鼓。

威严地扫视了一圈在座的人,赵梦迪接着说道:

"D 项目是李垚董事长和董事会定下的重大决策。有人不经董事会和控股股东的同意,擅自停止该项目,拆散研发团队,抽空研发资金,致使 D 项目的进度受到严重影响。博睿的项目本来是抢占了先机的,可现在却远远落后于竞争对手。大家知道,我们一直以来的竞争者恒琦集团,在我们后面也启动了这个项目。可靠消息是他们得到了我们公司 D 项目的完整方案。很显然,我们有内鬼,泄露了 D 项目的信息。还有一个怪现象,恒琦在紧锣密鼓地推进 D 项目,据说晚上都在开会研究进度,我们却自毁长城,停止了 D 项目。你们不觉得这很诡异吗? 这些暂且不说,停止 D 项目将对博睿集团造成的损失是不可估量的。我要问问,这个人或这些人居心何在?"

内奸,损失巨大,不可估量? 这个责任谁来负? 许多人都想到了这个问题,不寒而栗。

一些支持停止 D 项目的人将头埋得很低,不敢抬头。板子会打在谁的头上? 这时候采用鸵鸟策略装傻才好。抬着头的人也将目光看向别处,不敢与赵梦迪对视,唯恐引起赵梦迪的注意,问责的板子打在自己身上。因为大家都知道,这个时候,赵梦迪刚刚接手,很多事情都还不清楚,还有赖于最高层的几个人,因此,不可能直接问责肖克、李聪等人。那么,谁会是这场斗争的牺牲品? 人们心中忐忑,等待着看赵梦迪的利剑斩向谁。反正自己不是始作俑者,天塌了还有比自己高的人顶着。

赵梦迪的目光看向了王淼。一直以来蹦得最欢、做得最狠毒,不留一点余地的王淼,是反对 D 项目支持 DJV 项目的骨干中的骨干。自己本来放他一马,还想用他,可他不知悔改,继续破坏 D 项目,还要把自己和大家卖房子押地好不容易筹集的资金挪给 DJV 项目,不拿他开刀拿谁开刀!这是自己重出后拿来祭旗的第一个坏人。

赵梦迪美眸一凝,脸色瞬间变得犹如万古寒冰:"王淼副总裁,你鼓动不明真相的董事,蒙蔽董事会,停止 D 项目,使公司受到不可估量的损失,刚刚还要把公司好不容易筹集到的 D 项目研发资金拨付给三铝公司,从而使 D 项目再次陷入危险境地。我已经给你机会了,可你怙恶不悛。从现在起,停止你的工作,交由公司监察部调查。"

不仅停止工作,还要交给公司监察部门调查。这可不是辞退那么简单。这几年,王淼一直是大权在握,十分嚣张跋扈。公司中凡是得罪他的人几乎都被整得很惨。李垚董事长在的时候,几次想要动他,都引起了王淼一伙人激烈的反击。在公司,他们已经形成了一个小团伙,成了气候,尾大不掉,这成为李垚的一块心病。

明眼人看明白了,赵梦迪这招够狠的,没有直接辞退他,却交由监察部门调查。直接辞退他,他会有很大的破坏力。而交由监察部门调查,他的命门就在赵梦迪手中攥着,让他轻易不敢乱动。同时也震慑了其他人,不敢轻举妄动。

赵梦迪的举动,一开始让一些人吃惊,进而让一些人紧张,也让一些人心情大好。现场再次一片寂静。

王淼怎么也没想到,赵梦迪重掌大权,竟然敢拿自己当那只倒霉的鸡,杀鸡儆猴来立威,顿时怒从心头起,歇斯底里地大喊道:"赵梦迪,你这个疯女人,你会后悔的!"

董事肖克语带威胁地道:"梦迪呀,你可真是女中豪杰,巾帼不让须眉。看来你比李垚董事长还强势,但作为企业的掌舵者可要有容人心啊!如果一个企业领导者不能容人,大量人才流失可不是好事。另外,李董事长懂得刚柔并济,所以职业经理人团队才能全心全意为企业履职尽责。"

赵梦迪目光如炬地看着肖克,道:"肖董说的人才问题确实是大问题。作为企业领导要容人,你说得也对。企业要允许试错、纠错,也要容错。只要是做事,就可能有错,这没问题。问题在于心怀鬼胎,搞阴谋,或打着为企业、为股东利益着想的旗号,搞损害企业利益、股东利益的勾当,更有甚者不顾企业利益,中饱私囊,这样的害群之马还能姑息迁就吗?肖董,您是经验丰富的企业老人,您说我要不要在这个场合公开证据呢?"

赵梦迪的话峰十分尖锐,咄咄逼人。一些心里有鬼的人背后都冷飕飕的。肖克也窘迫地尴尬一笑,不敢再阻拦赵梦迪的决定。

赵梦迪以雷霆手段停止了王淼的工作。王淼的工作由副总裁张平接手,张平任集团执行副总裁。

董事会关于王淼停职的决定,在集团引起了不小的政治地震,一些平时与王淼走得非常近的人心里惶惶不安。这些人很多都是公司部门的总监层级。因此,对公司的正常运转产生了不小的影响。

这时,张强从国外治病回来了。

张强刚到办公室,王淼就进来了,开口抱怨道:"张总,我这么多年为博睿拼死拼活,没有功劳还有苦劳,她赵梦迪凭什么这么对待我?我不服。"

"这件事你做得确实不妥。三铝公司的钱可以想其他办法给。你不应该把她卖房子筹集的研发资金给三铝公司,这彻底激怒了她。你现在和她硬杠,对你很不利。你要向她低头、检讨,让她同意你辞职而不是被开除。"张强说道。

王淼急道:"啥,让我向她低头检讨?不可能!"

"那你的职业生涯就到此结束了。赵梦迪可是有'铁娘子'之称,你和她硬杠,她决不会手软,你就等着承受她的怒火吧!"

王淼嘴上说得硬气,实则心中很没底气。张强说得对,必须让赵梦迪同意自己辞职。留得青山在,不怕没柴烧。王淼的智商其实很高,很快就想明白了其中的道理。

王淼转身来到赵梦迪办公室,站在办公桌前十分诚恳地说道:"赵董事长,我错了。我向您检讨,请您原谅。如果您开除了我,我在圈内就没法混了,我的后半生就完了。我上有70多岁的父母,下有正在读高中的女儿。请您高抬贵手,让我主动辞职吧!"赵梦迪心中暗道:如果查出他真有问题,开除他,那么他确实在职场很难立足了。同时,他那些死党可能会给公司造成很大的麻烦。所以气归气,得饶人处且饶人,还是给他一条出路吧。想到这里,赵梦迪板着脸说道:"王淼,李垚待你不薄,D 项目是他最终定下来的,关系到公司的生死存亡,你怎么能拆台呢? 前面的不说了,现在公司研发资金本已捉襟见肘了,我和一些董事把自己的身家性命都压上了。你还抽调 D 项目专项资金,这不是让 D 项目胎死腹中吗?"

王淼低头诚恳地道:"董事长,我错了,请给我一次机会吧,我今天就辞职。"

赵梦迪摇了摇头。王淼的心一下子提了起来。赵梦迪叹了口气,又点了点头。王淼的心又落了下来。可以说,这么一会儿工夫,王淼的心是七上八下,如坐过山车般慌得厉害。如果赵梦迪真的动用公司监察部门细查下去,那自己这几年背后的一些东西就要见光了。尤其是三铝公司给自己 0.5% 股份的事,虽然最后因为 DJV 项目没有合作成功而自然黄了。但这件事一旦曝光,自己利用职务之便谋取私利的事,必然在公司引起轩然大波,自己就会身败名裂。王淼此刻也有悔意。要想人不知,除非己莫为。

赵梦迪说道:"我可以让你主动辞职,但你不可以再有任何小动作。否则,我保留追究你的权利。"

王淼急忙道:"谢谢,谢谢董事长。"王淼如释重负,马上去人力资源部办理了离职手续。

王淼这个在博睿集团嚣张跋扈、不可一世的人,黯然离开了博睿大厦,离开了博睿公司。

然而,王淼真的会不搞任何破坏吗?

张平、刘东辉得知王淼辞职的消息,不约而同来到赵梦迪的办公室。张平说道:"董事长,你同意王淼自己辞职了? 警惕毒蛇啊! 不要犯了'农夫的错误'。"

赵梦迪看着两人道:"你们担心他会带走一批人吗?"

刘东辉直言道:"是的。这几年许多重要岗位的人都是他和张总安排的,他肯定会带走一批人的,到时我们公司就会出现人员危机啊!"

赵梦迪眉头深深皱起:"这个问题确实是个很严峻的问题,无论怎样处理王淼都会带走一批人。当下我们要做好安抚工作,你们去和一些人谈话,告诉他们,连王淼我们都不追究了,其他人只要不继续犯错,我们欢迎他们留下来。但也要做好有一些人会离职的准备。"

经过张平和刘东辉紧锣密鼓的思想工作,一些人同意留下来,可还是有一些重要岗位的人离职了。

这时,马奎又传来一个消息。赵梦迪遇险的肇事司机受伤过于严重,昏迷多日后,离世了。车祸原因成为悬案。

张平任执行副总裁,接手王淼的那一摊子工作,受影响尤其严重。有的部门负责人正职、副职和一些重要岗位的人员全都走了,业务几乎瘫痪。这就是为什么这几年李垚明知王淼等人搞一些小动作,却没有采取措施的原因。张平急得满嘴起泡,睡不着觉。刚刚接手副总的工作,就出现这样的情况,虽然责任不在自己,可是工作受影响,没法向董事会交代。董事会不看原因,只看结果。

蓝天大酒店包房内。一个小老板正给王淼敬酒："王总，听说你最近遇到点不顺心的事？有什么需要兄弟做的，你尽管吩咐。"

王淼没有搭话。集团市场部原总监气愤地接话道："哎，孙总，别提了，最近我和王总被两个女人给整了，真憋气。"

"是什么人？敢惹我王哥生气。"

"是我们新上任的代理董事长赵梦迪和她的小助理许婕。"

"不就是两个小娘们吗？等我安排人教教她们怎么做人。"孙总仗义地说道。

王淼摇了摇头，说了一句："孙涛老弟，算了，她们不太好惹。"

几个部门的总监纷纷到赵梦迪这里告急：离职的员工太多了，有些活已经没法干了。

赵梦迪心里也很急，现在有的部门唱空城计了，必须马上引进新鲜力量了，可一时半会儿上哪儿去找人啊？

许婕来到赵梦迪的办公室，看到赵梦迪双手按着太阳穴，心情沉重，就约赵梦迪晚上下班去吃烧烤，到一个人间烟火浓郁的地方换一下心情。赵梦迪还真就答应了。很多年没去过大排档吃烧烤了，在芸芸众生中找回过去的自己，也是调整心情的一种好方法。

下班后两个大美女换上了休闲装，到了地下车库，刚走到车边，突然四个穿着奇装异服的年轻人，三男一女，每人手中拿着一根棒球棒，拦住了她们。其中的女人说道："你们两个为什么勾引我男人？"

赵梦迪、许婕一愣。许婕道："你搞错了吧！谁勾引你男人了？"

其中一个男人道："和她们废什么话，给我打。教教她们怎么做人。"

其中两人挥动球棒分别向赵梦迪和许婕砸去。

见状，赵梦迪明白这是有人安排故意来找碴儿的，马上大声喊道："许婕，我拦住他们，你快跑，去叫保安。"

许婕看着向自己砸来的球棒,不慌不忙,一个侧身,躲开球棒,并伸手握住这人持棒的手,挥起球棒击向另一根砸向赵梦迪的球棒。只听"咔"的一声,两根球棒竟然齐齐断了。

领头的男人见状骂道:"你们在干什么? 在表演吗?"

动手的两人愣了一下,恼羞成怒,扔掉球棒,挥拳向赵梦迪和许婕打去。许婕躲开打自己的男人,一个冲击,撞向赵梦迪面前的男人,将其一下子撞倒在地,回身对袭向自己的人一个反踢,一脚踹在他头上,使其一下子倒在地上,晕了过去。另一个倒在地上的男人正在龇牙咧嘴地起身,许婕鬼魅般的身影来到他的面前,又是飞起一脚将其踢翻在地,彻底爬不起来了。许婕不言不语,犹如猛虎下山冲向站在那里指挥的男人,同样飞起一脚,将其踹倒。这男人躺在地上都没想明白自己怎么就躲不开她这一脚。剩下的女人看到许婕向自己走来,一边后退,一边尖声喊道:"你不要过来! 你不要过来! 你知道我爸是谁吗?"

许婕摇摇头道:"你爸不会是李刚吧?"

女人:"我爸是李大明。"

许婕摇头道:"我管你爸是大明还是小明,既然你不学好,今天我就替你爸管教管教你。"说完就一巴掌抽向了女人的脸。女人似乎想躲开,但是根本就没用。只听"啪"的一声,响亮的耳光响起。女人感到脸上火辣辣的,从小到大,没有挨过一次打,第一次挨打被打的就是自己最爱惜的脸。于是,她疯了一样,张牙舞爪扑向许婕,要挠花许婕的脸。女人根本没有看清形势,三个男人都被打倒了,她怎么能是许婕的对手? 许婕半蹲下身子,一个扫堂腿,将其扫翻,看着她说道:"我本想打你一个耳光就算了,可你竟然不知好歹,那就让你彻底明白,这个世界不会让你为所欲为、为非作歹。年纪轻轻的,你怎么就不学好呢?"

女人似乎还不服气,嘴里不清不楚地喊叫着什么。见状,许婕举起拳头作势欲打,说道:"还不服? 信不信我让你满脸开花,让你妈都认不出你!"

。女人终于知道害怕了,声音发颤,眼中尽是惊骇之色,惶恐道:"姐,别打我脸,我服了,我再也不敢了。"

许婕故作恶狠狠地道:"我问你,是谁让你们来的? 快说,不说实话你知道后果。"

女人马上说道:"我说,我说,是孙涛。"

"孙涛是什么人?"

"孙涛是商贸城的一个小老板。说是你们得罪了他大哥。"

"他大哥又是谁?"

"我不知道。"

"不知道?"许婕抬起脚作势要踏向女人的脸。

女人惊恐地叫起来:"姐,姐,我真不知道。"

这时赵梦迪走到近前说道:"许婕,我知道是谁了,她可能真的不知道,我们走吧。"

许婕转身向那个领头的说道:"今天饶了你们。如果再有下次,我可能会感到生命受到威胁,一不小心,控制不好力度,让你们去领盒饭。"

车上,赵梦迪说道:"许婕,今天谢了啊! 你怎么还是武功高手啊?"

许婕不好意思地道:"哪是什么高手,就是小的时候和我们村里的一个老伯学了几天防身功夫。怎么样,当你的保镖够格吗?"

"勉勉强强吧,不过没有钱给你开工资啊!"

"没事,可以先欠着。"

看着许婕,赵梦迪突然间感到心情好了很多。

28

撬动月亮

洪氏烧烤城,此时人声鼎沸、热闹非凡。

洪氏烧烤城在当地十分有名,是人们非常喜欢的餐饮乐园。四条腿的、两条腿的、没有腿的烤品,应有尽有;高、中、低端价位,各阶层皆可消费。更为神奇的是,同样的烧烤,在这里却可以吃出不同的味道。本是大众餐饮,却成为人们津津乐道吃了这顿还想下顿的美味佳肴。到这里就餐的不仅仅是普通的平头百姓,还有不少明星、大咖。不仅是本地人喜欢在此就餐,喜欢美食的外地人到松江市一定会到洪氏烧烤城吃一顿烧烤,否则,就等于没到过松江市。

这里更是年轻人的天下。

金岩、韩柏、徐忠坐在一个靠角落的地方等餐。

这哥仨大学毕业后向 N 个大企业投了 N 个档案,可是没有一家有回音,心知自己的学历难以撬开这些大企业的门,只能降低心理预期,到小一点的企业去打工。可是命运不济,打工的企业因经营不善,歇业了,这哥仨又成了无业游民,心里不免有些着急起来。今天这三位难兄难弟相约在这里吃烧烤。由于经济拮据,每人只点了一串羊肉串加一张烤干豆腐,一打啤酒,没等烤品上来，就开始干喝。最初，谁也没有吱声，闷头喝酒。

徐忠率先打破沉默："这地儿，美女还真很多呀！"

韩柏嘲讽道："兄弟，真佩服你。现在连工作都没着落，还有其他心思呢。"

徐忠感慨道："是呀，恐怕漂亮"女孩"一听咱们是待业青年，转身就会跑得远远的。"

韩柏带着蔑视一切的眼神扫视了一下全场，一副哥是有大志向的人，对你们这些浓妆艳抹的女人不屑一顾的神态。但谁也没有注意到，邻桌有两位气质不凡的美女也坐在那里吃串。

几人再次陷入了沉默，各自默默喝着啤酒。

几杯啤酒下肚，这次是韩柏忍不住打破了沉默："哥几个，别闷着了。小企业不稳定，那几个大点的企业都没反应，连面试机会都没给我们，我们该怎么办？"说完，看向了金岩。徐忠也看向了金岩。

金岩没有说话，仰头又干了一杯啤酒。

徐忠哀怨道："你们说今年博睿集团为什么没招人啊？我们约好一起进博睿，干一番事业，可我们的运气怎么这么差呀！"说完又看向金岩。

"你们看我干什么？我又不是博睿集团的老板！"金岩瞪了二人一眼说道。

听到临桌这几个大学生提到了博睿集团，两位美女一齐看向了金岩三位，扭头对视了一眼。

"那我们怎么办？"韩柏和徐忠几乎不约而同的问道。

金岩看着这两位同学："你们相信一句话吗？"

"什么话？"两人又是异口同声地问道。

"天生我才必有用！"

"切，现在我们连一个工作岗位都找不到，再有才，也没地方用。"徐忠感叹道。

韩柏抱怨道："我要是富二代或富三代，工作就不愁了。"

金岩摇了摇头："我不赞同你们说的,不要怨天尤人。现在许多富二代、富三代也很有能力,也都在努力打拼,有的还超越了前辈。坐享其成、无所事事的人毕竟是少数,而且也不能长久。"

赵梦迪点头道："嗯,这几个年轻人有点意思,尤其是那个高个子的,有思想,满满的正能量。"

"那个高个子的叫金岩。他们都是华宇大学工商管理学院的毕业生,看起来还没有找到工作。那个金岩在学校时很有号召力。"许婕介绍道。

金岩背对着许婕,没有看到许婕。韩柏和徐忠满脑子都是就业、就业,因此也没有注意到许婕。

"金岩,你刚才说,你不是老板。但你可以是老板,你带着我们创业吧。"徐忠怂恿道。

"徐忠,你以为创业那么简单呢?现在做什么都晚了。你看那些先期创业的人,有的没有多少文化,可都成功了,成为富豪了,因为当时的机遇很多。没听到一句话吗,'只要站在风口上,猪都能飞!'"韩柏说道。

徐忠再次感叹道："是啊,现在好像什么都不好做了。"

金岩喝了一口酒,撇了撇嘴道："真是道不同,不相为谋。我很不同意你们的观点。按你们这么说,后出生的人就都得饿死了呗?每个时代、每个时期都有会有人说,'晚了,来不及了'。其实机会是公平的。每一个时代、每一个时期都存在,只不过是我们缺乏一双慧眼,没有发现而已。我们如果只靠书本这点知识,不去研究时代的发展规律,没有悟出、发现自己所处时代的商机,就是再早生100年也没用。"

韩柏反驳道："你这个道理太大、太空了点,整点有营养的。"

徐忠接着反驳："是呀,说点有用的,现实的例子。"

金岩一副深思熟虑的神情："现实的例子太多了。计算机发明以后,好像再去发明计算机就没有机会了吧?可有人就把它小型化,又发明了个人电脑。

在一些人看来,在这个领域似乎没什么机会了吧?"

徐忠点头道:"是的。"

金岩激昂地道:"可有人发现个人电脑使用起来不是很方便,于是又发明了电脑操作系统,而后一个 IT 巨头横空出世了。大家知道是谁吧? 一些人认为这下完了,好机会都被别人抢先了。可是,紧接着有人又利用电脑网络,建立了社交平台,又一个 IT 巨头异军突起了。"

韩柏决定反驳到底:"你别尽整国外的,我们国情不同。"

金岩笑道:"那好,再说说中国的。中国的 IT 业几大巨头,后发先至,在差异化细分市场上迅速崛起,实现后来居上。他们改变了人们的生产生活方式。现在在中国只要手持一部手机,就可以走遍天下。那么,在这一领域是不是就没有机会了?"

这次韩柏和徐忠没有说话,都是认真地听着金岩的分析。

"在几大电商巨头独占鳌头、争霸市场几乎不可撼动时,一些电商企业又崛起于江湖。他们无疑都是在别人认为毫无机会的时候发现了其中的商机……"

赵梦迪听着金岩在纵论职场江湖、行业发展大势,看了一眼许婕:"你这位朋友很有见地呀! 是个人才!"

许婕点头道:"嗯,是挺有才。"

徐忠:"我承认你说得有道理,可我们现在的机会是什么?"

韩柏继续反驳道:"人啊,往往都是事后诸葛亮。顶什么用! 金岩,你如果说出别人还没有发现或发现了也还没有做的商机,我就服你,请你吃一顿大餐。"

徐忠急道:"金岩快说,让他请一顿大餐。韩柏,在哪儿请?"

韩柏咬牙道:"洪氏烧烤。"

扑哧! 许婕笑出了声,但马上用手捂住了嘴。赵梦迪也微微笑了笑。是啊,在这些还没有找到工作的待业青年心里,洪氏烧烤已经是大餐了。

金岩狡黠地一笑:"韩柏,那你可要出血了。我问你一个问题:中国是制造业大国,对吧?可中国工厂每个工时的产出只是七国集团先进经济体平均水平的1/4。要想加强中国制造业的主导地位,并增强高端制造业的竞争力,就必须加速工业生产的自动化、智能化,也就是必须采用工业机器人,可工业机器人大部分都是进口的。我问你们,从中看出了什么?"

"国产化低。"

"受制于人。"

金岩:"都对,但这是不是说明工业机器人项目是巨大的商机?"

赵梦迪和许婕有些惊讶。这个金岩还真有商业战略眼光。

金岩接着道:"说到机器人,工业机器人还只是初级阶段。利用AI(人工智能)生产仿真护理型机器人才是未来最大的商机,也是对人类社会,尤其是提升老年人幸福指数最大的贡献。"

徐忠感慨道:"是呀,前些时候我爷爷和姥爷都住院了,又不在一个科,我父母每天24小时护理。几天下来我妈妈就病倒了,这时我姥姥又住院了。我们花高价请了两个护工。那天,我去医院一推门,看到我姥姥正在骂那个护工。那个护工伸手就给我姥姥一个嘴巴。我上前去与她理论,可却惹祸了,她提出不干了,我们又临时请不到人,一家子都乱了套了。"

金岩接着道:"所以呢,有人说未来养老产业是个朝阳产业。现在,虽然有人也开始在做养老产业,可是根本就解决不了刚才徐忠说的保姆、护工与雇主之间的矛盾问题,也解决不了老年人幸福指数不高的问题。"

徐忠疑惑道:"这和我们要讨论的商机有什么关系呢?"

"关系大着呢,这就是我要说的商机。未来我国会进入老龄化社会,对吧?现在许多家庭都是一个孩子,这样一对年轻夫妇至少照顾四个老人。老人靠子女养老和照顾已经不太现实,而社会劳动力又会出现短缺。靠什么解决这个难题呢?"

徐忠、韩柏:"靠什么?"

金岩露出智慧和希冀的眼神:"靠 AI,就是人工智能。随着 AI 技术的突破,高智能仿真机器人完全可以承担起保姆、护工的工作。不仅仅是洗衣、做饭、端水、喂药那么简单,还可以根据老人的指令做很多事。"

韩柏突然听明白了,抢过话头:"还可以陪聊。老人最怕孤独,机器人可以陪老人聊天,逗老人开心。输入的程序,让机器人被骂时不还嘴,向老人认错,还要面带微笑。"

金岩点头道:"对。而这些都可以在子女那儿远程监控,还可以随时调整程序。子女定期回去看看老人就可以了。你们说这是不是新的商机? 而这才是 AI 技术应用的一点点。像救灾抢险、商场接待、饭店服务、书店销售服务等都可以靠人工智能机器人来解决,目前有的已经实现了。"

赵梦迪真的是大大吃惊了,就是这么几个刚毕业的大学生,就有这么超前的市场洞察力,竟然和博睿要做的 D 项目完全吻合。果然高手在民间啊! 年轻人的创新力、创造力是非常强大的。今天这顿烧烤来值了! 她扭头看看许婕,看到许婕也是十分关注金岩他们的高谈阔论。

徐忠急道:"这么好的创意,那我们抓紧做啊!"

韩柏打击道:"我们做得了吗? 有人、有钱吗?"

金岩笑道:"我说的只是一个例子,说明机会什么时候都有。"

徐忠:"那我们现在怎么办?"

韩柏比较有主见:"我认为还是先找工作,养活自己,然后再图发展。"

金岩接着道:"我刚才的创意,虽然是举个例子,但完全是可以实现的,只不过是现在的我们还无法做到的,这需要庞大的资金支撑、技术研发、市场开拓等等。现在的我们需要的是平台,加入一个大企业,参与开发这个项目,就能实现我们自己的抱负。"

徐忠继续感叹："也真是的,博睿集团今年怎么就没招人呢,那可是我最想去的企业。"

金岩分析道:"博睿集团今年没招人,我估计是企业遇到困难了。"

韩柏接过话茬:"是呀,前一阵子网络上不是说,博睿集团董事长失踪了吗?"

听到这句话,赵梦迪心里又是一痛,脸色有些不好。许婕看见后,马上伸出手握住了赵梦迪的手。

金岩接着道:"听说代理董事长赵梦迪曾经是博睿集团的创始人之一,和李垚董事长一起打下了江山。她为了家族企业彻底转型,自我牺牲,退出企业管理层。人们都管她叫铁娘子,由她带领博睿集团,肯定不会差。"

徐忠:"要是能进博睿集团工作就好了。赵董事长啊,我们这儿有三位人才想进博睿工作,我给你发功,你快接收我的信息吧!"

韩柏一脸鄙夷:"徐忠,你先在这儿继续发功吧。金岩,走,去方便一下。"

金岩和韩柏方便回来,见到徐忠这货还在那儿双手十掌发功呢。

韩柏讽刺道:"徐忠,你可拉倒吧。你就是用6G她也收不到。博睿今年连一个人都没招,也好不到哪儿去。我看那个赵梦迪也是徒有虚名,离开老公,自己单独执掌一个大企业,能不能驾驭得了,还是个问题。还怎么招工?"

徐忠反驳道:"韩柏,我不赞同你总是用'谁都不行'这种口吻说话。你行,你怎么不现在就自己创办一个企业?你要创办一个企业,我和金岩都给你打工。"

韩柏反击道:"徐忠,你别不服,如果我有赵梦迪一半的事业平台,我并不会比她差。"

"韩柏,不吹能死啊!赵梦迪的事业平台也是她和老公白手起家搭建起来的,是从零开始的好吧!"

金岩摆手道:"停!你们说点有用的吧。我认为博睿集团是个靠谱的企业,现在肯定是在探索着如何转型。当下,企业和社会都处于转型期。在转型期,传统行业都会遇到很多问题和困惑,有些企业会陷入迷茫。其实拨开云雾就会发现,风景这边独好。可惜,我们没有机会加盟博睿,不然,我们可以尽一下力。"

"对了,听说你梦中情人许婕不是当了赵梦迪董事长助理了吗?走走后门?"徐忠突然一惊一乍道。

韩柏撇了撇嘴:"那个农民工家的孩子?真是走了狗屎运,竟然混上了董事长助理。"

许婕听到这里,腾的一下站了起来,却被赵梦迪按住了,她摇了摇头,小声说:"再听听。许婕,行啊,原来这么有才的帅哥暗恋你啊!"

许婕红了脸:"哪儿有!"

徐忠反驳道:"你这是羡慕嫉妒恨。人家许婕还真就有实力。就说外语吧,你考托福和雅思,考了多少分?人家许婕可都是满分,放在全国都不多见。"

金岩抬手制止道:"哥几个,不要说别人了。也别忘了我们的口号,举杯!给自己加个油。来,一起说,'给我一个支点吧,我能撬动月亮!'"

"给我一个支点吧,我能撬动月亮!"

口号喊得挺齐,也很响亮。

韩柏举杯:"哥几个,走一个!"

金岩举杯:"理想不变,信念永存。"

韩柏:"天下大势,舍我其谁!"

赵梦迪看到、听到这几个年轻的大学生的豪言壮语,想起了自己大学刚毕业的时候,与李垚还有几个同学当时何曾不是热血沸腾。她看了一眼许婕:"你的朋友还挺谦虚啊,说撬动月亮,还没说撬动地球呢!"

赵梦迪站起来,向服务员招招手:"再给我上一打啤酒,给那桌。"说完,招呼许婕:"走,给你的崇拜者敬酒去!"

当两个美女端着酒杯来到三个喝得豪气干云的家伙面前时,三个人都惊呆了,几乎异口同声:"许婕?"

许婕微笑着说:"想撬动月亮的家伙们,你们好啊!来,我给大家介绍一下,这位是博睿集团董事长,赵梦迪女士。"

啊!比见到许婕更为吃惊,每个人都惊讶得张大了嘴巴,嘴里甚至能塞进去一个鸡蛋。

赵梦迪微笑着说道:"大家好!你们刚才说的话我都听到了。欢迎大家加入博睿,我们一起撬动月亮。"

29

先发言好还是后发言好

博睿集团大张旗鼓地招聘员工和管理岗位人员，竟然收到了意想不到的效果，招到了许多好苗子。

为了使新员工尽快进入角色，公司举办了新员工入职培训班。

公司人力资源总监林莹主持开班式："各位新同事，今天我们举办新员工入职培训班，也是新员工见面会。公司非常重视大家，集团董事长赵梦迪女士亲自来参加我们的培训班开班式，并要给大家讲话，请热烈欢迎。"

会场响起了热烈的掌声。董事长亲自参加开班式，说明公司确实重视他们。这让这些刚刚入职的新员工心中有些小感动，不知不觉中增强了一丝归属感。

这时有个新员工很不合时宜地从前门走了进来。

唰，人们的目光齐刷刷地射向这位迟到者。这么重要的仪式竟然有人迟到。

迟到者猫着腰走进会议室，满脸通红，找了个座位坐下。

赵梦迪并没有受到影响，开始讲话："各位新同事，早上好！欢迎大家加入博睿集团,从今天开始,我们将成为同事。大家知道公司正处于转型期,希望各位新同事充分发挥自己的聪明才智,用自己的所学为公司的转型和加快发展做出贡献。公司也将竭尽所能为各位新同事的发展提供平台、舞台。让我们携手共铸公司和每个人的辉煌明天!"

赵梦迪言简意赅的讲话赢得了热烈的掌声。

林莹:"现在请学员发言。时间的关系,限定 5 位发言。每个人不超过 3 分钟。发言内容,介绍自己,展示理想,开始吧。机会宝贵啊!"

在沉默了几秒钟后,一个新员工抢先发言:"董事长、总监、各位同事好!我叫肖华,毕业于华宇大学计算机系。我既系统学习了大学本科本专业的知识,还自学了当下国际国内先进的营销理念、钻研了营销战略及策略。我的梦想是做一名营销之王。"

"我叫孙军……"

前面有两个学员说完以后,韩柏接着发言:"我叫韩柏,华宇大学毕业,是学管理的。我没有那么多的远大理想、梦想。我就是要找到一份工作,养家糊口,但是我对公司要提点要求,一是管理层说话要表里如一,不能忽悠员工。二是要给员工较好的福利待遇。否则,你留不住人才。我听说此前,公司一些管理团队集体出走,我不知是不是待遇问题,但有一点是肯定的,就是对公司不满意,否则也不能出走。由此说明,公司的管理存在很大的问题,需要改进,我说完了。"

静,全场静寂得落针可闻。

"这个韩柏也太敢说了,不过怎么好像刚来就带有情绪似的。"

"他不是对这个企业有情绪,现在有个词,管这种人叫'新愤青'。"

"完了,这样的刺头给领导留下的是什么印象啊!不会连我们也跟着倒霉吧?"

金岩为韩柏着急,可又没办法,他知道韩柏就是这么个德行。他刚想发言,挽回点影响,这时,徐忠抢先站了起来,金岩就没动。本来徐忠不想发言,可由于刚才韩柏的发言将气氛搞得很尴尬,徐忠着急挽回影响,可是因为根本没准备,心里很紧张,又想给领导和同事留下个好印象,就不断提醒自己,不紧张、不紧张。结果一张嘴就变成了:"大家好,我叫不紧张。我毕业于华宇大学工商管理学院。我的理想是不紧张……"这时人们哄堂大笑。就连赵梦迪都差点笑出声来,这个同学太紧张了。不过他这么一弄,却将刚才的尴尬气氛缓解了不少。徐忠也反应过来,为自己刚才的糟糕表现而尴尬。如果此时能有一条地缝,他会毫不犹豫地钻进去。

金岩在心里暗自腹诽,这两位祖宗能让人省点心吗!以后不要说和我是同学!不过应该尽快把这篇翻过去,不然这会在徐忠的心里留下阴影。于是,马上站了起来说:"徐忠,严肃点。这是开班式。你快坐下吧!装得挺像。各位领导、同事,我钦佩刚才这位同事的大胆、幽默。他在学校时就善于表演,今天为了调节气氛,演得很像吧?大家谁都看不出来吧?"

"哦?原来是故意的?"人们纷纷议论,"怪不得,再紧张也不能到这个程度啊!"只有赵梦迪和林莹看得真切。林莹微笑着道:"这个叫金岩的年轻人心地不错,也很机智。这个场救得好。不管大家信不信,至少有很多人半信半疑,真真假假,这就够了。"不过这两位企业领导人从刚才新员工的表态发言看,发现真有一些出类拔萃的。她们对这期新员工很满意,给予了很大希望。

金岩接着道:"我叫金岩。华宇大学工商管理专业毕业。首先感谢、感恩公司给我及我们这些新员工提供了施展抱负的平台。我的理想是要做一名优秀的企业家。这也是今天在座的很多同事的理想。我知道要实现自己的理想,就要付出艰苦的努力,但我同时知道,仅有努力是不够的。有一位管理大师说过,'不要混淆努力与结果'。虽然我们在大学学了一些知识,但我认为一个人知道多少和付出多少努力当然重要,但更重要的是结果。而要有好的结果,首要的是要在工作中努力提高执行力。为什么有的国家总统都能休假,而我们的企业、机关，无论大小领导每天都疲于奔命？这其中很重要的一个因素是团队的执行力低下。要想成为优秀的企业家，首先要从提高自己的执行力开始。自己要时刻保持一股强大的内在热情，一种将自己接手的任何一项工作都做到最好的执着精神，追求最佳的结果。当然，仅仅有超强的执行力也还是远远不够的，还要有卓越的领导力。一个人的执行力强，不代表整个团队的执行力都强。一只木桶盛水的最大量，不取决于最长的那块木板，而取决于最短的那块，这就是'木桶理论'。有一句话，叫'不怕聪明的对手，就怕猪一样的队友'。一个好的企业家，是要不嫌弃、不抛弃团队中的任何一员，是要不断地补足短板，再拉长长板，再补足短板，使木桶的盛水量越来越大。"说到这里，金岩老道地停了一下，果然，全场响起了一阵热烈的掌声。待掌声过后，金岩继续道："优秀的企业家，要掌握管理的精髓，就是要带领团队，'正确做事，做正确的事'。我，要成为一个优秀的企业家，与各位同事共同成长，助力博睿集团实现明天的辉煌。谢谢大家！"金岩一口气说完，全场静默了一秒后再次响起了热烈的掌声。

赵梦迪和林莹的眼睛发亮了，看到一棵更好的苗子。

赵梦迪转头说道："林总监，这个员工要重点培养。"

林莹点头赞同："这个新员工的表现确实高出一筹。我们正是用人之际，锻炼一番看看实际能力，如果和他说的一样，可以破格提拔。"

"好了，学员发言就到这儿了。下面的时间交给培训老师。"林莹接着说道。

赵梦迪和林莹在金岩发言后就离开了。

此时，学员席上一个人脸色阴沉得都快滴出水了。这个叫李玉的新学员，早就预判到公司领导与新员工见面会上肯定有学员代表发言，知道这是展示自己的好机会。为此，他做了充分的准备，想好了三个话题。可是他既想展示自己又怕别人说自己好出风头，就想等一等再发言。没想到前面发言的两个人把自己想好的两个内容都说了，心想好在自己还有一个压轴的内容，没人说。刚想发言，韩柏和徐忠又把会场的气氛搞得有点乱。而后，金岩直接站起来接过徐忠的话头侃侃而谈。金岩这一番发言石破天惊，十分精彩，恰恰是自己准备的压轴戏。这下自己彻底没戏了，准备好的内容都被别人说了，尤其金岩还说得那么有深度、有文采。李玉不禁埋怨起自己的父亲，是他告诉自己不要抢先发言，而自己的叔叔却让自己先发言。在此之前自己还在犹豫到底是先发言还是后发言，这下好了，没自己什么事了，领导都走了。因此，李玉很沮丧。

由于金岩的发言出彩，人力资源又看了他的简历，大学期间是学院学生会主席，具有较强的组织能力，因此指定他为培训班班长。

今天的这一经历，使徐忠等人明白了一个道理："机遇永远眷顾有准备并勇敢的人。"李玉则还在那里为到底是先发言还是后发言好而纠结和懊丧。

30

谁会是市场部总监

赵梦迪的办公室。张平十分着急地对赵梦迪说道:"赵董事长,市场部总监离任后,职位一直空缺,这个位置很重要,应该尽快配上。"

赵梦迪点头道:"是呀。你有合适人选吗?"

"现在有两个人选,一个是市场部副总监曹斌,一个是一年前招来的海归——市场部副总监迟航。这两个人各有优点,但也各有不足。"

"你对这两个人注意考察一下,人无完人,如果确实能担起担子,也不要求全责备,此事要尽快进行。"

"好的,董事长。"

在集团高层关注市场部总监人选的同时,市场部内部对总监岗位的竞争也在进行着,大家都纷纷猜测曹斌和迟航谁能坐上博睿集团市场部总监这把交椅。

"曹斌在市场部工作时间比较长,而且工作很踏实,论资历应该是曹斌吧。"

"不好说,这不又新来了一个海归迟航吗? 迟航的阅历广,学历也有优势。"

"都不好说。这两个人都缺乏主持全面工作的能力。"

这些议论张平在考察中都听到了,而且经过深入了解,情况确实如员工反映的一样。张平和人力资源部沟通,得到的也是两位副总监主持市场部全面工作都不理想。张平很纠结,就向赵梦迪进行了汇报。

赵梦迪听后沉思了一下,说道:"在市场部设计一个'博睿集团发展战略研讨会',将这两个人放在同一个环境下进行一次面试,直接看看这两个人的能力。咱俩都参加。"

"好的,我马上准备。"张平说道。

"将许婕带上,也要让她发言。"赵梦迪补充道。

张平似乎明白了赵梦迪的深刻用意,这是将许婕也作为人选考虑了。

"研讨会"在市场部如期举行。张平主持:"今天我们举行一次关于集团发展战略的研讨会,事先已通知大家做准备了。赵董事长对这次研讨会十分重视,亲自参加会议。这次研讨会是一次诸葛亮会议,大家可以各抒己见,每个人都可以发言。现在请大家发言吧。"

人们都在看着两位副总监。迟航抢先发言了:"我先打个头炮,抛砖引玉,谈点个人浅见。"

"好,那就先请迟航副总监发言。"张平点头允许。

"今天,董事长亲自参加市场部关于博睿集团发展战略的研讨会,我认为体现了集团领导对发展战略的高度重视。发展战略,对一个企业来说十分重要。我在国外工作了几年,国外的企业十分重视发展战略,但国内的企业对发展战略重视不够。我们的企业战略站位要高,要勇于创新,想别人所不敢想,做别人不敢做的事情,我们要创造行业的第一! ……"迟航讲了半天发展战略的重要性,旁征博引,体现了他知识面很广。开始,与会者都是眼睛一亮,可听来听去,他却对博睿集团的发展战略没有清晰的思路,大而化之,不接地气,没有可操作性。

张平提醒道："迟航,说重点,你的具体战略是什么?"

迟航迟疑了一下："我还没想好,我需要点时间。"

张平眼中闪过一丝失望："好的,请会后再做详细的思考。"

看到迟航又臭又长又空的发言好不容易结束了,曹斌紧接着就发言了："听了迟航副总监的发言,很受启发,受益匪浅。但是我认为博睿的发展战略应该符合国内和我们企业的实际。我们的转型要在原来的基础上稳步推进,不宜冒进……"

张平道："有具体想法吗?"

曹斌期期艾艾地道："具体想法还不成熟。"

人们从曹斌的发言中可以看出,他是一个稳健派,但缺乏创新的勇气和胆魄。

张平看了看赵梦迪,见到赵梦迪神色沉重,脸上写满了失望。

"各位,还有谁要发言吗?"张平问道。

明眼人都看明白了,今天是董事长亲自面试市场部总监。根本就没自己什么事,两位副总监都发言完毕了,就看董事长选谁了。所以没有一个人发言。

赵梦迪扭头看了看许婕,示意张平让许婕发言。

张平突然说道："市场部的同事没有发言的了,下面请董事长特别助理许婕说说吧。"人们的眼光唰的一下聚焦到许婕的身上。许婕可以说是博睿集团一个具有较浓传奇色彩的人物。关键时刻以一个行政助理小人物的身份挺身而出,舌战群英,帮助赵董事力挽狂澜,不仅保住了 D 项目,也坐稳了董事长的位置。人们一直都在猜想,一个普通大学的本科毕业生为什么会被赵董事相中呢?因为工作的关系,平时都是远距离看许婕,今天近距离看许婕还真是一个大美女。但许婕的美不仅是颜值出众,更有一种气质。这种气质似乎和她的年龄、学历不太相符,是一种知性、深沉、高雅、冷艳的美。充满着淡定自信的气质神韵,已经盖过了她的高颜值。

在没有任何准备的情况下,被副总裁张平点名发言,一般她这个年龄段的人都会有些惶恐,但许婕却神色如常,扭头看看赵梦迪。见赵梦迪点点头,许婕又扫视了一下全场,就大大方方地侃侃而谈:"在座的各位都是市场部的资深员工,我本来不应该发言,但张总让我说几句,那我就说点自己的想法,仅供领导和市场部同人参考。企业战略的重要性迟航副总监已经说得很清楚了,我就不再赘述了。曹斌副总监说的企业战略要符合实际,也很有道理。我要说的是一个企业的战略要有前瞻性,要对市场需求进行精准预判,给企业和产品一个明确的定位。我们站位确实要高,要有大视野。既要立足国内,又要具有国际视野;既考虑国内需求,也要在世界市场布局。但战略一定要能落地,可操作性要强。我具体的想法是,以 D 项目为基础,进一步完善博睿现阶段的发展战略。发展战略要分近期、中期、远期。近期要重点开发工业机器人产品。有关权威数据表明,今后一个时期对工业机器人的需求是巨大的,是一个万亿级市场。这是一个不容错过的商机。而目前,工业机器人产品大都是国外生产的。因为关键部件的核心技术仍然掌握在发达国家。国内企业想要生产工业机器人,都在核心技术上被卡脖子。这虽然对我们不利,但也是我们的机会。我们就是要坚持自主研发核心技术,要努力实现超越,做到在国际领先。同时以优越的性价比在同类产品中占据优势,在万亿市场中分得一块较大的蛋糕。博睿集团就会在下一个风口中起飞。但这还不够,企业发展战略,就是要吃着碗里的,看着盆里的,想着锅里的。我们在以工业机器人产品为切入点,使其成为博睿的主打产品的同时,要做好中期规划,就是同时在 AI(人工智能)仿真护理型机器人的研发上发力。在工业机器人项目上,我们落后发达经济体半拍。我们就要换个赛道,在人工智能护理型机器人的赛道上实现领跑!还要做好远期规划,就是科学规划出适合多领域、多功能、多用途的高智能机器人系列产品。同时科学预判，瞄准新的风口，在不断拓宽产业链上做文章。这样就会使企业发展像松江之水一样，源远流长，奔流不息，永不枯竭。"

许婕的一番话让在场的人都频频点头，感到很有见地、很接地气。赵梦迪和张平对视了一下，张平明显看到赵梦迪眼中露出了兴奋、希冀的神色。

研讨会结束后，人们对谁能出任市场部总监再次纷纷议论起来。

徐忠道："金岩、韩柏，你们说今天董事长他们到我们市场部开这个会是什么目的？"

韩柏道："这都看不出来！今天市场部召开发展战略研讨会，很显然醉翁之意不在酒，而是对现有的两位副总监进行面试。"

胡达道："这是明眼人一眼就能看出的。"

徐忠憨憨地道："那你们说曹斌和迟航谁能当上市场部总监？"

彭春："我还是认为曹斌是市场部所有员工中资历最老的，论资排辈也应该轮到曹斌了。"

胡达发表不同意见："我认为迟航虽然刚来不久，但是他是海归，有国际视野，也完全有可能出任总监。"

徐忠看了看金岩道："金岩，你怎么不说话，你认为总监会是谁？"

金岩讳莫如深地道："我认为市场部总监可能另有其人"。

"哦？是谁？"所有人的目光都看向了金岩。

金岩故作神秘地笑道："天机不可泄露。很快就会知道了。"

就在市场部的员工纷纷猜测是曹斌还是迟航会在最后胜出，出任市场部总监的时候，一个出乎大家意料的人突然空降到了市场部出任总监。

这个人就是许婕。

许婕空降到市场部任总监，一下子就在市场部炸了锅，引起了轩然大波。

"许婕当总监？她凭什么啊？"

"这不公平啊！曹斌在市场部打拼了这么多年，还不如人家在董事长身边工作一段时间。"

市场部员工们议论纷纷。

徐忠后知后觉地道："金岩，你是不是早就知道这个结果？"

"你们没听到发展战略研讨会上许婕的发言吗？明显比那两位高出不是一星半点啊！"

"许婕资历太浅了吧？她没有副总监的阅历呀！"韩柏摇头道。

金岩道："阅历固然也很重要，但不是用人的唯一标准。诸葛亮有当过市长、省长的阅历吗？可他直接当了宰相。"

赵梦迪的办公室。张平对赵梦迪说道："董事长，许婕做市场部总监很显然比市场部现有那两位副总监高出一筹，更胜任。但是，估计在市场部会遇到很大阻力。许婕的资历、阅历、学历都是短板，大家不一定服气，要打开局面会很艰难。"

"欲戴王冠，必承其重。难，那是肯定的，但我相信许婕一定会很快就打开局面。"赵梦迪却对许婕信任不疑。

为了给许婕助威，张平亲自送许婕到市场部宣布任职令。

市场部小会议室。张平待大家都入座后问道："曹斌，人都到齐了吧？"

曹斌情绪低落，有气无力地说道："到齐了。"

张平明显看出曹斌的情绪，但装作没看见，说道："人到齐了，那么我宣布集团对市场部总监的任命。经集团研究决定，董事长特别助理许婕兼任市场部总监，全面主持市场部工作。希望大家支持许婕的工作，共同创造市场部的辉煌。"张平说完就率先鼓起了掌。正常情况下，此时是应该全场响起热烈的掌声，可是，只有张平和新来的金岩等几个年轻人拍了几下，全场其他人竟无一人应和，场面十分尴尬。张平想到了许婕任市场部总监可能会有阻力，可没想到会这么不受欢迎。他看了一眼许婕，发现许婕竟然十分淡定，面无任何表情,这与她的年龄实在不符。一般在这种情况下,当事者多多少少会有一丝尴尬或慌乱。可在许婕身上,竟然没有一丝情绪波动,这让张平不得不对许婕强大的心理素质刮目相看。他心里暗道:"成就大事者,泰山崩于前而面不改色。这个许婕未来发展不可限量。"但还是不放心,怕许婕年轻气盛,当场发飙,弄得下不来台,遂悄悄叮嘱了一下许婕:"没关系,放低姿态,慢慢来。"

下面的程序还要进行。张平接着说道:"下面,请许总监讲话!"张平把"大家欢迎"的话直接咽了回去,担心再次冷场尴尬。

许婕淡定地扫视了一下全场,根本没有按张平的叮嘱来,而是直言不讳地说道:"各位同事好!我知道大家不太欢迎我任市场部总监,这我理解。因为无论是曹斌副总监还是迟航副总监,也都是总监人选,他们的资历比我老,学历比我高。他们两位的位置没动,下面有希望上位的人也动不了,影响了好几位同事的进步,这是其一。其二,还有一部分同事认为我太年轻,没有资历,没有能力,大家心中不放心。公司将这么重要的担子交给我,怕我担不起来。除了不放心,可能有的人还不服气。你许婕一个普通大学本科学历的人,凭什么来领导我们这些名校毕业,又在职场打拼多年的人?你不就是靠着救过董事长吗?"说到这里,许婕再次扫视了一下全场,似乎看穿了在场的每一个人心里在想什么。有的人昂着头,却看着别处。有的人故意侧了一下身子,不与许婕对视。全场一片寂静。谁也没想到许婕会说得这么直接。正常情况下,当事者一般会放低身段,说点客套话。我初来乍到,请大家多关照。或谦虚地说自己对情况不熟,还请多指教。可许婕却反其道而行之,直接掀开遮羞布,把人们的心中所思所想直接拿出来晒。曹斌和迟航脸色十分难看,眼睛看天。

许婕说到这里停顿下来,喝了口水,然后把矿泉水瓶重重地放在桌子上。有胆小的员工,吓得一哆嗦。停了片刻,许婕仍然没有说话。全场鸦雀无声。

大家都在等许婕接下来说什么。

31

不一样的新总监

　　整理了一下思路,许婕接着说道:"我就大家的疑问、疑虑,先说几句。关于学历和能力的关系,这个命题太大,不是我们今天要讨论的。我只说一下我的观点,学历固然重要,但实力更重要。资历当然重要,但能力更重要。至于董事长是不是为了报恩,才将我放到这个位置上的?要报恩有多种方式,大家都知道市场部的重要性,董事长会拿这么重要的位置出来报恩?毫不客气地说,这是智商要低到什么程度的人才能脑补出来的荒谬想法。我想大家还有一个疑问,我也要给你们一个答案。那就是为什么市场部现有两位优秀的副总监都不用,而用我许婕呢?对于这个答案可以有几种版本。一是领导艺术版本,比如二位也都很有能力了,这样安排是因为工作需要等。我当然同意两位副总监都很有能力,但为什么集团没有任用二位?我要说的第二个版本,就是直面现实,实话实说版本。我要说的是真话、实话,可能不好听,那就是,集团董事会对我们市场部近年来的工作不满意!"

　　许婕的话如一石激起千层浪,会场上出现了骚动。什么?董事会对市场部不满意?在场的人你看看我,我看看你,小声议论起来。

胡达毫无顾忌地道:"我们市场部的人每天比鸡起得早,比狗睡得晚。为了做市场调查,抛家撇子,满世界跑,做了这么多,董事会还不满意?"

彭春接着道:"那么多人跳槽离职了,我们忠心耿耿,守护博睿,还对我们不满意?"

许婕摆摆手阻止了大家的议论:"你们所付出的辛苦,集团当然是看得见的。但是,我给市场部的评价是大多数人尽心了,但没尽职!"看到大家都用异样的眼神看着自己,许婕接着说道,"请大家扪心自问,按照集团赋予我们市场部的职责,我们真的尽职尽责了吗?"

"我们当然尽职尽责了!"胡达愤愤地道。

"好。如果尽职尽责了,那么效果呢?同样是传统企业,为什么有的实现了华丽转型,而博睿却陷入了困境?市场部至今也没有拿出像样的企业转型方案吧!面对变化的市场形势,消费者的新需求,按照市场部现有的思维方式,是老办法不管用,新办法不会用,特殊办法不敢用。为什么会出现这种情况?原因可能很多。但是作为企业的参谋部,企业战略的谋划者,在博睿转型前,我们市场部有没有未雨绸缪,拿出前瞻性的转型战略谋划?据我了解,没有!我们已经习惯于'温水煮青蛙'的舒适环境,沉浸在过往的胜利之中,企业陷入危险而不自知。因此,博睿才会出现现在的困境。而在转型过程中,我们市场部也没有拿出适合企业发展的战略策划。我们博睿的企业定位,产品定位都没有清晰的、可操作的思路和规划。现在进行的 D 项目,还是李垚董事长夫妇亲自提出的。现在还有谁要说你尽职尽责了吗?"

现场的许多人包括曹斌和迟航都低下了头。胡达张了张嘴,又闭上了。

许婕还不罢休:"还有,在 D 项目的推进中,对遇到的各种困难,我们市场部提前想到了吗?提出了解决方案、对策了吗?市场部又做了哪些有力、有效的工作呢?

"诚然,大家心里会说,这些问题都和前任总监有关系。这没错,但是作为市场部的一员,你没有决策权,可你提出了什么有价值的建议了吗? 我们可以不说过去,就说现在,D 项目在推进过程中,遇到了许多问题、难题、挑战。比如和恒琦集团比,我们 D 项目的进度明显落后了。要想超越恒琦和其他企业,就相当于弯道超车。大家都知道弯道超车,需要加速度,可我们博睿公司 D 项目资金到现在还没有着落,这就像没有油的车或饿着肚子的运动员,怎么能实现弯道超越? 当下,D 项目除了技术研发难度大外,另一个制约因素就是融资难。如果是曹斌副总监或是迟航副总监,你们二位在市场部挑头,谁能破解融资难题?"

胡达嘲讽道:"他们不能破解,难道你就能破解吗?"

"问得好。我确实能破解。这就是集团为什么要用我的原因。"许婕毫不谦虚地说道。

"我没听错吧? 吹牛谁不会!"

"再说,这是财务部的职责呀。"

下面在议论着。

"不管你们信不信,请大家拭目以待。这个问题就说到这儿。除此以外,我和大家要说的是今后市场部工作的事。就四条:一是每个人都要把自己调整到临战状态。拿出真本事,加大马力使足劲。二是提高市场部年终奖金额度。资金来源,除了公司发的以外,我个人的年终奖金拿出来用于奖励那些主动想事、积极做事、努力做成事的人。当然,大家年底都要拿出亮眼的业绩。三是对于不想事,也不积极做事,或完不成任务浑水摸鱼的人,扣除年终奖金。四是对于做事不怎么样,却专门挑事、整事的人实行淘汰制。就是请他走人,离开市场部,离开博睿。"

直接,霸道,毫不拖泥带水。人们心中有一些不快,但也感到这个新总监与以前的完全不同。尤其是提出的第二条,让许多人不免惊讶。总监的个人奖金也拿出来? 这和部门的奖金拿出来集中二次奖励分配是不一样的,谁都知道博睿部门总监的奖金是很可观的,并且是公司奖励给总监个人的。许婕这是在牺牲个人利益啊。现在在私企还有这么大公无私的人吗?许多人升职晋级,除了实现自己的价值外,薪酬的提升也是很大的动力。许多人在涉及个人利益面前是寸草必争,可许婕是为了什么?听说许婕的家境还很困难,这一举动让大家对许婕刮目相看。

许婕等大家消化了一下后,继续说道:"最后说一个要求,给大家三天时间,将你做过的自认为最突出的业绩案例找出来交给我。当然,你现在仍然可以拿出你的全部本事修改、补充、完善。我要看看大潮退去,谁在裸泳。"这一招够狠,不管你愿不愿意,你都必须服从许婕的这一条指令,还得十分认真,因为谁也不想被大家看作是那个裸泳的人。金岩在桌子底下给许婕点了个赞,悄悄对徐忠说道:"许婕这是要将一些人的伪装全部撕掉的节奏啊!"

散会后,市场部每个人的心情都各不相同。有高兴的,认为市场部终于来了个有头脑、想干事的总监;有心情很不好的,认为许婕的空降堵死了自己的晋升之路,很是郁闷;有观望的,许婕到底有没有真本事,得在事儿上见;有的则准备在暗地里给许婕出难题、使绊子。总之是心态各异。

张平惊讶不已,向赵梦迪汇报了当时的情况:"这个许婕还真不简单,临危不乱,霸气、尖刻;大棒与甜枣并用。强大的气场,哪像是一个菜鸟,反倒像久经沙场的老江湖。还别说,当时还真就被她镇住了场。"

赵梦迪笑了笑说道:"这个许婕确实不一般。你要密切关注市场部的情况,放手让她去做吧,必要时给予全力支持。但记住了,她把自己奖金也拿出来奖励员工,这是个人利益的巨大牺牲,可她是为了博睿的发展,我们不能让这样的人吃亏。"

"好的,董事长。许婕的这个举动还真是让人感动。听说她的家境还很不好。我们不能让一心为了企业的人吃亏。"

许婕能胜任市场部总监的工作吗?这是市场部许多员工,也是赵梦迪和张平所担心的。

　　果不其然,下马威很快就来了。不过不是许婕给下属的,是下属给许婕的。

32

领导，你看怎么办？

许婕见面会上的强势，让本就心里不平衡的两位副总监更加不配合，她们或者出工不出力，或者找各种理由，干脆连工也不出了；更有甚者，暗地里默许员工给许婕出难题，准备看许婕出丑。一些老资历员工心中也不服气，一个没有任何资历的菜鸟，竟然敢瞧不起他们。

许婕就任的第二天，刚到办公室。胡达、彭春一起来了。

彭春火急火燎地对许婕说道："许总监，出问题了。"

胡达火上浇油："出大问题了！"

许婕心里一惊，怎么自己刚到任就出大问题了？但还是沉着冷静地问道："出什么问题了？"

"我来说吧。许总监，市场上和我们同类的产品在各大商超同时降价了。我们是也跟着降价还是坚持现行价格？"胡达把球直接踢给许婕，然后幸灾乐祸地等着看许婕惊慌失措的样子。

许婕迅速稳定了情绪，问道："这个事是市场部还是销售部的职责？"

胡达道："是市场部的职责。"

许婕盯着胡达的眼睛说道:"你确定?"

胡达肯定地说道:"我确定。"

许婕疑惑地说道:"可我在各部门职责分工中明明看到是销售部的职责,这是怎么回事?"

彭春解释道:"本来在销售部,后来被调整到了市场部。三定方案还没有改过来。"

许婕有些小尴尬,但很快就释然了,说道:"哦,我来得晚,不知道这个调整。那么你们向主管总监汇报了吗? 他们什么意见?"

"迟航副总监有病去医院了,他说请你定。"

"曹斌副总监家里有事,今天没来。"

许婕眉头紧紧地皱了起来,继而问道:"这项工作是你们俩具体负责吗?"

"是。"两人均点头表示确认。

许婕看向彭春:"彭春,你什么意见?"

彭春理所当然地道:"请领导定。"

许婕又看向胡达:"你什么意见?"

胡达更是理直气壮地道:"这个事得总监定。"

许婕不解地道:"那你们就没有自己的意见吗?"

胡达阴阳怪气地道:"这么大的事,我们一个小职员哪能定得了。"

见此,许婕有些气愤地说道:"当然没让你们决定,但你们是不是应该拿出意见啊!"

彭春辩解道:"我们拿意见有什么用。我们听领导的。"

此刻,许婕明白了。商品绝不会是今天刚降价。主管总监都不上班,具体负责的人又将矛盾上报。这是在给自己下马威啊!

许婕心中恼怒,但提醒自己,冷静,深呼吸,冷静,深呼吸。喝了几口水,许婕平息了一下自己的情绪,不露声色地继续问道:"商超降价是从什么时候开始的?"

胡达突然一惊,这个问题可不好回答。如果说很早就开始了,为什么今天才向领导汇报?作为具体负责人员,为什么不掌握市场动态?如果说是昨天开始的,那么,许婕稍一了解就会知道实情,显然他是在撒谎。这个许婕还真是不能小瞧啊!因此在没有回答。

彭春比较实在,回答道:"20天前就开始了。"

许婕一眼就看出胡达比较滑,彭春比胡达实在。

许婕加重了语气:"那你们是早就掌握了信息,还是才知道信息?"

这时胡达掏出手机假装接电话,走到了一边。彭春有些张口结舌。来之前,剧本不是这么设计的啊。剧情不是应该许婕急得团团转,不知所措吗?怎么突然把矛头引向了自己啊?这是要自己挖坑埋了自己呀!彭春转头看了一眼胡达,见他走到一边小声打电话。彭春暗骂胡达不是东西,关键时刻丢弃战友,自己找了个掩体躲了起来。彭春的头上突然渗满了细密的汗水,用手抹了一下,却越出越多,怎么也止不住。

许婕看明白了,这件事,胡达一定是主谋,彭春是跟随者,此刻他被胡达耍了。这个胡达想在我面前玩聊斋?可惜姐是蒲松龄。许婕陡然拔高了声音:"胡达,你在干什么?最起码的规矩不懂吗?"

胡达一看躲不过,马上换上一副笑脸道:"不好意思,许总监,是一个大客户,有点急事要谈。"

许婕十分严肃地说道:"胡达,彭春,你们先说说你们的岗位职责是什么?"

这下,胡达、彭春像霜打的茄子一样——蔫了,半天没有回答。

许婕更加严厉地道:"我不管你们今天是无意还是有心,但你们的人品和能力在我这里值得认真审视。回去以最快的速度拿出一个应对方案,向我汇报。贻误了战机,我会追究责任。你们自己说,给你们多长时间,拿得出解决方案?"

彭春试探着说道:"两天吧!"

许婕皱眉道:"两天?"

胡达则坚决地说道:"一天。许总监,你放心,我们一天就会拿出解决方案,向你汇报。"

许婕脸色仍然十分难看:"那好,就给你们一天时间,我要看到有价值的解决方案。"

第二天一上班,胡达、彭春准时来到许婕的办公室,将方案优盘递给了许婕。许婕在电脑上打开,看了一遍,说道:"一会儿,我和曹斌、迟航两位副总监一起听一听。你们就按这个方案汇报,大家一起再议议。然后提交给总裁审定。"

这件事后,许婕迅即召开了市场部全体会议。

许婕仍然是开门见山:"今天,我们召开一次关于规范工作程序问题的小会。这是我到职后遇到的第一个关于执行力的问题。我们不搞长篇大论,遇到问题,就及时解决问题。我只问大家一个问题,工作中遇到重大问题作为一个称职的员工应该怎么做?"

说完,许婕扫视了全场一眼,看到胡达、彭春都低下了头。全场无人响应。

见状,金岩站了起来说道:"迅速发现问题、分析问题,提出解决问题的建议,及时向领导汇报。"

许婕鼓励道:"说得好。一个新入职的员工都可以说得这么明白,可我昨天遇到这样一个情况,有的员工直接带着问题问我怎么办。作为负责此项工作的人,竟然没有任何解决方案,也提不出任何意见。请问,这样的员工是不懂规矩,还是没有能力? 还是要给我这个新任总监一个下马威? 让我难堪,看我的笑话。如果是前者,只当二传手,这是没有能力,最起码是没有履职的能力。如果是后者,就是心术不正,人品问题! 大家认为是不是这么个情况?"现场,气氛突然紧张了起来,静寂得有些可怕。

人们纷纷猜测,这是谁胆子这么大,脑袋进水了? 敢去触碰这个锋芒正锐的新总监的霉头。这下子够喝一壶了。按许婕见面会上给大家的印象,她绝对会拿这个倒霉蛋开刀,立威!

停顿了片刻,许婕低沉的声音陡然拔高了:"今天,我给这个人和他的同伴留点面子,就不点名了,但是,我这次不计较,不代表我不往心里去。今后,市场部谁要是再玩这些小心思,别怪我不客气。我会让你既丢了面子,也输了里子,人间正道是沧桑,要把心思用在正地方,认真履行好自己的岗位职责。这次我不处理他们,但我会记着这个账。胡达,你说我说的对不对?"

胡达满脸涨得通红,声如蚊:"对,对。"此刻的胡达真想找个地缝钻进去。

许婕义正词严地说道:"我再强调一遍,我不管你们以前怎么做的,今后,作为一个称职的员工,对于自己负责的工作,遇到问题,首先是要早发现,然后快速提出解决方案。因为你对你负责的工作领域最有发言权。二是不要只带着问题向领导汇报。要带着问题和解决方案向领导汇报。三是主管领导要亲自把关或研究,要有自己明确的意见。对复杂的问题,优秀的员工会提出不止一套解决方案,并分析利弊,排出顺序,表明自己的意见或建议,请领导定夺。领导会在诸多方案中择优确定最终方案。这要作为我们市场部团队执行力文化的一部分。"

许婕看了看曹斌和迟航,问道:"对市场部这种执行力文化,两位有没有什么要说的?"

对于许婕空降到市场部任总监,曹斌和迟航从心里是抵制、有情绪的,但对于刚才许婕所说的又认为确实很有道理,无法反对。现在被许婕直接点名了,如果再不说话,会被大家看作是自己心胸狭窄。曹斌率先做了表态:"许总监说得很在理。我们市场部的执行力文化真的应该重新明确。请各位认真执行。"迟航看曹斌表态了,也马上说道:"我们市场部原来站位确实低了,对企业发展缺乏前瞻性的谋划。执行力文化也没有真正建立起来。今后就按许总监说的,我们共同努力,拿出亮眼的业绩,重塑市场部形象。"

许婕:"散会。"

一些人面面相觑,这就完了?更有一些看热闹的人感觉心被悬在了半空,落不下来。

疾风暴雨是有了,利剑也高高举起,可应该出现的"人头落地"却没发生。但是明眼人都看懂了,这次许婕的利剑没斩人、没沾血,那是因为剑没落下来,仍然高高地悬在人们的头上,让每个人都绷紧神经,不敢再玩小心思,做好自己应该做的事。

一直关注许婕的张平很快就听说了这件事,颇有感慨地对赵梦迪说道:"没想到这个许婕看起来锋芒毕露,可处理问题还真是挺老到。"

赵梦迪赞同道:"这个许婕深谙领导艺术、驭人之道。"

张平:"这就是不战而屈人之兵。"

33

变不可能为可能

许婕上任后，虽然暂时镇住了场，可是人们在心底里还是七个不服、八个不忿。

胡达毫不隐晦地道："这个许婕，牛哄哄的，她要重塑执行力文化，但我看都是尖朝外的，是要求别人的，她自己怎么样，还真的不好说。"

彭春道："我倒是希望许婕能给我们露两手，否则我还真就不服。"

对此，许婕也知道只有用实力才能证明自己，堵住悠悠众口。许婕并没有刻意去证明自己，因为工作中随时都可以证明。

博睿集团 D 项目当下最紧迫的就是融资。虽然财务部竭尽全力融资，但效果不好。许婕任市场部总监后，赵梦迪提出，让市场部也承担一部分融资任务，将 D 项目融资工作交给财务部和市场部共同来做。赵梦迪对许婕十分期待，希望许婕再次创造奇迹。对此，张平很是担心，担忧道："董事长，许婕是有才能，可是她没有融资的工作经历，这么大的事交给她，是不是风险太大？"

赵梦迪却是一脸坚定："这不是让两个部门都来做，多一条渠道，也多一些机会吗。这样吧，你和财务部说，融资仍然以财务部为主，就把市场部当作备份吧。"

虽然集团是把市场部当作备份，但许婕深知赵梦迪董事长的急迫和对自己的期待，所以带领市场部不遗余力地开始在融资上下功夫。许婕在会议室召集迟航和几位员工研究如何提高融资的宣传效果。

许婕："为了加大 D 项目融资力度，集团决定我们市场部也要承担融资任务。今天我们就来研究组建一个融资项目组，立即开展融资工作。今天在座的几位就是融资组的组成人员。这项工作由我牵头，迟总具体分工负责。"

胡达反对道："许总监，融资是财务部的工作，为什么让我们市场部来干？"

许婕解释道："是和财务部共同做。大家都知道我们集团 D 项目的重要性，我就不重复了。现在我们的目标是融资成功。迟总，你有什么好的想法吗？"

"刚知道这个任务，还没有具体想法。"

许婕就知道会是这个结果，但仍然十分淡定："为了更好地让投资方了解我们的 D 项目，除了我们的项目书以外，还要想办法用更直观的方式展示 D 产品未来的实际使用效果，大家说用什么方式好？"

"当然是拍一个短视频了。"这次，迟航意外地发表了意见。

其实，迟航还是想要做事的，而且有做一番大事的抱负。既然许婕让自己参加这项工作，那么就要让许婕看看自己的能力。

许婕赞许道："这个主意不错。但短视频要大气，震撼！符合未来的真实场景。"

迟航道："那就需要一个摄影棚了。"

许婕问道："这个事比较急。如何才能做到最快，又节省资金呢？"

"最快的办法就是租现成的摄影棚。"

"那就租。这项工作就由迟总监负责吧。我们既要质量，也要速度。因为 D 项目急等资金。"许婕拍板。

迟航也深知 D 项目融资很紧迫,立即安排胡达去租摄影棚,并叮嘱道:"胡达,你应该知道这项工作的重要性,同时也要让许婕看看我们市场部老员工的能力和工作效率是不是如她说的那么不堪。你要以最快的速度把这件事做好。"

胡达轻描淡写地道:"放心吧,迟总,这点小事就不是个事,一天内保证完成。"

胡达在迟航面前夸下海口,然后立即行动。可是让胡达万万没有想到的是,这件小事却办砸了。为了以最快的速度找到摄影棚资源,胡达打电话找了自己在影视管理部门工作的朋友,询问哪里能租到摄影棚。朋友告知本市只有江北一个影视基地,刚刚有部剧杀青了,空出一个摄影棚,可以去那里租,其他的都在用。胡达拍了一下桌子并对邻桌的彭春说道:"轻松搞定!许婕不是瞧不起我们吗?那就让她看看我们市场部的效率吧!"

彭春道:"先别那么乐观,你才刚刚得到了摄影棚信息,能不能租下来还不知道呢!"

"别乌鸦嘴,你信不信我下午就签协议,明天就可以开工。"

"好,好,胡达出马一个顶俩,我们就瞧好了。"

胡达驱车赶到影视基地,找到相关负责人问道:"经理你好,我是博睿集团的胡达,我们想租个摄影棚,请你帮我介绍一下好吗?"

负责人:"您好,先生,您什么时候用?"

胡达:"明天就要用。"

负责人摇头道:"对不起,先生。现在没有空的影棚。"

"什么?怎么会这样?"胡达让自己平复一下情绪说道,"我们公司急等着用,你看是不是再帮我查一下?"

负责人:"真的没有空闲的了。如有,我们空着干嘛!"

此刻胡达的脑袋一片短路,自己在迟航面前夸下了海口,也想给新任总监许婕一个能力很强的好印象,这下可怎么办?

看到胡达傻愣在那里的样子,负责人有些不忍,就说道:"先生,还有一个空着的摄影棚,但使用权是一个剧组的。他们的电视剧已经杀青,还有半个月到期,但可能不会出租。因为前几天有几个剧组找他们商量想要租,都被拒绝了。要不你再去试试?"

胡达一口气这才缓过来,马上说道:"那麻烦你带我过去好吗?"

负责人:"走吧,但行不行不知道。"

找到这个摄影棚,胡达看到门已经上锁。负责人说道:"咦,人怎么没在,昨天还在。"

"你有他们的电话吗?"

"有。"

"太好了。你说号码,我给他们拨过去。"

胡达飞速地拨打了电话,电话里响起了一个胡达此刻最不愿意听到的声音:"对不起,您拨打的电话无法接通或不在服务区,请稍后再拨。"

再打一遍,对方已关机。

胡达着急道:"请问还有什么方法能联系上他吗?"

负责人耸了耸肩说道:"我只有这个电话,不然你明天再来吧。"

胡达没有办法,只好垂头丧气地回了公司。

第二天,胡达又去了一次,仍然是铁将军把门,打电话对方仍然是关机。胡达无奈,只好向迟航汇报:"迟总,我去了影视基地,只有一家空棚,但找不到人啊。"

迟航听到这个结果,愤怒的表情立刻挂满了整个脸庞,几乎是吼道:"找不到人是理由吗? 我要的是结果! 这么个小事两天都办不好,难怪许婕瞧不起我们市场部。"

胡达哭丧着脸,"迟总,那怎么办?"

迟航怒道："我们市就只有这一家摄影棚吗？他家没有，去别人家租啊，这都想不到吗？"

胡达愁眉不展："全市共有三个影视基地。其他那两家的摄影棚都在用，最快也要20天后才能空出来，怎么办啊，迟总？这下又该让许婕打脸了。"

迟航气道："你问我怎么办，接着找人啊。你要我去给你找人吗？"

"可他们负责人的电话一直关机呀！"

迟航又气又急："把影视基地负责人的电话给我，看她有什么办法能联系到摄影棚负责人。"

胡达自责地道："我没留她的电话。"胡达这才想起，只着急和摄影棚负责人联系了，怎么就忘了要影视基地负责人的电话呢。

迟航内心大大鄙视了一番这个看起来精明，可执行力却是如此不堪的胡达，在心里还真就赞同了许婕对市场部的评价。他让自己冷静了一会儿，说道："胡达，我说你什么好呢，你平时不是挺聪明的吗，再去联系呀！"

"好吧。"胡达走出迟航的办公室，长出了一口气，感到自己很窝囊，委屈地小声嘟囔道："就知道训人，找不到人我有什么办法，你找一个试试。"但还是驱车又去了江北影视基地。

进了基地，接近摄影棚时，胡达眼睛一亮，有人！谢天谢地，你可算回来了。胡达三步并作两步就到了摄影棚门口，敲敲门，里面一个男人说道："请进！"

胡达进入摄影棚十分客气地说道："先生，你好！"

影棚工作人员："你好！你有什么事吗？"

胡达满脸堆笑："是这样的，我是本市博睿集团的客户经理，胡达。我们公司要拍一个短视频，想租用一下你们这个摄影棚。"

摄影棚工作人员："对不起，我们这个摄影棚准备拆了，不能租给你了。"

胡达一听急了："别呀，先生，我们就拍一个短视频，不会用很长时间的。"

摄影棚工作人员:"真的对不起,这个是我们公司决定的,我没有这个权力租给你。"

胡达急道:"你帮我和你们领导说一下可以吗,求你帮个忙。"

摄影棚工作人员:"这个忙我帮不了你。公司已经定了的事,而且这几天就要拆了,我不好再和领导说。"

胡达好说歹说都不行,只好回到公司如实向迟航做了汇报。听了胡达的汇报,迟航叹了口气说道:"已经 3 天了,租一个摄影棚还没落实,怎么向许婕交代。说开始时找不到人? 后来找到人了,人家不租? 市场部就是这样的办事能力和效率,这不是伸着脸让许婕打吗?"说到这里,迟航拿起外套和车钥匙,对胡达说道,"走,你跟我再去一趟。"

再次来到影视基地摄影棚,胡达敲了敲门。里面喊了一声:"请进!"迟航和胡达推门而入。看到又是胡达,摄影棚工作人员很不耐烦地说道:"你怎么又来了? 我不是说了吗,我们的摄影棚不租。"

胡达伸手介绍道:"先生,这位是我们公司市场部的迟总。"

摄影棚工作人员倒还算礼貌:"你好,迟总。我已经和你的同事说了,这个摄影棚我们准备拆了,实在是不能租给你们了,不好意思了。"

迟航赔着笑脸:"这位朋友,我们能不能再商量一下? 我们公司可以多给你们一些租金。"

摄影棚工作人员为难道:"迟总,这个事我决定不了。"

迟航眼睛一亮:"您看这样好吧,请您帮个忙,再和你们领导请示一下,我们在租金上好商量。"

摄影棚工作人员犹豫了一下,还是给了迟航面子,拿起手机到另一个房间去打电话。胡达的脸黑了下来,这个人真是狗眼看人低,我让他给领导打电话,他不打,迟航一说他就打了。真是岂有此理。过了一会儿,摄影棚工作人员回来了。迟航和胡达都是一脸的期待。可是摄影棚工作人员的话马上就让他们的心情跌到了谷底："真的不好意思，我们领导说了，不是钱的事，因为这是董事长定的，他也无法改变。董事长恰巧去国外休假了，经理不能在董事长休假期间打扰他。"

迟航还是不死心："你们董事长休假多长时间呢？"

摄影棚工作人员："这个我就说不好了，我想最少也要半个月吧。"

这下迟航和胡达的脸都苦了下来。看到摄影棚工作人员不想再谈，迟航知道再谈也没有什么用了，只好和胡达离开了摄影棚。

"去见见影视基地负责人。"迟航说道。

胡达领着迟航见到了影视基地姓李的经理。胡达介绍了迟航后，迟航不死心说道："李经理，你好，给你添麻烦了。我们公司确实着急要拍一个短视频，你看能不能帮我们再想想办法。"

李经理一脸爱莫能助的样子："迟总，这个忙我不是不帮，但是现在确实没有空的摄影棚，我已经和胡达说了，除了刚刚你们去的这个以外，其他的最快也要 20 天才能空出来。"

迟航知道这回是彻底没希望了，只好打道回府，向许婕如实汇报。许婕听完汇报后想了想说道："如果我们多给他们一些租金怎样？"

迟航："我已经和他说了，可怎么商量都不行。"

许婕："他说他们要拆这个摄影棚？"

迟航："是的。"

"许婕，要不然我们自己建一个吧。"胡达根本不称呼许婕为总监。

许婕："我们自己建的话有两个问题：一是成本高，二是时间长。本市还有没有其他影视基地有空着的摄影棚？"

许婕想到管理学中的一个原理，做一件事情，遇到困难，不要轻言放弃，要穷尽一切办法。

迟航："我们了解了，我市只有这个影视基地有空着的摄影棚。"

许婕想了想说道:"我们再去一趟,和这个摄影棚工作人员再沟通一下。"

胡达看向迟航,迟航也看了一眼胡达,均不露声色地摇了摇头,但没说什么。胡达开车拉着许婕和迟航再次去了影视基地。车上,迟航和胡达都没说话,但在心里都暗暗地嘀咕,该说的话我们都说了,该给的条件也摆出来了,可对方就是不租。我们都办不到的事,就不信你许婕还能让对方同意租给我们。

到了影视基地,许婕没有直接去摄影棚,而是让胡达领着她先去见了影视基地的负责人李经理。

许婕微笑着道:"李经理,又来打扰你,真是不好意思。"

李经理有些不耐烦地道:"许总,你的两位同事已经来了几次了,可那个剧组就是不租,我也没什么好办法。"

许婕道:"我可以问问你们和对方签订的协议什么时候到期吗?"

"我看一下啊。"说着,她找出协议看了一眼说道:"哦,还有 5 天到期。"

许婕问道:"李经理,如果我租下了这个摄影棚,在他们的租期内继续使用5 天,还用再给基地交费用吗?"

李经理:"如果你们从他们手中租下来,按道理,那倒是不用了,就看他们租不租给你们了。但如果他们提出延续租用,在原协议中,他们有优先权。哦,对了,在协议约定时间内,他们没有提出续约。他们已经丧失了优先权。如果他们同意租给你们,要和基地再签一份关于安全等方面的协议。"

许婕的笑容更加灿烂:"不好意思,李经理,我可以看一下你们原来的协议吗?"

李经理犹豫了一下说道:"这恐怕不合规矩。"

许婕道:"我只看两个条款。一个是关于拆除部分,一个是关于延续租用的那个条款,其他部分我保证不看。"

李经理有些为难,但还是找出了原协议,翻到那两个部分。许婕快速看了一眼,就说道:"那好。李经理,如果他们同意租给我们,现在我们就算达成了口头协议,由我们公司继续租用、使用这个摄影棚。等我们谈成后回来签订安全协议。"

李经理道:"那好吧。你们先去谈。"

许婕微笑着对李经理说道:"真是谢谢姐姐了,改天请你吃饭。"

"不用客气。我也对这家公司不理解。拆了也是拆了,就租给你们几天又能怎样呢。真是不知道他们是怎么想的。"李经理对许婕很有好感。

许婕对迟航和胡达说道:"走吧,我们再去会会摄影棚这位工作人员。"

还好,摄影棚工作人员还在。看到胡达和迟航又来了,还没等他们说什么,就要关门。这时许婕说道:"这位先生,如果你今天关上了这个门,我相信你会后悔的。"

摄影棚工作人员听到许婕的话后愣了一下,还真没关门,让许婕他们进了室内,但是没有说话。一副"你们真能纠缠,我很无奈"的神情赤裸裸地挂在脸上,一时气氛显得很尴尬。迟航和胡达也都没有说什么,他们都要看看许婕还能怎么办。

许婕自我介绍道:"先生,你好,我是博睿集团董事长特别助理,兼市场部总监许婕。"

摄影棚工作人员面无表情地道:"你好。"看他的样子是一个字都不想再多说。

"先生,今天我们来不是租你们的摄影棚的,是想通知你腾地方的。"

摄影棚工作人员一愣,问道:"腾地方? 腾什么地方?"

许婕:"你们公司与影视基地的协议还有 5 天就到期了,这块场地我们已经租下了。请你们在 5 天内给我们公司腾出来。"许婕是一副咄咄逼人的气势,根本没有与对方商量的架势。

摄影棚工作人员:"还有 5 天呢,到时候再说吧。"

许婕:"先生,我提醒你一下,时间并不长,我感到你们可能不够用。"

摄影棚工作人员被气笑了："开什么玩笑。这个摄影棚我们1天就能拆完。"

许婕微笑着说道："先生,你可能不清楚,你们公司与基地达成的拆除协议的标准,那可不是简单的拆除,而是要恢复原样。原样是,这里是一片绿草地。别说是5天,就是20天,你能让绿草长多高?"

摄影棚工作人员有点发蒙,暗道："这个情况还真没有注意。"于是说道："那又怎样,这是我们与基地之间的协议,与你们无关。"

许婕咄咄逼人："现在与我们有关了。因为我们与基地签订了你们到期,我们租用的协议。而我们的标准就是一片绿草地。如果你们达不到我们的标准,你们公司要负责的。而且你负不起这个责任。因为我们公司投巨资拍的片子,由于你们的原因,不能如期完成,你们要赔偿我们巨大的损失。而这只是直接的损失,更大的是影响了我们公司整个新产品的宣传推广,那就是无法估算的赔偿金了。"

听到这里,摄影棚工作人员的冷汗唰的一下子就冒出来了。可是他反应还真够快的,眼珠一转,计上心来,马上说道:"你说的可能和我们一点关系都没有,因为我们公司要继续租用这个地方。而且,我们有优先权。"

许婕不慌不忙地道:"那你可能要承担你们公司对你的更大的惩罚了。因为在约定的时间内,也就是到期前15日内你并没有向基地提出继续租用的意向。所以,我们已经与基地达成了租用协议。这样对你们公司来说你就是失职了。我想,无论哪种情况你都给公司造成了经济损失。接下来你不是在这里和我们纠缠,恐怕要考虑如何面对你老板的怒火吧。"

摄影棚工作人员仍然不甘心地说道:"你说不好使,我们一起去问基地负责人。"

见到影视基地负责人,摄影棚工作人员马上问道:"李经理,我们公司准备继续租用我们现在使用的这个地方。按协议,我们是有优先权的。"

李经理刚才看到许婕翻看协议这部分内容，一下子就明白了许婕的用意。因为估计会有这种情况出现，所以把还没有收起来的协议翻到关于继续租用约定部分说道："先生，协议中约定，如果你们继续租用，确实有优先权。但是要在 15 个工作日之前提出意向。但现在只有 5 天了，在此之前，你们并没有提出，所以我们基地同意将这个地方的使用权租给这位小姐的公司了。"

　　这下子摄影棚工作人员目瞪口呆。怎么会这样？如果是这样，就凭自己对他们的态度，他们一定不会对自己客气。想到这里，这位一直豪横的工作人员一下子就蔫了，马上堆起笑脸，说道："那个，许总监是吧，我们商量一下？"

　　许婕却一脸公事公办、不容商量的态度："这位先生，我不管你用什么办法，5 天内必须把这个地方给我们腾出来，而且必须达到标准。否则，影响我公司的项目进度，你们公司要赔偿。我们公司一天损失的费用可是很高的。还有，你们这个摄影棚有很多影响环保的材料和垃圾，你们要打包运走，找专业的污染废料处理机构处理，不可以随意处理。顺便告诉你，我是本市环保爱心人士，我会监督你们的处理结果的。"

　　霸气！霸气！除了霸气还是霸气。既然你对我一点不讲情面，我就毫不客气。几句话就把这个摄影棚工作人员震惊得张大了嘴巴，半天合不拢。迟航和胡达也是吃惊地张大了嘴巴。"还能这么操作？"同时感到真是很解气。

　　面对这种情况，摄影棚工作人员好一会儿才反应过来，再次惊出了一身冷汗。如果按这位许总说的，公司得有多大的损失？而这一切还都是自己造成的。因为另一个前来租摄影棚的剧组人员言语上得罪了他，他把怨气都撒在了前来租摄影棚的剧组身上。原来，先前他对迟航说给经理打电话请示，其实没打，都是他编的谎言。如果摄影棚租给对方，他的公司不仅节省下了拆除的钱，还能有一些建设摄影棚的投资回报。可现在这一弄，不仅公司没有回报，还要承担拆除资金。5 天内无论如何都不可能达到拆除这个摄影棚恢复原样的标准。这位许总真的较真的话，公司可能还真要承担赔偿。如果公司知道这一切都是他造成的,他还真是担不起这个责任。这一下,他是真的慌了,急忙说道:"许总,您看这个问题我们能不能再商量商量? 我再请示一下我们公司的领导,摄影棚可以租给你们用。"

许婕毫不留情面地道:"不好意思,我们准备自己建了。你这个摄影棚还是马上拆除了吧。按标准给我们腾出地方,我们好进场施工。"胡达着急,一个劲儿地捅咕迟航,见好就收吧,这个许婕怎么还在较劲呢? 迟航却不由得在心里暗暗给许婕点了个大大的赞。好一招反客为主!

摄影棚工作人员急忙道:"等等,许总。您看这样行不行? 我认可受到公司的责怪,这个摄影棚就无偿给你们用了。不过你们用后负责拆除,费用要你们公司出。"

"什么? 免费白用? 还可以这样?"

迟航和胡达被震撼到了无以复加的地步!

许婕勉为其难地道:"这样啊,那我们得商量商量。看看我的同事的意见,因为这项工作是我们迟总和胡经理负责的。"

说完,许婕叫上迟航、胡达走到了里边。许婕看了一眼迟航问道:"迟总,你看怎么样?"

迟航有些迫不及待:"这么好的条件,求之不得,见好就收吧。马上答应他。"

"这还不够,还要让他出点血,看我的。"许婕得理不饶人,要好好治治这个刁难人的工作人员。

许婕和迟航、胡达来到摄影棚工作人员面前,许婕说道:"先生,这个摄影棚你有权处置吗?"

摄影棚工作人员:"有,有。我请示了,公司完全授权给我了。"

许婕十分体贴地道:"你看是这样啊,如果你不能如期拆除这个摄影棚,就要赔偿我们公司的损失,还要承担拆除、垃圾处理等费用,恐怕你也无法和公司交代吧。那就给你个机会,我们用完这个摄影棚还要拆除,还有有害垃圾要处理。我想,你们公司已经给你这些费用了吧。那么,你们公司从中出一半的拆除费用给我们,这个摄影棚最后就由我们公司负责处理了。你们可以节省一半拆除的资金,这个账我相信你会算吧。如果行,就签协议,不行你就自己负责拆除吧。"

这下轮到摄影棚工作人员的脸一下子黑了下来。他十分愤怒,脸上的肌肉都颤抖起来了。可是冷静下来再仔细权衡利弊之后,还真是像这个许总监所说的那样,所以他还是答应了下来。因为他懂得"两害相较取其轻"的道理,何况自己也没吃亏。

这个原本看似无解的难题,就这样被许婕解决了。

看着一脸蒙的胡达和迟航,许婕知道他们在想什么,所以只说了一句话:"兵之所加,如以碫投卵者,虚实是也。"

迟航深有感触:"许多看似无解的事情,还真的不能简单地说不行。"接着由衷地道,"今天我知道了什么是把不可能变为可能。"

34 技惊群雄

在回公司的路上,气氛有些沉闷。胡达和迟航都没有说话,因为他们无话可说。这件事迟航和胡达经过努力却都没有办成,而许婕出场,分分钟就搞定了,而且不仅不花一分钱租金,还能倒找回一部分。

无论是否真正对许婕服气,有一个事实不得不承认:同样一件事情,不同的人处理方式差别巨大。

这件事,让迟航心里起了波澜。迟航一直都认为自己比别人优秀,因此对市场部普通员工包括副总监曹斌一直都心存鄙视。"把不可能变为可能"这不正是自己一直追求的目标吗?可为什么自己做不到,许婕却做到了?这使迟航不由得陷入了反思。许婕的那句"兵之所加,如以碬投卵者,虚实是也"反复在脑海中响起。许婕这句话是什么意思?直到回去查阅了《孙子兵法·势篇》迟航才恍然大悟。

D项目的国内融资渠道仍然没有打开。赵梦迪决定拓展国际融资渠道,并把这个任务交给市场部负责。听到这个消息,市场部有好事者又开始议论起来:"这下看许婕怎么办,她根本没有与外企谈判的经验,也不可能有这个能力。这项工作就不应该接!"上次租影棚的事,一直令胡达很尴尬、郁闷,终于有了让许婕也可能出糗的机会,看她还能不能总是那么神!彭春补刀道:"她可能连一句外语也听不懂吧?"

胡达讨好地说:"迟总,我看这回许婕得求你了。"

迟航谦虚地说:"话不能这么说,不存在求不求。我也是博睿一员。许婕缺乏这方面的经验,如果让我主持这项工作,我责无旁贷。"

彭春吹捧道:"还是迟总境界高。"

许婕确实没有参加过与外企的谈判,更不用说主持了,但这难不倒她。虽然自己没有这方面的经验,但"专业的事情由专业的人来做"。让谁负责呢?经过一番思考、筛选,许婕认为,将这项工作交给有外企工作经历的迟航负责比较合适。许婕遵循了这样一个原则:在合适的时间,将合适的工作交给合适的人去做。

许婕先将迟航找到办公室征求意见:"迟总监,集团决定开拓外资的融资渠道。我考虑你有外企的工作经历,这项工作你来负责是最合适的,你看怎样?"

迟航爽快地答道:"我们早就应该多方拓展融资渠道了。这个事交给我吧。"

迟航在上一次负责租摄影棚时掉了链子,很没面子,一直想有个机会找补回来,也需要重新证实自己的能力和价值,所以就一口应了下来。

迟航果然不负众望,带领一个小组经过一番艰苦的工作,使融资工作有了很大进展。

博睿集团国际融资合作洽谈会在博睿大酒店如期举行。会议由迟航主持。开场进行得很顺利,可是当迟航介绍完 D 项目,与会翻译用英语翻译完,会议正准备往下进行时却出了问题。与会的德国企业代表提出,希望翻译用德语再介绍一下 D 项目。这让会议筹备组的人一下子就慌了神,因为项目书已经翻译成多语种,所以会议现场只有英语翻译,没有其他语种的翻译。这可怎么办?迟航认为这可能是对方故意出难题,也可能是真的英语不好,听不明白。无论哪种情况,都是因为自己没想周全,工作不到位,才会出现这样的状况。这可如何是好?迟航和会务组的人冷汗都下来了,这下太难堪了。迟航急忙用英语道歉:"对不起,我们没有德语翻译,但有用德文翻译的文本,请您看一下吧。"迟航想说几句道歉的话圆过这个场,没想到德方企业代表丝毫不给面子,用英语说道:"迟总监,您这是对我们德国企业的不尊重。不,这是博睿集团没有合作的诚意。我看这个会议我们也没有必要再参加下去了。"说完就站了起来,准备离席。迟航的脸色十分难看,还要再说几句道歉的话。这时许婕站了起来,面带微笑用德语说道:"这位先生,我们的会务筹备人员确实工作有纰漏,没有聘请德语翻译,但您如果给他们一些宽容,我想他们会感激您的。在后面的合作中,您和您的企业也可能会有意想不到的收获呢!"

德方企业代表突然听到许婕流畅的德语,也就露出了笑容,说道:"许总监,您的德语这么好,可不可以给我介绍一下 D 项目呢?"

许婕道:"当然可以,如我的德语有不准确的地方,请您指正。"

德方企业代表笑容满面:"没关系,没关系。"

许婕接着用德语流利地介绍起了 D 项目。德国企业代表听后热烈地鼓起了掌,连说几个:"好!好!"

几秒钟后,全场响起了热烈的掌声。市场部的人也都纷纷为许婕鼓起了掌,既为她外语水平高,更为她及时化解了外企代表的刁难,缓解了现场尴尬的气氛。

许婕面带微笑,扫视了一下全场,这时看到另外一侧还坐着两位法国企业代表。接着,她对法国企业代表点点头,用法语问了一声:"你好!"

"什么?她该不会再用法语翻译一遍吧?"全场的人都在想,怎么可能?

就在人们猜想观望中,许婕又用流畅的法语介绍起了 D 项目。一口标准的法语让法国企业代表竖起了大拇指。然后,许婕又微笑着对阿联酋企业代表用阿拉伯语介绍了 D 项目。最后,许婕又用英语问候了说英语的其他国家的企业代表。当许婕介绍完毕,现场一片寂静。几秒钟后,人们的反应来了:震撼、惊诧,目瞪口呆,与会的人被震撼到无以复加。无论是博睿集团员工还是外企代表,无数人心中掀起惊涛骇浪。真是难以置信!她是怎么做到的?这么年轻,竟然精通这么多国语言,而且对业务还那么专业,了然于胸。片刻后,全场再次响起了雷鸣般的掌声。外方几个企业的代表都被许婕的才华折服了,想到博睿的一个市场部总监就这么有才华,那么博睿公司一定是人才济济,加之 D 项目本身又非常有投资价值,纷纷表示会考虑与博睿合作,会后要组建项目组深入考察洽谈合作事宜。

洽谈会后,市场部员工对许婕的看法悄然发生了变化。就连迟航、曹斌也感到自愧不如,对许婕不再那么排斥了。

这件事也成了市场部近期的焦点话题。

当然,每个人看问题的角度不同,视野、格局不同,说出的话也有很大不同。

韩柏指责道:"会务组这些人在想什么? 这么大的国际会议,还是有求于人的,不聘请多语种同声翻译,难怪人家挑毛病,亏那个迟航还是外企回来的。"

徐忠补刀:"这次的危机还真不是一般的小。国际会议不聘请多语种同声翻译,确实是一个大纰漏。给人的印象不仅仅是会务组筹备人员的问题,而且会上升到对公司的印象,给人这个公司做事不靠谱的感觉。这肯定会影响博睿公司的形象,也肯定会影响国际融资的效果。"

金岩也感慨地说道:"危和机真是伴生的。洽谈会本来对迟航是一次机遇,是迟航展示才华的舞台。没想到洽谈会的瑕疵,变成了迟航的滑铁卢,却成了许婕的机遇。不然谁能知道许婕有这样好的外语才能和业务水平。而许婕提前展露才华，无疑会更早得到市场部员工们的认可，对许婕后面开展工作更加有利。"

许婕的才能，不仅成为这段时间市场部员工议论的中心话题，还大大地刺激了每个人的神经，就连对许婕一直不看好的人，内心也都有很深的触动："没想到一个普通大学本科学历的人竟然精通这么多种外语!""许婕对 D 项目的业务竟然那么熟，那么专业。这让我们在博睿工作时间比她长那么多的人情何以堪!"

"如果不是知道她的底，我有时都以为她是在扮猪吃老虎了。"

"玄幻小说看多了吧。还猪吃老虎，人家那叫真本事。"

金岩不失时机地说道："哥几个，'临渊羡鱼，不如退而结网'，夯实自己的实力才是王道。我们也要努力了!"

徐忠揶揄道："我还以为你要超越许婕呢!"

"超越许婕，首先要超越自己。有时超越自己比超越别人还难。"金岩一副高人模样。

彭春露出了一副惊诧的表情："金岩，我突然发现，你嘴里吐出来的都是哲理金句。一个许婕已经让我大受刺激了。再加上一个你，让我都有点怀疑人生了! 你们都是从哪儿蹦出来的?"

"彭春，你马上在我面前消失，给我有多远滚多远!"金岩一副作势要打的样子。

彭春和胡达带着一脸的羡慕与失落离开了。

35

行有不得
反求诸己

许婕在国际融资会议上技惊群雄后,市场部的一些人也开始暗暗努力充实提高自己,却不得其法。

市场部在博睿大厦作为独立办公区,有自己的一层楼,也有自己独立的电脑系统。今早一上班,大家突然发现电脑打不开了。徐忠负责市场部的行政工作,发现这一问题后马上去和许婕汇报:"总监,我们市场部所有的电脑都打不开了。"

许婕看了一眼徐忠:"找人修了吗?"

徐忠后知后觉地道:"哦,哦,我马上去。"徐忠一拍脑袋,这才反应过来,自己负责行政工作,应该先联系公司行政办维修啊,然后再向领导汇报。

"喂,行政办吗?我是市场部徐忠,我们的电脑系统坏了,着急用呢,请马上来帮我们修一下吧!"

"哦,你是新来的吧?市场部的电脑系统是你们市场部自己安装的,维修也由你们自己负责。"

徐忠很生气,马上跑到许婕的办公室诉苦告状:"总监,行政办说我们市场部电脑系统是自己安的，让我们自己负责。"

见状，许婕大摇其头："然后呢？"

徐忠茫然道："然后？"

许婕压下火气："那你找电脑公司了吗？"

徐忠仍然是傻傻的职场小白样："哦，我去找啊？"

许婕终于忍不住火了："那我去找吗？你是不是负责行政工作啊？"

见徐忠带着满脸的畏难走了出去。许婕摇了摇头想，这点事就这么难吗？继而深思道：不是事情本身难，而是一些人接到任务"难字当头"，是畏难思想在作怪。

为什么看似很简单的事，许多人感到难呢？是因为他们的执行力不强，甚至有的人还很差。

徐忠"好不容易"才搞清楚系统是哪家公司给安装的，又"好不容易"才查到了这个公司的售后服务电话，可是，真是急死人！怎么一直不接电话啊！

两个小时后，大家都在催问徐忠："系统什么时候能修好？"

徐忠没办法，只好去找许婕汇报："总监，我查到了是哪家电信公司，也找到了售后服务电话……"

许婕不耐烦地道："说结果。"

徐忠愁眉苦脸："他们一直不接电话呀！"

许婕哭笑不得："你告诉我，他们公司就接电话了？"

许婕摇了摇头，暗暗下决心，看来得再进一步明确市场部的执行力文化了。

想了想，许婕道："徐忠，你把韩柏找来。"

不一会儿，韩柏和徐忠一起来到了许婕的办公室。

韩柏问道："许婕，你找我？"

"韩柏，咱们市场部的电脑系统坏了。徐忠打他们的售后电话，一直没人接。你想办法看看怎么把系统尽快修好，不然会影响工作了。"

278

韩柏撇撇嘴："就这点事啊？徐忠，你也真是的，这么点事都办不好，看我的。"

又一个小时过去了。许婕出去办事回来，看了看电脑，还是没有任何反应，徐忠和韩柏也都没了音讯。这时，许多员工来反映电脑不能用，无法工作，还有重要的资料要传呢！

许婕直接来到韩柏的工位前，看到韩柏坐在那里生气，就问道："韩柏，维修的怎么还没来？"

韩柏气道："这家公司的售后服务太差了！说人员少，忙不过来，要两天后才能安排人过来。我与他们吵了一架。当初为什么要用这家公司？"

许婕听到这里不由得叹了口气。还以为这个韩柏会有点真本事，没承想和徐忠是一个样子。

唉！还真是应了那么一句话："执行力低下的人总有一百条、一千条完不成任务的理由。而且结论都是惊人的一致——责任都是别人的！"

胡达看到这是一个打击这几个新来的员工的机会，但鉴于韩柏的性格，胡达没敢直接针对他，而是大声说道："这个徐忠也真是的，就这么点事情都办不好，找块豆腐撞死得了！"

徐忠满脸通红，叹了口气，没有说话。韩柏却不干了，说道："喂，是谁在那儿说话呢？有能耐你怎么不去试试，站着说话不腰疼。"

许婕回到办公室打电话将金岩找来说道："金岩，咱们的电脑坏了。徐忠是打售后电话没人接，韩柏是有人接了，但说忙不过来，两天后才能来给维修。虽然你不负责这块工作，但再不修好，我们今天就要耽误很多重要业务了。请你尽快把电脑修好。"

金岩笑嘻嘻地说道："还以为是你想我了，原来是给我安排活啊！就这么点事还要劳您大总监操心，也真是无语了。"

"别吹牛，一个小时维修不好，看我怎么收拾你。滚吧！"许婕瞪了一眼金岩。

"得令！瞧好吧，您呐！"金岩顽皮地给许婕敬了个十分不标准的礼，一阵风似的跑了出去。不跑许婕的拳脚就会上来了。金岩知道，许婕可是散打高手。

金岩向徐忠问清了是哪家公司，怕有误，又亲自核对了一下。到行政办借了一台电脑上了这家公司的官网，找到上面的投诉电话，打过去，投诉该公司售后服务不到位，如果维修人员不在半个小时内到博睿市场部来给维修，就打给公司的总经理，并且由此造成的损失，要由该公司全部负责。接着又打给了那家公司的销售部，告诉对方要购买、安装一个新的局域网，但是考虑到他们公司售后服务不是一般的差，准备在网上探讨一下他们公司的产品质量和售后服务问题。这家公司的售后就归销售部管，这下可气坏了他们的销售总监。

金岩觉得可能还不够，同时又给这家公司官网发了一封邮件：

董事长、总经理先生好：

　　我是博睿集团市场部，也是贵公司的用户。我们一直认为贵公司信誉不错，可是我们看错了，贵公司的售后服务竟然差到简直让人不敢想象。试想，一个每天要有数百、上千个重要商务往来的公司，用了贵公司的系统后出现了问题，售后的答复竟然是两天后才能给安排人员维修。试问，这期间我们公司的商业损失、信誉损失有多大？是贵公司赔偿多少就能解决的吗？请贵公司领导百忙中关注一下。这对贵公司也很有好处吧？如没有答复，我将把这篇帖子发到公网上，让大家讨论一下。温馨提示，这不是威胁。

售后部门的负责人十分钟内连续接到了几位公司高层火气很大的电话，被狠狠地骂了好几场，勒令他马上亲自带人去维修，并道歉。

维修人员很快就来到了公司，负责人则在办公区大声地向所有人道歉。

许婕在办公室将百叶窗帘掀开一个缝，看到这一幕，笑了。没看错金岩这小子。刚要放下窗帘，却看到韩柏站了起来，大声呵斥那位负责人。许婕摇了摇头，放下了窗帘。由于维修人员来得多，分工明确，很快就查出了问题所在，用了很短时间就修好了。系统恢复了。

韩柏在那位负责人再次表达歉意时，又狠狠训了他们一番，并且来到了许婕的办公室说道："许婕，系统修好了。这帮家伙就得和他们干一架，否则他们还不来。"说完，很自豪地走出了许婕的办公室。

许婕还没来得及说什么，韩柏已经走了。许婕再次摇摇头，无奈地笑了一下："有些人，成事没有他，成果却有他。"

金岩坐在办公区看到系统修好了，像是没事人一般，很自然地开始了自己的工作。

许婕又掀开窗帘，看到金岩坐在那儿专心致志地工作，微笑着点点头。市场部还缺一位副总监，如果金岩在其他工作中还能表现出优秀的执行力，就可以向董事长推荐金岩了。

这段时间诈骗电话很多，很烦人！马上到午休时间了，金岩又接到一个电话，是以白菜价卖黄金的，正要训斥对方几句，正巧看到许婕从总监办公室出来。金岩突然想到了一个主意，对着手机说："你等等，我老婆说了算，她很有钱，让她和你说。"

金岩差一点儿就为自己这灵机一动的主意笑出声来，快步跑到许婕跟前说道："许总监，你接个电话。"

"谁的电话？"

"没听清。"忍住笑，千万不要笑！金岩差点没忍住。

"您好！我是许婕。请问您是哪位？"

"太太，你好。我们是黄金公司的。我们公司庆祝成立100周年，黄金打折优惠新老顾客。"

许婕明白了，金岩这是借诈骗电话给自己搞个恶作剧。

"哼，想看我出笑话！真是小瞧我许婕。看我的，看我让骗子怎么哭！"

许婕一本正经地道："你卖黄金的？那我问一下啊，你们公司的黄金优惠后是多少钱一公斤啊？"

许婕正好走到办公区中央，声音很大，全办公区的员工几乎都听到了。没有搞明白状况的员工很吃惊："许总监这么年轻，怎么这么有钱？黄金按公斤买？"搞明白的员工都笑了。一是笑许婕，真狠！对骗子出手够狠。二是笑金岩，胆子够大，竟然对总监搞恶作剧。

只听对方又道："太太，我们卖的是黄金，按克计算，不按公斤算。"

许婕怒道："你没事逗着玩呢？我要买就按公斤买。既然你家没有那就算了。"

"有，有，您等等。我现在就给您算。"骗子一听，遇上一个傻富婆，马上说道，"太太，那您要买多少公斤呢？"

许婕仍然一副买大白菜的口吻："我要买50公斤吧！"

"50公斤，你说的是真的吗？"

许婕训斥道："当然是真的。怎么，你认为我没有钱吗？"

"太太，50公斤，我们需要调集一下。但你得给我们先付押金。"

许婕似乎恍然："哦，押金啊。也对，这个量是有点大。不过押金少了也不合适。多了，我也不放心。我用资产抵押吧。"

"什么资产？"

"一座山吧。"

"山？什么山？"

"泰山。怎么样？"

"……"骗子挂断了电话。

听到这里,整个办公区爆发出一阵哄堂大笑,有的人差点笑岔了气。

许婕拿着金岩的手机作势要往地上摔。金岩一个箭步蹿到许婕面前:"别,别摔。我也不知道是骗子。"说着抢回了手机。午休前,这个小插曲把大家上午因系统不能工作的郁闷一扫而光。

当大家带着愉快的心情纷纷离开办公室去吃饭时,许婕突然想到了一个问题,马上回到办公室进入了思考状态。今天维修电脑的事让许婕突然想到了一个很严肃的问题,有些员工的执行力不强,有的还很差。这个问题新老员工都存在。不尽快解决,那么市场部的工作效率、工作质量,乃至这个团队的整体战斗力就会大打折扣,就连企业的竞争力都会被拉低。因为再好的决策,执行不到位,就相当于被打折,其结果也就可想而知。这样的团队,会被竞争对手越落越远。

许婕想到了一个成功企业家的总结:

企业的执行力已经成为核心竞争力。

一流的战略 + 一流的执行 = 超一流的竞争力

一流的战略 + 二流的执行 = 二流的竞争力

而个体执行力的强弱带来的另一个问题就是每个人自身事业的发展问题。为什么同期进入企业的人,有的人进步快,有的人进步慢?包括一些老员工,看到比自己后进入企业的新手,事业发展比自己快,职务、薪酬都比自己高,对此愤愤不平,认为企业对自己不公平。可从未想到在自己身上找原因。

一些员工接到任务没等做呢,就先有畏难情绪;一些员工没有完成工作任务,不找办法,却找借口;一些员工事情没做好,不是找原因,吸取教训,而是先推卸责任。

因此,很有必要在市场部建立一种新的企业执行力文化。

企业执行力文化是什么呢?许婕陷入了沉思。

有了,就从最近几件事反映出来的问题找切入点。

执行力文化要简单明了,一目了然,好懂好记,然后使其内化于心,外化于行。想到这里,许婕将梳理出的市场部执行力文化发在了工作群中。

市场部执行力文化:

找办法,不找借口。

做问题的终结者,而不是传递者。

行有不得,反求诸己。

请大家熟记于心,落实在工作中。年底考核要将此文化的落实情况作为重要指标之一。

员工下午上班看到这个"执行力文化"后,立即展开了热议。前两条都很好理解,可是对第三条的"行有不得,反求诸己",很多人是一脸蒙。金岩首先在工作群里发出了这句话的解释:"'行有不得,反求诸己'这句话出自《孟子·离娄上》。它的含义是,事情做不成功,遇到了挫折和困难,或者人际关系处得不好,都要自我反省,一切从自己身上找原因。"人们不由得惊叹许婕宽泛的国学知识,更重要的是她将国学知识用于提高执行力上了,而且是那样贴切!于是市场部掀起了一股国学热、执行力热。

许婕在市场部大力推行执行力文化,使市场部的团队整体素质有了明显提升。许婕本人在市场部也受到了真正认可,在集团总部名声大噪。赵梦迪要求人力资源部在全公司推广执行力文化。

有人的地方就有江湖,有江湖的地方就有矛盾。在大公司,名校毕业的大学生、硕士、博士、海归一抓一大把的地方,一个学历不算高的人职务晋升过快,身上又不断地发出耀眼的光芒,难免让一些人心里不服气,对许婕议论纷纷。

"许婕一个普通大学本科毕业的人,知道什么是执行力吗?"

"许婕就是在作秀。"

有人在思谋着怎么能把市场部的光芒压下去,最好能公开展示实力,让市场部和许婕出点丑。

36 执行力公开赛

公司里的议论自然也传到了赵梦迪的耳朵里。张平和人力资源部总监林莹也听到了这些声音,他们当然知道许婕的真正实力。认为一些人没真本事,却对有真本事的人羡慕嫉妒恨。

"此风不可长。"张平和林莹来到董事长的办公室,向赵梦迪说出了自己的意见。

赵梦迪沉思了一会儿说道:"不能简单打压,我们要因势利导。可以搞一个执行力公开赛,借机促进团队整体执行力的提升。"

"这个办法好,这是正向引导。这样我们就能把消极的情绪转化成比、学、赶超,正能量的企业文化。"张平对此十分赞同。

"对。这确实能树立良好的风气。"林莹也非常赞同。

"看来二位很有心得啊!那就由张总负责,林莹你们人力资源部具体承办。"赵梦迪立即做了责任分工。

"董事长、张总,竞赛的名字就叫'执行力公开赛',可以吗?"林莹的反应超快,马上就想好了大赛的名字。

赵梦迪沉思了一下,回答道:"可以,但不要搞得太复杂,内容越简单越好。"

"对。能把平凡的事情做好,就是不平凡。"张平很赞同。

各部门接到集团人力资源部《关于在集团开展执行力竞赛的通知》后都十分重视。因为这关系到本部门在集团领导和同事心中的形象。同时,也都明白这次竞赛的起因是市场部掀起的执行力文化得到了集团的认可。许多人心中憋着一股劲,跃跃欲试,要在竞赛中战胜市场部。这个公开赛与有的部门的想法非常吻合。因此,有的部门在动员中目标定位就是要超越市场部。潜台词就是直接打脸市场部,打脸许婕。

竞赛的规则和试题:"按照国家环保节能的要求,集团决定在总部办公楼开展节能工作。请各部门在 3 个工作日内拿出一个《总部办公楼节能工作方案》创意。竞赛以部门为单位参赛。第四天,每个部门在现场公布自己的方案创意,由专家现场点评打分。"

看到这个竞赛题,许多人都很不以为然。

"啥?就这?这也太简单了吧!"

"这能看出执行力高低吗?"

当看到竞赛题目的时候,大部分人,包括很多部门负责人都在质疑题目的难度系数太低了,担心比不出高低。有的部门总监干脆就将任务交给一个员工执笔。有的部门总监却发现了问题:这个看似简单的任务,要出色地完成恐怕还真不简单。有几个部门悄悄地组织了精干力量开展了讨论。

许婕则是要求市场部员工每个人都要答卷——提出方案创意。市场部内部进行评比,优胜者给予奖励并计入年底绩效考核成绩。然后组织集中讨论,从各种方案中择优、综合,最终形成市场部的方案创意。

公开赛时间在晚上 6 点 30 分准时开始。由人力资源部副总监李旭主持。李旭很擅长主持,大学期间就是学校各种大赛的主持人。

公司大会议室里座无虚席。各部门几乎全员都参加了，但心态却各有不同。大部分人是抱着学习的目的来的，有些人是为本部门助威来的，有些人是为了在枯燥的工作之余寻找乐趣来的，也有一些是来看市场部笑话的。

让人们没想到的是，以董事长赵梦迪为首的公司领导层竟然全部参加了，这是十分罕见的。可见集团对这次公开赛的重视程度有多高！这让一些对大赛重视不够的部门总监心里忐忑起来。

主持人李旭宣布了比赛规则。每个参赛部门选出的代表在另一间小会议室里等候。等候的人手机上交，统一由会务组保管。等候室进行了信号屏蔽，以防参赛会场传递信息，确保大赛的公平。上场顺序由现场抽签决定。

各部门代表按着抽签顺序依次走上主席台介绍本部门的解决方案（创意）。

第一个上场的是技术部代表。搞技术的人很少废话，直接说道："我们的创意是：首先，找到办公楼耗能最大的问题所在。根据现有的实际情况，用电是耗能的最大因素，而中央空调已经调成了节能模式。剩下的主要是电梯，我们大厦有 12 部电梯，如果把这个环节控制好就能把本单位的用电能耗降下来。现在有的人一步都不愿意走，上 2 楼都要乘电梯。针对这种情况，可在技术上采取措施，控制 8 楼以下不停，这样就可以节省一部分用电量。汇报完毕。"

专家开始点评："技术部分析的办公楼耗电最大的是电梯，这是准确的。8楼以下不停，也确实可以节约一部分用电量。但显然还没有达到最大限度地节约用电的目的。因此这个创意只能给 50 分。"

台下，带队的技术部副总监脸色有些不好看。总监在争分夺秒搞研发，根本就没有时间参加这个活动。自己带队参加竞赛，竟然不及格，他有些不服气，也要看看其他部门能想出什么更好的创意。

台下还有一部分员工的心里也有些不自然，因为自己也是这么想的，那么很显然自己也是不及格的。

第二个上场的是行政综合部。这部分工作本来就是他们负责的。他们上场的是部门副总监。这个副总监就圆滑多了,先是对各位领导、专家和同事全都问候了一圈,然后才介绍创意。他们判断节能的重点也是电梯。他们的创意是:"直接发文,停掉 11 部电梯,可以最大限度节电。"

专家点评:"方法过于简单,看似可以最大限度节电,但没有考虑工作需要的实际情况。尤其是早晚上下班高峰时,仅有 1 部电梯会使高楼层的员工无法正常上下班。因此,这个创意无法执行。专家组最后给出的分数是 0 分。"

行政部总监的脸彻底垮了下来。有这种想法的员工也低下了头。

之后的几个部门的创意也都因为存在较大瑕疵,得分不高。

倒数第二个上场的是销售部副总监。销售部一直对近期市场部的风头压过自己不服气。因此,他们部门总监亲自领着大家讨论,集思广益,形成了创意方案,并由副总监宣讲,对竞赛冠军志在必得。

副总监充满自信地侃侃而谈:"前面几个部门都介绍了自己的创意,虽然没听到,但可能都不错,值得我们借鉴。我们销售部的节能重点是围绕电梯如何运行来做文章。我们在讨论中梳理出两个方案:一是禁止低层员工乘坐电梯。但很显然不能实现节能的最大化。二是在非高峰时期停掉 10 部电梯,保留两部给身体不好和赶时间的高层员工使用,可以实现节能的最大化。这既不影响工作,也能照顾身体不好的员工,体现人性化管理。我们倾向于第二方案,但不能采取简单发个文件,行政命令式的方法。要在发文提出要求的同时,做好思想工作。"

此时,场上的绝大部分员工都在心里给销售部打了最高分,认为这是考虑最全面的创意方案了。

专家组也给予了很高的评价:"销售部的创意站位很高。既有行政要求,又有思想工作;既追求了节能的最大化,又不影响高层员工的需求,还考虑了部分因身体因素不能爬楼梯员工的实际情况,体现人性化管理,都很好。但仍然会有相当一部分人心里不舒服,甚至有一些低楼层的员工仍然会去使用那两部运行的电梯。这就会造成那两部电梯的使用频率会非常高,既造成拥挤,也达不到节能最大化的目的。所以还不是最佳创意。"最后销售部得分 80 分。这是今晚的最高分。

销售部总监看到现场人们纷纷点头称赞,有的部门总监还给她竖起了大拇指点赞,脸上堆满了自信、开心的笑容。她认为后面的市场部已经不可能再有更好的创意了,绝不会超过他们。现场许多人也认为这次大赛已经尘埃落定,冠军非销售部莫属。

这时,主持人宣布最后一个上场的是市场部项目经理金岩。对这个进入职场不久,就被破格提拔成项目经理的年轻人,大家给予了更多的关注。金岩往台上一站,一米八五的个头,十分帅气又带有几分刚毅,可以说是玉树临风。很有磁性的男中音开场:"女士们、先生们,大家晚上好!"刚刚说完,台下就响起了女生们的一片尖叫声:"金岩,加油!"原本还有点沉闷的会场气氛一下子就被打破了。一些已步入中年的人感慨道:"年轻真好!"赵梦迪等人脸上也露出了开心的笑容。

金岩有些小自豪了一下,但马上就平复下来,淡定自若地开始了介绍:"我们市场部经过对办公大厦主要耗能环节的排查分析,认为节能的重点是电梯。我们的目标是在这个环节实现节能的最大化。我们的创意是,现有 12 部电梯在上下班高峰后,9 部停止运行,保留 3 部正常运行。"

"这没有销售部的创意节能多呀。"

"还是销售部技高一筹啊!"人们开始议论。

销售部总监的脸上忍不住露出了胜券在握的神情。

"为什么是停掉 9 部,而不是 10 部或 11 部?因为根据我们对 8 层以上员工人数的测算和大厦不同办公区域地理距离过远的实际,如果停掉过多的电梯,虽然可做到节能最大化,但很显然不能满足员工的最低需求。而在三个不同办公区域各保留一部电梯,则既保证了各办公区高层员工的需求,也兼顾部分赶时间员工的需求,同时还考虑到一部分年龄较大,或身体因素不便于爬楼梯的员工的实际情况。我们认为,做任何一项决定,尤其是重大决定,都要实事求是,尽力做到科学、可行。"

"看起来,市场部的创意考虑得更符合实际呀!"这时,一些人改变了刚刚的看法。

"同时,停掉大部分电梯,毕竟会给一些员工带来不便。尤其是低楼层的员工就要步行爬楼梯了。这就有可能会使一些人心中产生不快情绪。因为乘坐电梯已经成为习惯,而且电梯已经是现代企业办公设施的标配。而企业文化的最高境界是让员工快乐地工作,这本身就很难做到。如果我们再采取简单的行政命令式的方法,让相当一部分人去爬楼梯,显然没有考虑员工的情绪。有人可能想到了思想工作,可我们认为简单的思想工作,并不能起到太大的作用。"

说到这里,台下突然响起了议论声:

"啥? 这怎么好像专门说给销售部听的呢?"

"市场部似乎知道销售部的创意。"

金岩并不知道台下在议论什么,待议论停下来后,接着道:

"与其让人们心情压抑地去爬楼梯,不如让爬楼成为一种娱乐。让人们高高兴兴地主动去爬楼梯。"

金岩深谙说话的艺术,说到此处再次稍稍停顿了一下。果然成功地吊起了听众的胃口。

全场突然静了下来。爬楼梯这么一个大家心里肯定不情愿的事情,还能成为娱乐,高高兴兴地去做?

看到人们期待的眼神,金岩心中有些小得意:相信等我说完了我们的核心创意,那些对市场部不服气的人,不服也得服。

"毋庸讳言,爬楼梯肯定不是一件每个人都愿意主动去做的事情,一般性号召效果肯定一般,这就需要设计一个活动载体——爬楼梯竞赛。这项活动可以由工会组织,作为一项体育活动。"

说到这里,金岩看到坐在前排的销售部总监和他身后的一干人都露出不屑的神情,同时许多人也露出了失望的表情。

好像知道人们在想什么,金岩紧接着就用自己的创意回答了大家心中所想,一下子就让人们来了兴趣。

"竞赛不能是一次性的,因为那不能真正达到节能的目的。而是要具有经常性和可持续性。那么怎么样才能使人们每天都重视爬楼梯竞赛呢?这就要使竞赛不枯燥乏味,具有娱乐性并进行阶段性评比和年终总评比。我们可以模仿综艺节目的模式。评出个人周冠军、月冠军、季冠军和年度冠军,以及前10名、前100名。对冠军、亚军及前10名、100名要每周都公布名单,给予精神奖励,同时年底累计给予丰厚的奖金。建议可以从节省下来的电费中拿出50%作为奖金。这就可以让爬楼梯活动一直持续不断地进行,而不是一次性作秀活动。"

这时,台下不知谁带头鼓起了掌,紧接着就响起了热烈的掌声。显然都在为市场部的这个创意而鼓掌。

可金岩却幽默地说道:"看起来大家都在为奖金而鼓掌!"

哄的一声许多人都笑了。

"娱乐性和可持续性有了,可这仍然不够,还要使活动具有广泛的参与性。就是活动设计要兼顾不同年龄阶段和不同性别的人,使每个人都是参与者而不是看客。

"为了让全员都参加(身体原因除外),竞赛可以设青年组、中年组、50岁以上年龄组。同时对应设女性组。而女性组和男性组还可以PK。"说到这里金岩又停顿了一下。

大多数人认为金岩说到这里也就应该结束了。评委们的脸上却露出了遗憾的表情。

然而,金岩紧接着又说道:"只有奖励还不够。如果有的人就是不在乎这点奖励怎么办?要奖惩并用。对无故不遵守节能规定的人给予惩处。比如与年终奖挂钩。那么现在这个方案是不是很好了呢?显然还不完美,还有进一步完善的空间。"

全场再次一片寂静。人们都被金岩带到了思考之中。

"还有?是什么?"许多人都在想。

"方案竞赛仅设个人奖还不够。如果有人不在乎这个奖也不怕扣罚奖金,仍然不愿参加竞赛活动,坚持去坐电梯,就可能带来坏的影响。所以,活动还要设团体奖。以部门为单位设团体奖。以年龄组和对应的女性组为单位设小组奖。你可以不愿意参加,但你不能拖大家的后腿,影响整个团队的荣誉。相信,谁也不愿意被看作是团队中的那只'烂苹果'。

"市场部的节能方案创意就汇报到这里。可能与兄弟部门的创意比还有很大差距,工作中我们会虚心向兄弟部门学习。"金岩的话音刚落,全场再次响起了热烈的掌声。这次,许多人是发自内心的赞佩、折服。

赵梦迪等集团领导脸上都露出了高兴的笑容。

待掌声结束,评委对市场部的方案创意进行了点评:"从刚才的掌声来看,很显然大家对市场部的这个节能方案创意比较认可。市场部的创意立意新颖,设计了一个很好的载体。将爬楼梯这么一个枯燥乏味,甚至大家还有点抵触的事情变成了一项体育、娱乐活动。同时给这项体育、娱乐活动又赋予了个人荣誉感和集体荣誉感。对活动的细节考虑周详。既考虑了节能需要,又考虑了工作实际需要,同时兼顾了不同人群的情况。可以说,这个创意具有很强的可操作性。市场部最后得分95分。"

全场又一次响起了更加热烈的掌声。

待场上静下来,主持人李旭总结道:"这次执行力竞赛到这里就圆满结束了。环保节能方案,看似是一件很简单、很平凡的事,可从各部门的创意来看,要想真正做好也并不容易。市场部的方案创意告诉我们,能将简单、平凡的事做好,就是不简单、不平凡。今天的竞赛结束了,然而,我们工作中的竞赛却刚刚拉开帷幕。相信我们每个博睿人都能在激烈的职场、人生的竞赛中成为战无不胜的高手中的高手!"

主持人的一番话,让在场的所有人都热血沸腾起来,暗暗下决心要尽快提升自己的执行力。

市场部通过这次竞赛,一战成名。也让许多人争相学习执行力文化。然而,接下来的另一项工作,却使一些人执行力的差距更加凸显。

37

上兵伐谋

　　为了解决公司货款被拖欠严重的问题,集团要求公司总部的所有部门都承担清欠任务。对此,一些部门有些抵触:销售业绩、奖金都是销售部在拿着,现在货款收不回来,凭什么让我们去背锅、顶雷?好在集团后来出台了奖励措施,这才平息了各部门的怨气。

　　大规模的清欠行动开始了。金岩、韩柏、徐忠等人也都领了任务。

　　一个月过去了,好要的货款大多数都要回来了,剩下的都是难啃的骨头。因为这些货款的额度都很大,对公司很重要。对此,许婕建议,加大奖励提成比例,重赏之下必有勇夫。赵梦迪采纳了许婕的建议。可是有几笔大额货款,几拨人马轮番上阵都毫无效果。徐忠也接了一个额度很大的任务,半个月过去了,徐忠连续到对方企业去了多次,连人都没见到,急得徐忠满嘴起泡。韩柏见状讽刺道:"徐忠,就你这能力,没有弯弯绕,就别吃那镰刀头,怎么样,没辙了吧?"

　　徐忠反驳道:"有能耐你去要一个看看。"

　　韩柏被徐忠一激,豪气干云地说道:"这就不是个事。看我的!"

韩柏接着去这家企业催要货款。人是见到了，可就出来了个所谓的经理。这个经理态度十分好，可谓是好话说尽，就是"企业现在困难，等有了钱，一定马上还款"云云。就这样打了一个礼拜的太极。后来韩柏在对方企业大闹了一场，也无济于事，只好回公司放弃这个任务。金岩则不显山不露水，很低调地一口气完成了两个大额清欠任务。这时人们仍然没感到金岩有多么出色。包括韩柏和徐忠都认为，金岩就是运气好，遇到了好说话的欠款单位。

午休时间，是市场部最快乐、最开心的时间。吃完饭，大家陆续回到办公室开始侃大山。自从金岩、徐忠等一些年轻人加入后，就给大家带来了青春、活力和快乐。这几个活宝每天都将大家逗得哈哈大笑，使同事们上午的疲惫一扫而光，下午也充满了干劲。

今天中午吃完饭回到办公室，一些人抱怨食堂的饭菜总是一个味道，不知后勤是怎么管理的。聪明人说道："那是厨师的问题。总是一伙厨师，当然总是一个味道。"更聪明者道："其实很好解决。经常换厨师就行了。"

金岩则说道："什么大厨也比不了我家小婕。她昨晚给我做的饭菜真是太好吃了，感觉比五星级大酒店的还好吃。"

"你家小婕是谁?"彭春问道。

韩柏一副认真的表情："哥们，小婕是谁你都不知道? 咋混的! 难怪到现在还是个小业务员。告诉你，就是许婕。"

"啊?"几人不约而同地露出一副吃惊的表情。

这时胡达眼睛余光看到许婕正向这边走来，不怀好意地说道："金岩，哪天你让你家小婕再做一顿饭，我们也去你家尝尝呗?"

金岩痛快地道："没问题，你们别看她平时很凶，但我让她做饭她就得乖乖去做。"

金岩正在那儿吹得起劲，突然，全场鸦雀无声。同时一个个人的脸上表情怪怪的，有的似乎在憋着坏笑。

"这是什么情况？"金岩发觉有些不对头，猛然一回头，看到许婕不知什么时候站在了自己的身后。金岩有些尴尬地挠挠头。

许婕是谁，许婕连大权在握的副总裁王淼都不在乎，敢于在董事会亮剑，疾风劲雨般将经理层的一些精英暴击得体无完肤。一些知道情况的年轻员工见到她都是崇拜中带着敬畏。金岩拿她开涮，还有好果子吃？

可是，人们预想中的暴风骤雨没有来，却看到许婕走上前去，很甜蜜地挽起了金岩的胳膊，嗲声嗲气地说道："金岩，表扬我呢？今晚还想吃啥，告诉我，我给你做。"

哗啦！无数心碎的声音在人们心里响起。现场的所有男生一脸生无可恋的表情。怎么会这样？那可是许婕呀，一朵鲜花就这样被这小子摘了？

然而，对金岩来说可就完全不是那么回事了，脚下一个趔趄，差点跌倒。一向强势的许婕，用嗲声嗲气的语调和自己说话，这让金岩浑身汗毛倒竖，起了一身的鸡皮疙瘩。这绝不是许婕的套路啊，事出反常必有妖！这下惨了。凭许婕的狠劲，指不定有什么后手来整治自己呢。

果然，许婕接着说道："金岩，你也不能光想着吃，你得干点活啊！明天你去江东省宇阳市一个叫金顺的公司去清欠。这个公司咱们先后去了几拨人，都没要回来。具体情况你可以问问徐忠和韩柏。我感到现在时机好像成熟了。给你15天的时间，一定要将货款全部要回来，差一点扣你半年奖金，一点都要不回来，扣你全年奖金。如果全部要回来，我亲自给你做饭。"

金岩的脸立刻就垮了下来。谁说吹牛不上税啊？我跟他急！

这笔欠款可是最难啃的骨头，金岩急忙说道："不是，许大总监，不带这么欺负人的啊！我的任务早都超额完成了。你不能鞭打快牛啊！"

许婕板着脸："能者多劳嘛，快去吧，趁我现在没改变主意，还给你15天时间。不然，10天？"

"不是……"

"7天!"

"我的天呐！还是15天吧。"

"那还等什么，现在去买火车票还来得及。"

望着金岩火急火燎地往外走，市场部爆发出了一阵大笑声。

许婕面无表情地道："看来你们很轻松啊，是不是都要再领点清欠任务？"

笑声戛然而止。每个人都逃跑似的回到自己的工作岗位。

金岩并没有直接去找欠款企业，而是先到销售部、财务部查阅该企业的欠款情况。金岩看到对方企业欠款数额较大，时间较长，博睿的清欠人员已经去了几拨，都没有要回一分货款。清欠人员要么是见不到对方企业的主要负责人，要么是被对方企业人员打太极。想要回这笔欠款，看来不容易。金岩回到办公室陷入沉思。采用一般的办法肯定没有效果，怎么样才能要回这笔货款呢？

金岩在头脑中苦寻着对策，强迫自己刮了一会儿头脑风暴，想出的办法又都被自己否定了。看来自己对这个企业还是了解得不够啊！

"对这个企业了解得不够？"突然，金岩的眼前似乎有一道亮光闪过。在企业入职培训时许婕给新员工讲《孙子兵法》在商业上的应用，《孙子·谋攻篇》中说："知己知彼，百战不殆。"

对，知己知彼才能百战百胜！

金岩马上打开电脑，搜索了一下这个叫金顺的公司。这是一家上市公司，在江东省有着不小的名气。要收回货款，首先要看企业是否有偿还能力，那就要查看企业经营情况。通过查看其公开披露的财报，这个企业经营状况还不错，证明企业有偿还能力。长期拖欠货款不还，显然是故意行为。这个企业的诚信存在问题。对这种只顾自己，不管合作伙伴死活的企业，"是可忍，孰不可忍"。

金岩决定出手。对这样的老赖企业,就不能客气。但对方能够长期拖欠货款不还,肯定是赌我方企业现在销售遇到困境,为了留住大客户而不敢与其翻脸。那就反其道而行之,要展现出我方不在乎对方这个销售渠道。先从哪儿入手呢?金岩想了一会儿,现在是法治社会,做什么事都要依法进行。对,就先从法律手段入手,体现我方的浩然正气。

金岩找到了博睿公司的法律顾问。请其给这个叫金顺的企业发律师函,先礼后兵。律师函要按合同将拖欠货款违约的滞纳金突显出来,并要求对方企业在7个工作日内还清欠款本金和滞纳金。如不能在我方要求的时间内还款,将起诉金顺公司并向诚信部门举报金顺公司的不诚信问题。落款联系人是博睿集团全权代表、副总裁金岩及法务代表姚烨。

律师姚烨一脸疑惑:"金岩,这样写好吗? 你什么时候任集团副总了?"

金岩笑道:"马上就是了。先写着,如果董事长不同意再改。"

姚烨也知道这是金岩去催款的需要,很义气地说道:"金岩,我就陪你疯一把。"

看着律师函,金岩乐了,先过一把副总裁的瘾。但是,这样发出去很显然不行,必须得到赵梦迪的授权才行。金岩拿着律师函来到赵梦迪的办公室:"董事长,许婕给我一个清欠任务,这笔欠款额度很大,债务人是江东省宇阳市的金顺公司。我了解了一下,之前我们公司去了几拨人马,催要了多次都无效果,已经三年了,几乎成为死账。这笔账确实不好要。"

赵梦迪皱着眉头说道:"你找我是什么意思? 让我放弃? 还是要我和许婕说取消你的这个任务?"

金岩急忙道:"董事长,都不是。我会去执行这个任务,而且一定能完成这个任务。"

赵梦迪的眉头松开了:"哦,那好啊。那你就去吧。"

金岩有些不好意思地道:"董事长,我需要点支持。"

赵梦迪疑惑道："你可以去和许婕谈啊！"

金岩稳定了一下心神："这个支持只有您才能做到。"

赵梦迪有些好奇："什么支持？"

金岩脸色微微有点红："给我任命一个集团副总裁的职务。"

赵梦迪一愣，有些生气地说道："我没听错吧？你要做集团副总裁？"

金岩急忙道："董事长，您别误会，是我没说明白。我是说临时的，只用于这次清欠。"

赵梦迪严肃地看着金岩："给我一个理由。否则，你耽误我这么多时间，你知道后果。"

"董事长，这笔欠款之所以要不回来，原因很多，其他的都不说了。其中有一点，就是因为我们以往都是业务员或部门经理去谈，要么见不到对方的人，要么对方出来个业务员或部门经理应付我们。因为他们都没有决策权，只能用拖字诀和我们打太极，这就使前期的催款效率十分低，或者说根本没有效率。既然对方讲究对等接待，我们就要提高清欠人员的层级。"

赵梦迪似乎明白了，问道："提高到什么层级？"

"就是集团副总，并且要您全权授权。您看看这封律师函。"金岩将律师函递给了赵梦迪。

赵梦迪看到律师函上的措辞，很有力度。再看落款：全权代表、集团副总裁金岩。赵梦迪笑了："集团副总裁，很过瘾是吧？好，就任命你为集团副总裁，只限于这次清欠。清欠结束，任命自然解除。"

"谢谢董事长。我还有一个要求：我的名字要加到公司领导班子名单上，在官网上公布。因为对方肯定会在我们公司官网上查我的情况，研究怎么对付我。只有在官网上看到我的名字，他们才会信以为真。我的简历什么的都不要写，越神秘越好。"

赵梦迪皱了一下眉头，沉思了起来。金岩的名字公布在官网上公司领导班子的名单中，肯定会在公司内部引起轩然大波。但是，很快，赵梦迪就回答道："好，你的名字今天就会出现在官网上。还有什么问题吗？"

"还有，董事长，你要给我谈判授权。比如，我已经在律师函中加上了滞纳金。滞纳金听起来数额不小，事实上我们能将本金要回来就不错了。之所以加上滞纳金，就是给对方讨价的空间。对方讨价，我方也要还价，而这一切都要在滞纳金的范围内，我要有现场决定权。"

"没问题。"

"还有一个问题。"金岩笑嘻嘻地问道，"公司的奖励政策是对本金部分，如果我要回了一部分滞纳金，给多少奖励呀？"

赵梦迪直盯着金岩："你想要多少？"

"那我怎么好意思说。"金岩道。

"还有你小子不好意思的吗？"

"董事长，我比较腼腆好不好。"

"你腼腆？好，你很腼腆。说吧，要多少提成？"

"要回滞纳金的20%作为提成。"

"你怎么不去抢钱！"

"董事长，你不会以为我发一封律师函，对方就能乖乖还款吧？要是这么简单，这笔欠款早就要回了。我要打一套组合拳，这是需要费用的。"

"好，答应你，但不要有违法的行为。"

"董事长，你放心，我可是奉公守法的好公民。"

"别贫了，快去做事吧。"

望着金岩的背影，赵梦迪欣慰地笑了。这批招的新员工有一部分很优秀，从他们身上，让赵梦迪对公司的未来充满了信心。

律师函发出去了。金岩又到人力资源部找到总监林莹，请她帮忙，提供一份总部正在休年假和准备休年假的人员名单及手机号。

林莹疑惑地问道:"小帅哥,你要这些干吗?"

金岩开始拉大旗:"董事长给我一个任务,去金顺公司清欠。我想请几位休假的同事和我一起去清欠。这笔欠款数额很大,对我们公司很重要,请林总给予支持。"

人力资源总监林莹有点不放心,犹豫着。

金岩又拿出律师函给林莹看。当林莹看到落款集团副总裁金岩的名字时,大吃一惊。这个金岩什么时候成了集团副总裁了? 林莹用怪异的眼神看着金岩问道:"金岩,这是什么?"

正当林莹犹疑的时候,赵梦迪给她打来了电话,让她更新官网,将金岩的名字加到领导班子副总裁最后一位,并小声地说:"只用于清欠。"

接完电话,林莹看着金岩的眼光更加怪异了。

金岩听出是董事长的电话,也明白肯定是在说自己任副总裁的事。可金岩表现得非常淡定。这让林莹都有些刮目相看了。

林莹给了金岩一份名单。金岩从中选了四位,用统一的用语打电话说道:"您好。我是市场部金岩。听说您在休假,打扰了。公司想请您到江东省宇阳市去旅游,公司承担费用,同时为公司做点额外贡献。任务嘛,是陪同市场部金岩到金顺公司清欠,每天给基础工资 6 倍以上的补助费,清欠成功还有大笔的提成。"听到这么好的条件,4 个人都欣然接受了。

两天以后,当许婕看到金岩还没走时,就火了:"金岩,你怎么还没去清欠? 我给你的时间可不多了,不要以为我在和你开玩笑。"

金岩嬉皮笑脸道:"你急什么,你就等着给我做饭吧!"

看着金岩远去的背影,许婕有些疑惑:这个金岩在做什么? 他虽然有时看起来有点痞气,可是做事一直是很靠谱的,往往能出人意料地完成别人难以完成的任务。

金岩走到徐忠工位前说道:"徐忠,走了,跟我去宇阳市金顺公司清欠。"

同风起

韩柏听到了,马上说道:"金岩,你还真去呀?很明显,这是许婕给你挖的坑。那么多人,那么多年都要不回来的死账,你怎么能在半个月内要回来?你接了这个任务,就要毁了你的一世英名啊!"

金岩一脸无所谓地道:"没关系,这个世界上就没有什么事是不可能的。"

韩柏痛心疾首:"唉,真是服了你了。都说恋爱中的女人智商为零,看来男人也一样啊!徐忠,金岩病了,你就别跟着吃药了。"

徐忠却毫不犹豫:"我相信金岩。"

"真拿你们没办法。就这智商,以后别说和我是同学。"

金岩看到律师函用快递发出3天后,对方没有反应。看起来是时候再给对方施加点压力了。

金顺总部办公楼前,早上上班高峰时间,有几人举着横幅:"要工资,要生活,金顺还钱!"金岩用手机拍下来,编辑了一下。很快这个短视频就发到了金顺公司官网上。同时附了一封博睿集团催款的律师函,还有一封信:

致金顺公司董事长:

尊敬的董事长先生,实在没有办法,我才将这个短视频发给贵公司。因为我见不到您,就连贵公司的高层都见不到。贵公司拖欠我公司"巨额"货款,长达三年之久,已导致我公司出现资金严重周转困难,目前已经影响到员工的工资发放,给我公司造成很大损失。这里我用"巨额"来形容货款,那是对我们公司现状而言,当然这点货款可能对贵公司来说就是毛毛雨。考虑到贵公司的声誉,我现在只将短视频发在贵公司的官网上。如果贵公司仍然无动于衷,明天这个时候它就会在公网上出现。当下是网络自媒体时代,相信很快金顺公司拖欠货款不还,债权公司员工上门讨债的短视频就会在网络上以核裂变的速度传播开来。届时对贵公司声誉造成的影响毋庸讳言。

我希望明天就能得到贵公司高层的接待。

在信的末尾金岩留下了自己的名字、职务和手机号。

金顺公司人员一上班,马上就有高层将此事报告给了董事长。金顺公司董事长对财务总监大发雷霆:"谁让你们拖欠货款这么长时间的?我们公司的形象严重受损,是钱能挽回的吗?马上处理好这件事。"

38

不战而屈人之兵

金顺公司终于坐不住了。很快,金岩就接到金顺公司财务部门的电话:
"喂,您好,您是金总吗? 现在能到我们公司,咱们见面聊聊吗?"

"聊聊,可以啊,您是哪一位啊?"

"我是金顺公司财务部总监卢亚光。"

"是谁要和我谈啊? 是您吗?"

"金总,是我和您谈。"

"请问您能决定贵公司什么时候还款吗? 如果不能,那不好意思,我只和
你们能定事的人谈。"

不一会儿,卢亚光又打来电话:"金总,您好,我们集团负责财务的副总裁
想和您见面谈谈。"

金顺公司的小会议室。金顺公司的副总万军与金岩见了面。

万军摆出一副居高临下的姿态,说道:"小伙子,没想到你这么年轻,真是
年轻有为啊!"在见面之前,万军到博睿公司官网上查看了领导班子名单,看到
金岩确实是公司的副总。这让他有些惊讶,暗忖:博睿集团这是高层都跳槽了

吗？怎么会有这么年轻的集团副总？

金岩开门见山直奔主题："万总是吧？不要再夸我了，我都快要下岗没饭吃了。现在我们谈谈贵公司什么时候将欠我公司的货款偿还到位吧。"

"我也不绕弯子，你看这样好不好。现在我们公司也有一些欠款收不回来，资金上一时也有些紧张，你们再缓缓。一个月后我们想办法还给你们一部分。"

徐忠一听很高兴，看了一眼金岩，小声道："看起来有门啊，一个月后至少能给一部分。"

金岩一听，却摇了摇头："万总，今天我们都要有诚意。困难会经常遇到，但拖欠货款 3 年之久的，还真不多。贵公司如果仍然是这个态度，那就是不想解决问题了。我们公司的员工可都等米下锅呢。如果他们知道贵公司仍然不想还货款，恐怕会出大问题呀！"

万总强硬地说道："我们没说不还呀。企业遇到困难，再缓一缓，这也是没办法的事。如果你们实在不给我们公司一点时间，那就通过法律途径解决吧。不过，我提醒金总，企业间债务纠纷，打官司，可不是一时半会儿就能结束的。"

卢亚光劝说道："是呀，金总。万总答应一个月后给你们一部分，至少你们还能在短时间内拿回一部分货款。如果走法律诉讼，你们在很长时间都可能一分钱也拿不到。"

徐忠一听，可急坏了，小声道："金岩，要不然就……"

金岩呵呵一笑，说道："既然如此，那我也提醒万总，我们公司可能控制不住员工在网上讨薪了。我们能等，可员工饿肚子，却等不了。因为大家都知道是贵公司拖欠货款，造成我们公司拖欠员工工资。到那时，贵公司的形象损失恐怕不是这几百万货款能挽回的吧。相信万总比我更清楚其中的厉害。"

卢亚光一听，十分着急地看着万总。

万总脸上淡定轻松的神色不见了，沉思了一会儿，说道："这样吧，金总，先付你们30%货款,其余的半年之后全部给你们,一点不差,怎么样?"

听到这位万总的推脱之词,金岩一看就知道是欺负自己年轻,暗道:"这个老狐狸,道行虽深,可惜你遇到的是蒲松龄。"

金岩在来之前就做了很多功课,将可能遇到的各种情况都做了预案。这种情况已在预案中有了很好的应对之策。不然情急之中还真不好回答。如果不同意对方意见很可能就弄僵了,也显得不近人情。如果同意了对方的意见,很显然就会完不成清欠任务。于是金岩故作一脸焦急状地说道:"万总,这恐怕不行。"

万总双手一摊,做出无奈状:"金总,那就没有办法了。这已经是我们公司最大的诚意了。"

这可急坏了一旁的徐忠。他急忙拉了拉金岩的胳膊,小声说道:"金岩,见好就收吧。我认为能给30%就不错了。"

金岩道:"您的意思,这就行了? 那其他那些欠款怎么办?"

徐忠急道:"那么多人一分钱都没要回去呢!"

看到这里,万总露出了轻蔑的笑容,暗道:"还是年轻啊! 博睿公司摆出了这么大的架势,可怎么就派了这么两个菜鸟来呢?"

金岩对徐忠点了点头,大声地说道:"好的徐忠,就按你说的办。"

万总和金顺公司财务部的人都松了一口气。

金岩一脸真诚地说道:"是这样,万总。如果我们公司不是急等米下锅,也不会急着要你们还款。但是您说了,你们公司也有一些困难,我们也理解。您看这样好不好,你们可以先还30%,我们公司急等用钱就先贷款,抵押和利息由贵公司负责。不过要先将这3年的滞纳金先付给我们。后期的滞纳金要重新签一份协议,我们也不多要,比原来多一倍就行。"

这下万总的脸色明显僵硬起来,本来看到对方是个毛头小子,心中根本没将金岩当回事,认为一套说辞,加上30%的还款就可以轻松打发走金岩。因为在来催款的许多人中,自己的这个办法大部分都很有效,没想到这个小子这么难缠。

"金总,您这个条件也太苛刻了吧!"卢亚光道。

"这是我们考虑到万总说你们企业也有困难,只有这个办法能解决我们两个企业共同的困难,是吧?"

这下子万总的脸彻底垮了下来,想了想说道:"金总,您看那个滞纳金能不能免了?"

"万总,企业要讲契约精神,我这是按合同说话。你们公司拖欠我们货款时间太长了,给我们公司造成的损失很大,因为贵公司拖欠我们公司贷款,造成我们公司对其他公司违约,我们也要付违约金,财务成本已经增加了太多。如果你们公司不付滞纳金,损失都由我们公司承担,我在公司董事会那儿也交代不了,这一条不能商量。"

这下子万总的脸更黑了。

看到万总在那愤怒、纠结、犹豫,金岩决定给他一个台阶下,促使货款一次性清完。

"万总,您看要不这样,你们公司3天内一次性结清货款,滞纳金我和我们董事长再请示一下,给你们减免一部分。"

金岩离开会议室,上了一趟厕所,又在走廊上抽空给许婕发了个微信:"亲爱的,准备好做饭吧。"

金岩根本就没给董事长打电话,因为接受任务时候已经向董事长和许婕都要了授权,在滞纳金问题上金岩全权处理。10分钟后,金岩回到会议室说道:"万总,我请示了董事长,如果你们3天内一次性结清货款,滞纳金最多可以给你们减免30%。"

"金总,既然您能亲自来谈这件事,我想公司肯定给您授权了。如果您能答应滞纳金减免70%,我们就一次性付清货款,滞纳金随货款也一并付清。"

金岩一副十分为难的表情:"万总,看在您的面子上,我认可回去被董事会责罚,滞纳金你们就给50%吧,这已经是我最大的权限,不能再谈了。"说完,金岩站了起来,一副要走的样子。

万总的心情十分恶劣,这是自己负责财务工作以来还从未有过的事情。本以为很容易就应付好这个毛都没长齐的债主,没想到这小子这么难缠,自己反倒陷入对方的陷阱。如果答应对方贷款担保、抵押和利息由金顺承担,还要将滞纳金加倍的要求,显然是不可能的。可是不答应金岩的要求,他将那个短视频发到公网上,对公司声誉的影响太大了,这个损失是公司难以承受的。

生气归生气,不过万总也从心里暗暗佩服这个厉害的年轻人,自己这个老江湖都拿他没办法。

就这样,金岩打了一套组合拳,一举要回了这笔大额货款,而且还加上了博睿高层都不敢想的50%滞纳金。

离开金顺公司,徐忠由衷地对金岩说:"金岩,我真是服你了,给你100个赞!"

金岩把几拨人马没要回来,几乎是死账的一笔大额欠款全部要回,还连带着要回了滞纳金,得到了大笔奖金的消息不胫而走。这让许多人钦佩,也使一些人羡慕嫉妒起来。

金岩超强的执行力使他在市场部一下子就脱颖而出,在集团总部也出了名。

彭春酸溜溜地说道:"金岩这下子名利双收了!"

胡达面上仍不服气:"金岩这是走了狗屎运了!"其实内心里还真是不得不佩服。因为,这笔欠款自己也去要过,一分钱也没要回,他知道这个企业有多难缠。

许婕也有些小钦佩,问金岩:"没想到,你还有点小才。不过你是怎么做到的?"

金岩炫耀道："对方见到我这么有诚意,感动了呗!"

许婕笑骂道："感动个鬼! 快说,你到底用了什么招数?"

金岩得意地道："那就还有一条,魅力吧。本公子是人见人爱,花见花开,就是这么有魅力!"

许婕马上板起了脸："不说是吧? 那好,你的提成奖励扣下了,我严重怀疑你做了有损公司形象的事。"

金岩急道："别别,我说还不行吗?"

金岩向许婕汇报了自己的做法。自己采用的是"攻心为上,不战而屈人之兵"的策略。"这笔债务纠纷,如果解决不当,最后就是法律诉讼。双方都需要投入大量的人力、精力,打一场官司,而且这个时间会很长。很显然不符合博睿急需资金回流,解决资金链告急的危机的目的。同时,金顺公司的声誉也会受到影响。走法律诉讼的程序很显然不符合双方的利益。我们的目的是要回欠款。如果能不战而屈人之兵,方为上策。所以我先是录制了短视频,并不直接发到公网上,而是发到金顺公司的官网上,给对方留了余地。如果直接发到公网上,就把金顺逼到了死角,对金顺的声誉一定会造成很大的影响。金顺公司可能就死猪不怕开水烫,最后我们和金顺公司彻底撕破了脸,就不得不打一场官司来追回欠款,情况就是这么个情况。"

"还好,你没将短视频直接发到公网上。否则,对我们公司形象也有影响。不过你是怎么想到这个策略的呢?"

"采用'攻心为上'策略,首先要分析、拿准对方的心理防线的最薄弱处。对方是个知名度很高的大型企业,又是上市公司,应该很爱惜自己的羽毛。任何有损企业声誉、形象的负面新闻都是企业所不能承受的。而长期拖欠合作企业货款这种新闻一旦出现在网络上,恰是该企业难以承受之痛。所以,我录了短视频,并告知要发到公网上,先礼后兵。"

"你还算讲究。"

金岩说道："做人要厚道。对不讲信用的对手可以使用手段，但不能不择手段。没听过一句话吗？'做人留一线，日后好相见'。"

许婕撇撇嘴："就你还厚道？"

"为了公司的利益，我可以奋不顾身，可以做恶人，但我是有底线的。"

许婕看着金岩道："金岩，你知道我最喜欢你哪一点吗？"

金岩受宠若惊地道："哪一点？"

"离我远一点。滚！"

金岩下意识地就要逃离许婕的办公室。不过起身走到门口他突然想起了什么，回过头说道："对了，许大总监，你该兑现承诺了吧？"

许婕一愣，而后马上反应过来，但拿出了女生惯用的伎俩——赖账："承诺，什么承诺？"

"你答应给我做一顿饭呀！"

许婕笑了，说道："想吃饭啊？这好办。你这回清欠的奖励提成可不少，你怎么也得请一顿大餐吧！"

"得，服你了。说吧，时间、地点、人员。"

"今晚，洪氏烧烤城，还是徐忠、韩柏你们铁三角。下班后你们先去，我有事和董事长请示，之后，直接过去。"

金岩眨了几下眼，不放心地说道："许婕，你不会到时候放我鸽子吧？"

"我有你那么不厚道吗？"

"晚上洪氏见，不见不散。"金岩想要再加个保险。

"快走吧，唠叨！"

金岩离开后，望着金岩的背影，许婕暗道："通过这段时间对金岩的考验，他确实很有能力，看来是时候向董事长推荐金岩做市场部副总监了。"

晚上的洪氏烧烤城热闹非凡，桌桌爆满。金岩、韩柏和徐忠在一个角落坐定。点完了烧烤，韩柏就要先开喝，金岩死活不同意，要等许婕到了再开始。

韩柏嘲讽道:"金岩,你还当真了。许婕现在可不是从前了,不仅人更漂亮了,地位也是你高攀不起的。你认为她还会来和我们这几个凡夫俗子吃大排档吗?"

徐忠也怀疑道:"金岩,许婕真能来吗?"

金岩笃定地道:"会,会来的。"不过此时的金岩还真有点心虚。金岩对一般人是不惧的,可是在心里对许婕还真有点打怵。

正在几人讨论许婕会不会来的时候,就看到在入口处,有两道靓丽的身影出现了。让金岩他们吃惊的是,和许婕一起来的还有董事长赵梦迪。

徐忠吃惊地张大了嘴巴,韩柏也很意外,就连金岩也是一副没想到的表情。

来到桌前,赵梦迪笑道:"怎么,看你们这样的表情是不欢迎我来了?"

"不,不,不是。"徐忠紧张得有点磕巴起来。韩柏在桌子底下踹了徐忠一脚。

金岩急忙站了起来:"欢迎,欢迎,只是没想到董事长百忙中能和我们一起吃饭。"

"董事长对你们这段时间的工作很满意,所以今天才来了。你们可要再接再厉。"许婕道。

赵梦迪笑呵呵地道:"金岩拿到了不少奖金,许婕说要宰你一下,所以,我也来蹭一顿。今天我们可要多点些好吃的。"

金岩大方地说道:"随便点菜,只要这里有的。"

开始,几个人还有一些拘谨,为了缓解这种尴尬,赵梦迪时不时地开个玩笑。很快,大家就放松了,气氛也热闹起来。

许婕不失时机地道:"对了,金岩,听徐忠说金顺公司的那个万副总很难对付,你还没有告诉我,你到底是怎么让他让步的?"金岩明白许婕是借此机会为自己在董事长面前树立形象。

金岩很风趣地说道:"那个万总确实是个老江湖。看我和徐忠年轻,是职场上的菜鸟,认为可以肆意把我们的智商按在地上摩擦。"

徐忠接过话头由衷钦佩地说道:"我原来自认为比金岩差点,但也差不了多少。这次,我是真服了。金顺公司那个万总一开始就给我们挖了很多陷阱。我看着金岩一步步走向陷阱都快急死了。没想到,金岩更狠,竟然给他挖了个更大的坑,逼着他不得不跳。你们是没看到,当时那个老奸巨猾的万总脸上表情真是太丰富了,最后脸都黑得像锅底了,可又无可奈何。真是解气啊!金岩,我爱死你了!"

金岩急忙道:"打住,打住。徐忠,我没得罪你吧?你怎么这么坑我。"

许婕撇撇嘴,一脸不屑地道:"金岩,少卖弄。要不吃完饭咱俩练练?"

金岩立即闭嘴,可马上又换了一副十分正经的表情道:"许婕,你是女孩子,要矜持点,哥可不是随便的人。"

许婕讥讽道:"金岩,你确实不是随便的人,你随便起来不是人。"

看着这些年轻人说笑打闹,赵梦迪感觉自己似乎也年轻了不少,这种感觉已经很久没有了。赵梦迪不由得想起了自己大学刚毕业和李垚恋爱、创业的种种经历。当年李垚追自己和今天的金岩追许婕何其相似。想到这里,赵梦迪的脸上浮现出幸福的笑容。而现在李垚却失踪了,生死未卜。赵梦迪的脸上又涌上浓浓的悲哀之色,暗暗感叹:人生真是永远也不知道明天和意外哪个先来。许婕和金岩都发现了赵梦迪的情绪变化。互相看了一眼,明白赵梦迪心中的痛,于是不约而同双双端起酒杯给赵梦迪敬酒,想要驱除她心中的悲伤。

金岩一本正经地道:"董事长,我和许婕共同敬您一杯。请您放心,我们会把爱情作为工作的动力,实现共赢!"

徐忠和韩柏发现,许婕出奇地没有反驳金岩,但赵梦迪用余光看到许婕在桌子底下踢了金岩一脚。金岩却恍如未觉,仍然站得笔直。虽然酒杯晃了一下,但金岩却迅速找到了平衡。见到许婕、金岩就像一对金童玉女般脸上充满着阳光,加之金岩幽默的语言,赵梦迪很快就驱散了心中的阴霾,笑容又重新浮现在了脸上,说道:"金岩,你小子可要好好努力了,不然你可能就被许婕越落越远了。当然,我看好你。"

"谢谢董事长!我一定会加倍努力,事业上不输许婕,爱情上,爱情上……"许婕怒瞪了一眼金岩,金岩立马闭嘴。赵梦迪却有些心疼金岩了:"许婕,你也不要太傲骄了,像金岩这样的优秀小伙不容错过。"

"董事长,我会给他机会的。"许婕少见的带有一丝羞涩地说道。

"什么?这是什么情况。金岩这就把许婕拿下了?"韩柏和徐忠吃惊地张大了嘴巴。

见状,赵梦迪马上说道:"徐忠、韩柏,你们也要努力了,看好的姑娘就要勇敢地去追。幸福是追来的,不是等来的。"见到董事长这么关心自己,徐忠很是激动,连忙说道:"谢谢董事长关心。"

就连韩柏也有些动容,不过说出来的话却有些变味:"董事长,你给评评理,凭什么好事都是金岩的,好白菜都让他给拱了!"

虽然是调侃、打趣,但赵梦迪似乎听出了这个韩柏话中有话,恐怕真有弦外之音。赵梦迪看了一眼许婕。许婕却颇有深意地道:"韩柏,听说丁雪梅是你的菜?徐忠在大学时追过卢珊珊?不过那两颗菜可不好拱。女孩子都喜欢事业有成的男人,你俩可要加倍努力了。"

一时间,韩柏和徐忠都沉默了。两人几乎同时在想,真的好久未见她们了呢!

39 人生百味

这个世界上有一个神秘的法则,叫"吸引力法则"。很多时候,你思想的磁场发出的信息,会很神奇地得到回应。

早上,金岩、韩柏和徐忠三人刚进入博睿大厦,徐忠一眼就看到前台的卢珊珊,快步走上前打招呼:"嗨,卢珊珊!"

卢珊珊看到是徐忠也很惊诧:"徐忠,你干吗来了?"

"我们在博睿集团市场部工作啊!"

"我们? 还有谁?"

徐忠向金岩和韩柏招手。金岩和韩柏也过来了。

卢珊珊更加吃惊:"金岩、韩柏? 你们也在博睿集团工作?"

金岩、韩柏几乎异口同声:"卢珊珊? 你也在这儿工作? 什么时候来的?"

卢珊珊高兴地:"是呀! 我刚刚从恒琦辞职,昨天才到博睿公司来,没有你们命好,还是站前台。"

韩柏揶揄道:"你能站前台就不错了!"

卢珊珊啐了一口道:"死韩柏,就丁雪梅能修理你。"

徐忠抢过话头："卢珊珊你猜，还有谁也在这儿工作？"

卢珊珊摇头道："谁呀？"

徐忠兴奋地道："许婕。她现在厉害了，是市场部总监了。"

卢珊珊再次吃惊地问道："许婕是总监了？"

徐忠又是抢答："是啊！我们都是借了许婕的光才进的博睿集团。"

卢珊珊的脑袋有点不够用了："你是说你们借了许婕的光？可许婕是被恒琦集团开除的呀！怎么到了博睿还做了总监？而且她怎么会有这么大的能量？"当时听说许婕被开除后一直没有找到工作，做了外卖小妹。自己还曾经同情过她。可一转眼，人家一飞冲天了。卢珊珊心中有些不平衡起来。

人真是奇怪的动物。卢珊珊对金岩他们能进博睿集团市场部，心中羡慕；可家境、背景都不如自己的许婕做了总监，心生妒忌。卢珊珊认为这里肯定有令人不齿的勾当。卢珊珊一瞬间脑补了千百次。

看着发呆的卢珊珊，徐忠说道："卢珊珊，常联系。"

卢珊珊机械地答道："常联系。"

叮咚！手机提示音响了。丁雪梅看到卢珊珊发来的微信："雪梅，你猜我今天看见谁了？"

"卢珊珊，你不是去博睿集团工作了吗？你看见谁了？"

"看见韩柏、金岩和徐忠了。他们进入博睿集团工作了。"

"他们都进了博睿集团？韩柏也进博睿了？"

"是的。你的韩柏也进博睿了。怎么，他没和你说吗？"

丁雪梅气道："这个韩柏，看我怎么收拾他。这么大的事都不和我说。"

紧接着丁雪梅给韩柏发了个微信："韩柏，听说你进博睿集团了？为什么不向我报告！"

看到微信，韩柏突然激动起来。上大学期间，韩柏一直深爱着丁雪梅。丁雪梅也对韩柏有意，但一直没有挑明。毕业后，丁雪梅很快就进了恒琦集团，而且一步就做了总裁行政助理,可自己却一直没有找到工作,因此韩柏感到了差距,就一直没有联系丁雪梅。现在丁雪梅主动联系了自己,这说明她心里还有自己,怎么能不激动。于是,他马上回道:"雪梅,我的工作一直没落实,都没脸见你。进博睿集团时间不长,也没做出什么业绩,还没来得及告诉你。"

"别说那么多没用的,就说你怎么自罚吧。"

韩柏急忙道:"我认罚、认罚。那就明天晚上我请你和几位同学聚餐吧。"

"这还差不多。那我就勉为其难,给你个面子。"

"我叫上金岩和徐忠。你叫一下卢珊珊。"

"好的,明天见!"

"明天见!"

叮咚! 卢珊珊的手机提示音响了。卢珊珊打开一看是丁雪梅发来的微信:"亲爱的,明晚有时间吗? 我约几位同学聚聚。祝贺你转到博睿工作。"卢珊珊犹豫了一下回道:"还是做前台,祝贺就算了。"丁雪梅又回:"珊珊,明晚可是有帅哥啊! 机会难得。来不来你自己看吧。"卢珊珊以宇宙速度秒回道:"时间、地址,发我。"

洪氏烧烤城。金岩、韩柏、徐忠、丁雪梅、卢珊珊几人选了个靠边的位置坐下。不一会儿,就上来了一些烤品。不得不说,这家餐饮企业的管理很有特色,服务质量也是超一流的。

韩柏举起酒杯说道:"各位,我们好久没聚了。前一阵子大家都忙于找工作。好在我们都进入了我市排名靠前的大企业,现在也已经基本稳定下来了。还有卢珊珊也进了博睿工作,和我们成了同事。为了欢迎卢珊珊,也为了我们都能有一个美好的未来,大家干一杯。"

"干杯!"众人齐声喊道。

韩柏大方地道:"今天我请客,大家随便点,想吃什么点什么,只要他家有的。"

金岩却是知道韩柏的经济状况,怕大家真的点太贵的菜,韩柏又好面子,就说道:"韩柏,你家也不开矿,够吃就行,别浪费,就先这些吧!"

徐忠调侃道:"还要啥自行车啊。我请客时,我们三个人一人一个烤串,最后把铁签子蘸点盐撸了 N 多遍,都撸出火星子了,不照样喝得挺好吗?"

大家哈哈大笑,气氛十分融洽。

韩柏给丁雪梅拿了几串烤鱿鱼,说道:"雪梅,你爱吃鱿鱼,他家烤的很好吃。"

丁雪梅也给韩柏夹了一整条烤鱼放在盘子里。盘子里只有两条烤鱼,现在还剩一条了。金岩、许忠、卢珊珊互相看了一眼,眼中都露出一丝鄙夷的神色。韩柏和丁雪梅好像没有看见似的,韩柏继续把筷子伸向了盘子,要把盘中另一条烤鱼夹给丁雪梅。这时,卢珊珊突然迅速夹起了那条烤鱼,放到了金岩的盘子里,说道:"金岩,我记得你爱吃烤鱼,这条你吃了吧!"

韩柏狡黠地笑道:"珊珊,算你手快!"

这时金岩说道:"谢谢珊珊! 但我现在不怎么吃鱼了。你和徐忠吃吧。"说着用公用筷子将烤鱼一分为二,夹给了卢珊珊和徐忠。徐忠又拿起公用筷子将盘子里的半条鱼夹给了卢珊珊。看到这一幕,丁雪梅说道:"这狗粮撒的,有点意思啊!"

卢珊珊看看徐忠,徐忠面容敦厚,温和中带有一点自卑的笑容,她摇了摇头,暗道:这不是自己的菜。再看看金岩,俊逸的脸庞,挺拔的身姿,不凡的谈吐,她芳心暗许:这才是我心中的白马王子。

徐忠不断给卢珊珊夹菜,卢珊珊不断给金岩夹菜。不一会儿,金岩面前的盘子里就满满的了。望着面前一大堆烤品,金岩无奈地摇头苦笑。而卢珊珊却对徐忠的大献殷勤有些厌烦,开始还客气地说:"徐忠,不要给我夹菜了,我吃不了这么多。"憨厚的徐忠还是锲而不舍地给卢珊珊夹菜。卢珊珊实在受不了,继而大声吼道:"徐忠,你听不明白话吗! 都告诉你了,不要给我夹菜了。"

说完,就啪的一声将筷子摔在桌子上。徐忠露出了一脸尴尬的笑。金岩马上打圆场:"现在开始,我们都自己夹菜。来,为了美好的明天,我们走一个!"

卢珊珊有些郁闷,自己拿起一瓶啤酒,对瓶喝了起来,喝完又拿起一瓶一口气干了,连续喝了3瓶。全桌的人都看得目瞪口呆。不过,很快,卢珊珊就趴在桌子上了。金岩看出徐忠对卢珊珊有意思,就说道:"徐忠,你把卢珊珊送回去吧。"徐忠听后有点犹豫,他有点怵卢珊珊了。

"徐忠,这么好的表现机会,你都不把握住,还追什么女孩!"金岩鼓动道。

"是呀,徐忠,赶紧的。你要不送我就送了。"韩柏附和道。

丁雪梅狠狠地掐了韩柏一下,说道:"你敢!"

金岩到门口叫了一辆出租车。徐忠搀扶着将卢珊珊放到后座上,关上了车门,犹豫了一下,毅然拉开了前车门上了车……

早上,博睿大厦走廊上,金岩与徐忠相遇。

"徐忠,我可不是八卦。你昨天晚上送卢珊珊回家,挺好吧?"

"还好。"

"没发生点啥?"

徐忠的脸一红:"乘人之危还是人吗!"

"你小子道德还没有沦丧。不过你是不是真喜欢卢珊珊?"

徐忠底气不足地说道:"我是喜欢她,可是人家不一定看得上我呀!"

金岩有些恨铁不成钢,说道:"瞧你那熊样,拿出点男子汉的气魄来,喜欢就去追。董事长不是说了吗,幸福是主动追求来的,不是天上掉下来的。"

徐忠回到工作台坐下后,犹豫了半天,终于鼓起勇气给卢珊珊发了微信,约卢珊珊吃饭。卢珊珊说可以,但要叫上几位闺蜜一起来,让徐忠订一个高端一点的酒店。

徐忠来到金岩跟前激动地对金岩道:"金岩,她答应和我吃饭了。"

金岩一脸鄙视地说道:"就这点出息!这八字还没一撇呢,就高兴成这样?"

徐忠得意地说道:"你知道什么,同意吃饭,就是迈向成功的开始!"

"好吧。那就祝你如愿抱得美人归。"

徐忠还真是舍得大出血,在本市高端的蓝天大酒店订了个包房。

卢珊珊和几位闺蜜先后到达。

入座后,名叫李晓霞的闺蜜笑嘻嘻地问道:"珊珊,这个男生是谁呀?"

"他是我同事,叫徐忠。"

李晓霞揶揄道:"能在这地儿请我们吃饭,看来这位大哥是人丑钱多呀,家里有矿吧?"

卢珊珊心中不悦,但还是说道:"徐忠,这是我几位闺蜜,都是大美女。"然后一一介绍了名字。

徐忠憨厚地说道:"各位美女好!欢迎各位美女赏光。"

另一名叫孙瑜蒙的女生说道:"我们可不是赏你的光,我们是给珊珊面子。"

徐忠十分尴尬,有些不知所措。这时一名叫闫岩的女生仗义地说道:"得了,姑奶奶们消停点吧。人家好心请你们吃饭,你们这是干什么?"

李晓霞说道:"是呀,人不可貌相,海水不可斗量。"

孙瑜蒙笑得一口水喷了出来:"晓霞,你这不还是说这位大哥长得丑吗?你笑死我了。"

几人有些肆无忌惮地拿徐忠开涮。

性格老实的徐忠哪能应付得了这几个牙尖嘴利的女生,这顿饭吃得十分尴尬,更不知道是什么滋味。

卢珊珊这顿酒喝得也很不开心。几位闺蜜对徐忠的不尊重,明显是对自己选择徐忠做男朋友并不看好,本来对徐忠刚刚升起的一点好感荡然无存,在心里已经将徐忠列为备胎了。卢珊珊对徐忠的态度明显冷落下来,桌上一句话也不与徐忠说。徐忠内心有些失落。

同时失落的还有韩柏。

不久后，经许婕的大力举荐，公司做出决定：金岩在多项工作任务中表现突出，完成了许多人都没有完成的任务，显示出超强的执行力，被破格提拔为市场部副总监。

这使得市场部一些人很不服气，就连韩柏心里也是极不平衡。下班后韩柏拉着徐忠去喝酒。韩柏不说话也不吃菜，连续喝了两瓶啤酒，随后对徐忠抱怨道："徐忠，你说金岩和咱们一起上大学、一起进公司，凭什么好事都是金岩的？这不公平！"

徐忠直言道："韩柏，你还别不服气，金岩确实比我们能力要强很多。咱俩都没要回的欠款，金岩却要回来了。"

韩柏不服气地道："那是因为他运气好。"

"你这样说，我不认同。通过几次与金岩搭档，我才知道我们与金岩确实有很大的差距。"

"算了，我也不和你争论了。但我感到，努力不一定成功，不努力却真的很轻松。"

"韩柏，你这样太消极了。这可不是你呀。"

"我也就这样了，今后就混吧。"

徐忠认真地说道："韩柏，你怎么能混！你母亲为了供你上大学，多难啊！你不能辜负她呀！"

韩柏反驳道："徐忠，你也不用站在道德的制高点上来对我说教。只要我没有道德，你就绑架不了我。"

"韩柏，你真是个无赖。"

"我今后就准备无赖下去了。我自从进入博睿公司，工作少干了吗？为什么好事就没有我的？老实人吃亏呀！"

"别灰心,有时吃亏是福!"

韩柏举杯说道:"那我就祝你福如东海。"说完一口干了。

徐忠也不生气,试图说服韩柏:"反正我们不能就此自暴自弃,还是要有远大的理想抱负。"

韩柏一脸严肃地道:"好吧,那就听你的。过几天,把太平洋买下来,当作我家的养鱼池。"

徐忠被气笑了,说道:"那我就拿根吸管,把你养鱼池里的水吸干!"

这几天韩柏的脸色一直阴着,说话像吃了枪药似的。金岩也发现了,心里明白是怎么回事。为了缓解关系,就约韩柏:"韩柏,叫上徐忠,今晚去洪氏烧烤撸串!"

韩柏阴阳怪气道:"呵,是金大总监啊,都升副总监了,还和我们去吃大排档,与你的身份不符了吧?"

金岩佯装发怒:"别整那些没用的!你就说去不去吧?"

"不好意思,没时间。我要回去做功课,看看怎么才能提拔得快!"韩柏却丝毫不留情面。

韩柏的态度让金岩万万没有想到,一脸蒙。

徐忠见状把金岩拉到走廊,说道:"金岩,你别和韩柏一般见识,他就那个德行。"

金岩不解地说:"这怎么说翻脸就翻脸? 说好的永不抛弃的好兄弟呢? 不就是我提了副总监,至于吗?"

胡达心里更不平衡,自己比金岩早好几年进公司,金岩凭什么后来居上? 但看到韩柏和金岩翻脸,他有些幸灾乐祸地对彭春说道:"这下好了! 不公平的事情,连自己人都看不下去了。"

彭春真心地说:"胡达,也别这么说,金岩还真是有两把刷子的。"

胡达仍不服气地哼了声,说道:"这下有好戏看了,韩柏可不是个省油的灯。"

韩柏上班开始迟到早退，三天打鱼，两天晒网。

许婕很快就发现了韩柏的问题，也明白问题的症结所在，于是找韩柏谈了一次话："韩柏，大家反映你这段时间情绪有些不稳啊，经常迟到早退。怎么了？是家里有什么问题吗？"

韩柏没好气地说："许婕，你别咒我，我家里好好的。"

"那就是单位的问题了，是金岩提拔副总监让你心里不痛快吧？"

韩柏看着手机，没有搭话。

许婕很有耐心地说道："我知道，韩柏你也不错。敢于发表不同意见，也很有进取心，但副总监的位置只有一个。希望你别泄劲，只要你努力，机会总会有的。"

韩柏讽刺道："许婕，你当了几天的总监，进步很快啊！这么老套的说教都说得很诚恳，但你说这些没用。公司就是不公平！"

许婕问道："那你说说，公司怎么就不公平了？"

韩柏激动地说道："我和金岩、徐忠都是同一所大学同一个专业毕业的，还是同一班的，又一起进入的公司，对吧？凭什么金岩就能提职加薪？我和徐忠就不行？你不要告诉我说这是公平的。"

许婕虽然生气但还是耐心地说道："韩柏，本来不想打击你，伤你自尊。但你非要我说，那我就问问你。几个同学一起参加了工作，后来一个人当上了省长，那是不是其他人都要一起当省长？"

"你这个例子太极端了。一个省就一个省长，怎么可能同时都当上省长。"

"那么，市场部只有一个副总监的位置，是不是一个道理？"

"你这个例子对我没用。"

"那我明白了。你是认为自己能力不比金岩差，工作也很努力。为什么先提拔金岩，对吧？"

"我不虚伪,就是这么个理儿。"

"那好,我再问你,职场中衡量一个人的能力,看什么?"

"当然看业绩。"

"好。那你来回答我几个具体问题。上次市场部网络系统出现问题,你认为是你骂了人家维修人员一顿就解决的吗?"

韩柏一愣道:"难道不是吗?"

"我告诉你,你和徐忠都束手无策,是金岩采取了对策,对方维修公司才乖乖给修好的。再有,公司清欠,你收回了多少欠款?你连任务都没完成吧?你再看金岩,不仅超额完成了任务,还完成了别人都做不到的事情。还记得那个欠款大户金顺公司吧。公司财务部、销售部几个部门许多人连续几年去催要货款,是不是一分钱都没要回来?你也去催要过欠款。你见到的对方最高级别的领导是哪一级?是部门的业务员吧。而金岩却与对方集团的副总直接对话。这不重要,重要的是他将拖欠多年的货款全部要回来了,还让对方给付了一部分滞纳金。你能说这不是金岩能力超强,业绩突出吗?"

韩柏仍然不服:"那是因为公司给了他特殊的支持,临时任命了他挂名集团副总,对方当然就会对等接待,才要回了欠款。"

"没错,公司是给了金岩特殊的支持。可是你和之前去的那些人为什么就没人想出这个办法,向公司提出这个要求呢?再者,就算也给你挂个集团临时副总,面对金顺公司那位职场经验丰富的万副总裁,你能说服他将拖欠多年的巨额欠款连本带息地还回来吗?"

韩柏张了张嘴,却说不出什么。

许婕继续深入开导道:"韩柏,我一直在想一个问题,就是你刚才提到的,为什么同一所大学同一个专业,甚至同一个班级,又同时进入同一个公司,还是同一个部门,外部环境几乎都一样,可每个人的执行力差距就那么大呢?希望你也回去想一想,想明白了告诉我。"

韩柏听不下去了，哼了一声摔门而去。

许婕摇了摇头叹气道："有句话真对，就是'永远也叫不醒装睡的人'。"

金岩高升了，虽然很低调，可他无论说什么、做什么，在别人眼中那都是春风得意马蹄疾。许多人见到金岩都明显带着些微妙的神情，弄得金岩哭笑不得，也很是苦闷。

徐忠的爱情开局并不顺利，心情也有些郁闷，可对卢珊珊的爱恋却越陷越深。

韩柏开始破罐子破摔。金岩的晋升，对他打击很大，心生怨愤，整天没有好脸色，见谁和谁吵。市场部的同事都躲着他。一起上大学、一起步入职场的几个人，人生的轨迹开始出现了不同的拐点，他们初尝了人生百味。

40

备胎徐忠

卢珊珊昨天晚上又喝高了，回到家里上厕所，擦完手后，顺手将毛巾丢进了马桶里。第二天早上，上完厕所，发现马桶被堵住了。她拿着拖布鼓捣了半天，也没有效果，烦躁地将拖布扔在地上。想了想，她给徐忠打电话："徐忠，我家的马桶堵了，你现在马上过来给我弄好！"

徐忠受宠若惊："好嘞，马上到。"

徐忠在卢珊珊家忙碌了半天，弄不好，打开手机，想要找一个维修师傅，一看价格就打住了，暗道：太贵了，赶上自己好几天生活费了，还是自己来吧。他鼓捣了半天，好不容易才将马桶通开，身上许多地方都湿了，把自己弄得很狼狈。

第二天是周末。卢珊珊百无聊赖，想了想给徐忠发了个微信："徐忠，今天给你一个机会，陪我逛街。"

徐忠欣喜若狂，秒回："遵命！"

商场内，卢珊珊好像和谁有仇似的，疯狂购物。徐忠大包小包拎着。结账时，卢珊珊说道："你先去结账。我去一下卫生间。"

徐忠很为难,但还是一咬牙刷了卡。徐忠卡里本没有多少钱,这下又透支了。徐忠有些心疼,但是想想,为了爱情,这都是应该的,于是心中又释然了。

由于开支严重超出了预算,徐忠为了节省,一个月不去食堂吃饭,一天三顿吃泡面,偶尔去蹭蹭金岩或韩柏的饭局,改善一下伙食。饭局上徐忠狼吞虎咽,一副饿狼状,被韩柏不断地嘲讽和挖苦。

卢珊珊在前台空暇时,给金岩连续发了几个微信,金岩都没有回复。随后她又给喝过酒加过微信的几个富二代发微信,约吃饭,都被拒绝了。卢珊珊心情十分郁闷,晚上约了几个闺蜜去吃饭。结束时看到几个闺蜜都有男朋友来接,好几人都让她一起走,但她脸色难看地说:"你们先走吧,一会儿有人来接我。"闺蜜都走后,卢珊珊自己又要了几瓶啤酒,一杯接一杯地喝了起来。卢珊珊觉得自己很憋屈。我颜值也不差,可为什么那些优秀的男生不喜欢我?越想越郁闷,悲从心中来,不由得梨花带雨,一边流泪一边喝,很快就喝醉了。醉眼蒙眬,她拿出电话,看了半天,还是给徐忠发了微信语音:"你马上来接我。"然后就趴在桌子上睡着了。

徐忠看到微信马上回道:"地址发我。"

可是卢珊珊睡着了。徐忠等了好久也没有回音,有些着急,就直接拨打卢珊珊的电话。

餐厅服务员看到卢珊珊只有一人,又喝醉了,餐厅马上快打烊了,正在犯愁,卢珊珊的电话响了起来。服务员接了电话,给徐忠发了定位。徐忠到后,餐厅只有老板和一个服务员在等着。徐忠向餐厅老板和服务员道了谢,打车将卢珊珊送回了家。

怕卢珊珊晚上出问题,徐忠就在沙发上睡了一晚。早上给卢珊珊买了早餐,放在餐桌上,自己悄悄离去。

一天快下班时,卢珊珊收到闺蜜李晓霞的微信消息:"珊珊,今晚有聚会,你可一定要参加,今天这个帅哥很潇洒、多金,错过这个村可就没这个店了。"

卢珊珊毫不犹豫地回道："亲爱的,我去,我去,给我发地址。"好不容易等到下班时间了,收拾东西,刚拎起包要走。这时,手机响了。

卢珊珊不耐烦地嚷道："妈,有事吗?"

"珊珊啊! 你爸爸突然病了,你快回家送他去医院。"

卢珊珊看了一下时间,眉头紧皱："妈,不行啊。我要去见一个重要客户,走不开啊! 我让我同事徐忠送我爸去医院吧。"

卢母："那快点啊!"

卢珊珊给徐忠打电话："徐忠,我爸病了,你马上找个车,送我爸去医院。我今天晚上有个重要活动,走不开。"

徐忠一愣："啊? 哦,好的。我马上去。"

徐忠向主管领导请假："曹总,我女朋友的父亲突然病了,我要送他去医院,先走一会儿。"

曹斌："去吧,这个时候可要好好表现。"

在出租车上,徐忠给韩柏发了微信:哥们,抱歉,我要送珊珊爸爸去医院。今晚不能陪你喝酒了。

韩柏回道："真是重色轻友啊!"

医院,卢父做完检查,医生对徐忠说道："你是患者家属吧! 患者是脑梗,需住院治疗,你去办手续吧!"

徐忠接过了住院单,看着卢母。

卢母有些不好意思地说道："小徐呀,你看我这着急忘了带钱了,真是不好意思。你能不能先给垫上,回头我让珊珊还给你。"

徐忠心里为难,可表面却大气地说："没关系的,阿姨,我先去办手续了。"

徐忠交了住院押金,看着手机上的信息提示,银行卡已透支 5000 元。徐忠无奈地摇摇头,苦笑了一下。

徐忠见卢母不断地按头,好像身体很不舒服,说道："伯母,你回家休息吧,今晚我在医院护理。"

卢母有些不好意思："小徐呀，那就辛苦你了。"

酒店包房内。闺蜜对卢珊珊悄悄说道："珊珊，今晚坐在主位的那位可是富三代，钻石王老五。现在已经是集团公司老总了。好好把握，可不要错过呀！"

卢珊珊看着主位上坐着的那位今晚的男主角，气质不凡，面庞帅气，谈吐间显露出博学多才，不免怦然心动。这不正是自己心中的白马王子吗？听着王子侃侃而谈，望着近乎完美的型男，卢珊珊有些痴了。闺蜜在底下悄悄地掐了她一下，说道："光看到眼里没用，心动不如行动，快去敬酒加微信。"

卢珊珊端着酒杯来到"型男"面前嗲声嗲气地说道："帅哥，敬你一杯。"

"型男"看了一眼卢珊珊，连屁股都没动，什么也没说，仅是象征性举了举杯。

卢珊珊虽然有点尴尬，但还是硬着头皮说道："您好，可以加一下微信吗？"

"哦，好的。我们先吃饭，一会儿加。"

卢珊珊被拒绝，心中有些恼怒，但还是强装笑颜，开始打圈，与每个人都喝了一杯。

卢珊珊又喝高了，被闺蜜张晓霞送回家。

第二天早上，卢母给卢珊珊打电话："珊珊啊，我头晕得厉害，血压又高了。昨晚是徐忠护理的你爸，你去医院换一下徐忠吧。"

卢珊珊到了医院看到父亲没有住单间，就和徐忠大发脾气，逼着徐忠马上去给调到单间。徐忠去求护士长给卢父调成单间。一个护士告诉徐忠要续交押金。徐忠很为难，但咬了咬牙还是交了。银行卡又再次透支了。

看到父亲已经调到单间，卢珊珊告诉徐忠，今天自己有重要事情，让徐忠请假白天继续护理。徐忠苦笑了一下说道："那你去吧。"

徐忠话音刚落地，卢珊珊就匆匆忙忙走了。卢珊珊离开不久，徐忠的电话响了。"妈，怎么这么早来电话？"

徐母急促地说道："徐忠啊，你爸病了，住院了。你赶紧回来一趟吧。"

徐忠一听急忙问道:"妈,我爸是什么病啊?"

徐母:"是心肌梗死。多亏了你的中学同学田晓英来给咱家送水果,及时将你爸送医院抢救,现在还在 ICU 呢!"

放下电话,徐忠马上给卢珊珊打电话,说家里有急事,要回老家一趟,让她来照顾卢父。卢珊珊当即训斥道:"徐忠,你是不是个男人,一点也没有担当。我遇到这么点困难,你还要逃之夭夭。"徐忠告诉她自己的爸爸也住院了,需要回家看看。卢珊珊告诉徐忠,今天再护理一天,明天可以走。

徐忠的父亲在医院 ICU 病房抢救,徐母不断地给徐忠打电话。徐忠说单位有点急活,明天肯定回去。徐母抱怨:养个儿子白养,什么也指不上。田晓英安慰徐母:"伯母,徐忠肯定是工作忙,离不开。你不要怪他了。"

徐母十分不理解:"工作再忙也没有父母重要啊!他们单位领导是石头缝蹦出来的,没有父母吗?"

徐忠估计自己回去可能时间会有点长,需要向许婕请假,可有点害怕许婕,就找到金岩,让他和自己一起去向许婕请假。金岩带着徐忠一起到许婕办公室请假。许婕非常支持,让徐忠马上回去,并且给徐忠的微信转了 2000 元钱,说是自己给伯父的一点心意。金岩也给徐忠转了 2000 元钱。徐忠的眼圈红了,这可真是雪中送炭啊!自己囊中羞涩,早已弹尽粮绝了。他感动得给许婕和金岩一人鞠了一躬。

徐忠走后,许婕问起徐忠的情况。金岩告诉许婕:"徐忠父母是国企普通职工,都退休了,身体都不好,家境困难。但是徐忠最近交了个女朋友,你认识的,就是公司前台的卢珊珊。"

"那不是挺好吗?"

金岩摇头道:"真没想到卢珊珊是个物质主义者,很能花钱,把徐忠当钱包了。可怜的徐忠现在是月光族,有时还透支严重。他怕还不上银行卡上的钱,信誉出问题,经常在我和韩柏这里借钱。"

许婕听后摇了摇头,没说什么。

徐忠在医院看到田晓英,表示感谢。田晓英有些羞赧地看着徐忠,脸上涌上了一丝红晕。

晚上,徐父病情得到了缓解,从 ICU 转到普通病房。徐母十分明事理地让徐忠请田晓英吃饭。

餐桌上,田晓英带着崇拜的目光看着徐忠,不断地给徐忠夹菜。徐忠对田晓英却态度冷淡。田晓英神色暗淡下来,心里有一瞬间的疼,但很快就平复了。想开了,田晓英也就没有了顾忌,直说道:"徐忠,我知道你现在是高高在上的王子,我是一个没有考上大学的丑小鸭,我配不上你。我现在开了一个小仓买,正在自学市场营销,我准备将来把仓买做成超市,开到省城松江市去。"

徐忠仍然装糊涂地说道:"那就先预祝你成功。"

徐父转入普通病房进行常规治疗,病情平稳。田晓英催徐忠回单位上班,表示这边有什么事自己可以帮忙。

徐忠回到松江市,正好是周末,马上到医院去看望卢父。时近中午,卢母对卢珊珊和徐忠说:"你俩去吃饭吧,我自己在医院就行。下午你们回去休息吧。这段时间把你们都累够呛。"

徐忠和卢珊珊进入肯德基店,卢珊珊找了个位置坐下开始玩手机,徐忠去排队买主餐和咖啡。徐忠乐呵呵地从餐盘上端起一杯咖啡放在卢珊珊面前。卢珊珊放下手机,喝了一口咖啡,脸色一变,怒色上涌,生气地说道:"徐忠,你心里还有我吗?我不愿意喝美式咖啡,你不知道吗?"

徐忠一脸尴尬地道歉:"对不起,珊珊,我再去买。"

"不喝了,没心情。"卢珊珊气哼哼地站了起来,拿起咖啡杯扔进了垃圾桶。徐忠不舍地看了一眼桌子上的咖啡、炸鸡腿和薯条,追了出去,眼看着卢珊珊上了一辆出租车扬长而去,留下了徐忠站在风中凌乱。

41

徐忠求婚受辱

徐忠已经彻底坠入爱河,可是又不知怎样才能俘获卢珊珊的芳心,非常苦闷。到底自己该怎么做? 徐忠想到了卢珊珊闺蜜中那个心地善良的闫岩,决定向她求教。

咖啡吧内,徐忠很虔诚地向闫岩求教:"情况就是这样。我怎样做才行呢?"

闫岩看着憨厚的徐忠叹了口气道:"徐忠,我说实话,你别生气啊!"

徐忠急忙道:"不会的。你说,你说。"

"按理,我不应该说我闺蜜的不是 3,但她确实是很物质的人。你的自然条件并不占优势,你应该不是她的菜。"

徐忠着急地说:"可我确实喜欢她,我已经离不开她了。一天不见她,我心里就空落落的。"

闫岩叹气道:"唉,人间最悲是情种。要是这样,你可要抓紧了。这一段她频繁相亲,你再不抓紧,她可能就成为别人的新娘了。"

徐忠一脸愁苦地说道:"可我真的不知该怎么做才能让她接受我。"

闫岩沉思了片刻道："有一个方法，你可以试试。"

徐忠急迫地问道："什么方法？"

"卢珊珊虚荣，你可以像电影里演的那样，在你们公司的广场搞一个盛大隆重的求婚仪式，这样就可能感动她，让她答应你的求婚。"

徐忠疑惑地道："那能行吗？"

闫岩问道："你还有别的办法吗？"

"那好。我就按你说的试试。"

"预祝你成功！"

"谢谢你啊！"

下午上班前，博睿大厦广场上，出现了一个用鲜花摆成的巨大心形图案。天空中十多个气球拉着一条条巨大的飘带。飘带上写着"卢珊珊，我爱你"。场面十分气派、宏大。

卢珊珊站在办公室窗前看到广场上巨大的鲜花图案，十分羡慕地说道："要是有人这样向我求婚，我立马嫁给他。"

同事拉着卢珊珊说道："走，我们去看看谁是那个幸福的女人。"

来到广场，卢珊珊抬头看到巨幅标语上的"卢珊珊，我爱你"惊呆了。幸福来得太突然了！可当她看清广场中央站着的徐忠时就是一愣，脸上立即升腾起一片乌云。

热心的同事推着卢珊珊来到徐忠面前。

徐忠手捧鲜花，单膝跪地，眼中荡漾着炙热的光芒，望着卢珊珊："珊珊，嫁给我吧！我会一生一世对你好的。"

"答应他，答应他。"围观的人齐声高喊着。

卢珊珊一脸不屑："徐忠，我心中的白马王子是帅气、多金，才华横溢的人。我问你，你具备哪样？你一个也不具备。娶我？想多了吧你。你凭什么向我求婚？你告诉我，你有什么？"

徐忠窘迫不已,炙热的眼神顿时暗淡下去,但还是鼓起勇气道:"我有一颗真心,我爱你!"

卢珊珊呵斥道:"你的真心管什么用? 是顶房子还是顶豪车?"

徐忠挣扎道:"我们努力奋斗,这些都会有的。"

卢珊珊继续恶语相加:"你没有房子、没有车也就罢了,你长得丑我也能忍,可是你有什么能力? 什么潜力? 我在你身上根本看不到任何希望。看看你的同班同学金岩,你们同时进入市场部,人家现在都做到部门副总监了。你呢? 你还是个小业务员。嫁给你,你让我去喝西北风吗?"说着,卢珊珊厌恶地将鲜花打落一地,又踩了几脚,继续说道:"徐忠,你想多了,我们怎么可能呢?你向我求婚,你配吗?"说完转身毅然绝情而去。

徐忠这个淳朴、敦厚的年轻人一脸尴尬,无地自容。他怎么也没想到,卢珊珊这么无情,自己被当众打脸。卢珊珊在鲜花上踩的几脚,彻底踩碎了徐忠的心。

现场,许多人突然为徐忠感到悲哀。是呀,卢珊珊就像一只高贵的白天鹅,艳丽、高傲。而徐忠就像一只丑小鸭,毫不出色。因此也有人对徐忠嗤之以鼻:"这个人也太不自量力了,简直就是癞蛤蟆想吃天鹅肉。"

徐忠为此大病一场,连续两天茶饭不思。彭春对金岩说道:"金岩,你劝劝徐忠吧,这样容易出事的。"

"我劝过他了。徐忠这小子一根筋,对卢珊珊简直就是爱到无可救药。"金岩十分无奈地摇摇头说道。

徐忠躺在床上,辗转反侧,思绪万千。卢珊珊的话像一根刺,深深地扎在他心上:"你的真心管什么用? 是顶房子还是顶豪车?""你长得丑我也能忍,可是你有什么能力? ……看看你的同学金岩,你们同时进入市场部,人家现在都做到部门副总监了。你呢? 你还是个小业务员。嫁给你,你让我去喝西北风吗?"

徐忠仰天长叹,内心咆哮:"为什么!为什么现在的女人这么现实,这么物质?我已经很努力了,可是为什么我干什么都不行?"此时的徐忠开始有些迷茫了,十分想找一个人问问,这是为什么!想着,徐忠拿过手机打开通讯录,不断地翻看一个个名字和电话。在几个名字下停顿了片刻,又都摇摇头。再次感到了朋友虽然不少可关键时刻想找人倾诉,却突然发现很难。

与此同时,金岩来到许婕的办公室,向许婕大献殷勤:"许婕,我请你吃大餐吧!"

许婕扫了金岩一眼,没搭理他。

金岩又说道:"许婕,要不我请你看电影吧!"

许婕对金岩听而不闻,视而不见,拿起内部电话按了两下说道:"彭春,马上到我办公室来。"

见状,金岩一脸悲伤地说道:"我本将心向明月,奈何明月照沟渠。"

"金岩,你是不是太闲了?公司还有一笔死账没有要回来,要不然你再去试试?"

金岩马上说道:"我突然想起,我手头还有一件很重要的工作,要马上做。"转身逃跑似的离开了许婕的办公室。

许婕脸上露出了一丝狡黠的笑容,嘀咕道:"小样,还收拾不了你了。"

金岩出了许婕的办公室,才突然想起,自己向许婕大献殷勤的目的,马上又推门进来,很严肃地坐了下来,看着许婕:"许婕,有个事得和你说一下。"

许婕撇撇嘴道:"我就知道你不会无事献殷勤。说吧,什么事?"

"徐忠病了。"金岩有些低沉地说道。

许婕疑惑地问道:"徐忠生病了?很严重吗?我们去看看他吧。"

金岩无奈地摇摇头说道:"不用了,你去也没用。"

许婕吃惊地问道:"啊!这么重,到底什么病啊?"

金岩愤愤不平地说道:"徐忠遭遇了爱情'滑铁卢'。他追求的卢珊珊嫌弃他。徐忠现在很痛苦。"

许婕松了口气,继而十分鄙夷地说道:"金岩,不吹能死呀! 你们男生是不是都这么能吹啊? 还'滑铁卢',徐忠、韩柏也包括你,说得你们好像在情场上常打胜仗似的。"

金岩有些尴尬地说道:"许婕,你怎么一竿子打死一大片啊!'滑铁卢'这个词用在徐忠身上确实有点不正确,可那个卢珊珊也有点太物质了吧!"

"到底怎么回事? 能不能一次说清楚!"

金岩叹了口气道:"他向卢珊珊求婚失败了,还被羞辱了一番。"

许婕问道:"就是在广场搞出挺大动静的那个求婚仪式? 可卢珊珊,不同意就不同意呗,羞辱人干吗?"

金岩接着道:"徐忠心地善良,为人朴实,工作也很踏实,但就因为自身条件不好,被鄙视。"

"少说废话,说具体问题。"

"徐忠再次见到卢珊珊后就一直对卢珊珊默默付出,暗暗守护。可悲的是,徐忠不知道自己被卢珊珊当作备胎、钱包、苦力,还把全部的爱都投放在卢珊珊身上。卢珊珊却暗地里不断地去见帅哥。卢珊珊的闺蜜,一个好心的女孩想帮徐忠,向徐忠建议,在广场搞一个宏大的排场,向卢珊珊求婚,有可能感动卢珊珊。结果却遭到了卢珊珊的羞辱。"

听到了徐忠的境遇,许婕有些气愤:"你让徐忠来见我。"

很快,金岩带着徐忠来到许婕的办公室。许婕直接问道:"徐忠,你现在还爱着卢珊珊吗?"

徐忠沉闷了片刻,尴尬地说道:"我忘不了她。"

金岩恨铁不成钢地说道:"人家都那样对你了,你怎么还忘不了她? 你有点男人的志气吗?"

"那你想不想让她来追你?"许婕的话让徐忠眼睛一亮,泛起了希望的光芒："许婕，你有什么好办法？"

"听过一句话吗？花若盛开，蝴蝶自来。只有努力提高自己，使自己成为成功人士，才能俘获女孩的心。女孩不一定需要你叱咤风云，但没有一个女孩希望自己的男友或未来的丈夫是个窝囊废。对于如何缩短迈向成功的距离，我可以帮你。你除了英语，还学过哪门外语？"

"我还学过德语。"

"那就更好了。我可以把我专业知识的材料和外语学习的心得笔记都借给你，你用我的方法试试。只要你下苦功夫，再加上科学的方法，你的外语和业务能力都会快速得到提升。"

金岩道："徐忠，你要争口气，走出自己的成功之路，让卢珊珊后悔去吧！记住这句话，'今天你对我爱答不理，明天我让你高攀不起！'"

"徐忠，大家帮你，只是外因，外因只是变化的条件，内因才是变化的根本，关键还要靠你自己。"许婕说道。

危难见真情。徐忠虽然暂时失去了爱情，却收获了友情。更重要的是女神许婕亲传的学习经验、成功真谛，这是千金难求的。

徐忠的激情被点燃，决心下一番苦功，夯实自己的实力。

徐忠重启了自己人生的奋斗之路。

然而，金岩却坠入了炼狱般的噩梦。

金岩知道自己被破格提拔为市场部副总监，越过了许多论资排辈等待晋升的"前辈"，这无疑在市场部引起了一些人的羡慕嫉妒恨。为了让不服气的人闭嘴，也为了感恩博睿公司，更不想许婕被打脸，金岩准备施展身手大干一场，来证明自己。却怎么也没想到，第一个牵头组织的项目就因队友的不配合、使绊子，搞砸了。

42 牵头人的苦衷

松江市政府为了支持实体经济的发展,拿出一笔扶持资金,符合条件的企业可以向市政府发改部门申报项目。博睿集团接到通知后,将这项任务交给了市场部。接到这个任务,许婕亲自组织召开了协调会,强调了这项工作的重要性,并且强调时间紧迫,要在 15 天内完成。然后,许婕看了副总监曹斌一眼,说道:"我要和赵梦迪董事长去欧洲谈融资项目,曹总监,这个项目你牵头吧!"

"许总监,我最近身体不好,医生让我住院治疗。我牵头怕耽误了工作,还是请其他人负责吧。"曹斌委婉拒绝了。

许婕又扭头看向了副总监迟航,还没等说话,迟航抢先说道:"许总监,我现在手头上工作已经忙不过来了,恐怕是顾不上这件事。"

许婕心里明白,他们这是都怕担责。一是因为要在这么短的时间里完成一个大项目的可研报告,风险确实太大了。二是就算按时完成报上去,市里的审核是非常严格的,到头来仍然可能是竹篮打水一场空。忙了大半个月,不仅没有业绩,还被认为是工作不力,这很显然是费力还不一定讨好的事。曹斌和迟航都是职场老人,对这里的问题看得门清,本就因为没有上位总监而心中不快,怎么可能去碰这个雷。许婕无奈地看了看金岩。副总监里只剩刚刚被提拔的金岩了。他们这是要看自己更是要看金岩的笑话。许婕知道他们是看金岩刚入职不到一年就被破格提拔为副总监,和他们平起平坐,心里是有想法的。

许婕心中有火,但不信邪。金岩虽然刚任副总监,可从他的能力、表现看,未必就做不好这项工作。于是,许婕冷冷地说道:"那么,这项工作就由金岩副总监牵头。组建专题项目组,抽调人员集中办公,由金岩直接领导。市场部各方面都要给予全力支持。抽调的人下午就要到位。我丑话说在前面,如果谁贻误了工作,后面是要问责的。大家有什么问题吗?"

胡达急忙表态道:"请领导放心,我们项目一组要人给人,要物给物,一定会积极配合好金岩副总监的工作。"其他几个组负责人也都做了表态,纷纷表示会支持、配合工作。

散会后,彭春问胡达:"咱们组抽谁去专题项目组?"

胡达道:"让新来的小李去吧!"

彭春一愣:"小李刚来没几天,什么都不懂,恐怕做不了这项工作吧?"

胡达阴笑道:"彭春,你是不是看三国掉眼泪——替古人担忧,这和你有什么关系?"

彭春还是犹豫道:"可是,这关系到我们公司对上争取项目呀!"

胡达继续笑道:"这你操什么心。金岩的能力,一个人就够了。"

金岩毫无条件地接受了任务。会后满怀信心带领项目组迅速开始了工作。可是,马上,金岩就头疼无比。因为虽然看起来抽调的人不少,可各组抽调的人基本都是新来的员工,甚至有的才刚来几天,根本不能胜任这项工作。一夜之间,金岩的嘴就鼓起了水疱。刷牙时看到自己嘴上的疱,金岩苦笑道:"没想到自己还真是应了那句话,牵头人不易!"

对此,徐忠很是愤怒,建议金岩道:"金岩,这个活没法干。这不是明摆着有人故意不配合吗? 应该马上向许婕汇报。"金岩摇了摇头道:"很明显这是有人要看我的笑话。许婕已经和董事长去了欧洲,现在和她说,她也鞭长莫及,还会给大家留下一个我告同事状的坏印象,更有可能激化许婕和几位中层负责人的矛盾。我们就是不吃饭、不睡觉,也要完成这项工作。"

"对。到时把他们的脸打得啪啪响。"徐忠恨恨地道。

许婕在欧洲出差,不放心这个项目,打电话询问项目进展情况。金岩告诉许婕,各组都给派了人,就是基本都是新人,需要熟悉一下工作,加之工作量确实很大,时间有点紧,但一定能完成任务。

冰雪聪明的许婕从金岩很委婉的话语中听出了抽调的人不给力,有些担心。毕竟她也是个并不大的女孩子,许婕担心的神情挂在了脸上。赵梦迪发现许婕好像有心事,就问道:"许婕,怎么,是不是有什么事? 有什么我能帮你的?"

十分要强的许婕马上道:"没事,董事长。"可她的表情还是出卖了她。赵梦迪摇了摇头没有说什么。

许婕万万没想到公司那边的工作竟然真出了问题。由于胡达等人的不配合,就连已有的相关数据也不提供。金岩亲自多次催要,胡达和另一组才给出了一些数据。一连半个月,金岩几乎昼夜不眠,带领徐忠等几个骨干,终于在要求的上报时间前完成了可研报告。金岩和徐忠又亲自核对了一遍相关数据。核对完之后,徐忠长长出了一口气说道:"累死了! 好在终于完成了。"

金岩却坐在那里皱起了眉头,总感觉哪里有些不对。可再看了一遍还是没找到问题所在,就问徐忠:"徐忠,你发没发现这个报告太完美了? 这么好的项目,公司以前为什么没有重视?"

徐忠不以为然地道:"很简单,原来的市场部那些人不负责任,没有及时完善可研报告。高层并不知道这个项目。"

金岩仍然眉头不展:"如果是这样,这么好的项目,别的公司也应该发现啊。"

徐忠随口道:"要说问题,就是这个项目的投资回报率太高了。"

金岩也发现了这个问题,经徐忠一说,再次肯定了自己的想法。片刻后,金岩突然惊出一身冷汗。是这个项目确实就这么好,还是数据有问题? 数据? 金岩心里突然一颤,数据是胡达负责的市场组提供的。如果数据不准确,这个可研报告就没了任何价值。于是,金岩马上道:"徐忠,你立即再去一下市场组,与胡达他们核对一下相关数据。我现在去邀请集团专家对这个可研报告进行深入论证。"

徐忠去找胡达核对相关数据。胡达没有出面,组里与胡达一个鼻孔出气的员工很不耐烦地让徐忠自己看。徐忠问道:"这是原始数据吗?"那个员工马上拉下脸说道:"徐忠,你几个意思? 如果你不相信,可以自己去收集数据啊! 可你不能怀疑我们组的专业性!"

憨厚的徐忠看到对方急了,马上道歉:"对不起,我不是那个意思,打扰了。"

金岩虽然还是对这个项目的相关数据存疑,但没有时间了,立即请集团专家组进行专业论证。论证会上,专家们看到这么短的时间内,几个年轻人就拿出了一份内容翔实、数据充分、逻辑严谨的可研报告,脸上都露出了赞许的笑容。可接下来的一幕,却让金岩等人如五雷轰顶,彻底蒙了。

因为会议室里响起了一声怒吼:"这简直是胡闹! 你们这份可研报告看起来数据充分、逻辑严谨,可你们依据的关键数据都是错误的。你们所谓的项目可行性、投资回报率都是没有科学依据的,甚至是假的。"专家组组长气愤地说道。

会议室里的专家们面面相觑,都用疑惑、不可思议的眼神交流着。市场部的几个年轻人胆子也太大了,竟然这么不负责,甚至弄虚作假? 把这么严肃的工作当作儿戏吗？

这个结论在项目组所有人心中如同平地响起一个炸雷，震惊得无以复加。

徐忠和几个年轻人的眼泪在眶圈中打转。半个多月夜以继日地拼命，就得出这么一个结果？

怎么会这样？这是怎么回事？

这个结论如超级风暴撞击着项目组每个人的心。

负责数据收集的两个年轻人吓哭了。

此刻的金岩看了一眼胡达，看到其一脸幸灾乐祸的表情，再联想到前几天在走廊上见到他时，他一脸奸诈、坏笑的神情，金岩明白了，这一定是胡达搞的鬼。金岩在桌子底下紧紧地握起了拳头，然后又松开了。

重新收集这些关键数据并不是一项简单的工作，在要求的时间内已经不可能了。

就这样这项工作没有如期完成，耽误了集团向当地发改部门报送项目立项申请。

集团董事会对此十分不满，肖克等董事提出要对市场部问责。

胡达等人在办公室偷着乐，并悄悄传着一个来自董事会内部的消息：金岩要被问责，可能还会被开除。

集团董事会会议进入最后一个议题，气氛开始压抑、沉闷起来。因为人们都知道这个议题是要处理市场部一位刚刚被破格提拔的副总监。

赵梦迪面沉如水，语调低沉："根据肖克等董事的提请，下面的议题研究对市场部延误了项目申报追责的相关事宜。具体情况大家都知道了。至于怎么处理责任人，各位董事请发表意见。"

这时，一个董事看到肖克递过来的眼神，马上说道："由于市场部工作不力，使我们没有赶上市里扶持企业政策的这班车，给公司造成了巨大损失，我建议对市场部追责，撤销金岩的市场部副总监职务，并开除处理。"

张平急忙道:"各位董事,市场部这次做的这个项目的可研报告,虽然没能如期报出去,但是这个项目本身就不成熟,而市场部之前又没有其他成熟项目。这个项目即使报上去,也不一定能批。所以,不存在巨大损失之说。同时,市场部人员大量离职,人手严重不足。现在的员工大部分都是新人,接手一个工作量十分大、时间又非常紧的项目,确实存在一定困难。将金岩撤职、开除处理,太重了,不合适。金岩这个年轻人是很有能力,也很有潜力的,要给其试错、成长的机会,不能一棍子打死。"

另一董事慷慨激昂地说道:"有功就要奖,有错就要罚。集团的规则要坚决执行。不能因为个别人,就不执行,否则规则就形同虚设。那就会在博睿公司打开潘多拉魔盒,谁都可以不遵守规则。"

这位董事说得义正词严,绝对立场正确,让董事们都不好再说什么。会场一时陷入了静默。

肖克见状,决定再添一把火,乘机把火烧得更旺。于是他很严肃地说道:"市场部出现了这么大的工作失误,是不应该的。虽然我很不忍心,但从公司的大局考虑我不得不说,我认为只追究金岩还不够,这么重要的事情都能出现这么大的失误,说失误都是轻的,应该说是失职。这说明市场部总监许婕不具有领导集团市场部的能力,也应该免职。否则,不足以起到警示作用。"

肖克的话震撼了全场。这是要把代理董事长赵梦迪启用的新人一锅端啊!肖克这一招够狠的。场上的气氛骤然紧张起来。人们纷纷看向了董事长赵梦迪,发现赵梦迪的脸上阴云密布,明眼人都看出赵梦迪是在强压怒火。

这时,一个谁也没有想到的情况出现了。已经回到工作岗位的总裁张强举了一下手,说道:"董事长,我说两句。"

张平等人皆是一惊。

总裁张强,在公司也是占有少量股份的。他多年来一直任集团总裁,加之他在业界有很高的影响力,在集团内有很高的威望。虽然股份不多,但他的话语权,比一般的董事还要重。

员工也都知道,集团总部各部门原来的团队大部分都是总裁张强和前任执行副总裁王淼组建的。赵梦迪任董事长以后,以雷霆手段处理了因贪婪给公司造成巨大损失的公司前副总裁王淼,原团队中的一些人也跟着王淼离职了。大家也都知道赵梦迪和总裁张强在企业发展方向上意见不同。现在赵梦迪启用的许婕和金岩,工作出现了重大失误,很显然是落井下石的好机会。同时,张强是集团总裁,对上争取的项目出了问题,毫无疑问,经理人团队是有责任的。这时,张强为了推卸责任,肯定会找替罪羊。

该来的总会来,不差这一个。

赵梦迪冷冷地说道:"你说吧。"

张强用十分低沉地语调说道:"我认为这个责任不在现在的市场部,而是原来的市场部没有真正的备用项目,这是我这个总裁的责任。这次这么短的时间就是神人也拿不出一份十分精准的新项目的可研报告,即使拿出了也是凑数的,不可能通过市里专家组的评审。至于说报告中出现的数据错误,我了解了一下,是市场部市场组提供的。不可思议的是,提供的不是原始数据,而是被篡改过的数据。专题项目组发现了问题,提出了疑惑,还派人专门找市场组核对过。而市场组不知出于什么原因,坚持说是原始数据。这个问题要查一下。无论是什么原因,出于什么目的,这种置集团利益于不顾的人都不能原谅。"

张强的一席话,石破天惊!这可真是一语惊醒梦中人。会场上所有人都如同石化了,半天没有一点动静。可很快,又如一石激起千层浪,会场上董事们炸锅了:

"集团怎么会有这样的害群之马?"

"这样的人必须严惩,无论是谁绝不姑息!"

张平和赵梦迪怎么也没有想到张强在此时能仗义执言,不仅主动为原来没有备用项目揽责,还说出了此次问题的真相。张平此刻才懂得了赵梦迪为什么以德报怨,在张强生病时代表公司和个人都给予其无私的关心帮助。他在心底里暗暗佩服起赵梦迪。赵梦迪对张强投去了一个感谢的眼神。

而董事肖克却有些忐忑、坐立不安起来,虽然不知道篡改数据具体是怎么回事,可是市场部市场组的负责人胡达是自己的外甥。如果真是这小子干的,那就蠢透了!不过基于对自己这个外甥德行的了解,还真有可能是他干的蠢事。于是他马上说道:"既然张总说了,由于时间太短,可研报告拿不出来,也情有可原。张总可是业界的权威啊,我们要相信张总,这件事就这么算了吧。至于数据错误,市场部都是年轻人,可能是忙中出错。张平副总也说了要给年轻人机会。我看就不要再追究了,这次的事情就到此为止吧。"

人们再次面面相觑,都被肖克态度突然 180 度大转变惊呆了。跳得最欢的那个董事,看到肖克态度大转,马上说道:"还是肖董心胸宽广啊!我也收回刚才的意见。"现场的许多人都为肖克的宽宏大量点赞。在场的多数是不明真相的吃瓜群众,本以为新任董事长赵梦迪和董事大股东肖克以金岩失职为导火索展开的一场惊世大战,就这样烟消云散了。放心的同时,一些对赵梦迪不服气的人还有一丝遗憾。

张平等人长长出了一口气。因为他们心里明白,肖克等人要开除金岩连带上处理许婕,不是根本目的,而是要借此对赵梦迪发难,证明赵梦迪用人不行,缺乏领导能力,从而打击赵梦迪的权威和影响力。

这时,赵梦迪说话了:"各位,还有谁有什么要说的?"

没有人说话,大家都在看着赵梦迪怎么处理这件事。

赵梦迪颇有深意地看了一眼肖克,语调低沉而又威严地说道:"这个事情没有这么简单,不能到此结束。无论什么原因,可研报告出现这么大的纰漏,项目负责人金岩自己解决不了,却不在第一时间向领导报告,对此提出批评,扣罚当月奖金。对恶意篡改数据的人,要一查到底,一经查实,不管他有多硬的后台,都要坚决清除这样的害群之马,结果要在全公司通报。查处工作由集团监察部门负责,市场部配合,直接对我报告工作。"

调查组的调查结果和处理意见很快出来了,对胡达给予开除处理,并征求了许婕的意见。

许婕向分管副总监迟航提前通报情况时,遭到了迟航的强烈反对:"许总监,胡达聪明、敬业,工作一直都是勤勤恳恳的。在大局问题上,他决不会糊涂。你也看到了在项目组抽调人员时,他第一个表态支持。所以,对胡达这样处理我不能同意。"

"迟总监,这是集团的决定。你要有不同意见可以向集团反映。但是我提醒你,这个胡达当面是人,背后是鬼,说一套,做一套,表面说支持,可派出的却是刚到职没几天的新人。在工作中阻止组内工作人员及时向项目组提供相关数据信息。中间,不经领导同意,又擅自撤回项目组人员一周时间。更为恶劣的是恶意篡改关键数据,造成可研报告失真,并使此项工作无法在规定时间内完成。我认为集团的处理是公平的。"

迟航急道:"这绝不可能。胡达与人为善,大局意识很强。许总监,你可不能以人划线啊!"

许婕紧紧地盯着迟航:"你说胡达与人为善?大局意识强?那我告诉你,市场部的同事们是怎么说的:胡达怕金岩与他竞争副总监,平时经常故意给金岩的工作设置障碍,下套、使绊子。他的人品存在很大的问题。我说的这些都有人证物证,决不是冤枉他。"

迟航见许婕言之凿凿,只好退一步,说道:"看在胡达对公司十分忠诚的分儿上,给他一次机会。这次就给予批评教育吧,你再向集团说说情。"

许婕毫不退让:"忠诚?你看看胡达做的那些事,哪一件是对公司的忠诚?耽误了公司的大事,破坏公司人际关系,践踏公司团队文化,给公司造成了多大的损失。这样的害群之马,怎么能不清除?你说不要以人划线,我非常赞同。所以,请迟总监要坚持原则,以公司大义为要。当然,我相信胡达做的事你都是不知情的,对吧?"

迟航心里一惊。如果再为胡达说情,恐怕自己也要被牵连进去了。所以,他迅速地切割、表态:"许总监,我确实不知情。我同意调查组提出的处理意见!"

许婕嘴角明显向下撇了撇:"那好,我们等着集团的最后处理意见吧!"

此时,肖克找到了赵梦迪,直接开门见山,要求不要开除胡达。

赵梦迪皱起了眉头:"肖董,你给我一个不开除的理由。"

肖克一脸自然地说:"理由就是,篡改数据是市场组的一个员工因自己没能晋升,对公司不满私自做的,胡达并不知情。"

什么?赵梦迪被肖克的无耻气得浑身发抖,死死盯着肖克半天没有说话。

可肖克紧接着说的话就让赵梦迪不得不考虑了。

"赵董事长,我知道你一直在查李垚董事长失踪的事。我可以给你提供点线索,等胡达的事过去以后,我会告诉你的。"

赵梦迪心里一惊。李垚失踪快一年了,是死是活一点线索都没有。自己白天以女强人的姿态示人,夜深人静的时候,却经常以泪洗面。

此刻的赵梦迪心中在激烈的天人交战。明知道肖克是用这件事对自己进行要挟,为了以不开除胡达,也知道这样做会对自己的威信、威望产生很大的负面影响,可开除胡达和换取李垚失踪线索两者比较,赵梦迪马上毫不犹豫地选择了后者。

"好,我答应你不开除胡达,但你要守信。"赵梦迪毅然说道。

肖克脸上得意之色一闪而过,却装作十分真诚地说道:"放心吧。李垚老弟待我不薄,我也一直在关注此事。"

许婕接到集团对篡改数据事件只开除一个涉事员工的正式处理意见时惊呆了。

整个市场部舆论哗然。

许婕很快就反应过来，这肯定是肖克和赵梦迪董事长背后的博弈，显然，肖克胜利了。赵梦迪董事长肯定有不得不这么做的苦衷。因此，许婕对这一结果表示接受。

胡达在市场部正式接到"数据事件"处理意见通知后，高调地说道："许婕、金岩，想整我，门儿都没有。等着吧，走着瞧！"

市场部正直的人都为此揪心起来。

43 钱浩的机会

就在博睿集团为了 D 项目还在融资阶段艰难努力的时候,恒琦集团的 D 项目已经进入厂房建设阶段,明显要比博睿集团快很多。与此同时,恒琦集团最近为 D 项目立下汗马功劳的钱浩又迎来了再次晋升的机会。

恒琦集团一位副总裁退休了,谁能出任副总裁?集团上下都在纷纷猜测。

"我认为销售总监周通很有可能。他可是王晓琦董事长亲自挖来的人才。"

"我认为财务部总监薛敏最有希望。她可是公司老人了,两任董事长都信任她。"

"是呀,和他同期的总监要么提了,要么走了。"

"你们都猜得不对,我认为最有可能的是市场部的钱浩。"

"钱浩刚刚才提升市场部总监不久呀,他还需要再历练历练吧。"

"还真别说,这个钱浩还真是一匹黑马。他深得王晓琦董事长赏识,副职刚转正就委以重任,负责 D 项目的开发。"

"是呀,D 项目可是恒琦当下的头等大事,要是不信任,怎么能让他担当如此重任。这个项目本来就应该是副总裁抓的。"

大家想一想还真是。这说明什么？说明董事长对钱浩的充分信任和器重，已经让他独当一面了。加上这一阶段钱浩出入董事长的办公室可是非常勤的。有的人发现钱浩看着王晓琦的眼神都有些异样，不仅仅是尊敬，还有爱慕和款款深情。虽然大家认为这是不可能的，钱浩是癞蛤蟆想吃天鹅肉。

到后来，大多数人都认为钱浩会后来者居上，成为接替副总裁人选中最有可能的一匹黑马。

围绕副总裁职位的竞争，虽然没有摆在台面上，但是许多人都在暗暗努力。毕竟在职场上有更大的平台，获得的不仅仅是薪酬的提高，还有自己的抱负、自身价值的体现。

钱浩当然知道这对自己意味着什么，这是难得的机遇。自己现在负责 D 项目的开发运作，实际上已经在做着副总裁的工作，占了天时、地利。至于人和嘛，董事长虽然到现在还没有明确表态，但已经暗示他要努力展现自己的能力、实力了。只要在这段时间不出现重大失误，就完全可以与那几个人一争高下，而且自己胜出的可能性还非常大。不过这段时间除了努力工作之外，还要注意与总裁孟宇修补好关系。孟宇在王晓琦面前说话还是很有分量的。公司的人直到最近才知道王晓琦在苦苦追求孟宇。以前看到王晓琦经常和孟宇大声争吵，很多人认为孟宇是老董事长用的人，王晓琦不认可。原来大家都错了，而且错得离谱，钱浩也是如此。在工作中钱浩对孟宇的话表面遵从，背地里执行起来是随意打折扣。直到有一次，钱浩在王晓琦的办公室门口听到了王晓琦苦苦哀求孟宇，请他原谅一件事，并明确表明自己深深地爱着他。钱浩如梦初醒，大吃一惊，吓出一身冷汗，不过继而又在内心深处升起一股嫉妒怨恨的怒火。

"王晓琦是我的，我一定要把她抢到手。孟宇，用不了多久我就会超过你，在事业上、爱情上取而代之！"钱浩在心里暗暗发誓。

D项目厂房建设马上就要开工了。钱浩建议王晓琦厂房开工时搞一个大规模的剪彩仪式。邀请当地市委和市政府领导，以及本市50强企业及各路媒体参加，既是为D项目也是为恒琦集团宣传造势。王晓琦同意了钱浩的建议，并授权钱浩全权负责。

　　钱浩近一周来几乎把全部时间精力都用在筹备D项目开工剪彩仪式上了。因为他深知这个剪彩仪式是展示自己的最佳时机。成功与否关系到自己能否坐上集团副总的位置。因此，这一周来他几乎放下了所有的事情，就连岳父手术都没有到医院去看，为此妻子还和他大吵了一架。钱浩暗暗决定，等自己资本足够了，就与妻子离婚。一定要将王晓琦娶到手。

　　一切为了剪彩仪式！

　　为切实搞好剪彩仪式，他成立了一个庞大的筹备团队。分了若干组，4天开了8次会，不厌其烦地反复强调剪彩仪式的重要性。要求大家提高认识，再认识，要高度重视云云。听得大家都已经麻木了。他再讲话时，许多人开始玩手机、打瞌睡。市场部副总监刘文看到这种情况十分担心，因为钱浩虽然对筹备工作做了分工，但他更多强调的是重要性，对一些细节，有的环节并没有落实。这么大的一个活动，没有实行A、B角制，届时一旦有员工有特殊情况缺席就糟糕了。刘文是一个很稳重、善于抓落实的人，可以说是一个执行力很强的职业经理人。对剪彩仪式筹备工作，刘文本想提醒一下钱浩，可话到嘴边又强忍住没说。因为在公开场合说出自己的建议会让钱浩认为自己是在打他的脸。几件事下来，刘文已经深知钱浩是一个心胸狭隘之人，不容许别人比他高明。凡是挑战他的权威的人，即使是无意的，也要么被打压，要么被挤走。许婕刚刚露出一丝优秀的潜质，可能威胁到他的位置，就被他算计挤走了。好在自己一直低调、示弱，并以大局为重，推功揽过，把功劳都算在钱浩的头上，这才避免了被挤走的命运。

　　刘文实在是有些担心，这个剪彩仪式毕竟是市场部更是恒琦集团的大事，马虎不得。所以散会后,刘文就跟着来到了钱浩的办公室。

钱浩看了一眼刘文,用蔑视的眼神看着刘文说道:"有事?"

刘文诚挚地道:"钱总,我想和你说说剪彩仪式的事。"

钱浩在这次剪彩仪式筹备工作中一直没给刘文明确的任务分工。碍于刘文的职务是市场部副总监,只让他在筹备组中挂个副组长的虚名。因为这个剪彩仪式是露脸的行动,不能让刘文参加。

眼看着剪彩仪式再有两天就举行了,这时刘文又来多嘴。想抢功?真有你的!哪有那么好的事?想到这里,钱浩马上抢过话头说道:"老刘啊,你来得正好。剪彩仪式的事你就不用操心了,我们要剪彩和其他工作两不误,明天你辛苦一下,出趟差。海港市分公司推荐了一个较大的经销商,你明天带一个人去考察一下,今晚就坐火车走吧。"

刘文明白了,这是怕自己抢功,更不想让自己在集团高层面前露脸,很明显钱浩这是在封杀自己。他无奈地笑了一下,道:"好吧,那我今晚就去了。"说完转身走了出去。

"切,跟我玩心眼,筹备工作快结束了,过来和我抢功!就这点小心思我还看不出来?边上待着去吧!"

有人说嫉妒心害死人,还有人说不作死就不会死。钱浩的嫉妒心太重了,将抓落实执行力最强的刘文晾起来并在关键时刻支走,真是一个作死的举动。

剪彩仪式果然出事了。

星期五,天气晴朗、阳光明媚,真是个好日子。恒琦集团 D 项目厂房建设开工剪彩仪式如期举行。

松江市党政主要领导、工信委等相关部门的领导,本市 50 强企业、全国经销商代表,各路媒体云集,可谓是当地近期经济建设的空前盛况。其影响必然是巨大的。许婕代表博睿集团也来参加了剪彩仪式,站在队伍的后面。

技术部的郭磊在筹备组中负责音响设备调试。头天晚上,老婆李凤兰在家给儿子辅导家庭作业时与儿子吵了起来:"郭军同学,你能不能认真点,这么简单的题都错了,你在想什么呢!"

郭军不服:"妈妈,我不就是马虎了吗!"

"你怎么老马虎呢!你看看家长微信群里公布的学习成绩排名,我都不好意思看。你一次是马虎,这么多次还是马虎?我看你就是不认真,要不就是你太笨。"李凤兰失去了耐心,大声训斥道。

"呜呜"。小郭军哭了起来。

对儿子,李凤兰是毫无办法。

"你辅导他作业,该教育教育,训他干啥?"郭磊说道。

李凤兰生气地说道:"郭磊,你不要在那儿装好人,从今天开始你儿子的作业由你负责辅导、批阅、签字。我不管了!"说完,将一大堆家庭作业交给了郭磊。

天呐,怎么这么多!儿子的家庭作业一直都由老婆负责。经常听她抱怨家庭作业太多了。现在的老师太能折磨家长了,不仅留一大堆作业,还必须由家长对各科的作业进行批阅、签字。哪位家长未签字,就会在微信群里被老师训斥,被认为是对孩子不负责,而孩子也会遭到老师批评。

面对着一大堆作业,郭磊的头有点发涨。但是他知道如果不批完这些作业,并签上字,还真不行。应付了事也不行,那真是对孩子的不负责任。万一有错误的题,自己给批正确了,孩子以后就会以错为对,对错难辨,那可就真坑了孩子了。

等儿子做完了作业,自己认真批阅了一遍,签上字,抬头看看表,已经深夜12点多了。孩子、老婆都已经睡着了。"唉,还真是累呀,看来老婆每天真不容易啊!抓紧睡觉,明天还要起早呢!"怕睡过头起不来,耽误了明天公司剪彩仪式,郭磊给手机定了叫醒功能,安然睡去。

早上,手机闹铃准时响起。郭磊伸了伸懒腰,没睡醒,但不行啊,必须起床了。今天是公司D项目剪彩仪式,自己负责音响,得早点到位。虽然昨天调试过了,但今早必须再检查一遍。备用电源(蓄电池)还在单位,今早必须去取。

洗脸、刷牙、吃饭是来不及了。他拿上车钥匙就要走,边走边喊道:"老婆,今天我单位有重要工作,你送儿子吧!"

没有回音。怎么回事?郭磊走到厨房,没有。洗手间自己刚用来着,儿子的卧室,也没有。人哪儿去了?赶快拿出手机给老婆打一个电话:"这一大早的,你跑哪儿去了?"

"老公,我单位今天组织一个活动,到外县去,我在车上,已经走很远了,今天你送儿子吧。"李凤兰说道。

"不是,你这,我今天……"郭磊的话没说完,对方就挂断了电话。

轰!什么?我送孩子去学校?这怎么来得及呀!郭磊的脑袋嗡的一下子,有点发蒙。儿子还没起来,早餐也来不及做,这可怎么办?

郭磊坐在椅子上半天,终于想出了一个办法,让儿子现在起床,路上给他买点吃的,早点送他到学校。

"小军,起床了!快点,不然来不及了。"郭磊喊道。

"我困,我再睡一会儿。"

"不行,快起来。"说着郭磊上去将孩子的被子直接掀起来,手忙脚乱地帮儿子穿上衣服,拉着郭军就向外走。

儿子的学校与公司剪彩仪式举办地是相反的两个方向。郭磊以最快的速度将儿子送到了学校,又在校门口买了一杯牛奶、一个面包,塞给了他,然后开着车以接近超速的车速,向剪彩仪式地点赶去。

"千万别堵车啊!没事,音响昨天调试过应该不会出问题。回单位取备用电源肯定来不及了,电源应该不会有问题,哪能就那么巧,赶上停电啊!"

44

天下大事
必作于细

剪彩仪式现场。许多媒体的记者和企业嘉宾都已经到了。

钱浩西装革履，风度翩翩，十分激动。因为最让他激动的是剪彩仪式本来定的是总裁孟宇主持。可突然孟宇父亲病危，他昨晚急忙赶回老家去了。王晓琦临时决定让钱浩主持剪彩仪式。这下可把钱浩兴奋坏了。机会！机会！这可是千载难逢的机会。接到通知后钱浩冲着孟宇的家乡方向拜了三拜，感谢老人家的成全。钱浩真是太激动了，怎么能不激动，董事长让自己主持剪彩仪式，说明了什么？说明了王晓琦董事长对自己升职为副总裁已经默认了，也在向全公司宣布，集团副总裁的职位非自己莫属了。因此，钱浩昨晚几乎一夜未睡，今早脸上还带着黑眼圈呢。

看到陆续到达的领导和嘉宾，钱浩感到应该将音响打开播放点音乐了。

"告诉负责音响的，把音响打开播放点音乐。"钱浩对市场部一名员工说道。过了半天，还是没有动静，钱浩有些生气了。怎么这么磨蹭！这时那名员工跑回来对钱浩说："钱总，负责音响的人还没到呢。"

"什么，是谁负责音响，干什么吃的！"钱浩吼道。

"是技术部的,叫郭磊。"那名员工老实地说道。

钱浩吼道:"打电话催他啊! 看着我干什么!"

"打电话了,他手机关机。"

钱浩气急败坏:"这是不想干了? 开除! 开除! 接着找!"

"好的!"员工迅速跑开了。

郭磊把孩子送到学校,就火急火燎、马不停蹄地向剪彩仪式现场赶来。真是越怕什么就越来什么。这个城市每天早晚高峰都上演着堵车大戏,可今天也不知怎么了,好像专门和郭磊过不去似的,堵得尤其厉害。

郭磊急得要崩溃了,一个劲地按喇叭,拍打着方向盘,可无济于事。

"完了,完了! 这下子耽误大事了。剪彩仪式这么大个事,被自己给耽误了,这可怎么得了啊!"郭磊急忙掏出手机给同事打电话。什么? 手机怎么没电了? 郭磊这才想起手机昨天就电量不足了,晚上只忙着给儿子批阅作业了,忘了给手机充电了。这可怎么办?

剪彩仪式现场。钱浩焦急地问道:"负责音响的人还没到吗?"

得到了肯定答复后的钱浩也几乎崩溃了,暴跳如雷:"开除! 开除!"

钱浩好像突然又想起了什么,一个激灵:"丁雪梅呢? 她负责拿着董事长的致辞文稿呢,怎么也没看见她。这是都要和我过不去吗?"

剪彩仪式第一个流程就是王晓琦董事长代表恒琦集团致辞讲话。昨晚,王晓琦才从R国成功签约购买工业机器人关键部件回到国内。钱浩问用不用把讲稿先送给她看一遍,王晓琦说不用。因为昨晚她根本就没有时间,接电话的时候她正在赶往孟宇老家的路上。她要在关键时刻出现在孟宇面前,让他的家人认可自己,所以告诉钱浩今天早上把讲稿给她就行。

钱浩掏出手机直接拨通了丁雪梅的电话:"姑奶奶,你干什么去了? 剪彩仪式马上开始了,你拿着董事长的讲话稿,为什么还不到位?"

"钱总,别急。到了,到了,马上到了。"丁雪梅小跑着到了钱浩身前,"钱总,这是董事长的讲话稿。"说着将讲话稿递给了钱浩。

"哼!"钱浩什么都没说,阴着脸哼了一声,也来不及看就急匆匆向剪彩仪式现场搭建的贵宾室奔去。

临时搭建的贵宾室,室内装饰豪华,显得很大气。桌子上摆放着水果、茶水、点心。看着豪华大气的贵宾室,王晓琦心中暗暗称赞:"这个钱浩还真行,确实很能干。这么短的时间,把剪彩仪式搞得这么隆重。这个临时贵宾室搞得很大气,又贴心,茶水和糕点尤其受欢迎。早上许多人来不及吃早餐,在现场摆放点早点正好解决这一问题。"王晓琦看到市委、市政府领导也都品尝了糕点,面带笑容夸赞糕点好吃。

钱浩来到贵宾室,看到王晓琦,就走到近前,将讲稿递给了王晓琦。王晓琦接过讲稿也没有来得及看,又交给了钱浩:"一会儿到我讲话再给我。"

"好的,董事长。"说完钱浩就想快点出去看看音响怎样了。可是却被王晓琦叫住:"来,钱浩,我给你介绍几位领导。"

钱浩受宠若惊,平常像钱浩这样的企业小管理层是见不到市委、市政府领导的。

"这位是市委杜书记,这位是曲市长。两位领导,这位是我们公司的市场部总监,也是集团未来挑大梁的人才。"王晓琦将钱浩分别介绍了两位中年人。钱浩急忙上前和领导握手:"请领导多关照!"

"年轻有为,人才难得,王总手下无弱兵啊!"

"谢谢领导夸奖,我会努力工作的。"

王晓琦道:"那你去忙吧。到点来请领导过去。"

"好的,董事长,我去看看现场。"说完,钱浩就急急忙忙向主席台音响位置走去。这时,音响突然响起来,播放出音乐。谢天谢地,你可终于来了。原来是技术部另一位同事,看到剪彩仪式马上开始了,郭磊到现在还没到,主动上来帮忙了。

剪彩仪式正式开始了。

钱浩控制了一下激动的心情,在万众瞩目中开始了主持:"各位领导,女士们、先生们,各位嘉宾,媒体界的朋友们,大家上午好!……"还别说,钱浩的嗓音还真挺有磁性,不亚于电台播音员。

这时,郭磊也赶到了现场。听着钱浩的主持,郭磊在感觉音响正常的同时,心里却莫名其妙的一阵发紧。备用电池放在单位了,原准备今天早上去取,可送孩子没有时间了。电源可千万别出事啊。不会的,自己了解过,电源是工地工程临时用电,是经过电业部门批准的,没有特殊情况是不会停电的。尤其现在都很正常,哪能那么巧,领导讲话时电源会出问题。

"下面,请恒琦集团董事长,我市十大优秀青年企业家王晓琦女士致辞!"

"各位领导、各位嘉宾,大家……"王晓琦刚说到这里麦克风突然没声了。

怎么回事?

这么大的活动音响怎么会出问题?真是怕什么来什么。郭磊急忙上前去检查,发现是没电了。怎么会没电呢?在偌大的野外广场上,没有音响,人们什么也听不到。经过快速了解,原来是电力公司停电检修。已经通知了工地施工方,但事前筹备组没有人和施工方电工协调供电的事,所以没有及时掌握停电信息。

"备用电源在哪儿?接上就好了嘛。"有人问道。

是呀,备用电源呢?人们满是疑问。此时的郭磊真是欲哭无泪。现在回去取,来回要一个多小时。这么多领导、嘉宾怎么可能等一个多小时呀!

关键时刻市长起了作用,给电力公司领导打了个电话,告知市委、市政府在这边有个活动,需要临时用电20分钟。这才解决了这个十分尴尬的难题。

王晓琦的心情已经有些恶劣,钱浩的心情则十分恶劣。

前后7分钟左右,钱浩浑身已经被汗水湿透了。好在剪彩仪式还可以继续进行。

不得不说，王晓琦的应变能力还是很强的。音响恢复后，为了缓解一下现场尴尬的气氛，王晓琦说道："这可真是应了一句话，就是'好事多磨难'啊。我们恒琦集团建设 D 项目，为民族企业争先，为国争光。可我们前进的路并不平坦，也不是一帆风顺的。但有市委、市政府的坚强领导，有各位合作伙伴的鼎力支持，我们恒琦集团有信心也有决心，克服一切艰难险阻，早日使 D 产品成功上市。"

啪啪啪！全场响起了一阵热烈的掌声。这一次不是礼节性的掌声，而是为王晓琦的应变能力、气度、决心而鼓掌，更是为了王晓琦所喊出的为民族工业争气的口号而鼓掌。

然而，接下来发生的事情就太戏剧化了。就是许多优秀的编剧也想不出这个剪彩仪式竟然是一波三折，后来成为了整个松江市民茶余饭后街谈巷议的笑料、谈资。

说完这些大气、充满豪情的壮语，王晓琦言归正传，拿起讲话稿略去了第一段，从第二段直接就开始读了起来："我们根据消费者的需求不断开发新产品。我们的新产品要让千千万万个家庭更加幸福，夫妻生活增加快感，更加和谐，还能预防艾滋……"这是什么？这是 D 项目吗？这怎么像是避孕套项目啊？现场的人面面相觑。

轰！王晓琦心中万马奔腾，欲哭无泪："钱浩，你是上帝故意派来坑我的吗？"王晓琦在心里有些歇斯底里。不过，王晓琦就是王晓琦，泰山崩于前而面不改色。收起讲话稿，她仍然面带笑容，虽然有点僵硬，但紧接着就说道："不好意思，我又插播了我们公司另一个产品的广告。不过我们公司的另一个产品确实很好。"轰！全场响起了一片笑声。本来很尴尬的场面在王晓琦的幽默中圆了过去，在场的人不得不佩服王晓琦的沉着应变能力。大家心里都明白，这肯定是属下工作出现了失误，拿错了王晓琦的讲稿，将另一款产品、另一个会议的讲话稿交给了王晓琦，这才会出现这个沉重的"笑话"。丁雪梅听到这里差点没晕过去。钱浩让自己拿着董事长两个会议的讲稿,刚才着急也没有认真看,拿错了,才出现的这个差错。在这么一个严肃的剪彩仪式上,出现了这么低级而又天大的错误,丁雪梅毫无形象地一屁股坐在了地上。

完了,这下子自己肯定被开除了。丁雪梅的脑子里一片空白。

钱浩的心情也是低落到了谷底。剪彩仪式连续出了这么多的问题,会成为街谈巷议的焦点,也会成为别的企业的反面教材,而这个反面典型案例的主角竟然是自己,是自己组织的剪彩仪式出了这么多的差错,看来自己当集团副总裁是没戏了。钱浩在恍惚中,主持完了剪彩仪式。人生真是大起大落,刚刚还意气风发,有着"天下大势舍我其谁"的雄心壮志的钱浩,在这几个细节上抓落实不到位,出了问题,升职肯定是泡汤了。别说有那么多的竞争者,就是单独候选人也会被撤下来。真应了那句话:"细节决定成败。"

许婕参加了恒琦集团 D 项目开工剪彩仪式,看到了糟糕的执行力造成的负面影响。这给许婕再次敲响了警钟,危机感和紧迫感油然而生,促使许婕下决心回去后,要在市场部全员执行力的提升上再下一番功夫。

45 开启智慧之门

针对市场部执行力、创新力不强的问题,许婕与金岩商量:"金岩,我们市场部虽然提出了执行力文化,也制定了制度,但效果仍然不明显。怎样才能进一步提升我们市场部全员的执行力呢?"

金岩沉思了一下道:"说实话,自从你关于重塑执行力文化的那些制度出台后,尤其是你自身执行力的超强表现,大家对执行力都重视起来了,但是这里还有一个关键问题没有解决。"

"什么问题?"许婕瞪着一双好看的大眼睛,看着金岩。一瞬间,金岩险些沦陷,直勾勾地盯着许婕忘了要说什么。

"金岩,我问你呢?"许婕脸颊绯红,重重咳嗽了一声。金岩猛然一惊,感到了自己的失态,马上收回心思,回答道:"就是大家的目标、方向是有了,可遇到具体问题,一些人还是找不到'过河的桥与船'。"

"然后呢?"许婕追问。

"磨刀不误砍柴工。你应该搞一个执行力提升训练营,给市场部的人洗洗脑。就是用你修炼的真经给市场部的人来个醍醐灌顶。"

"真没看出来,你还有点小用。"

"那是。不看看我是谁!"

许婕翻了个白眼:"说你胖,你还喘上了。"

许婕决定对市场部全员进行一次"洗脑"。

晚6点,集团会议室,市场部员工全部到齐。

许婕直奔主题:"今天开始,我们市场部要利用晚上下班后一个半小时,开展关于提升执行力的研讨活动。鉴于我们都有许多事要忙,时间有限,我们只进行5次这样的活动。能受益多少,就看每个人的悟性了。"

"啊?那不是要5个工作日的晚上都要加班了。"

"我还有很多事呢!"

很明显许多人对此不以为然或很反感,但许婕不为所动,坚定地开讲:"很高兴与大家共同探讨关于执行力的话题。我们今天要探讨的是如何成为执行力超强的人。"

"这也太老套了吧。这种空对空的培训有什么用!"胡达毫不掩饰地对彭春说道。

"是呀,现在这样的培训太多了,确实是瞎耽误工夫。"彭春也不以为然。

许多人都打不起精神。有些人掏出了手机打开了游戏界面,准备开小差。

见状,金岩有些生气,站起来想要维持一下秩序。许婕淡定地摇了摇头,示意金岩坐下,然后不慌不忙地说道:"关于执行力,大家都很熟悉,可以说在职场中每天都在践行着。现在请大家放下手中其他的事情,我们先来做一个自我评价。如果用4个档次来衡量执行力,请看看你属于下列哪个档次:不称职、基本称职、称职、优秀。"许婕上来就让每个人都把自己带入现场的语境,使每个人精神不再溜号。

"在工作中认为自己不称职的请举手!"看到没有人举手,许婕说道,"没有,不错!那么认为基本称职的请举手!"也没人举手。

"也没有。看来对自己都很有自信啊!"

许婕扫视了一圈后,说道:"认为称职的请举手!"

现场的所有人都举起了手。

许婕笑着道:"很好! 每个人都是称职的。"

许婕继续道:"认为自己优秀的请举手!"许婕看到虽然有人抬了一下手,但没有举起来,嘴角微不可察地扬了扬,道:"没人举手,看来都很谦虚啊! 其实,有的人还是很优秀的。只不过不好意思表现出来。通过测评我们看到,团队全员都是称职的,这当然很好。我相信每个团队自我测评时的结果基本都是差不多的。因为大家都自我感觉良好,甚至认为自己比别人强。那么,情况真的是这样的吗? 从前几天恒琦集团 D 项目厂房开工剪彩仪式上出现的问题看,一个团队中真的是每个人都是称职的吗?"

听到许婕这毫不留情、直击灵魂的叩问,一些人心虚地低下了头。

许婕接着道:"大家都知道,木桶最大盛水量不取决于最长的那块板,而是取决于最短的那块板。这就是'木桶理论'。一个团队整体竞争力的强弱,每项工作能不能成功,不仅取决于能力最强的人,也取决于那个执行力最弱的人。恒琦集团 D 项目开工剪彩仪式,邀请了党政企各界重量级人物,可谓声势浩大。可由于有的员工在执行工作中出了问题而功败垂成,成为笑柄。我们市场部有没有这样的员工呢?"

"不怕神一样的对手,就怕猪一样的队友。"有人感叹道。

"大潮退去,才知道谁在裸泳。"金岩又气人地说出了一句触碰一些人敏感神经的话。

"我相信没有一个人愿意做木桶中最短的那块板。每个人都想获得成功。可大家有没有发现职场中有这样一种情况:为什么同时甚至比自己后进入职场的人,有的很快就得到领导欣赏、同事认可,成为职务、薪酬、自身价值都很理想的'快乐三高族'? 而自己也很努力,可经过多年打拼,业绩仍然平平,职务、薪酬原地踏步,领导不满意,同事不认可,成为血压、血糖、血脂全高的'郁闷三高族'?"

许婕说出的现象触动了大家的敏感神经。许多人都感同身受,用希冀的眼神期待许婕给出答案。

许婕接着道:"大家现在是不是都想知道那些成功者的成功奥秘?那么,谁来回答一下,成功从哪儿开始呢?"

这个问题看似简单可又不好回答,大家都陷入了沉思之中。

许婕自问自答道:"成功的因素当然有很多。但成功从哪儿开始,有一个很多人没有发现的'奥秘'。今天我就把这个'奥秘'分享给大家。"

看到众人注意力都很集中,许婕暗暗高兴,喝了一口水,接着说道:"大家可能都听说过世界上有一所军校。这所军校创造了许多奇迹。有谁知道这所军校的奇迹是什么吗?"

这时,迟航面带傲意地抢先说道:"是西点军校。这所军校成立以来,培养出了4位五星上将,3700位将军,还有2位总统!"

许婕接着道:"迟航总监说得对,但有人也许会说,既然是军校,培养出这么多将军也是正常的,别的军校也可能培养出很多将军,只不过这所军校更优秀一些罢了。我想说的是,大家可能不知道的是,这所军校还创造出另一个不可思议的奇迹。迟航总监接着说说吧。"

还有奇迹?迟航有些愣神。见状,许婕直接说道:"那就是这所学校还先后出了世界500强企业中的1000多位董事长,2000多位副董事长,5000多位总经理、董事。"

"这不是一所军校吗?"有人问道。

许婕答道:"是的。这也是人们感到神奇的。因为世界上还没有一所商学院能培养出这么多的商界领袖、精英。这里有什么奥秘,隐藏着怎样的玄机?有人研究发现,这里的奥秘就是这所军校的二十二条军规。"

"军校二十二条军规?"

看到人们纷纷露出疑惑不解的神情,许婕接着道:"下面大家看一下这所军校的二十二条军规:第一,无条件执行。第二,没有任何借口。第三,细节决定成败。第四,以上司为榜样。第五,荣誉原则。第六,受人欢迎。第七,善于合作。第八,团队精神。第九,只有第一。第十,敢于冒险。第十一,火一般的热情。第十二,不断提升自己。第十三,勇敢者的游戏。第十四,全力以赴。第十五,尽职尽责。第十六,没有不可能。第十七,永不放弃。第十八,敬业为魂。第十九,为自己奋斗。第二十,理念至上。第二十一,自动自发。第二十二,立即行动!

当然这里面也有不符合我们社会的核心价值观的东西,但是,总体上我们从中却可以发现一个奥秘。大家看出来了吗?"

就在大家还在认真思考的时候,金岩很干脆地回答道:"奥秘就是——每一条军规都针对执行!比如,无条件执行,没有任何借口,团队精神,只有第一,没有不可能,立即行动,等等。"

许婕:"金岩说得很对。奥秘的核心归纳起来就是:成功从执行开始!"

这个案例得出的结论确实是有说服力的,即使胡达等几个想要挑刺的人也无话可说。大家消化了一会儿,很快就都点头认同,可继而一些人又露出了迷惘的神色,提出了新问题:

"我们知道了成功从执行开始,可执行力还是不强怎么办?"

"这些年,大家听到最多的教育大都是工作要努力了、要勤奋敬业了、要加强学习了等等,自己也都去做了,可为什么还是没有成功?那是因为你所听到的都是——没有错误的废话。"许婕语出惊人。

"说得好像你有成功秘诀似的。"胡达虽然声音不大,可在寂静的会议室里,人们还是听得十分清楚。有人皱起了眉头。

许婕不被干扰:"成功确实有秘诀。我说我悟透了提高执行力之'道',掌握了打开成功之门的'密钥',不知各位是否相信。"

"那你就给我们一把成功的万能钥匙吧,不用说那么多没用的。"胡达继续话中带刺。

"胡达,你能不能闭嘴!你怎么像个搅屎棍一样。"金岩几乎到了暴走的边缘,大声呵斥道。

许婕毫不生气:"懒人和天真的人整天都在想着,万能的神啊,请给我一把职场成功的万能钥匙吧!可我要告诉大家,职场上的万能钥匙不存在!"

轰的一声,人们笑了起来。胡达也有些尴尬,但马上反讽道:"啥?你刚刚还说你掌握了'打开成功之门的密钥',现在又说密钥不存在,这不是自相矛盾吗?"

"一把钥匙开一把锁。我要和大家探讨的不是给你现成的钥匙,而是掌握'打造'成功密钥的秘诀。进而,让自己轻而易举地打开成功之门。"

"啊!这个更厉害。总监,你说的秘诀已成功地引起了我的兴趣。师父在上,就请您老人家赐下这秘法吧!"彭春兴奋地道。

许婕:"在现实生活中,大家有没有发现有一句话几乎成为时尚用语?就是朋友、同学长时间没见,见了面或微信问候时常见的现象是什么?金岩,你来说说。"

金岩学得惟妙惟肖:"男生:'哥们,好长时间不见了,干啥呢?''对方:'别提了,忙死了。'

"女生:'亲爱的,这段时间死哪儿去了?怎么没音了呢?'对方:'别提了,快累死了!'"

许婕接过话茬:"是的,现在大家似乎都在喊忙、叫累。诚然,当下人们的生活、工作节奏都很快,但真的是所有的人都是因为工作量太大、困难太多而身心疲惫吗?就算是这样,可为什么有的团队、有的人却感到轻松加愉快呢?金岩,你能再说说吗?"

368

金岩出人意料地举了个很深奥的物理学的例子："这就像 1 分钟有多长一样。"

许婕眼睛一亮："哦？你能说具体一点吗？"

"好的。现在我来问各位同事一个问题：1 分钟有多长？"

胡达脱口而出："1 分钟，就是 60 秒，对谁都是一样的。这是个什么问题？"

金岩很严肃地道："不一样。那要看是蹲在厕所里还是排在厕所外。"

轰的一声，人们都忍不住笑了起来。

许婕鄙夷道："这个比喻太粗俗了，能不能整点高雅的。"

"高雅的当然有。请各位同事再思考一个问题，寒冷的冬天，你独自一人在满目荒凉的路上徒步，和有一位美女或帅哥陪你并肩而行，同样的 30 分钟，你感觉长短是一样的吗？"

还真别说，金岩举的例子看似浅显，可认真琢磨一下确实感受不同。

徐忠适时捧场："金岩的这两个例子，都可以称为'金氏相对论'了。"

许婕适时道："金岩说的虽然不全面，但说出了一个简单而又深刻的道理。同样的事情，为什么感觉和结论却不一样？比如同样是繁忙的工作，为什么有的人感到很累、很痛苦，可有的人却感到快乐、动力十足呢？"

大家进入思考状态。这时曹斌说道："这是心态不同导致的。"

"心态是决定一个人职场幸福指数和事业是否成功的十分重要的参数。"迟航也说道。

许婕："很好。我们现在来看一下消极的心态和积极的心态在接受同一项艰巨的任务，或遇到同一个难题后会有什么不同的表现。大家说消极的人会是什么心态？"

"消极的人听到任务后，还没等做就先有畏难情绪！"曹斌带团队几年很有感触。

许婕又道:"积极的人呢?"

金岩:"积极的人会想:我怎么才能办到呢?一条路不行,再试试,还有99条路。"

许婕:"还有呢?"

迟航:"消极的人会说:'不行,没人这么做过。'"

金岩:"积极的人会说:'没人这么做?机会啊!'"

许婕很高兴地给予肯定:"非常好!大家说,怀着不同的心态,两个人最后的结局会是一样吗?"

迟航:"很显然不一样。"

许婕:"大家都知道两军相逢勇者胜。如果不克服畏惧心理,那么处处都是困难。而畏惧心理则会造成'智商闭锁',本来简单的事情也变成了难题,束手无策。这样就会使自己的执行力大打折扣。反之,如果对任何困难都无所畏惧,则会智商大开,正如人们所说的,'只要思想不滑坡,办法总比困难多'。这时,一切难题都不算个事。在你面前没困难!这样的你不是一个职场高手,谁是?所以说,要想成为执行力超强的人,心态很重要。"

许婕接着道:"大家可能不知道,在执行中,存在着一个如影随形的'墨菲法则'的魔咒。而'墨菲法则'是成功的敌人,专门破坏即将成功的事情。"

"我参加了恒琦集团 D 项目厂房开工剪彩仪式。在现场看到了他们这次出现的具体问题:董事长刚要讲话,却突然停电了。而负责音响的员工却阴差阳错地迟到了,来不及去单位取蓄电池,造成现场没有备用电源,音响不能使用,董事长致辞无法进行。再有一个让人哭笑不得的低级错误,就是工作人员给董事长拿错了讲稿,将别的项目仪式上的讲稿当作 D 项目的给了董事长。而且由于拿讲稿的员工迟到,致使钱浩和王晓琦都没来得及看一遍。当王晓琦董事长在剪彩仪式上按这个讲稿念了一段,才发现错了。可想而知,这给恒琦公司的企业形象造成了多大的负面影响。"

迟航发表评论："一个剪彩仪式，出了这么多的问题，简直不可思议。"

许婕："是的。后面无论如何补救，这次剪彩仪式的负面影响都难以挽回。那么，出错的员工和负责这次仪式的领导的命运可想而知了。他们必然要为自己的错误付出代价。大家都知道'细节决定成败'，这在团队执行力中是'木桶理论'的典型体现，可不一定知道它还是'墨菲法则'在职场中的显现。"

"什么是墨菲法则?"有人问道。

"关于墨菲法则，我给大家讲一下。1949 年，美国一名工程师空军上尉爱德华·墨菲参加了一个非常重要的科学实验:测定人类对加速度的承受极限。其中有一个项目是将 16 个火箭加速度计悬空装置安在受试者的上方。当实验开始时，指挥长喊:5——4——3——2——1，开始! 结果是什么? 成功了吗? 没有，是出现了事故，是很重大的事故。事后查找原因时，发现原来是一个工程师不可思议地将 16 个装置全部装反了。一个团队的人辛辛苦苦准备了很久的尖端实验，就这样失败了。

"在事故现场，爱德华·墨菲说:真是越怕什么就越出现什么。只要是让这位先生做的事情，他一准会认认真真、辛辛苦苦搞砸它!

"在后来的新闻发布会上，墨菲的上司斯塔普上校引用了墨菲的话，将其称为'墨菲法则'，并以简洁的方式做了重新表述:'凡事可能会出岔子，就一定有人去做出岔子的事。'在后来的许多事实中人们感到这似乎是个魔咒。希望大家不要去做那个出岔子的人。"

"这听起来有点太诡异了!"有人感叹。也有人积极的问道:"那能不能打破'墨菲法则'的魔咒呢?"

许婕点头道:"问得好。其实，'墨菲法则'的魔咒是完全可以被打破的。我们还以恒琦集团 D 项目剪彩仪式为例。首先我们来看看他们的问题出在哪里? 谁能说说。"

这回，没有冷场。人们争先恐后地回答问题。

彭春第一个抢答:"细节重视不够。"

"功课做得不够。没有事先与供电单位沟通、协调,对停电信息没有掌握。应该在头天晚上先将备用电源送到现场。"徐忠接着道。

"没有备选方案和应急预案。造成出现突发情况,无法应对。"曹斌进一步分析道。

"无论是出岔子的两名员工还是负责此项工作的领导都存在工作不细致的问题。也就是说执行力低下。"迟航一针见血地评价道。

许婕点赞道:"几位的剖析都很准确。这说明我们博睿集团市场部的执行力确实要高出他们一筹。那么,怎样才能避免这些错误的出现呢?"

人们纷纷又给出了很多答案,现场的气氛很活跃。

最后,许婕做了总结:"刚才大家都提出了很好的建议。我归拢一下就是:许多工作要做在前面;重要的事情一定要有预案,尤其是应急预案;重要岗位,仅有专人负责还不够,要采取 A、B 角制度,在 A 角临时出现不可预见的情况时,B 角能及时补救;在全面布局的同时,要注重每一个细节,哪怕是看起来微不足道的环节;工作有布置,还要有检查……"

许多人都在认真做着笔记,感到许婕的培训有了初步效果,心里对许婕更加认可。因为现实中有许多领导风格是以批评开道,张嘴闭嘴就批评员工什么都做不好,抱怨、指责员工执行力低下,可就是不告诉员工怎样才能提高执行力,把事情做好。

待大家记好笔记,消化了一下这些信息,许婕接着道:"通过刚才的案例的剖析,相信大家都会有很大收益。对如何打破'墨菲法则'、避免出现类似的错误,起到警醒的作用。在工作中举一反三,一定会提高我们的执行力。即使没成为职场高手,最起码不是木桶中那块最短的木板。"

为了进一步强化大家的细节意识,许婕又引经据典:

"其实,早在两千多年前,《道德经》就已经告诉人们,'天下大事必作于细'。这是至理名言,也是成功之'道'。而有些人却不重视或违背这一'道'。失败也就是必然的了。"

曹斌、迟航和市场部的许多人心中泛起了波澜,感慨道:"许婕的知识面也太宽了!"今天的培训刚刚开始,就古今中外地引经据典,又那么接地气,针对性不是一般的强,很是实用。人们纷纷收回了对这次培训不重视的态度。由先前的被动,还有点被强迫的学习,变成了想要学习。人们有点期待下面学习的内容了。

喝了一口水,许婕继续道:"执行力中还有一个重要的能力,就是沟通能力。可怎样才能引起对方足够的重视,让对方进入自己的节奏呢? 我问一下,谁能说说'对牛弹琴'是什么意思?"

当许婕问出这个问题之后,就看到现场许多人的脸或黑或绿,表情十分丰富,很显然许多人都认为这是许婕在贬损大家。就连金岩都是心中一阵恶寒:"这个许婕,这是要拉仇恨的节奏吗?"

果然胡达马上质问道:"许大总监,就算你比我们强,也不能把我们都当作笨牛吧!"

许婕淡定自若:"大家稍安毋躁。我根本没有贬低大家的意思。大家听下去就会明白我是什么意思了。谁先回答我刚才问的问题,'对牛弹琴'是什么意思?"

虽然许婕说不是贬损的意思,可是仍然没人愿意回答这个问题,有人害怕这是一个陷阱。许婕问这个问题显然不是简单的本意,可能还有什么是自己不知道的东西。回答得不准确,还让同事们认为自己是那头笨牛。

为人忠厚的徐忠看到要冷场,就豁出去自己当一回小白鼠,抢先站了起来回答道:"对牛弹琴比喻对不懂道理的人讲道理,是白费口舌。"

胡达借机嘲讽,一语双关道:"也常用来讥笑说话不看对象的人。"

许婕微笑道:"徐忠和胡达的回答很正确。但我只能给 50 分。因为这里存在着'只知其一,不知其二'的问题。我们没有去深入研究和悟出另一层深刻含义,就是说知识掌握得不够全面。下面谁来给大家介绍一下这个寓言故事的原文,我们一起再来温习一下这个寓言故事。"

现场再次安静下来。金岩站了出来,十分熟练地背诵起原文:"昔公明仪为牛弹《清角》之操,伏食如故。非牛不闻,不合其耳矣。"

"停！先说到这儿。请大家记住这个节点。"许婕紧接着说道,"我来给大家介绍一下背景并翻译一下:

"《对牛弹琴》是东汉学者牟融在《理惑论》中讲述的故事。译文是:古代有个大师叫公明仪,他对牛弹奏一首叫《清角》的名曲。牛低着头吃草,就好像没听见任何声音一样。不是牛没有听见,是这美妙的乐曲不适合牛的耳朵而已。"

看了一眼大家期待的神情,许婕继续道:"很多人学到的知识也就到此为止了,就是刚才徐忠和胡达说的那两层意思。这个解释一直以来都是权威的解释,而人们却忽略了牟融后面的讲述。金岩,你将后面的原文再背诵一下。"

"好的。后面的原文是'转为蚊虻之声,孤犊之鸣,即掉尾奋耳,蹀躞而听'。"

现场的许多人眼中出现了惊讶之色暗忖,自己还真不知道后面的话。

许婕继续翻译道:"公明仪于是变换曲调,弹奏出一群蚊虻的嗡嗡声,还有一只孤独的小牛犊的哞哞叫声。牛听到了,马上摇动尾巴、竖起耳朵,不安地来回走动。"

许婕说到这里大家都明白了,这个寓言的另一个深层含义,就是原本看似无法沟通的两个物种之间,只要用对了方法,一样会收到意想不到的效果。

许婕总结道:"如果我们全面完整地理解这个寓言,悟透其中深刻的道理,相信每个人的沟通能力、解决实际问题的能力都会有较大的提升。比如,你与合作对象谈合作,就知道怎样才能打动对方,引起共鸣,甚至调动对方按你的节奏行事,这样,成功率是不是就会大大提高了?"

许婕举的这个经典案例,本来大家耳熟能详、司空见惯,认为简单得不能再简单。可许多人不知道或根本就没有深入研究它的后半句。没想到让许婕这么一解读,还有这么深的道理在其中。一些人感到从中悟出了许多深刻的道理。这些道理日常也知道,可往往被忽略,或只是一知半解,对其中深刻的内涵并不清楚,也从来没觉得这些道理对提升执行力有这么大的作用。许多人对这次培训由开始的不得不出席应个景,变得兴趣盎然起来。

许婕继续深入:"大家在工作中是不是还经常遇到这样的困惑:为什么同样的问题自己解决不了,而别人就轻而易举地解决了。"

"是的。"许多人点头,看起来都有这方面的问题。

许婕:"大家知道这是什么原因吗?"

一些人摇头。

许婕:"我听到过这样一个故事:从前,有个挑粪的农民坐在田边休息,心中畅想起来,'等我以后发财有钱了,我会……'"

许婕说到这里,停顿了一下,问道:"大家猜猜,他有钱了最想干什么?"

答案五花八门,但都没有答对。

许婕说道:"你们都猜不到,不用猜了。他说:'我会打造一个金扁担——挑粪。'"

停顿了两秒钟左右,轰的一声许多人笑了。

看到人们似乎还是没有反应过来,许婕嘴角微扬,接着又给大家讲了另一个故事:

一个放羊娃接受采访,记者问:"你长大后要做什么?"

放羊娃:"娶媳妇。"

记者:"再以后呢?"

放羊娃:"生娃。"

记者:"娃长大后呢?"

放羊娃:"放羊。"

这次人们没有笑,一些人明白了,一些人似乎仍然不明白。

许婕直接点名提问:"彭春,从这两个故事中你悟出什么了吗?"

"悟出点什么,但又没抓住。"彭春挠挠头有些尴尬地道,"我再想想。"

是呀,这是什么呢? 和彭春一样,许多人都陷入了沉思。

见到人们都进入了状态,许婕及时揭晓其中的奥秘:"这就是惯性思维。我们很多时候,思考问题都跳不出这种惯性思维。因此遇到新问题,就缺乏解决的思路和方法,陷入困境。所以,我们说惯性思维方式使我们思想僵化,办法匮乏,难以创新。"

让大家拿出纸笔后,许婕说道:"我们现在再来做一个小实验,希望对大家能有所启迪。"

许婕在 PPT 上打出了一道题:

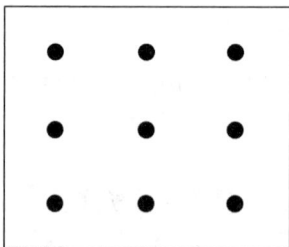

"这是一道著名的思维训练题。大家有的可能见过,但你当时可能只当它是一个游戏,没有深思其中深刻的道理。大家看图,在这个方框里有均匀分布的 9 个点,谁能一笔下来用 4 条线段将图中的 9 个点连起来? 现在给大家 3 分钟,看看谁能先做出来。"

3 分钟眨眼就到了,只有金岩和迟航两个人做了出来。

许婕开始总结："好了,时间到。这个实验恐怕多数人做不出来,因为你的思维方式存在问题。这也是许多人遇到问题难以解决的关键所在!"

人们瞪大了眼睛,知道许婕接下来讲的很重要。

"下面我来告诉大家答案。图中这9个点是不是都在这个框子里? 如果你的思维就在这个框子里,即使你再努力,别说,3分钟,就是30分钟,3年,乃至一辈子也做不出来。"

"为什么?"有人问道。

"因为你的思维被束缚在这个框子里了。要想解决这个问题,必须拓宽思路,跳出这个框子,用发散性思维在外面找到两个点,问题就很好解决了。大家来看这幅图:"

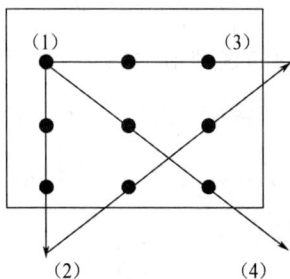

待大家消化一会儿后,许婕道:"通过这个小实验,我们会明白一个浅显而又深奥的道理,就是面对同样的问题,为什么有的人解决得好,有的人解决不了? 其深层原因是什么?"

停顿了一下,给大家一点思考的时间,许婕接着道:"是思维方式的问题!一般情况下,人们都存在着一个自己不易发现,也不易突破的思维方式,在心理学领域,这种思维方式叫小巷思维。

"小巷思维,即当人们遇到问题时,往往会被表象束缚,按照固有的思维定式,进入很窄的思维通道,采用'头痛医头,脚痛医脚'的一种思维方式。显而易见,小巷思维的结果是,遇到困难很难有所突破,有时还可能被困死。反之,跳出小巷思维的框子,才能想别人所想不到的,做别人所做不到的,这就是优秀者与普通人的差别。"

这段话如石破天惊,许多人恍然大悟。

原来如此!思维方式的不同,决定了人生高度的不同。

第一天的培训研讨在人们意犹未尽中结束了。

在后来的几次培训中,许婕又讲了一些十分重要的理念、知识。

在错综复杂、眼花缭乱的矛盾中,怎样解决这些矛盾?

——抓住主要矛盾或矛盾的主要方面。

同一事物,为什么有不同甚至多重认知?

——缺乏辩证思维,没有全面地看问题。

《道德经》《孙子兵法》等在职场、生活中的巧妙运用等。

彭春由衷地说道:"许婕的这种培训蕴含了很深刻的道理,又深入浅出很接地气,最大限度地让每个人都有所感、有所悟。我真的受益匪浅!"

"相当于帮助我们开启了智慧之门。"有人说道。

对此,许多人都有同感。

执行力提升训练营后,本来想要大吵一通然后离职的韩柏不得不承认自己在执行力上和其他人确实有差距,可是看到金岩甚至就连徐忠都提职加薪了,心里还是十分烦躁。他很想找一知己好好聊聊,不由得想起了丁雪梅,可几次拿起电话都放下了。殊不知一个邪恶的阴谋已经在向他逼近,韩柏的人生即将跌入万劫不复的深渊。

46

韩柏坠入陷阱

这段时间和韩柏一样烦躁的还有丁雪梅。

丁雪梅在剪彩仪式上犯下的低级错误惹了大祸，本以为自己肯定会被开除，可事后不知什么原因，一直没有动静，她心中一直惴惴不安。原想在韩柏那里寻找点安慰，可见面听到的都是韩柏的贬损和训斥，因此心情很糟糕。加之看到金岩在博睿集团做得风生水起，不断提职加薪，而那个在自己眼中似乎什么都懂，对什么都不服气的韩柏却一直原地踏步。开始她还为韩柏鸣不平，可越来越看清韩柏和金岩的差距，尤其是看到韩柏对自己没能提职怨天怨地、牢骚满腹，成为一个典型的怨男后，丁雪梅的心理发生了很大的变化。那个自己心里无所不能、无所不会的韩柏，人设轰然倒塌。至此，她不愿再见到韩柏。韩柏约了她几次，她都找各种理由推脱了，可心里一时间又空落落的。

今天早上刚一上班，钱浩就将丁雪梅叫到办公室说道："雪梅呀，上次你给董事长拿错稿子的事，闯了大祸，让她丢了面子，你知道后果有多严重的。本来要开除你，是我保下了你，可是这个事还没完啊！"

听到钱浩这么一说，丁雪梅的心里咯噔一下，开始一阵发紧。丁雪梅知道,这个世界上"免费的午餐"是不存在的,钱浩肯定对自己有所图。图的当然不是自己低下的执行力,那就是自己的身体。如果他提出这个要求,自己拒绝,就意味着必须走人,离开恒琦集团。离开恒琦集团是万万不行的!那就只有……

丁雪梅在那儿左思右想的时候,钱浩却是说出了一个对她来说更加可怕的事情——钱浩让她接近韩柏,通过韩柏盗取博睿集团 D 项目技术资料。丁雪梅很害怕,非常害怕,因为她知道这是犯法行为。丁雪梅在心里呐喊,自己决不能失去这份工作,因为进入恒琦已经成为自己在同学、亲属中骄傲、自豪的资本。如果被开除,就会让自己抬不起头,让父母也丢了面子。丁雪梅此刻心中在天人交战。看出丁雪梅的纠结,钱浩抛出一个更大的诱饵:这件事如果成功了,就帮她争取市场部副总监的位置。这让丁雪梅怦然心动。"富贵险中求!"最后丁雪梅咬牙答应了钱浩,接下了这个任务。

其实,钱浩也是走一步险棋。如果这一步成功了,才有可能在王晓琦面前挽回自己失去的信任。因为他知道 D 项目是王晓琦心中的痛点,一定不能输给博睿集团,所以,自己要破釜沉舟。

正当韩柏心烦意乱、百无聊赖的时候,突然接到丁雪梅的电话:"亲爱的,想我了吗?"

韩柏受宠若惊:"雪梅,你不能不理我啊!我对你可是真心的,日月可鉴。"

"停、停,别酸了,我请你吃饭吧!"

韩柏一愣:请我吃饭?太阳打西边出来了?"说吧,什么事?"韩柏其实也很聪明,事出反常必有妖。平时约会一毛不拔的丁雪梅,突然要请自己吃饭?这太不正常了。

"你真没劲!不吃拉倒,姑奶奶还不请了呢!"丁雪梅直接挂断了电话。这招叫欲擒故纵,对付韩柏这样的男人就得用这样的撒手锏。

果然,看到丁雪梅挂了电话,韩柏有些慌了。韩柏呀,韩柏,难怪你不讨女人喜欢。韩柏轻轻打了自己一个嘴巴。咋就这么笨呢！好不容易她主动一次,可自己……

想到这里,韩柏马上把电话打了过去。

丁雪梅看了一下来电显示,不接! 电话固执地响着。

第三次得接了,事不过三。当韩柏打第三遍电话时,丁雪梅接了电话,但不说话,等着他先认错。

"雪梅,跟你开玩笑,还真生气了？ 别生气了,我请你。说吧,想吃啥？"

"哼! 那就再给你一次机会,但你要请一顿大餐。"

融创皇冠假日酒店的海鲜是本市出了名的好吃,虽然价位不低,但那是就餐者身份的象征。因此,生意十分火爆。酒店一个情侣厅,韩柏举起红酒杯:"为了检讨我刚才的错误,我先自罚一杯,再敬你一杯!"

丁雪梅没有端杯,而是说道:"韩柏,今天约你呢,也不是单纯为了吃一顿饭,而是给你一个机会。"

"什么机会？"韩柏眼睛一亮。

"你看同一个学校同一个专业毕业的同学好几个都提职加薪了,你能力也不差,为什么好事总是轮不到你呢？ 这不公平!"

"唉!"韩柏无奈地叹了口气。

"你一个大男人,就知道唉声叹气、怨天尤人,难道就不想改变一下自己的命运？"

"我倒是想,可好运它就是不眷顾我呀!"

"你来恒琦工作吧,我已经和我们总监说了,他说可以考虑,而且做得好,还可以推荐你做副总监。"

"真的？ 那真是谢谢你们总监了! 改天我请他吃饭。"

"吃饭就算了,人家不稀罕。"

"那怎么办,给他送点礼？"

"你这都是小儿科。看来你真不是干大事的人。"

"那我应该怎么做?"

"你看现在博睿和恒琦都在做 D 项目,你只要在 D 项目上帮到恒琦,你的事就成了,而且以后还可能有更大的发展。"

"我,我能帮到恒琦? 怎么帮?"一向自视甚高的韩柏,说到具体问题,突然间就没了底气。

丁雪梅刺激道:"就你这笨样,你当然帮不到恒琦了。等我想好了,再告诉你。"

丁雪梅本想现在就告诉韩柏盗取博睿的 D 项目资料的想法,但又怕把他吓跑了。不行,得一步一步来。怎么样才能让韩柏甘愿冒险呢? 此刻的丁雪梅再次陷入了沉思。不给他一定的甜头,他肯定不愿做,也不敢做,可自己又有什么能给他的?

丁雪梅想到了一个"办法",这让她既脸红,又有些不甘。随着接触的优秀男人越来越多,自己的眼光也越来越高了。韩柏家境贫寒,既不是绩优股,也不是潜力股,颜值也一般。可要是不用那个"办法",他不会去冒险的。他不去冒险,自己就要被开除、下岗。绝不! 想到这里,丁雪梅暗暗咬了咬牙,舍不得孩子,套不住狼,豁出去了!

在韩柏心情、事业最低落的时候,丁雪梅再次出现,让他很感动。不是很感动,是非常感动。今晚怎么看丁雪梅都是最美的。"我一定要好好对她!"韩柏暗暗发誓。

"算了,先不去想这些了,我们喝酒。"丁雪梅是有心算无心。一定要让韩柏进入半醉状态,但不能烂醉,否则什么也做不了,自己的计划就泡汤了。丁雪直接就干了一大杯红酒,韩柏也急忙将自己的杯中酒一口喝干。

"来,倒上,我们再干一杯。"

"雪梅,少喝点吧,喝多伤身体。"韩柏心疼地说道。

"不嘛，我就想喝，你不陪我喝，我自己喝。服务员再打开一瓶。"

"我怎么能不陪你喝，来，喝一口。"韩柏举杯喝了一口。

"你是不是男人？是男人就干杯。"丁雪梅带着半醉的状态说道。

韩柏的冲劲也上来了，抢着一连干了两杯。

"这才是我心中的男人。我心中的男人不能是个连喝酒都不如女人的窝囊废！服务员再来一瓶。"

"雪梅，真的不能再喝了。"韩柏感到自己再喝就醉了。

"你不喝就滚吧！我好不容易想喝点酒。"丁雪梅一脸幽怨。

"雪梅，你有什么不开心的事，就和我说。"

"和你说能解决什么问题，你啥也不是，来喝酒。"

丁雪梅又给自己倒满一杯，举杯就干了。韩柏有些困难地端起酒杯喝了一口。韩柏的酒量确实不怎么样，与金岩和徐忠相比，差的不是一星半点儿。看到丁雪梅已经醉了，还要喝，韩柏用最后一点清醒拦住了她。结完账，让服务员帮忙叫了一辆出租车，将丁雪梅扶上车，迟疑了一下，不放心，紧跟着也上了车，对司机说道："去善上居小区。"

进屋，将丁雪梅扶到床上躺下。韩柏看着她越看越喜欢，一种原始的欲望使血流加快、心跳加速。韩柏是真心爱着雪梅，剩下的那一点冷静在提醒自己不能越过底线，不然醒来后将无法面对她，因此打算在她额头上亲一下就走。就在韩柏的头刚低下去时，突然一双雪白如藕的手臂，缠上了韩柏的脖子，使劲一拉，没有任何防备的韩柏一下子就扑倒在丁雪梅的身上。如兰似麝的香味冲进了韩柏的鼻孔，看着近在嘴边的红唇，韩柏开始迷失其中。丁雪梅用双手搂住了韩柏的脖子，对着韩柏的嘴吻了上去。

轰！开始是大脑一瞬间的短路，然后是那种原始的欲望被点燃，两人都借着酒劲疯了起来……

激情过后，云消雨歇，两人很快就睡了过去。这时，一个幽灵似的人出现在床前,拿着手机一顿狂拍,然后神不知鬼不觉地悄悄离去。

早晨,韩柏睁开眼,突然发现自己和丁雪梅赤身躺在一起。回忆起昨晚发生的一切,心里不由得一阵发紧。发生关系,男人就要负责任。可是,想到自己的家境,父亲早逝,母亲靠做家政维持家里的生活,直到自己大学毕业参加工作,有了收入,生活才得到了改善。可是要结婚,就需要买房子,但自己根本就买不起房子。丁雪梅是对物质要求很高的人,没车、没房,想娶她,怎么可能? 想到这里,韩柏心里是一阵发苦。这可怎么办!

看到韩柏眉头紧皱,坐在那儿发呆。丁雪梅拽着被子掩着身体坐了起来,说道:"韩柏,我已经把我自己给了你,你可要对我负责呀!"

韩柏愁眉苦脸地道:"雪梅,我会负责的。"

"你负责,你怎么负责?"

"你给我点时间,我不会让你失望的。"

"给你点时间? 是多久? 1 年、5 年还是 10 年? 靠你现在的收入,20 年你也买不起房吧?"

"呜呜! 我的命怎么这么苦,怎么就遇到了你这么个人。"说着,丁雪梅哭了起来。

见状,韩柏更慌了神,急忙哄道:"别哭,别哭,会有办法的。"

"呜呜。办法,你能有什么办法?"

是呀,别的不说,就说买房子,首付,自己也得几年才能攒够啊!

摆在韩柏面前的似乎只有——无路可走。

此刻,的韩柏真想狠狠抽自己一个大嘴巴。曾几何时,看到多少男人,其中不乏优秀的男人都栽倒在女人的石榴裙下,自己还一度很看不起他们,认为只会用下半身思考的男人成不了大事,也不能称为优秀的男人。可是自己,唉,自己是太喜欢雪梅了,也不完全是酒精的作用,也不怪雪梅的勾引,这一切都是自己的责任。

此刻的韩柏已经陷入恐慌、绝望之中。

看到韩柏现在的样子,丁雪梅感到时机已到,就说道:"瞧你那没出息的样子,男子汉就要敢作敢当,做了就要负责任,就要想办法。办法很多,就看怎么做。"

听到丁雪梅的话,韩柏似乎在黑暗中看到了一丝曙光,马上道:"你有什么办法?"

"韩柏,我是真想帮你,也是为我们俩有一个好的未来。但这个办法就是有点风险。"

韩柏急道:"什么办法,你快说呀!"

"帮恒琦拿到博睿的 D 项目技术资料。"

韩柏吓了一跳:"什么? 这怎么行?"

"韩柏,富贵险中求。靠我们俩的工资什么时候才能攒够买房子的钱? 如果能帮恒琦拿到博睿 D 项目的技术资料,我们买房买车,包括你未来的前程就都有着落了。"

韩柏在犹豫,心里在挣扎,盗取技术资料,这可不是小事,弄不好是要坐牢的。

看到韩柏还在犹豫,丁雪梅又呜呜哭了起来。

此时的韩柏心烦意乱,一咬牙,豁出去了。丁雪梅说得不错,富贵险中求。博睿集团对自己不公,那么借博睿的技术资料作为自己转入恒琦的投名状,也不怪自己。

给自己找到了理由,克服了越过道德底线的心理障碍,韩柏的心情突然好了起来,转头看着丁雪梅说道:"雪梅,你不要哭了,我做。但你和你们总监说,说话要算数,而且什么时候都不能出卖我们。"

听到韩柏同意了,丁雪梅破涕为笑,说道:"老公,我就喜欢你这样敢作敢为的男人。"说着,又扑到韩柏的怀里,搂着韩柏亲吻起来。两人的激情再次燃烧。然而,烧掉的不仅是激情,还有未来。

韩柏千方百计、费尽了心思,终于和技术研发部 D 项目研发人员李玉喜成了朋友。韩柏知道这些研发人员都是和公司签订了保密协议的,想拿到 D 项目技术资料不容易,只有等机会。天遂人愿,韩柏终于等到了一个机会。再次请李玉喜喝酒时,韩柏发现他带着一个电脑包,看得死死的。韩柏故意轻描淡写地问道:"李大哥也太敬业了,这是带着电脑晚上回去要开夜车啊?"

李玉喜警惕道:"不是。我今天回家有点事。"

韩柏举杯:"来,我敬你一杯。我就佩服你们搞技术研发的。为了你这么敬业、辛苦,也为了 D 项目早日研发成功,干杯!"

酒过三巡,两人天南海北、海阔天空聊得很高兴。

李玉喜关心地说:"韩老弟,不是我说你啊,你看你们一起进公司的金岩都已经提副总监了,你连个项目经理都不是,你要努力了。"

韩柏知心回道:"李大哥,别说我了,你比我早进公司多少年,不也还是个普通技术员吗?公司对我们这样只知道干活,不会搞关系的人不重视啊!"

韩柏的一席话勾动了李玉喜的不满情绪,感慨道:"是呀,公司就是不公平! 我们累死累活,原地踏步。你看那个叫许婕的,那么年轻,学历又不高,竟然当上了市场部总监。"

"李大哥,没办法,上哪儿说理去,来,我们喝个郁闷酒。干一杯!"

唠到这个话题,两人似乎成了难兄难弟。李玉喜主动给韩柏倒了一杯说道:"韩老弟,也就你懂我,干了!"

韩柏看到了机会? 站起来说道:"李大哥,不说那些不高兴的事了,我们今天一醉解千愁。服务员,换大杯。"

很快,李玉喜就喝多了,趴在桌子上睡着了。

看着李玉喜的电脑包,此刻的韩柏心里在天人交战:"做还是不做? 做了,自己可能一下就解决买房、买车的难题,但也可能是万劫不复。不做,和丁雪

386

梅的关系怎么办?"最后韩柏一咬牙,狠下心,先打开李玉喜的电脑包看看再说,如果有 D 项目资料,就是老天让自己做的;如果没有,以后也不再干这么让人担惊受怕、提心吊胆的事了。

韩柏打开了电脑包,拿出电脑,看了一眼李玉喜,再次狠下心来,打开了电脑。韩柏在上大学时就是电脑高手,因此很快就解开了密码,电脑上真有 D 项目的资料。韩柏看到 D 项目方案只有一部分,明白这是研发团队内部有细分,同时也是保密的需要。李玉喜负责的这部分有好几稿设计方案,很显然,有新、旧版本的方案。韩柏看着这么多版本方案,犹豫了起来,是下载最新的,还是老版本?最后一刻,似乎下定了决心,韩柏下载了不成熟的老版本。没想到这一个决定给博睿惹了大麻烦,但最后也救了韩柏。

今天钱浩心情大好。本来还想着一旦丁雪梅不能说服韩柏,就将那个视频拿出来要挟他们,可刚才丁雪梅竟然将资料送过来了。

钱浩反锁了门,强忍住激动的情绪,双手有些颤抖地打开电脑,插入优盘,当"博睿 D 项目技术方案"几个字映入眼帘时,钱浩兴奋异常。赵梦迪、许婕,你们怎么也没想到吧,你们 D 项目的研发技术资料就在我手上。看完资料后,钱浩准备立刻去向王晓琦汇报,可犹豫了一下,又打消了这个念头。钱浩深知自己偷取博睿 D 项目资料的事不可泄露,这是自己手里的一张王牌。同时这个资料也还不知真假,应该暗地里先找一个技术人员给看看。

于是,他找来了技术部一个资深技术人员,谎称这是他认识的一个大学搞 D 项目技术的人发给他的,想要寻求合作,请他给看看这份资料的价值如何。这个技术人员看完后告诉钱浩,这确实是 D 项目技术资料的一部分,但有很大的瑕疵,并不成熟。钱浩听后呆愣了一会儿,怎么会这样?这个韩柏竟敢骗自己!但看到技术员还在场就说道:"谢谢你了,好悬被人给骗了。"

技术员走后,钱浩坐在那儿生了一会儿闷气,正想要将丁雪梅找来训斥一顿解气,并准备拿出自己录的"影像"作为撒手锏,然而,另一个邪恶的念头在心中升起:"有瑕疵,不成熟? 那也有用。如果把这个资料发到网上会怎样?那就会彻底打击博睿 D 项目的融资。用不成熟的技术方案去融资,相信任何一个投资机构都不会与他们合作的。对,就这么干。"钱浩让丁雪梅找一个网吧,将博睿 D 项目的技术资料发到了各大知名投资机构的官网上。

47

蝴蝶效应

钱浩将博睿集团 D 项目发给各大知名投资公司后，感到还不够，又将其发到公网上，并配了一段小文："博睿集团 D 项目哗众取宠，弄虚作假，骗取资本信任，被良心员工揭露。"

这段文字虽然不长，可技术资料的证据明晃晃摆在那里，可谓是言之凿凿。因此，事件在网上不断发酵，产生了巨大的蝴蝶效应。在网络时代，这种蝴蝶效应传播的速度更快、范围更广，这给博睿集团 D 项目的融资带来了灾难性后果。财务部、市场部原来正在洽谈的合作企业，都表示现在投资条件还不成熟，需要等等再谈。D 项目融资陷入了绝境。而没有了资金支持，研发工作将难以为继。博睿集团的 D 项目再次面临巨大的危机。

资料泄密事件在博睿集团引起了轩然大波，绝望的情绪在 D 项目融资团队中蔓延，而在研发团队更是产生了灾难性后果。每个人互相看着的眼神都透露出怀疑、审视、戒备，大家知道一场人人过关的审查风暴马上就会开始，甚至警方也有可能介入，因此都无心工作。D 项目研发停了下来，整个集团上下也都在对这件事议论纷纷。

集团高层也产生了恐慌，但举止各异。肖克拽着李聪找到赵梦迪发难："梦迪啊，从网上流出的技术资料看，我们D项目的技术根本不成熟啊！听说融资工作现在已经彻底停了下来。就是不停，这个项目也成不了。当初我就不赞成。这下好了，我们股东的损失大了！博睿完了！谁负这个责任？"

李聪气愤地道："也不知是什么人把我们D项目的技术资料发到网上去的，这对我们D项目影响太大了，这下不好办了。"

这时，张平、刘东辉也来到了赵梦迪的办公室。张平愤怒地道："董事长，我们有内鬼，一定要立即揪出这个内鬼。要查出是什么人将D项目的资料发到网上的。"

说完转过身看着刘东辉说道："刘总，技术资料只有你们研发团队掌握，网上的东西是怎么泄露出去的，是谁故意发到网上的，这个一定要尽快查出来。"

刘东辉十分愧疚地道："董事长，对不起。这件事给博睿造成的影响太大了，这是我的责任。这个责任我负，我引咎辞职。"

刚刚进门的张强倒是十分冷静地道："刘总辞职正中那些人下怀。这件事情恐怕不是那么简单。如果是研发团队的人故意泄密，没有必要把一份早期的设计初稿拿出来，再发到网上。如果想谋利，就会盗取最新的设计方案，秘密进行交易。但不管什么原因，我们都要尽快止损，将影响降到最低。"尽管在企业发展方向上存在分歧，但是在涉及博睿整体利益和声誉时，张强还是很有大局意识的。

赵梦迪的心情十分沉重。本来就紧张的资金链，这下子更是雪上加霜了。赵梦迪深知这个时候不能乱了阵脚，要清醒冷静处理，否则研发团队人人自危，会无心开展工作。这件事内部人员参与是肯定的，但有没有外部因素？无论是内部还是外部搞的鬼，都不能让他们如愿。此刻的赵梦迪显示出了超强的领导才能，马上进行了工作安排："张强总裁，你继续负责好原来的传统业务板块，这是公司当下赖以生存的基础。张平，你继续抓好集团的日常工作，并负责危机攻关。东辉,你留一下。其他人都回去该干什么干什么,博睿的天塌不下来。"

看到刘东辉一脸沮丧、紧张的神色,赵梦迪劝慰并分析道:"刘总,放松些。这件事其实是一次针对我们博睿的阴谋。资料外泄,一种可能是内部人对博睿不满,借此报复博睿。另一种可能是外部竞争对手不希望博睿 D 项目成功,借以打压、阻击我们的研发速度,阻断我们的融资渠道。但不管哪种情况,资料肯定是从我们研发人员那里泄露出去的。所以,保密工作要再加强。"

"梦迪董事长,你放心,我一定会查出是谁干的,决不放过他。"刘东辉心情沉重,咬牙切齿。

"其实,能接触这部分核心资料的人不多。你排查泄密者要内紧外松,不要搞得人心惶惶。你当务之急是回去做好安抚工作。研发工作不能停,而且还要加快进度。经费你不用担心,你只管研发,去工作吧。"

几人离开后,赵梦迪陷入了沉思,反复梳理了几遍事件发生的各种可能,心中已经隐约有了一个大概猜测。想要验证一下是否正确,于是找来了许婕,直接问道:"许婕,对于 D 项目资料网上泄密的事你怎么看?"

"我听说在网上泄露的只是 D 项目一部分资料,而且还是早期作废的初稿?"

赵梦迪点头道:"是的。"

"这就有些奇怪了。如果是内部员工泄密,怎么会拿出早期的初稿,还是作废的部分?"

赵梦迪介绍道:"研发部为了保密,让参与研发的人员,每人只负责一部分。"

许婕分析道:"这就是说,泄密者并没有掌握全部资料,因此泄密者应该是某个研发人员。资料泄密,首先肯定是内部流出的,但也不排除有外部因素介入,其目的是用来破坏我们的形象,堵死我们的融资路。"

赵梦迪心中似乎已经想到了背后的外鬼来自何方了："你说的有道理。可是这个内鬼为什么给了对方一部分早期作废的资料呢？"

"我猜想，内鬼可能不懂技术，拿到了一部分资料就认为是了。"

"那就是说真正的内鬼不是研发人员了。技术部的人也可能是无意泄露的资料了？"赵梦迪心里暗暗松了一口气。但愿如此，否则就太可怕了。研发人员如果是内鬼的话，自己投入全部身家性命进行的 D 项目研发的核心技术一旦被盗，一切都付之东流了。

"我认为这种可能性最大。那要不要报警呢？"许婕说道。

"先不要报警。外鬼我已经知道是谁了，但没有证据。内鬼我们自己先查一下。如果兴师动众，就会让研发人员无心工作，并且互相猜疑，团队的人心就散了。"

赵梦迪和许婕没有意识到她们的分析已经基本接近真相了，但谁是内鬼，谁是外鬼，都还有待进一步确定。

赵梦迪思考了一下，然后说道："许婕，我已经让刘总负责排查内鬼工作，你和金岩暗中进行排查。因为你们是新人，会更客观地看问题。同时，你们鬼点子多。"

"好的，董事长。"许婕答应得很利落，可瞬间感到肩上压上了千斤重担。

赵梦迪转开话题："好了，这个事就不说了。我们还是说说融资工作吧。技术资料网上曝光之后，对我们的融资工作肯定是有较大的影响，下一步你有什么打算？"

"董事长，网上曝光后，蝴蝶效应已经显现。现在资本一定是在观望，融资在短期内恐怕都不会有效果。但我们也可以让坏事变成好事，反败为胜。"

赵梦迪的眼睛突然亮了，有些迫不及待地问道："哦，怎样才能反败为胜？"

"董事长，本来我们的 D 项目成功后也要进行市场推广。现在借这个机会可以提前了，而且是免费的宣传。我们要与对手下一盘大棋，这盘棋开局对方已经下了先手,现在我们要后发制人。"说得有点口渴了。许婕也没拿自己当外人,先给赵梦迪续上茶水,自己拧开一瓶矿泉水一口气喝了半瓶。

赵梦迪有些急切:"你接着说。"

"一般情况下,遇到这种情况,常规的做法,当事方会想方设法删帖,或做出解释,息事宁人,把影响降到最低。我们现在要做的却是要让事件继续发酵,热度不减,引起各方关注。

"因为简单地做出解释,没人会相信,尤其是投资商。资本是逐利的,而且规避风险是本能,可我们要反其道而行。一是继续以对手的名义在网上炒作这件事,要极力贬低博睿。这样一来,明眼人就会感到这里有问题了。二是我们要打苦情牌。主动联系有影响力的网络媒体接受其采访,请网络大V从第三方的角度进行客观分析。让大家知道,博睿集团是一家具有强烈社会责任感的企业。坚持自主研发D项目,是为了民族工业数字化升级,是为了造福中国乃至全世界老年人。而现阶段,D项目研发的核心技术已经在世界领先了,这无疑让国内外的竞争对手眼热、眼红。有的国家竟然提出让中国拿出这种技术与其共享。这是多么不知廉耻!"

"做不到,就想毁掉。然而,具有讽刺意味的是,他们盗取的是D项目早期设计的一个作废了的初稿。"赵梦迪恍然道。

"然后,等待一个机会,让外鬼主动显形。其显形时就是其身败名裂之时,从而一举击垮对方,让他们不敢再将黑手伸向博睿。届时,我们会成为正义之师,融资渠道会重新打开,而且效果会更好。"

就相信这个许婕会不断地给自己惊喜,赵梦迪心中的阴霾一扫而光。

许婕走后,赵梦迪又给刘东辉打电话:"东辉,你再到我办公室来一下。"

刘东辉来到后还是有些忐忑:"梦迪董事长,还有什么事?"

"东辉,以后在非正式场合,你和张平就不用跟我这么客气了。你们把李垚当大哥,我也拿你们当兄弟。私下场合,你们可以和以前一样叫我嫂子,也可叫赵姐。"

"好的,嫂子。"这个举动让刘东辉心里一热。研发部惹了这么一个大麻烦,在被全公司指责的时候,赵梦迪不仅没有责怪自己,还这样信任自己,此刻的刘东辉心里很感动。士为知己者死,此刻的刘东辉暗暗下定决心,一定要让D项目研发再加把劲,争取尽快实现突破。

"东辉,你跟我说个实底,D项目的研发到底有没有突破性进展?"

"嫂子,我现在可以报告你一个好消息,研发团队已经攻克了多项技术难关,其中很多都是国际领先的。现在我们已经完成了90%的研发工作了,只差一点点就成功了。当然这最后的都是尖端和难题。"

这是最近一段时间赵梦迪听到的最好的消息,心情不由得也敞亮起来,感激地说道:"东辉,谢谢你!谢谢你和你的团队所付出的艰辛努力,我和李垚都谢谢你们!"说着,赵梦迪站起身来给刘东辉鞠了一躬。这让刘东辉有些不知所措,磕磕巴巴地说道:"嫂子,这个项目是因为你的坚持才做了下来,是你将自己的房子、车子都卖了,带头筹集研发资金,才使D项目能走到今天,要说谢,是全体博睿人都要谢谢你!"刘东辉这个很男人的汉子,声音哽咽了。

"是呀,D项目能走到现在大家都不容易,我们再加把劲,最后的胜利一定是属于我们的。东辉,你还有一项工作要做,就是针对网上的那份资料,搞一份很专业、让人信服,但又不泄露尖端技术的说明,交给许婕。我让他们年轻人搞一场反击,揭露对方的阴谋。我们要等待时机,组织人发声,谴责对方的阴险、卑鄙。除了在网上反击以外,这份说明也要交给财务部、市场部用于后面的融资。"

赵梦迪知道现在融资不是一般的难,可D项目不能停,于是让张平组织财务部、市场部继续进行融资工作。

财务部总监胡颖十分为难,但坚决执行集团的决定,又抽调了力量分成5个组,全部去与投资公司联系,只要有一点希望,就要跟上去,紧盯不舍。胡颖也亲自上阵联系自己原来跟进且有了很大进展的公司。可连续拨打公司财务总监的电话，都不接，微信也不回，只好打给对方财务部的黄玲："你好，是黄玲吧？我是博睿集团财务部胡颖啊！"

黄玲倒是很热情："哦，是胡总啊！我是小黄。你有什么事啊？"

"就是上次我们洽谈的 D 项目合作的事，上次你参加了这个项目，我们想深入谈一下有关合作条款，方便把电话转给你们总监吗？"

"胡总啊，不好意思呀，我们蔡总正在开会，不方便接电话。"

"那你帮我约一下，看他什么时候有时间，见面谈好吗？"

"胡总，我们蔡总最近都没时间啊，你再等等吧。"

胡颖知道这肯定是蔡玉的意思，显然现在不想谈这个项目。胡颖不死心，接着直接带人去本市的另一家较大的四海投资公司去试一试。可是连楼都没上去。胡颖只好给四海公司财务总监翟总打电话，对方还真就接了电话，胡颖心中一喜，马上说道："是翟总吧？你好，我是博睿公司胡颖啊！"

"呵呵，是胡大美女啊，怎么想起给我打电话了？"

"翟大总监，百忙之中接见一下小女子呗！"

"你现在在哪儿呀？"

"我就在你公司大堂呢！"

"那你等一下，我下去接你。"

胡颖看到翟总亲自下来接自己还有些小感动："劳你大驾，亲自来接小女子，万分感动。"

"别贫了，快进来谈正事，我一会儿还有个会。"

翟总领着胡颖和同事小关到了办公室，说道："两位美女是喝咖啡还是茶水？"

胡颖安排小关道："小关，你去倒 3 杯咖啡。翟总你一会儿还有会，我就直接说吧。就是关于 D 项目合作的事，我们想和你们公司深入谈一下。"

翟总一脸歉意地道:"胡总,我们是老朋友了,我也就直说,请别介意。"

胡颖的心一下子就凉了下来,说道:"翟总请说。"

"想必你们自己也看到了网上关于你们公司 D 项目技术资料泄露的事了。当下这个关口,你们融资恐怕会很难。你知道,避险是资本的本能。我们公司刚刚给了我一个新指令:暂停和贵公司 D 项目的合作。"

胡颖还是不死心:"翟总,网上的技术资料是我们公司最早期的,已经作废了,但是现在已经成熟了。你也能明白网上发的那份资料很显然是别有用心。这是我们的说明。"

"我明白。因为我们公司对 D 项目也很感兴趣,也有投资意向,所以我们公司找了技术公司的人给看了一下,和你说的一样。但是董事会却还是很谨慎,要暂缓这个合作项目。我也没什么好办法了,恕我爱莫能助。"

胡颖诚挚地道:"还是很感谢你,能跟我说真话。那就等等再看吧。如果我们公司能搞清这个事件的真相,可能贵公司会愿意再次和我们合作的。"

与胡颖的遭遇一样,市场部的几组人马都遇到了相同的情况。赵梦迪亲自跑了几家也是如此,只有一家公司看赵梦迪个人的面子给了很少的投资,但这点资金对于 D 项目来说,只是杯水车薪。

融资团队面临的困难不是一般的大。

博睿集团小会议室里一片愁云惨淡,财务部、市场部融资团队的全体成员都低着头。

当赵梦迪进入会议室时,唰的一下,大家的目光都集中在了赵梦迪身上。看到赵梦迪十分淡定的表情,大家心里的愁云似乎散了那么一点。这个时候董事长就是大家的主心骨,如果董事长也是愁眉苦脸的,就会使恐慌的情绪更加失控。

赵梦迪微笑着道:"看到大家一脸愁容,怎么了? 不就是融资效果不理想吗。怎么样,请财务部、市场部各组都汇报一下吧!"

胡颖沉重地说:"董事长,我们原先已经谈好要签协议的几家公司都表示要缓一缓了。"

许婕平静地道:"董事长,我们也基本一样。"

"这是我们预计到的。在真相没明了之前,投资公司不愿意把钱投给我们,这也是资本市场正常的反应。我们要以正常之心来对待。"赵梦迪虽然也着急,可还是要安慰大家,稳定军心。

胡颖急道:"可是,董事长,这样就会影响我们 D 项目的进展。不仅是外部的竞争者的问题,就连内部董事会也会有强烈的反弹,尤其是那些反对 D 项目的人。"

赵梦迪坚定地道:"我们进行的是一项伟大的事业,在前进的道路上没有困难是不可能的。我们老家的老人们常说一句谚语,叫'大水漫不过鸭子背',这句谚语有它原本的含义,可是却被我们老家的人给引申出了新的含义。意思就是,困难永远被踩在脚下。我小的时候就记住了这句话,并用以鼓励自己。今天拿出来和大家共勉,只要我们有足够高超的游泳的本领,多大的水也不怕。我们是一支压不垮的团队!"

紧接着赵梦迪又组织召开了 D 项目研发团队核心人物会议,会议室内的气氛压抑、紧张得让人有些喘不过气来。

赵梦迪十分淡定,面带微笑地进入会议室。这让与会者有些不可思议。这是什么情况? 现在的董事长脸上不应该是沉重、焦虑、愤怒吗? 研发部门出了这么大的纰漏,给集团造成的负面影响、损失是不可估量的。按铁娘子的性格、作风,一定是要以雷霆手段查找泄密者并严厉问责的。可是,一场预料中的暴风骤雨却变成了笑脸,还很阳光? 于是,大家都怀着忐忑的心情齐刷刷地看着赵梦迪。

赵梦迪笑着问道:"这都是怎么了? 不就是有一只苍蝇给我们添点恶心吗? 大家不要相互猜疑了,把心都收回来。这件事不是我们内部人故意泄密,是竞争对手害怕我们 D 项目的进度已经超过了他们,对他们构成威胁,采取卑鄙的手段,盗取了我们早期已经作废的资料。这对我们的技术研发没什么影响。保管这部分资料的同事也不要有心理负担,要与刘总配合,共同找出那个盗取资料的内鬼,防止他继续作案。很显然,盗取资料的人不懂技术,因此他不是我们研发团队的人。"赵梦迪一番果断的判断分析,成功地转移了大家的视线,给大家吃了一颗定心丸,使大家卸下了因泄密事件而压在心上的一块大石头。在这个特殊的时期,赵梦迪的态度、举动可以说非常重要。一下子就将"人有亡斧者"之殇消弭于无形了。

刘东辉则痛心地说:"虽然这次事件没有给我们造成实质性损失,赵董事长也没有追究我们的责任,但这件事给我们敲响了警钟。我们的安全防范意识还要加强,再加强!每个人都要严格执行保密制度,保管好自己负责的资料,不要让我们千辛万苦的成果付之东流。"

赵梦迪接着道:"好了,这件事到此为止。这点小把戏还扳不倒我们。大家立即进入正常的工作状态,加快研发速度,就是对阴谋者的最大回击。"

现场许多人的眼睛有些湿润了,情绪很复杂。人们心里明白,这次事件给博睿集团带来了巨大的困难,而要扭转这一负面影响有多难!可是,赵董事长,一个女人,却敢于直面挑战,这种气魄、心胸,令这些科研人员很感动。很多人心中憋了一口气,暗暗下决心,技术研发一定要尽快实现突破,否则就对不起赵梦迪董事长了。

看到大家紧绷的神经放松下来,紧张、沉闷、互相猜忌的氛围烟消云散,整个团队信心又提振了起来,刘东辉、张平对赵梦迪遇事临危不乱和处理复杂问题的大智慧深感佩服。

内部团队的军心是稳住了,然而修复企业受损的外部形象却十分困难。赵梦迪终于找到了一个合适的机会。

48 宴会的较量

　　松江市是一个经济蒸蒸日上、商业氛围比较浓郁的城市。商会每年都组织一场大型年会。年会以宴会的形式进行,企业家们对此十分重视。大多数企业家都把年会当作重要的社交平台,借此展示企业形象、拓展人脉资源,探寻、洽谈合作的好机会。因此本市知名企业的负责人几乎悉数到场,一些知名度不高的新兴企业也想方设法要拿到一张入场券。排名前20的大型企业可以有3个名额。

　　松江市一家豪华大酒店的会议大厅,气派非凡、金碧辉煌。参加宴会的男男女女都是盛装出场。现场的男士们西装革履,彬彬有礼。女士们则绿肥红瘦,成为亮丽的风景线。

　　赵梦迪带着许婕和金岩低调到来,可还是引起了许多人的关注。

　　赵梦迪展示给人们的是一个美得让许多漂亮女人都嫉妒的形象,一身紫色的套裙,看似随意系了一条丝巾,可搭配得既显华贵又内敛,很好地诠释了什么叫高端大气上档次,低调内敛不奢华。尤其是她不苟言笑,展现出一种冷艳的美,彰显王者风范,霸道总裁的气质一览无余。

人们对赵梦迪的到来议论纷纷,尤其是女人们更是对其感兴趣:"这个赵梦迪已经快 40 岁了吧? 竟然有不输少女的皮肤,她是怎么保养的?"

"听说她在喝一种叫蓝靛果的保健品。"

"蓝靛果中花青素的含量非常高,抗氧化功能很强,是近几年新兴的、很受重视的防衰老产品。听说很多高端人士都在用。"

"在网上能买到吗?"

"现在还买不到。这种产品是有机产品,产量不高。"

"我认识生产这款产品的峰然集团董事长,我可以帮你订点。"

"那就谢谢了!"

"给我也订点。"

这时,另一个女人进入会场,人们才停止了对赵梦迪使用的冻龄保健品的探讨。

王晓琦带着钱浩和丁雪梅高调入场,引起了不小的轰动。

不得不说王晓琦的美是一种令人惊艳的美,身着一款白色的修身礼服裙,包臀和无袖设计秀出了凹凸有致的身材,欺霜赛雪的藕臂,晶莹玉透的长腿,加之热情奔放的气质,充满了魅力。

进入现场,赵梦迪对许婕和金岩说道:"这个宴会有些特别,没有主持,没有开场白,主办方就是搭建一个平台,给大家提供社交的机会。"

金岩又碰了碰许婕,指着主席台的方向,悄悄问许婕:"不用主持,怎么却有一个主席台,台上还有一个立式话筒。好像一会儿有人要上去讲话似的?"

许婕给了金岩一个白眼:"大哥,我也是职场小白好吧,这么高端的场合我也是头一次参加,不过我感觉是唱歌用的吧?"

赵梦迪接过话头:"说是唱歌用的也对。宴会高潮时一些唱得好的企业家会上去一展歌喉,当然也有人上去制造噪音。最重要的作用是企业负责人可以上去对自己的项目进行简单的路演。按照计划,我一会儿先上去做一个 D

项目的简短介绍。许婕,你代表我们公司具体推介 D 项目。但记住,要精练。金岩,我告诉你的事要做好准备。"

许婕和金岩同时点点头说道:"好的,董事长。"

金岩碰了碰许婕说道:"在场的可都是各路大神,你就一点不紧张?"

许婕撇了撇嘴:"瞧你那熊样,各路大神怎么了? 为什么要紧张? 我对 D 项目的业务可以说滚瓜烂熟,我有足够的底气。再说了,没准我以后就成为他们中的一员。不,应该是超越他们!"

金岩做出一副佩服的样子:"好,许大神,我看好你! 但提醒你一会儿要悠着点,不要成为跳大神的样子!"

许婕:"一边待着去!"

不一会儿,场上的人群开始自动裂变成若干小圈子。

场上最惹人瞩目也是最亮眼的则是赵梦迪和王晓琦。一个是博睿集团代理董事长,一个是恒琦集团董事长。年纪轻轻就成为松江市排名前 10 的大型企业领头人、著名企业家,还是美女企业家。人们围绕着这两位美女企业家,竟然形成了两个比较大的圈子,在热烈地讨论着什么。

这时,王晓琦转身对钱浩说道:"赵梦迪肯定也会在今天的宴会上为 D 项目做推介融资,一会儿我们要抢在他们前面介绍。"

钱浩马上道:"董事长高明。我们的 D 项目速度远远超过了博睿。我们采用国外的核心技术,已经接近投产,他们还在进行所谓的自主研发。谁强谁弱,大家一目了然。"

丁雪梅接着道:"这样我们就等于堵住了他们今晚的融资路。"

钱浩恶狠狠地道:"不,是让他们无路可走。"

王晓琦带着钱浩等人一直瞄着赵梦迪,并悄悄地、不露痕迹地向主席台靠近。

钱浩继续贬损地说道:"我在想啊,赵梦迪这个绣花枕头,是真的不懂企业经营还是作秀，非要搞什么自主研发。哼，蠢死了！不知道现在是社会化大分工吗？采用别人的技术，一步就可以直接进入生产，可以节省多少成本和时间！"

丁雪梅马上道："是呀，除了技术研发的直接投入需要巨额的资金外，还要浪费大量的时间。当下，难道时间不是成本吗？时间就是金钱，这都不懂，还敢出来做企业。同类产品谁先占领了市场，谁就抢得了先机。"

王晓琦暗示道："钱浩，今晚这个场合有些话我是不能说的……"

钱浩心领神会地点点头："我明白。"

王晓琦边说边关注着赵梦迪的动向。趁着赵梦迪被几人拦住、搭话、寒暄的时机，王晓琦抢先上了主席台，拿起话筒说道："女士们、先生们，大家晚上好！我是恒琦集团的王晓琦。请允许我耽误各位几分钟时间，介绍一下我们公司即将上市的 D 产品。这款 D 产品，有非常大的市场空间和十分可观的利润。我们公司愿意和各位共同分享这块蛋糕。下面由我们公司的市场部总监钱浩先生向大家做具体介绍。"

钱浩意气风发地走上主席台，因为有些紧张，嗓子有些发紧，不断地咳嗽，清了几遍嗓子后，才带着颤音说道："各位企业家，大家好！我是恒琦集团市场部的钱浩，下面由我给大家介绍一下 D 产品：

"D 产品是……在这里，我高兴地告诉大家，由于我们采用的是 R 国科技公司的先进技术。我们恒琦集团的这款产品就快要投产了。可遗憾的是，有一些企业同类产品还处于初步研发阶段，至于什么时候能完成，我不好猜测。前一个时期，网络上传得沸沸扬扬的某企业技术资料，懂行的专家一看就会明白，那就是个初中水平的胡思乱想，根本不可能生产出产品。就算最后他们能研发成功，可等他们研发完成，谁知道要猴年马月，那时，市场早已被分割完毕。作为同行，我本不想多说什么，但为了各位企业家的钱不打水漂，我忍不住还是要温馨提示各位，投资要谨慎！"

许婕和金岩都攥紧了拳头。金岩气道:"太可恶了。这是污蔑、打压,赤裸裸破坏我们D项目的融资。"

听到钱浩的一番话,在场的所有人都很吃惊。许多企业负责人议论纷纷。

"这个恒琦集团的王晓琦还真是厉害啊,比她爸爸还要强势。恒琦集团和博睿集团竞争了这么多年,博睿集团一直压恒琦一头。这次新产品,恒琦集团明显比博睿集团技高一筹啊!"

"是呀,人家的D产品已经马上投产了,可博睿集团的D产品,听起来好像还没有影呢!"

"看来博睿集团D产品现在已经是陷入困境了。"

"恒琦和博睿集团这两个企业一直处于竞争中,但恒琦的人这么赤裸裸地直接贬低博睿,对博睿的融资很有杀伤力。"

"恒琦这么做有点过了啊!竞争可以,但不能采取这种手段。"

许多人下意识地将目光看向了赵梦迪。

赵梦迪表情十分淡定地对许婕和金岩说道:"去做好准备。"说完迈着稳重自信的步伐走上了主席台。

看着赵梦迪这么淡定、自信,王晓琦疑惑地皱起了眉头。

见状,钱浩对王晓琦说道:"放心吧,董事长。他们现在已经是咸鱼翻不了身了。"

赵梦迪拿起话筒说道:"各位业界同人,大家好!我是博睿集团的赵梦迪。我想请大家一起来唱一首歌。"

这时,一首高昂的旋律响了起来:"红军不怕远征难,万水千山只等闲。五岭逶迤腾细浪,乌蒙磅礴走泥丸。金沙水拍云崖暖,大渡桥横铁索寒,更喜岷山千里雪,三军过后尽开颜。"赵梦迪、许婕、金岩都在合着音乐引吭高歌。尤其赵梦迪、许婕激情、高昂的女声与金岩充满磁性的男中音竟然形成了混声效果。这一下,引爆了全场。很快,现场很多人都放下酒杯,停止了聊天和其他活动,跟着音乐一起高唱起了这首歌。歌曲中所表达出的是红军不畏艰难险阻、历经千山万水的决心和信念,最后迎来了胜利和欢笑。气势磅礴,意境雄辉。一时间,场上的人们热血沸腾,万丈豪情油然而生,在现场形成了强大的气场。

现场一个穿着普通但气质不凡的中年男人同样激动,对身边的一位企业家道:"这恐怕就是精神、信念的力量。"

那位企业家也激动地道:"是呀,冯董事长。这个博睿集团的出场还真是不一般。"

赵梦迪热泪盈眶。许多人眼中也都涌出了泪花。

歌声停止后,现场陷入了短暂的寂静。这时,赵梦迪像播音员般清纯、干净的声音响了起来:"唱完这首歌,我相信大家和我一样都有同感。每当我们的企业遇到巨大困难之际,我就带着我的同事一起唱这首歌。在歌声中,我们找到了信心和力量。当下我们正在进行一场新的长征,博睿集团 D 项目遭遇了阴谋、阻力,但比起红军长征遇到的艰难险阻,都不算什么!

"我们坚信,在传承了红军长征精神的中国企业、中国企业家面前,就没有过不去的坎儿!我们会越挫越勇!我们会战胜一个又一个激流险滩!无论前路多么艰险,我们都会一往无前、决不退缩,取得最后的胜利!"

说到这里,赵梦迪停了片刻,一股睥睨天下的气势在她身上冲天而起。这时,全场响起了热烈的掌声。

冯峰看着台上的赵梦迪,欣赏地点点头,对身旁的助理道:"这是一个有信仰能做大事的女人,给她一定的时间,必能创造出一番辉煌。那个王晓琦和她不是一个层次的人。"

本以为胜券在握、志得意满的王晓琦脸色变得十分难看,心中恼怒,暗道:"该死,这下风头都让赵梦迪这个女人抢去了。"转头怨怨地看了一眼钱浩。钱浩心中发苦,却有苦难言,嘀咕道:"怎么会这样?他们怎么想到的?"

赵梦迪接着说道："各位企业家,在这里我代表博睿集团真挚地感谢业界同人,社会各界对我们博睿集团自主研发的 D 产品的关心和支持。大家都知道,前一个时期,有人盗取了我们早期一个作废的技术草稿片段,在网络上抹黑博睿自主研发的新技术。我不知道他们是谁,来自国内还是国外。但我知道他们为什么这么做,就是怕博睿公司在同行业超越他们,成为最前沿技术的领跑者。网络上那件事如果是国内同行做的,那无疑是成为国外不友好势力的帮凶。本来应该是'兄弟阋于墙,外御其侮',可他们这么做真的很遗憾!"

人们的目光齐刷刷地看向了王晓琦和钱浩。王晓琦感到无地自容,钱浩感到自己的脸好像被无形的手打得啪啪响。

停顿了片刻,赵梦迪接着道："今天,在这里我可以负责任地告诉各位,博睿集团的 D 产品核心技术研发已经取得了重大突破,而且完全是自主创新。我们博睿集团和清北机器人研究院共同研发的 D 项目核心技术,已经远超国际同行,处于世界领先地位。国外的多家技术公司已经开出天价,要购买我们现阶段研发的核心技术,但都被我们拒绝了! 我们要打造中国自主品牌,让中国制造助力工业升级,让'中国智造'造福中国乃至世界老年人,让我们做出中国贡献!"

全场再次响起了热烈的掌声。

赵梦迪接着道："下面,请我们集团市场部总监许婕小姐为大家简要介绍一下博睿公司 D 产品。"

许婕落落大方,直奔主题："尊敬的企业界各位前辈、老师,晚上好! 博睿集团的 D 项目有一、二期工程。一期是高端工业机器人。这款产品相对简单,我就不多介绍了。我重点想给大家介绍一下二期产品,仿真护理型机器人。下面我先给大家讲一个真实的故事。有一位已退休的高级知识分子,在年轻时曾经叱咤风云,可以说在他的人生词典上没有输这个字,可是最后却输给了自然规律。由于晚年生活不能自理,大小便都要在床上解决,可他性格依然很要强,经常发脾气,因此,他多次雇用保姆、护工,可没有一个能干长的。虽然他有个女儿,也很孝顺,可女儿自己还有两个小孩,还要工作,整天忙得焦头烂额,根本无暇照顾他。一次当女儿抽空来看他时,发现护工跑了,老人已经离世,浑身已经臭了。女儿崩溃了,当场哭晕。就是这样一个高级知识分子,晚年却活得质量不高,走得毫无尊严。

"请问这是少数个例吗?经过我们博睿公司的调研发现这些不是个例,是在老年人群中大量存在的,只是情况不同、程度不同罢了。大家知道,就连西方某一个国家的领导人,公认的世界女强人退休后也孤独地死在了酒店。

"解决老年人晚年幸福感不强,提高他们的生活质量,这是一个社会问题。

"博睿集团是一个有社会责任感的企业,赵梦迪女士是一个有强烈社会责任感的企业家。在企业最困难的时候,有很多项目可以让企业转型突围,甚至有大把的利润,可她将自己的住房和车子都卖了,毅然选择了做 D 项目,并坚持自主研发 D 产品的核心技术,就是要为解决这一社会问题提供多渠道解决方案。"

许婕说到这里,停顿了一下,扫视了全场,发现全场陷入了沉重的氛围中。

这时,主席台下一位企业负责人忍不住急着问道:"许婕小姐,你能给我们说说你们的仿真护理型机器人的具体功能吗?"

"好的。我们博睿公司研发的 D 产品最大的特点是把人工智能(AI)技术、新材料技术等高新技术用于仿真机器人,使其功能与真人基本无差别,在某些方面还优于普通人。

"他可以 24 小时不间断提供优质的家政服务,照顾老人日常生活起居、洗衣做饭、打扫卫生等;可以承担家庭医生的职责,经常对护理对象身体状况进行分析、研判,主动在网上远程寻找名医挂号就诊,并根据医嘱,帮助老人服药治疗;可以承担护工职责,对失能老人进行 24 小时尽职尽责、永不疲倦的精心护理;可以在精神情感方面给予老人快乐,陪老人娱乐、聊天、哄老人开心。机器人智能很高,根据设计程序,机器人可以撒娇、会哭、会笑,但决不会和老人顶嘴,惹老人生气,避免了保姆、护工与雇主之间的矛盾;还可以私人订制成自己喜欢的样貌、声音等等。

"所以,博睿公司的 D 产品,是老年人、中年人、青年人,是每个家庭的福音。

"让老年人的明天更美好,为子女解除后顾之忧,是赵梦迪女士和博睿公司的追求。相信,一切有良知的企业家、金融家都会加入这个伟大的事业。博睿公司随时欢迎与各位企业家合作。谢谢!"说完,许婕在台上给台下的企业家们深深地鞠了一躬。

片刻后,全场再次响起了热烈的掌声。人们都在为赵梦迪和博睿公司强烈的社会责任感、高尚的情怀点赞。

许婕介绍完毕,全场都陷入了一片共情的状态。大家纷纷围绕博睿的 D 产品开始了议论。也有一些人将恒琦集团和博睿集团进行了对比。

"真没想到啊,赵梦迪和博睿集团具有这样悲天悯人的情怀和强烈的社会责任感。"

"王晓琦和恒琦集团不也生产 D 产品吗?而且速度远超博睿集团。"

"还没听明白差别吗?一个是从国外购买的核心技术,一个是自主研发领先的核心技术。差别大了去了。"

"今天还真是成了恒琦集团和博睿集团的擂台赛啊!"

"没有比较,就没有伤害。这两个团队高下立判啊!怎么样,是不是去和博睿集团谈一下合作?这个市场可是足够大啊!"

"我们过去和赵梦迪详细聊一聊。"

人群中的冯峰转身对身边的一位投资经理说道:"陶然,你明天亲自负责,对博睿集团和 D 产品情况进行深调。10 个工作日内,我要看到正式的报告。"

"好的,冯董。我明天马上办。"

许婕拉着金岩说道:"快走,陪我去一趟卫生间。之前紧张,喝了太多的水,快憋不住了。"两人急匆匆向卫生间走去。

一些投融资企业负责人纷纷走过去向赵梦迪询问 D 产品合作的具体情况。

钱浩看到这种情况十分嫉妒地说道:"董事长,这不应该啊!我没想到他们这么能煽情。"

王晓琦一脸不开心,没有搭理钱浩。钱浩继续道:"在我们已经先入为主的情况下,博睿已经十分被动,正常情况下只能是对自己的 D 产品的缺陷做出解释澄清。可越是解释,就越不让人相信。然而,现在因他们的一番操作,博睿集团反而成了很有吸引力的强势一方。现在的企业家都这么有情怀了吗?"

不得不说,王晓琦也不是一般人,很快就调整了过来,骄傲地挺直了身姿。她扫视了现场一圈,无奈地叹了口气。因为现场这些人都入不了自己的法眼。可她突然发现有一人十分淡定,对她似乎无视、无感,这让她眉头一皱。还有这样的男人?王晓琦对自己的颜值、形体十分自信,几乎没有男人在她面前能这样淡定。王晓琦脸上露出了迷人的笑容,顺手端起一杯红酒,向那位男士走去。

男士大约 45 岁,穿着商务休闲装,气质不凡。这时好巧不巧地转身向着赵梦迪走去。王晓琦跟在他后面快走几步,想要追上他。然而,下一刻,她愣住了。男士走到赵梦迪面前主动举杯示意:"喝一杯?"

赵梦迪看了一眼男士,感到有些面熟,可细看并不认识他。但只看一眼,就发现这是一个眼中写满了故事,脸上却不见风霜的男人。尤其是他的气质和绅士风度,对所有女人都具有绝杀力。虽然没有说一句话,可是男人举杯示意的一个简单的肢体语言,却充满着潇洒、自信,展示了一个成熟男人、成功男人的神奇魅力。就连赵梦迪这样淡定的人也多看了他一眼,继而端起酒杯,喝了一大口。

男士笑了笑,很有绅士风度地将杯中酒一口干了,微笑着看着赵梦迪,似乎等她主动跟自己说点什么。可是赵梦迪只是看了他一眼,再次点点头,什么也没说,转身和别人碰杯去了。男士在转身的瞬间,很好地掩饰了刚刚过于自信的尴尬。

此刻,一旁的朋友非常着急。原以为赵梦迪和男人之间认识,赵梦迪会借此机会和他谈融资合作的事,可是赵梦迪就这样错过了?她急忙碰了碰赵梦迪,小声说道:"梦迪,再去敬冯董事长一杯,快去!谈融资。"

赵梦迪一愣问道:"冯董事长?"

"姑奶奶,他是冯峰。他可是投资界的神啊。谁能和他攀上关系,引起他的重视,企业就会像坐火箭一样上升,想不快都不行。"

赵梦迪吃惊地道:"冯峰?投资300多个企业项目无一败绩的冯峰董事长?"

"是的,快去呀!"

赵梦迪看到冯峰正要离去,马上端着酒杯向其走去。可忽然,王晓琦端着酒杯一步跨到赵梦迪和冯峰之间,带着满脸的笑意对着冯峰说道:"冯董事长,您好!我是恒琦集团的王晓琦,久仰您的大名。您是我心中的男神,松江市,不,是整个企业界的传奇人物。早就想去拜访您,可您总是神龙见首不见尾。"

冯峰谦虚地道:"不要听人瞎说,我就是个小投资人。倒是你,松江市大名鼎鼎的美女企业家王晓琦董事长,年轻有为。"

王晓琦嗲声嗲气地说道:"冯大哥,好不容易见到您,我正在做的 D 项目,给我指点一下呗?"

"指点不敢当,不过忠告还是可以的。"

王晓琦马上激动地道:"求之不得。"

冯峰严肃地道:"切忌急功近利。记得,人间正道是沧桑。"说完,冯峰端着酒杯走向别处。

由于得到了男神的指点，王晓琦开始的表情十分激动、傲娇。可是，仔细一琢磨，脸上的表情马上丰富起来，由傲娇到尴尬再到愤怒，小声嘀咕道："你个神棍，有什么了不起。你是在教训我吗？哼！"

赵梦迪看到冯峰已经向远处走去，正想继续追上去。这时，王晓琦却转身满脸怒容地快步走了过来，故意撞了赵梦迪一下，杯中的酒洒到了赵梦迪的裙子上。王晓琦看到狼狈的赵梦迪，心中的不快稍稍减弱了一点。看到赵梦迪还想绕过去追冯峰，就横移了一步，阴阳怪气地说道："赵董事长，风风火火，跑得这么快，这是要干什么呀？"

赵梦迪虽然着急去追冯峰，可是看到冯峰已经离开了现场，不由得有些恼火。本来想要讽刺王晓琦几句，可是却突然想到了昨天看到的一首诗，于是说道："王董事长，我刚想到了一首诗，正想向你请教。"

王晓琦撇了撇嘴道："赵董事长还很有闲情逸致呢！什么诗你说说吧！"

赵梦迪："欲成大树，不与草争。将军有剑，不斩苍蝇。"

王晓琦怒道："你……"

赵梦迪转身向会场外走去。

49 子欲养而亲不待

市场部徐忠最近陷入困境。徐忠老家距离松江市 300 多公里。徐忠的父母虽然年龄不大却都是疾病缠身。徐忠刚接到母亲的电话，两个老人又同时病了。他急忙向许婕请假回家，安排老人住进了医院。照顾了老人一周，他两只眼睛已熬成了熊猫眼，心力交瘁。父母出院后遵医嘱在家调养。徐忠的头有点大，心情很是沉重。这不是一天半天的事，可自己手中的工作又实在放不下，只好雇了保姆照顾老人，自己急忙赶回单位上班。

可是，几天后保姆与徐忠母亲吵了起来："就你出的这点工资，你还想享受贵族的待遇？如果你要更好的服务，可以啊，你再加一倍的工资。"

徐忠母亲气得心脏病加重了。父亲躺在床上给徐忠打电话："小忠啊，你再给找一个保姆吧！这个保姆嫌工资少，和你妈吵了好几架了，你妈的心脏病加重了。"

徐忠马上远程给家政打电话，又给换了一个保姆。可是过了几天，父亲又打来电话："小忠啊，这个保姆又不干了，你再给找一个吧！"一连换了几个保姆，都干不长，这让徐忠简直要崩溃了。

徐忠和许婕说要请长假,如果不能给长假,就准备辞职,回到老家所在的城市找一份工作的同时照顾父母。

许婕体贴地说道:"先不要辞职,给你一段长假,回去处理好再回来工作。你这个难题等我们公司 D 产品出来后就能解决了。"

集团副总裁张平的家虽然在本市,可接任执行总裁后,工作太忙,已经很长时间没有回去看看老人了。现在公司 D 项目正是吃紧的时候,自己怎么能离得开啊!晚上加班时,张平给父母打电话问:"妈,你和我爸怎么样,身体都好吧?"

张母:"好,都挺好。你不用惦记我们,你就好好工作吧。"张平一颗心放下了。可张平不知道的是,此时的母亲正在医院陪父亲住院输液。

正在给老人扎针的护士看到老人明明在医院住院却不告诉自己的子女,就问道:"阿姨,是你的孩子吧?为什么不告诉他真实情况呢?"

"他工作很忙,告诉他,他跟着着急上火,为我们担心。我们老了,不能帮上他什么,也不能给他添乱添堵。"张母无奈地道。

"可怜天下父母心啊!"护士感慨道。

第二天早上,护士在走廊上看到张母从楼下取餐回来,还与自己打了一声招呼。护士回到更衣室换衣服正准备下班时,突然听到一个病房内传来撕心裂肺的哭声。护士快步进入病房,看到张父突发心梗,已经不省人事。护士马上通知医生展开了急救,经过一番抢救,张父还是离世了。医生告诉家属人已经走了,准备后事吧。张母十分懊悔。原来昨晚,张父说想吃油条、豆浆,虽然医生建议不要吃,可这是张父最喜欢吃的,已经馋了多少天了,央求就吃一回。张母下楼去买早餐,来回也就十分多钟的时间,一眨眼,就阴阳两隔了。

接到消息,张平整个人都傻了。昨天打电话还说好好的,怎么人就突然没了?张平最后悔的是昨天自己再忙也应该回去看看。张平给行政办主任马奎打了个电话,让他帮忙请假,自己开车急匆匆赶去医院。

张父的突然去世,让本来从事医护工作见惯了生老病死的那位护士深有感触:真不知道明天与意外哪个先到。昨天与老人的一番对话还历历在目,这一对不愿给自己子女添麻烦的老人,其中一个说走就走了,与自己的孩子最后都没见上一面,太可怜了!

护士马上给老公发了个微信:"今天下班请我爸妈和你爸妈一起吃一顿饭吧,你订一个好一点的酒店。"

"老婆,今天是什么日子啊?"

"难道非得什么重要节日才请父母们吃饭吗? 我都快一个月没见到我爸妈了,你爸妈不也是吗? 你听过'子欲养而亲不待'吗?"

"好好,老婆大人,就按你说的办。一会儿地址发给你。"

晚上福成厚大酒店包房内,护士一家三口、双方父母,7 个人围坐在一起欢快地聚餐,其乐融融。护士站起身恭恭敬敬地给 4 位老人敬酒,说道:"两位爸爸、两位妈妈,我和建光敬你们一杯,感恩爸爸妈妈,你们将我们精心养大,我们会陪你们慢慢变老。"听到这样的敬酒词,4 位老人眼圈都湿润了。

"你将我精心养大,我陪你慢慢变老。"

然而这一充满诗意的美好愿望,现实中很多家庭却真的难以实现。

老伴去世后,张母一个人时不时暗自流泪。她想起和老伴在一起拌嘴吵架又互相搀扶照顾的幸福日子,不免悲从中来,泪水止不住地流下来。有一天,张母终于崩溃了,号啕大哭起来,她的身体瞬间衰老不少。张平回家看望母亲,大吃一惊! 几天不见,母亲怎么就突然变化这么大? 似乎一下子老了许多,精神萎靡,情绪十分低落。张平好说歹说带着母亲去医院,做了一个全面检查。医生告诉张平,患者主要是精神焦虑,并有冠心病,在用药调理的同时要保持良好心情。之后,又特别叮嘱张平:"根据你母亲年龄和心脏状况,要给她备速效救心丸之类的药物。如果发生紧急情况,切记一定要在第一时间舌下含服。"张平对医生表示了感谢。

张平知道父亲的去世给母亲的打击很大,不放心母亲一个人在家,决定给母亲请一个保姆。

保姆做好饭,叫了几次,张母在卧室也不出来。保姆有些不耐烦地说道:"这老太太,这么喊都不答应。吃顿饭,三催四请。"满脸不高兴地到卧室再次去请,张母才从卧室出来,上桌吃了两口就大声道:"这饭菜太难吃了!我不吃了。"

保姆忍住气道:"阿姨,我做饭的水平虽然不高,可我服务过的老人都说我做的饭菜好吃,就你说不好吃。那你说,你要吃什么?我再给你做。"

"我要吃炸酱面。"

"你早说啊!我白做了那么多菜。你等着,我现在就给你做。"

炸酱面端上来,张母吃了两口,皱着眉头说道:"这卤汁太淡了,没滋味。"

保姆听后,马上说道:"你等一下,我再加点盐。"

保姆尝了一下,说道:"阿姨,你再尝尝,我感觉已经行了。"

张母尝了一口道:"还淡。"

保姆劝道:"阿姨,老年人吃得太咸对心脑血管不好。我认为不能再咸了。"

张母坚持道:"我口重,你再加点盐。"

保姆拿到厨房想了想已经很咸了,不能再加了,于是端回来说道:"阿姨,这回你再尝尝。"

张母尝了一口,吐了出来,怒道:"太咸了!你这是要齁死我呀!"

保姆也急了:"你这老太太,怎么这么难伺候,受吃不吃!"

张母也急道:"你这是什么态度?我儿子花钱雇你,你就这样欺负我!"

保姆怒道:"老太太,我伺候不了你,你让你儿子另请高明吧!"

张母丝毫不让地道:"那你就快走吧,我不需要你伺候。"

保姆说道:"把今天的工钱给我,我现在就走。"

张母拿出 100 元钱递给保姆。保姆嫌少,要张母再给 50 元。张母赌气拿出 50 元钱给了保姆,保姆收拾东西,拎着包走了。

保姆走后,张母坐在那里生气,突然感到一阵心绞痛,捂着胸口向卧室走去准备拿药,可没等拿到药,就倒在了地上……

张平接替王淼任执行副总裁后发现了很多问题,如果不抓紧处理会对公司造成很大的损失,所以张平这几天忙得焦头烂额,每天办公室门口找他请示、汇报、签字的人都排成了长队。连续几天晚上,张平都召集一些人开会,研究解决王淼负责时留下的问题,有时到深夜,有时通宵达旦。

5 天后,终于忙出了个头绪。晚上 8 点左右,张平精疲力竭地回到家。刚到家,爱人从国外发来视频通话:"张平,你怎么好几天都不跟我和女儿联系?我们这儿现在很不安全,我每天都为女儿的安全提心吊胆。我不在家才一年多,你不会就有新欢了吧?"

张平不耐烦地道:"胡说八道!我都快要累死了,哪有闲心胡扯。你和女儿都要注意安全,实在不行就回来吧,国内安全多了。女儿呢,怎么不和我说话?"

"她正在上网课,没时间和你视频。你吃饭了吗?"

张平有气无力地道:"还没呢,我刚到家。"

"那你快自己弄点吃的吧。我不在你身边,你也要照顾好自己。你们爷俩都让我操心。"

"好的,我歇一会儿就煮点方便面。"

与爱人通完话,张平想到几天没与母亲联系了,就马上给母亲打电话,连拨几次,手机都处于关机状态。这让张平心里有些紧张,立即给保姆拨打电话。电话接通后,张平迫不及待地问道:"您好!是李姐吧,我是张平。你在我母亲家吗?我母亲的电话怎么关机了?"

"你母亲已经将我解雇了,我现在没和她在一起。"保姆气哼哼地说道。

张平急忙问道:"你是什么时候离开的?"

"我只干了 1 天不到,她就赶我走了。"

张平有些慌了:"那么说,在 4 天前你就离开了?"

"是的。我是保姆,可我也是人。你母亲也太矫情了,我伺候不了。"保姆抱怨道。

张平急道:"好了,我先不和你说了,我母亲可能出事了。"

"切,那老太太能出什么事,大惊小怪。"保姆说道。

放下电话,张平跑出家门,拦住一辆出租车向母亲家疾驰而去。路上,张平一再催司机快点,再快点。司机看出张平的焦急状态,一边加速,一边问道:"老板,你怎么这么着急啊?"

"我母亲一个人在家,电话一直打不通。她心脏不好,我担心她出什么事。"

"别太担心,也可能出去遛弯,忘了带手机。不过老年人一个人在家确实有些危险。我一个亲戚的父亲就是一个人在家突发心梗,去世好几天才被发现。啊,呸呸,瞧我这臭嘴,你别见怪啊。"

此刻的张平心急如焚,哪还有别的心思。

张平到了母亲家门口,拿出钥匙开门进入客厅没看到母亲,就喊道:"妈,我回来了。"屋内没有任何动静。一股不祥的预感涌上心头。张平来到卧室,就看到母亲趴在地上,一只小药瓶掉落在离她不远的地方。张平快步上前问道:"妈,你怎么了?"没有回应。见母亲一动不动,他急忙上前将手放在母亲的鼻子前,发现母亲已经没有了呼吸和任何生命体征。

轰的一声,如五雷轰顶。张平意识一阵恍惚,下意识地大声叫道:"妈!妈! 你醒醒,你醒醒!"

望着已经过世的母亲,想到短短的一个月内,父亲、母亲接连过世,作为儿子却都没在身边。张平自责、愧疚,痛不欲生,坐在地上不断地抽自己的嘴巴。

随后跪在母亲身旁给母亲连连磕头,边哭边说道:"妈、爸,是儿子不孝,没有尽到儿子的责任。我不是人!我枉为人子!"

参加完张母的遗体告别仪式,赵梦迪的心情愈加沉重。在回公司的路上,赵梦迪对许婕说道:"伯母的过世,我也有责任。张总这一段时间工作压力太大了,整天忙于公司的事情,没有时间照顾他的母亲,是我对同事的家事关心不够。"

许婕劝慰道:"董事长,你也别太自责了,你的压力比谁都大,根本顾不过来其他的了。"

赵梦迪:"心梗这种病,如果身边有人,抢救及时,不会死人的。许婕你不知道,张平的母亲退休前是受人尊敬的人民教师,可去世几天都没人知道,想想都让人心疼。"

许婕道:"是呀,为了不给子女增添负担,现在很多老人都不和子女生活在一起。空巢老人,尤其是单身老人,孤独、寂寞,生病或发生危险时,身边无人很是可怜。可子女又没有时间经常陪伴他们。"

赵梦迪一脸坚毅地道:"所以,我们的 D 项目二期也一定要加快速度了,不管有多大的困难,我们都要一往无前。"

然而,理想很丰满,现实却很骨感。D 项目的研发又遇到了阻力。

50

一波未平
一波又起

D 项目的研发可以说是一波未平一波又起。资金问题刚刚得到缓解,技术研发却遇到了瓶颈。大部分研究人员疲惫不堪,很多人出现了负面情绪。研发工作面临着停滞的危险。

副总裁刘东辉主持技术攻关第 101 次会议。

刘东辉满脸憔悴地说道:"各位专家,我们的研究工作已经一个多月没有任何进展了,下一步如何突破,大家有什么思路都说说吧。"

张工抱怨道:"刘总,你领着我们没有星期天、没有节假日,这么拼命地干,我们图的什么呀!"

李工打退堂鼓:"刘总,这个项目,我们的目标是不是太高了?且不说二期的 AI 机器人,就是一期的工业机器人关键部件的核心技术,完全掌握在发达国家手里,我们没有一点可供借鉴的东西。我认为目前条件还不成熟,是不是先停一停。"

总工杨松看到风向不对,急忙说道:"各位专家! 这个项目不能停。否则我们前面那么多的努力就都付之东流了。多少同事为了这个项目撇家舍业、日夜奋战。就说邓玉龙吧,他老婆生孩子这么大的事都没有回去见一面,更不用说照顾了。大家付出了这么多,怎么能半途而废呢?"

坐在后排的邓玉龙心情十分复杂,眼睛有些湿润,又仿佛听到了母亲在电话里责备的声音:"大龙啊,你媳妇就要生了,你再忙也应该请几天假吧?女人生孩子这可是大事,妻子最希望的就是丈夫能在身边。你们单位领导也会通情达理的,再说这法律可是有规定的。"

邓玉龙解释道:"妈,我这边真的不能请假啊!小兰母子就靠你了。"

玉龙妈急怒道:"你那是什么工作啊!媳妇生孩子都不能请假?你们领导也太不近人情了吧!"

邓玉龙耐心地道:"妈,不是我们领导的事。确实是我们的项目到了攻关的紧要关头,是我不能请假。这个项目关系到我们公司的生死存亡,也决定着你儿子是不是要失去工作的问题。妈,你就替我多担待点吧!"

玉龙妈一听儿子可能要失业,忙说道:"那你可要好好干,你就放心吧,这边有我呢!"

妻子小兰抢过电话带着哭腔道:"大龙,我好难受啊!你快回来吧!我快坚持不住了。"

"小兰你听我说,我这边确实走不开,坚持住,你一定行的。等我发了奖金,给你买你最喜欢的包。"

"我不要包,我就要你在我身边。"

邓玉龙充满歉意地道:"小兰,就算我欠你们娘俩的,以后我一定加倍补上。"

想到这里,邓玉龙激动地大声说道:"刘总,这个项目绝不能停!虽然遇到了困难,可是没有难度还叫什么攻关?如果这个项目已经是成熟的技术,还要我们在这里研究什么?我们已经攻克了许多难题,坚持下去,我们一定能成功。"

"是呀,是呀。我们不能半途而废。"一些专家也都赞同继续。

于是,围绕攻关难题,专家们展开了热烈的讨论。

就在研发人员斗志昂扬全力攻关的时候,董事肖克接到了一个神秘电话。

神秘人:"你好!你是肖董吧?"

肖克:"是我。你是哪位?"

神秘人:"我是可以让你一步登上董事长宝座,也可以让你一瞬间失去一切,下地狱的人。"

肖克不屑地道:"呵呵,现在骗子的口气都这么大了吗?"

神秘人:"看来我不给你拿出点干货,你是不相信了。那我就告诉你,你看上去一副道貌岸然、正人君子的模样,可是没想到啊,肖董竟然与几个女人有亲密关系。你想不想看看照片?"

肖克怒道:"滚!滚吧!你个死骗子。"说完就挂断了电话,可是心里七上八下的,一直想着神秘人说的事。自己的隐私,他怎么会知道?是诈骗还是手里真有照片?正在忐忑不安的时候,手机铃声突然响了起来,吓得肖克一个激灵,点开一看、还是刚刚打过来的那个电话。肖克犹豫了一下,还是接起了电话。

肖克怒气冲天地道:"你有完没完?你再恐吓、骚扰我,我就报警了。"

神秘人:"可以啊,你抓紧,快点报警。等你的那些不雅照公开,看看你老婆会不会饶过你。如果她和你离婚的话,你是过错方,你就要净身出户了,你的资产就都将成为你老婆的了,博睿集团大股东也会换成你老婆了。你没有了钱,你那些情人也都会离你而去。在你的子女面前,你好父亲的人设就会瞬间崩塌了,你将一无所有。"

此刻的肖克相信对方不是简单的骗子了,应该是早有准备,于是颓然无力地说道:"你到底想干什么?"

神秘人:"我要你和我合作。我会送你一份大礼!"

肖克："我为什么要和你合作？有恐吓、威胁与人合作的吗？一看你就不是什么好人。你还是找别人合作去吧！"

神秘人："你加我微信，我给你发几张你的明星照，看完后你再决定是否与我合作。但是，如果你不加我微信，也没关系，我就只好把照片发到你们公司群里和你老婆的闺蜜群里了。你有 1 分钟的考虑时间，微信号已经用短信发给你了。"

肖克放下电话，大冷的天，竟然满头大汗，脸色不断地变换。他想了又想，无奈地加了对方的微信。此刻的肖克明白，这是一个陷阱，可自己又不得不跳，心情恶劣到无以复加。

加了微信后，嘟的一声，提示音响起。肖克哆嗦着双手，打开微信一看，脸色瞬间大变，大脑一片空白。照片上自己赤身裸体与一个长发女人在床上，更为要命的是，几幅不同的照片是几个不同的女人。

这时，微信语音聊天显示神秘人要与自己语聊。肖克接通了，电话里传来一个阴森森的声音："怎么样，肖董？这几幅照片够火爆吧！"

肖克急道："你们真卑鄙！竟然使用这种下三烂的手段。"

神秘人："肖董，要想人不知，除非己莫为。你就不要再装了，废话少说，和我合作，你的好处可不仅仅是我们删掉照片这一项，我说过会送你一份大礼。如果你做得好，我们会把你推上博睿集团董事长的位置。这不是你一直想要而得不到的吗？"

肖克一惊，这人怎么什么都知道？于是问道："你是谁？"

神秘人："我是谁不重要，重要的是，你与我合作，不仅可以保住你现在的一切，还可以实现你的梦想。"

肖克妥协了："那你们要我做什么？"

神秘人："第一件事，很简单，就是要阻挠或拖延 D 项目的研发进度。"

"我不分管那一块，我插不上手。"肖克为难道。

神秘人："你可以釜底抽薪。"

肖克："怎么个釜底抽薪?"

神秘人："这也要我教你吗? 如果这也做不了,证明你没有合作价值。"

肖克沉默了一下,没有回答。神秘人也知道,此时肖克心里很乱,就提醒道："釜底抽薪,临阵换将。"

肖克恍然："我明白了。"

神秘人："合作愉快!"

肖克没有回答。

很快,董事中传出对 D 项目研发速度太慢强烈不满的消息。董事会要撤换负责 D 项目工作的副总裁刘东辉。

肖克和李聪一起来到赵梦迪的办公室。赵梦迪让座后问道："两位有事?"

"李董,你说吧!"肖克将李聪推到前面。

"还是你说吧。"李聪打退堂鼓了。

肖克摇了摇头道："那好,那我就说一下。我这可是对 D 项目负责,对公司负责。梦迪,D 项目的研发进度太慢了,董事大股东们意见很大啊!"

赵梦迪皱了一下眉头问道："哦,什么意见?"

"那就是为 D 项目担心。D 项目浪费了股东大量的资金,可至今没有大的进展,大家着急呀!"

赵梦迪耐心地道："这是技术创新,不可能一蹴而就。我也着急呀,可我们要尊重科学,我们需要信心,也需要耐心。"

"可大家没有信心和耐心啊。"肖克咄咄逼人。

赵梦迪突然声音拔高了几度问道："什么意思,是要停掉 D 项目吗?"

肖克不慌不忙地道："那倒不是,大家主要是怀疑负责 D 项目的刘东辉副总裁的能力,担心他不能够带领研发团队成功研发出 D 项目,连带着对你的能力也有所怀疑。梦迪,就是为了你自己,你也不能有妇人之仁啊。"肖克说到这里停了下来,观察着赵梦迪的反应。

赵梦迪不露声色地问道:"然后呢?"

"必须果断地撤换刘东辉!这样才能让 D 项目研发的速度更快,也才能打消股东们对你能力的疑虑。"肖克一副完全为赵梦迪着想的口吻。

赵梦迪不动声色:"那么,肖董有合适的人选吗?"

"我现在还没有,但我们可以放宽视野,在全世界招聘。重赏之下必有人才。"

"李董也是这个意思吗?"赵梦迪对这个没有头脑的叔叔很是不满,冷着脸问道。

"我认为肖董说的有道理,对 D 项目、对你都有好处,你应该考虑一下。"李聪也是一副为赵梦迪着想的表情。

赵梦迪坚定地摇摇头说道:"且不说这要多久才能选到合适的人担任技术副总裁。即使是物色到了人选,就能保证比刘东辉强吗?现在 D 项目研发已经到了关键时刻,临阵换将是大忌。同时,D 项目完全是一个技术创新的项目,难度非常大。据我了解,刘东辉副总裁带领研发人员,夜以继日地攻克了一个又一个难关,取得了一个又一个技术上的突破。我认为 D 项目研发不是慢了,而是速度惊人。这样竞争对手才会产生了畏惧,才巴不得我们换将。"说到这里,赵梦迪用鹰隼一样的且光看着肖克和李聪。肖克有些躲闪赵梦迪的目光。李聪则是吃惊地说道:"我还真没想到这一层,那还是不要换人了。"

赵梦迪看着肖克意味深长地说道:"我们这时候要保持头脑清醒,更不要充当阴谋者破坏 D 项目的帮凶。我们不能做出亲者痛仇者快的事,你说对吧,肖董?"

她好像知道点什么?离开赵梦迪的办公室,肖克的后背都被冷汗湿透了。李聪见状说道:"肖董,今天天气也不热啊,你怎么出了这么多的汗?"

肖克尴尬地掩饰道:"我水喝得太多了。"

李聪还一个劲地说道："在赵梦迪的办公室也没见你喝多少水呀？"

肖克气得恨不得将这个李聪按在地上摩擦。

回到办公室，肖克平静了一下心绪暗道："没想到，这个赵梦迪还真是厉害。本来以为只要说出对赵梦迪有利的话，赵梦迪就会毫不犹豫地采纳自己的意见。因为赵梦迪就怕别人说她没有驾驭公司的能力，可她不仅不为所动，还说得非常犀利，就是不知道是意有所指，还是敲山震虎。看来还真不能小瞧这个女人。"

肖克稳定了一下心神，随即咬牙暗道，这个刘东辉必须换掉，否则自己的丑事一旦曝光，半生的心血就全完了。所以必须联合其他董事，在董事会上罢免刘东辉。

51

向研发人致敬

许婕来到赵梦迪的办公室,看到赵梦迪的脸色很不好看,问道:"董事长,你是不是身体不舒服啊,要不要去医院看看?"

"许婕呀,坐吧,我没事,就是给气的。"

"谁敢惹我们赵董事长生气啊?"

"肖克他们来和我说要撤换掉刘东辉副总裁 D 项目研发负责人的职务。"赵梦迪气恼地道。

许婕一惊:"为什么呀?"

"理由是 D 项目研发速度慢。"

"这不是撤换副总裁的理由啊,谁不知道这是一个世界性攻关项目!"许婕有些不解。

赵梦迪深思道:"怕就怕醉翁之意不在酒。看来问题不简单啊!许婕,我总感到这背后有一双眼睛在盯着我们博睿,盯着 D 项目。种种情况表明,有一只看不见的黑手在搅风搅雨。你和金岩这段时间给我注意点肖克,看他都在和什么人接触。"

许婕坚定地道:"好的,董事长。我和金岩会让他的狐狸尾巴露出来的。"

赵梦迪主持董事会会议:"我们今天召开一次董事会,有以下几个议题,下面我们先研究第一项……"

会议议题研究完毕,就在赵梦迪准备宣布散会时,肖克突然说道:"赵董事长,本次董事会应该增加一个议题。我想我们应该听一听 D 项目研发的进展情况,这是我们公司目前的大事。关于 D 项目,我们也都同意了,不再争论对错。可是,已经过去快一年了,D 项目可以说毫无进展,现在听说已经停滞不前了。正好刘东辉副总裁也在,能不能给我们各位董事一个交代。"

刘东辉眼睛带着血丝,满脸疲惫之色,看了看赵梦迪。

赵梦迪想了一下说道:"我原准备下次董事会专门听取 D 项目的情况,既然肖董说了,那就请刘总给大家简单汇报一下情况吧!"

刘东辉早就想向董事会汇报一下 D 项目研发进展情况了,可肖克突然发难,他心中有气,于是拔高声音道:"各位董事,D 项目是一项前无古人的伟大工程,技术难度不是一般的大,可以说我们 D 项目研发速度已经很快了,这放在发达国家都是不可思议的。目前,一期工业机器人项目已经完成90%,二期 AI 护理机器人项目也有重大突破。出于保密原因,这里不能透露更多信息。当下,研发工作确实遇到了瓶颈。我们研发部正在全力攻关,不过还要一段时间。"

董事张雷逼问道:"一段时间是多久?半年、一年,还是十年?"

听到这样的无理指责,刘东辉怒不可遏:"张董,我们要研究的是世界高端技术,不是玩具。我们研发部的专家和全体技术人员,几乎都吃住在单位,每天休息不足 8 个小时。当然,我们都是自愿加班。我逼着他们下班休息,可很多人还是在挑灯夜战。大家这样拼命,你不关心、慰问,还质问我一段时间是多久?我倒要问问张董,你的心是什么颜色的?"

现场的火药味十足,气氛骤然紧张起来。

张雷却步步紧逼,说道:"赵董事长,我想提一个人事任免建议。"

赵梦迪:"什么建议?"

张雷:"D项目花了那么多的钱,浪费了那么多的人力、物力和时间,可研发进度太慢了。赵董事长对D项目的决策是英明的,但我认为负责技术研发的负责人不行。我建议撤换负责D项目研发的刘东辉副总裁。"

肖克马上附和道:"我也赞同张董的意见。东辉副总这段时间太累了,也该让他休息休息了。"

看到张雷、肖克等人的嘴脸,赵梦迪的脸色沉了下来,说道:"好了。D项目的进展问题涉及商业机密,具体进度不便公开。但有一点,我可以负责任地告诉各位董事,D项目的进展速度不是慢了,而是太快了,已经快到让很多人羡慕嫉妒恨了。他们在千方百计地使阴谋阻挠、破坏我们的D项目研发,唯恐我们中国企业、中国技术成为行业的领跑者。我不知道今天这事儿背后有没有阴谋者的影子,但我要告诉大家的是,我赵梦迪不会让阴谋者得逞。刘总为D项目的研发立下了汗马功劳。刘总的能力让一些人感到害怕,因此想要釜底抽薪,让我们自毁长城。这办不到!刘总不仅不能撤换,还要重奖。在这里我也代表董事会对研发部的全体人员,提出慰问、嘉奖!奖励的问题后续研究。"

张雷十分强硬地道:"赵董事长,除非现在公布研发的具体情况,否则对于没有成效的研发,还要给予嘉奖,嘉奖的钱我不会出。"

赵梦迪看看其他董事,问道:"你们呢?"

只有坚定支持D项目的几个董事表态赞同嘉奖,而另几位董事却保持缄默。

赵梦迪脸色难看地道:"嘉奖的资金,我个人出。这个问题就到这儿。"

回到办公室,刘东辉坐在那里生气、发呆。D项目研发已经取得了多项突破,在董事会上却有人提出要撤换他。这个对研发难题从不气馁的技术男十分气愤,神色沮丧。

这时,桌子上的内线电话响了起来。刘东辉接起电话、火气很大地问道:"哪位?"

"看起来刘总还在为那么几个小人生气呢,拿别人的错误惩罚自己,可不是我们顶级专家的情商啊!好了,你安排人通知一下,我明天去研发部看望各位专家和研究人员,要召开一次座谈会,研发部全体人员都参加。"

刘东辉有些激动,又有些感动,说道:"董事长,全体人员都参加会影响工作的,还是选几个代表吧。"

"就是研发部全体,明天 D 项目研发停一天。"赵梦迪不容商量,态度坚决。

刘东辉犹豫了一下说道:"那好吧,那我就通知了。"

赵梦迪接着又打电话给人力资源部总监林莹:"林莹,你现在马上了解一下研发部的至少 5 个感人事迹,不用整理,下班前口头和我汇报。"

在执行副总裁张平、财务总监胡颖、人力资源总监林莹、特别助理许婕等人陪同下,赵梦迪在研发部召开了座谈会。

许婕扫视了一圈会场,看到研发部许多人员的脸色很不好看,有的带有明显的不满甚至是愤怒情绪。张平为今天的会议氛围感到担心。

赵梦迪动情地说道:"各位专家、研发部的全体同事,首先我要向各位道歉,我来晚了。我本人和公司对大家的关心不够,对项目研发所面临的艰难和每个同事的家庭、生活所遇到的困难都关注得不够!我知道我们各位专家这个时期都吃住在单位,你们每个人每天自发工作十几个小时以上。有的弃小家,顾大家,把全部身心都投放在 D 项目研发上了。比如年轻的专家邓玉龙,老婆生孩子本该回去陪护,可是他却坚守在工作岗位上,只能在心里为母子平安健康祈祷。比如诸葛研究员家里搬新家、母亲生日宴会都没回去。再如刘总,竟然几个月没回家。还有许许多多的同事,都是不顾自身的困难,把 D 项目研发放在了第一位……"

赵梦迪说到这里突然停了下来。许婕看到这个从不流泪的铁娘子,眼睛潮湿了。

赵梦迪站了起来,给大家深深地鞠了一躬。这时张平和许婕等人也都起身,向在座的专家、研究人员深深地鞠了一躬。会场的气氛此刻变得有些悲壮起来。突然会场上传来了一位女研究员抽泣的声音。一种浓浓的酸涩之感涌上了心头,许多人的眼圈也都红了起来,泪水在眼眶里打转,委屈、愤懑和被难题卡住的焦急等各种复杂的心情瞬间被引爆,场上一片抽泣声。

赵梦迪的声音有些哽咽:"请让我代表公司对大家一直以来在 D 项目研发上所付出的艰辛和努力表示诚挚的慰问和衷心的感谢!"

许婕带头鼓起了掌,紧接着全场响起了一片掌声。

"下面,请各位专家说说,D 项目在研发中有什么需要公司解决的问题,对公司有什么要求,大家可以畅所欲言。只要是公司能做到的,我向大家保证一定做到、做好!"赵梦迪坦诚地说道。

"既然董事长让说,我就直说了。刚才你也说了,我们研发部的全体人员,不分男女老少,无论职称高低都在为 D 项目拼命。可是我们不仅没有得到肯定,反而受到了指责。这让我们大家很寒心。"一位中年研究人员带着颤音说道。

"董事长,本来我不想说什么了。但你来了,我还是要说几句,不好听请别介意。关于 D 项目公司到底是怎么想的,我想你肯定会给大家一个交代。研发部以前被裁撤过,D 项目也因此停止了研发,现在听说董事会又提出要撤换刘总,这太不公平了! 刘总和杨松总工这个时期和我们一样吃住在员工宿舍,很多时候连饭都顾不上吃。我不知道董事会是怎么想的,研发部经不起这样的折腾了。"另一位研发人员毫不客气地质问。

"刘总不仅是领导,还是顶级专家,我们许多难题的解决思路都是刘总和杨总提出的。刘总不仅要和我们一样做研究,还要帮助我们解决各种思想、行政、事务上的事。他太不容易了。可董事会还在指责他,要撤换他……"一个女研究员说到这里,眼泪再也忍不住,夺眶而出,簌簌落了下来,后来竟然哭得稀里哗啦。

赵梦迪和与会的集团人员都被震撼了。知道刘东辉和杨松一直以来都非常敬业,科研能力也非常强,但不知道的是他们竟然为D项目付出了这么多!

刘东辉见状急忙说道:"大家都冷静一下。董事长今天是来看望慰问大家,听取大家意见和建议的,其他的就不要说了。我要告诉大家的是,董事长十分重视我们的技术研发工作。你们知道吗,董事长为了筹集研发经费,把自己住的别墅都卖了,现在住在租来的小房子里。"

什么?董事长把自己的房子都卖了,租房住?听到这个消息,人们震惊了。这下轮到专家们感动了,看来我们错怪董事长了。

杨松接着说道:"董事长如果想要过富贵、舒适的生活,早已经绰绰有余了。就是现在把企业卖了,也有几辈子都花不完的钱。可是她为了博睿的生存发展,为了博睿集团近万名职工不下岗,为了D项目,可以说是完全不顾自己的利益。我们这个时期确实是很累,可董事长不仅累,还有更大的压力。她要面对资金的紧张、竞争对手的打压,还有公司内外某些人对D项目的破坏,等等。她又是为了什么?她的苦向谁说去?"杨松说到这里,突然哽咽得说不下去了。

全场出现了一片静寂。

这时刚才抱怨的那位专家站起来说道:"对不起,董事长,我们错怪你了。我们的委屈和你比起来真的不算什么。我为我刚才的失态向你道歉。"

另一位专家也站起来说道:"董事长,我们不怕困难,就想有一个能一心工作的好环境。你今天来了,我想大家都想要听到你和董事会的态度,好让大家安心搞研发。"

赵梦迪被专家们宽广的胸怀感动了，再次站起来给专家们鞠了一躬，说道："谢谢大家的理解和支持！我确实做得很不够。对大家的关心不够！与大家交流思想不够！向大家介绍公司的总体战略和 D 项目研发的意义更不够……"说到这里，赵梦迪哽咽了，说不下去了。

张平见状马上接过来说道："大家都知道，我们博睿集团已经到了生死存亡的紧要关头，D 项目是我们突破困境，起死回生的关键。我们 D 项目的研发确实不是一帆风顺，暂时遇到了瓶颈。我们是垂头丧气，就此认输，还是坚定信心，最大限度地激活我们的智慧、潜力，坚决攻克科研前进道路上的难关？我相信大家选择的一定是后者。"

赵梦迪调整了一下情绪，接过来说道："我知道有人会问，商场上的路有千万条，为什么要选择这么难的这一条路？

"现在我来告诉大家，D 项目的更深层意义。

"企业家首先是经济人，要保证企业的生存发展，追求企业效益的最大化，这没错。但是，企业家也是社会人，一个有良心的企业家，一定要有强烈的社会责任感。企业家追求的不仅仅是经济效益，更是发现社会问题，从中发现市场需求，找到商机，实现造福社会和企业生存发展的双赢局面。而 D 项目就是双赢的项目。

"D 项目研发成功，各位就是最大的功臣。我今天在这里代表董事会向大家保证，董事会发展 D 项目的决心绝不动摇！任何想要破坏 D 项目的阴谋都不会得逞！"

赵梦迪发现许多人脸上都涌现出激动的神情，于是又接着说道："大家知道，由于在一些科研领域的短板，我们的民族企业在国际上受制于人，受了很多欺负，甚至欺辱。那些占据新科技制高点的国家、企业，动辄就对我们的一些高科技企业用制裁、断供等方式进行欺凌打压，使我们的企业损失惨重。而人家还一副高高在上的嘴脸说：'我们用实力与你们说话。'大家说我们应该怎么办?"

邓玉龙气愤地说道:"我们要用真正的实力、水平把他们的脸打得啪啪响。"

赵梦迪:"对。我们正在进行的是一项伟大的事业。我们要为祖国争光,为国人争气。要做同领域先进技术的领跑者。这是我们中国企业家,中国科学家、科研人员共同的责任。时代在呼唤我们,用户在期待我们。让我们再加一把劲,胜利一定属于我们!"

这时,张平接过话头说道:"再告诉大家一个好消息。赵董事长要给大家发奖金了!"

此刻,现场的科研人员热血沸腾。一股要大展身手的豪壮激情喷涌而出。研发陷入瓶颈,长时间没有突破的疲惫颓废状态一扫而光,研发部的士气空前高涨。

副总裁刘东辉和总工杨松这两位 D 项目研发负责人同时长长地松了一口气。多日来因研发瓶颈不能突破,科研人员厌战的情绪被赵梦迪一下子解决了。两人在心里暗暗给赵梦迪点了赞。

之后,研发部几乎每个人都拼了老命,使出浑身解数,全身心地投入到 D 项目技术研发的事业上来了。

52 许婕是卧底

就在许婕和市场部融资团队忙于和国内外投融资机构融资的时候，一个惊人的消息在公司内快速流传："许婕是恒琦集团派来的卧底。"很显然，另一个潜台词就是，技术资料是许婕所盗。

"什么？真的假的？太可怕了。"

一石激起千层浪。人们震惊，议论纷纷。

"真没想到！许婕竟然是卧底。"

"看不出来啊！真是知人知面不知心。"

"赵董事长对她那么信任、那么好，这个人的良心让狗吃了！"

"这下我们公司损失可大了，许婕可是知道公司很多核心机密啊！"

"这个人应该马上开除。"

"开除太便宜她了，应该追究她法律责任。"

"对，让她不仅受到道德的谴责，也要受到法律的严惩。"

一时间，对许婕的指责铺天盖地。

一些看到许婕的人都在指指点点，有的还往地上大声吐口水，表示唾弃。

许婕的人设彻底崩塌了。

听到消息的赵梦迪眉头紧皱,陷入了深思。

很显然这是针对许婕的阴谋。如果许婕真是卧底,怎么可能在这个时候暴露出来?许婕真是卧底,就不会让人知道。已经进入博睿核心层的许婕隐藏得越深,才越有价值。这个消息很显然是有人故意散布的。而这一招,还真是一箭双雕。一方面,可以转移人们的视线,另一方面,又可以让许婕身败名裂,最后就算查清楚了许婕不是卧底,恐怕许婕的心也寒了,很可能离开博睿,不再为博睿效力。博睿由此失去一位能征善战的大将,竞争者则少了一位劲敌。好一副如意算盘!

那么,谁是幕后黑手?有多种可能。赵梦迪的头有点大。先按暂停键吧,得把许婕找来,做点安抚工作。许婕虽然很聪明,但她毕竟还很年轻,心里要承受非常大的压力,需要帮她减减压。

许婕接到赵梦迪的电话后,很快就来到了她的办公室。看着许婕憔悴的脸色,赵梦迪有些心疼,说道:"怎么样?没问题吧?"

"董事长,我能挺住,但问题是树欲静而风不止啊!"

"是呀,现在针对你的阴谋力量还不清楚。这些阴谋不可怕,但要注意自己的人身安全。"

"好的,谢谢董事长。"

"是我应该谢谢你呀。你为博睿做了那么多,现在又蒙受不白之冤。你知道阴谋者为什么针对你吗?因为你是博睿的人才。先是刘总,现在是你,但无论他们是谁,想要博睿自毁长城,办不到!"

许婕抬头看着赵梦迪:"谢谢董事长的信任。难道你就没想过我真是卧底吗?"

"想过这个问题,但任何事情都要冷静分析,才能得出结论。首先假设你是卧底,那么你的动机是什么?你的目的是什么?如果你想毁掉 D 项目,毁掉博睿,你根本不用进入博睿。如果你不进入博睿,现在的博睿根本就不存在 D 项目了。如果没有你,博睿现在已经上了 DJV 项目了,那么博睿的命运可想而知。所以从结果上看,动机和目的都不存在。还有,你在恒琦受尽了歧视、欺辱,被赶尽杀绝,阻断了一切求职路,就是要将你送进博睿?如果这是一出苦肉计的话,你已经是 007 了,我想恒琦还导演不出这样的大片。最重要的是,从你的所作所为看,你的道德品质是高尚的,是值得信赖的。我信任你就像信任我自己。"

许婕十分感动,笑着说道:"董事长,感谢你的信任。我很庆幸能遇到你这样的领导。有你这句话,就够了。你是一个让下属在战场上可以将后背交给你的战友、指挥官。我……"

许婕笑着说着,突然忍不住泪如泉涌,无声地哭了起来。赵梦迪看着坐在自己对面的这个一直都很坚强的小姑娘,在挫折、打击面前没有掉过一滴眼泪。可是刚刚自己一番十分坦诚、信任、暖心的话,却让她的感动、委屈等复杂情绪涌上心头。许婕哽咽地道:"董事长,我到底做错了什么?为什么阴谋和不幸总是阴魂不散地围绕着我?"

看到许婕在流泪,赵梦迪很心疼。许婕还是一个非常年轻的女孩,很多像许婕这样大的女孩,还在父母的呵护下过着无忧无虑的生活。可许婕父亲不在了,母亲疾病缠身,治病需要大量的资金,她还要供弟弟读研。她一个人挑起了全家的重担。在事业上能力凸显,却不断地遭到打击,一般人早就承受不住了。

赵梦迪抽出几张面巾纸递给了许婕。

许婕泪眼婆娑地说道:"董事长,让您见笑了。"

赵梦迪没有安慰她,而是说道:"许婕,哭吧,不丢人。谁说英雄不流泪?英雄也流泪,只不过英雄是擦干了眼泪继续昂首前行。"

许婕冷静了下来说道:"董事长,虽然你信任我,但是公司肯定会有人借题発挥,趁机向你发难。"

赵梦迪一脸坚定地说道:"那就迎战吧,无论是谁向我们挑战、宣战,我们都应战。正好趁机找出阴谋者,揪出内鬼!"

话音刚落,李聪和肖克就联袂而来,接着来的是张强。许婕看到他们三人来了,就主动离开了。

李聪这次一反常态,抢先道:"梦迪啊,有些话不知道该怎么和你说。"

赵梦迪面无表情:"想什么就说什么。"

"博睿集团是李垚和你与李家的人辛辛苦苦打拼出来的,可不能让有的人给坑了啊!"

赵梦迪看了一眼李聪:"直接说重点。"

"害人之心不可有,防人之心不可无啊。"李聪有些躲闪赵梦迪的目光,依然没有直接说出主题。

见状,肖克不耐烦地道:"我来说吧。关于许婕的传闻董事长也听说了吧?不能不重视啊!"

赵梦迪问道:"你们相信许婕是卧底吗?"

"我相信许婕不是内鬼,这应该是一个阴谋。"听到张强这么说,倒是让赵梦迪点点头没有说什么。肖克却急了:"董事长,我们不能冤枉好人,但也不能偏袒坏人。董事们对此可都是意见很大啊! 这件事可是事关公司的生死存亡,一定要一查到底。你可不能有妇人之仁啊!"

赵梦迪颇有深意地看了一眼肖克,但没有说话。

李聪又劝道:"梦迪呀,公司确实应该对此有点举动,好向董事们有个交代,查一查就清楚了。如果许婕不是内鬼,也好还她一个清白。"

张强却反对道:"董事长,网络上技术资料泄密的事一定是有内鬼,排查内鬼是必须的。但说许婕是内鬼,我认为要么是内鬼转移视线,要么是搞鬼的人想一箭双雕。"

"张总,那为什么不说别人呢？无风不起浪呀。我们可以不信,可董事们却要一个结果呀!"肖克继续施压。

张强毫不退让:"董事长,我原来对这个许婕确实有些看法。但这一个时期,她的才能是有目共睹的。思维理念新,有激情,知识面很广,有超强的执行力,善于把不可能变为可能,这是一个不可多得的人才。我们要爱护、保护。千万不能中了圈套,寒了人心。"原来,这一时期许婕在市场部的作为,张强都听说了,还亲自了解了一下。这让张强很吃惊,也同时彻底改变了对许婕的看法,在许婕的身上找到了自己曾经的影子。曾几何时,自己也是一个有理想、充满激情、思维超前、无所畏惧的年轻人,可随着职场经历得越多,自己反而磨平了棱角,变得保守起来。是许婕让自己重新点燃了已经颓废的激情。虽然赵梦迪没让自己参与 D 项目,但是现在他却完全认可了 D 项目。所以,在原来的传统业务上,张强可以说是竭心尽力,没让赵梦迪牵扯太多的精力。这一点赵梦迪也发现了,暗自感慨道:"这个张强还真是一个光明磊落、心胸宽广之人啊!"

然而赵梦迪却说道:"肖董说的有道理,本公司决不允许有老鼠。无论是谁都要查一查,这个许婕确实是重点。肖董,你说应该怎么做?"

"公司没有法外之人。停止许婕的工作,接受调查。博睿集团决不允许存在内鬼。"肖克一脸正义之色。

赵梦迪点头道:"就按肖董的意见办吧! 这件事请肖董负责。"

听到赵梦迪的决定,张强大吃一惊:"赵董事长,这么处理不妥啊。许婕很显然不是内鬼。作为统帅,对战将、爱将必须绝对爱护、保护,不允许让其轻易受到伤害。这次调查许婕,就会让许婕寒心,至少让她声誉受到很大影响,或是心态发生变化,一气之下完全可能离开博睿。这会是博睿不可估量的损失。"

肖克阴阳怪气地说道:"没经过调查,张总怎么就能一口断定许婕不是内鬼呢？还是你对许婕早就了解？有什么关系？"

张强却出人意料地针锋相对："那么，依肖董的意思，就是有罪推定喽，还是不管树上有枣没枣打一棒子再说。许婕受不受伤和你都没关系是吧？我怎么突然发现肖董在针对人才的问题上怎么这么积极呢？先是刘总，现在是许婕。你真的是为公司好吗？"

肖克怒道："张强，你什么意思？即使你是总经理，你也只是个打工的，你没有做决定的权力。"

眼看着争辩愈演愈烈，赵梦迪及时制止道："好了，这个问题不要再争论了。当然调查范围也不能仅限于许婕一个人。我们要扩大范围彻查！"

肖克却又很有大局观地道："董事长，我认为也没有必要扩大范围彻查，把大家都搞得紧张兮兮的，在公司引起动荡就不好了。"

赵梦迪满脸冷漠地道："那肖董就去做吧，最迟半个月要有结果。"

离开赵梦迪的办公室，李聪对肖克说道："没想到赵梦迪真的听了我们的意见。"

肖克一脸得意："赵梦迪不得不这么做。许婕是她一手弄进公司，又破格提拔的。出了这档子事，赵梦迪为了自保，也一定会把许婕丢出来。"

"这个许婕被停止工作了。这还不够，如何才能让许婕彻底身败名裂，进而倒下或离开博睿，使赵梦迪失去一大助力？"恒琦集团市场部总监钱浩在与丁雪梅偷欢后躺在床上问丁雪梅。

"有图有真相，她就死定了。"一向在工作中很笨的丁雪梅对此却很有办法，随口说道。

钱浩突然眼睛一亮。是呀，在互联网时代，有图有真相很容易，就可以进一步坐实许婕是卧底的"事实"。加上沸沸扬扬的舆论，许婕百口莫辩，就是跳进黄河也洗不清了。想到这里，钱浩突然哈哈大笑起来，上去又亲了丁雪梅一口。

许婕陷入了阴谋的中心,面临着艰难的处境。

第二天上午,许婕被叫到公司人力资源部门。一个工作人员告知她:"由于你涉嫌公司技术资料被窃事件,公司决定暂停你的工作,接受公司调查。请你交出公司门禁卡。"

许婕突然之间又失去了工作,竟然还是莫须有的罪名。许婕苦笑了一下,交出门禁卡走出了办公大楼。

那个人力资源的工作人员拍了拍胸口,一颗紧张的心这才放下。她还以为许婕肯定会据理力争,或大发脾气。短短的时间,许婕已经在公司树立了天不怕地不怕的形象,连公司强人王淼在董事会上都被许婕贬斥,一个小职员还不被她臭骂一顿。

许婕站在博睿大厦门前的广场上,举头四望,天空一片晴朗。可在朗朗乾坤下,有的人竟在构织着阴谋,进行着龌龊的勾当。不过这一切,都击不垮、打不倒许婕。阴谋要一个一个戳穿,龌龊要一个一个扫荡。

许婕挺直了脊背大步向前走去,快要走出广场时,手机响了起来。

"喂,是许婕吧?"

"我是,你是哪位?"

"许婕,你好,我是钱浩呀!好久不见,你都好吧?"

钱浩!这个恶棍!听到钱浩的名字和声音,许婕的心里腾的一下就蹿起一股怒火。

许婕忍住愤怒,尽量保持语调平稳:"拜你所赐,我很好!"许婕说完就挂断了电话。

钱浩早已料到是这个情况,接着继续拨打许婕的电话。本来许婕对网络上泄露传播技术资料的这件事是什么人做的还有些吃不准,可钱浩的电话让许婕想到了:这肯定就是钱浩干的。她倒要看看这个钱浩还要干什么,就接听了电话。

"许婕,你先不要挂我电话,有个信息我想你会很感兴趣。"

"什么信息?"许婕表现出急切的语气。

"如果我说我知道谁是你们公司的内鬼,你信不信?"

"我信你个鬼! 钱浩,你到底要干什么?"许婕怒吼道。

"没什么,听说你被停职了,如果你能找出谁是内鬼,就可洗清你的嫌疑,我想帮帮你。"

自己刚刚被停职,钱浩就知道了? 博睿的内鬼级别显然很高啊,可能还不止一个。

想到此许婕仍然不露声色:"你有那么好心?"

"许婕,我就是对过去对你的关心不够表示愧疚,想做点什么,对你有所补偿。"

许婕决不相信钱浩有这么好心,这里绝对有阴谋、陷阱。

对方既然已经露出獠牙,自己就要应战,也可以趁此机会,看看他们还想做什么。许婕知道,即使不应战,针对自己的阴谋也不会停止。想到这里,许婕说道:"说吧,你要做什么?"

"明天上午 10 点半我们在邂逅咖啡厅见。"钱浩说道。

"好吧。希望你不要再出什么幺蛾子。"

钱浩一副阴谋得逞的神色:"明天见。"

钱浩见许婕上钩,眼中的阴毒之色一闪而过,接着就出现得意嘲讽的笑容,自言自语地说道:"许婕,不要怪我,要怪就怪你多次挡了我的晋升之路。"

许婕此刻已经肯定了网络事件的推手就是钱浩了,但是苦于没有证据。

听说许婕被停职,金岩、徐忠等人纷纷给许婕打电话,可许婕就是不接,这可急坏了金岩。他跑到许婕家,摁门铃、敲门,都没反应。

她能去哪儿呢?

也可能心情不好去公园了? 金岩疯了似的找遍了全市的几个大公园,都不见许婕的身影。

许婕,你可千万不要想不开啊!

就在金岩再次来到许婕家的楼下时,许婕站在窗前看着那个帅气的身影,看了一眼手机微信:"许婕,我相信你,这就是个阴谋,无论多难,我都会和你一起抗过去,千万不要做傻事,求你了!"

看着这温暖的关怀,许婕的心也是暖暖的。许多人在这时候会躲得远远的,就连一些在平时和自己走得很近的人,有事没事总想搭话的人,在这时也沉默了,连一个微信、电话都没有。世态炎凉、人情冷暖在这个时候体现得淋漓尽致。

滴,金岩的微信提示音响了。金岩急不可待地打开微信,看到是许婕的,长出了一口气:"谢天谢地,你终于回信了。"

微信上只有几个字:"我需要你的帮助。你在我家楼下等我。"

第二天上午10点30分,许婕如约来到邂逅咖啡厅。

坐在一个很醒目的卡座上的钱浩,看到许婕来了,站起来伸出手,想要和许婕握手,许婕却是当作没看见,将手机很随意地放到了桌子上,然后又将包也放到了桌子上。钱浩很尴尬地把手缩了回来,在心里恨恨地说道:"装什么装,让你装,很快,就会让你哭!"但脸上却是一副很热情的样子:"来了,快坐吧,喝什么咖啡?"

许婕转头道:"服务员,给我来一杯拿铁。"

"我也要一杯拿铁。"钱浩道。

许婕冷着脸道:"说吧,找我干什么?"

钱浩却是一脸真诚地道:"别急,我们边喝边聊。我今天就是来帮你的。"

许婕静静地看着钱浩,心里在暗暗想着,这世界上怎么会有这么阴险的人?自己第一次职场的大好机会,就是让这个人给毁了,还赶尽杀绝,阻断了自己所有的求职之路。自己自问从来没有得罪过他。

钱浩看到许婕直勾勾地看着自己,深邃如水的双眼中看不出任何波澜,有的只是纯洁、干净、单纯、无辜。一刹那,钱浩感觉自己是不是太残忍了?钱浩认真端详了一下许婕,突然眼前一亮,心跳有点加速。长时间未见,坐在对面的许婕已经一改刚入职时的青涩,长成了冷傲、成熟、圣洁得不食人间烟火的绝色美女。一时间,钱浩有些走神。

看到钱浩失态的丑恶嘴脸,许婕心里的厌恶感更强了,端起咖啡杯在桌子上重重地顿了一下,这才将神游方外的钱浩拉回到现实中。

钱浩吓了一跳,自己经常安排人对别人使用美人计,今天这是怎么了?差一点就掉入许婕的美人计的陷阱了。

为了掩饰失态,钱浩端起咖啡说道:"来,喝咖啡。我们边喝边聊。"说完就端起咖啡喝了一大口。噗!太烫了。他一口喷了出来,吐了一桌子。

这下咖啡没法喝了。许婕放下咖啡,皱起了眉头。

"对不起,对不起!"钱浩赶紧拿餐巾要擦。

"你坐下说话吧。"许婕厌恶的表情毫不掩饰地挂在了脸上。

钱浩没想到今天会搞得这么狼狈,于是习惯性地让忌恨的情绪充满了狭隘的心胸,怎么一遇到这个小女子自己就出糗。自己以往的一切不顺都是眼前这个小女子造成的。可恨!

钱浩迅速调整了一下情绪说道:"许婕,以前的事是我不对,请你不要恨我。"

"我不恨你。"

"你不恨我?"

"我还没那么傻!"

"好了,我们不说别的了。现在我代表王晓琦董事长来请你回恒琦集团工作。"

许婕撇了撇嘴:"你们现在请我回恒琦?不感到可笑吗?"

钱浩居高临下,一副施舍的表情:"许婕,不要为以前的事耿耿于怀,要往前看。你继续在博睿不会有发展了,甚至可能已经无法在博睿待下去了。现在我们给你机会,请你不要错过。"

许婕横眉冷对:"钱浩,我即使在博睿无法待下去,也不会回恒琦,你就死了这条心吧!"

钱浩无奈地道:"好吧。既然你不想回恒琦,那我代表恒琦,对以前给你造成的伤害表示歉意,这是对你的一点补偿。"钱浩说着就从包里拿出一个信封,放到了桌子上。信封厚厚的,一看里面装的就是钱。钱浩知道许婕不能要这笔钱,但要不要不重要,重要的是许婕肯定会推回这个信封。许婕的手只要碰到这个信封就足够了。

许婕没有动,也没有伸手。钱浩早已料到这种情况,就将信封又往许婕那边推了推:"收下吧,许婕,恒琦欠你的,你就应该收下。"

许婕看着钱浩,说道:"这个先不忙着说。你今天来,不是要告诉我谁是博睿的内鬼吗? 你告诉我,就是对我最大的补偿。"

"内鬼是谁,你马上就会知道的。你先把这钱收起来,让人看到不好。"说着,钱浩就将信封又往许婕的身前推了推。

现在信封就在许婕的面前了。许婕下意识地就往钱浩这边推信封,手自然就放到信封上了。

这时,隐藏在暗处一直在等机会的人,用手机快速拍下了这一幕。

钱浩似是无意地看了一下邻桌,看到一个人点了一下头,就说道:"许婕,你现在要不要已经不重要了。如果你不答应回恒琦,很快你就会身败名裂!希望你考虑清楚。"说完,钱浩就将信封拿起放回了包里,脸上浮现出一副阴谋得逞的表情。这时,没有人注意到二楼还有一个人,从最佳角度将这整个过程都拍摄了下来。

许婕追问道:"博睿的内鬼到底是谁? 网上那件事也是你干的吧? 你们这

一招够狠的呀!"

钱浩一副毫不在乎的表情:"正常竞争而已,不存在狠不狠的问题。谁让博睿总是压我们恒琦一头,这是你们自找的。"

许婕斥责道:"企业竞争要凭实力,凭产品的质量、品质、性价比等,还有顾客的口碑、信誉度,而不是恶意诋毁对方的产品。你不感觉这太卑鄙了吗?"

"许婕,你太幼稚了。这个世界存在着丛林法则,竞争本身就是残酷的。什么是卑鄙? 不择手段? 打败对手,胜者为王。这你都不懂,拿什么和我斗!"钱浩一副胜券在握的神情。

许婕道:"我从来就没想和你斗,我只是凭自己的努力、实力去工作,去争取自己应该得到的。"

钱浩撇了撇嘴:"说得好听而已,当你得势时还不是要将竞争对手取而代之。"

许婕转换话题:"钱浩,今天我要是不答应你回恒琦,我们见面的事是不是明天就会出现在网上?"

钱浩恶狠狠地道:"这是你自找的,敬酒不吃吃罚酒。你现在答应也已经晚了,我刚才给过你机会了。"

许婕气愤地道:"有什么卑鄙手段都使出来吧,我等着你! 再也不见!"许婕拿起手机看了一眼,收起放进桌子上的包中,扔下 100 元钱,转身走出了咖啡厅。

许婕知道,接下来就会是针对自己的阴谋进一步爆发的时刻,舆论可能一面倒地对自己谴责、谩骂。那就来吧! 许婕想到了高尔基的《海燕》里的一句话:"让暴风雨来得更猛烈些吧!"

果然,第二天许婕和一个脸上打了马赛克的男人在咖啡厅会面,并且明显是接受了对方一个很厚的信封的照片在网络上疯转,并配有一段文字:"博睿集团市场部女总监和陌生男会面,收受贿赂。"

网络再次展示出其暴风雨般的威力! 许婕陷入了空前的危机。

53

绝地反击

钱浩坐在办公室里看着有图有真相的信息,脸上带着狞笑,说道:"许婕这下死定了,不仅会被博睿集团开除,职场也再无她容身之地,就连送外卖都不会用她了。"

"她肯定得被开除。不过,钱总,你现在这样整她有什么用啊?"丁雪梅不解地道。

钱浩得意地道:"这你就不懂了。她是博睿年轻一代的领军人才,又是赵梦迪的左膀右臂。有她,博睿的 D 项目对恒琦始终是个威胁,更重要的是要把博睿集团内部盗取技术资料的水搅得更浑,而赵梦迪失去一臂,竞争力会大大削弱。"

丁雪梅不太理解:"你对恒琦的 D 项目还真是用心呢!"

钱浩瞪了丁雪梅一眼:"那还不是拜你所赐!上次 D 项目开工剪彩仪式出了纰漏,让董事长出了丑。董事长没有开除我和你,我必须得做点大事,让董事长重新信任我,这样我就还有机会。"

丁雪梅嘲讽道:"你还想着当副总裁呢!"

"拿破仑说过,'不想当将军的士兵不是好士兵'。一个区区副总不是我的目的。"钱浩舍我其谁的万丈雄心写在了脸上。

丁雪梅露出了崇拜的目光:"那我们今天庆祝一下呗?"

"去蓝天大酒店吧,你先定一个包间。我去和董事长汇报一下,回来咱们就走。"

丁零,丁雪梅的手机出现提示音:"雪梅,你今天晚上有时间吗?好久没见了,今晚我们吃个饭吧。"看到是韩柏的信息,浓浓的厌烦神情浮现在丁雪梅的脸上,她自言自语道:"就你这要才华没才华,要家庭背景没家庭背景,穷得钱包比脸都干净的癞蛤蟆还想吃天鹅肉,想多了吧。"

趁着钱浩没回来,丁雪梅给韩柏回了信息:"没有时间。"想了想有点太简单、太冷淡。毕竟他帮助偷过博睿的技术资料,过早逼着他翻脸也不好,就又发了一条:"亲爱的,我今天加班,改天吧!"

韩柏看到这两条信息,心里的火噌的一下就蹿上来了:"好你个丁雪梅,原来一直都是在利用我啊。说好的帮我调进恒琦集团,利用完我,可却没音了,就连见一面都难。亏我为了你冒着身家性命都可能搭进去的风险,现在可倒好,想卸磨杀驴呀,没那么容易。你们现在又要陷害许婕,你们太可恶了。"韩柏越想越气,越气越想。他噌的一下从座位上站了起来,拿上手包,出门打车就去了恒琦集团。他要看看丁雪梅是不是真的在加班。他要问问丁雪梅,什么时候能把自己调入恒琦工作。到了恒琦大厦,他连连给丁雪梅打了几个电话,都不接听,后来再打,竟然关机了。韩柏胸中的怒火熊熊燃烧起来。看看快到下班时间了,韩柏决定就在门口等,等丁雪梅出来,讨要一个说法。

眼看下班的人流都走没了,丁雪梅还没出来。"难道真是加班?"韩柏心中暗想,再等等。

不一会儿,就见丁雪梅和钱浩一起出了大厦,上了钱浩的车。韩柏马上告诉出租车司机:"师傅,请跟上那辆车。"

跟着钱浩的车,来到了蓝天大酒店。韩柏看到丁雪梅挽着钱浩的胳膊,十分亲昵地走进了酒店。此刻韩柏的心像玻璃一样哗啦一声彻底碎了。那个男人就是丁雪梅跟自己说的那个要自己偷取博睿技术资料,帮自己调进恒琦的人,原来后面的罪魁祸首就是他。他就是和许婕在一起喝咖啡的人,也就是说陷害许婕的人也是他。这个十恶不赦的坏人,现在又把丁雪梅给夺走了。想到这里,韩柏是怒从心头起,恶向胆边生,准备冲进酒店狠狠地揍一顿这对奸夫淫妇。这时,从另一辆车里迅速冲下一个男人,飞快地跑到韩柏身后,死死地拽住了韩柏。韩柏转头一看,见是金岩,就吼道:“金岩,你干吗拽我?”

　　“你先跟我来。”金岩示意韩柏别冲动。

　　两个人坐进金岩的车里。金岩问道:“你要冲进去干什么?”

　　“我要揍他们一顿。”

　　“你凭什么打人家?”

　　韩柏气急败坏:“凭什么? 凭丁雪梅是我女朋友”

　　“你没看出丁雪梅是个拜金女吗? 她怎么能嫁给你呢?”

　　“这个臭女人,利用完我就想一脚踢开我,没门!”

　　金岩一惊:“利用你? 她怎么利用你了?”这时一个可怕的念头在金岩脑中一闪而过:“难道博睿技术资料被窃和韩柏有关? 自己和许婕曾经分析过,背后可能是恒琦的钱浩。本来自己是跟踪钱浩而来,没想到却意外地发现了韩柏竟然是内鬼。很显然是丁雪梅利用了韩柏。”金岩的心中一阵心痛,韩柏这下完了!

　　“金岩,你别拽我。我一定不能让他们这么快活。”

　　金岩吼道:“你别犯傻了! 你这样能解决什么问题? 你是想让全世界都知道你的女朋友劈腿?”

　　这时韩柏突然间情绪失控地大吼起来:“老天,你对我太不公平了!”

　　“韩柏,你先稳稳。有什么事以后再说。”金岩按着韩柏,怕他冲进去。

"以后,我已经没有以后了。你放开我,我不进去了。"说着,韩柏上了出租车绝尘而去。看着远去的韩柏,金岩痛心地说道:"韩柏,你怎么这么糊涂啊!"金岩心情沉重回到了家里,躺在床上怎么也睡不着了。

同样睡不着的还有韩柏。此刻的韩柏几乎绝望了。

博睿集团总裁办公室,张强看到许婕与陌生男子见面的照片紧张起来,自语道:"许婕,你这是被算计了吗?有图有真相,还真不好解释了。"

肖克和李聪再次来到赵梦迪做办公室。

肖克说道:"董事长看到网上关于许婕的照片了吧?"

赵梦迪面无表情:"看到了。"

怎么回事?怎么和预料的情况不一样?肖克和李聪都预料赵梦迪会沮丧、懊悔、愤怒,还有自责,可是赵梦迪却很淡定地说道:"这能说明什么?"

肖克用质问的语气道:"梦迪啊,你还是太容易被骗了。这下已经实锤了,有图有真相啊!这个许婕就是内鬼,这下你可不好向股东交代了。"

赵梦迪没有搭腔,而是看向刚刚进来的张强:"张总怎么看?"

张强十分肯定地道:"董事长,千万要冷静处理。这里面肯定有阴谋。原来我还不好下决心,现在看就是有人要扳倒、除掉许婕。这更加说明许婕不是内鬼。"

肖克急道:"这还不是内鬼?证据明明摆在那里啊!"

张强看着肖克:"最简单的道理,如果许婕是内鬼,对方应该是千方百计保护才对,怎么会在网上曝光?"

肖克张了张嘴,却无言以对。

赵梦迪十分淡定地道:"张总说得对。有时,我们的眼睛看到的并不一定就是真相,再等等看吧。"

赵梦迪相信许婕一定会有后手进行绝地反击。

许婕与"马赛克男"会面的照片越传越广。是时候反击了!许婕给金岩发了一条微信："可以了。"很快，一张以"真相"为标题并配有短视频和照片的文章在网络上迅速发酵。这次不仅有照片、短视频，还有录音。录音中是一男一女的对话，女人是刚刚网络风暴中的女主角，经过人肉搜索，大家已经知道她是博睿集团市场部的总监许婕。男人很显然是"马赛克男"。只不过这回照片和短视频中，"马赛克男"的脸上没有了马赛克，让人看清了他的真容。他说的话和他最后拿回信封放在包里的画面十分清晰。许多人回放了他和许婕的对话："许婕，你现在要不要已经不重要了。如果你不答应回恒琦，很快你就会身败名裂！希望你考虑清楚。"

许婕的声音："博睿的内鬼到底是谁？网上那件事也是你干的吧？你们这一招够狠的呀！"

钱浩的声音："正常竞争而已，不存在狠不狠的问题。谁让博睿总是压我们恒琦一头，这是你们自找的。"

许婕的声音："企业竞争要凭实力，凭产品的质量、性价比等，还有顾客的口碑、信誉度，而不是恶意诋毁对方的产品。你不感觉太卑鄙了吗？"

钱浩的声音："许婕，你太幼稚了。这个世界存在着丛林法则，竞争本身就是残酷的。什么是卑鄙？不择手段？打败对手，胜者为王。这你都不懂，拿什么和我斗！"

许婕的声音："我从来就没想和你斗。我只是凭自己的努力、实力去工作，去争取自己应该得到的。"

钱浩不屑道："说得好听而已，当你得势时还不是要将竞争对手取而代之。"

许婕："钱浩，今天我要是不答应回恒琦，我们见面的事是不是明天就出现在网上？"

钱浩恶狠狠地道："这是你自找的，敬酒不吃吃罚酒。你现在答应也已经晚了，我刚才给过你机会了。"

许婕气愤地道:"有什么卑鄙手段都使出来吧,我等着你! 再也不见!"

这段对话使人们大吃一惊。很多人惊愕得无以复加。原来认为千真万确的真相,居然来了一个大反转。"马赛克男"竟然是阴谋陷害者,而博睿集团市场部总监许婕原来是被人诬陷的受害者。很快这条短视频又以更快的速度在网上疯传起来。人们经过人肉搜索得知,"马赛克男"是恒琦集团市场部总监钱浩。一时间网上对钱浩的怒骂、谴责声铺天盖地。

与此同时,博睿集团市场部的员工也被震惊得"外焦里嫩",纷纷谴责钱浩这个阴谋者的同时,也深深地感到愧对许婕。绝大部分人对许婕的绝地反击发自内心地点赞:

"许婕这也太厉害了! 这都能绝地反击,反败为胜。"

"不管你们服不服,我是服了。真没想到这都赶上 007 大片了,竟然发生在我们身边。"

"这相当于把钱浩的伪装都扒掉了,这个钱浩等于是在广场裸奔了。"

哈哈哈! 市场部的同事们一阵欢快的大笑。

赵梦迪亲自主持召开了董事会,研究解除对许婕的停职审查,恢复许婕的工作。"大家都已经知道'许婕卧底事件'的真相了吧,很显然,许婕是被陷害的,鉴于此,董事会决定即日起,解除对许婕的审查,恢复许婕的工作。各位有什么意见吗?"

几位资深董事感慨地说道:

"正义必将战胜邪恶。"

"人间正道是沧桑。"

"没什么说的。我们已经冤枉了许婕。必须马上恢复许婕的工作。"

这时,一个很不和谐的声音出现了:"我反对! 虽然从视频中看到了许婕被对方陷害的画面,但大家有没有想过这也有可能是许婕和恒琦公司自编自演的苦肉计呢? 毕竟我们公司的内鬼还没有查出来。所以,我认为先暂缓恢复许婕的工作,等到查出真正的内鬼后,再让许婕回到岗位工作更稳妥。这也是对公司负责。"

听到肖克的这番话,与会的人面面相觑,眼中都露出了一副不可思议的神色。这时,一位董事似乎忍无可忍,忽地站了起来,怒声道:"肖董,事实已经明摆在那儿了,许婕是被陷害的。恒琦公司为什么要陷害她? 因为她是我们博睿公司团队的中坚力量,许婕更是 D 项目的功臣。我们如果还要怀疑她,那就是自毁长城。"另一位董事接着道:"我们不能做出让亲者痛、仇者快的事。"又一位董事接着说:"对手没有达到的目的,我们却有人要帮着他们实现。这让我们不得不怀疑,到底谁才是卧底?"

听着人们的口诛笔伐,肖克的一张老脸似乎被按在地上狠狠地摩擦了几个来回,这在以往是绝对没有过的。肖克的脸色阴沉得能拧出水来。

董事会后,许婕立即回到了市场部工作,受到了热烈的欢迎。这让许婕心中十分感动,又五味杂陈,再也控制不住自己感情的闸门,情不自禁地泪流满面。市场部的一众女生竟然也都跟着哭了起来……

恒琦集团王晓琦办公室内,孟宇皱着眉头,说道:"晓琦,你看到这两天网络上疯传的照片和视频了吧?"

王晓琦怒气冲天:"这个该死的钱浩,愚蠢透顶! 他怎么能这么干?"

孟宇直言道:"这个钱浩不仅无能还无德,妒贤嫉能。那个许婕就是他设计挤走的。你知道许婕是谁推荐进恒琦的吗?"

王晓琦突然想起了什么:"我怎么知道! 哦,对了,不是当初说是你开后门让她进来的吗?"

孟宇摇头苦笑道:"是你父亲,老董事长。"

王晓琦大吃一惊:"什么? 你为什么当时不说?"

孟宇无奈地道:"我几次要和你说,可一提到许婕,你就歇斯底里,根本不让我说呀!"

王晓琦有些羞赧地道:"我以为她是你的什么……"

孟宇哭笑不得地说道:"你怎么会有这种莫名其妙的想法。"

王晓琦叹了口气,转移话题:"还是说钱浩吧。我怎么也没想到他是这样一个人。"

"晓琦,我问你,这件事,事前你不知情吧?"

王晓琦气道:"孟宇,你把我看成什么人了?我是想要超过赵梦迪,打败博睿。企业间可以竞争,但要凭实力竞争,绝不能采取非正当,甚至卑鄙的手段。"

孟宇松了口气:"你能这么认为就好。现在钱浩的事对我们恒琦的影响非常大。"

"开除,公开开除!恒琦绝不能容忍这样的人。要在网上发布信息,你安排人力资源部去做吧。"王晓琦气愤难平。

钱浩怎么也没想到会是这样的结局。自己千方百计要在D项目上压住博睿,偷窃博睿技术资料,在网上故意放大博睿D项目的瑕疵,给博睿集团的融资造成负面影响,从而狙击博睿的融资;诬陷许婕,让许婕离开博睿,对博睿D项目釜底抽薪。万万没想到,这个许婕竟然棋高一招,给自己来了这么一手,这下子自己可是身败名裂了。更没想到的是王晓琦这个女人竟然更狠,这么快就与自己切割。唉!自己怎么就这样败了呢?可无论有多么不甘,此刻的钱浩也无力回天了。

当钱浩捧着自己的私人物品黯然离开恒琦大厦时,竟然没有一个人出来送他。市场部的几个人站在窗前看着他的背影,有许多感慨:

"真是机关算尽,反误了卿卿性命。做人要正派、善良。"

"这可真是搬起石头,将自己的脚砸得血肉模糊。"

"天道有轮回,苍天饶过谁。不是不报,时候未到。"

刘文感慨道:"一个人的能力决定他能走多快,但品德决定了他能走多远。"

赵梦迪的办公室。赵梦迪问刘东辉："技术资料泄露的事查得怎样了?"

刘东辉："这部分技术资料只有 3 个人接触过,目前已经锁定一人。据他说,他曾经将保密电脑拿回家去过。而且他还说那天他被市场部一个叫韩柏的员工叫去喝酒,喝多了,是韩柏将他送回家的,但这件事是不是那个韩柏干的,现在还没有证据。"

金岩来到许婕的办公室关上门。看到金岩神神秘秘、欲言又止的样子,许婕问道:"干吗鬼鬼祟祟的?"

金岩的脸上写满了沉重:"许婕,有个非常重要的情况和你说。"

许婕:"什么情况?"

"韩柏是内鬼。"

许婕大吃一惊:"什么? 韩柏是内鬼?"

接着,金岩就将那天见到韩柏的情况告诉了许婕。

许婕张大了嘴巴:"天啊,怎么会这样!"

现在一切都明白了,是韩柏偷了 D 项目技术资料,交给了丁雪梅,丁雪梅又将其交给了钱浩,钱浩将其发到了网上。

许婕立即向赵梦迪做了汇报。将刘东辉说的和许婕说的,联系到一起,已经证明内鬼就是韩柏。赵梦迪让张平找韩柏谈话,韩柏交代了自己的问题。事情到此就水落石出了,下一步就是如何处理的问题了。

金岩和许婕都在为韩柏今后的命运揪着一颗心。

54

罢免董事长的阴谋

　　许婕是卧底的事,出人意料地以惊天大逆转的结局结束了。这件事既彰显出许婕非凡的智慧,更说明钱浩多行不义必自毙。这再次证明了"人间正道是沧桑"。而钱浩虽然被开除了,可他对恒琦集团企业形象的负面影响却一时半会儿消除不了。反之,博睿集团的企业形象却更加耀眼起来。

　　好消息接连不断,D项目的研发又取得了进一步的突破。就在D项目一期即将见到曙光的时候,那只神秘的黑手再次伸进了博睿集团。

　　一个更大的阴谋悄然袭来。

　　早上一上班,肖克就接到了一个神秘电话:"您好,是肖董吧?"

　　肖克看着陌生的电话号码有些迟疑:"我是。您是哪一位?"

　　神秘人:"这么快就忘了我?肖董可真是贵人多忘事呀!"

　　肖克心里一惊!这个魔鬼怎么阴魂不散啊?可是他却不敢得罪,马上赔着笑:"您好,您好。有什么事吗?"

　　神秘人:"肖董,你上次的事办得可不怎么样啊!我们老板很生气。"

　　肖克小心翼翼地说:"对不起。上次的事,我已经尽力了,可实在是无能为力。"

神秘人:"哼!如果不是知道你出了手,但没有斗过赵梦迪,你想你还会稳坐董事的位置吗?不过现在,有一个新的机会可以让你坐上博睿集团董事长的位置,感兴趣的话,一个小时后,我们邂逅咖啡厅见。"

肖克恶狠狠道:"你确定见我?"

神秘人:"呵呵,你以为你是谁。我们捏死你,就如踩死一只蚂蚁。我劝你不要耍小聪明。这次如果你不来,你就会错过你这辈子唯一的一次机会。"

博睿集团董事长?这个位置肖克不是没想过,但是连自己都认为那是痴心妄想。不过此时,这个巨大的诱惑却摆在了自己面前。肖克心动了。

邂逅咖啡厅。肖克进门以后,扫视了一圈,发现一个卡台那儿坐着一个穿着一身高档休闲装、很有气质的中年男人,就直接走到了他面前说道:"你好,我是博睿集团的肖克。"

"请坐吧,肖董。我是 CK 投资公司的总经理葛新。我们老板对你很失望,连一个技术副总都撤换不了,可见你的能力很一般啊!"

轰的一声,肖克的脑海中如惊雷炸响。原来面前真的就是威胁自己的家伙。此刻,肖克杀了对方的心都有,脸上的神色变幻不定。

"肖董是不是现在就想杀了我?可是那没用。我也只是打工的,你那点事不是我给你下的套。"

"是谁?"肖克怒问道。

"是谁不重要,现在重要的是我们不是让你下台,而是帮你上位。我们能让你坐上董事长的位置。"

肖克冷静了下来,强压怒火:"你们到底要干什么?"

"我们公司准备投资博睿集团,帮助博睿渡过难关。"

肖克一副疑惑的表情:"你们帮助博睿集团渡过难关?"

"是的。因为下一步,博睿集团就是我们公司控股了,也就是我们的公司了。"

"那和我有什么关系?"

"我们公司愿意和你个人合作,不知你是否愿意?"

肖克心中一动:"怎么合作?"

"你先私底下收购一些大股东的股份,使你成为博睿的第二大股东。我们公司也会收购赵梦迪的股份,我们加起来的股份到时就会超过赵梦迪,从而控股。即使你不能绝对控股,我们公司的股份委托你来管理,再拉住几个大股东,你就可以成为博睿的董事长了。"

见肖克脸上写满了为难、尴尬。葛总道:"资金的问题你不用管,我们出。"

肖克的心跳明显加速,幸福真是来得太突然了!

肖克与对方见面以后就开始了紧锣密鼓的活动。

李聪的办公室。肖克在游说李聪:"李董,博睿的风险实在有点大。现在有一个机会,可以降低大家的风险,减少损失,不知你感不感兴趣?"

李聪一脸迷糊:"什么机会?"

肖克道:"减持一部分股份,变现。钱握在自己手里,心里才有底。"

李聪摇头道:"可是,现在这种时候,谁收购我们的股份啊!"

"我有一个朋友是搞投资的,他可以收购咱们一部分股份。"肖克的话让李聪看到了希望:"真的?"

肖克神秘地道:"是真的,他还委托我代为管理。你可以考虑一下,但不要和别人说。"

李聪坚定地道:"不用考虑了,我把我的股份转出70%。"

肖克心中暗喜:"那行,抽时间我们就办一下手续吧。"

肖克心里乐开了花,没想到第一步竟然这么顺利。李聪的缺口打开了,剩下的几个大股东就更容易了。

肖克与大股东张雷谈话:"张董,为了规避风险,李聪副董事长已经在悄悄减持了,现在有一个机会,你做不做?"

李聪减持的消息太有杀伤力了,听到李聪减持的消息,张雷也毫不犹豫地做出了减持的决定。

肖克用同样的办法又收购了几个股东的大部分股份。

李聪等几个股东对博睿的未来存在担忧,在悄悄地卖出股份。岂不知这给博睿集团,给赵梦迪带来了巨大的危机。

由于收购了李聪等几个大股东的大部分股份,肖克已成为博睿集团的第二大股东。更为危险的是,没有人知道肖克背后那只黑手也开始了更大的动作。

博睿集团小会议室里,D项目团队面前是一片愁云惨雾。D项目资金仍然十分紧张,甚至有断炊的危险。融资路仍然没有打通。张平问财务总监:"胡颖,你这财务总监就没有别的办法融资了吗?"

胡颖愁眉不展:"虽然许婕前几天利用网络揭露了恒琦公司抹黑我们的事,可技术资料泄露事件的负面影响仍然没有完全消除。我们融资团队已经接触了上百家投资融资机构,都没有结果,我们还在努力。"

赵梦迪果断地道:"融资工作要继续下功夫,但是眼下就急需一笔很大的资金。先把我的股份卖出一部分,解决现金流的问题。"

胡颖急道:"董事长,那太危险了。如果有人恶意收购,借机搞事怎么办?"

赵梦迪毫不犹豫地道:"不怕,你帮我控制到一个底线就停止。"

胡颖看着赵梦迪,心里一阵感动,泪水在眼中打转。为了D项目,为了企业,董事长是真的豁出去了,把自己的身家性命都押上了。房子卖了,股票也要卖出大部分。股票在低价位卖出,将来D项目成功了,股价反弹升高,董事长个人会有很大的损失,这个损失可不是一星半点,而是非常大。更为要命的是,卖掉一部分股份,赵梦迪存在着失去控股地位的风险。如果被阴谋者趁机控股夺取董事长的位置,那一切就都完了。想到这里,胡颖认为还是要提醒并阻止董事长卖掉自己的股份："董事长，我认为你还是要慎重考虑卖股份的事，因为风险实在太大。我们再想别的办法融资吧。"

赵梦迪坚决地道："就这么办！不用再考虑了。"

张平看到赵梦迪为了解决企业的困难，根本不考虑个人的利益，义无反顾地卖掉自己的股份，心里也是一阵感慨。这个创业之初就进入博睿的老臣也被深深地震撼了。他发现在赵梦迪的身上体现出了一个企业家的使命感，体现了企业家精神。在感动的同时，胡颖和张平等人在内心深处更是深深地敬佩赵梦迪，这是一个十分坚强的女人。丈夫失踪打击的余波还在，泪痕犹存，她就已经收起悲伤，擦干眼泪，挺起脊梁，为了 D 项目，为了企业，勇往直前。这是一个胸怀乾坤、大气磅礴的女企业家；这是一个不畏艰险、砥砺前行的女强人；这是一个铁面无私、勇于用霹雳手段清除害群之马的铁娘子！此刻，赵梦迪的形象在张平、胡颖等一干人的心中更加高大起来。

忠于职守的财务总监胡颖立即将赵梦迪的股票放了出去，同时安排人与自己一起时刻盯着股票的动向。几天后，一个诡异的现象让胡颖大吃一惊。原来一直无人问津的博睿集团的股票，这几天却连续出现神秘的异动。胡颖急匆匆跑去向赵梦迪报告："董事长，当下正有三家神秘人在买进我们的股票，一开始是小股吃进，最近几天是大量吞进，这很不正常。"

赵梦迪皱眉道："哦，这是要干什么？"

胡颖担忧地道："董事长，我怀疑这是有人要搞事。要不，您的股票先暂停卖出吧。"

赵梦迪也有些无奈："可是，不卖股票我们眼下筹集不到那么多现金啊，再卖一部分，你密切关注动态。"

紧接着是许婕和金岩来报告："董事长，这段时间肖克在频繁和几个董事大股东接触，不知在做什么。"

赵梦迪眉头皱得更紧了："这个肖克原来就一直在阻止 D 项目，现在又要出什么幺蛾子?"

张平怀疑道:"他们肯定是在搞什么阴谋。"

赵梦迪冷静下来点头道:"我明白了。"

张平走后,赵梦迪陷入了沉思。看来这个肖克还真是野心很大,图谋不小啊!不过凭他们吃进去的那些股份还控不了股。自己的股份卖出一部分后,由原来的绝对控股变成了大股东,已经没有绝对控股权了。但是肖克也是大股东,也没有控股权。董事长位置的争夺,关键是要得到一些大股东的支持。肖克频频和大股东们接触,看来就是在做这些股东的工作,希望得到他们的支持。如果他再得到一部分股东的支持,就能控制董事会了。然后,他们就会要求召开董事会,提出改选董事长。看来自己也必须要在董事会召开前有所行动了。

董事长争夺战进入白热化,也直接摆到明面上来了。

副董事长李聪的办公室内。肖克道:"李董,你也看到了,由于赵梦迪的一意孤行,博睿集团现在已经到了最危险的时刻了。赵梦迪放着十分盈利的项目不做,非得要发扬什么企业家精神,体现社会责任感。她根本不懂企业的目标是追求利益的最大化,博睿再这么走下去就完了。"

"肖董的意思是?"

"必须把赵梦迪从董事长的位置上换下来,才能使博睿起死回生。"

"赵梦迪是控股股东,她不同意怎么换啊?"

肖克却吐露了一个天大的秘密:"赵梦迪这个时期大量抛售的股票,已经被我的朋友全部买下来了,她已经不是博睿的绝对控股股东了。如果有你和几位股东的支持,我们的股份就超过赵梦迪了。"

李聪听后大吃一惊。他知道赵梦迪为了筹集现金,卖了自己的房子,抛售了一部分股票变现。可这都是为了企业生存、发展啊。赵梦迪为了企业,不惜牺牲自己的利益,可有人却在背后捅刀子,想要夺取董事长的位子。这也太不地道了。但是,赵梦迪的方向真的是对的吗? 到现在融资还没有着落,D 项目进展缓慢。一旦 D 项目失败,又错过了 DJV 项目,企业可真就要死掉了。李聪陷入了纠结之中。

肖克看到李聪满脸纠结,猜到他动心了,知道此时必须趁热打铁,于是急忙说道:"李董,我建议召开一次紧急董事会议,改选董事长。"

李聪这时反而清醒起来:"肖董,你不会是想当董事长吧?"

肖克也不掩饰:"李董,为了博睿的未来,为了大家的利益,我也只好勉为其难了,您和各位股东就等着分红吧。"

李聪惊得血压瞬间升高:这个肖克还真是要篡权啊! 继而不露声色地道:"我明白了,我知道该怎么做。"

"那好,那就说定了,我会让股东们看到实际利益的。那下周就召开董事会,改选董事长。"肖克心花怒放,董事长的位置似乎就在眼前了。

肖克前脚刚走,赵梦迪就来到了李聪的办公室。

李聪连忙站了起来:"梦迪来了,快坐。"

"二叔,有时间吧? 和你谈点事。"

"我也正想找你呢。你先说吧。"

"二叔,肖克找你了吧?"

"是的,他刚走,你要提防他了,他想要当董事长。"

"他要当董事长,他说要做什么项目了吗?"

"他还是要搞 DJV 项目,说挣钱快。"

"二叔,你相信他吗?"

"我不信他。可是 D 项目到现在都没有明显进展,董事们都很着急,一些人动摇了,怕企业最后破产,大家的股份都打了水漂。"

赵梦迪苦口婆心地劝道:"二叔,DJV 项目就是死路一条。如果肖克当了董事长,就会把博睿带上绝路啊!"

　　李聪有些后悔:"可是,现在我们有几位股东已经把一部分股份都转到他的名下了,他现在已经是第二大股东了。你的股份也卖了一部分,如果投票时一些董事大股东投票给他,你就危险了。"

　　是呀,赵梦迪心里也十分清楚,此时自己正面临着巨大的危机,但此刻的赵梦迪没有慌乱。这样的泰山崩于前而面不改色的赵梦迪,让李聪心里很是敬佩。

　　赵梦迪动情地道:"二叔,你说得对,现在他们还没有绝对控股,但如果几位大股东支持他,那就真的危险了。二叔,你能眼睁睁看着我们辛辛苦苦创下的事业就这样被那些目光短浅、搞阴谋的人夺去吗?现在我只有靠你支持了。"

　　李聪也有些醒悟了:"梦迪,你放心吧,我知道该怎么做。"

　　"我相信二叔!"

　　赵梦迪走后,李聪的心揪了起来,用手捂住心口,喃喃道:"这一切还来得及挽回吗?"

55 惊心动魄的时刻

从李聪的办公室出来,赵梦迪拜访了几个大股东。这几个大股东很显然被肖克洗脑了,对赵梦迪的态度有些应付。但赵梦迪走后,他们都陷入了内心的纠结之中。这次董事长职位,不仅仅是赵梦迪和肖克的权力之争,也是博睿集团未来的道路之争。如果选择错误,博睿集团可能就垮掉了,自己的利益也就完了。这关系到自己的身家性命,不能不慎重。赵梦迪又亲自拜访了所有的董事大股东,有的人表示坚决支持她,有的人明显是在敷衍,赵梦迪明白最后的结果仍存在风险。

肖克的办公室内,一位董事股东满脸堆笑,对肖克说道:"肖董,你放心,明天的董事会我一定会投您的票,我们都希望您能带领博睿走出困境,创造新的辉煌。"

肖克不放心道:"谢谢何董。赵梦迪找没找迟董和于董?"

何董道:"赵梦迪也找了他俩,他们说没答应。"

肖克:"迟董和于董这两个大股东很重要,李聪虽然表面答应了我,但我担心他临场反悔,把票投给赵梦迪。如果李聪投票给赵梦迪,我和赵梦迪的票就可能持平。而迟董和于董投票给我，我就会超过赵梦迪。所以，迟董和于董手中的票，就是天平的重要砝码，一定要加在我这边。你再去和迟董、于董说说，就说如果我当了董事长，一定会给大家多分红，坚定一下他们的信心。"

博睿集团董事长职位之争，经过一段时间的暗中较量，决战终于拉开了帷幕。

博睿集团董事会议室，各位董事大股东鱼贯而入，每个人都表情严肃、心事重重。知道情况的高层员工也都心情忐忑，紧张地关注着。今天这里将进行一场决定博睿集团董事长人选的重大博弈，将通过董事会投票决定谁将出任博睿集团新的董事长。

集团管理层的中流砥柱，几位部门总监都放下了手中的工作，不约而同来到财务部总监的办公室，焦急地关注着董事会选举结果，并忍不住议论起来：

"你说这肖克是吃饱了撑的，为什么要争这董事长？"

"这次董事长改选，不仅仅是董事长位置之争，而且博睿集团的未来之争。"

有人不解道："肖克哪儿来的那么多钱，怎么就成了大股东？"

财务总监分析道："很明显，是有外部热钱进入。明里是肖克，暗地里有一只看不见的黑手伸进了博睿。"

有人气愤道："全身心投入工作的人，没时间搞阴谋，也不屑于搞阴谋，而有些不做事的人却善于搞阴谋。可悲的是，一些做事的人却恰恰败给小人的阴谋诡计。"

有人担心道："赵董事长能赢吗？"

财务总监道："赵董事长必须赢，否则，博睿就完了。"

"赵董事长必胜！"

"赵董事长必胜！"

此时此刻，许多人都在心里为赵梦迪加油。这也是他们发自内心的呐喊。

经董事会半数以上成员推举,会议在公司法务王律师的监督下,由独立董事闵阙铭主持:"各位董事,董事会推举我主持今天的会议。因为有董事大股东提出改选董事长,并有三分之二以上的董事会成员同意召开董事会,所以,今天会议的内容是改选董事长。现在请各位董事对此议题发表意见。"

会场一片寂静,落针可闻。虽然有几位大股东被肖克游说答应了肖克,但谁都不想开这个头。因此会场陷入了沉默的状态。肖克看到这种情况,知道再不说话,一会儿投票有可能出现不利于自己的状况,于是率先发言了:"我先说几句。首先要说明的是,我现在持有博睿15%的股份,加上最近几位朋友收购了赵梦迪所持有的20%的股份,他们一致委托我为全权代表,我现在已经是博睿集团第一大股东。为了使公司回归到正常的轨道,保住博睿集团,也为了各位股东的利益不受损,我提出改选董事长。"

肖克一语落地,无论是支持还是反对赵梦迪的董事以及在场的工作人员的心里都掀起了巨大的波澜。博睿集团是李垚和赵梦迪夫妇带领一班人经过艰苦的打拼创立的,这怎么就要易主了?然而,商场是凭实力说话的。不知什么时候,肖克占有的股份竟然悄悄地超过了赵梦迪和李垚加在一起的股份。虽然还没有绝对控股,可很显然还有几位大股东支持肖克,那么赵梦迪的代理董事长被罢免,肖克上位是一定的。因此,现场人们的心情是十分复杂的。

肖克扫视了会场一圈,接着说道:"赵梦迪任代理董事长后一意孤行,放弃了能给企业带来最大利益的项目,说什么企业家的社会责任,坚持搞至今看不到希望的 D 项目。D 项目的技术研发迄今没有完成,即使完成了,其性能也可能比不过国外同类产品,而且到目前为止融资还根本无望。同时,由于赵梦迪缺乏容人之量,造成人才大量出走,致使公司出现了人才危机,这就更使博睿的严峻形势雪上加霜。赵梦迪已经将博睿带入了十分危险的境地,再这样下去,博睿将有可能破产倒闭。因此,我们必须更换董事长。"

震撼!震惊!全场人都大吃一惊。这肖克将赵董事长说得简直是一无是处。有一位股东十分气愤，说道："肖董，赵董事长为企业、为 D 项目带领大家豁出命打拼，为了筹集项目资金，把自己的车、别墅都卖了，还在股价低位时出售自己的股票，可以说为企业做出了巨大的牺牲，你却给赵董事长安了这么多罪名，这不公平！"

另一位股东也说道："是李垚董事长带领大家经过多年努力打拼才有了博睿今天的规模，董事长怎么可以说改选就改选呢？"

会场议论声嘈杂一片。

主持人看着赵梦迪问道："赵董事长，你有什么要说的吗？"

赵梦迪站了起来慷慨陈词："各位董事，大家都知道当下博睿面临着严峻的困难，这既是挑战也是机遇。面对挑战，我们要积极应对，从中看到机遇，促进企业转型升级。在这种情况下，博睿是选择短期看似有利可图，但不能可持续发展，更可能因为违规违法而中途停下来的项目，还是选择市场潜力巨大，利润可观，长期可持续发展，使企业真正得以成功转型升级的项目？想必各位股东心中也都有一本账。"

赵梦迪说到这里，看了看会场每个人的反应，显然，人们陷入沉思、犹疑不定之中，必须彻底揭露肖克的阴谋。

赵梦迪接着道："想必肖克董事许给了大家高额回报，但大家要清楚，所谓的高额回报，看似很有诱惑力，可大家都知道那是个什么项目。那是一个高污染的项目，很明显，环保不可能过关，所谓的高额回报也就根本不可能实现。现在有一股不明资金趁我们博睿陷入暂时困难之机，恶意买入博睿的股份。他们与博睿内部的代理人连手夺取博睿的控制权，看好的无非是我们在座的各位多年来创下的博睿品牌这个无形资产。肖克董事的发言大家应该都听明白了，他们根本就没有企业真正转型升级的长远战略，看重的是短期利益。"说到这里，赵梦迪再次看了看会场的反应。很多人面部表情不再是默然，而是丰富起来，显然自己的这一番话起到了作用。赵梦迪接着说道："肖克董事说我缺乏容人之量,造成人才出走危机,显然指的是王淼等人离职之事。大家在上次董事会上都知道王淼离职,但不知道王淼为什么离职。公司对外公布的是表面上的原因,但王淼还有更严重的问题,那就是个人中饱私囊,因为对方公司许给了他干股,他就力主引进重污染的 DJV 项目,并未经董事会同意就私底下与有关公司达成了协议。这是置公司利益于不顾,险些给公司和各位股东造成重大损失。没有开除他,而是让他自动辞职,本是为了他今后着想,给他留点余地,可他不思感恩,却鼓动、带走了一批人,这才造成公司一些人的出走。后来,我们已经通过招聘,引进了一批新的人才,这些人才目前在各个岗位都发挥了很好的作用。”

“啊,原来是这个样子啊!”

“这个王淼真应该开除。”

“这哪是赵董事长不容人啊,这是王淼的问题。”人们议论纷纷。

赵梦迪接着说道:“关于 D 项目,技术研发已经有了巨大的突破。一期产品——工业机器人已经接近完成。二期产品——高智能仿真护理机器人研发也已有重大突破。关于融资,目前确实遇到了困难。因为有的企业恶意竞争,采取不正当手段,故意抹黑我们的 D 项目,使投资者一时对 D 项目产生疑虑,但我们正在努力解决这个问题,而且也一定能解决这个问题。”

肖克逼问道:“什么时候才能解决这个问题?我们的企业能等得起吗?各位董事,不要再被赵梦迪画的大饼所蒙蔽了。你们的股份马上就要一文不值了,大家醒醒吧!”肖克的话马上又使刚刚有些犹豫的董事转而坚定地支持罢免赵梦迪代理董事长。

见状,主持人道:“发言就到这儿吧,下面开始投票。”

投票在所有人紧张的关注下开始了。

投票结果很快就出来了。

在总监票人即将宣布投票结果时,全场所有人都屏住呼吸,紧张得有些喘不过气来。

"经监票人统计和两次复核,改选董事长投票结果如下:代理董事长赵梦迪得票 5 票,董事大股东肖克得票 6 票。"

轰的一声,一些支持赵梦迪的董事心中如山崩地裂。李聪狠狠地打了自己一个嘴巴,后悔不迭。许多人包括现场的一些工作人员当场泪崩了。

而支持肖克的人则欣喜若狂,相互击掌庆贺。

赵梦迪颓然地坐在椅子上,表情痛苦。

就在主持人准备宣布新任董事长名字时,许婕和金岩带着法务部的李律师突然闯了进来,大喊道:"等一等!投票结果需要重新计算。"

人们都愕然地看向许婕。都到了这时候,投票已经结束,结果很清楚了,重新计算也改变不了结果,许婕还能做什么?

这时,许婕示意李律师上前递给公司法务一份文件,并说道:"王律师,这是博睿公司的章程。请您看看公司股权架构部分。"

全场所有人都将目光转向了王律师。王律师翻看公司章程的声音清晰可闻。

王律师看完后将章程递给了会议主持人。会议主持人又将章程递给了肖克。肖克看完后,面如死灰,瘫坐在了椅子上。

这时,主持人说道:"各位董事,现在出现了一个新情况。由于会前我们没有掌握公司章程关于博睿公司股权结构的约定,所以出现计票失误。现在请王律师给大家介绍一下具体情况。"

王律师:"各位董事。博睿公司是在 M 国上市的科技类股份有限公司。公司章程约定,公司股权架构为 AB 股制度。公司创始人李垚和赵梦迪持有的是 B 股,即特殊股。其他董事股东持有的是 A 股,即普通股。B 股的投票权为一票相当于 A 股的 10 票。因此,应当重新计票。"

"什么?怎么会这样!"支持肖克的董事们呆若木鸡。

许多董事这才后知后觉地发现,章程确实有这样的约定。可事前,没有谁想起去看公司的章程。毫无疑问,肖克的败局已定。

主持人:"下面请监票人、总监票人重新计票。"

很简单,重新计票结果,是赵梦迪大获全胜。

当总监票人宣布投票结果后,全场短暂的寂静后响起了一阵热烈的掌声。

许婕站起来向全体董事鞠了一躬,表示谢意。

看到有些董事仍然心有不甘,为了让他们彻底醒悟过来,赵梦迪决定最后再给肖克关键一击,直接打击对方的七寸要害,于是沉重地说道:"改选董事长已经结束。但我再告诉大家一个惊人的秘密:肖克董事已经与某神秘资本达成秘密协议,就是他们得手后要把博睿公司的品牌无形资产和优良资产打包转手卖给有关国外买家,博睿公司将不复存在! 万幸的是,肖克和神秘资本的阴谋没有得逞。几位被肖克蒙蔽的董事,你们还要支持他吗?"

为什么会这样? 除了肖克之外的所有董事大股东愤怒的火焰被点燃了,纷纷指责、声讨起肖克。

肖克慌了,急忙辩解道:"没有,我没有。"

不过这种苍白的解释,就如扬汤止沸,根本不起任何作用。

肖克狼狈地逃离了会场。

投票结果迅速在全体员工中传开了。整个博睿集团都沸腾了,人们奔走相告。许多办公室内,一些女员工拥抱在一起,热泪盈眶。男员工们则举起了拳头高呼:"正义不可战胜!"

战胜了惊天阴谋的赵梦迪,并没有放松下来。她马上召集有关人员到小会议室开会。

小会议室里,人们还沉浸在赵梦迪击败了阴谋夺权者的胜利喜悦之中。

赵梦迪入座后对此只说了一句话:"感谢大家的关心、支持。我们可以收心了,因为后面的任务还很重。"

与之前的精神状态完全不同,人们都坐直了身姿,挺起了腰杆,脸上一副庄重、傲然、无所畏惧、一往无前的神色。

见状,赵梦迪满意地点点头:"各位,我要告诉大家的是,我们的 D 项目研发喜讯频传:一是工业机器人项目核心技术研发已经面临最后一脚,即将完成。二是人工智能护理型仿真机器人的研发攻关也有重大突破,可以说形势喜人。但是,我们也面临着资金的压力。由于阴谋者的恶意中伤,使我们 D 项目形象严重受损,融资难度不是一般的大。我们的融资必须破冰。财务部、市场部下一步要进一步加大融资力度,务必在最短的时间内取得突破。"

那么,市场部、财务部的融资在短期内能突破吗?

56

徐忠融资破冰

徐忠被许婕开导、指导后，杜绝了一切不必要的应酬。用上了许婕交给他的思维方式、学习方法，工作和学习都起到了事半功倍的效果。他起早贪黑苦学业务，对 D 项目两大类产品的技术性能、功能倒背如流，恶补哲学、国学知识，英语、德语水平也有了飞速提升。功夫不负有心人，徐忠在短短的半年内，业务和外语水平提升了不只一个层级，可以说，徐忠脱胎换骨了。这让徐忠自己都非常吃惊。

在一架从北京飞往松江市的飞机上。徐忠提着旅行箱进入机舱，来到座位前。这时前面的一位年轻女士举着旅行箱想往行李架上放，但是没举上去。徐忠见状马上放下自己的箱子，将女士的箱子放了上去。

美女道："谢谢。"

"举手之劳。"徐忠突然发现这种语境下，这个词用得再恰当不过了，遂嘴角向上扬了扬。

徐忠将美女的旅行箱放到行李架上后，尴尬的问题出现了，自己的旅行箱没地方放了。徐忠将笔记本电脑拿出采放在靠窗的座位上，看到空姐过来就说道："您好，我的箱子放不下了，请帮我安排一下好吗？"

空姐："您稍等。等旅客上完了，我帮您安排。"

徐忠客气地道："好的，谢谢。"

坐在中间位置的女士看着靠窗的座位犹豫了一下说道："先生，靠窗是你的座位吗？"

徐忠："是的。"

美女有些不好意思地说道："我能和你换一下位置吗？"

"这样啊。好吧。"徐忠憨厚一笑，与美女换了位置。

飞机平稳后。徐忠打开笔记本电脑，浏览起 D 项目的融资说明书。

女士用眼角余光瞥了一眼说明书，突然说道："先生，你看的 D 项目是要融资吗？"

徐忠："是的。"

"你好，我们正式认识一下。我是禹彤投资集团（中国）有限公司总裁，我叫金禹彤。"女士大方地伸手与徐忠握了一下。

"我是博睿集团市场部项目经理，我叫徐忠。你对 D 项目也了解吗？"

"不了解。我这次到松江市考察其他投资项目，也顺便想多考察一些好的项目。你可以给我简要介绍一下 D 项目吗？"

徐忠一下子来了劲，侃侃而谈："我们博睿集团的 D 项目有两大系列，一个是工业机器人，一个是造福老年人的 AI（人工智能）仿真家政、护理型机器人。这两大系列产品的市场需求非常大，投资回报率很高……"

金禹彤看着面相憨厚的徐忠，听着他清晰流利、朴实无华而又十分专业的介绍，激动不已，感同身受。自己的爸爸、妈妈就面对着爷爷、奶奶，姥爷、姥姥四个老人要照顾的窘境。一向以冷静、理性著称的金禹彤在心里一下子就有了投资的冲动。

冷静下来的金禹彤马上问了徐忠了一个问题，这么好的项目为什么没人投资？憨厚的徐忠很坦诚地告诉金禹彤，是因为被竞争对手恶意抹黑了，所以一些投资人在观望。金禹彤和徐忠约定很快会去博睿集团考察 D 项目，并请求徐忠全程参与。

金禹彤也是一位颇具战略眼光和社会责任感的企业家。她一眼就看出了 D 项目巨大的市场前景和对工业企业数字化转型的重大意义，尤其是高智能仿真护理型机器人，对提升老年人幸福指数的贡献将是颠覆性的。D 项目未来的投资回报将是不可限量的。她很快就调来了公司的精干力量，做了市场调查。然而，回去后却没有了音讯。

徐忠足足跟了一个月，现在没有任何成果。一些人嘲讽道："就凭徐忠，还妄想成为博睿融资的破冰之人，想多了吧！"

其实金禹彤回到公司，遇到了巨大的阻力。董事长，即她爸爸听后很想支持女儿做成这一笔大额投资，可董事会多数股东认为风险太大，不同意。

金禹彤费了九牛二虎之力，最终说服了董事们。

博睿集团 D 项目第一笔大额融资签约仪式很隆重，当地电视台和网络媒体都做了报道。让人们没想到的是，这次成功融资的功臣竟然是徐忠！这个其貌不扬，平时也看不出有多么出众才能的人突然就在集团出名了。这让财务部和市场部的许多人心中不平衡起来，各种羡慕嫉妒纷至沓来：

"徐忠用了什么招，怎么就能把禹彤资本引进来？"

"徐忠就是运气好，瞎猫碰上死耗子了。"

"是呀。如果徐忠不是在飞机上遇到禹彤公司的总裁，怎么能引来这么大一笔资金，这纯属运气。"

"徐忠这次可是名利双收！提成估计不会少了。"

徐忠成功引进第一笔大额资金，市场部领导层也引起了重视。

曹斌对许婕说："这个徐忠，平时不显山不露水，关键时刻却突然爆发，是个不错的苗子。"

迟航说道:"不过许多人对徐忠并不服气,认为是他运气好。"

曹斌:"这是嫉妒心理在作祟。有的人,对离自己远的人获得多大的成就没有什么不服气,却对自己身边的人的成功嫉妒不已。"

"不服气也好,嫉妒也罢,不管怎么说,徐忠是第一个打破博睿融资坚冰的人。有人说徐忠运气好,这不错。但运气也是实力的一部分。运气要以实力为前提。不是吗?如果徐忠对 D 项目业务不精,准备得不充分,说不明白,遇到禹彤资本的总裁能引起她的投资兴趣吗?所以说,机遇永远眷顾有准备的人。"许婕说道。

曹斌、迟航都点头表示赞同许婕的观点。

徐忠打破融资坚冰以后,市场部融资的好消息接踵而至。

金禹彤给徐忠介绍了一个德国的投资公司。徐忠向分管副总迟航做了汇报。

许婕的办公室。市场部副总监迟航拿着一个文件夹,向许婕请示:"许总,与德国雷奥投资公司的融资洽谈你看交给谁负责好?"

许婕考虑了一下说道:"交给徐忠负责吧。上次和禹彤集团的融资很成功,他已经有经验了。再有,这个也是他引进来的。"

迟航迟疑了一下说道:"许总,你看让胡达锻炼一下怎么样?"

许婕坚决地道:"不行!这个融资对我们公司很重要,不能有任何闪失,还是让徐忠负责吧。"

迟航闪过一丝失落的眼神,但却点了点头。

就这样,公司将与德国雷奥公司的洽谈任务交给了徐忠。

市场部的一些人心中又掀起了波澜,暗暗不服。有的心理扭曲者还在心中希望徐忠出点差错,以证明上次融资成功就是一个巧合,并不是徐忠的能力有多强。

许婕也深知徐忠的资历现在还不能服众。于是让金岩将徐忠找来,进一步帮助徐忠对 D 项目的专业知识、市场需求、前景、投资回报等方面的业务进行强化。给徐忠一周的准备时间后,许婕和金岩又一起与徐忠进行了一次模拟洽谈演练。许婕扮演外企代表,用德语先提出了一些普通问题,然后又提出了一些尖锐问题,徐忠竟然都用德语回答得十分完美。

金岩看到许婕频频点头,知道徐忠准备得很充分,得到了许婕的认可,很高兴地说道:"老徐,行啊,你这段时间提升得真是很快啊!"

徐忠得意地一笑:"还行吧。"

金岩提醒道:"你小子别放松,到时可别掉链子。"

徐忠信心十足:"放心吧,保证完成任务。"

许婕也认为徐忠的准备万无一失,就鼓励道:"徐忠,你一定行!"

与雷奥公司的洽谈再有两天就要进行了。徐忠和洽谈组的全体员工摩拳擦掌,就等着德国公司的代表到来。市场部、财务部的所有人都在瞪大眼睛看着徐忠负责的这次项目洽谈。公司高层也对这次洽谈给予很高的期望。

徐忠打开洽谈文件,准备再看一次。这时,手机突然响了起来。徐忠接听电话后脸色大变,匆忙进入主管副总监迟航的办公室说道:"迟总,我爸突然昏迷住院抢救,我妈来电话,让我马上回去一趟。"

迟航皱眉道:"后天雷奥公司代表就要来了,你能来得及吗? 不然让胡达……"

徐忠急忙道:"迟总监,我明天就赶回来,不会耽误事的,您放心!"

迟航本想乘机让胡达代替徐忠,可徐忠根本就不给机会。

在回去的路上,徐忠给金岩发了个微信:"我爸在医院抢救,我回家一趟,明天回来。"

金岩有些担心地道:"注意安全。如果有什么情况,及时跟我说。"

到了医院,徐忠问清楚父亲的病房号,快速奔向病房。见到只有田晓瑛在护理父亲。看到徐忠来了,田晓瑛连忙站起来说道:"徐忠,你回来了。"徐忠看到父亲在输液。问道："田晓瑛,我爸是什么情况?"

"徐忠,伯父这次还是心梗发作,比上次要严重,不过治疗及时,现在已平稳。"

徐忠疑惑地问:"我妈呢?"

"伯母去护理你姥爷、姥姥去了。你姥爷、姥姥也都住院了。"

徐忠的头嗡的一下子就大了,杵在那儿,傻了一样,半晌才说道:"是你帮我爸安排住院的?"

"是的。伯母实在是忙不过来了,打电话给我了。"

徐忠激动地道:"晓瑛,真是谢谢你了,总是麻烦你。"

"没关系的,你离得远,我们是同学又是邻居,帮忙是应该的。"

"那你回去休息吧,我在这儿。"

田晓瑛道:"你不去看看你姥爷、姥姥吗? 你妈一个人也忙不过来。还有,你单位工作能离得开吗?"

徐忠一下子就愣在了那里:"是呀,我恐怕连夜就要赶回去,和外企的融资洽谈是不可以耽误的。可是家里有三个老人都病倒住院了,母亲一个人根本就照顾不过来。这可怎么办?"

看到徐忠一脸愁容的样子,田晓瑛的心有些痛,感到徐忠也真是不容易,于是说道:"徐忠,你单位是不是有重要工作离不开呀? 要不你去看看你姥爷、姥姥,就抓紧回去吧。"

徐忠想了一下说道:"田晓瑛,那就请你再帮我照顾一下我爸。我去看看我姥爷、姥姥。"

徐忠看完姥爷、姥姥,来到医院大厅找到保安打听雇用护工事宜,并请他帮忙给雇一个护工。

徐忠回到了父亲的病房,看到田晓瑛坐在病床边上打盹。同病房的人说道:"小伙子,你女朋友可是真不错。她昨晚到现在一直都没合眼。一个姑娘家还帮助你爸爸接尿,你可要对人家好一点呀!"

徐忠不知怎么接这个话茬,就只好说:"嗯,嗯。"

看到田晓瑛憔悴的脸色,想到卢珊珊的种种做法,徐忠心里是五味杂陈。

田晓瑛其实已经醒了。听到同病房的人说自己是徐忠的女朋友,虽然没抬头,但她知道自己的脸颊红了,心也不争气地加速跳了起来,一个竭力控制的渴望再次被触动了。她心中的白马王子就是徐忠。她也曾多次幻想和徐忠走进婚姻的殿堂,可是徐忠考上了华宇大学,她只考上了一所职业学院。毕业后,徐忠进入了一个大型企业,留在了省城。她知道那个白马王子已经离自己远去了。田晓瑛也是个不服输的人。如今,她的小仓买已经变成了一个中型超市,生意做得也不错。本来认为和徐忠可能不会再有交集,然而徐忠的父亲两次病重,徐母都去求她帮忙,这才和徐忠又有了再次见面的机会。但她已经不奢望什么,只当作给邻居、同学来帮忙而已。

徐父恰在这时醒来,要喝水,这才打破了尴尬的场面。

清晨4点,徐忠已经开车进入返回松江市的高速公路。晨曦笼罩大地,太阳从地平线冉冉升起,很快朝阳就升上高空。新的一天开始了,对徐忠来说这是充满希望的一天。如果与雷奥公司的融资成功,不仅会堵住悠悠众口,更重要的是奠定了自己事业上崛起之路,徐忠似乎看到了未来光明的前景。

抬眼看了一下路标,上面显示再有50公里就进入松江市了。再看一下时间,刚刚6点半。与雷奥公司的洽谈9点半开始,时间完全来得及。徐忠松了一口气,打开音响放点音乐,让身心放松下来,将自己调整到最佳状态,以饱满的姿态,精神抖擞地出现在谈判桌前。

汽车在正常行驶。突然,徐忠发现前面一个人在拼命挥手,旁边停着一辆打着双闪的车。徐忠将车缓缓靠边停了下来。一位外国老妇人用德语急切地说道:"救命!救命!"

徐忠走到近前也用德语问道:"女士您好。有什么可以帮到您的?"

老妇人急切地说道:"先生,我的丈夫突然生病昏迷了,能请您帮忙将他送到医院吗?"

徐忠这段时间疯狂学习德语起到了作用,他完全听明白了老妇人的意思。看了一下时间,他有些为难,暗道:如果自己送病人去医院,有可能会耽误洽谈时间,就对老妇人用德语说道:"女士,我今天有一个重要项目洽谈,送你们去医院可能时间上来不及,我帮您拦车。"

说完,就上道挥手拦车。然而,早上的车本来就少,接连几辆车都没有停。已经 10 分钟了,仍然没有拦到车,老妇人焦急的表情溢在脸上。徐忠又看了一下表,心想:开快点,送病人去医院时间应该还来得及。徐忠转身来到病人的车前,看到瘫坐在驾驶位置上的德国老人,就将其抱出来放到自己车的副驾驶位置上,又将座椅放倒。老妇人坐到后侧。徐忠开车快速向医院驶去。

医院急诊室里,医生让病人家属去交款办手续。老妇人拿着单子和一张银行卡,茫然四顾。看到老妇人无助的眼神,徐忠接过单子飞快地去窗口交款。

松江国际大酒店会议室里,D 项目融资合作洽谈双方人员都已经入座。博睿集团董事长赵梦迪、执行总裁张平都莅临现场,德方企业团队以雷奥投资公司总裁弗朗克为代表的一行五人也全部到位。可见双方企业高层对这次融资洽谈都十分重视。

徐忠终于将入院手续办完交给了医生,飞跑着到了停车位,开上车,快速驶入滚滚的车流。他想拿出手机给金岩打个电话,可是发现手机没电了,他焦急地拍了一下方向盘。

会议还有 10 分钟就要正式开始了,可是博睿方项目具体负责人徐忠竟然还没有到场。许婕看到金岩在会议室门口焦急地打着电话,就快步走过去问道:"金岩,徐忠是怎么回事?为什么还没到?"

"我一直给他打电话,可手机关机。"

许婕急了："怎么会这样？出什么事了吗？"

金岩解释道："他爸爸重病住院，他回老家了。可他说今天一定会赶回来的。早上还给我发了微信，说已经在回来的路上了。"

许婕黑着脸道："不用说过程，再打电话！"

会议室墙上的电子钟已经指向了 9 点 25 分，徐忠仍然没有出现。赵梦迪疑惑地看向了市场部的位置，见许婕不在，皱起了眉头。见状，迟航马上来到赵梦迪的身边说道："董事长，今天项目主介绍人是我们市场部的徐忠。他家是外地的，家里有点事临时赶回去处理，现在还没到，估计遇到什么情况了。"

赵梦迪不满地问道："你们没有备用方案吗？"

迟航马上推卸责任："这个项目是许婕总监亲自抓的。"

赵梦迪深深地看了一眼迟航，没有说什么。可是迟航却后背冒出了冷汗。因为他从赵梦迪的眼里似乎看到了多层意思。

这时德方企业负责人弗朗克看着赵梦迪，用德语说道："赵董事长，既然人都到齐了，我们就开始好吗？"

这时许婕已经回到了自己的位置。赵梦迪看向了许婕，许婕对赵梦迪点点头，决定启用第二套方案。她来到项目主介绍人的位置，打开投影仪，准备替代徐忠介绍 D 项目。但她犹豫了一下，还是想给徐忠一次机会，于是她拿起话筒，面带微笑地用德语说道："距离会议开始还有 5 分钟，在这个难得的时间里，我想请各位贵宾朋友品尝一下我们中国十分著名的茶叶——西湖龙井茶。各位杯子里的就是西湖龙井茶，而且是'明前茶'。中国杭州的西湖，各位去过吗？"

外企团队中的一位叫汉斯的代表用汉语说道："去过，是一个很美丽的地方。中国有一句古诗'欲把西湖比西子，淡妆浓抹总相宜'，说的就是西湖像一位化了妆的美女。"

许婕赞美道："啊！汉斯先生，你对中国的文化太了解了。"

汉斯谦虚道："不敢这样说。比如'明前茶'是什么,我就不知道了。"

许婕热情地介绍道："中国有个节日,叫清明节。'明前茶'就是清明节前的时节,正值春意盎然,茶树刚长出嫩芽的时候,茶农适时将其采摘下来的茶叶。这时的茶叶外观翠绿清纯,沏泡的茶水具有一种天然的独一无二的清香。但是产量稀少,十分珍贵。"

不得不说,许婕是个机灵、智慧的人。一番中国茶文化的介绍,时间就过去了快 10 分钟。这时,弗朗克抢过话头说道："这位美丽的小姐,不好意思,我们今天不是来研究茶文化的。贵公司是不是还有人没有到会,我们在等他还是等什么人啊?"

弗朗克同样是一个聪明、睿智的人,一眼就看出博睿公司是在等人,应该是 D 项目的重要人物。

许婕急忙说道："那好,我们就开始……"

正在这时,会议室的门一下被推开了,徐忠满头大汗地跑了进来,急忙用德语对德国企业的代表们说道："实在对不起,我来晚了。请允许我向各位道歉。"

这时弗朗克的电话响了。弗朗克看了看来电显示号码,对徐忠摆了摆手,接听电话。电话里传来了焦急的声音："弗朗克,你的电话怎么一直不接听?你父亲心脏病发作,正在医院抢救。你快过来吧。我们在松江市人民医院。"

弗朗克急道："母亲,您别着急,我马上过去。"

弗朗克转过头,站了起来说道："真的抱歉,我这边突然有急事,我们再约时间谈吧。"

徐忠大急道："各位先生,请原谅我的迟到,给我一次机会吧!"

许婕走上前说道："弗朗克先生,如果是因为我方人员的迟到让您取消这次洽谈,我向您道歉,希望我们能接着谈好吗?"

"不是的,是我的私人原因。我很着急要去处理。对不起了!请原谅。"弗朗克边说边向门口走去。

许婕还想说什么,赵梦迪接过话头道:"那好,弗朗克先生,我们送您。在松江市包括在中国有什么需要我们帮忙的,请不要客气。"赵梦迪竟然也是一口纯熟流利的德语。在场的中方人员都非常吃惊:董事长外语这么好吗?

弗朗克礼节性地道:"谢谢! 董事长女士,我们先走了。"

57

中国区总裁

　　楼下,望着德国企业洽谈代表绝尘而去的汽车,赵梦迪什么也没有说,转身上了车。张平看看许婕,又看了看徐忠,想说什么,但摇了摇头也上车了。徐忠傻傻地站在那里不知所措。金岩走过来拍了拍徐忠的肩膀:"老徐,你让我说你什么好呢!"

　　许婕黑着脸对徐忠、金岩和迟航说道:"你们跟我来!"

　　回到会议室,投影仪还开着。市场部两个员工坐在那儿唉声叹气,半晌没有一个人吭声。气氛沉闷得都快要拧出水来。

　　许婕深呼吸了几次,最后还是控制不住愤怒,咆哮道:"徐忠,你给我一个解释!给大家一个解释!"

　　徐忠声音发颤,哽咽地道:"我,我,我给公司造成了重大的损失。我对不起许总监的信任,也愧对公司,我辞职。"说着他颤抖着双手摘下了工牌,忍不住流下了眼泪。

　　迟航道:"许总监,我看徐忠辞职也是一个办法。不然他有可能会被公司开除,那样对他影响更大。"

金岩急忙接过话头："徐忠，你先别急着辞职。与雷奥公司洽谈这么大个事，我不相信你会不重视，到底发生了什么事？"

徐忠看了看许婕。

许婕也冷静了下来，说道："我给你解释的机会，你说吧！"

徐忠十分沮丧地说道："几位总监，是这样。我早上在回来的高速路上快要进城的路段，遇到了一对外国老夫妇。老头突发心脏病，老太太在路上拦车。早上高速路上车少，过去几辆都没有停。我停下了，看到那个老头非常危险，就把他们送到松江市人民医院抢救。老太太语言不通又不懂中国医院的流程，我又帮他们办理了相关手续。本来时间是够用的，可在来酒店的路上又碰上车祸事故，前后路都被堵死了，我是跑到酒店的。"

迟航埋怨道："那你倒是给我们打个电话呀！"

徐忠痛苦地道："我的手机没来得及充电，没电了。"

许婕盯着徐忠看了几十秒，最后说道："徐忠，你先回去吧，等处理通知。"

徐忠来到博睿大厦门前的花园长凳上坐下来，心里懊悔极了，十分想找一个倾诉的人，得到一点明知无用却很需要的安慰。他掏出手机，翻看着通讯录，不断地向下滑动着。看着通讯录上一行行的"朋友"，却不知道这通电话应该打给谁，向谁倾诉！

想了想，徐忠还是给卢珊珊发了个微信："在吗？我想见你。"

卢珊珊回复道："徐忠，你怎么还有脸给我发微信？真是好事不出门，坏事传千里。公司现在都在谈论着你的'光荣事迹'。这么大的事你都能搞砸，你没救了。我们没有关系了，以后不要再联系我！再见！永远不见！"

徐忠的心好痛，像伤口上被补了一刀。

徐忠回到办公室默默收拾着自己的物品。

许多同事都在摇头，叹息、惋惜，却又无可奈何。

金岩走了过来，将徐忠按在椅子上大声说道："你先不要急着收拾东西，你是为了救人才耽误了洽谈,这事展现了博睿公司形象,更弘扬了中华民族的美德。公司不会让你走人的。"

赵梦迪的办公室。许婕沉痛地说道:"董事长,今天的事我负主要责任。徐忠是因为救人才迟到的。"

赵梦迪生气地道:"他有急事可以理解,可为什么不及时通知公司,好换人。他这是置公司的重大利益于不顾! 这样的员工怎么可信,怎么能用!"

许婕急忙道:"董事长,徐忠迟到不是因为家里的私事。他回家确实是因为他爸爸突发重病,在医院抢救。他回去安顿好,就起早赶了回来。他是因为在回来的路上救了一个心脏病突发的外国老人而耽误了时间。"许婕将事情的经过简要说了一遍,并说出了徐忠要辞职,有人建议开除徐忠。

赵梦迪沉思了一下:"是这样啊,那性质就不同了。我们的融资确实很重要,但人的生命更重要。融资失败还可以再融资,但生命失去了,却不能从头再来。更何况是外国老人,在中国人生地不熟的。徐忠这件事做得很对,但徐忠也有过错,就是应该先打电话,让你好启动预案。鉴于此,对他处理应急事项有过错,给予扣除一个月的奖金处理就可以了。不要辞职,更不要不分青红皂白地开除他。"

许婕急忙站了起来,向赵梦迪深深地鞠了一躬说道:"谢谢董事长!"

赵梦迪笑道:"行了,你和我当年一样,既严厉又'护犊子'。与雷奥公司的合作可能不行了,你们市场部还要继续努力,寻求新的融资合作企业。"

许婕急忙表态:"董事长请放心,我们会加倍努力,尽快找到新的合作企业,将功补过。"

正在许婕转身准备走出去的时候,赵梦迪又叫住了许婕说道:"对了,你告诉徐忠,还要去医院看看那位生病的外国老人,给他们提供力所能及的帮助。"

弗朗克等人急匆匆地来到市人民医院,这时老人已经清醒了。

弗朗克一脸焦急道:"爸爸,您好些了吗?"

这个老人竟然是雷奥集团的董事长，也是弗朗克的父亲，老弗朗克。

母亲玛丽娅不让老弗朗克说话，她回答："你父亲已经被抢救过来了。除了感谢中国医生，也要感恩一位中国小伙子，是他把我们送到了医院。"

弗朗克面露感激之色："知道他叫什么名字，是做什么的吗？"

母亲玛丽娅拿出了一张名片递给了弗朗克，说："好像叫徐忠，是一个公司的项目经理。不过，这次好像耽误了他什么签约大事。"弗朗克接过名片看了一眼，又递给了汉斯。

汉斯瞪大了眼睛和弗朗克对视了一眼，说道："不会这么巧吧？"

弗朗克感叹道："世界还真是小。汉斯，D 项目确实是个不错的项目。从这个企业员工的品德看，这是一个值得尊重、信赖的企业。"

弗朗克又对母亲玛丽娅说道："母亲，我知道他是谁了。我也知道该怎么做了。"他转过头对汉斯说道："汉斯，这个 D 项目的情况我们已经了解了。你先回到酒店，准备一下签约的资料，然后约这个徐忠，我马上回去和他签约。"

汉斯回到酒店拿出徐忠的名片，拨打了徐忠的手机。徐忠恰巧去上厕所了，手机放在桌子上，连续几次响起。胡达看了一下，见徐忠不在，走过去接起了电话，里边传来了有些生硬的汉语："您好，您是徐忠先生吗？ 我是雷奥公司的汉斯。弗朗克总裁请您带着贵公司 D 项目的合作协议到酒店来，我们公司准备与你们签约。"

胡达听到这里惊呆了，结结巴巴地说道："您说贵公司要和我们签约？"

"是的，请你们马上来酒店。"

"好的，好的。我们马上就过去。"

胡达放下了徐忠的手机，快速跑到迟航的办公室汇报道："迟总，雷奥公司来电话，让我们现在就去酒店，要和我们签约。"

迟航惊诧地说道："什么？ 这是真的吗？"

"是真的，是雷奥公司的汉斯打来的电话。"

迟航高兴地道:"太好了! 我们马上就去。"

胡达犹豫了一下说道:"要不要叫上徐忠?"

迟航生气地说道:"徐忠把这件事搞砸了,还带他干什么! 我们走。"

胡达还是心虚地向徐忠的工位上看了一眼,随即心中一喜。徐忠竟然出去了,手机也拿走了。

汉斯给弗朗克打电话:"总裁,博睿公司的人已经在赶往酒店的路上。"

"好的,我马上回酒店。"

弗朗克从医院大厅往外走,徐忠拎着水果从另一个门往里走。两人就这么错过了。

病房内,徐忠放下水果,看到老弗朗克在睡觉,就用德语悄悄问玛丽娅:"您先生的病好些了吗?"

玛丽娅真诚地感谢道:"非常感谢您,徐先生! 多亏您将我先生送到医院,抢救及时,已经脱离危险了。"

"没什么,这是我应该做的。有什么需要帮助的,请跟我说。"

玛丽娅像是突然想起了什么:"徐先生,请您再给我一张名片。我的那张被我儿子拿去了。"

"好的。"徐忠拿出了一张名片递给了玛丽娅。

徐忠又突然想到了一个问题,问道:"夫人,您和您先生吃饭问题怎么解决的?"

玛丽娅尴尬地说道:"我们还没有吃饭。"

徐忠一拍脑袋说道:"这事怪我,这样吧,我帮你们定一些适合你们口味的西餐外卖吧。"

玛丽娅感动地道:"那就拜托您了。"

迟航在酒店看了一遍对方在协议上修改后加上的几条优惠条款,惊呆了。马上将协议发给许婕请示,是否可以签约。许婕同样吃惊不已。赵梦迪看到合同中的优惠条款,也有些不可置信地说道:"如果真是这样,要给迟航和这个胡达重奖!"

胡达回到市场部时,得到了英雄般的对待。市场部的人毫不吝啬地赞扬胡达:

"胡达真行!这种情况下都能力挽狂澜,将协议签下来,说明人家有真才实学。"

"胡达真是为我们市场部争气,也为博睿集团争光!"

"胡达平时很低调,可关键时刻显露才能,不像有的人做事那么不靠谱。"

胡达成了市场部乃至集团公司的英雄。

与此同时,徐忠遭到了许多人的谴责:

"这个徐忠也太不靠谱了,这么重大的事竟然被他搞砸了。"

"我就说嘛,上次他融资成功就是个偶然,碰巧了。"

"这个人给公司造成了这么大的损失,就应该开除。不知道公司高层怎么想的。"

"听说只给了扣除一个月奖金的处理。"

"这也太轻了,慈不掌兵啊!许婕以后的队伍怎么带啊!"

彭春对金岩说道:"徐忠第一次融资成功的光环被这次的事情耗尽了。"

徐忠回到单位就听到了这个消息,大吃一惊。胡达竟然把和雷奥公司的协议签下来了,而且条件还非常优惠?

很快,徐忠看到胡达被通报嘉奖,奖金十分优厚,心中有些苦涩,本来这些应该是自己的。

金岩找到徐忠说道:"心中有些不好受吧,后悔吗?"

徐忠脸色黯然:"有些遗憾。本来这个合作就有很大的成功概率。如果不出这档子事,现在成功者就是我,但是我并不后悔。因为当时的情况,那个外国老人不及时抢救就有生命危险,见死不救,我做不到。以后遇到这样的事,

490

无论是中国人还是外国人,我还会救。"

金岩安慰道:"你做得对。别遗憾,机会总会有的,继续努力。"

老弗朗克夫妇出院的第一件事就是要到博睿集团感谢徐忠。

市场部许婕接到汉斯的电话:"许总监,您好,我们雷奥集团决定追加对博睿公司 D 项目的投资。明天我们董事长和总裁准备到贵公司洽谈,您看什么时间合适?"

许婕惊喜地道:"我们随时恭候。"

汉斯:"请贵公司的徐忠先生一定要参加。"

许婕一愣,然后快速说道:"好的,没问题,明天见。"

许婕让迟航通知徐忠,明天参加与雷奥公司的洽谈。

迟航大吃一惊,暗道:这是怎么回事? 如果徐忠参加了接待,胡达冒充徐忠的事不就穿帮了吗? 不行! 不能让他参加。想到这里,他马上说道:"总监,徐忠明天去杭城出差,可能参加不了这次接待了。另外,上次他将事情搞砸了,这次还让他参加接待,是不是不妥呀?"

许婕颇有深意地看了一眼迟航:"这是雷奥公司的意见,你马上通知徐忠。"

迟航走后,许婕想了想,又给金岩打了个电话:"你告诉徐忠,明天放下一切事情,参加与雷奥公司的洽谈。如果不在本市,就是飞,也要赶回来。"

金岩听后一愣,但马上为徐忠高兴起来。这说明公司没有抛弃徐忠,徐忠还有机会。

第二天上午,博睿大厦门前,许婕和迟航、徐忠等人在等候雷奥公司的客人。

8 点 50 分,两辆汽车驶来。一位西装革履、气质不凡的老人从车上下来,一个老妇人也从车的另一侧走了下来。弗朗克则走在了老人的后面。

这个人是谁? 总裁弗朗克走在他的后面,难道是雷奥集团的董事长?

这时汉斯上前给许婕介绍道:"许总监,这是我们雷奥集团董事长弗朗克先生,这位是弗朗克先生的夫人,玛丽娅女士。"

许婕伸出手要与老弗朗克握手!可老弗朗克看到了徐忠,失礼地越过许婕,快步走到徐忠面前,给了徐忠一个紧紧的拥抱,并说道:"谢谢您,徐先生。感谢您的救命之恩!"听到老弗朗克的话,全场所有人全部石化!徐忠耽误了洽谈,救的竟然是雷奥公司董事长?这剧情也太精彩了吧!

许婕伸出的手停在半空,有些尴尬,可一切都明白了。徐忠这小子还真是傻人有傻福,原来他阴差阳错救的人竟然是雷奥集团的老董事长。怪不得人家主动与博睿签了投资合作协议,原来是报答徐忠的恩情。那么胡达?

迅速放下这些乱七八糟的念头,许婕马上说道:"各位,请到会议室详谈吧,赵梦迪董事长正在会议室等各位呢!"

到了会议室,汉斯再次看着徐忠,满脸疑惑,吃惊地张大了嘴巴问道:"您是徐忠先生?"

徐忠:"是的,我是徐忠。"

汉斯又扭头问许婕:"许总监,贵公司有几个徐忠先生?"

许婕感到有些不对,回答道:"我们公司市场部就这一个徐忠。"

汉斯困惑地说道:"怎么会这样?那上次与我们签约的人是谁?"

许婕灵机一动:"是我们市场部的胡达,他是徐忠的同事。"

汉斯还是有些不解:"我明明是给徐忠先生打的电话呀!"说着就又拿出手机给徐忠拨打了电话,徐忠的手机在当场就响了起来。

汉斯更加困惑了:"徐忠先生,我上次就是打的这个电话呀?"

徐忠莫名其妙,蒙蒙的,有些找不到北的感觉。现场的许多人面面相觑,什么情况?有人冒充徐忠去与雷奥公司签约了?这也太不可思议,太卑鄙了吧!

人们的目光都在寻找胡达,可胡达不知什么时候已经离开了会议室。在场的迟航后背已经被汗水浸湿了,他感到从未有过的尴尬。

许婕觉得不能让这个问题再发酵了,不然对博睿的声誉会有很大的负面影响,马上就接过话头说道:"是这样,汉斯先生。当时,徐忠先生正好要急着去医院看望弗朗克先生,我就让副总监迟航和胡达先生去与贵公司签约了。"

汉斯似乎明白了,又不明白,点点头,又摇了摇头。

精明的老弗朗克一下子就看出来了,博睿公司这边似乎出了状况,签约的人不是徐忠。他马上转移话题,说道:"没有什么关系。我们公司经过认真考察论证,感觉 D 项目确实是一个好项目。所以,我们准备给 D 项目追加投资,不知贵公司是否愿意给我们这个机会?"老弗朗克的话说得相当委婉,不过大家心里都明白,人家这是看徐忠的面子。

赵梦迪马上说道:"十分欢迎贵公司追加投资。我们一定会让贵公司的投资得到丰硕的回报。"

许婕接着表态:"这个项目我们会让徐忠全权负责。"

老弗朗克:"不,你们不要让徐忠先生负责贵公司的 D 项目。"

这又是为什么?全场人都十分不解地看着老弗朗克。不是为了感谢徐忠的救命之恩,才与博睿公司合作吗?怎么又不让徐忠负责了呢?

许婕问出了人们心中的疑惑:"董事长先生,这是为什么?"

老弗朗克说:"赵董事长,我有个请求,请您忍痛割爱。我想请徐忠先生负责我们雷奥公司与贵公司合作的这个项目。"

在一些人还没反应过来时,赵梦迪笑着道:"董事长先生还真不客气呀,我倒是可以忍痛割爱,那就要看徐忠先生自己是什么意见吧!"

徐忠吃惊地看着老弗朗克,又看了看赵梦迪,两人都面带微笑。徐忠又看向了许婕。许婕机敏地说道:"我可以问问董事长先生要给徐忠什么职务吗?"

老弗朗克:"我想请徐忠先生做雷奥公司亚洲区副总裁兼任新组建的中国区执行总裁。"

许婕马上干脆地说道:"好的,我代替徐忠做主,他愿意去。"

徐忠面带惶恐:"许婕,我……"

许婕佯怒道:"我什么我!赵董事长都同意你转职高就了,你还犹豫啥!"

徐忠看了一眼赵梦迪,看到赵梦迪点头微笑,就说道:"那我接受弗朗克董事长的邀请。"

全场中方人员一脸的惊讶,又十分羡慕。

半个月后,徐忠西装革履,在几位下属的陪同下,走进了博睿大厦的大厅。下属之一走到前台,拿出徐忠的名片递给了卢珊珊:"你好!我们是雷奥公司中国分公司的。我们总裁徐忠先生已经和许婕总监约好了,请帮忙联系一下。"

卢珊珊看着手里徐忠的名片:徐忠,雷奥公司中国区总裁。轰的一声,卢珊珊大脑瞬间宕机,一片空白。她抬头看了一眼大厅中意气风发的徐忠,此时的徐忠连看一眼自己这边都不愿意,顿时心中百感交集。怎么会这样?这是在做梦吗?短短的时间,徐忠竟然成了雷奥公司中国区总裁?那岂不是年薪收入百万以上?千百个问号在卢珊珊心中翻腾。此刻的卢珊珊脸上写满了懊悔、沮丧,呆呆地愣在那里,竟忘了回答雷奥公司人员的话。

雷奥公司的人员敲敲柜台说道:"这位小姐,你没事吧?请您尽快帮我们联系许总监。"

卢珊珊这才反应过来,马上说道:"哦,对不起。我马上联系。"

很快,金岩就来到大厅,先是给了徐忠一拳,然后又来了个熊抱,随后,他们嘻嘻哈哈地走了进去。徐忠仍然没有看卢珊珊一眼。

卢珊珊望着徐忠的背影,几次张开嘴想要喊徐忠,可是都没有喊出声。这时前台另一位女同事走了过来说道:"哎,珊珊,那不是徐忠吗?听说他现在厉害了,做了雷奥公司中国区总裁。他不是追过你吗?现在你可以倒追他呀!"

卢珊珊眼前一亮,暗忖:是呀。我怎么能错过这么好的机会呢!

这时,卢珊珊接到了一个前几天刚刚认识的小老板的微信:"珊珊,今晚我有时间,我们去邂逅咖啡厅喝咖啡吧。"

卢珊珊厌烦地回道:"不好意思,我们不合适,到此结束吧!"紧接着,卢珊珊给徐忠发了微信:"徐忠,今晚我给你一个机会。我们在蓝天大酒店吃顿饭吧,不见不散。"

徐忠看到卢珊珊仍然是一副高高在上的口吻,叹了口气,回道:"卢珊珊,你是高贵的白天鹅,我是癞蛤蟆,高攀不起。我们不会再见面了。"

卢珊珊看到徐忠的回信有些发蒙,不应该是这样子的呀!按以往她对徐忠的了解,他在接到自己的微信后不是应该欣喜若狂地来接自己吗?不行!我一定不能放过徐忠。咬了一下牙,卢珊珊放低了姿态:"徐忠,以前是我错了!你就原谅我吧,让我们共同打造我们的未来。"

徐忠有些犹豫。他拿着手机,过往的一幕幕在眼前回放:卢珊珊用脚无情地踩碎自己求婚的鲜花、鄙视的眼神、恶毒的言语……

徐忠痛苦地闭上了眼睛。随后,徐忠睁开了双眼,一脸决然地回道:"卢珊珊,人生没有从头再来。当你用脚践踏我送你的求婚鲜花时,你已经踩碎了我们的未来。再见了。祝你幸福!"

看到徐忠决然的回信,卢珊珊心中苦涩,泪水止不住地流下来,自言自语地道:"是呀,人生没有从头再来。昨天我对他爱答不理,今天我已经高攀不起!"

徐忠的成功融资,缓解了 D 项目资金严重不足的状况。但 D 项目技术研发的关键难题仍然像一只拦路虎,阻挡在公司前进的路上。

赵梦迪和博睿集团高层都对 D 项目技术研发实现突破翘首以盼。

就在这时,本市一个大型工业制造业的负责人慕名来到博睿公司找到赵梦迪,急迫地询问其工业机器人产品的生产情况。起因是他们从国外进口的工业机器人合同被无端撕毁,对方的理由是出于国家安全的考虑。而这家企业的产品线是根据该国生产的机器人设计的。一切准备就绪,对方却突然停止供货,一下子就使这家企业陷入了绝境。

赵梦迪听后思考了一下,将这位企业负责人请到了会议室并通知副总刘东辉将几位负责技术攻关的研发人员带到会议室。当这位负责人将自己企业所遭遇的情况介绍给研发人员后,所有研发人员义愤填膺、摩拳擦掌。一位研发人员激动地说道:"董事长和这位老板,请相信我们,就是不吃饭、不睡觉,我们也要给中国企业争口气。时间不会太久,我们的国产核心技术一定会实现超越!"

刘东辉也表态道:"这就是我们研发团队的态度。我们回去干活了。"

企业负责人被博睿公司研发团队的精神所感动了:"赵董事长,谢谢你!我也代表国内所有制造业的企业谢谢博睿研发团队的同事们。"

58 重大突破

研发团队的全体人员,夜以继日,全力进行着最后的攻关。可是越到后面越难。研发工作在减速器的一个关键环节卡住了,连续一个多月没有任何进展。如果不能攻克这个环节,那么 D 项目就会搁浅,甚至前功尽弃。

技术部会议室内,刘东辉正在给研发团队打气:"各位同事,D 项目一期核心技术是当下最前沿的技术,是技术创新,没有现成的东西可循。大家都知道,这个项目事关博睿集团的未来,也事关中国制造企业在国际市场上的竞争力。赵董事长已经将自己的全部身家都投在了 D 项目上,我们一定要,也一定能攻克这一难关。"

"请刘总放心,我们一定会拿出解决方案的。"许多研发人员虽然眼睛中充满血丝,眼眶深陷,头发凌乱,根本没时间去修整,可依然斗志不减。

"刘总,大家都连续工作多天没休息了,我看是不是让大家休息一下,放松一下,反而可能会更快找到思路。"总工杨松建议道。

刘东辉想了一下说道:"杨总说得有道理,给大家放两天假,好好休息一下,以利再战。"

"大家都在急等技术成果出来，D项目研发团队却放假了？这是几个意思？"

人力资源部副总监李旭得知这一情况，看到总监不在，就向赵梦迪直接汇报了研发部放假的事："董事长，有员工反映D项目研发团队放假了，我了解了一下，情况属实，在D项目推进这么紧张的时候，他们怎么能放假呢？要不要我把他们找回来？"

"这段时间研发团队的专家和同事们一直在加班加点连轴转，是该休息一下了。一切都按刘总的安排进行，我们不要干预。"李旭本想趁机接近赵梦迪，但没想到讨了个没趣。

大家都休息了，可总工办公室的灯光这两天却一直亮着。总工杨松没有休息，在电脑上不断地推演着一些数据。

这两天刘东辉也没有休息，也在办公室苦苦地寻找攻克难关的方案。

这两个人累了，就站起来伸伸胳膊、踢踢腿，饿了就泡一碗方便面吃。

就在某一时刻，总工杨松突然灵光一闪，一个灵感出现在脑中。这一刻，灵感驱赶了所有疲惫，兴奋的表情涌现在他的脸上。杨松在电脑上把解决方案写下来，有些地方不行，又逐步完善，还是不行，再修改。又进入了死胡同？杨松不死心，认为自己的思路绝对是正确的，但是这个具体问题怎么解决？杨松又陷入了沉思。

啪！刘东辉一拍桌子。有了，解决方案有了！自己连续验证了几遍，都对。再请杨总看看有没有问题。刘东辉知道杨松这两天一直在办公室没离开，就急匆匆地来到杨松的办公室。推门进入，见杨松似乎没有发现自己进来，精力完全集中在电脑上，看着屏幕一动不动。刘东辉没有打扰他，而是悄悄来到杨松身后，看向电脑屏幕。当看到一半时，刘东辉震惊了："这是那个难题的解决方案？是的，真的是。"再看下去，刘东辉就更加吃惊了。杨松的方案和自己的虽然路径不同，但殊途同归。杨松一定是遇到了一个坎儿，在那里卡住了。见到杨松进入了沉思状态,刘东辉按捺住想要和杨松共同探讨自己方案的冲动,悄悄退了出去。

当杨松从沉思中回过神来,脸上出现了遗憾之色,差一点点,就一点点!杨松决定明天等几位专家上班再集思广益,共同解决问题。他伸了伸懒腰,感到有点饿了,拿出方便面,准备去水房接点开水泡面。听到走廊有动静,刘东辉知道杨松出来了,打开门,看到杨松去水房,刘东辉突然也感觉有点饿了,这才想起自己已经一天没吃东西了。

水房内,杨松高兴地道:"刘总,告诉你一个好消息。我基本上找到了解决方案,但还差一个环节,一会儿请你过来看看好吧?"

刘东辉点头道:"好。"两人端着方便面回到了杨松的办公室。杨松将自己的解决方案打开,让刘东辉浏览。两个人都进入了工作状态,忘了吃方便面。

刘东辉看到杨松的方案在某些方面优于自己的方案,虽然有的地方不如自己的,但总体上还是杨松的方案更好些。于是他决定用杨松的方案,自己的就不拿出来了。要知道,谁突破了技术难题,技术成果就署谁的名字。研发者不仅会在技术界扬名,还会得到公司给予的巨额奖金,可以说是名利双收。在名和利面前,很多人是不会退让的。此时的刘东辉却没有说出自己的研究成果,而决定帮助杨松进一步完善方案。看到杨松卡住的那个地方,自己也曾经卡了大半天,最后找到了解决办法,于是就说道:"杨总,这个问题你看是不是可以这么解决。"刘东辉说出了自己的解决思路和办法。杨松认真推敲并仔细验算了刘东辉的办法,果然解决了!这下轮到杨松吃惊了。自己苦思冥想了好久都没解决的问题,刘总看了这么一会儿就解决了?还没来得及继续吃惊,刘东辉又就杨松方案中一些环节提出了修改完善的建议,然后端着方便面离开了,回到办公室吃了一碗已经凉了的方便面,就躺在沙发上睡着了。

当杨松按照刘东辉的建议完善了自己的方案后,突然发现这个方案比自己原来的方案要完美得多。杨松十分激动,这个困扰了研发团队多时的难题终于解决了。

当杨松拿着结果向刘东辉汇报时，这位年纪不大却满头白发的技术负责人高兴地说道："祝贺你，杨总！祝贺你解决了 D 项目技术上的一大难题，你为公司立大功了！也为祖国重大科研项目取得重大突破做出了贡献！"

搞技术的人大都是聪明绝顶的人。杨松此刻似乎明白了，刘东辉为什么那么快就将困扰自己的那个技术难题解决了，又提出了那么多的完善意见，决不是一时起意肯定都是经过深思熟虑的。那就是说，刘总肯定也拿出了一套解决方案，但看到自己的解决方案，就没有说出来。这让杨松在心里更加敬佩刘总，就说道："刘总，我猜你肯定也拿出了一套解决方案，这个方案算我们两个人的。"都说同行是冤家，许多人争名夺利，甚至偷盗、剽窃别人的研究成果，可是在刘东辉和杨松这两个技术专家这里却演绎了一曲让人泪目的高尚灵魂之歌。

技术难题攻克之后，刘东辉带着杨松第一时间向赵梦迪做了汇报："董事长，报告你一个好消息，D 项目一期，工业机器人技术攻坚阶段已经完成。"

赵梦迪按捺下心中的激动道："这真是一个振奋人心的好消息！感谢研发团队的各位专家和同事们所付出的艰苦努力。可喜可贺！"

"研发团队的全体都尽了力，最后的关键环节是杨总立了大功，实现了突破。"刘东辉向赵梦迪说道。

"董事长，这是我和刘总共同的研究成果。没有刘总，我到现在也不一定能突破。"

"好！你们都是功臣。我先敬你们一杯！"赵梦迪开了一瓶红酒，亲自倒了三杯，举杯敬刘东辉和杨松："等到样品出来以后集团会给你们团队举办隆重的庆功宴的。"

技术研发成功，D 项目就胜利在望，融资也就容易得多了。赵梦迪找来了张平、许婕和财务总监，告诉了他们这一好消息。几人也是十分高兴。

张平感慨："真是不容易啊！我们终于看到了曙光。"

许婕和财务总监也都表示了祝贺。

喜讯传出，整个博睿集团沸腾了。人们奔走相告："听说了吧，我们 D 项目一期产品研发成功了！"

"这下博睿又在行业领先了。"

"博睿人永不言败！"

赵梦迪、张强、张平等集团高层悉数出席了 D 项目研发团队的庆功宴。

赵梦迪发表了热情洋溢的致辞："各位同事，大家晚上好！首先让我代表集团董事会，祝贺研发团队获得巨大成功！研发团队的全体同人和外援专家，昼夜奋战，克服了重重困难，攻克了一个又一个技术难关，在难以置信的时间内完成了 D 产品技术研发。'千淘万漉虽辛苦，吹尽狂沙始到金。'你们创造了博睿奇迹，创造了中国奇迹……"

消息很快传到了恒琦集团。王晓琦亲自主持会议，听取 D 项目进展情况的汇报。钱浩被开除后，D 项目由总裁孟宇亲自负责，市场部副总监刘文接任总监，协助孟宇主抓 D 项目。

"董事长，目前 D 项目厂房建设已经全部竣工了，有关生产设备采购也基本完成了。现在我担心的是供给我们核心技术的国外合作方会不会有变化。"

王晓琦坚定地道："不会，是我亲自与他们签订的协议。"

"晓琦，为了万无一失，最好再与对方敲定一下。"孟宇有些担心地道。

"那好。会后请孟总再与他们沟通一下。"王晓琦不以为然地道。

"好的。"孟宇松了一口气，可心中却仍然担心不已。因为他太知道打交道的那个外企的德行了。

王晓琦继续鼓励道："各位，虽然博睿自己说技术研发成功了，但谁知道他们的技术是否先进。据我所知，他们由于前期资金没有到位，现在厂房建设土地都还没有拿下呢，其他必要的生产设备更是没有影呢，而我们的 D 项目进度已经远远甩开了博睿集团。大家再加把劲，争取早日投产，占领市场，打出我们恒琦的品牌。大家有没有信心？"

"有！"与会人员都很兴奋。一直以来，恒琦都被博睿压着一头，这次终于超越了博睿，恒琦人当然要扬眉吐气了。

与此同时，博睿人却在为 D 项目建设速度滞后而忧心。如何才能加快建设速度，实现后发先至，是摆在赵梦迪一班人面前的另一道难题。怎样才能破解这一难题呢？

59 茅塞顿开

博睿集团会议室,赵梦迪发言:"各位,我们 D 项目技术研发一期已经完成,前期融资也已经陆续到位。但是,我们的建设速度明显落后了。大家看看有什么办法能加快进度。"

项目建设负责人于得水说道:"董事长,据我了解的情况,现在恒琦集团 D 项目厂房建设已经完成,其他准备工作也已经基本就绪,我们的速度已经落后太多了。即使我们现在资金到位,征地、厂房建设、设备采购、人员培训也要不短的时间,我们要追上恒琦已经不太可能了。"

销售部总监邹艳说道:"董事长,现在不仅仅是恒琦的问题了,国外的同类产品已经投放到国内市场了。虽然其价格昂贵,性能也不能完全满足用户的需要,但是因为没有更好的替代产品,许多企业用户很无奈,只能购买他们的产品。"

张平道:"我现在担心的是一些国内企业走的是高端产品低端化,扰乱市场秩序。"

邹艳:"如果消费者对 D 产品失去信任,那么我们再开拓市场,就会增加很大的难度。"

赵梦迪："大家说得都对,所以我才请各位来研究,我们如何才能加快 D 项目建设速度。"

全场陷入沉默。

金岩打破沉默："我们要找到一种方法,实现后来居上。"

于得水摇摇头："不是我消极,哪有那么容易。"

会场再次陷入了沉默。这时一个声音突然响起,在静默的会场上如同一颗惊雷炸响:"董事长,这个问题可以借用外脑。"

赵梦迪眼睛一亮:"许婕,你说说,有什么好的办法。"

许婕道:"各位都知道企业界的那位大师级传奇人物冯峰吧? 他被称为全球投资界的神,其投资平均年回报率达 38%,他的投资理念被许多创业者和投资人奉为圭臬。

许婕接着道:"最神奇的是,凡是和他吃一顿饭的企业,都获得了意想不到的收获。"

"只不过想要和他吃顿饭不容易。听说他的餐叙会都已经排到明年了。"有人说道。

金岩狡黠地道:"董事长,这个事交给许婕不仅能成功还肯定能插个队。"

赵梦迪、张平等人的目光齐刷刷看向了许婕。

赵梦迪不容分说:"许婕,我记得上次你说你是冯峰的学生,而且还视频来着,这件事就交给你了。"

许婕夸张地道:"得,谁说吹牛不上税,我跟他急!"可是说完,马上就给冯峰发微信要求语音聊天。拜托,拜托! 我的男神,你可要在线接听啊! 这时,一个很有磁性的中年男人的声音响起:"小丫头片子,这么长时间你干吗去了? 你可是还欠我一个月的菜呢!"

许婕急忙道:"冯老师,我这不是为了讨生活嘛! 那你今天有时间吗? 我今天就给你去做!"

"无事献殷勤。我今天没时间,你先欠着吧,说吧,有什么事?"

"冯老师,我还真有急事求您。您也知道我们博睿集团正在做 D 项目,现在遇到点问题,我们董事长想要和您进行餐叙会。"

"这样啊,可以。只不过我的餐叙会已经排到 7 个月后了。"

"冯老师,能不能插个队或者增加一次啊?我们着急啊!我们实在太着急了,求您了!"许婕拿出撒娇的撒手锏。

电话那头的冯峰沉默了一下说道:"那好吧,请将你们的情况发给我,10天后请你们董事长参加餐叙会。"

"那太谢谢冯老师了,我再给你加一个月的菜!"

耶!全场响起了一片欢呼声。

10 天后,餐叙会如期举行。

赵梦迪有些拘谨地道:"冯董事长,冯老师好!"

冯峰:"赵董事长好!坐吧。你今天看起来真有气质。"

赵梦迪有些尴尬:"冯董是说我不漂亮吧。"一般男人对一个女人说有气质,往往是这个女人不漂亮。

冯峰急忙道:"不是,不是,是说你更有气质。"

"看来这位男神对夸女人不是很在行啊!"更有气质还是说不漂亮,但绝不能再接这个话题了,让男神尴尬后面的事可就不好办了。赵梦迪嫣然一笑,看着赵梦迪迷人的笑容,冯峰一愣神,还真有"回眸一笑百媚生"的震撼,而且不做作。自己两次夸人都相当于贬人,她不仅没有生气,反而自然地一笑,可见素养之好。冯峰对赵梦迪的印象无形之中加了分。感觉到自己两次失礼,冯峰马上就调整到了正常状态,他毕竟久经商场,定力异于常人。而刚才,赵梦迪因为将所有的希望都寄托在男神身上,心里不由得有点紧张,面部表情有些僵硬。让冯峰这么一顿乱夸,反而消除了紧张情绪。她知道冯峰不会说她不漂亮,因为对自己的颜值有充分的自信。她心里暗喜男神失言了,那么,接下来肯定会出谋划策给自己一个更大的惊喜。

冯峰转移话题:"好了,夸奖人,尤其是夸奖女人不是我的长项,我们还是来谈正事吧。"

"好的,冯老师。"赵梦迪一直正襟危坐,执弟子之礼。

"赵董事长,请放松些,也不要叫我老师,实在不敢当。我只不过是多读了一些书,多悟出了一些道理,发现了一些规律而已。"

"冯老师,我还是叫您冯老师吧,我从心底尊重您。"赵梦迪坚持道。

冯峰道:"随便吧,只是一个称谓而已,说正事吧。我看了你们的 D 项目相关资料,是个很好的项目。请你用 2 分钟说明你的项目特点。"

"我们目前在做的 D 项目,第一期是生产人工智能工业机器人。我们成功自主研发了传感器、减速器等部件的关键核心技术。经过有关权威部门的鉴定,确认是世界领先的。我们的样品已经成功通过了测试,可以投入生产。第二期是利用 AI(人工智能)技术,研发高智能仿真护理型机器人,目前也有较大的突破。我们的目标是解决老年人,尤其是失能老年人幸福指数不高的世界性难题,为造福人类、造福社会做出中国企业的贡献。"

"这个项目我已经了解过了,直接说你们的主要问题吧。"冯峰直奔主题。

"主要是一期研发已完成,但工厂建设速度严重滞后。很多国内企业用户听说了我们的产品技术世界领先,纷纷要与我们签订供货合同。我们很着急,但不敢签约。"赵梦迪也是言简意赅。

冯峰道:"我明白了。与竞争对手比,你的优势、劣势是什么?"

"我们的优势是核心技术在世界上是领先的,产品的性能、功能更符合企业的需求。劣势是竞争者购买国外技术,节省了大部分时间,可以一步到位组织生产。已知的竞争企业,厂房建设已经完工,其他准备工作也已基本就绪,等从国外采购核心部件到位就可以投入生产。同时,国外的企业已经批量生

506

产,占领了全球和中国的绝大部分市场。并且,我知道他们也在寻求核心技术的新突破,一旦他们突破了,加上他们原有的生产能力,就会再次在竞争中领先。我们想要加快进度,尽早投入生产,投放市场,解决国内企业加快转型升级的难题。问题在于我们建设资金刚刚筹集到一部分,生产资金还没有完全准备到位。目前厂房建设的土地还没拿到,而从征地到完成厂房建设、设备采购等周期很长。建设厂房的土地还没有拿到,所有手续办完,时间比较长,设备采购集成、人员培训等等,都要有一个过程。这些都使我们处于十分不利的境地。"

冯峰还是没有一句废话:"你的目标是什么?"

赵梦迪有些无奈地道:"我的想法是抢在竞争对手前面将产品上市,现在看是不可能了。"

冯峰笑道:"你怎么就知道不可能呢?"

赵梦迪露出迫切的眼神说道:"请冯老师教我。"

冯峰秉持着"授人以鱼,不如授人以渔"的原则,并没有直接简单地告诉赵梦迪办法、招数,而是从激活、提升咨询者大智慧入手,循循善诱,最后给咨询者以启迪。今后,就可以做到"举一反三",触类旁通。

冯峰语气平和地道:"企业家是要学点哲学的。赵董事长如果懂得辩证法,掌握、并运用矛盾转化原理,你目前所遇到的困难就不成问题了,就可以让劣势变为优势。"

"冯老师,我学过哲学。"

"哦,那就好办了,我们的沟通也会容易多了。"

"可是我们企业目前的困境如何解决?我还是存在困惑。"

冯峰道:"学习哲学思想、学习唯物辩证法,不能机械地学,既要把握其核心要义,又要掌握其方法论。矛盾分析方法是唯物辩证法的根本方法,世界上的一切事物都存在着矛盾运动,而矛盾又分为主要矛盾和次要矛盾,在一定条件下，主要矛盾和次要矛盾又可以相互转化。你们企业现在的主要矛盾是建设速度落后了，对吧？我们要做的就是使其转化为次要矛盾。"冯峰循循善诱。

赵梦迪的眼睛一亮，这正是自己要解决的最大的难题，马上问道："那要怎么转化呢？"

"矛盾的转化是要有一定条件的，你们要做的就是创造条件。怎样创造条件？就是要转变传统的思维方式，运用创新思维，促使矛盾转化。正常情况下，你们做生产类项目的程序是什么？"

赵梦迪道："项目可研论证，包括研发、筹集资金、征地、建设或租厂房、采购和安装设备、招员工（培训）、采购原材料、组织生产、销售。当然，为了加快进度，提高效率，有的可以同时进行。"

"不错，这是正常情况下的思维方式。可你现在是由于融资拖了后腿，你已经比竞争者慢了半拍或一拍。按照这个程序，想要抢在竞争者前面将产品上市很显然是不可能的。"

赵梦迪为难道："这正是我们的难题。"

"这个问题很好解决呀，你们的产品完全可以抢在竞争对手前面上市。"

赵梦迪眼里再次流露出急切渴盼的目光："那要怎么做呢？"

"关于矛盾转化，内因、外因都不可或缺，你们企业技术研发已经完成，这是你们的核心竞争力，也是内因。当下，你们缺一个外因，这个外因就是借助外力。你们当下要做的就是寻找代工企业合作，由其代工。这样你们就越过了征地、建设厂房、购置设备、招收工人、购买原材料等多个环节，直接进入销售环节。在项目的初始阶段，这样做既可以节省大量的建设资金，又可以最快的速度使产品投放市场。"

听到这里，赵梦迪的眼前好像突然打开了一扇窗，她看到了通向目标的另一条大路。真是"不识庐山真面目，只缘身在此山中"啊！这样，博睿原来的劣势一下子就变成了优势。以轻资产启动，还可以抢先半拍甚至一拍，使博睿的产品抢在竞争对手前上市,占领市场,成为市场的引领者。

冯峰进一步道:"这种经营策略就是'先建市场,后建工厂'。这已经有很多成功案例。"

赵梦迪激动地站了起来,给冯峰鞠了一躬,说道:"谢谢冯老师,谢谢冯老师! 您的一个策略,如拨云见日,困扰我多时的难题迎刃而解了。更重要的是,您让我懂得了如何运用哲学智慧,解决现实中的难题。"

冯峰笑道:"所以,企业家还是要学点哲学的,要具有哲学思想、哲学思维、哲学智慧。"

赵梦迪忙不迭地点头:"是的,是的。不仅仅要学习,还要会灵活运用。再次感谢您! 您是我们博睿的恩人,博睿永远会铭记于心。"

冯峰道:"好人做到底。我就再助你一臂之力,我可以一次性给你的 D 项目投资 10 亿人民币,与博睿合作。当然,我也是想要在这么好的项目中分一杯羹。"

赵梦迪感动得无以言表……

冯峰谦和真诚地道:"你也不用感谢我,要谢就谢许婕这个小丫头,是她让我关注你的企业、你企业的产品。要谢,就谢你自己。你是一位有社会责任感的企业家。你不搞急功近利,坚决否定了严重污染环境的 DJV 项目并坚持研发 D 项目,你们坚持自主研发核心技术,体现了企业家的战略视野,再加上我看好这个项目的市场前景,所以我要支持你们。"

60

制度无情人有情

回到集团,赵梦迪心情大好。与冯峰的餐叙会,让自己拨云见日,一个后发先至的方案逐渐成熟。赵梦迪准备找来许婕共同商量一下,许婕却主动来到赵梦迪的办公室。

刚刚金岩向许婕汇报了韩柏有轻生的倾向,许婕听后立即来向赵梦迪汇报。说完后,许婕十分忐忑地看着赵梦迪。因为韩柏从入职开班式上就开始针对公司,又做出了偷窃公司技术资料这样人神共愤的事情,赵梦迪不将其移交司法处理就已经是网开一面了,再对董事长提出其他要求,许婕真有点张不开嘴。赵梦迪对韩柏有很深的印象,沉思了片刻,放下手里的工作,她马上和许婕一起去看看韩柏。

医院病房内,韩柏躺在病床上万念俱灰。自己一念之差,上了丁雪梅的当,窃取了公司的技术资料。虽然赵梦迪大人大量没有让公司控告自己,可自己也不可能回去上班了。今后,自己的人生毁了。自杀的念头反复出现,可母亲怎么办?父亲早逝,是母亲一手将自己养大,是母亲一直做家政赚钱维持着这个家。在父亲和母亲两个家族中,只有自己家的日子不宽裕。母亲一直就盼着自己大学毕业,盼着自己能有出息,在家族也能扬眉吐气。韩柏忘不了,当自己考上了名牌大学后,母亲从此眉头舒展,在家族聚会时,也不再总是沉默寡言了。韩柏知道自己是母亲的希望,可当母亲知道自己犯下这么大的错时,韩柏看到了母亲眼中的焦急和绝望。

韩柏在病床上翻来覆去,心里十分烦躁。自杀的声音像魔鬼一样在心中不断地呼唤。

"韩柏,起来!董事长看你来了。"许婕大声道。

韩柏头冲着床里,没好气地道:"走开。董事长来看我?你怎么不说市长来看我了。"

"你起来,真是董事长来看你了。"许婕说着上前将韩柏拽了起来。

韩柏坐起来一看,还真是赵梦迪,愣怔了半天,羞愧地道:"董事长,我,我,我对不起你。"

"你还知道对不起我呀?完事跑到这儿偷懒来了?你是不是做点对得起我的事呀?"

"董事长,我对不起公司。我是公司的罪人。"

"停,我今天不是来听你忏悔的,也没空听你唠叨。起来,领我们去看看你母亲。"

来到韩柏母亲的病房。赵梦迪和许婕一眼就看到一个满头白发的女人躺在床上打着点滴。她两眼无神,一动不动,宛如失去了生机。按韩柏的年龄计算,他母亲实际年龄也应该没有多大,可眼前的女人却满头白发,很可能是韩柏的事让她一夜白了头,让她的心碎了。

"妈,我们董事长来了。"韩柏对着母亲说道。韩母没有任何反应。

见状,许婕道:"阿姨,我们赵董事长来看您了。这回韩母似乎回过神来了,马上坐了起来,看了一眼许婕和赵梦迪,突然拔掉手上的针头,一下子就跪倒在地上,给赵梦迪磕起了头。这下可把赵梦迪、许婕吓了一跳。两人同时上前去扶韩母。

韩母却不起来，哀求道："老板，您大人大量，求您原谅韩柏吧！我求您了！"

许婕、赵梦迪看到韩母这样，心中都是有些酸酸的。可怜天下父母心。

许婕及时说道："阿姨，我们董事长已经原谅韩柏了，您快起来！"

韩母这才起身，接着给赵梦迪又深深地鞠了一躬说道："太谢谢您了，太谢谢您了！"

许婕将5000元钱放在病床上说道："阿姨，这是董事长给您的，您买点营养品，保养一下身体，快点好起来。董事长给韩柏安排了一份工作，还得您一起帮着韩柏做呢！"

"大姐，您要振作起来，好好养病。韩柏是犯了错，但我们不会抛弃他，会给他机会，一切都会好起来的。"

听到赵梦迪的话，韩母已经不知道该说什么好了，眼泪止不住地哗哗往下流，害怕失礼又不敢大声哭出来。不过此刻浸不是难过的泪，是感动的泪，是酸甜苦辣一起涌上心头，五味杂陈的泪。

许婕和赵梦迪的心也很痛，许婕说："阿姨，祝您早日康复，我们走了。"说完，俩人带着沉重的心情离开了韩母的病房。

许婕让董事长先回到车里，自己则站在走廊上对韩柏说道："韩柏，鉴于你的错误性质十分严重，你回公司上班是不可能了。有一个新的工作，不知你做不做？"

韩柏急忙道："做什么？"

"我们公司虽然有食堂，但员工们每天总吃一个口味也有吃腻的时候，这些人都是潜在的消费者。因此，在大厦对面开个茶餐厅吧。"

韩柏苦笑了一下说道："那要租房、置办用品、流动资金等等，我哪有钱啊！"

"董事长和我都以投资的方式参股，开办资金和早期运营资金董事长出大头，但我们不参与管理，完全交给你做，等餐厅做大了，可以自行运营了，我们再退出。"

韩柏知道这完全是许婕和赵梦迪在帮助自己。对这么大一个公司的董事长来说，怎么可能开这样一个小餐厅。

韩柏激动地道："许婕，谢谢你！也代我谢谢董事长，可是我对经营餐厅没有任何经验，你们就不怕我赔了吗？"

"这个不是问题。谁天生就有经验。别忘了我曾经帮助一个餐厅做得很好。只要你用心学，我保你两年就能开五家以上的连锁店。以后能不能成为行业翘楚，就看你的能力了。"

此刻的韩柏忽然感到原来自己和许婕比是那么渺小无用，此时他才明白了书到用时方恨少的真正含义。

韩柏开始了自己新的人生之路。

61

实力为王

回到公司,赵梦迪立即召集张平、许婕和市场部骨干,一起研究一期产品寻求代工企业合作的事宜。

与此同时,恒琦集团王晓琦再次听取 D 项目进展情况汇报。

刘文汇报说,M 国合作公司提出大幅提高关键部件价格。与会的恒琦集团人员十分气愤,可又毫无办法,因为这是卡脖子的致命问题。王晓琦大发雷霆。

正在这时,国际合作部总监低头看了一眼手机信息,神情大变,快步来到王晓琦面前小声道:"董事长,M 国关键部件供货出问题了!"

王晓琦听后,一时没反应过来,一脸不悦地道:"又怎么了? 有什么问题一会儿再说。"

坐在旁边的孟宇也听到了国际合作部总监的话,心中一惊,急忙道:"不能等,你马上说说是什么问题。"

这位总监苦着脸道:"对方通知我们,他们的国家政府通知他们,出于国家安全的考虑,不批准供给我们关键部件了。"

"什么！"在场人员都惊恐地瞪大了眼睛。

怎么会这样？那恒琦公司的 D 项目将被迫搁置下来，半途而废，前期巨大的投资将颗粒无收。

恒琦会破产！

"不行！我要问问他们，怎么可以这么不讲道理？他们不是最提倡契约精神吗？"王晓琦气急败坏地吼道。

孟宇摇摇头，叹了口气道："没用的。对他们来说，真理只在实力强的一方。关键部件是核心技术，他们具有优势。"

会场上的每一个人都无比气愤。而后，有的在唉声叹气，有的大脑开始高速运转，在为今后的生计考虑了。

回到办公室，王晓琦失魂落魄，呆呆地坐在沙发上流泪。

孟宇悄悄来到她对面的沙发坐下，没有出声。看了一眼孟宇，王晓琦突然放声大哭："孟宇，恒琦完了！我完了！"

待王晓琦哭了一阵，稍稍冷静后，孟宇问道："你知道你失败在什么地方吗？"

"我太过于相信他们了，这帮不是人的东西！"

"你说的只是一个方面。你的问题是急功近利、目光短浅，不知道企业真正的核心竞争力是什么。"

王晓琦抽泣道："我有那么不堪吗？论学历、颜值，我哪点比赵梦迪差。可现在我输得一塌糊涂。"

孟宇摇头道："你现在还在想这些事，你输就输在缺乏大智慧。"

王晓琦悲观到了极点："现在说这些还有什么用。恒琦已经完了！"

"也可能没有那么糟糕。"猛然听到孟宇这样说，王晓琦像是落水之人抓住了一根救命稻草，一下子从沙发上跳起来冲到了孟宇面前，双手死死地抓住孟宇的胳膊："你有什么办法？"

516

"你先坐下。"孟宇有些窘迫。

"不坐！你快说。"王晓琦两眼通红，用希冀的目光盯着孟宇。

摇了摇头，孟宇无奈地说道："有一个让恒琦不破产还能活下去的办法，就怕你不愿意做。"

"我愿意。只要恒琦能活下去，什么我都愿意。"王晓琦不假思索，脱口而出。

"你先坐下，我慢慢和你说。"孟宇将王晓琦连劝带推按在沙发上，然后道，"我先问你一个问题，我们现在是不是没有其他办法了？"

"是。"此刻的王晓琦像一个乖孩子。

"那么，如果有一条路，可它恰恰是你可能非常难以接受的，怎么办？"

王晓琦瞪着孟宇，片刻后，似乎突然明白了什么，几乎歇斯底里地吼道："那是不可能的！我就是死，也不会同意！"

"你先冷静下来，好好考虑一下。人家愿不愿意还两说。不过我提醒你，我们没有太多的时间了，做大事者需要有大格局。"孟宇说完就起身离开了。留下王晓琦在那儿生气："孟宇，你出的什么主意。你就不能多劝劝我？"

回到办公室，孟宇给许婕打了个电话，说了恒琦公司想要与博睿公司合作生产工业机器人的想法，希望能见赵梦迪董事长详谈。

许婕心中的创伤仿佛突然又被撕裂了，一阵阵的痛，半天没有回答孟宇的话。

孟宇也知道许婕难以接受自己的建议，于是道："许婕，我知道恒琦给你的伤害太大了，但我相信你和赵梦迪都是有大格局、干大事的人。你不妨把我的建议和她说说。这是双赢的事，你考虑一下吧。我明天这个时候再给你打电话。再见！"

对方已经放下了电话，许婕还举着电话，如同入定一般，一动不动。不知过了多久，许婕擦了擦脸上的泪痕，收拾了一下情绪，来到赵梦迪的办公室汇报了刚才与孟宇通话的事。

赵梦迪听后也是愣了半天，说道："许婕，你说恒琦 D 项目建设的速度已经远超我们，为什么还要与我们合作？"

许婕分析道："一是他们可能有什么阴谋，但孟宇是个正派的人，他应该不会参与到这种阴谋之中来，这一点可以排除。二是恒琦遇到了困难。这个困难是他们难以承受的，可以说是危机，越不过这道坎儿，他们可能就完了。所以，王晓琦才能放下身段提出与我们合作。"

赵梦迪陷入了沉思中，片刻后问道："你刚刚说，他们可能遇到了越不过去的坎儿，那会是什么？"

许婕也没想好，分析道："他们的资金很充足，厂房建设已经完成，设备采购大部分也已经完成。按理说，他们马上就可以开工生产了，可以说万事俱备了。为什么还要与我们合作呢？"

赵梦迪眼睛一亮："你刚刚最后那句话是什么？"

"万事俱备了。"许婕答道。

"对，就是这句。这句之后那句话应该是什么？"

"只欠东风。"许婕很快答道。

赵梦迪道："这就对了。既然什么都不差，那就只欠东风。而他们的东风就是关键部件。一定是国外供应商坐地起价，或干脆就不供给他们了，他们被人卡了脖子。所以，他们前期所有投入都打了水漂。他们面临着破产的危机。"

这时，许婕也想明白了，气道："一定是这样的。没想到孟宇也是个老狐狸。"

"在商言商，各为其主，这不怪孟宇。不过，我不会见他们的，不管他们提出什么优惠条件，博睿也不会与恒琦合作。"

许婕看着赵梦迪有些不解："为什么？"

"因为他们把你和博睿伤得太深了。"

沉默了一会儿，许婕道："董事长，我确实恨他们。虽然我没有那么高尚，但我知道，如果我们不给他们机会，恒琦真的就会破产了。王晓琦固然可恨，可是如果恒琦破产，会有很多工人失业。有些工人已经到了四五十岁的年纪，再就业会很难。这会使很多家庭的生活陷入困境，而他们是无辜的。况且，恒琦集团毕竟是民族企业，所用的资金也是国内的资本，不能就这样被国外势力扼杀了。"

直直地盯着许婕看了半天，赵梦迪没想到许婕会有这么高的境界，这么宽的心胸，心中对这个女孩又高看了一眼，于是说道："所以呢？"

"我们可以答应与他们合作。不过他们只能给我们代工。而且，条件要苛刻一些。王晓琦自己犯的错误，要付出代价。"许婕说道。

其实，这也正是赵梦迪所想的，但怕许婕心里放不下仇恨，没想到许婕比她想的还要高尚。

"许婕，这次合作，就交给你全权负责了。"

"我？我的级别恐怕不合适，还是让张平副总负责，我协助他吧！"

"现在我宣布，即日起，许婕任博睿集团副总裁。这回够了吧？"

"董事长，我不是这个意思。"许婕急忙道。

"可我是这个意思。你明天给孟宇回话，说出我们的意见。如果他们不同意代工的方案，还有一个方案，那就是等着恒琦被博睿以白菜价收购吧！"赵梦迪霸道总裁范儿尽显。

当孟宇带着恒琦集团几位高管来到博睿集团会议室时，博睿集团谈判代表一侧空无一人。恒琦集团的一位副总很不高兴，说道："这就是博睿集团的待客之道吗？"另一位副总道："行了，收起你的高傲吧。人家肯和我们谈，能救我们一把，就不错了。不要忘了，我们当初是怎么对待人家的。"

这时，一位副总指着对面桌子上主位桌牌上的名字十分吃惊地道："你们看。"大家顺着他指的方向看去，全都露出惊讶、难以置信的表情。许婕，副总裁了？许婕已经是博睿集团副总裁？对此，就连孟宇都十分惊讶，感叹道："还真是'大鹏一日同风起，扶摇直上九万里'。大家想想，我们恒琦集团错失了什么？"

"是呀。这样的人才竟然被我们赶走了！"

"现在，这个许婕助力赵梦迪，使博睿集团 D 项目获得了巨大的成功。可我们恒琦……"

许婕以博睿集团副总裁的身份代表博睿与恒琦集团洽谈了代工事宜。最后，恒琦公司同意代工。王晓琦引咎辞职。老董事长王明启做出了一个出人意料的决定，孟宇出任恒琦集团董事长兼任总裁，全权负责恒琦集团工作。恒琦集团这一连串的变故，在业内引起了不小的震动，也震醒了许多目光短浅的企业家，有的被惊出一身冷汗。

由于有了恒琦代工，博睿的工业机器人很快就投放了市场。当博睿的第一批工业机器人产品问世后，许多正在进行工业数字化转型企业的负责人纷纷来到博睿集团工业机器人商品展厅，像抢购一样争相订购。一时间，订单纷至沓来，供不应求。

D 项目一期工业机器人产品，经过艰苦的努力已经成功了。二期人工智能仿真护理机器人也已经进入深度研发，并有重大突破，但距离完全成功还有一段路要走。赵梦迪在董事会上决定，无论有多难，花多少钱，也要进行下去。工业机器人项目赚到的钱，拿出一部分继续投入到二期项目，直到成功。这一次，再没人反对。然而，这却让列席会议的副总裁刘东辉如坐针毡，感到压力巨大，几次想要说明情况，却没有张开嘴，决定会后再向赵梦迪汇报。

62 合纵连横

工业机器人的技术研发打破了国外企业核心技术的垄断，一举获得了成功，投入了批量生产。然而，博睿集团董事会及高层还没有意识到，人工智能护理型机器人的技术研发，虽然在 AI 技术研发上有较大突破，却在芯片问题上仍然被卡了脖子。如果芯片技术不能实现突破，那么护理机器人的功能就达不到设计标准。博睿的合作科研单位对此也无能为力。刘东辉为此十分焦虑，可又没有什么好办法。他深知，这个问题不是他这个层面能够解决的。他在思考良久以后，还是决定实事求是地向赵梦迪汇报。

赵梦迪随即召集张平、许婕等行政高管一同听取了刘东辉、杨松等几位核心技术骨干关于护理型机器人研发情况的汇报。

听完情况汇报后，与会人员的眉头都深深地皱了起来，脸上写满了担忧。

张平问道："刘总，我知道国外企业在芯片问题上处于领先地位，可我们国内许多企业和机构不是一直在研发芯片技术吗？就没有一家能达到国际先进水平吗？"

技术总工杨松道："国内芯片企业虽然目前有了突破，但与最先进的水平相比,还是差了一个档次,就是说还不是世界领先水平。"

与会的一位专家气愤地说道:"最先进的技术本应该用于造福人类,可有的国家却把技术政治化、武器化。"

刘东辉语气沉重地道:"即使目前世界上最先进的芯片技术,也达不到我们设计的人工智能护理型机器人的使用标准。"

赵梦迪临危不乱,十分冷静地问道:"刘总,国内芯片技术的瓶颈在哪里?"

刘东辉想了想,答道:"设计、材料、生产制备三大环节,我们都存在短板。如高端光刻机,就完全掌握在国外企业手中,根本不卖给我们。"

"那国内科技界有没有应对解决方案?"赵梦迪问道。

"有。一是在现有传统芯片领域奋起直追。二是在芯片新技术上发力。现有的芯片简单地说是硅基芯片,从材料和制备技术来看,已经遇到了瓶颈。于是科技界的人将目光瞄向了碳基芯片。碳基芯片从材料到制备技术、运行速度等多方面都大大优于硅基芯片。这个新技术领域的科研,我国清北大学研究院已经处于国际领先地位。但是,碳基芯片的落地应用,需要庞大的人力、物力和资本的支持,所以制约了应用研发的速度。"

听到刘东辉的介绍,与会的人都陷入沉默,感到了巨大的压力。传统芯片领域的追赶,受到一些国家的打压、制约,想要突出重围困难重重;新技术从理论到研发再到实际应用,似乎很遥远,短期内根本看不到曙光。D 项目二期还能不能进行下去?出路在哪里?人们不自觉地把目光都投向了董事长赵梦迪。

就在人们感到希望渺茫的时候,赵梦迪却从刘东辉的阐述中,敏锐地发现了我国芯片突出重围的重大机会,于是道:"既然我们在传统芯片的赛道上一直处于跟跑的状态,难以超越,那我们就开辟一条新的赛道,在新赛道上实现弯道超越,实现领跑。"

张平有些信心不足地道:"弯道超车,就要加速度。我们博睿公司的体量不足以提供这个加速度。"

大家再次陷入沉思中。

见状,许婕站了起来道:"董事长,我说几句吧! 我认为这个问题能够解决,如果我们博睿给碳基芯片应用研发赋能,是可以加快碳基芯片新技术应用研发速度的。"

唰的一下,人们把目光又都投向了许婕。许多人眼里露出希冀的神色。这个许婕总是在关键时刻给人以惊喜,面对难题善于提出有效的解决方案。这次面对这么尖端的高科技问题,她还能有什么好的解决方案?

看到赵梦迪投来鼓励的眼神,许婕继续道:"我们博睿公司 D 项目二期,乃至以后的三期都必须进行下去,芯片的问题必须解决,这点毋庸置疑。听到刘总的介绍,我们是不是可以这样理解:碳基芯片如果成功,是不是就可以使我们的芯片技术实现一个大飞跃,满足 D 项目的需求? 那我们就在碳基芯片上发力。当然,我们博睿自己势单力薄,所以我们可以采用合纵连横的策略来解决这个问题。"

大家的眼睛突然都亮了起来。

赵梦迪接着道:"许婕说得好! 往小了说,如果没有芯片技术的突破,就没有博睿的 D 项目二期。往大了说,没有中国自己的芯片技术的大突破,就会影响到中国的现代化。刘总介绍的碳基芯片,就是在现有条件下扬长避短,从材料开始,全面突破现有的主流半导体技术,研究出中国人完全自主可控的芯片技术,实现芯片技术的弯道超车。而我们博睿人要在这个伟大的事业中,做出自己的贡献。"

本来现场的许多人都愁眉不展、信心不足,可听了董事长的一番话,突然感到了来自心灵的震撼。不得不说,赵梦迪董事长的站位确实比大家高出一筹。这是一个大格局、大手笔的企业家的战略思考。加上执行力超强的许婕提出的解决方案,人们开始对 D 项目二期重拾信心。

不知是谁带头鼓起掌来，会场上响起了一阵热烈的掌声。此刻，与会的许多人突然间发现，在 D 项目的推进中，赵梦迪、许婕这一大一小两个极具智慧的女人，带着整个团队一路"长风破浪"，披荆斩棘。之后，就会"直挂云帆"，实现"济沧海"的目标。

张平感慨道："尽管在前进的道路上我们遇到了重重困难，可我们博睿集团借助大时代的东风，一定会'大鹏一日同风起，扶摇直上九万里'。中国的企业、中国的企业家也终将站在时代的前沿，以新技术的制高点，龙翔九天。"

会后，赵梦迪将许婕、张平和刘东辉留了下来，接着研究许婕提出的"合纵连横"方案。

赵梦迪："许婕，你将你的合纵连横方案具体说一下。"

"好的，董事长、刘总，我说说我的想法。我们国内的芯片研发为什么慢，迟迟不能有更大的突破，我认为除了外部原因以外，我们自己的因素也很大。芯片设计、生产本就需要顶级科学家和大量资本的支持，可我们许多科研机构和大型企业都在各自为战。不仅科研力量分散，同时还进行了许多重复的投资、建设。因为技术信息、资源不能共享，使许多企业做了很多重复工作，浪费了有限的人力、物力资源。针对这种状况，我们要做的就是推动资源整合，将技术力量、资金集中使用，形成合力，一举攻克碳基芯片的技术难关。"

刘东辉不无担忧地道："许婕的想法不错，可博睿的体量、分量不够，我们能整合得了那些巨头企业和科研机构吗？"

许婕笑了笑道："这就需要赵董事长出马了。"

赵梦迪直视许婕："接着说，相信你不敢把我架在火上烤！"

许婕讪讪一笑道："董事长，那我怎么敢？不过你别生气啊！单靠你个人的力量目前确实不够。但如果给你一个杠杆，再给你一个支点呢？"

赵梦迪眼睛一亮："那我就能撬动地球了！"

刘东辉这个顶级专家，典型的技术男，愣愣地听着这一大一小两个女人在谈论杠杆、支点和地球，看看赵梦迪，又看看许婕，一时没有反应过来。这和整合资源有什么关系呢？

冯峰的办公室。赵梦迪正襟端坐，陪在一旁的许婕很自觉地充当了给赵梦迪和冯峰端茶倒水的服务员角色。

听完赵梦迪的想法，冯峰站在落地窗前凝望着蓝天沉思。赵梦迪的心中十分忐忑，许婕也有些紧张地看着冯峰。

办公室里一片寂静。这个过程不到十分钟，可对赵梦迪来说却像过去了十年一般漫长。冯峰的决定，在某种程度上来说决定着博睿公司 D 项目的成功与失败，也决定着中国芯片产业在新赛道的起跑线上冲出后能不能继续加速，保持领跑地位，从而一举打破国外芯片企业垄断地位。

冯峰转过身，站在那里看着赵梦迪，暗暗欣赏赵梦迪的格局和勇气。赵梦迪迅速站了起来，眼神中充满期冀，等着这个起着关键作用的男人的决定。

"我可以联合 40 家头部投资公司，给你 300 亿资金级数的预算，后续资金会持续跟进。你以此金融资本为杠杆，以芯片技术新赛道为支点，去动员 10 家有研发实力和资金的企业，共同发起组建芯片产业联盟的倡议。再以市场化机制，成立一个合伙人企业，你做合伙人企业的 CEO，你有信心吗？"

此时的赵梦迪和许婕都惊呆了。她们想到了这个很有正义感和民族大义的企业家会支持这个想法，可怎么也没想到，他竟然会有这么大的手笔和胆识。因为高科技的研发不是投资领域的快餐，是长线产品，资金回笼周期相对较长，一般情况下，资本不愿意担这么大的风险。

这时，许婕一个箭步扑向了冯峰，给了冯峰一个最高礼节的拥抱："哇！我就知道老冯你最好了，从明天开始我给你无偿做一年午餐。"

"我可不敢再用你许大副总裁做午餐了。你还是配合你们董事长，把这个项目做好吧，那就是给我的最大回报。"

赵梦迪上前一步，给冯峰深深地鞠了一躬，激动地说道："谢谢您，冯总！

我代表博睿公司,也代表那些被卡脖子的工业企业、科技企业的同人,衷心地感谢您。如果这个项目成功了,您就是芯片业的功臣!是民族企业的功臣!是民族的功臣!"

"你过誉了。我是被你的格局和企业家精神所打动了。你一个体量不算太大的企业负责人,在国内工业机器人领域已经获得成功,甚至独占鳌头,在企业足可以活得很滋润的情况下,竟依然胸怀天下、放眼新科技世界高峰。你们的大格局和用新科技造福人类的大情怀,促使我下决心和你们一起'疯'一把。"

此时,赵梦迪、许婕竟然异口同声地说道:"请冯先生放心,我们决不会让您丢脸,也决不会让加盟的资本和国人失望。中国芯片一定会站在世界最高峰!"

不得不说,冯峰的影响力是巨大的!赵梦迪的协调能力也是超强的。在资本杠杆和芯片新技术的支点助力下,更为重要的是那些加盟企业的负责人也都有着胸怀天下、造福人类的大格局、大情怀。40家投资企业,10家大型实体企业和科研机构一拍即合。一个集合了顶级科学家、巨额资本、体量超大、科研能力超强的科技公司应运而生了。

许婕陪同赵梦迪参加完新公司成立大会第一次股东会议后,由于连夜组织人整理会议记录,修改公司章程,时间太晚了,就住在了公司办公室。

早上,许婕打开窗帘,看到一轮红日从东方冉冉升起。望着漫天的朝霞,昨日的疲惫一扫而光。

充满希望的一天开始了。